国家社科基金项目（编号：12BWW044）
国家社科基金课题；湖南师范大学外国语学院国家重点学科经费资助出版

中古英语
亚瑟王文学研究

肖明翰◎著

中国社会科学出版社

图书在版编目(CIP)数据

中古英语亚瑟王文学研究/肖明翰著. —北京：中国社会科学出版社，2021.12
ISBN 978-7-5203-9043-9

Ⅰ.①中… Ⅱ.①肖… Ⅲ.①小说研究—英国—中世纪 Ⅳ.①I561.074

中国版本图书馆 CIP 数据核字(2021)第 185710 号

出 版 人	赵剑英
责任编辑	郭晓鸿
特约编辑	杜若佳
责任校对	师敏革
责任印制	戴 宽

出　　版	中国社会科学出版社
社　　址	北京鼓楼西大街甲 158 号
邮　　编	100720
网　　址	http://www.csspw.cn
发 行 部	010-84083685
门 市 部	010-84029450
经　　销	新华书店及其他书店
印　　刷	北京明恒达印务有限公司
装　　订	廊坊市广阳区广增装订厂
版　　次	2021 年 12 月第 1 版
印　　次	2021 年 12 月第 1 次印刷
开　　本	710×1000　1/16
印　　张	33.25
插　　页	2
字　　数	563 千字
定　　价	188.00 元

凡购买中国社会科学出版社图书，如有质量问题请与本社营销中心联系调换
电话：010-84083683
版权所有　侵权必究

目　录

绪言 ··· (1)

第一章　中世纪浪漫传奇之产生、性质与发展 ················· (10)
　　第一节　12世纪文艺复兴与浪漫传奇之产生 ··············· (13)
　　第二节　浪漫传奇的性质 ······································ (34)
　　第三节　骑士精神与宫廷爱情 ································ (45)
　　第四节　盎格鲁－诺曼语浪漫传奇 ··························· (63)

第二章　亚瑟王传奇的源流与演化 ······························ (79)
　　第一节　亚瑟王之前的不列颠 ································ (81)
　　第二节　起源与早期演化 ······································ (86)
　　第三节　杰弗里的《不列颠君王史》 ························ (99)
　　第四节　瓦斯的《布鲁特传奇》 ····························· (117)
　　第五节　克雷蒂安的创作与贡献 ····························· (134)
　　第六节　"正典系列"和"后正典系列" ··················· (145)

第三章　拉亚蒙的《布鲁特》 ··································· (156)

第四章　亚瑟王浪漫传奇的英格兰化 ·························· (184)
　　第一节　梅林传奇 ··· (189)
　　第二节　圣杯传奇 ··· (196)
　　第三节　《加勒的波西瓦尔爵士》 ·························· (205)
　　第四节　《特里斯坦爵士》 ··································· (211)

第五节　郎弗尔传奇 …………………………………………（220）
　　第六节　《伊万与高文》 ………………………………………（225）
　　第七节　《湖上骑士朗斯洛》 …………………………………（234）
　　第八节　《巴思妇人的故事》 …………………………………（241）

第五章　高文传奇系列 ………………………………………………（253）
　　第一节　高文在粗人城堡之历险 ……………………………（258）
　　第二节　《绿色骑士》 …………………………………………（266）
　　第三节　《土耳其人与高文爵士》 ……………………………（272）
　　第四节　高文的婚礼与婚姻 …………………………………（276）
　　第五节　《戈罗格拉斯与高文的骑士故事》 …………………（284）
　　第六节　《高文爵士武功记》 …………………………………（295）
　　第七节　《利博·德斯考努》 …………………………………（301）

第六章　《高文爵士与绿色骑士》 …………………………………（306）

第七章　短篇亚瑟王传奇作品 ………………………………………（347）
　　第一节　《亚瑟王之瓦德陵湖历险记》 ………………………（349）
　　第二节　《亚瑟王之誓言》 ……………………………………（358）
　　第三节　《亚瑟王与康沃尔王》 ………………………………（367）

第八章　头韵体《亚瑟王之死》 ……………………………………（373）

第九章　节律体《亚瑟王之死》 ……………………………………（403）

第十章　马罗礼之《亚瑟王之死》 …………………………………（425）

结语 ……………………………………………………………………（482）
参考文献 ………………………………………………………………（490）
亚瑟王文学大事年表 …………………………………………………（504）
索引 ……………………………………………………………………（512）
后记 ……………………………………………………………………（527）

绪　　言

英国许多媒体，包括 BBC，曾广泛报道：1998 年 7 月 4 日，格拉斯哥大学（University of Glasgow）一批考古专业的师生在英国西南康沃尔的庭塔哲堡（Tintagel）进行考古发掘，发现了一块 6 世纪的石板，那是下水道上一块盖板的残片，上面刻着拉丁文 PATER COLIVICIT ARTOGNOV，埃克塞特大学（Exeter University）教授查尔斯·托马斯（Charles Thomas）将其译为 Artognou, father of a descendant of Coll, has had this constructed（柯尔的一位后代之父亚托诺所建）。庭塔哲堡是传说中亚瑟王父亲尤瑟（Uther）由魔法师梅林（Merlin）施法，变成康沃尔公爵的形象，欺骗公爵夫人，从而生下亚瑟的地方。文保组织"英格兰遗产"（English Heritage）认为，那个神秘的 Artognov 即 Arthnou，也即 Arthur（亚瑟）。因此这块"亚拓诺石"也被称为"亚瑟石"（the Arthur Stone），现存于特鲁罗（Truro，康沃尔首府）的皇家康沃尔博物馆。它似乎证明，或者说再一次证明，作为传说人物之原型的亚瑟确有其人。①

其实早在蒙莫斯的杰弗里（Geoffrey of Monmouth，1100？—1155）详细"记载"亚瑟王"事迹"的编年史《不列颠君王史》（*Historia regum Britanniae*，1136？）面世后，特别是随着特鲁瓦之克雷蒂安（Chrestien de Troyes，1130？—1190？也译为克雷蒂安·德·特鲁瓦）那些创作于 12 世纪后期的开创亚瑟王浪漫传奇传统的法语诗在西欧各地迅速而广泛的流传，人们就已经在热切而执着地"寻找"那位据说曾经统帅千军万马，与他那些无敌于天下的圆桌骑士们一道，不仅统一了不列颠，击败了入侵的

---

① 这部分是对网上各种相关材料的综述；也可参看 1998 年 8 月 6 日的 BBC 相关报道，见 http://www.news.bbc.co.uk./2/hi/uk_news/146511.stm。

撒克逊人，而且横扫欧洲大陆并征服了罗马的伟大君主和英雄。很快，在1191年，格拉斯顿堡修道院（Glastonbury Abbey）的修士们就宣称，他们通过发掘，在一个"深埋地下"的墓室里找到了亚瑟王及其王后格温娜维尔的遗骸，王后的"金发"尚"鲜艳亮泽"，墓室的铅制十字架上刻着"在阿瓦隆岛上，这里安息着亚瑟王和他的第二位妻子格温娜维尔"①。当时著名的编年史家威尔士的杰拉德（Gerald of Wales, 1146?—1223?）在1193年和1214年两次十分生动地"记载"了这次发掘。1278年，英王爱德华一世和王后亲自主持仪式，将据说是亚瑟王和格温娜维尔的遗骸隆重迁葬到豪华新墓。后来在1331年，爱德华三世与王后还前去拜谒所谓的亚瑟王陵墓。然而，这些"证据"似乎并不足以令人信服，即使在中世纪也一直有人质疑历史上是否真有亚瑟王，因此亚瑟王的崇拜者们也一直在努力寻找"确凿"证据，以期最终能让人们相信这位英雄的确存在过。

中世纪的结束自然没能终结人们对亚瑟王的寻找。1998年格拉斯哥大学师生们的考古发掘只是近千年来英格兰人寻找亚瑟王的无数次尝试中，运用现代科学方法进行的一次最新活动。当然，同以往所有努力一样，这一次也既没有证明也没能否定英国历史上曾有过这样一位永远让英格兰人着迷和骄傲的英雄。但可以肯定的是，英格兰人寻找亚瑟王的努力绝不会就此打住，他们一定还会不断有新"发现"。当然，除了通过考古发掘和野外考察等活动寻找关于亚瑟王确有其人的实物证据之外，历代亚瑟王学者和崇拜者也一直在汗牛充栋的各种历史文献中穷经皓首，探寻有关亚瑟王的蛛丝马迹。他们如此执着地寻找亚瑟王，表明其在英格兰民族心中非同寻常的分量。其实，历史上是否真有亚瑟王或者他的业绩中有多少真实成分已经不重要，重要的是他和他那些为所有时代的人所景仰的圆桌骑士们所体现的英雄主义，所代表的社会理想和价值体系。

每个民族都有自己的英雄，每个民族都需要英雄，也都产生或创造出了英雄。历史上或传说中的英雄大多出现在一个部族或民族最需要英雄的生死存亡之际。英雄们以其非凡的品质、能力和勇气力挽狂澜，他们身上寄托着民族的命运和民众的希望，他们的业绩因此长久流传。在历史长河中，他们被赋予人们所珍视的各种美德和品质，他们的形象历

---

① Gerald of Wales, "Two Accounts of the Exhumation of Arthur's Body", http://www.britannia.com/history/docs/debarri.html, Aug. 27, 2017.

绪　言

久弥新，他们的业绩因在传颂中不断获得新的内容和意义而更加辉煌。他们成为民族的象征，体现民族的精神与理想，甚至超越民族而在人类大家庭中广受景仰。

在漫长而幽暗的中世纪，那个从历史的迷雾中走出，由一个虚无缥缈时隐时现的影子逐渐变得清晰生动，并且在12世纪之后大放异彩的亚瑟王，正是这样一个在数百年中成长起来并至今仍在西方世界，特别是英语国家广泛传颂的英雄。在英语文学史上，还没有任何人物像亚瑟王和圆桌骑士那样在近千年的历史长河里紧紧抓住和不断刺激人们的想象力，以至于每个时代都有文学家忍不住要回到那个神秘的世界重新审视亚瑟王和圆桌骑士，把他们那些永远令人着迷的传说在新的社会和文化语境中反复演绎，使其表达出新的时代精神并满足人们和历史新的需求。

关于亚瑟王传说的特殊意义和永恒的生命力，早在亚瑟王浪漫传奇出现之前，一位12世纪前期的编年史家就指出，那是因为亚瑟王以其坚毅的精神、非凡的勇气和不屈不挠的奋斗"支撑着他的祖国正在衰落的命运和激励那些仍然还有勇气的人们前去战斗"[①]。同样，8个世纪之后，英国首相和诺贝尔文学奖获得者温斯顿·丘吉尔在其广受赞誉的4大卷力作《英语民族史》（*A History of the English Speaking Peoples*）里，从历史的视野和现实的角度以其特有的文采对此表达了深刻见解。他认为，亚瑟王传说"同《奥德赛》和《旧约》一样是人类不可或缺的遗产"。他说：亚瑟王"在暴风雨的肆虐中保护着文明的火种"，"不论在何处，当人们为自由、法律和荣誉而同野蛮、暴政与屠杀搏斗之时，让他们记住，即使他们自身被毁灭，只要地球还在转动他们的光荣业绩就可能永远被传颂。因此，让我们宣布，亚瑟王和他那些高贵的骑士"以非凡的勇气和利剑抗击野蛮，"保卫基督教的神圣火焰和世界秩序"，他们"为所有时代有尊严的人们树立了榜样"[②]。丘吉尔对亚瑟王和圆桌骑士们所体现出的精神和价值的赞誉既是针对当时正在肆虐的法西斯主义，也考虑到所有时代里那些对人类文明的威胁。

---

① William of Malmesbury（1095？—1143？），*Gesta Regum Anglorum*（《英王实录》），转引自 Robert Huntington Fletcher, *The Arthurian Material Especially Those of Great Britain and France*, Boston: Ginn & Company, 1906, p.40。

② Winston S. Churchill, *A History of the English-Speaking Peoples*, Vol.Ⅰ, New York: Dodd, Mead, & Company, 1961, pp.59 – 60.

不论历史上是否真有亚瑟王其人，甚至不论是否真有——如同丘吉尔以及他说的"现代学者"所相信的——一个"杰出的不列颠武士"[①] 作为亚瑟王的原型，亚瑟王传说的确根源于已经被纳入罗马—基督教文明的不列颠人为了民族生存抗击北方"蛮族"而发动的长达一个多世纪的前赴后继悲壮血腥的战争。经过民间游吟诗人和编年史家几个世纪的合作，在那场事关民族存亡的艰苦卓绝的战争中逐渐显现出一个起初十分模糊但慢慢开始清晰起来并日益高大的英雄形象，他从武士、将军成长为叱咤风云的统帅和君主。他身后集聚起越来越多英勇无敌的优秀骑士，他们除暴安良、匡扶正义、举止高雅、风度翩翩，组成了象征平等、友爱、高尚、正义与文明的圆桌骑士团体。

亚瑟王传说演化史上质的飞跃发生在 12 世纪。12 世纪是欧洲历史上一个重要节点。在那个时代，从社会、政治、经济、宗教、科技、建筑、教育到思想观念、文化艺术等几乎所有方面，欧洲都发生着极其深刻的变革，取得了空前的进步，被学者们称为 12 世纪文艺复兴。12 世纪也因此在很大程度上成为现代欧洲的起点。有学者认为，后来起源于意大利改变了欧洲的文艺复兴只不过是 12 世纪文艺复兴的"余震"而已。

12 世纪文艺复兴的一个重要标志，如同后来的意大利文艺复兴一样，是人文主义的发展。对于亚瑟王传说的演化和繁荣，人文主义的发展在两个方面具有特别深远的意义：历史观的世俗化和文学领域浪漫传奇的兴起。在那个时期，学者们不再简单地根据《圣经》的描绘和规划，把纷繁复杂的人类历史简化为人失去伊甸园后，在尘世历经磨难，直到末日审判回归上帝的灵魂救赎史，而是开始更为关注各民族、国家乃至家族本身的发展史；历史事件也不仅仅是上帝意志的象征或善恶冲突的体现，还具有其自身意义。于是，在 12 世纪出现了一大批关于各民族、各王国或各王室乃至一些贵族家族的叙事丰富、生动、具体的编年史著作。这些"历史"的范本在精神实质上主要不是《圣经》，而更多是维吉尔那"世俗"的《埃涅阿斯记》。它们在一定程度上甚至可以视为《埃涅阿斯记》的续集，因为这些编年史所"记述"的那些先祖们几乎都是特洛伊王室贵族或者埃涅阿斯的后裔。这些编年史中最著名且影响最广泛、最深远的是蒙莫斯的杰弗里的《不列颠君王史》。这部记述了 99 个不列颠君王的"史书"用了近 1/3 的篇幅描写亚瑟王朝的

---

① Churchill, *A History of the English-Speaking Peoples*, Vol. I, p. 59.

绪 言

兴衰，建构起亚瑟王朝的主要框架并大体确定了亚瑟王的"生平"和主要业绩；它也因此成为亚瑟王文学真正意义上的奠基之作。以杰弗里的著作为源本，在12世纪中期出现了瓦斯（Robert Wace，1110？—1174？）的盎格鲁-诺曼语《布鲁特传奇》（*Le Roman de Brut*），随后在世纪之交，拉亚蒙（Layamon，生卒年不详）主要以瓦斯著作为源本创作了中古英语亚瑟王文学的开山之作《布鲁特》（*Brut*）。这些大体上源自编年史体裁的著作共同开创了亚瑟王文学中的王朝主题传统。

12世纪文艺复兴在文学领域最突出的体现和成就是产生了宫廷爱情诗和浪漫传奇。法国南部普罗旺斯的新诗运动歌颂男女之间的爱情，将爱情诗世俗化，在中世纪欧洲文学史上具有划时代意义。发轫于法国北部的浪漫传奇，是古罗马的维吉尔史诗传统和奥维德爱情诗传统及其最新发展宫廷爱情诗，在12世纪特定的社会文化语境中交融结合的产物。浪漫传奇以其丰富的内容、精彩的情节和生动的叙事很快成为欧洲中世纪盛期和后期最重要的叙事体裁。12世纪70年代前后，法国天才诗人克雷蒂安运用这种正在兴起的新体裁一连创作了5部描写圆桌骑士浪漫历险的诗作。这些作品不是以亚瑟王为中心的王朝主题作品，它们主要是叙述圆桌骑士在亚瑟王朝建构的时空和价值体系语境里的历险传奇经历和浪漫爱情故事。这些作品大受欢迎，迅速风靡欧洲大陆，开创了亚瑟王文学中以骑士历险为主题的浪漫传奇传统。西欧各地的文学家们竞相效仿，用各种语言创作了大量圆桌骑士的传奇作品。亚瑟王传说与浪漫传奇体裁的结合是中世纪欧洲浪漫传奇叙事文学的重大发展，取得了辉煌成就。这些被称为"不列颠题材"的作品，在中世纪浪漫传奇的五大题材[①]类型中，数量最多、流传最广、成就最高、影响最大、创作时间持续最长，以至于当人们谈及中世纪浪漫传奇时，几无例外首先想到的就是亚瑟王浪漫传奇。同时，在亚瑟王文学的两大主题中，圆桌骑士浪漫传奇作品的数量远超王朝主题，因此欧洲中世纪亚瑟王文学几乎也就等于亚瑟王圆桌骑士浪漫传奇。

亚瑟王文学史上另外一个里程碑式发展和成就出现在13世纪前期。在此之前，如同任何产生于中世纪基督教文化中的文学作品一样，亚瑟王传奇也深受基督教影响，但在整体上看，它和其他类型的浪漫传奇都主要是世俗叙事文学。对于亚瑟王浪漫传奇这样大受欢迎、影响广泛并可以很好地用来

---

① 关于中世纪浪漫传奇五大题材的划分，请参看后面正文第一章里的相关部分。

— 5 —

传播中世纪主流思想的文学，统管中世纪欧洲社会和思想文化的基督教自然不会置之不理。很快，各系列、各主题，内容广泛、数量繁多的亚瑟王传奇故事被收集、挑选、增删、改写，被主流意识形态整合成卷帙浩繁的法语散文"正典系列"（the Vulgate Cycle）和"后正典系列"（the Post-Vulgate Cycle）。这两个"正典"随即成为亚瑟王文学进一步发展的基础。许多中古英语亚瑟王文学作品也是以它们为源本翻译、改写或从中取材创作的。

最早的中古英语亚瑟王作品是在12、13世纪之交，由盎格鲁-撒克逊人后裔拉亚蒙用源自古英诗传统的头韵体创作的长篇诗作《布鲁特》。它主要以瓦斯的《布鲁特传奇》为源本，内容丰富，成就也很高，是中古英语文学中第一部也是其中极少几部具有一定史诗性质的作品之一。但因为拉亚蒙使用的是诺曼征服后已很少用为书面语的英语，而且他还用了不少古英语词语和表达方法，所以《布鲁特》似乎没能得到多少流传。从现有文献资料看，当英语文学家们再一次将注意力转向亚瑟王和他的圆桌骑士们时，时间已经到了13世纪中后期。中古英语亚瑟王文学的繁荣要到14世纪下半叶，幸运的是，那正是英语在乔叟时代重新成为成熟的文学语言、英语文学第一次在英国历史上大繁荣之时，但此时大陆上亚瑟王文学高潮已过。在14、15世纪，创作亚瑟王文学的中心终于回到英雄的故乡。

尽管由于灾祸和战乱等各种因素，许多中世纪著作都已散失，但流传下来的中古英语亚瑟王作品（包括残篇）尚有近30种，它们中既有短小歌谣，也有上万行或上千页的鸿篇巨制。这些作品多数为诗体，也有少数散文，诗体作品既有源自法语诗歌的节律体，也有承继本土古英语诗歌传统的头韵体，或者两种诗体之结合。中古英语亚瑟王文学作品分属各种体裁，其中浪漫传奇占大多数，是中古英语亚瑟王文学中的主体，但也有编年史体裁、民间游吟诗人的歌谣体，甚至有史诗和悲剧性质的文学作品。正因为如此，本书使用中古英语亚瑟王文学这个术语来指称所有产生于中世纪的英语亚瑟王作品。

许多中古英语亚瑟王作品都有法语源本或是从法语作品吸取创作材料，同时英语文学家们也从不列颠本土的威尔士、康沃尔和英格兰以及爱尔兰的民间文学中取材，当然法语浪漫传奇本身也从不列颠和爱尔兰民间传说中吸取了不少素材和灵感。中世纪的文学家们有幸生活在最尊崇传统的时代，他们最注重的不是现当代人开口闭口都在谈的"原创"，而是如何将传统或者将获得的宝贵材料运用得最好。按现代标准，没有一个中世

绪　言

纪作家不是明目张胆的"剽窃者",而最杰出的中世纪作家往往"剽窃"最多。英诗之父乔叟那部被誉为英国文学史上"第一部真正的英语宫廷诗"[①] 的名著《公爵夫人书》那1333行中,竟有914行是程度不同地来自他人的作品,[②] 而他那部被视为英国文学史上最优秀的爱情诗篇《特洛伊罗斯与克瑞茜达》则是改写自薄伽丘的《菲洛斯特拉托》(*Filostrato*)。然而,它们都鲜明地展示出的那种像指纹一样不可替代的乔叟性,这表明,它们不可能出自任何其他作家笔下。

中古英语亚瑟王文学作品的作者们自然也是在这一传统中创作。他们从各种源本广泛收集材料,根据自己的理解、创作意图、文学修养和想象力对它们进行翻译、增删、改写、整合,讲述自己的亚瑟王故事,创作出一些十分优秀的作品,其中《高文爵士与绿色骑士》、头韵体《亚瑟王之死》和马罗礼的《亚瑟王之死》,同乔叟诗作一样可以同任何时代的杰作媲美。这些作品不仅取得很高文学成就,而且表现出时代特色、本土传统和英格兰民族的审美心理。

中古英语亚瑟王文学肇始于12世纪末,那是英格兰民族形成过程中一个十分重要的时期。中古英语亚瑟王文学的繁荣时期是从14世纪中叶到15世纪后期。那段时期大体上与英法百年战争(1337—1453)重合。一个民族往往是在与外部的冲突中形成的,长达百余年的英法战争为英格兰民族的形成提供了契机和推动力。共同生活在不列颠群岛上的不列颠人后裔威尔士人和康沃尔人、盎格鲁-撒克逊人、维京人、盎格鲁-诺曼人,经300多年的冲突与融合,在百年战争时期最终形成英格兰民族。在百年战争中空前发展的英格兰民族意识必然需要民族文学来表达和弘扬。这时期出现的英国历史上第一次英语文学繁荣正是根源于并得益于英格兰民族意识的发展与成熟,是时代的需求。所以,这时期的英语文学都比较突出地表现出英格兰性(Englishness)。

中古英语亚瑟王文学在英法百年战争和英国社会、政治与经济都经历历史性变革的时代,在英格兰民族形成、民族意识发展、英语作为民族语言全面成熟、英语文学第一次大繁荣的关键时期,取得这样的成就绝非偶

[①] Velma Bourgeois Richmond, *Geoffrey Chaucer*, New York: Continuum, 1992, p. 147.

[②] 请参看 John H. Fisher, ed., *The Complete Poetry and Prose of Geoffrey Chaucer*, New York: International Thomson Publishing, 1977, p. 543。

然。在一定程度上，它既是百年战争造成的深刻的历史性社会以及文化变革和英格兰民族意识发展的产物，也是其突出的文学体现。所以，在表现英格兰性方面，歌颂本土英雄的亚瑟王文学特别突出。几乎所有的中古英语亚瑟王文学作品，即使是一些比较短小次要的歌谣或者改写甚至"翻译"自法语的作品，都不同程度地表现出英格兰作家们的民族意识。在一定程度上，中古英语亚瑟王文学的发展也反映和体现并促进了英格兰民族意识的发展。

本书主要研究中古英语亚瑟王文学，特别是具体分析所有产生于中世纪的关于亚瑟王和圆桌骑士的英语文学作品。但亚瑟王文学的出现和繁荣与浪漫传奇这种文学体裁的兴起与发展密切相关。实际上，如上面所说，它本身就是浪漫传奇文学中最重要、数量最多、成就最高的部分。虽然中古英语亚瑟王文学包括一些其他体裁的作品，但其主体依然是浪漫传奇作品，而且其他体裁的作品里也往往包含突出的浪漫传奇元素。可以说，不了解浪漫传奇就很难真正理解和把握中古英语亚瑟王文学作品的性质、特点和意义。因此，本书第一章将探讨浪漫传奇产生的历史语境及其社会、文化、文学根源，分析浪漫传奇的基本性质和特征，进而考察浪漫传奇的发展以及在英国特定环境中的特征与成就，为后面研究亚瑟王文学建构必要的历史语境和文化文学语境。

亚瑟王传奇文学的诞生与繁荣是在几个世纪中演化的结果，而中古英语亚瑟王文学既是这一演化史的继续，在一定程度上也是法语亚瑟王浪漫传奇的英格兰化。因此，第二章将追溯亚瑟王传说的演化与发展，考察亚瑟王传说的历史背景、编年史记载、民间传说和亚瑟王浪漫传奇在欧洲大陆上的创作与发展，重点是与中古英语亚瑟王文学密切相关的杰弗里的《不列颠君王史》、瓦斯的《布鲁特传奇》、克雷蒂安的亚瑟王传奇作品和法语散文"正典系列"和"后正典系列"。这些著作不仅深刻影响了后来的英语亚瑟王文学，而且还是其中许多作品的主要源本或者是其创作材料的重要来源。所以对亚瑟王传奇的演化和发展的考察是中古英语亚瑟王文学研究的必要准备和不可缺少的组成。

本书的主体部分分析和研究所有现存中古英语亚瑟王文学作品文本及其成就，共分八章。其中拉亚蒙的《布鲁特》《高文爵士与绿色骑士》、头韵体《亚瑟王之死》、节律体《亚瑟王之死》和马罗礼的《亚瑟王之死》等五部特别重要的作品将分专章尽可能详细地分析。其余作品将分为"法

绪　言

语亚瑟王浪漫传奇的英格兰化"、"高文传奇系列"和"短篇亚瑟王传奇作品"等三个部分分别探讨。在对作品的研究中，除了分析其主要内容、情节发展、人物性格和主题思想外，还注重探讨作品的艺术特点、文学传承和与历史语境的互文。另外，中古英语亚瑟王文学作品的一个突出特点是，它们全都程度不同地表现出英格兰性，即使是那些翻译和改写自法语源本的作品也不例外。中古英语亚瑟王文学作品中的英格兰性既是英格兰本土文化文学传统的体现，也是正在发展中的英格兰民族意识的文学表达，特别值得研究。所以，各章在作品分析中都将注意探讨作品中表现出的英格兰性和英格兰民族意识。

中古英语亚瑟王文学是英国十分重要的文化文学遗产，几百年来其影响在英语世界从未中断，它承载的英格兰民族的理想与追求已经成为英格兰乃至英语世界的文化基因。因此，研究中古英语亚瑟王文学不仅有助于我们了解中世纪英国的文学成就和社会文化，而且对于我们认识现当代的英语世界也不无裨益。中古英语亚瑟王文学内容丰富，情节精彩，取得了很高成就，并蕴含着大量历史信息，很值得研究。本书只是一个初步尝试，希望更多的学者能进一步探讨那个一直令英语世界的人们神往的亚瑟王传奇世界。

第一章　中世纪浪漫传奇之产生、性质与发展

中世纪浪漫传奇的出现与发展在欧洲文学史上意义重大。浪漫传奇出现在12世纪，那是欧洲历史上极为重要的时代，是欧洲社会和文化在罗马帝国崩溃后所经历的最重要、最深刻的历史性变革的开始，并取得了具有深远意义的成就与发展。在许多重要方面，现代欧洲可以说发轫于12世纪，其中自然也包括欧洲现代文学，而其重要标志就是法国南部的普罗旺斯新诗运动[①]和法国北部浪漫传奇的出现。普罗旺斯新诗和浪漫传奇之所以具有划时代意义，是因为这两个密切相关、一南一北并在安茹帝国[②]时期合流的新文学运动都以人为中心，以世俗情节为主要内容，以现实生活中使用的"俗语"（vernacular，即相对于拉丁文的民族语言）创作，它们共同将中世纪文学逐步世俗化，推动以上帝为中心的中世纪欧洲宗教文学逐渐发展成为以表现现实和现实中的人为主的近现代文学。

浪漫传奇在法国北部一出现，就在英吉利海峡两岸同样讲法语和崇尚法国文化的英格兰、布列塔尼、诺曼底、缅因、安茹、阿奎坦、普瓦图等安茹帝国内部各地的王宫和贵族城堡迅速流行并很快风靡德国、西班牙、意大利等西欧、北欧和南欧各国。在随后几个世纪里，浪漫传奇成为欧洲中世纪

[①] 这里使用"普罗旺斯新诗运动"这一术语，并不等于说新诗运动只出现或者主要出现在普罗旺斯地区。实际上欧洲历史上这一具有划时代意义的文化文学运动在现代法国南部与意大利和西班牙接壤、从普罗旺斯到当时的阿奎坦公国的广泛地区繁荣与流行。

[②] 安茹帝国（Angevin Empire）指12、13世纪在英王亨利二世、理查德一世和约翰王治理下地跨英吉利海峡两岸的广大区域。亨利二世来自安茹家族（此为安茹帝国称谓之来源），他父亲是安茹伯爵（Count of Anjou），母亲为英王亨利一世之女，他在1154年继任英王之前已是诺曼底公爵、安茹伯爵，后来他又因联姻和征服等各种方式获得佛兰德斯、布列塔尼、苏格兰、威尔士、爱尔兰、图卢兹、阿奎坦等大片地区。安茹帝国地跨海峡两岸，拥有不列颠群岛绝大部分和现代法国大约一半的区域，因此也被称为海峡王国。

第一章 中世纪浪漫传奇之产生、性质与发展

中、后期最主要的宫廷叙事文学体裁,并影响到民间或大众文学。据学者们统计,在现存的中世纪浪漫传奇中,有法语200多部、英语100多部、西班牙语50多部、德语近60部、意大利语100多部,而且其中不少作品流传下多部手抄稿。[1] 如果我们考虑到,大量中世纪手稿已经散失,甚至连英诗之父乔叟的一些作品都没能流传下来,而且还有许多浪漫传奇只是口头传诵,本来就没有形成文本等诸多因素,就可以知道其总体数量相当可观。

上面的数据还表明,虽然中世纪浪漫传奇最先产生于法国,在法语(包括盎格鲁-诺曼语[2])文学中取得了特别重要的成就,但在其他西欧国家和在其他语言中也同样成就斐然。在中古英语文学中,浪漫传奇也同样繁荣辉煌,并对文艺复兴时期和近、现代英语文学发展都产生了重大而深远的影响。自它产生之时起,浪漫传奇传统在英语文学中就从未间断,它不仅繁荣于中世纪,在文艺复兴时期产生了不少作品,而且即使在理性时代那种最不利于浪漫传奇发展的大环境里,它也在伤感小说(the sentimental novel)和哥特浪漫传奇(the gothic romance)等体裁中表现突出。在浪漫主义时代,司各特不仅仅是像其他浪漫主义文学家那样只继承了浪漫传奇传统的精神,他实际上还在浪漫时代复活了中世纪浪漫传奇。在一定程度上,或者说部分是由于浪漫主义以及浪漫传奇开创的传统,特别是它的理想主义和它对道德探索的极端关注,以及在英语文学中持续不断的强大影响,加上桂冠诗人丁尼生等文学家在新的历史文化语境中对浪漫传奇卓有成效的创作,维多利亚时代的英国现实主义文学能部分抵制或者说减轻自然主义对英语文学的"入侵",因而没有像法国和大陆上许多国家的现实主义文学那样突出地转向自然主义,哈代作品中的自然主义甚至还遭到几乎是举国一致的严厉指责,以致作家不得不愤然放弃了小说创作。

其实,即使是在英国现实主义文学的代表作家如狄更斯、乔治·艾略特、特洛普的作品里,在勃朗特姐妹的《简爱》和《呼啸山庄》中,也都

---

[1] 请参看 Roberta l. Krueger, "Introduction", in Roberta l. Krueger, ed., *The Cambridge Companion to Medieval Romance*, Cambridge: Cambridge University Press, 2000, p.4。另外根据纽斯特德在《中古英语作品指南:1050—1500》(第一卷)里列出的书单,流传下来的中世纪英语浪漫传奇共118部,其中创作时间大约在1225—1300年的有8部,1300—1350年的19部,1350—1400年的38部,1400—1500年的42部,1500年之后(截止于1533年)11部(见 Helaine Newstead, "Romances: General", in J. Burke Severs, ed., *A Manual of the Writings in Middle English: 1050—1500*, Vol. 1, New Haven: Connecticut Academy of Arts and Sciences, 1967, pp. 13-16)。

[2] 盎格鲁-诺曼语为法语一种,本书后面将界定。

闪现着浪漫传奇的影子。在美国,浪漫传奇传统的影响甚至更为突出和明显。霍桑不仅公开说明自己使用的是浪漫传奇,而且还对这种体裁进行了深刻阐述。当然,霍桑绝非例外,在美国文学史上,从查尔斯·布朗、华盛顿·尔文、麦尔维尔、霍桑、爱伦·坡到马克·吐温、亨利·詹姆斯、海明威、福克纳、斯坦贝克、托妮·莫里森以及其他许多重要作家都显然受益于甚至属于这一传统。① 如果把在中世纪诞生的这个重要传统排除在外,上千年的欧洲文学特别是英语文学将面目全非。

浪漫传奇特别广泛因而也特别有意义的影响也许是在拥有大量读者的通俗文学中。虽然其形式和内容都随时代变迁而很自然地有很大改变,但是浪漫传奇,包括以中世纪为背景的浪漫传奇的创作从未停止过,而且在所有现代文学体裁中,它很可能仍然拥有最广泛的读者。风靡全球的奇幻小说《指环王》仅仅是其中一个比较突出的例子,而其作者托尔金(J. R. R. Tolkien, 1892—1973)正是英国20世纪最杰出的中世纪文学专家之一,他和戈登(E. V. Gordon, 1896—1938)编辑的英语文学中极为优秀的浪漫传奇《高文爵士与绿色骑士》至今仍然是最好的版本。在美国,几乎所有新旧书店里,都专门设有不少摆放浪漫传奇的书架,上面醒目标明"Romances"。在飞机上,或者在灰狗长途车里,许多旅客,特别是女性旅客,手里往往都拿着一本浪漫传奇。甚至美国海军陆战队征招新兵也乐于借助中世纪浪漫传奇里骑士的风采:在雄浑的古典音乐中,随着字幕"从前,是他们!"打出,一位手持利剑的重装骑士由远而近出现在屏幕上,随即音乐变为现代军乐,古代骑士被切换成手持水手刀的威武的海军陆战队员,字幕也换为"现在,是我们!"所有这些都表明,浪漫传奇的影响、所体现的精神和颂扬的价值观念即使在现当代仍然在延续和发挥作用。

在一定程度上,浪漫传奇的传统与历史是西方近千年来的文化文学传统与历史的一个缩影。因此,探讨中世纪浪漫传奇产生的根源、追溯其发展、分析其性质,研究作为浪漫传奇核心内容的骑士精神和宫廷爱情对中世纪社会和文化的特殊意义,特别是考察对后世英语文学产生了深刻影响

---

① 关于霍桑对浪漫传奇的阐述和他自己的作品的分析,可参看《红字》《七个尖顶之房》等作品的序言。关于美国文学中突出的浪漫传奇传统,可参看 Richard Chase, *The American Novel and Its Tradition*, New York: Doubleday Anchor Books, 1957。

第一章　中世纪浪漫传奇之产生、性质与发展

的亚瑟王浪漫传奇的发展与成就,都有特别重要的意义。

第一节　12世纪文艺复兴与浪漫传奇之产生

浪漫传奇在12世纪出现,随即迅速发展并取得突出成就,这绝非偶然,而是有着广泛而深刻的历史、社会和文化根源。自罗马帝国灭亡后,经600余年的动乱和发展,欧洲又来到历史的十字路口,正经历深刻的社会变革,同时也进入了从政治到经济,从宗教到科学,从思想到艺术,从文学到建筑的全面发展和繁荣。这场深刻改变欧洲历史的变革和繁荣被现代学者称为"12世纪文艺复兴"。正是12世纪文艺复兴为浪漫传奇的出现和繁荣提供了十分有利的社会语境、思想基础和文化文学动因。

长期以来,当人们谈到中世纪,首先想到的是"黑暗"和"落后",而谈到欧洲历史上的深刻变革和发展,一般首先想到的是在13、14世纪之交发轫于意大利并在随后几个世纪里波及整个欧洲的文艺复兴运动,并将其与"光明"和"进步"联系在一起。其实,"中世纪"这个在文艺复兴时期创造的术语①本身就表现出文艺复兴人和现代人的高傲以及对中世纪的轻蔑:那"只不过是古代的辉煌和现代的辉煌之间的过渡而已"②。然而这种观点在现当代越来越受到人们质疑。早在一个世纪之前,美国总统威尔逊的顾问、被尊为美国第一位中世纪学者的哈斯金斯教授(Charles Homer Haskins, 1870—1937)在其长期研究中世纪历史与文化,特别是中世纪政治史、科学史和文化史的基础上,于1928年出版了专著《12世纪文艺复兴》(*The Renaissance of the Twelfth Century*),首次提出"12世纪文艺复兴"的观点。③ 他

---

① "中世纪"这个术语大约出现在1440年前后。意大利人文主义史学家和考古学家弗拉维奥·比昂多(Flavio Biondo, 1392—1463)在其名著《罗马帝国衰亡史》(写作于1439—1453年,1483年出版)里最先使用。

② Morris Bishop, *The Middle Ages*, 1rst ed., 1968, Boston: Mariner, 2001, p.7.

③ 哈斯金斯极为聪慧好学,仅16岁就毕业于名校约翰·哈普金斯大学,随即前往巴黎、柏林求学,不到20岁就获得约翰·哈普金斯大学的博士学位,并留校任教。在中世纪研究方面,他在出版《12世纪文艺复兴》之前,就已经出版了关于中世纪诺曼人的两部专著、《大学之兴起》(*The Rise of Universities*, 1923)、《中世纪科学史研究》(*Studies in the History of Medieval Science*, 1924)(该书3年后再版)等著作。他在《12世纪文艺复兴》的前言中还提到,他在进行专著《中世纪文化研究》(*Studies in Medieval Culture*, 1929)的研究。1919年威尔逊总统参加一战后的凡尔赛会议,哈斯金斯是他带去参加会议的三位顾问之一。1982年美国成立哈斯金斯学会(Haskins Society)。

指出:"现代研究表明,中世纪并非像曾经认为的那样黑暗、那样僵化,而文艺复兴[指发轫于意大利的文艺复兴]也并非那样光明、那样突然发生。"[1] 他认为,历史是连续不断发展的,在意大利文艺复兴之前欧洲已经有多次复兴运动,而其中最重要的出现在12世纪,那是一个"充满生气与活力的时代"。那个时代出现了

> 十字军东征运动、城市的兴起和西方最早的官僚国家(bureaucratic states),它见证了罗马艺术的鼎盛和哥特艺术的开端,各民族语言文学的产生,拉丁典籍、拉丁诗歌和罗马法的复兴,希腊科学(加上阿拉伯人对它的发展)和许多希腊哲学的发现,以及最早的欧洲大学之诞生。

他说,12世纪文艺复兴领域如此之广,对其研究"非一本书所能容纳,非一人之力所能完成"[2]。

现当代学者的研究证明了哈斯金斯的开拓性观点。"12世纪文艺复兴"或许在规模上不及后来那场文艺复兴运动那样波澜壮阔,但就其变革之深刻和对欧洲历史、社会、文化发展之意义而言,在许多学者看来,它并不亚于后来的文艺复兴。霍华德甚至认为,12世纪文艺复兴带来的变革是"如此之伟大",以至于14世纪以后的文艺复兴运动"似乎只是"它的"余震"而已。[3] 著名学者克拉克(Kenneth Clark)对12世纪文艺复兴也给予了极高评价。他在其著作《文明》(*Civilization*,1964)一书中认为,人类历史经历了三次"在通常渐进发展状况下难以想象的飞跃",这三次飞跃分别发生在公元前3世纪、公元前6世纪和公元12世纪,[4] 它们都开辟了人类历史的新时代。

12世纪欧洲经历历史性变革和发展的原因是多方面的。罗马帝国灭亡后,欧洲出现无数封建王国和贵族领地,造成了欧洲数世纪的动荡、冲突

---

[1] Charles Homer Haskins, *The Renaissance of the Twelfth Century*, Cambridge: Harvard University Press, 1928, p. iiv.

[2] Haskins, *The Renaissance of the Twelfth Century*, p. iiv.

[3] Donald R. Howard, *Chaucer, His Life, His works, His World*, New York: E. p. Dutton, 1987, p. 27.

[4] Kenneth Clark, *Civilization*, New York: E. J. Brill, 1964, p. 33.

第一章 中世纪浪漫传奇之产生、性质与发展

和战争；甚至连查理大帝①的卡洛琳王朝之强盛也主要是靠不断征战来维持。到了12世纪，欧洲逐渐稳定，社会和经济得到比较大的发展，人口也迅速增长，出现了许多城市，而城市的发展又进一步带动手工业、商业和贸易的繁荣。城市的发展对欧洲的进步具有不可估量的意义，它最终将取代封建贵族城堡成为社会和文化中心。如果说王室和封建贵族的城堡相对而言比较封闭的话，城市则在两个特别重要的意义上是一个开放型社会。第一，在内部，城市社会不如贵族城堡里那样等级森严，不同等级之间有更多流动性；第二，城市对外更为开放，联系更为容易和广泛。同时，新的城市经济不仅改变着社会结构，而且带来新的思想意识和价值观念。所以，城市的出现开始解构封建等级制。

中世纪欧洲社会在本质上是由宗教主导的社会，所以教会和教会内部的变革都必然会对其产生重大影响。11世纪后期，教皇格列高利七世（1073—1085年在位）推行宗教改革，加强教皇和罗马教廷的权威，打击各级神职人员的腐败，完善修道院的管理，宣扬基督教精神，被后世称为"格列高利改革"。虽然这场改革没有也不可能从根本上解决中世纪教会严重的腐败问题，而且还加剧了同神圣罗马帝国等世俗政权之间争权夺利的矛盾，但它起到了加强人们的宗教意识、弘扬基督教精神、发展宗教文化的作用，为随后兴起的十字军东征运动做了思想上的准备，同时也推动了12世纪文艺复兴运动。随即在12世纪，许多规模宏大的哥特式教堂在欧洲和英国兴建，宗教绘画和雕塑大量涌现，经院哲学兴起，各地大学（当时的大学都为宗教性质）出现，这些都是这场文艺复兴运动的体现和重要组成。

在中世纪盛期（大约11—14世纪）的300多年里，也许没有比十字军东征对欧洲更为重要和产生了更为重大影响的事件。11世纪末开始的十字军东征对12世纪欧洲的发展起到了巨大的推动作用，同时也是12世纪文艺复兴的一个直接而重要的根源。阿拉伯人最初对基督徒比较友好，对于香客们前往耶路撒冷朝圣，也没有什么限制。但11世纪土耳其人的兴起危及并最终切断了基督徒的朝圣旅途。衰弱的拜占廷帝国和东正教教会无能为力，于是请求罗马教皇像以往那样在西欧招募雇佣军，以对抗土耳其

---

① 查理大帝（Charlemagne，768—814年在位），卡洛琳王朝一代英主，法国历史上最杰出的国王，神圣罗马帝国奠基人，公元800年由教皇加冕为神圣罗马帝国皇帝。值得指出的是，中文一般译为查理曼，并称他为查理曼大帝；其实Charlemagne原意是Charles the great（magne源自拉丁词magnus，意为great），所以应为查理大帝。

人，但教皇乌尔班二世（Urban Ⅱ）却乘机下谕令东征。1095年，来自欧洲各地的骑士，佩戴十字标志，由各地王公贵族率领，在教皇代理人的指挥下，带着夺回耶稣圣墓所在地或抢劫东方难以置信的财富等各种目的，涌向中东，开始了断断续续长达几百年的东征运动。①

罗马帝国覆没以来，欧洲内部一直争斗不休，十字军东征为欧洲各国和各种势力找到或制造了共同的敌人，因而在一定程度上增强了欧洲内部的团结。虽然东征运动并没有也不可能消除欧洲内部的争端，但由于许多桀骜不驯的封建贵族被引向东方，西欧大量剩余的精力有了地方和机会在上帝的旗帜下肆意宣泄，欧洲进入相对平静和稳定的时期。相对稳定的社会环境和十字军在东征中抢夺的巨额财富都有利于欧洲发展。十字军运动造成的宗教狂热还使教皇地位空前提高，得以凌驾于各国国王之上，有几任教皇对敢于反抗他的国王甚至发动过十字军征讨。这自然也有利于在欧洲建立比较统一的秩序。

在十字军东征中，盎格鲁-诺曼王朝表现特别积极。作为维京人后代的诺曼人本来就有尚武传统，现在又得到教皇鼓励，能在上帝的旗帜下肆意掠夺和杀戮，英国的统治者们自然对东征十分热心。比如狮心王理查德，他刚一登上王位就急不可待地准备东征。为了筹集款项，他甚至大量出卖土地、庄园和官位。他曾开玩笑说，如果能找到买主，他会把伦敦卖掉。虽然东征耗费巨大而且十分残酷，但欧洲人也从中东掠夺回大量财富，促进了欧洲经济发展。

更重要的是，虽然十字军东征在欧洲基督教和中东伊斯兰两大文明之间造成了长期流血冲突和许多至今仍未消除的后遗症，但也为两大文明之间直接、深入的接触和交流提供了契机。阿拉伯文明是当时欧洲、中亚和北非地区发展程度最高的文明。阿拉伯国家不仅商业繁荣、航运发达，而且在天文、数学、几何、医学、物理、化学、生物等领域都遥遥领先于当时的欧洲。具有讽刺意味的是，在相当程度上欧洲人还是从阿拉伯人那里"发现"了古希腊文明。他们从阿拉伯人那里获得不少古代典籍，其中包括亚里士多德等先贤的许多在欧洲已经失传的著作，这对欧洲的思想进步，特别是对经院哲学和人文主义的发展，都具有重大意义。正是在12世

---

① 十字军主要进行了8次东征，时间为1095—1303年，但后来还组织过几次规模较小的东征。十字军的一些据点一直存在到16世纪。

第一章 中世纪浪漫传奇之产生、性质与发展

纪，人文主义思想在罗马帝国灭亡后在欧洲获得重大发展。值得指出的是，也正是由于人文主义思想的发展，由于以亚里士多德哲学为基础的经院哲学的重大影响以及由于对亚里士多德的逻辑分析，特别是对他关于因果关系之思想的研究，12世纪和随后的时代是西方历史上作者意识发展的重要时期。[1] 比如，在12世纪的英格兰，蒙莫斯的杰弗里（Geoffrey of Monmouth，1095？—1155？）在其极有影响的著作《不列颠君王史》（De gestis Britonum or Historia regum Britanniae，1135？）、瓦斯（Wace，1110？—1174？）在其盎格鲁-诺曼语《布鲁特传奇》（Roman de Brute，1155？）和拉亚蒙（Layamon，12世纪后期—13世纪前期）在中古英语第一部长篇叙事诗《布鲁特》（Brute，1190？—1210？）等关于亚瑟王传说的关键文献里，都在作品的开篇以及后面多次将有关自己的信息以及他们收集资料撰写著作的情况写入书中，表现出他们的作者意识。作者意识的发展是这时期西方人个人意识的觉醒与发展的一个重要方面，而个人意识的觉醒和发展正是12世纪文艺复兴的一个重要成果和人文主义发展的突出表现，同时也是普罗旺斯新诗运动和浪漫传奇的出现与繁荣的一个重要推动力。

不过应该指出的是，对于不论是12世纪还是自14世纪开始的社会、经济、文化繁荣，"文艺复兴"（renaissance）这一术语，就其原意而言，是不太符合历史事实的，它反映出自文艺复兴时期以来把中世纪称为"黑暗世纪"的思想家和学者们刻意贬低中世纪的偏见。[2] "文艺复兴"的本意是"再生"（rebirth），[3] 这意味着在中世纪，古希腊、古罗马的古典文化、古典传统消失了。其实，不论是柏拉图的古希腊哲学，还是维吉尔和奥维德的古典诗歌，西塞罗和塞内加的拉丁散文或剧作，以及其他一些古代学派和文化成果，在中世纪都备受推崇。更重要的是，对于欧洲社会变革真正起决定意义的是社会本身的发展，古典文化主要是起到历史需要它发挥的作用。如果欧洲社会还没有发生历史性变革，没有对新的意识形态产生强烈需求，古典文化也不可能起到改天换地的作用，这也正是古典文化在

---

[1] 关于中世纪作家的作者意识，可参看 A. J. Minnis, *Medieval Theory of Authorship* (London: Scolar Press, 1984) 或肖明翰《乔叟形象的变迁与乔叟性——兼论"作者之死"》，《外国文学评论》2015年第3期。

[2] 关于中世纪是"黑暗世纪"的观点，最先来自意大利文艺复兴诗人和思想家彼得拉克，尽管他没有直接使用这一术语。

[3] "复兴"（revival）这一含义是后来演化的。

那之前没能发挥"文艺复兴"式作用之根本原因。实际上文艺复兴人并非真的回到古典,他们所尊崇的古典文化本身已在新时代的语境中被重新解读,被赋予了新的意义。所以,不论是12世纪、14世纪或是任何一次大规模社会文化繁荣都绝不真的是对过去的"再生"或"复兴",而是历史的新发展,在本质上它是向前而非向后。下面将谈及,12世纪文艺复兴的这种植根现实、面向未来的精神正是中世纪浪漫传奇那突出的理想主义的本质。

所以,文艺复兴运动是开辟历史新时代的伟大运动,古典文化也因历史的需要的确发挥了巨大作用。不过值得指出的是,虽然古典文化在中世纪并没有消失,在中世纪和文艺复兴这两个时代,古典文化起着不同的作用。在中世纪,古典文化往往同基督教思想结合在一起,被用来为中世纪神学服务,比如源自柏拉图的新柏拉图主义经改造而成为基督教神学的哲学基础,亚里士多德的学说与基督教结合发展成为经院哲学,而在文艺复兴时代,古典文化却主要被用来作为反封建、反天主教会的思想武器,成为当时推动社会进步和宗教改革的动力。

从12世纪中期开始,由于大量古代典籍在阿拉伯世界被发现并带回欧洲,翻译(主要是从希腊文和阿拉伯文翻译成拉丁文)成为一项主要的文化活动。翻译在人类社会和文化的发展史上,特别是在重大变革时期,发挥了极为重要的作用。大约一个世纪后,"到1250年,全部希腊科学实际上已经为西方世界敞开了大门,试图掌握它的学者们被压得不堪重负"[①]。另一个在12世纪发挥了重要作用的是中国发明的造纸术,也是在这期间由阿拉伯世界传入,极大地促进了欧洲思想文化的发展。同时,许多当时先进的科学思想和生产技术也相继引进,中世纪欧洲出现了第一次科学文化的繁荣和技术上的重大进步。正是在这种有利形势中,由于科学技术和经济发展提供了基础,加之思想的活跃、知识的丰富和学术研究的需求的共同促进,欧洲在12世纪诞生了包括巴黎、牛津和剑桥(13世纪初)在内的第一批大学,它们很快成为思想文化的中心,进一步推动了社会和文化的发展。也正是在这个时代,在这种欣欣向荣的文化大氛围中,气势雄伟的哥特式建筑出现在欧洲。在随后的四个多世纪里,哥特艺术支配着以教堂和贵族城堡为主的欧洲建筑以及绘画和雕塑。在很大程度上,我们可以

---

① R. W. Southern, *Medieval Humanism and Other Studies*, Oxford: Blackwell, 1984, p. 48.

第一章 中世纪浪漫传奇之产生、性质与发展

说哥特建筑和哥特艺术是欧洲中世纪盛期宗教信仰、意识形态以及高度发展的工程建筑技术和经济进步的体现。

十字军东征对欧洲社会和文化产生的另一个巨大影响是使教会"驯化"封建骑士的意图在相当程度上得以实现。中世纪骑士，特别是早期的封建骑士，大都源自尚武的条顿贵族，是无法无天的武夫。他们那些有关勇敢、征战、荣誉和慷慨的行为准则实际上同野蛮、残忍、傲慢与挥霍没有本质区别，因此与基督教的精神和道德观念直接冲突，并威胁到教会试图在欧洲建立基督教秩序的努力。罗马教廷采取了许多措施，多次发布谕令，限制和禁止他们的暴力行为，但没能奏效，于是着手用基督教精神来驯化那些桀骜不驯的封建骑士，试图把他们改造为为基督而战的基督教骑士。十字军东征既增强了教会的权威，同时又将骑士们的尚武精神转移到为基督而战的旗帜下。在随后几个世纪里，理想化的骑士精神在欧洲被大力宣扬，骑士文化逐渐成为中世纪盛期宫廷和上层社会的文化之重要组成。

然而，运用基督教精神驯化或者说塑造骑士只是一个方面。与基督教会一道，正在兴起的世俗宫廷文化在"驯化"封建骑士上同样也发挥着至关重要的作用。从11世纪开始，特别是在12世纪，欧洲王室和贵族大量修建城堡，形成了大大小小的"宫廷"（courts）。王公贵族们为满足自己的需要，在宫廷里收养了各种文人、学者和艺术家，经常举办各种高雅的文化活动，逐渐形成了一种特殊的宫廷文化和新的价值体系。在宫廷交往中，翩翩风度、优美举止、高雅谈吐，且知道如何向名媛淑女献殷勤乃至谈情说爱，成为新时尚，那自然使行为粗野、言辞低俗、动辄诉诸武力的武夫自惭形秽。特别有意义的是，从宫廷文化中演化出的宫廷爱情，很快成为中世纪极为突出的文化现象，如果不是生活现实的话。实际上，骑士精神和宫廷爱情是同一宫廷文化的两个方面，它们共同成为塑造理想的骑士形象的基本因素，自然也是评判骑士的价值标准。骑士精神和宫廷爱情不仅成为浪漫传奇文学的核心内容，而且可以说它们催生出浪漫传奇这一中世纪中后期最重要的叙事文学。关于骑士精神和宫廷爱情以及它们在浪漫传奇中的特殊意义，本章后面将比较深入地探讨。

与宫廷文化密切相关的是中世纪特殊的庇护制（patronage）。庇护制对中世纪文化、文学和艺术的发展发挥了重大影响。由于在中世纪，文化艺术本身往往不能养家糊口，文化人和艺术家除了少数本身就是富裕的贵

族，比如阿奎坦公爵威廉九世，或者是教会上层外，大都依附于王室和贵族，王公贵族成为文化人的庇护人。在12世纪，亨利二世和王后艾琳诺（Eleanor，即威廉九世的孙女，阿奎坦女公爵），以及她与前夫法国国王的女儿玛丽，都是当时最著名的庇护者，在他们宫中都有一批当时欧洲最杰出的诗人和其他文化人。王室宫廷和贵族城堡经常举行诗人或行吟诗人的演唱会和其他文化活动。另外，当时一些政府人员和神职人员也往往依靠王室和贵族的赞助从事文化艺术活动，比如亚瑟王浪漫传奇的开拓者和奠基者克雷蒂安就是玛丽的宫廷教士。即使到了14世纪，英诗之父乔叟虽然身为政府官员，但也一直接受王室和贵族的庇护，为王室创作和朗诵诗作；因此获得的赏赐也是他重要的生活来源。

正是在王公贵族的庇护和支持下，法国南部的游吟诗人、宫廷诗人，以及阿奎坦公爵这样的贵族诗人，共同造就了普罗旺斯新诗运动。① 普罗旺斯新诗运动是欧洲现代文学之开端，不仅是在思想和内容上，还体现在语言和风格上。在拉丁语掌控着政治、宗教、法律、学术、文学等一切上层建筑的话语权的中世纪欧洲那特定的语言环境中，用俗语（vernacular），用人们日常生活中的所谓"粗俗语言"（vulgar language），也就是用各民族的语言进行文学创作，具有特殊意义。用古奥克西唐语（Occitan，古法语一种）创作的普罗旺斯新文学因此开创了现代欧洲民族语言文学的先河。② 另外，如果说以教会语言拉丁语创作的文学作品更多的是以上帝为中心的宗教文学的话，那么文学家们从拉丁文转而使用人们日常生活或者说世俗生活中的语言，标志着中世纪欧洲文学关注的中心开始从天堂转向尘世、从宗教转向世俗生活、从上帝转向现实生活中的人。这是法国南部这种新型的俗语文学在中世纪文学史上第一次如此突出、如此大范围地表现人文主义关怀。

俗语文学的创作还表明，在12世纪开始盛行，后来在文艺复兴时代逐渐占主导地位的人文主义思想真正的、最重要的根源并非古希腊罗马文化，而是现实生活，是逐渐发展的现实关怀，是人对自身价值的肯定，崇尚人之价值的古典文化因能满足这种现实需要而与之产生共鸣，进而能大

---

① 关于普罗旺斯新诗运动及其宫廷爱情主题将在下一节里具体探讨，这里只将其作为12世纪文艺复兴的重要组成和它对浪漫传奇产生的特殊意义做简单陈述。
② 在中世纪欧洲最早而且取得辉煌成就的民族语言文学是古英语文学（7—11世纪），但古英语文学在1066年诺曼征服之后已经衰落。

第一章　中世纪浪漫传奇之产生、性质与发展

行其道。所以，在文艺复兴人眼里，拥有崇高权威的古典文化认同，能推动人们的现实关怀、证明人们关注现实生活和满足自身需求天经地义，因而古典文化为人们所信奉并成为改造社会的强大思想武器。同时，对人的自身价值和对现实生活的肯定反过来也推动了古典文化在新的历史语境中复兴、发展与繁荣，以进一步满足时代的需要。一些宗教改革活动家甚至认为，对人的现实需求和现实生活的肯定归根结底也是对上帝和对上帝创世的颂扬，这成为文艺复兴时期乃至随后时代里普遍信奉和发展的基督教人文主义思想的一个重要根源。

实际上在 12 世纪，俗语文学中的人文主义思想已经在宗教领域得到回应：造成人类堕落的夏娃逐渐被充满慈爱的圣母玛利亚代替，几乎被人们部分忽略了上千年的玛利亚正是在 12 世纪成为突出的崇拜对象，其地位超越了所有其他圣徒。人文主义思想影响所及，甚至十字架上原先耶稣那令人敬畏的神的形象也演化成为现代人"所熟悉的人格化了的赤裸的受难者形象"[1]。不过，很难证明是世俗文化中的人文主义思潮影响了宗教领域，还是宗教领域的人文主义思想影响了世俗文化。比如，对圣母的崇拜和普罗旺斯新诗对女性的颂扬在 11 世纪后期几乎同时出现。而这似乎恰恰具有更深刻的意义，因为它们也许是欧洲文化和思想史上同一进程中相互影响、相互促进的两个方面，因而在更深的层次上揭示欧洲社会和文化的发展与变革。索森认为，中世纪的人文主义诞生于 11 世纪后期的修道院。当修士们在自己的内心发现上帝的存在之时，在他们认为通向上帝之路开始于自身之爱（self-love）之时，也就是说，当人们开始关注自己，开始重视自己的价值时，人文主义就诞生了。[2] 这种说法意味着，起码在那之前几百年的中世纪没有人文主义。如果我们不是把人文主义看作一种哲学体系，而是像索森认为的那样，是人对自身价值的"重视"，那么任何时代的人类社会都程度不同地有一定的人文主义思想。其实，就在 11 世纪之前已经繁荣了 400 多年的古英语文学中，特别是那些与日耳曼文化传统联系更为紧密的诗作里，就已经表现出比较突出的人文主义思想。[3] 但索森的

---

[1] Howard, *Chaucer*, p. 28.

[2] Southern, *Medieval Humanism*, pp. 33 – 35.

[3] 关于古英语文学中的人文主义思想可参看肖明翰《英语文学传统之形成——中世纪英语文学研究》（上），社会科学文献出版社 2009 年版。在古英语文学中，即使在宗教文学作品里，更不用说在英雄史诗和抒情诗里，也都表现出人文主义思想。

观点对人文主义在 11 世纪之后的发展（如果不是诞生的话）自有其深刻之处，那就是，他指出了这一时期的人文主义之发展与人的内心体验、人的自我审视相关。

中世纪人文主义以及欧洲思想史发展的一个重要里程碑是 1215 年召开的第四次拉特兰会议，它对西欧文学也产生了巨大影响。虽然这次会议在 13 世纪初召开，但却是 11 和 12 世纪以来罗马教会之权威的提高、经院哲学的发展以及人对自身价值认识的加强的结果与体现。这次会议的一项规定是，每一个基督徒必须每年至少做一次忏悔。这次会议之后，指导人们如何做忏悔的文章和小册子大量出现。它们不仅直接涉及人们的宗教生活，而且深刻影响了欧洲文学。这些作品中不少具有一定文学价值，受其影响，许多文学家把这种忏悔文学的内容和形式运用到自己的创作之中。中世纪最杰出的英语文学家如兰格伦（William Langland, 1330？—1400？）在《农夫皮尔斯》（*Piers Plowman*）和乔叟在《坎特伯雷故事》里的一些故事和引子中就是如此。

不过，这次会议对于欧洲人的思想进步和文学发展更重要的贡献还在于它的人文主义意义。因为对忏悔的重视在本质上也是对人的自身努力在灵魂救赎中的作用的重视。然而具有悖论意义的是，本来教会是为了加强对教徒心灵的控制所做的规定，反而促进了欧洲人自我意识的觉醒，因为教会迫使人们把关注、剖析和内省的目光向内投射到自己的心灵，使人在忏悔中认识自己，在内省中界定自我。福柯在《性经验史》里对拉特兰会议关于忏悔的决定对欧洲社会所造成的巨大影响进行了深入分析。他认为，"从此，西方社会成为一个特殊的坦白社会"。在这样的社会里，"'坦白'就是一个人确认自己的行为和思想"，因此"坦白真相已经内在于权力塑造个体的程序之中"。[①]

忏悔以上帝的名义迫使人内省，分析自己的内心世界，考察自己的灵魂，结果却成为"塑造个体"的因素，促进了个体意识的发展，这在西方思想史上具有重大意义，同时也深刻影响了西方文学的发展。在这之前的中世纪文学里，很少有真正的内心活动。文学因受忏悔影响而发生的重大变革就是对人内心的关注、对人无限复杂的内心世界的探索和对灵魂中难以捉摸的矛盾与冲突的揭示。福柯注意到忏悔给文学带来的这种深刻"变化"。他说："人们从以英雄叙事或'考验'勇敢和健康的奇迹为中心的叙

---

① [法] 米歇尔·福柯：《性经验史》，佘碧平译，上海人民出版社 2000 年版，第 44、43 页。

第一章 中世纪浪漫传奇之产生、性质与发展

述和倾听的快感转向了一种以从自我的表白出发无止境地揭示坦白无法达到的真相为任务的文学。"① 也就是说,以英雄史诗、骑士传奇和宗教奇迹故事为核心的中世纪文学在那之后逐渐转向以人、以无止境地探索人的内心世界为中心的现代文学。这种"内向化"可以说是罗马帝国崩溃后西方文学最具革命性的变革。需要强调的是,忏悔对文学最深刻的影响并不仅仅表现在人物"坦陈"心扉这一层面上,而更在于人的自我意识的觉醒、内心的剖析,以及复杂性格的塑造。如果说在12世纪,这还只是有欧洲文学未来发展的潜在可能性的话,那么到了14世纪乔叟时代,它已经在乔叟塑造的卖赎罪卷教士、克瑞茜达等一批文学形象那里取得了令人赞叹的成就。

当然在12世纪的欧洲,与人文主义思想的发展和对人之价值的肯定直接相关的突出表现是前面提到的世俗性质的宫廷文化之发展与繁荣,而随着宫廷文化的发展,新的价值观念和新的行为规范也逐渐形成,风度翩翩、举止优雅、知道如何向贵妇人献殷勤的技巧成为一个贵族或骑士在宫廷活动中所必须。正是在欧洲宫廷文化的大环境中,以骑士精神和宫廷爱情的结合为核心产生了中世纪欧洲最重要的叙事文学:浪漫传奇(romance)。我们完全可以说,没有宫廷爱情和骑士精神的结合,就不可能有我们现在看到的中世纪中、后期那种最重要的叙事文学体裁。但如果我们考察最早出现的那些古法语浪漫传奇,我们就会发现除了上面提到的各种历史、社会、经济、宗教和文化因素外,对于浪漫传奇体裁的出现,另外还有一些特别重要的因素在发挥着更为直接的作用,那就是文学发展的内部因素。当然,这些内部因素与社会、经济、文化等外部因素自然也密切相关,因为一种新的文学体裁的出现往往根源于旧的体裁难以满足社会的需要,难以胜任表达新的时代精神的任务。

但一种新体裁并非突然凭空产生,而往往是来自对已有体裁的改写,或者如托多罗夫在《体裁之来源》一文中所说,是对已有体裁的"转化":"一种新的体裁总是以颠覆、以取代、以结合的方式对已有一种或多种体裁的转化。"② 但问题的关键是,用什么和以何种方式对已有的什么体裁进

---

① [法]米歇尔·福柯:《性经验史》,佘碧平译,上海人民出版社2000年版,第44页。
② Tzvetan Todorov, "The Origin of Genres", trans. by Richard M. Berrong, *New Literary History*, Vol. 8, No. 1, Autumn 1976, p. 161.

行转化或改写。学者们一般都认为，作为一种文学体裁，浪漫传奇最早是用古法语（包括盎格鲁-诺曼语，即在英格兰使用的诺曼底法语）创作，大约在12世纪中期出现在法国北部和英格兰，如《布鲁特传奇》（*Roman de Brute*, 1150—1155?）、《底比斯传奇》（*Roman de Thebes*, 1150—1155?）、《埃涅阿斯传奇》（*Roman d'Eneas*, 1156?）、《特洛伊传奇》（*Roman de Troie*, 1160—1165?）等。它们是克雷蒂安在七八十年代创作出亚瑟王浪漫传奇之前最有影响、流传最广的早期浪漫传奇作品。这些作品的一些重要共同点反映出浪漫传奇在那时期出现的一些深层社会和文化文学根源。首先，除瓦斯的《布鲁特传奇》是以杰弗里的编年史《不列颠君王史》为源本翻译加改写而成的不列颠"历史"之外，其他都是对古典史诗的翻译和改写，而其中最突出的就是特洛伊题材作品。

最早的浪漫传奇从改写特洛伊题材的史诗开始绝非偶然。其实，瓦斯的《布鲁特传奇》，或者说杰弗里的《不列颠君王史》，也是将不列颠的"历史"嫁接到特洛伊这株在中世纪特别具有生命力的"砧木"之上，认为不列颠创建者布鲁图（Brutus）是古罗马的创建人、特洛伊战争的幸存者埃涅阿斯的曾孙。其实早在杰弗里之前，法国人（或者说法兰克人）和诺曼人已经认特洛伊人为自己祖先。7世纪的一本拉丁语编年史在现存文献中最早提到法兰克人的祖先法兰库斯（Francus）是特洛伊人，后来8世纪卡洛琳王朝时期的一部"史书"《法兰克史》（*Liber Historiae Francorum*, 727）则更进一步，把法兰库斯说成特洛伊最伟大的英雄赫克托的儿子阿斯蒂阿纳克斯（Astyanax）的后裔，特洛伊英雄自然也就成了查理大帝的先祖。此后的各种法国年鉴纷纷效仿，把法国王室和贵族的宗谱追溯到特洛伊。博恩（Colette Beaune）在其研究法兰西民族形成的专著中指出："1080年之后，[法国的]贵族和王室家族大多宣称来自特洛伊。"①13世纪法国诗人莫斯克斯（Philippe Mouskes, 1220?—1282）主教在其长达31150行的《诗体年鉴》（*Chronique rimée*）中骄傲地说："我们全都是特洛伊人。"②

同样，诺曼人也将自己视为特洛伊人后裔。大约在公元966年，诺曼

---

① Colette Beaune, *The Birth of an Ideology: Myths and Symbols of Nation in Late-Medieval France*, Berkeley: University of California Press, 1991, p. 226.

② 转引自 Beaune, *The Birth of an Ideology*, p. 226。

第一章 中世纪浪漫传奇之产生、性质与发展

底公爵理查德一世的私人教士，一位名叫都多（Dudo）的法兰克人，在公爵授意下，撰写了一本拉丁文《诺曼史》（*Historia Normannorum*）。该书实际上是理查德的祖父、诺曼底的创建者卢（Rou，盎格鲁-诺曼语，即Rollo，846？—930？）的奋斗史。书中说，卢是丹麦人（根据学者研究，卢应该是挪威人），而丹麦人也被认为是特洛伊另外一位幸存者、国王的谋士安忒诺耳（Antenor）的后裔，所以诺曼人也成了特洛伊人后裔。[①] 在12世纪，受亨利二世委托，瓦斯和贝诺瓦（Benoît de Sainte-Maure，？—1173）都分别在其《卢之传奇》（*Roman de Rou*，1160—1174）和《诺曼底公国年鉴》（*Chronique des ducs de Normandie*）里渲染诺曼人的特洛伊"祖先"。其实，不仅是不列颠人、法兰西人、诺曼人、丹麦人，而且中世纪欧洲许多其他地区的人都争先恐后认特洛伊人为先祖。15世纪初，亨利王子（即未来的英王亨利五世）授意英国诗人莱德盖特（John Lydgate，1370？—1451？）用"我们的语言"（即英语）撰写特洛伊故事，莱德盖特因此创作出3万多行的英语诗作《特洛伊书》（*Troy Book*）。他在诗作里说，不列颠人、法国人、威尼斯人、西西里人、那不勒斯人、卡拉布利亚人等都尊特洛伊人为先祖。其他中世纪诗人还提及，另外一些地区的人们也是如此。[②] 颇具讽刺意味也很值得研究的是，中世纪人不是把战胜了特洛伊的希腊人而是把被希腊毁家灭国的特洛伊人尊为祖先。

在那一时期，这么多西欧民族争相把自己看作特洛伊人后裔，自然是有原因的。据学者研究，在11世纪，西欧的封建贵族统治正在出现深刻变革，即从传统的比较注重以宗族（clan）为基础的"横向"（horizontal）模式[③]逐渐向以直系男性继承人（即长子继承）为基础的纵向（vertical）的宗谱（genealogical）或者说父系（patrilineal）模式转换。[④] 这种转换是

[①] 关于诺曼人将特洛伊人认作祖先的由来，可参看 Anthony Adolph, *Brutus of Troy: And the Quest for the Ancestry of the British* (Barnsley, England: Pen & Sword, 2015) 第7章以及 Francis Ingledew, "The Book of Troy and the Genealogical Construction of History: The Case of Geoffrey of Monmouth's *Historia Regum Britanniae*", *Speculum*, Vol. 69, No. 3, July 1994, pp. 682–85。

[②] 请参看 Lee Patterson, *Negotiating the Past: The Historical Understanding of Medieval Literature*, Madison: University of Wisconsin Press, 1987, p. 203。

[③] 这种模式在一定程度上来自古日耳曼社会文化传统，日耳曼社会是以宗族为核心。原居北欧的日耳曼各部族南迁，在5世纪摧毁西罗马帝国后在从西欧到北非的广阔领域建立无数大大小小的封建制王国或贵族领地。

[④] 比如，可参看 Howard R. Bloch, *Etymologies and Genealogies: A Literary Anthropology of the French Middle Ages*, Chicago: University of Chicago Press, 1983。

社会发展的需要也是社会发展的结果，它有助于减少中世纪纷繁复杂的权力争斗和持续不断的社会动荡。同时，那些失去了爵位和主要财产（土地）继承权的次子们往往外出另谋生计。他们到各处游历，为君主和上等贵族效力，成为中世纪骑士的重要组成。在很大程度上，这也是繁荣于中世纪的骑士文学之社会基础。尽管浪漫传奇所表现的骑士历险并不主要是其社会意义或者说骑士与社会的关系，而更多是他的欲望、诉求和品质，是他自身价值的实现，但这些重要的社会历史信息也隐含在浪漫传奇作品中。

　　欧洲社会这种强调宗谱模式的转型在 12 世纪特别明显，而且在历史文献中得到突出反映。比如在亨利二世时期，出现了一系列用拉丁语、盎格鲁—诺曼语和大陆法语撰写的关于诺曼人的"历史"和武功的编年史，它们中许多是直接受亨利鼓励、授意或委托之作。[①] 盎格鲁—诺曼人艾尔雷德（Aelred of Rievaulx，1110—1167）将自己撰写的 7 部拉丁文历史著作中的 3 部直接献给亨利，而且在《英格兰国王宗谱》（*Genealogia regum Anglorum*，1153—1154）和《国王和忏悔者：圣徒爱德华生平》（*Vita S. Eduardi, regis et confessoris*，1161—1163）中宣称诺曼人是盎格鲁-撒克逊王国的合法继承人。在瓦斯以杰弗里的《不列颠君王史》为源本创作的盎格鲁-诺曼语诗体《布鲁特传奇》大获成功之后，亨利委托他撰写具有明显政治意义的诺曼人历史。瓦斯按《布鲁特传奇》的模式用盎格鲁-诺曼语撰写《卢之传奇》，追述诺曼人先祖卢及其后代的"历史"，直到诺曼征服（1066）之后于 1106 年发生在诺曼底的亨彻伯雷（Tinchebray）之战。《布鲁特传奇》将重点放在亚瑟王传说，而《卢之传奇》则把重点放在征服者威廉以及诺曼征服以表明盎格鲁-诺曼王朝是盎格鲁-撒克逊王国的合法继承者。后来，瓦斯因得知亨利把撰写诺曼人历史的"政治任务"又交给他人而未能最终完成该书，这部现存长达 16930 诗行的作品可谓诺曼人的民族史诗。亨利关于撰写诺曼人"历史"的旨意最终由贝诺瓦完成，即那部长达 44544 行的诗体《诺曼底公国年鉴》。他的另外一部更为著名、影响更大的诗作是约 40000 行的浪漫传奇作品《特洛伊传奇》（*Le Roman de Troie*，1155—1160?）。另外一位盎格鲁-诺曼人乔丹·凡托斯米（Jordan Fantosme，？—1185）用盎格鲁-诺曼语撰写了一部关于亨利国王平定儿子

[①] 可参看 Patterson, *Negotiating the Past*, p. 200，特别是该页注 6。

第一章　中世纪浪漫传奇之产生、性质与发展

小亨利的叛乱以及打败苏格兰的战争的诗体当代《编年史》，歌颂亨利的功绩。这些还只是亨利二世时代的"历史"著作中的一部分。

如亨利二世的旨意所表明的，以上那些编年史主要都是为了维护和强化王室和贵族们的权力和地位的合法性，它们全都强调纵向的宗族谱系。为此目的，那时期的王室和贵族们在自己的"家族史"中也都竞相将自己的谱系追溯到远古的显赫家族，特别是特洛伊王室和贵族。在这方面，维吉尔的那部关于劫后余生的埃涅阿斯率领残存的特洛伊人历尽艰辛，渡过地中海，远航到意大利创建罗马的伟大史诗因为在中世纪一直有广泛影响，所以《埃涅阿斯记》（Aeneid）为他们提供了绝好的范例。更重要的是，如此多的贵族家族和王室试图"通向"特洛伊，也因为他们都想同伟大的罗马帝国沾亲以便在复杂而激烈的争斗中维护自身的地位和增强其合法性。这也有助于解释，为什么中世纪欧洲人愿认特洛伊人而非后来沦落得不像样子的希腊人为祖先。希腊被罗马征服沦为其属地，"特洛伊人"也总算报了一箭之仇。

在更深层次上，强调甚至虚构家族史并将其同古老的特洛伊和辉煌的罗马联系在一起，实际上也反映出那时期因为人文主义发展和对现实世界的重视，中世纪人的历史观正在发生深刻变化。经教父们特别是奥古斯丁的系统阐释，基督教神学认为，人类历史就是一部人类失去伊甸园后，在天命（Providence）指引下向上帝或者说天堂回归的历史，而对贵族或王族家族史的强调并将其同特洛伊或罗马联系，实际上是中世纪人历史观的世俗化，是人文主义的重大发展，不仅在历史研究领域，更在欧洲思想史上极具意义。著名学者、现当代罗马天主教神学家彻努（Marie-Dominique Chenu，1895—1990）认为，"在人们心中唤醒对人类之历史的积极意识是12世纪拉丁基督教世界的辉煌成就（splendid achievement）"，因此那是西方发展史上一个关键时期。[①] 英格杜（Francis Ingledew）进一步指出："在与维吉尔的特洛伊之书联系在一起时，这种历史记忆成为……一种对奥古斯丁式历史建构的深刻挑战"，而"如此多条大路通向特洛伊只能表明那

[①] Marie-Dominique Chenu, "Theology and the New Awareness of History", in Jerome Taylor and Lester Little, eds. and trans., *Nature, Man and Society in the Twelfth Century: Essays on New Theological Perspectives in the Latin West*, Chicago: University of Chicago Press, 1968, p.162。这里所说的"拉丁基督教世界"（Latin Christendom）里的"拉丁"并不仅仅指拉丁语，也指与基督教关联、源自罗马帝国的拉丁文化和体制。

是对修道院文本模式的一种观念性的替代，而那种模式将人类的境况解释为使上天之城——或者说故土①——成为每一个人理所当然的目的地的朝圣之旅和流放"。他认为，"家族谱系的发展代表了世俗历史学发展史上一个重要时刻"。②其实也正是在12世纪欧洲世俗历史观发展史上这一"重要时刻"，欧洲贵族家族开始使用家族纹章（the coat of arms）来标识其家族，纹章强调家族本身的地位和价值，随即成为一个贵族家族的历史和荣誉的至高无上的神圣象征。家族纹章的出现在欧洲世俗性家族观念发展史以及在欧洲文化史上都具有里程碑式的意义。

当然在中世纪，史学观和历史学的世俗化并不等于说对历史的阐释和对历史事件的解读不受基督教影响，毕竟中世纪的史学家或者说编年史撰写人几乎全都是宗教界人士，许多人甚至是神学家。比如下一章将重点涉及的杰弗里的《不列颠君王史》，它是12世纪史学世俗化的第一部影响特别大的编年史，其作者就是宗教界上层人士，里面的基督教影响自然也十分突出。史学观的世俗化主要是指对历史的叙述和阐释聚焦于一个家族、部族、民族或王国自身的演化或历程（至于其叙述是否真实并不重要），而非强行运用基督教教义将历史言说成上帝天命的寓言（allegory③）。换句话说，中世纪的世俗历史观将关注重点放在尘世中历史发展本身而非基于宗教去"建构"乃至虚构历史以阐释和体现基督教教义。

正是在中世纪欧洲历史观趋于世俗化、王室和贵族热衷于追溯或者说虚构家族"历史"以提升其地位或使其统治合法化的同时，由历史题材的史诗改写而成的浪漫传奇开始出现。特别值得注意的是，不仅那些世俗化的"历史"与特洛伊传说和维吉尔的《埃涅阿斯记》连接，而且新出现的最早的浪漫传奇作品也大多以特洛伊传说为题材，有的甚至是直接改写自《埃涅阿斯记》。在一定程度上，古典题材史诗的浪漫传奇化正是历史观世俗化的文学体现，并反映出中世纪特殊的语境中新价值观④的出现和人文主义在文学领域的重大发展，而这种发展突出表现在几个相互之间内在关

---

① 中世纪基督徒把伊甸园或天堂看作自己的故土，而尘世只是回归"故土"之前的"流放地"；从古英语文学到乔叟诗歌以及欧洲其他语种的中世纪文学都对此有大量表达。
② Ingledew, "The Book of Troy and the Genealogical Construction of History", pp. 703, 676.
③ Allegory 常被译为"讽喻"，是不对的；该术语本身并无"讽"意，尽管可以被用来"讽喻"。
④ 关于浪漫传奇所表达的新的价值观念，下面在关于骑士精神和宫廷爱情的部分将具体阐述。

第一章 中世纪浪漫传奇之产生、性质与发展

联密切的方面。

首先,在所有史诗里,主角都是史诗英雄,而史诗英雄尽管有一定个性特征,但都主要是民族或部族精神、利益和价值观念的体现者,也就是说他更是一个民族或部族英雄。与之不同,浪漫传奇里的英雄同时还具有更突出的个人意图和欲望,更加追求自身的价值和利益,其冒险经历或者说英雄行为带有更明显的个人色彩。其次,古典史诗人物被中世纪化,史诗英雄被塑造成中世纪骑士,其言行举止、思想追求深受当时正在迅速发展的宫廷文化和骑士精神影响。最后,与此密切相关而且对于浪漫传奇特别重要的是第三点,即在对古典史诗进行改写中增加或者更为突出当时正在流行的(宫廷)爱情主题和情节。换句话说,在很大程度上是宫廷爱情把史诗浪漫传奇化了。

所有那些早期浪漫传奇对古典史诗的改写都突出地加入了宫廷爱情内容,从而在相当大程度上以爱情取代战争成为主题;不仅如此,爱情还为作品中的战争和越来越多的各种历险情节赋予新的意义。在最早的浪漫传奇作品之一的《埃涅阿斯传奇》(*Roman d'Eneas*,1160?)[①]里,佚名作者按古罗马爱情诗人奥维德的情调和正在兴起的宫廷爱情内容改写维吉尔,大幅度删减史诗《埃涅阿斯记》里的战争描写,却浓墨重彩地表现埃涅阿斯先后同迦太基女王狄多和意大利公主、他未来的王后拉维尼娅之间的爱情纠葛,把一部英雄史诗改写成中世纪浪漫传奇。需要指出的是,这里最重要的还不仅仅是增加对爱情的描写,而是引入了宫廷爱情这种特别的范式从而创造出一种新的宫廷叙事。正如巴隆在谈到这部作品以及这时期同类型诗作的特殊贡献时所指出,它们"把史诗行为(epic action)和奥维德式情调(Ovidian sentiment)结合起来创造出一种新型宫廷叙事"。[②] 换句话说,新型的浪漫传奇所表现的并不仅仅是文学中自古就有的那种爱情主题,而是新的"宫廷爱情"。[③] 同样,《底比斯传奇》(*Le Roman de Thèbes*)里的宫廷爱情描写也将古罗马诗人斯塔提乌斯(Statius,45?—96)的史诗《底比斯战记》(*Thebaid*)转化为新的体裁。值得一提的是,该作里的爱情题材后经薄伽丘增色而影响了乔叟,最终成就了中古英语文

[①] 一些学者认为《埃涅阿斯传奇》是第一部真正意义上的浪漫传奇。
[②] W. R. J. Barron, *English Medieval Romance*, London: Longman, 1987, p. 21.
[③] 关于宫廷爱情,后面将具体说明。

学中最杰出的骑士传奇作品之一的《骑士的故事》。在盎格鲁-诺曼诗人肯特的托马斯（Thomas de Kent，生卒年不详）的《亚历山大传奇或骑士传奇》（*Roman d'Alexandre ou Roman de Toute Chevalerie*，12世纪后期）里，被中世纪化或者说被骑士化了的亚历山大大帝与埃塞俄比亚女王坎达丝（Candace）之间的爱情以及他从遥远地方赶去与她幽会的情景，被一些学者认为与安茹王朝的亨利二世对艾琳诺女公爵的求爱不无相似之处。实际上，12世纪几乎所有最早的浪漫传奇都产生于安茹王朝或与其相关地区。前面提到的贝诺瓦那部长达3万多行的《特洛伊传奇》是一部特别有影响的诗作，据说作者将它献给了王后艾琳诺。贝诺瓦不仅将宫廷爱情引入作品并极力发挥，而且还虚构了特洛伊王子特洛伊罗斯与一个名叫白丽西达（Briseida，在诗作中她是叛逃到希腊军中的特洛伊祭司卡尔克斯的女儿）之间的爱情，以及她在被交换到希腊一方后投入希腊将领狄奥墨德斯怀抱的故事。这个故事经13世纪意大利诗人圭多（Guido delle Colonne）以及后来的薄伽丘进一步演绎，并在乔叟手上创作成中世纪最著名的英语宫廷爱情诗和英语文学史上最杰出的爱情叙事诗作《特洛伊罗斯与克瑞茜达》，后来莎士比亚和桂冠诗人德莱顿都在乔叟作品基础上创作出同名剧作。

很明显，对宫廷爱情的描写在将史诗改写成浪漫传奇中发挥了最直接的作用，因此也具有最重要的意义，我们甚至可以说，是宫廷爱情将史诗改写成浪漫传奇的。广义上的奥维德爱情诗传统（包括法国南部的普罗旺斯新抒情诗、阿拉伯和波斯爱情诗[①]以及浪漫传奇里的宫廷爱情内容等）之影响在12世纪西欧文学中如此之广泛，以致"12世纪被描述为'奥维德时代'（the age of Ovid）"。[②] 哈斯金斯在《12世纪文艺复兴》里特别集中地研究了拉丁文化对12世纪文艺复兴的重大影响。拉丁诗歌或者说古罗马诗歌中存在并流传下来了分别以维吉尔和奥维德为代表的史诗传统和爱情诗传统。阿舍在其探讨英格兰民族性之形成的著作《虚构与历史：1066—1200年之英格兰》中涉及浪漫传奇的出现。她认为"史诗的意义在于它的历史性（historicity）"，而"抒情诗是一种极度的非历史性体裁

[①] 不仅普罗旺斯新诗，学者们认为，波斯和阿拉伯爱情诗也受到奥维德诗歌传统的影响。
[②] Sarah Kay, "Courts, Clerks, and Courtly Love", in Roberta I. Krueger, ed., *The Cambridge Companion to Medieval Romance*, Cambridge: Cambridge University Press, 2000, p. 87.

第一章 中世纪浪漫传奇之产生、性质与发展

(profoundly ahistorical genre)",它们本是"两种独调而且相互竞争的话语",浪漫传奇"是抒情诗与史诗的结合"①。她说:《埃涅阿斯传奇》是对维吉尔史诗《埃涅阿斯记》"十分奇特"的"翻译",它"也许是最早具有[浪漫传奇]体裁之典型形式"②的作品。虽然阿舍没有把这两大传统的结合以及浪漫传奇的产生放到12世纪文艺复兴以及当时特定的文化和文学大语境中分析,而且她关于英格兰民族在那时已经形成的观点也并不十分令人信服,③但她关于维吉尔代表的史诗传统和奥维德代表的爱情诗传统的结合产生浪漫传奇的观点很有见地,只不过视野应拓宽一些。比如,虽然那两大传统的并存与碰撞自罗马时代起就一直存在,但为什么浪漫传奇只是在12世纪那特定的历史文化环境中产生呢?这其实表明,浪漫传奇的产生还有其他原因。

首先,12世纪的古法语诗人特别重视史诗传统,那是因为自11世纪以来直到13世纪,具有史诗性质的古法语武功歌(chanson de geste)一直很流行,取得了很高成就,其中最有名的是《罗兰之歌》(*Chanson de Roland*)。据说,在征服者威廉公爵的率领下,在黑斯廷斯战场击溃英格兰军队从而结束了盎格鲁-撒克逊时代的诺曼底军队就是唱着《罗兰之歌》挺进英格兰的。另外,近期学者们的研究发现,武功歌并非像以前人们认为的那样在浪漫传奇兴起之后很快衰落消亡,而是在相当长时期内与浪漫传奇共同发展,相互影响。比如,流传下来的许多手抄稿集子里就同时收集有武功歌和浪漫传奇。④ 法语武功歌的创作与流行有利于人们熟悉、理解、掌握古典史诗,因而也就间接地有利于诗人们用古法语改写古典史诗和创作与史诗接近的浪漫传奇。

当然更重要的是,史诗和爱情诗这两种"相互竞争的话语"能在此时结合而产生出浪漫传奇这种新体裁,与上面提及的普罗旺斯新型抒情诗的繁荣密切相关,而普罗旺斯新诗在本质上是宫廷爱情和宫廷文化的诗歌表现,它的出现与繁荣其实是奥维德传统的爱情诗在12世纪宫廷文化中的新

---

① Laura Ashe, *Fiction and History in England*, 1066—1200, Cambridge: Cambridge University Press, 2007, p. 134.

② Ashe, *Fiction and History in England*, p. 125.

③ 关于这一点,可参看肖明翰《诺曼征服后英格兰民族性之发展——评阿舍新著〈虚构与历史:1066—1200年之英格兰〉》,《外国文学》2009年第4期。

④ 参看Simon Gaunt, "Romance and other Genres", in Krueger, ed., *The Cambridge Companion to Medieval Romance*, p. 49.

发展，同时也受到由十字军东征带来的波斯和阿拉伯抒情诗影响。关于这一点，下面将具体谈到。所以在很大程度上我们可以说，浪漫传奇是拉丁精神与中世纪盛期西欧的社会现实以及正在形成中的西欧现代民族文化之间的碰撞在文学领域的体现，是欧洲古典史诗传统、爱情诗传统、古法语武功歌、普罗旺斯新诗以及伊斯兰世界的爱情诗在12世纪文艺复兴这一历史语境中相互作用共同造就的新的世俗叙事文学体裁。

欧洲12世纪文艺复兴带来的变革和发展虽然只是欧洲从中世纪进入现代的开端，更广泛而深刻的变革还在后面，但它为未来的发展指明了方向。英国显然也是12世纪文艺复兴运动的重要地区。在12世纪，特别是在亨利二世时代，安茹王国地域辽阔，政治经济强盛，而且也是西欧一个重要的文化、文学和艺术中心。除了上面提到的哥特建筑和哥特艺术的发展以及牛津、剑桥大学的创建等重要成就外，英国文学也十分繁荣，开始了新的时代。

在英国文坛，拉丁语文学、盎格鲁－诺曼语文学、来自法国的法语文学都颇为繁荣，甚至连失去了官方语言地位的英语也创作出一些流传至今的作品，其中还包括《猫头鹰和夜莺》《布鲁特》这样的杰作。拉丁语是当时的"国际语言"，在诺曼征服后，它成为英国政府的官方语言和几乎所有领域的书面语。因此，拉丁语是所有受教育的人必须掌握的语言，这时期的许多英国文学作品是用拉丁语创作。它们中影响最大的也许是杰弗里的《不列颠君王史》。这不是一部严格意义上的编年史，而是一部充满传说的演义性作品。它主要是关于不列颠人（Britons），或者说凯尔特人的历史和传说，特别是关于不列颠人同盎格鲁－撒克逊人的战争，一直写到689年不列颠国王卡德瓦伦（Cadwallon）去世。该书与中世纪其他畅销书一样，一面世就大受欢迎，里格说它"像野火一样从英格兰燎原到诺曼底"，早在1139年（即面世三四年后）远在诺曼底的城市贝克（Bec）就已发现其踪迹。[①] 书中最引人注意而且对整个西欧文学都产生了巨大影响的是关于亚瑟王的部分。关于这部著作在亚瑟王文学发展史上无与伦比的意义将在下一章讨论。

12世纪英国文坛取得最大成就的是盎格鲁－诺曼语文学，其发展得到

---

① M. Dominica Legge, *Anglo-Norman Literature and Its Background*, Oxford: Clarendon, 1963, pp. 27-28.

第一章　中世纪浪漫传奇之产生、性质与发展

王室和贵族的提倡和鼓励，特别是得到亨利二世及其王后——当时欧洲最著名的新诗庇护人艾琳诺的支持和赞助。在 12 世纪，盎格鲁－诺曼语已经成为主要文学语言。艾琳诺是阿奎坦公爵威廉九世的孙女和继承人，她和女儿香槟伯爵夫人玛丽的宫中都集聚了大批新诗人。12 世纪许多最杰出的浪漫传奇都是在她们宫中创作的。艾琳诺带着巨大的阿奎坦公国在 1152 年嫁给亨利二世，她宫中的许多新诗人也随之对英国文坛产生了很大影响。除了产生了大量盎格鲁－诺曼语文学作品外，英国这时还出现了英语的音步体诗歌，其中包括名著《猫头鹰与夜莺》（*The Owl and the Nightingale*，12 世纪末），这在英诗发展史上有重大意义。

当然，这时期在英国文坛占统治地位的是盎格鲁—诺曼语文学，而它特别重要的成就是在 12 世纪中后期开始涌现的大量骑士浪漫传奇。浪漫传奇被艾琳诺的 4 个女儿带到法国、意大利、西班牙、日耳曼等地区，对当地的文学产生了很大影响。其中最著名的是嫁到法国香槟的玛利，她宫中创作出包括克雷蒂安那 5 部奠定亚瑟王浪漫传奇文学传统的诗作在内的一些中世纪最杰出的浪漫传奇作品。在英国文坛，盎格鲁－诺曼诗人托玛斯的《特利斯坦》（*Tristan*，约 1160 年）也是这类文学的代表作，它对后来的浪漫传奇产生了很大影响，被广为模仿。里格认为："对于随后的文学，其影响无以伦比。"[①] 另外还值得指出的是，托玛斯在作品里赞美伦敦和英格兰，表现出一定的英格兰意识。遗憾的是，这部作品现在只剩残篇。

12 世纪英语文学最杰出的作品是用早期中古英语（early Middle English）写成的《猫头鹰与夜莺》。它在英国文学史上之所以那么重要，除了它本身的艺术成就外，还因为它是一部早期中古英语杰作。12 世纪是英语语言发展史上最艰难的时期。操法语的诺曼人于 1066 年征服英格兰后，古英语除了在一些修道院里还继续使用了一段时间外，作为官方书面语，它在 11 世纪 70 年代被拉丁文取代，古英语时代正式结束。于是英国出现了英格兰民间讲各种英语方言、威尔士和康沃尔等地区讲当地凯尔特语方言、王室和贵族讲诺曼底法语[②]、书面语为拉丁文的复杂局面。在 12 世纪，一些修道院也用英语撰写编年史或创作诗歌，但这时的英语已经不是

---

① Legge, *Anglo-Norman Literature*, p. 45.
② 其实在 12 世纪前期，诺曼统治者，特别是中下层贵族，已经习惯讲英语，但随后法语兴起，几乎成为西欧的"国际语言"，而且也成为英国政府的官方语言，于是王室和上等贵族以及政府人员继续主要讲法语，或者说盎格鲁－诺曼语。

诺曼征服之前的古英语，而是以地方方言或者说当地民众日常生活中的语言为基础的早期中古英语。

很显然，这时的中古英语，特别是它的书面语还没有得到发展，它既没有很统一的规则，也缺乏丰富的表达方式。作为一种文学语言，中古英语才刚刚起步。对当时的英语更为不利的是，11世纪末新型宫廷爱情诗开始在普罗旺斯出现，以此为开端，法语文学大为繁荣，法语也逐渐成为可以同拉丁文匹敌的"国际"通用的文学和书面语言。从12世纪后期开始，法国（严格说应该是包括法国的法语区域）作为文化强国在西欧崛起，在欧洲政治和文化领域发挥越来越重要的作用。法语地区的政治军事力量和风靡欧洲的法语骑士传奇使法国成为骑士文化中心。所有这些都加强了法语的地位。13世纪中期以后，法语（盎格鲁-诺曼语）和拉丁文一样成为英国正式书面语，其主要分别是，法语更多地用于政府和法律文件，而拉丁语则主要是宗教和学术语言，刚开始发展的中古英语因而受到进一步排挤。

然而从长期来看，这种状况也为英语和英语文学的发展，特别是为14世纪乔叟时代英语的成熟和英语文学的繁荣提供了有利条件，因为英语能很顺利地从法语、拉丁语以及其他一些在英格兰使用的语言中大量吸收词语、修辞手法和诗歌艺术以丰富其语言和艺术表现力。但在相当长的时期内，这种状况无疑阻碍了英语和英语文学的发展。在这样的语言环境中，12世纪的诗人能创作出《猫头鹰与夜莺》这样的音步体杰作，的确难能可贵。不过，这时期最重要的英语文学成就是亚瑟王文学史上一部长篇诗作：拉亚蒙的《布鲁特》。关于这部著作，后面将有专章具体分析。

安茹帝国的辉煌随着亨利二世和理查德一世的去世而逐渐成为过去。约翰王（1199—1216在位）和亨利三世（1216—1272在位）在国内和欧洲大陆都遇到了巨大挑战，安茹王朝已经衰落。1204年，诺曼底落入法国之手是英国历史上一个重大事件，也是安茹帝国衰落的一个重要标志，同时也表明法国日益强盛。在随后几个世纪中，英法之间的冲突与战争成为两国历史的主旋律，既促进了两个民族的形成与发展，同时也深刻影响了欧洲历史。

第二节 浪漫传奇的性质

中世纪浪漫传奇在12世纪中期出现后能大受欢迎，能那样迅速流行

第一章　中世纪浪漫传奇之产生、性质与发展

和繁荣，能产生那么多作品，能形成那么重要的传统，能对后世西方文学产生那么深刻、深远的影响，能拥有那么广泛的读者，自然有许多原因。除上面提到的历史和文化语境外，特别重要的一个原因是浪漫传奇本身的性质和特点。克鲁格尔在列举了西欧各国流传下来的中世纪浪漫传奇文本的数据之后指出："如此大的数量不仅反映出那些动人故事持久的吸引力，而且也反映了浪漫传奇的叙事在新的语境中特强的适应能力。"[①]所以，浪漫传奇能产生那么多作品，能那么持续不断地广泛流传，首先是因为浪漫传奇内容丰富、故事动人，不断吸引和影响着一代又一代的读者，培养着他们的阅读趣味和审美倾向，同时也在不断造就能满足各时代需求的新作者。其中一些杰出作品的影响甚至远远超越文学领域。比如刘易斯认为，产生于13世纪的法语诗作《玫瑰传奇》（*Roman de las Rose*）在中世纪的影响仅次于《圣经》和波伊提乌的名著《哲学的慰藉》。[②] 其实这也表明，浪漫传奇的影响并不局限于情节，它传达的信息，它体现的价值观念，它颂扬的理想，连同它动人的故事，都持续不断地影响着日益广泛的听众和读者，积淀在人们的心灵深处，也逐渐成为欧洲文化的核心组成。

浪漫传奇（romance）最初并非文学术语，不是用来指文学体裁，而是指中世纪一些原罗马帝国的行省，相当于现在的法国、意大利、西班牙、葡萄牙等地区，由当地民众的口头语言发展而来与书面拉丁语不同的俗语（vernacular），或者说民族语言，如古法语、古意大利语、古奥克西唐语（Occitan）等。作为帝国官方书面语的拉丁语，也就是当时的文学和学术语言以及后来中世纪天主教教会的语言，即使在罗马帝国时期，也已经与人们日常生活中使用的口头语言有很大差别。这种情况同盎格鲁-撒克逊时代后期古英语书面语同英格兰人的日常生活语言之间的差异大体相似。这些俗语是由原来罗马人的口头语言（自然也吸收了许多来自原本居住在这些地区的凯尔特人和后来迁徙而来的日耳曼人的语言成分）发展而来，因此被统称为"罗曼语"（Romances）来同书面拉丁语相区别。实际上，romance这个词的现代用法源自古法语的说法"mettre en romanz"，[③]

[①] Krueger, "Introduction", in Krueger, ed., *The Cambridge Companion to Medieval Romance*, p. 4.

[②] 请参看 C. S. Lewis, *The Allegory of Love: A Study in Medieval Tradition*, Oxford: Oxford University Press, 1936, p. 157. 《哲学的慰藉》（*Consolations of Philosophy*）是罗马哲学家和政治家波伊提乌（Boethius, 480—524）的著作，在中世纪影响十分广泛。

[③] Krueger, "Introduction", in Krueger, ed., *The Cambridge Companion to Medieval Romance*, p. 1.

— 35 —

意思是把拉丁文书籍翻译成俗语，比如法语，进而又指用俗语写作。后来，用俗语翻译或写成的书籍也在不同俗语里被分别称为 romanz，roman，romance，romanzo 等。随着用俗语创作的浪漫传奇这种新兴的文学体裁风靡各地，这个术语又被用来指称这类作品及其文学特点。于是随着这个术语的发展，在古法语里，roman 的字面意思是俗语书，或者"通俗书"（popular book），而实际上是指"诗体宫廷浪漫传奇"（courtly romance in verse）这种当时最流行的"通俗书"，[①] 因为这个体裁的俗语作品在当时最为通俗流行。由于浪漫传奇里大量描写骑士爱情，"浪漫"与爱情结下不解之缘，以致后来（包括现在）"浪漫"故事往往指关于爱情的作品。或者如弗莱所说："浪漫传奇的核心成分是一个爱情故事。"[②]

尽管如此，"浪漫传奇"这个术语的含义和使用由于其特殊的演化史而很松散和具有很大包容性。所以，上一节中提到的那些在12世纪中期用古法语改写拉丁语古典史诗而成的叙事诗作如《埃涅阿斯传奇》和瓦斯用盎格鲁-诺曼语改写自杰弗里的拉丁语编年史《不列颠君王史》的《布鲁特传奇》都被称为浪漫传奇。虽然《布鲁特传奇》的内容显然虚构多于史实，但它与《埃涅阿斯传奇》明显不属于同一体裁，而且瓦斯本人也相信他同杰弗里一样是在撰写历史，尽管他自己也虚构了一些内容，或者将一些民间传说进行"合理"的想象性加工后放进"史书"之中。但在中世纪，这不仅被容许，而且是理所当然、司空见惯的事情。其实，这涉及中世纪一个很普遍的现象，那就是没有清晰的体裁概念和没有严格的体裁区分。下面将谈到浪漫传奇难以界定，这其实也是根源之一。

另外，从罗曼语到浪漫传奇的发展不仅勾画出这个术语的变迁，而且在更深层面上还暗含着浪漫传奇的文化承传、文化底蕴的一个重要方面，即泰勒所说的"拉丁精神"，即古典文化或罗马文化。当然，那些原罗马帝国各行省的人民往往并不主要是真正的罗马人，而更多的是当地已被罗马化了的原住民与在英雄时代南迁而来的日耳曼人长期融合形成的新民族。比如，法兰西人主要是由早已被罗马化了的高卢人（凯尔特人）和南迁而来的法兰克人（日耳曼人）融合而形成，而且作为征服

[①] 请参看 Gillian Beer, *The Romance*, London: Methuen, 1970, p. 4。

[②] Northrop Frye, *The Secular Scripture: A Study of the Structure of Romance*, Cambridge: Harvard University Press, 1976, p. 24.

第一章　中世纪浪漫传奇之产生、性质与发展

者的法兰克人没有逃脱征服者往往反过来被他们所征服的地区更高的文化所征服的命运。所以，在现代法国地区，当时的主流文化在精神实质上既不是凯尔特人原来的文化，也不是法兰克人的日耳曼文化，而是强势的罗马文化，即拉丁文化，虽然它也吸收了日耳曼、凯尔特和其他文化成分。与此相关，浪漫传奇的一个重要源头是拉丁文化。泰勒指出："在研究这个问题［指浪漫传奇］上，必须牢记，不管浪漫传奇那些各式各样的题材源自何处，浪漫传奇作品反映拉丁精神在 12 和 13 世纪在法国存在的状况。"[1] 我们可以说，浪漫传奇所体现的世俗倾向和人文精神，在很大程度上是拉丁精神在 12 世纪的法国和西欧正经历深刻变革的特定历史语境中的重大发展。

但不论是浪漫传奇这个术语的历史变迁，还是它所体现的拉丁精神，都不能对中世纪欧洲文学中这个最重要的叙事体裁（genre）或模式（mode）进行界定。现在人们都知道浪漫传奇大体上是什么样的作品以及它的一些重要特点，但尽管历代学者一直试图对它进行界定，然而至今也没有给出一个令人满意或者为大多数人所接受的定义。于是，权威的《剑桥中世纪英国文学史》在指出这个题材难以界定后，只好选用皮尔索尔给出的"最简单"的定义："中世纪主要的娱乐性世俗文学。"这个定义除了指出它是"世俗文学"外，还特别强调其"娱乐作用"[2]。但即使是这样宽泛的"定义"，被用于具体作品时，也会立即出问题。比如，这个定义的核心是娱乐性，然而浪漫传奇同时也具有明显的教育性，因为浪漫传奇比当时任何文学作品都更突出、更全面地体现中世纪中后期的理想价值观念。我们可以暂不考虑那些具有明显宗教内容的浪漫传奇如圣杯故事，即使是那些世俗骑士传奇所体现的理想价值观念，它所提倡的骑士精神，也无疑在起着教育作用。正因为如此，天主教会才费心尽力运用基督教教义整合广为流传的亚瑟王传奇文学，推出"正典系列"（the Vulgate Cycle）和"后正典系列"（the Post-Vulgate Cycle）两个卷帙浩繁的系列来系统表达基督教思想，教育广大喜爱亚瑟王故事的受众。[3] 下面关于骑士精神的

---

[1] Taylor, *An Introduction to Medieval Romance*, p. 3.
[2] 见 Rosalind Field, "Romance in England: 1066—1400", in David Wallace, ed., *The Cambridge History of Medieval English Literature*, Cambridge: Cambridge University Press, 1999, p. 152.
[3] 关于这两个在中世纪欧洲广为流传并深刻影响了中古英语亚瑟王文学的系列，本书第二章第六节将具体谈及。

部分将具体讨论理想的骑士价值观念在中世纪至关重要的教育作用。至于强调浪漫传奇的世俗性，也会把一些公认的浪漫传奇排除在外，比如圣徒传性质的浪漫传奇《亚密斯与亚密罗恩》(Amis and Amiloun)，而那些圣杯故事也很难简单地被划为世俗故事。

刘寅（音译）在回顾了历代学者的努力之后，认识到浪漫传奇这个体裁难以界定，因此建议放弃古典或者说亚里士多德式的从外面下包围圈的界定方法，而使用源于语言学的"原型"(prototype)方式，即从内部最典型的作品（即所谓原型）开始，根据其特点像链条一样向外描绘。① 这种方法有其新颖的一面，但操作起来很有难度，而且实际上等于放弃了界定。格拉顿也对浪漫传奇的界定颇感为难，因而说："浪漫传奇是否真可以被看作是一个体裁，实在值得怀疑。"② 但学者们并没放弃努力，他们提出的另外"一个界定浪漫传奇的途径"是用"对照"或者说"否定"的方法，"即表明它不是什么"。克拉夫特举例说：

> 浪漫传奇不是历史，虽然它的故事中可能隐藏着一些历史或者它的叙事里表现了一些伪历史。它不是圣徒传，虽然它里面可能有浪漫传奇和圣徒传特点的混合形式。与浪漫传奇不同，史诗不会把它的英雄同他的宫廷和社会分开，其"历史的"或伪历史的事迹一般来说比浪漫传奇里的事迹显得更为写实或更为可信。虽然浪漫传奇里可能有一些伤风败俗的行为，但它不是市井故事(fabliau)。尽管……市井故事可能成为浪漫传奇的滑稽模仿。③

当然，这样的否定式或对照式"界定"还可以继续下去。比如，浪漫传奇不是寓意作品(allegory)，因为它主要不是表达思想观念，但浪漫传奇具有明显的寓意特点和寓意倾向。中世纪最著名的浪漫传奇，对乔叟产生了深刻影响的作品《玫瑰传奇》就具有突出的寓意性质。世俗浪漫传奇自然不是圣徒传，但骑士们崇拜他们的情人和不问缘由地执行她们那些有时甚至是

---

① 请参看 Liu Yin, "Middle English Romance as Prototype Genre", *The Chaucer Review*, Vol. 40, No. 4, 2006, pp. 335 – 53。

② Pamela Gradon, *Form and Style in Early English Literature*, London: Methuen, 1971, p. 269.

③ Carolyn Craft, "Romance", in Laura Cooner Lambdin and Robert Thomas Lambdin, eds., *A Companion to Old and Middle English Literature*, London: Greenwood, 2002, p. 355.

第一章 中世纪浪漫传奇之产生、性质与发展

稀奇古怪的"旨意"的那份虔诚，与圣徒们对上帝的虔诚颇有相似之处。亚瑟王王后的情人著名圆桌骑士朗斯洛就是"爱情宗教"里的"圣徒"。

这种对照式界定方法表明，浪漫传奇同中世纪各种主要文学体裁都有密切联系，或者说它在几个世纪的发展中，从形式到内容，从语言风格到情节题材等几乎所有方面都广泛地与当时各种文学体裁互文，大量吸收它们的特点。弗莱在其研究浪漫传奇的专著《世俗圣典》里说："没有任何体裁独自存在，我在谈论浪漫传奇时也必须涉及到文学的所有其他方面。"[①]在并不特别注重体裁划分却倾向于包容各种体裁的中世纪，浪漫传奇尤其如此。这其实也与12世纪文艺复兴时期文化多元化发展有关。学者们的研究表明，浪漫传奇受到历史著作和编年史，古希腊罗马的历史、神话和文学，《圣经》故事和圣徒传，英雄史诗和法语"武功歌"[②]，不列颠籁诗[③]，欧洲各地的民间故事，宗教传说，中世纪奇迹故事，阿拉伯、波斯和巴比伦文学的广泛影响。其中一个重要原因是，这些体裁在当时，特别是在11—13世纪，大都程度不同地在各地王宫和贵族城堡中流行，因此浪漫传奇诗人从它们中吸取材料和灵感，在风格上受它们影响，再自然不过。所以，泰勒指出："中世纪浪漫传奇的一个主要特点就是把大量来源不同的成分全整合在一起。"[④] 当然，浪漫传奇反过来也深刻影响了其他各种体裁，比如，文艺复兴之前，特别是12、13世纪的许多"历史"著作从风格到内容都与浪漫传奇差别不大，而许多中世纪圣徒传不仅具有传奇性质，而且一些圣徒传可以直接划为浪漫传奇。所以，那个时期各种体裁之间的互文特别突出。甚至在文艺复兴时期，斯宾塞的史诗《仙后》、莎士比亚的浪漫剧作都具有明显的浪漫传奇特征。

尽管没有一种文学体裁总是处于不变的静态之中，但浪漫传奇与各种文体特别广泛的互文和对大量不同成分的整合之直接结果是，浪漫传奇也许比任何文学体裁都更充满活力，不断处于发展变化中。这也是它那么难以界定的原因之一。不仅如此，自浪漫传奇在欧洲处于深刻历史性变革的

---

① Frye, *The Secular Scripture*, p. 4.

② 即 songs of great deeds，武功歌是法语中歌颂英雄业绩，特别是关于查理大帝及其随从的征讨与武功的歌谣，其中最杰出的是法国著名史诗《罗兰之歌》。不过，这类史诗性质的英雄歌谣中的后期作品已经具有浪漫传奇的一些特点。

③ Britain lays，这是一种短篇叙事诗，被一些学者认为是短篇故事的前身，其代表诗人为长期在英格兰生活和创作的女诗人法兰西的玛丽（Marie de France, 1160? —1215）。

④ Taylor, *An Introduction to Medieval Romance*, p. 114.

12世纪诞生之时起，就同中世纪欧洲复杂多变的社会、政治、宗教和文化历史密切关联。它反映和表现历史的变革，而从未停止的历史变革也给它注入了无穷的活力，使之能顺应历史的潮流而不断发展。也就是说，与社会文本的互文同样是浪漫传奇的生命力。

正是因为浪漫传奇受到那么广泛的影响，同各种文学体裁交织在一起与它们广泛互文，而且随历史进程而发展，并从各地和各种文化与文学中吸收了那么多营养，其内容那么丰富多彩，艺术形式和语言风格那么变换不定，所以它才那么充满生机和活力，同时也那么难以界定。克拉夫特说："虽然批评家们经常为这个术语到处都能使用（heterogeneous use）而深感苦恼，但浪漫传奇的优势之一正是它的模糊性（ambiguity）。"[1] 这种模糊性根源于浪漫传奇从源头、所受影响到题材、内容、形式的全方位丰富性。这种模糊性正是浪漫传奇具有那么强盛的生命力和丰富的表现力，并在不同时代具有持续的吸引力以及在不同的社会、民族、语言和文化环境里具有那么顽强的适应力的一个重要原因。

正是因为这种难以界定的模糊性，或者说令人赞叹、令人无所适从的丰富性，不仅使它能适应各种文化语境和不同需求，也使多年来学者们试图对浪漫传奇进行界定的无数努力总难以获得令人满意的结果。所以，对于哪些作品属于浪漫传奇这个问题，几乎没有哪两位学者看法完全相同或者说能提出两份完全相同的书单。学者们的努力表明，要想给予浪漫传奇一个明白无疑的严格定义也许是不可能的。

具体事物的存在总是先于类型划分，而在文学中则是作品的出现先于体裁的划分。类型或者体裁的划分是人们强加于事物或者作品的，因此正如光谱中各种颜色之间不可能有明确区分一样，文学体裁的划分也必然具有相当的模糊性甚至随意性。不仅如此，虽然将事物进行分类以利于把握是人类的天性，但不断超越任何局限同样也是人类的天性，在文学创作中更是如此。因此，往往不是一种体裁的标准特征，而恰恰是一种体裁特有的超越性，它与其他体裁之间的模糊性，或者说它同其他体裁的结合或者互文，给予了它能无限发展的生命力。然而这并不否认体裁本身的价值以及在文学创作中的存在。对一种体裁的超越本身就以其存在为前提，而一种体裁能与其他体裁结合或互文本身就意味着有其自身

---

[1] Craft, "Romance", p. 355.

第一章　中世纪浪漫传奇之产生、性质与发展

的价值与优势，或者它们之间有所差异。所以，从表面上看，浪漫传奇的这种难以界定性与后现代否认体裁的价值和反对体裁划分的倾向似乎有相似之处，但实际上这种具有虚无主义色彩的倾向与浪漫传奇或者任何体裁的难以界定性有本质的区别：前者是对体裁的本质的否定，而后者则是对体裁之本质的尊重。

因此，尽管我们不能，似乎也没有必要严格、清晰地界定浪漫传奇，但为了有助于理解和分析，我们或许可以给予它一个适合绝大多数作品的描述性定义：中世纪浪漫传奇是中世纪中、后期深受基督教思想、宗教文学传统和中世纪价值观念影响并充满理想色彩的最重要的世俗叙事文学体裁；它具有突出的娱乐性质但也富含教育意义；它主题丰富，题材广泛，情节离奇，形式不定；它最重要的叙事内容是骑士历险和宫廷爱情。这显然是一个很别扭的"定义"，但它描述了浪漫传奇的基本状况和主要特点。也许不是每一部中世纪浪漫传奇都符合所有这些条件，但它具有这些特征中的大多数应该是没有问题的。

浪漫传奇的丰富性或者说这种体裁特殊的包容性所展示的活力首先在其题材的广泛上体现出来。浪漫传奇一出现，其题材就迅速从特洛伊、古希腊向其他方面扩展，表现出容纳不同题材的特性。早在12世纪末，法国最早的浪漫传奇作家之一的吉安·波德尔（Jean Bodel, ？—1210）就注意到浪漫传奇广泛的题材，并根据来源将其分为三大类型：罗马题材（Matter of Rome）、法国题材（Matter of France）和不列颠题材（Matter of Britain）。[1] 罗马题材也被称为古典题材（Matter of Antiquity），它主要是以古希腊、特洛伊和古罗马的历史或史诗故事为主，法国题材主要是以查理大帝及其随从们的英雄业绩为中心，而不列颠题材则主要是亚瑟王系列故事以及后来被纳入亚瑟王传奇的特里斯坦系列。但后来浪漫传奇的题材大大超出这三类。在英格兰涌现出了一批主要关于盎格鲁-撒克逊时代英格兰人的传奇故事，按波德尔的模式，这类故事被称为英格兰题材（Matter of England）。其次还有大量传奇故事，其中包括因十字军东征影响而出现的关于东方（比如波斯、阿拉伯和巴比伦）的故事，由于题材庞杂，难以划

---

[1] 波德尔的原话是"N'en sont que trios mattres a nul home entendant；/De France et de Bretaigne et de Rome la grant"（"对所有才俊，仅三种题材：/法国、不列颠和大罗马。"转引自 Barron, *English Medieval Romance*, p. 63）。其中"大罗马题材"实际上还包括那些关于亚历山大大帝以及特洛伊战争的著名传奇故事，所以被人们改称为"古典题材"（Matter of Antiquity）。

归于某一类，只好被统称为"驳杂题材"（Miscellaneous Matter）。

不过需要指出的是，英格兰题材的浪漫传奇中一些作品，比如《霍恩传奇》（*Roman de Horn*，1170?），早在波德尔对浪漫传奇进行划分之前就已经出现。他要么不知道这类作品，因为它们当时主要是在英格兰地区流行；要么是他并不看重这类作品。毕竟，那些与以《罗兰之歌》为代表，以查理大帝为中心的史诗性质的与法兰西武功歌密切相关的法国题材作品，使任何法国诗人都感到骄傲，而以源自《埃涅阿斯记》，包括了古希腊人，特别是欧洲人竞相尊为祖先的特洛伊人的辉煌历史的古典题材或者说大罗马题材传奇也必然广受尊崇，至于当时风靡欧洲各地的亚瑟王浪漫传奇更不可能被波德尔忽略，因此与这三类题材的浪漫传奇相比，只在偏居一隅的英国流行且数量在当时还比较少的英格兰题材作品似乎不值一提。当然，作为历史上第一个从题材上对浪漫传奇进行分类的诗人，波德尔还是颇有眼光的，而且他的划分直到今天依然受到尊重。

上面五种划分表明了浪漫传奇题材的广泛和丰富多彩。但如果我们仔细分析，就会发现这些题材大都具有两个突出特点：在地点上它们往往发生在异国他乡，[①] 而在时间上则回到遥远的甚至是传说中的过去。换句话说，浪漫传奇几乎从不描写作家现实生活中的人物和事件。[②] 然而具有悖论意义的是，在阅读中世纪浪漫传奇之时，读者首先强烈感受到的正是浓郁的中世纪氛围。正如威尔逊所说，浪漫传奇"最大的吸引力之一似乎正是它的现代性。……虽然那是一种理想化了的现代性"。[③] 也就是说，不论浪漫传奇的故事发生在多么遥远的过去，它真正表达的还是当时的时代精神，它所呈现的那种看似远离现实的虚构世界所体现的，实际上还是中世纪的生活氛围。所以，在浪漫传奇里，不论是亚历山大还是亚瑟王或者特洛伊王子特洛伊罗斯，全都是典型的中世纪理想中的骑士形象，而学者们一眼就看出乔叟笔下的特洛伊实际上就是14世纪的伦敦。这也是12世纪文艺复兴精神并非向后看，而是植根于当时社会现实这一本质的文学反映。

[①] 即使像英格兰题材的浪漫传奇，故事发生地虽然主要是在英格兰，但许多事件也发生在其他地区，比如北欧或者威尔士。在中世纪人看来，那应该也是遥远的地区。

[②] 也有例外，比如盎格鲁-诺曼语浪漫传奇《沃琳之子福尔克》（*Fouke le Fitz Waryn*，1280?）取材于作品大体同时代的历史人物、富有传奇性的盎格鲁-诺曼贵族福尔克（Fulk III Fitz Warin，1160?—1258）的生平。关于该作，见下面关于盎格鲁-诺曼语浪漫传奇一节。

[③] R. M. Wilson, *Early Middle English Literature*, 3d ed., London: Methuen, 1968, p.193.

第一章 中世纪浪漫传奇之产生、性质与发展

不仅如此，这还反映出浪漫传奇另外一个根本性悖论。比尔指出："所有的文学虚构都包含两个最基本的倾向：模仿和超越日常生活。"[1] 在文学作品中，这两个倾向所造成的反差也许很少像在浪漫传奇里那么明显，以致浪漫传奇似乎更像是那既掩盖又表达连人自己都往往没有意识到的内心最深层的"真实"的那种梦境。从表面上看，很少有像中世纪浪漫传奇那样远离社会现实的文学体裁，然而即使在那些看似离中世纪现实最遥远的浪漫传奇作品里，读者也能强烈感受到里面弥漫着的中世纪气息，人们的风俗习惯、人物的行为举止与思想追求无不传递着中世纪的信息。在更深层次上，洋溢在浪漫传奇里那种似乎远离现实的理想主义其实最突出、最集中地体现了中世纪人在那动荡不安的"黑暗世纪"里的精神追求和对良好社会秩序、稳定生活的渴望。

然而正是这种理想主义，这种精神追求最好地体现了12世纪文艺复兴那种充满生气、积极向上的精神实质。人类总是怀有梦想，在很大程度上正是梦想驱使着人类去追求、去奋斗。梦想是人类发展和社会进步的动力，当然有时也不幸成为灾难的根源。从本质上讲，文学就是人类梦想的表现，而浪漫传奇正是中世纪特定的社会文化语境里中世纪人的梦想之文学表现。正因为如此，看似离现实遥远的浪漫传奇也许为我们研究中世纪社会文化，特别是中世纪人的风俗习惯、思想观念和精神实质，提供了最好的切入点、最丰富的信息和最全面的材料。几乎所有评论家都注意到并强调浪漫传奇里极为突出的理想主义倾向，但许多人却仅仅致力于论证那些理想是多么脱离现实，20世纪中期以后一些学者（特别是一些美国学者）甚至进而否定宫廷爱情和骑士精神的存在和意义。然而，虽然从表面上看，任何时代的理想似乎从来就不等同于现实，但在更深层次上，理想也是一种现实，一种发挥着巨大作用的实实在在的精神现实。任何存在的东西，不论是物质还是精神方面的，当然也包括理想，其实都是现实。浪漫传奇体现的正是中世纪人的理想，它的理想主义深深植根于中世纪特定的社会现实之中，它所弘扬的是中世纪理想的价值观念，它体现着中世纪人的精神追求和代表了社会发展的方向。中世纪浪漫传奇里所描写的骑士精神和宫廷爱情以及它们所歌颂的那些理想价值、男女爱情、人与人之间的和谐关系，骑士所践行的忠诚、正直、高雅、无私、勇敢、慷慨、相互

---

[1] Beer, *The Romance*, p. 10.

尊重、扶危救困以及爱护女性和弱者等高贵品质，看似离当时的现实生活十分遥远，但它们实际上是当时意识形态的组成部分，它们不仅产生于中世纪的社会现实，而且对中世纪社会和文明的发展，对中世纪人的精神素质的提高都直接或间接地发挥着巨大作用，因此具有重大的现实意义，以至于今天的西方社会在一定程度上也还是建立在这些价值观之上。比如，现代绅士就化身为中世纪骑士，女士优先的风度根源于中世纪宫廷爱情规则，而亚瑟王浪漫传奇所竭力表现和提倡的"圆桌"精神不仅对中世纪的封建等级制具有一定颠覆意义，而且在现代社会也仍然是处理人与人和国家与国家之间关系的基本原则，甚至还是今天在许多情况下人们仍然需要为之奋斗的普适价值。可见，王尔德关于文学"塑造"（moulds）生活的著名说法——"文学总是先于生活。它并非模仿生活，而是按其意图塑造它"[1]——也颇有深刻之处。

特别重要的是，在浪漫传奇里，那种试图超越现实的倾向并非像有些学者认为的那样是逃避主义（escapism）。甚至著名学者奥尔巴赫（Erich Auerbach）在其研究西方文学传统那部影响广泛的名著《模仿论》中也说：这类作品"在政治现实中毫无根据"，实际上"宫廷浪漫传奇并非是由艺术所制造和推出的现实，而是向寓言（Fable）和童话故事（fairy tale）里逃避"[2]。然而实际上，这种超越是浪漫传奇所特有的理想主义的表现，即使是那种表现为"向后看"的理想主义也并非真的在逃避现实。如果说20世纪文学作品里，像福克纳笔下的昆丁·康普生们那样一些无法在现实中生活的"向后看"的理想主义者的确具有逃避倾向的话，中世纪浪漫传奇里的理想主义者却绝不是这样，甚至连堂·吉诃德那样在现实社会中无法生活的理想主义者也显然不是逃避主义者。用一个想象中的过去来体现中世纪理想，同时又反过来用充满中世纪理想观念的想象中的过去时代来观照现实世界，并试图以此来赋予中世纪社会一种新的秩序，来促进文明的发展和人之素质的提高，这才是中世纪浪漫传奇以及它那种特殊

---

[1] Oscare Wilde, "The Decay of Lying", in Hazard Adams, ed., *Critical Theory since Plato*, New York: Harcourt Brace Jovanovich, 1971, p.681.

[2] Erich Auerbach, *Mimesis: The Representation of Reality in Western Literature*, trans. Willard Trask, Princeton: Princeton University Press, 1953, pp.133, 138. 当然，由于奥尔巴赫主要是从模仿论的角度研究自荷马以来西方文学中表现"现实"的传统，他对浪漫传奇表达这样的看法也不足为奇。

的充满积极意义和向上精神的理想主义的特殊意义之所在。因此不论它体现的理想观念是否真能实现，浪漫传奇这种从表面上看似乎是回头遥望过去的理想主义，实际上是着眼于未来、着眼于进步的，所以总是充满积极向上的精神。

虽然浪漫传奇展现了一个五彩缤纷的理想世界，但在大多数流传下来的主要浪漫传奇作品中，骑士精神和宫廷爱情是其理想世界的核心组成，而它们所弘扬的忠诚、勇敢、高尚、慷慨、忠于爱情、珍惜荣誉等价值观念以及与之相关的典雅的行为举止与和谐的人际关系，在中世纪那充满争斗、动乱与杀戮的社会环境里显然具有特别积极、特别重要的现实意义。

第三节　骑士精神与宫廷爱情

浪漫传奇不仅题材广泛，其主题从奇异历险、王室传承、骑士成长到寻找圣杯，也丰富多彩。但在中世纪浪漫传奇众多主题中，骑士精神和宫廷爱情是其核心，同时也是中世纪欧洲突出的文化现象，它们密不可分，在很大程度上共同创造了中世纪中、后期欧洲文化的辉煌，被誉为"欧洲的光荣"。[①] 骑士精神和宫廷爱情所弘扬的许多理想、美德和观念都早已深入欧洲社会和生活的各个方面，甚至积淀在西方人的集体潜意识里，影响着欧洲的文学艺术和人们的思想意识、道德规范、风俗习惯和行为举止。虽然中世纪早已成为过去，但它丰富的文化遗产却被继承下来，成了西方文明的核心构成，继续发挥着重大影响。

英语的骑士精神（chivalry）一词来源于法语词 chevalier（骑马的人或骑士），而这个法语词则来自拉丁文 caballus（马）。所以，它最初是指"马"，进而指"骑马的人"，特别是那些全副武装的骑士，后来才逐渐发展成为"骑士制度"和包括忠诚、勇敢、慷慨、荣誉感、高强武艺和优雅举止等"美德"的所谓"骑士精神"。正如 chivalry 一词的含义是逐渐发展的一样，骑士精神的形成及其含义的变化与丰富也是一个漫长而复杂的历史过程。

骑士精神深深植根于中世纪历史之中，由中世纪欧洲几个世纪的社

[①] Edmund Burke, *Works of the Right Honourable Edmund Burke*, Vol. Ⅲ, London: np, 1846, p. 98.

会、政治、经济、技术、军事、宗教和文化因素共同造就。欧洲骑士制最初来源于条顿骑兵的体制与习俗。在欧洲历史上的长时期内，军队的主力是步兵，就连几乎所向无敌的罗马军团也不例外。骑兵只能用于奇袭，而不能成为有效的作战兵团的一个关键因素是，那时还没有马镫，在颠簸的马背上摇摇晃晃的士兵自然难以形成强大的战斗力。尽管骑兵难以用于大兵团作战，但由于骑兵机动性强，能发动突击和奇袭，因此也一直受到重视。

骑兵在欧洲军事史上的革命性发展是马镫的引进。马镫由中国人发明，至迟在4世纪出现在中国北方，① 7世纪传到伊朗。随着伊朗被阿拉伯人征服，阿拉伯骑兵立即采用了这一新技术。马镫增强了骑兵在马背上的稳固性，从而极大地提高了作战能力，为伊斯兰文明的拓展和强盛做出了重大贡献，并在西班牙战争中发挥了强大作用。8世纪初，受阿拉伯骑兵启发，法兰克人（在现在法国境内）也为战马安上马镫，成为欧洲骑兵史上具有革命性的变革。马镫不仅提高了骑兵的战斗力，而且改变了他们的形象，摇晃不定的"骑马人"终于同战马连为一体，成为挥舞利剑或长矛的威风凛凛的"骑士"。骑士随即成为中世纪盛期封建主义的象征。

其实，中世纪骑士本身就是封建主义的产物，骑士精神的发展同封建制紧密相连。骑士全都是封建贵族，特别是中下层贵族和大贵族家族中那些没有主要继承权的次子们。后来，随着骑士精神被大力宣扬，连国王和高等贵族也以做骑士为荣，在英国以国王为首的嘉德骑士（Knights of the Garter）② 成为英国贵族的最高封号。自罗马帝国在日耳曼民族的迁徙浪潮中崩溃后，征服者建立起无数大大小小的封建君主国。在欧洲封建社会里，小封建主在自己领地内是领主，同时又是大封建领主（overlord）的家臣或封臣（vassal）。封臣只向自己的领主效忠，与领主上面的领主乃至国王则没有多大关系。③ 中世纪骑士制度就是从属于这种封建制度。所以，

---

① 《大英百科全书》第15版（2002年）说马镫是中国人在5世纪发明的（第11卷第275—276页）。但有中国学者撰文指出，现已出土的最早的马镫实物和陶器马镫来自4世纪。

② 嘉德骑士制是英国国王爱德华三世（1327—1377年在位）在英法百年战争初期英国连获大胜之后骑士精神在英格兰盛行之时于14世纪40年代创建的，延续至今。关于它建立的原因、意义和过程，后面关于《高文爵士与绿色骑士》一章将具体说明。

③ 一个例外是亨利二世时期，亨利二世要求所有领主，不论他上面的直接领主是谁，都必须首先向他效忠。但由于传统的封建体制和亨利除英国外还在大陆上拥有诺曼底、安茹、阿奎坦、普瓦图等大片领地因而往往并不驻跸在某一固定地区，他实际上并没有完全改变这种封建效忠体制。

第一章　中世纪浪漫传奇之产生、性质与发展

一个骑士的首要美德就是对领主忠诚。

前面提及，另外一个竭力造就骑士精神、规范骑士行为、培养骑士德行和树立骑士理想的重要力量是基督教会。中世纪骑士，特别是在中世纪早期，往往是无法无天的野蛮武夫。他们欺贫凌弱、抢劫农民、强奸妇女、滥杀无辜，而这些暴行并不违背当时的骑士行为规范。所以，他们在封建领主的保护下为所欲为。他们那些有关勇敢、征战、荣誉和慷慨的行为准则实际上同野蛮、残忍、傲慢和挥霍没有本质区别，因此与基督教精神和道德观念直接冲突，并威胁到教会试图在欧洲建立基督教秩序并填补罗马帝国留下的权力真空的努力。

自罗马帝国崩溃后，天主教会凭借上帝的权威，是唯一能凌驾于各封建君主之上，使四分五裂的欧洲多少具有一定秩序和统一性的力量。教廷试图在教会力量到达的广阔地域建立起一种统一的"基督教帝国"（Christiandom）。在中世纪欧洲，教会不仅管理宗教事物和控制人们的信仰，而且在很大程度上管控着政治、经济、司法、意识形态、文化艺术、道德伦理以及社会生活的方方面面。可以说，在中世纪社会的所有领域，教会这个自命的上帝代理人都在毫不客气地行使着权力。因此，封建君主之间无穷无尽的战争和骑士们的无法无天不仅违背基督教精神，而且也是对教会权威的蔑视和挑战，自然难以为教会所容忍。

在罗马帝国崩溃后的中世纪，无休止的封建兼并战争和暴力冲突使欧洲陷入空前混乱之中。在这种形势下，教会责无旁贷地肩负起重建秩序的历史重任。所以罗马教廷颁布了许多教令，制止封建主之间私下的战争和禁止对教堂、神职人员、香客、商旅、妇女、农民、孩童、耕牛和农业设施使用暴力，并规定了"休战"期，禁止在所有宗教节日期间和周末发动战争或进行打斗。[①] 虽然这些教令往往没有得到认真执行，但在暴力就是法律的中世纪欧洲，教会仍然是唯一具有相当权威和力量的势力，毕竟灵魂上天堂是所有基督徒最高和最终的期望，所以即使是最肆无忌惮的封建强人，对上帝在尘世中的代理人也不得不多少怀有敬畏之心。

由于各种强制性教令没有太大成效，教会采取了一些其他措施，其中特别重要的就是用基督教精神来驯化那些桀骜不驯的封建骑士。法国著名

---

① 比如在990年，罗马教廷颁布了所谓"上帝的和平令"（Peace of God），随即又颁布"上帝的休战令"（Truce of God），此令后被反复重申，而且休战期也被多次延长。

学者里昂·高蒂埃指出："在这一可怕时刻——在我们历史上的关键时期——教会着手进行基督教军人的教育；也正是在这一时期，她采取了坚决的步骤，抓住强悍的封建贵族作为对象，并为他指出理想的规范。这一理想规范就是骑士精神。"① 当然这种"骑士精神"并非条顿部落早先那种尚武精神，而是"被教会理想化了的日耳曼习俗"。也就是说，教会试图用基督教道德，用被基督教精神改造过的日耳曼习俗，来驯化强悍的封建贵族和骑士，规范他们的思想和行为。这种新骑士精神的核心是基督教精神，这种骑士理所当然应该是基督教骑士，或者说是"基督的骑士"。拉蒙·卢尔（Ramon Lull, 1232? —1315?）在他写于13世纪的一部关于骑士精神和骑士行为规范的专著《骑士制》（*Libre del ordre de chevalerie*）中指出，骑士的"首要任务"就是"保卫对基督的信仰"②。于是，基督教关于信仰、慈善、谦卑等的基本教义、理想和美德被用来改造尚武而嗜杀的传统武士精神。这种新的骑士不仅要忠于君主，而且必须忠于上帝，忠于教会。他必须首先为上帝、为基督、为教会而战，他还应该像基督教导的那样保护弱者和穷人，对"战斗人员和非战斗人员都应该仁慈和慷慨"③。当然，这一"教育"远非一蹴而就，教会花了"好几个世纪来把粗野的封建强人们造就成为基督教骑士"④。

应该说，教会的努力和骑士精神的发扬对封建骑士的暴行和中世纪战争的残酷的确起到了一定抑制作用，因为经过基督教改造的骑士精神里关于"慷慨大度"的"美德"要求对放下武器的对手给予尊重和仁慈。因此，欧洲战场规则的一个极大进步是赎金制逐渐取代了对俘虏的屠杀。尽管赎金制显然有经济因素，但骑士制也起到相当作用。一个比较极端但也很能说明问题的例子是法国国王约翰二世的遭遇。他在英法百年战争前期，于1356年被英王爱德华三世的王储黑王子俘虏后住在伦敦，直到1360年春英法达成协议才被放回，但他的三个王子和二十几个王公贵族随即来到英国，作为释放他的300万金克郎赎金的人质。他们待在英国的时间不等，其中二王子一直住到1367年。这些法国人虽名为俘虏或人

---

① Leon Gautier, *Chivalry*, ed. by Jacques Levron, trans. by D. C. Dunning, London: Phoenix, 1965, p. 6.
② 转引自 Maurice Keen, *Chivalry*, New Haven: Yale University Press, 1984, p. 9。
③ Raymond Rudorff, *Knights and the Age of Chivalry*, New York: Viking, 1974, p. 110.
④ Keen, *Chivalry*, p. 6.

第一章　中世纪浪漫传奇之产生、性质与发展

质,但都被奉为贵宾,颇受尊重,并享有相当自由,而且都带着大批随员。他们和随员都深受骑士精神熏陶,其中法国国王更是自诩为骑士精神的代表。当他的两个王子在1363年私自跑回法国后,他认为那违背骑士精神,盛怒之下,他又主动回到英国做人质,但不幸的是,他竟于半年后,即1364年4月客死异乡。

不仅王室和贵族,一般的俘虏也可以被赎回。比如,在14世纪50年代末,已经升为侍从(yeoman)的杰弗里·乔叟,跟随主人三王子里昂内尔,效命于黑王子军中。当时,一个骑士在对外战争中每天的报酬大约为4先令,扈从为2先令,弓箭手为12便士,侍从为6便士。乔叟大约在1359年12月到1360年3月1日之间在里特尔(Rethel)附近被俘。根据惯例,战争的最高受益者有责任赎回俘虏。比如,在对外战争中,贵族或封臣参加国王或大领主的战争,其手下被捕,一般应由国王或大领主赎回。据王室财务账簿记载,爱德华三世于3月1日为乔叟付了16英镑赎金。[①] 如果不是有此惯例,英诗之父很可能也得换人。

当然,骑士制度和骑士精神并没有也不可能真正终止封建骑士的暴行和结束中世纪残酷的战争或者那种几乎是无休止的社会动荡。其实,骑士浪漫传奇本身就有大量以宣扬骑士的英勇和武艺为名义对骑士的暴行和杀戮进行大肆渲染和颂扬。比如在亚瑟王浪漫传奇里,英勇无敌的亚瑟王和朗斯洛、高文等圆桌骑士被细致入微地描写成如何在战场上"砍瓜切菜"的勇士;同样在浪漫传奇中,基督教世界的东征英雄狮心王理查德一世在战场上杀得血流成河,得胜回营时战马上挂满滴血的穆斯林头颅,他甚至还将穆斯林俘虏烧烤来吃掉!亚瑟王的圆桌骑士们在一场战斗之后也是浑身上下乃至马鬃都在"流淌着鲜血"。

这样的描写其实也在一定程度上反映了当时的现实和骑士的暴行。历史文献中有大量关于那个时期封建君主和骑士的暴行之记载。比如,直到15世纪前期,嘉德骑士的首领、英格兰骑士的代表英王亨利五世在英法百年战争的后期取得一系列重大胜利,占领了大片法国领土。他命令他的骑士和军队像百年战争前期的黑王子那样在法国大规模纵火焚烧城镇乡村和屠杀乡民,以破坏法国的经济和摧毁法国人的抵抗意志,他宣称:"没有

---

① 见 Martin M. Crow and Clair C. Olson, eds., *Chaucer Life-Records*, Oxford: Oxford University Press, 1966, p. 23。

火的战争就像没有芥末的香肠。"[1] 他手下一位名叫里切尔（Richer of Laigle）的骑士在纵火烧掉一个村庄后，追击拼命逃窜的乡民。那些乡民在绝望中跑向一个大十字架，全都匍匐在下面，里切尔出于对救世主的敬畏，没敢在十字架下进行屠杀，这一百多个乡民才逃过一劫；他的"事迹"也因此被时人认为"值得永远铭记"[2]。里切尔的"事迹"实际上具有一定象征意义，这表明教会的介入和经基督教改造过的骑士精神多少限制了骑士的暴行，尽管现实中的残酷仍然与浪漫传奇里的美妙描写相去甚远。

另外，教会的强势介入往往也为骑士和骑士精神造成一个在现实中难以克服的内在矛盾，那就是骑士究竟应该首先忠于君主还是忠于上帝或者教会，而且这一矛盾由于教廷和世俗王权在中世纪往往有利益冲突，甚至有时处于敌对之中而更难解决。对于这个十分棘手的矛盾的处理往往取决于骑士个人，但有时可能引发重大危机。比如1170年，在亨利二世与坎特伯雷大主教贝克特以及罗马教会的冲突中，4位忠于国王的骑士私自前往坎特伯雷刺杀了大主教，引发了严重危机，英国受到教皇制裁，在随后亨利的儿子叛乱期间，法国和苏格兰也趁机入侵。亨利二世只得前往坎特伯雷，在大教堂前的雪地里脱光上身抽打自己来赎罪。那4位骑士被教皇革除教籍，[3] 他们只得前往梵蒂冈忏悔请罪，并接受教皇处罚，作为十字军骑士前往耶路撒冷服役14年。这4位骑士的经历和遭遇很具象征意义，反映出中世纪骑士在忠诚对象上的矛盾以及在中世纪盛期教会权威的增长。

天主教会的权威在那时期的迅速增长在很大程度上得益于十字军东征运动。前面谈及，在驯化封建骑士、建构以基督教思想为核心的骑士精神的历史进程中，十字军东征发挥了重大作用。骑士精神大发扬的时代，或者更准确地说，骑士精神被大肆宣扬，骑士制和骑士文化被迅速而广泛传播到欧洲各国的时代，正是十字军东征的那几个世纪，同时那也是罗马天主教会和教皇的权威最鼎盛的时期。

---

[1] 转引自 Jim Bradbury, *The Medieval Siege*, Rochestr, NY: Boydell & Brewer 1992, p. 170。

[2] 参看 Marjorie Chibnal, ed., and trans., *The Ecclesiastical History of Orderic Vitalis*, 6 vols., Oxford: Oxford University Press, 1969—80, Vol. 6, pp. 250 – 51。

[3] 革除教籍（excommunication），即驱逐出教会，是天主教会对教徒的严重处罚。特别是，如果一位国王被革除教籍，王国内那些心怀不轨的贵族们就可以趁机以教会和上帝的名义起兵来推翻国王。值得指出的是，其他许多基督教教派乃至其他一些宗教也有类似处罚。

第一章　中世纪浪漫传奇之产生、性质与发展

正是在十字军东征时期，特别是在12、13世纪，以条顿人的尚武传统、封建家臣制和基督教精神相结合而产生的骑士制和骑士文化以及理想中的骑士形象得以最终形成。除了前面提到的宗教内容外，骑士精神的基本成分，或者说一个理想的骑士必须具备的基本品质，主要包括武艺高超（prowess）、忠诚守信（loyalty）、慷慨豪爽（largesse）、温文尔雅（courtesy）、珍惜荣誉（honor）等。[1] 乔叟在《坎特伯雷故事》的"总引"里介绍骑士说"他一开始骑着马闯荡人间，／就热爱骑士精神和荣誉正义／就讲究慷慨豁达与温文有礼"，[2] 就是根据骑士精神赞扬他的美德。正是在十字军东征开始后不久的12世纪，许多宣扬骑士高尚品德、表现骑士英雄业绩的骑士浪漫传奇大量涌现，广为流传，成为随后几个世纪欧洲叙事文学的主流。

需要指出的是，前面讲过，浪漫传奇的本质就是理想化，而理想化就必须在时间和空间上与表现对象保持距离。所以，前期浪漫传奇里的骑士一般都不是中世纪现实中那些桀骜不驯、行为粗野，本身就是骑士精神的教化对象的武夫。相反，文学家们把想象力投向了古代，所以在这期间，希腊、特洛伊、罗马、凯尔特人的不列颠以及卡洛琳王朝的传说故事大行其道，不仅那些早已被古典文学家们理想化了的人物被再次理想化，成为骑士美德的典范，而且亚瑟王和他的圆桌骑士们更成为骑士精神的化身，他们的传奇是当时最受欢迎的骑士故事。关于亚瑟王浪漫传奇的发展与成就，本书后面各章将系统探讨。

除文学作品外，特别有意义的是，这期间还出现了一些阐述和总结骑士精神、骑士行为规范、骑士品质和美德的专门书籍。虽然这些书籍和浪漫传奇里描绘的骑士形象大多是骑士精神和骑士美德的化身，是一种理想形象，与现实中的封建骑士相去甚远，但骑士文化由于这些著作的出现逐渐发展成为有理论、有行为规则、有艺术形象的文化体系。它不仅进入欧洲中世纪中、后期封建文化的主流，深刻影响了当时的社会生活和人们的思想观念，而且对后世的文化和文学也产生了重大影响，这种影响至今在欧美地区仍然十分明显，19世纪出现在现代资产阶级社会的绅士形象在很大程度上也根源于骑士文化。

---

[1] Gautier, *Chivalry*, p. 8.
[2] ［英］乔叟：《坎特伯雷故事》，黄杲炘译，译林出版社1999年版，第4页。

然而这还只是一半的原因,骑士精神能对欧洲产生那么重大的影响,还因为它同宫廷爱情的结合。除教会之外,宫廷在驯化骑士上也发挥着重要作用。在中世纪欧洲,有两个特别重要的文化中心,一个是与教会相关联的修道院,另外一个就是宫廷。前者主要是宗教文化中心,后者则主要是世俗文化中心。它们对中世纪文化的发展都发挥了重大作用。在封建制的中世纪欧洲,每一个贵族都是其领地上的"君主",所以,所谓宫廷(court),并不一定是指王宫,也包括各地的贵族城堡,在其附近往往都有不大但依附于城堡的城镇。[①] 宫廷不仅是政治权力中心,而且也发挥着经济、法律和文化中心的作用。由于城堡内和城堡所在地都建有教堂,往往还有学校和修道院,而当时的知识分子一般都是宗教人士,因此宫廷和宫廷所在地自然也是宗教、道德和教育中心。另外,如前所说,宫廷还庇护着许多文人学士,比如亚瑟王传奇最杰出的诗人克雷蒂安就是香槟伯爵夫人玛丽宫中的教士,而民间游吟诗人[②]也游走于各地宫廷,演唱传说故事。因此,宫廷在教化民众、引领中世纪文化文学艺术潮流方面发挥着至关重要的作用。

中世纪骑士文学其实主要就是宫廷文学,而骑士精神里的温文尔雅就主要来自宫廷文化的熏陶和宫廷礼仪的要求。在12世纪,随着十字军东征运动的进行和社会、政治、经济上的进步与发展,欧洲内部冲突逐渐减少,社会比较安定,物质生活更为丰富,封建君主和贵族们有了更多闲暇,于是把更多精力放到文化娱乐方面。赞助和收养各种文化人也逐渐成为王室和高等贵族宫中的时尚。随着宫廷文化的发展,新的理想、新的价值观念和新的行为规范也逐渐发展,风度翩翩、举止优雅、能歌善舞、能谈情说爱、知道如何向贵妇人献殷勤等社交技巧也相应成为理想的骑士所必需的"美德",于是出现了一种新的文学——宫廷诗歌——来赞扬和传播这些理想和美德。所以,在中世纪宫廷语境中,"优雅(courtoisie)既是社交展示也是文学表现"。[③]

中世纪宫廷文化的重要组成,特别是宫廷诗歌的核心,是宫廷爱情。

---

① 中世纪欧洲城镇大多很小,一般只有几百到几千人,像巴黎这样的"大都市"也不过10万人,而伦敦一般只有5万人。

② 游吟诗人在中世纪文学的传承与发展中发挥着重要作用,甚至翻开了欧洲文学史新的篇章,可被视为现代欧洲文学之开端的普罗旺斯新诗运动在很大程度上也源自民间游吟诗人。

③ W. R. J. Barron, *English Medieval Romance*, London: Longman, 1987, p. 28.

第一章　中世纪浪漫传奇之产生、性质与发展

将优雅的宫廷文化习俗和人性中最深层的需求结合在一起的宫廷爱情一出现就很快同骑士精神融合，并成为驯化封建强人、造就理想骑士的特别强有力的文化因素。人们通常认为，宫廷爱情（amour courtois，即 courtly love[①]）这一术语是由法国学者伽士顿·帕里斯（Gaston Paris，1839—1903）创造的。他在1883年发表了一篇很有影响的论文，专门研究中世纪骑士，特别是亚瑟王和圆桌骑士的浪漫传奇。他在文中第一次使用这一术语来指称在11世纪末12世纪初首先在法国文学中出现，进而遍及欧洲各国文学的一种新的情感主题。自那以后，宫廷爱情一词不仅在中世纪文学研究中高频率出现，而且迅速成为研究中世纪社会、历史、文化时广泛使用的术语。然而那只是现代学者第一次在研究中使用这个术语并使之流行。实际上在中世纪，宫廷爱情（Amor cortese 或 cortesi amanti）一词并非没有被使用，比如意大利诗人彼特拉克（Petrarch，1304—1374）就多次用过，[②] 而它的另外一种说法或者说意义大体相同的术语——典雅爱情（fin'amor）则被用得相当普遍。

宫廷爱情这一观念在20世纪60年代遭到一些美国批评家质疑，他们认为它并不存在于现实而主要是在文学作品里，加之他们相信这个术语在中世纪比较少用或者没有被使用等原因，因而将其斥为"神话"。比如，著名学者罗伯逊（D. W. Robertson）认为：首先，所谓"宫廷爱情"在中世纪现实中根本不存在；其次，那些被学者们看作表达"宫廷爱情"的中世纪作品与其说是"提倡"还不如说是"嘲讽"它；最后，中世纪爱情诗种类繁多，"宫廷爱情"这个标签实在难以描述。所以，关于"'宫廷爱情'的观念是理解中世纪文本的障碍"。[③] 但"宫廷爱情"至今仍然是中世纪文化文学研究中最基本的术语之一，被学者们广泛使用甚至不得不使

[①] 也有人将 courtly love 译为典雅爱情，但译为宫廷爱情更恰当，因为典雅爱情仅表达出其性质和特征，而脱离了它特定的历史文化语境，相反宫廷爱情同时也指出其社会和文化根源，表明它是宫廷文化的一部分，而且在字面上还与 courtly love 更为直接对应。不过源自奥克西唐语的术语 fin'amor（即 fine love）译为典雅爱情倒很贴切，普罗旺斯诗人们使用这个术语时也是在当时的宫廷文化语境之中。

[②] 请参看 Joan Ferrante, *Cortes' Amor* in Medieval Texts, *Speculum*, Vol. 55, No. 4, Oct., 1980, pp. 685 – 695。

[③] 请参看 D. W. Robertson, "The Concept of Courtly Love as an Impediment to the Understanding of Medieval Texts", in Francis X. Newman, ed., *The Meaning of Courtly Love*, Albany: State University of New York Press, 1968, pp. 1 – 18。

用，就因为此种情感虽然远离中世纪社会现实，但却出现在大量文学、文化和历史文本之中，而且很难说这些文本中的大多数是或者主要是对它的嘲讽。另外，宫廷爱情不仅是中世纪浪漫传奇和大量抒情诗的基本主题和核心内容，它还渗入许多其他文学体裁之中。

另外，根据中世纪文献记载，它还是文学之外的一种重要的宫廷文化活动。一些王室宫廷还组织过所谓"爱情法庭"（court of love），以解决宫廷爱情中的疑难问题。"爱情法庭"使用的"律法"主要是玛丽的宫廷文人和私人教士安德里阿斯·卡普拉努斯（Andreas Capellanus，生卒年不详）在12世纪写的一部在中世纪影响广泛的著作《高尚爱情之艺术》（De Art Honeste Amandi）里定下的31条规则。这种活动成为当时欧洲宫廷中高雅的时尚，一直延续到15世纪，法国和德国等地一些王公贵族都举行过"爱情法庭"的活动。比如，法国国王查理六世和王后伊莎贝尔于1400年在巴黎组织和主持"爱情法庭"，许多大臣乃至巴黎大主教都是参与者。① 这些活动对宫廷爱情和骑士文化无疑也起到极大的推动作用。由此可见，不仅大量文学文本，而且一些社会和历史文本也表明，宫廷爱情或许的确不存在于现实生活中，但却是中世纪文学文化的重要组成，是一种在当时广泛存在后来影响深远、承载着中世纪价值体系的文化现实。

宫廷爱情的直接源头是法国南部游吟诗人（Troubadours）。在11世纪后期，法国南部的阿奎坦、普罗旺斯②等地区出现了一种新型抒情诗，它迅速繁荣，并传播到法国其他地区和意大利、西班牙等国，共流传下多达2500多首诗作。③ 当然，这些新诗人并非都是真正意义上的游吟诗人，他们中许多人，特别是那些成就最高的新诗人都是宫廷文人，甚至是王公贵族，比如阿奎坦公爵威廉九世（1071—1126）就是最早也是最著名的新诗人之一。④ 他

---

① 参看 Larry D. Benson, "Courtly Love and Chivalry in the Later Middle Ages", http：// icg. fas. harvard. edu/ ~ chaucer/special/lifemann/love/ben-love. htm, Jan. , 14, 2003。

② 发轫于11世纪后期一直延续到14世纪的普罗旺斯新诗，实际上是出现并流传于阿奎坦、普罗旺斯等地那一片比较广阔的区域。这一地区现在主要属于法国，另外一些部分分别属于现在的西班牙和意大利。新诗语言属于奥克西唐语（Occitan），为古法语一种，普罗旺斯语是奥克西唐语的一种方言。

③ 参看 F. R. P. Akehurst and Judith M. Davis, eds. , A Handbook of the Troubadours, Berkeley：University of California Press, 1995, p. 23。

④ 威廉九世是一位思想开放，颇为离经叛道的诗人，宫中甚至还养着一批穆斯林女人；他因此多次被罗马教廷革除教籍。

第一章　中世纪浪漫传奇之产生、性质与发展

们被称为游吟诗人，首先，是因为他们的诗歌源自这一地区传统的游吟诗人的诗歌；其次，他们中许多人的确是游吟诗人，而且许多宫廷文人原本也是游吟诗人；最后，特别重要的是，这种新诗并非像当时的诗歌那样使用拉丁语，而是用当地俗语，并且在风格与内容上也受游吟诗人的口头歌谣影响。

宫廷爱情高度理想化、程式化、艺术化，也称作骑士爱情，即恩格斯所说的"武士之爱"[1]，因为诗人往往是从骑士的角度表达对他所崇拜的"女主人"的爱情。这种爱情文化，连同与之相关联的宫廷诗歌和宫廷文化，由于当时欧洲最著名的宫廷文化倡导者和宫廷文人庇护人阿奎坦女公爵艾琳诺（威廉九世孙女）先后成为法国国王路易斯七世和比她小11岁的英国国王亨利二世的王后[2]而带到法国北部、英格兰和安茹帝国其他地区，而她女儿玛丽（Marie de Champagne，1145—1198，与法国国王所生）也因成为香槟伯爵夫人而将其带到香槟的宫廷。艾琳诺对法国新诗运动和浪漫传奇的发展所做出的重大贡献获得了学者们的广泛认同。麦克卡什在他研究中世纪文化文学庇护制度的专著中指出，艾琳诺是12世纪最伟大的文学庇护人，她几乎是以一己之力运用庇护制度使宫廷爱情和亚瑟王文学传播到整个欧洲。[3]

在很大程度上，正是由于她们的影响，由于她们宫中大批宫廷文人用宫廷爱情改写史诗，并用宫廷爱情将史诗英雄改造成中世纪骑士，使得这些地区最先出现了表现和宣扬宫廷爱情的浪漫传奇。在诗人和宫廷文人笔下，宫廷爱情逐渐演化出一整套复杂的规则（codes）。安德里阿斯那部关于宫廷爱情法则的专著《高尚爱情之艺术》在一定程度上成为文学家创作宫廷爱情作品和王公贵族举行宫廷爱情活动的指南。玛丽的另外一位宫廷文人克雷蒂安则创作出五部亚瑟王浪漫传奇，它们不仅开启了风靡欧洲的亚瑟王浪漫传奇的创作，而且也属于亚瑟王浪漫传奇中最佳作品之列。它们奠定了法语亚瑟王浪漫传奇的基本传统和模式，并深刻影响了英语和其

---

[1] 参看恩格斯《家庭、私有制和国家的起源》，人民出版社1954年版，第66页。
[2] 艾琳诺在1137—1152年为法国国王路易斯七世的王后，她同路易斯离婚八个星期后于1152年嫁给当时为诺曼底公爵和安茹伯爵的亨利，后因亨利登基为英国国王（1154—1189）而成为英国王后。她由于支持小亨利为首的儿子们的叛乱，于1173年被亨利二世囚禁，直到1189年亨利去世，儿子理查德登基为理查德一世（即十字军东征运动中著名的狮心王），她才被释放。
[3] 参看 June Hall McCash，*The Cultural Patronage of Medieval Women*，Athens：University of Georgia Press，1996，pp. 15 – 16。当然，这一说法有夸张之嫌。

他语种的亚瑟王传奇。

通过对中世纪文学中宫廷爱情以及宫廷爱情之法则和程式的系统研究，刘易斯在他那部影响广泛的著作《爱情之寓意——中世纪传统研究》里，把宫廷爱情的特点总结为"谦卑（Humility）、高雅风度（Courtesy）、私通（Adultery）和爱情宗教（Religion of Love）"①，并进行了系统阐述。宫廷爱情，顾名思义，自然是上流社会的"爱情"。在中世纪人看来，"爱情"是上流社会的"专利"。所以，"虽然性和婚姻属于所有人，但爱情……只属于上等阶级"。② 爱情必然而且必须同高贵的出身、高雅的情操和宫廷内优雅的举止结合。但反过来，爱情也使人高尚，使人纯洁，使人气质高雅、彬彬有礼。刘易斯认为，在中世纪人看来，"只有高雅的人才懂爱情，但也正是爱情使他们高雅"。③ 正如"高雅"的英文词 courteous 所表明，"高雅的人"在中世纪是指宫廷中人，主要是王公贵族和女士。

被诗人或骑士奉为偶像的情人都出身高贵，她们要么寡居，要么是有夫之妇，只有少数是未嫁的公主小姐，其地位往往都比爱慕她的骑士或诗人高贵。比如，著名的圆桌骑士朗斯洛就爱慕着亚瑟王的王后格温娜维尔（Guinevere）。不过爱情虽然只属于上等阶级，但在宫廷爱情诗人眼里，上等阶级的夫妻之间同样没有爱情，因为中世纪王室贵族的婚姻是出于政治和经济利益上的考虑，而且往往双方年龄悬殊。④ 克拉克认为，所谓"建立在'爱情上的婚姻'几乎可以说是 18 世纪后期的发明"。⑤ 另外，婚姻规定了义务，双方的给予或接受都是出于责任，而根据宫廷爱情的规则，"爱情"完全是自由奉献、倾心付出的。宫廷诗人"直截了当地宣布，爱情和婚姻互不相容"⑥。所以，所谓宫廷爱情大多是婚外恋，不过也有一些情人，比如克雷蒂安的《埃里克与艾尼德》（*Erecet Enide*，1170？）和《克里杰斯》（*Cliges, or la Fausse Morte*，1176？）里的男女主人公以及马罗礼

---

① Lewis, *The Allegory of Love*, p. 2.
② Howard, *Chaucer*, p. 103.
③ Lewis, *The Allegory of Love*, p. 2.
④ 当然这是受宫廷爱情传统影响的看法。实际上中世纪王室和贵族中感情深厚的夫妻也不是没有，比如在乔叟时代，爱德华三世同菲莉帕王后、兰开斯特公爵同夫人布兰茜以及理查德二世同王后安娜都感情甚笃。
⑤ Clark, *Civilization*, p. 64.
⑥ Howard, *Chaucer*, p. 106.

的《亚瑟王之死》里的高雷斯和莉奥纳斯都修得正果，终成眷属。学者认为，私生子这样"粗俗"的悲喜剧，只有等到后世资产阶级的市井故事里才会出现。其实浪漫传奇里也有私生子，比如亚瑟王本人和被认为是最纯洁的圣杯骑士加拉哈德都是私生子，当然他们都不是"宫廷爱情"的结晶，而是其中一方（分别是亚瑟王的母亲和加拉哈德的父亲朗斯洛）因被施魔法而在不知情的情况下产生的结果。

在新诗人那里，或者在浪漫传奇如克雷蒂安的《朗斯洛》里，深陷爱情的骑士都是那些似乎很"冷酷"的情人的"奴仆"和"囚犯"，心甘情愿地忍受她们随心所欲的"折磨"。他们视情人为"女神"，倾心伺候、顶礼膜拜。为执行情人稀奇古怪的旨意，哪怕是涉险受辱，他们也在所不惜。他们最高的使命就是伺候和保护情人，他们最大的心愿就是获得情人的"回报"，他们最大的痛苦就是被情人误解或置之不理。乔叟的特洛伊罗斯因得不到回报而以泪洗面；圆桌骑士朗斯洛多次因被王后误解而深感痛苦，当他发现一把梳子上有几根格温娜维尔的头发，立即为之神魂颠倒，并长期保留在身边。当然，情人的一两句甜言蜜语，一个眼神或者哪怕一点意味深长的暗示，也会把他们投入极乐世界。刘易斯指出，宫廷爱情是一种"宗教"，情人就是骑士的上帝，骑士走向情人的床就犹如虔诚的信徒登上圣坛。在被认为是英国文学史上最伟大的爱情诗篇《特洛伊罗斯与克瑞茜达》里，特洛伊罗斯就是信奉这种"爱情宗教"的骑士之典范。

毫无疑问，这种高度艺术化和程式化的爱情与现实生活中的爱情相去甚远，而且把女人提高到至高无上的地位，也明显与中世纪男尊女卑的现实和教会对妇女的贬低大相径庭。但宫廷爱情的出现并非偶然，它具有深刻的历史根源和文化意义。学者们经深入研究，从社会、历史和文化文学方面，提出了许多关于宫廷爱情产生的观点。其中之一是中世纪的封建家臣制。由于骑士必须忠于领主，他们的忠诚和爱戴自然也献给领主夫人。由于宫廷和城堡内历来男多女少，加之领主夫妇之间几乎都是政治或经济联姻，且往往年龄悬殊，所以骑士同领主夫人之间产生爱情并不奇怪，也不少见。

许多学者还认为，宫廷爱情从观念到游戏规则都深受古典爱情诗，特别是奥维德那部在中世纪广为流传的诗作《爱之艺术》（*Ars Amatoria*）的影响。上面对宫廷爱情的描述实际上揭示出古典爱情观里一个特别深刻的悖论——"痛苦的甜蜜"(bitter sweetness)①,而这个悖论在奥维德的爱情诗和《爱之艺术》里得到突出表达,同时大量拉丁文春天抒情诗(spring lyrics)里也表现了这种意义深刻的爱情观。关于爱情这种令人生死相许的情感,安德里阿斯在《高尚爱情之艺术》的第一章"什么是爱情"里,开宗明义地说:"爱情是一种天生的痛苦"(inborn suffering)。② 他在系统探讨宫廷爱情之性质后列出31条爱情规则,使这部书既是宫廷爱情的理论,也是情人们的行动指南,可以被称为宫廷爱情之"爱经"。很明显,从书名到内容,它在相当程度上都可以说是奥维德《爱之艺术》的翻版。从这也可以看出,宫廷爱情受奥维德和古典爱情诗传统影响至深。

也正是在这时期,在宗教领域,圣母玛利亚逐渐取代造成人类堕落的夏娃,成为"第一女人"。对圣母的崇拜成为基督教的重要组成部分。在基督教历史上很长时期内,教徒们颂扬和崇拜耶稣的12门徒和其他圣徒,许多教堂以他们的名字命名,而救世主的生母却不如后来那样受尊崇。在上千年里,因为夏娃的"过失",神甫们在每一个圣坛上无休止地谴责女人的罪孽。直到11世纪,圣母才更受重视,被尊为人与上帝之间的"中保"(mediator),许多教堂开始以她命名,颂扬玛利亚的圣歌也大量出现和流传。对玛利亚的崇拜也是对耶稣人性的强调,是基督教人性化发展的重要特征,是12世纪文艺复兴在宗教领域的重要体现和中世纪中、后期欧洲文化的重要发展,并在一定程度上为后来文艺复兴时期人文主义思想的弘扬创造了有利条件。正是在圣母崇拜发展的同时,宫廷爱情诗也在流传。颂扬玛利亚的圣歌很轻易就被转用到宫廷爱情诗里,而宫廷爱情对女人的颂扬也促进了圣母崇拜的发展,这两方面相互影响。的确,在有些新诗人的诗里,我们很难区分他究竟是在颂扬其情人还是圣母。到13世纪后,许多新诗人陆续成为宗教诗人,虔诚地歌颂玛利亚。

另外,阿拉伯诗歌的影响也是宫廷爱情诗兴起的根源。有学者认为,"新诗人"(troubadour,即游吟诗人)一词本身就来源于阿拉伯语:"Taraba的意思是'吟唱',而且是'唱诗';tarab是指'歌谣',在伊比利亚半岛的

---

① 其实,宫廷爱情包含一系列悖论,比如纽曼指出:宫廷爱情是"一种非法但同时使道德升华、充满激情但同时自律性很强、令人屈辱但同时给人以荣耀、来自人之本性但同时又超越体验的爱情"(Newman, *The Meaning of Courtly Love*, p. vii.)。

② 转引自 Bernard O'Donoghue, ed., *The Courtly Tradition*, Manchester: Manchester University Press, 1982, p. 40。

第一章　中世纪浪漫传奇之产生、性质与发展

阿拉伯口语①里，其发音是 trob；按罗曼语构词法，加后缀-ar 来构成动词是符合规则的。"② 所以构成动词 trobar（写诗，吟诗），即 taraba。当然这只是许多观点中之一种，但在普罗旺斯新诗出现之前，爱情诗的确在伊斯兰世界，特别是在波斯已经繁荣了好几个世纪，而西班牙地区，或者说伊比利亚半岛，自 8 世纪以来就已经是伊斯兰世界的一部分。阿拉伯诗人也是从男人的视角来对情人进行颂扬、美化和崇拜。

在公元7、8世纪，穆斯林征服了从印度到西班牙的广阔地区，爱情诗也逐渐从波斯传播到伊斯兰世界的其他区域。在这期间，阿拉伯诗歌也受到了古希腊、古罗马文化包括奥维德传统的爱情诗的影响。在一定程度上，正是波斯爱情诗和古希腊、古罗马人文主义思想特别是和奥维德的爱情诗的结合，造就了阿拉伯爱情诗的繁荣。不仅如此，阿拉伯人还从古希腊、古罗马大量吸收哲学、科学、文化和文学思想，那是他们能创造出远比当时西欧文明更高的阿拉伯文明的一个重要因素。前面谈及，给中东和欧洲两地人民带来巨大灾难的十字军东征也为阿拉伯伊斯兰和欧洲基督教两大文明的广泛接触、冲突与交流提供了契机，在随后几个世纪里，许多古希腊、古罗马典籍从阿拉伯文、叙利亚文等中东文字回译成欧洲文字，成为 12 世纪文艺复兴和后来 14 世纪开始的文艺复兴运动产生和发展的重要动因。

所以，基督教和伊斯兰两大文明的碰撞和交流对欧洲社会、思想和文学的发展产生了极为深刻的影响。两大文明的碰撞主要是在两个方向：十字军东征的东南方向和早在 8 世纪就已成为伊斯兰世界一部分的伊比利亚半岛，也就是南方或者说西南方向。正是在这两个方向的交会点上，与西班牙和意大利毗邻，现为法国南部的阿奎坦、普罗旺斯等地区出现了以人为中心、以爱情为主题的民族语言新诗运动，开辟了欧洲文学史的新篇章。

虽然宫廷爱情同现实有很大距离，主要存在于文学作品中，而且以现代人的观点看，显得十分程式化甚至矫揉造作，但它毕竟是自中世纪开始以来欧洲人第一次对男女爱情，对人的感情的公开和高度的颂扬。恩格斯

---

① 西班牙所处的伊比利亚半岛从 8 世纪起就逐渐被阿拉伯人征服，法国南部的阿奎坦和普罗旺斯等地区与之毗邻。

② Maria Rosa Menocal, *The Arabic Role in Medieval Literary History: A Forgotten Heritage*, Philadelphia: University of Pennsylvania Press, 1987, p. xi.

认为:"中世纪的武士之爱"是"头一个出现于历史上的性爱形式。"① 当然,恩格斯是指自中世纪开始以来的历史时期。普罗旺斯新诗中对男女爱情、对人的情感的歌颂是人文主义的文学表现,对中世纪人的思想意识、价值观念以及文学艺术都产生了深远影响,在欧洲文化和文学史上具有划时代意义。自罗马帝国覆灭以来,它是第一次在比较大的规模上把文学变成人的文学、把宗教文学发展为世俗文学而且其影响此后从未中断的文学运动。因此,以宫廷爱情为核心的新诗运动可以说是欧洲现代文学的开端。

在这之前,中世纪文学主要是宗教文学,而所谓爱也特别聚焦于人对上帝的爱,或上帝对人的爱。根据中世纪神学家的观点,人与人的感情,特别是男女之间的欲望,归根结底来源于人类的堕落,也就是来源于亚当和夏娃偷吃禁果,甚至连人类坠入尘世受苦的历史也是以此为开端。由于男女间的爱情和欲望产生于罪孽,所以它也是一种罪过,而且由于它本身就源自对上帝禁令的背叛,它也有可能超过人对上帝的爱。另外,由于爱情产生于罪孽,爱情总是与痛苦相伴,在获得爱情之前或之后,都是无限的痛苦,它实际上是对人类堕落的惩罚。所以安德里阿斯在《高尚爱情之艺术》里说"爱情是一种天生的痛苦",当然那也受到古典文化中关于爱情乃"甜蜜的痛苦"之观念的影响。

总的来说,教会对以宫廷爱情为主题的抒情诗和骑士传奇还是比较宽容的,其中一个重要原因是,它既是正在兴起的宫廷文化的重要组成,也有助于"驯化"封建骑士。另外,宫廷爱情作品一般没有对性的直接描写,也没有直接表达神学方面的异端邪说。所以教会对宫廷爱情文学一般是听之任之。不仅如此,许多著名的宫廷爱情诗人、骑士浪漫传奇作家,以及宫廷爱情最著名的"理论家"安德里阿斯,他们本身就是天主教神职人员或修士。

浪漫传奇往往都容纳骑士精神和宫廷爱情,但并不能或者说无法很好地将它们整合。巴赫金在谈到浪漫传奇时触及问题的实质。他说,浪漫传奇的中心是"对英雄们(以及事物)的身份的检验——最根本的是,他们对爱情的忠实和对骑士精神准则的忠诚"。② 然而问题是,骑士精神和宫廷

---

① 恩格斯:《家庭、私有制和国家的起源》,人民出版社1954年版,第66页。
② M. M. Bakhtin, *Dialogical Imagination: Four Essays*, Michael Holquist, ed. and tran. (Austin: U of Texas P, 1983), p.151.

第一章 中世纪浪漫传奇之产生、性质与发展

爱情实际上是来源颇为不同且性质上也大有差别的两套价值体系，因此在浪漫传奇里对骑士身份的检验往往产生矛盾和冲突，但正是这种矛盾和冲突使浪漫传奇作品展现出特殊的活力、张力，并富含深刻的历史文化意义。比如前面提及，中世纪骑士精神的核心价值观念是忠诚，而骑士对君主的忠诚与对上帝和教会的忠诚有时实在难以统一，从而导致骑士精神中一个无法克服的内在矛盾。然而随着宫廷爱情与骑士精神的融合，骑士又必须对情人忠诚。于是，这就造成另外一个难以克服的内在矛盾：骑士所效忠的情人往往正是他的君主的夫人，那么他究竟应该忠诚于君主还是他的情人？另外，骑士精神还特别强调骑士之间的友谊和忠诚，这样问题就更为复杂。

这方面最著名的例子是著名圆桌骑士和宫廷爱情的典范——朗斯洛同亚瑟王的王后格温娜维尔之间的爱情，它使朗斯洛陷入重重矛盾之中。首先，作为骑士，他必须忠于自己的君王，然而根据宫廷爱情的规则，他又必须忠于自己的情人，而他忠于情人恰恰是对君王的不忠。至于对上帝的忠诚，当朗斯洛陷入对格温娜维尔的爱情之时就已经违背了"十诫"中上帝关于"不可奸淫"和"不可贪恋人的妻子"[①] 的教导，那实际上也是对上帝不忠。所以像他那样优秀的骑士最终也不能靠近圣杯。当他爱上自己主人的妻子后，他就处在不可能解决的矛盾中。当事情暴露之后，尽管他极力避免冲突，但也不得不被迫同自己尊崇并发誓效忠的君主开战。不仅如此，当他和王后的奸情被发现之时以及后来在出手救格温娜维尔时，他都杀死了一批曾与他并肩作战的骑士，其中还包括同他一样享有盛名的圆桌骑士高文的弟兄，并因此导致这两位最著名而且友谊深厚的骑士反目成仇和圆桌骑士团体分裂。根据传统，高文必须为自己的家族报仇，因此他也陷入对家族忠诚还是对骑士朋友忠诚的两难境地。结果，虽然朗斯洛不想与高文作战，但这两个生死相交的朋友也被迫成了不共戴天的仇敌。最后，朗斯洛对格温娜维尔的爱情不仅颠覆了骑士精神，而且也导致了辉煌的亚瑟王朝的覆灭。本书后面将谈到，法语亚瑟王文学的"正典系列"和"后正典系列"，但特别是中古英语作品节律体《亚瑟王之死》和马罗礼的散文同名作都对此做了深入探索和表现。马罗礼还让他笔下的格温娜维尔在修道院当着朗斯洛的面对修女们说："这场战争及世上那么多优秀骑士

[①] 分别为"十诫"的第7、10条，见《出埃及记》20：14；20：17。

的死亡都因眼前这个人和我而起。正因为我们相亲相爱，才导致我的高贵的夫君死于非命。"[1]

宫廷爱情文学的一个重大发展是，爱情这个新型抒情诗的主题被迅速运用到骑士文学。前面提到，来自普罗旺斯发源地的女公爵艾琳诺北嫁法国国王路易斯和安茹君主亨利，她宫中的文人将宫廷爱情带到北方被运用于改写史诗，从而催生出浪漫传奇这一新的文学体裁。由于安茹王室巨大的影响力和艾琳诺、玛丽宫中那些文人学士不断创作出优秀作品，浪漫传奇迅速流行。然而实际上，宫廷爱情本身就主要是骑士与贵族女士之间的爱情，而且在阿奎坦和普罗旺斯地区其实也出现了骑士浪漫传奇叙事歌谣。也就是说，在骑士文化流行的时代，普罗旺斯新诗本身就孕育着浪漫传奇。所以，即使没有艾琳诺和玛丽，浪漫传奇也会出现和流行，因为它是中世纪欧洲历史和文化文学发展的结果，也代表了欧洲文化文学发展的方向。当然如果没有她们，浪漫传奇发展的力度和速度都有可能受到影响。

但需要指出的是，以上论及的以宫廷爱情和骑士精神相结合为核心的浪漫传奇，主要属于以法语浪漫传奇为主体的欧洲大陆模式，它自然也深刻影响了英国的盎格鲁－诺曼语以及后来的中古英语浪漫传奇，但不论是在题材上还是在风格上，产生于英格兰的浪漫传奇与法国传统的浪漫传奇相比都有相当大的差异。这在下面将会具体探讨和分析。在很大程度上，正是在这些差异中展示出英格兰本土文化文学传统乃至英格兰性的一些重要元素和根源。尽管如此，浪漫传奇文学将英格兰和欧洲大陆在文化和文学上更紧密地联系在一起。

艾琳诺成为亨利的王后对英格兰宫廷文学的影响直接而明显。大约产生于12世纪末的中古英语第一部优秀诗作《猫头鹰与夜莺》就提到亨利二世和艾琳诺王后对宫廷爱情诗歌的支持。更重要的是，12世纪中后期在亨利二世的盎格鲁－诺曼王朝统治下，作为安茹帝国一部分的英格兰与法国北部几乎同步出现浪漫传奇的繁荣，成为当时浪漫传奇最发达的地区之一，而这时期英格兰的盎格鲁－诺曼语浪漫传奇的繁荣对后来的英国文学，包括英语亚瑟王传奇文学的发展都产生了深刻影响。

---

[1] ［英］托马斯·马罗礼：《亚瑟王之死》，陈才宇译，译林出版社2008年版，第856页。

第一章　中世纪浪漫传奇之产生、性质与发展

第四节　盎格鲁－诺曼语浪漫传奇

虽然英格兰孤悬海外，但在浪漫传奇的创作上，英格兰并不落后于欧洲大陆。诺曼征服之后，特别是在安茹王朝的全盛期，即亨利二世（1154—1189在位）时期，英格兰同大陆上的诺曼底、安茹、阿奎坦以及其他大片领地组成所谓"安茹帝国"或"海峡王国"，使英格兰和大陆紧密地联系在一起。英吉利海峡不再是不列颠的天然屏障，隔绝不列颠群岛和欧洲大陆之间的联系，相反它成为帝国内海峡两岸交往的便利通道，因此两岸人员往来和文化、文学交流十分密切。虽然亨利国王有2/3的时间没有在英格兰，王后艾琳诺后来也因为支持儿子叛乱被囚禁，但在12世纪宫廷文化和宫廷文学蓬勃发展的大环境中，安茹王室以及盎格鲁－诺曼贵族都大力支持以宫廷爱情和骑士传奇为核心的宫廷文学，英格兰也成为新兴的宫廷文学最早和成就最大的中心之一。

但需要指出的是，虽然安茹王室使英格兰文学"宫廷化"，或者说在英格兰文学已经开始的"宫廷化"进程中起到关键的促进作用，它所代表的宫廷文学在体裁、风格、主题和题材等方面对英格兰浪漫传奇产生了直接而且很重要的影响，但英国的浪漫传奇作品大多并非直接出自那长期在广阔的帝国各地不断流动并且更多是待在大陆的王室的宫廷中，而主要是出自那些在诺曼征服之后几代以来，已经扎根于他们的英格兰领地的贵族的城堡，出自贵族们支持的文人学士，而这些文人学士中一些人甚至是当地盎格鲁－撒克逊人和凯尔特人的后裔，如威尔士人和康沃尔人。这就导致了在英格兰的法语浪漫传奇，或者说盎格鲁－诺曼语浪漫传奇，更接近英国的社会和文化现实，更多地受到英格兰或不列颠本土文化文学传统影响。这也成为大陆法语传统的浪漫传奇与英格兰的盎格鲁－诺曼语浪漫传奇之间的许多差异的重要根源。

在12世纪中期之后的一个多世纪里，在中古英语文学兴起之前，英格兰产生了大量浪漫传奇作品，而且题材广泛，包括前面提到的所有五种类型。[①]

[①] 需要指出的是，没证据表明盎格鲁－诺曼诗人创作过亚瑟王浪漫传奇。但虽然"不列颠题材"的浪漫传奇主要指亚瑟王系列，但特里斯坦系列也属于不列颠题材，而且这个系列后来被纳入亚瑟王浪漫传奇系列之中。所以可以说，盎格鲁－诺曼诗人创作了所有五种题材的浪漫传奇。关于盎格鲁－诺曼诗人没有创作亚瑟王浪漫传奇的原因，下面将探讨。

当然这时期的浪漫传奇,全都是用法语,或者说用盎格鲁-诺曼语创作。但盎格鲁-诺曼语浪漫传奇对后来的英语浪漫传奇的创作与发展产生了直接而深刻的影响,因为当英语诗人在13世纪开始创作浪漫传奇时,他们几无例外地把盎格鲁-诺曼语文本作为源本。也就是说,中古英语浪漫传奇作家主要是从他们的盎格鲁-诺曼语前辈那里继承浪漫传奇传统,熟悉浪漫传奇的主题、题材和风格。盎格鲁-诺曼语浪漫传奇,或者说更广义的盎格鲁-诺曼语文学,不仅取得了很大成就,而且是英国文学发展史上一个重要而特殊的阶段。

诺曼征服之后,诺曼人在英格兰创造了一种特殊的"民族语言"和"民族文学",即盎格鲁-诺曼语和盎格鲁-诺曼语文学。作为古法语的一种方言,盎格鲁-诺曼语是生活在英格兰的诺曼底人和来自大陆其他法语地区的上层人士的语言,也就是英格兰的统治阶级的语言。它虽说是法语,但它是英格兰的"本土"法语,也就是《坎特伯雷故事》里女修道院院长讲的那种受到乔叟善意嘲讽的法语。它"主要以诺曼底法语为基础,混合了其他法语方言、英语和弗莱芒语的形式和词汇而形成的语言"[①]。随着盎格鲁-诺曼王朝实力增强、影响扩大,盎格鲁-诺曼语走出英格兰,逐渐在威尔士和爱尔兰(特别是在亨利二世侵占爱尔兰之后)广泛使用,同时也被引入苏格兰地区。

在诺曼征服之后,盎格鲁-诺曼语逐渐成为英格兰的官方书面语言;在12世纪,盎格鲁-诺曼语已被广泛用于政府、法律、历史、宗教以及圣徒传等所有方面的书写(在英国,另外一种主要书面语是拉丁,它在法语或者说盎格鲁-诺曼语的挤压下,使用领域逐渐收缩,到13世纪主要用于宗教、学术以及文学领域)。随着法语文学兴起,盎格鲁-诺曼语自然也用于文学创作,而且取得了很高成就。盎格鲁-诺曼语文学就是英国人(包括在英格兰的诺曼人和本土盎格鲁-撒克逊人、威尔士人、康沃尔人以及来自大陆的其他法语地区的文人)用盎格鲁-诺曼语创作的文学。值得指出的是,在相当长的时期内,以教育民众为目的的文本往往都有盎格鲁-诺曼语和英语两种文本,而主要以娱乐为目的的文学作品则只有盎格鲁-诺曼语文本。在考察了12、13世纪流传下来的文献之后,莱格说:"从1100年到1250年,同

---

① Wilson, *Early Middle English Literature*, p. 55.

第一章 中世纪浪漫传奇之产生、性质与发展

样的宗教和道德教育性质的著作都有英语和盎格鲁-诺曼语两种文本，但在1250年——即《霍恩王》被认为出现时——之前，没有出现一部纯粹娱乐性的英语作品。"① 那显然是因为，宗教教育的对象包括讲英语的广大民众，而娱乐性文学作品在那时期只由讲盎格鲁-诺曼语的上层社会消费。

盎格鲁-诺曼语文学大约在12世纪初开始出现，在12世纪中期开始繁荣，在13世纪进入全盛期，到14世纪上半叶随着英语文学开始繁荣而没落。从12世纪中期到14世纪中期，即乔叟时代之前，盎格鲁-诺曼语文学，不论从数量上还是从总体质量上讲，都远远超过同时期的英语文学。必须指出的是，盎格鲁-诺曼语文学属于法语文学，但不是法国文学，而是英国文学的重要组成。它同法国文学关系密切，特别是它的诗歌艺术直接根源于法语诗歌，但在题材、内容和叙事风格上也深受英格兰本土的社会、历史、文化和文学传统影响。它是一种特殊的英国文学和特殊的法语文学，或者说是"盎格鲁-法语文学"。在一定程度上，它既是不列颠本地（包括凯尔特和古英语）文学传统与中古英语文学之间的联结，更是法国文学和英语文学之间的桥梁，为英语文学广泛借鉴欧洲大陆文学进而从古英语文学向中古英语文学乃至向现代英语文学的发展做出了重要贡献。其实，许多来自盎格鲁-撒克逊时代的民间传说首先也是被创作成盎格鲁-诺曼语浪漫传奇，然后才产生出英语作品。巴隆指出："一般地说，那些从历史进入民间传说的英雄们都是通过法语浪漫传奇的中介出现在英语文学里。"② 这也表明，盎格鲁-诺曼语文学是英国文学发展史上的一个重要阶段。在很大程度上，我们甚至可以说英语文学之父乔叟的创作在本质上就是继承和发扬盎格鲁-诺曼诗人立足英格兰的社会、历史和文化，同时广泛吸纳欧洲大陆文化和文学这一开放传统。如果没有盎格鲁-诺曼语文学的沟通与促进，英语文学的繁荣很可能推迟。

盎格鲁-诺曼语文学不仅取得了很高成就，而且在当时欧洲一些文学体裁中处于领先地位。莱格在专著《盎格鲁-诺曼语文学及其背景》中分析了盎格鲁-诺曼语文学的产生、发展与成就之后说："如我们所谈及，在12世纪盎格鲁-诺曼语作家们的品味实际上领先于大陆法语同行。"③ 比如现存最

---

① Legge, *Anglo-Norman Literature and Its Background*, p. 370.
② Barron, *English Medieval Romance*, p. 64.
③ Legge, *Anglo-Norman Literature and Its Background*, p. 366.

早的欧洲中世纪戏剧，12世纪的神秘剧《亚当》（*Mystère d'Adam*）①，以及古法语中最早的寓意作品（allegory）《爱之城堡》（*The Castle of Love*），都出自盎格鲁-诺曼诗人之手。② 至于在海峡两岸于12世纪中期几乎同时出现的浪漫传奇作品，盎格鲁-诺曼语的《布鲁特传奇》《特里斯坦》等诗作在质量上还略微占优。另外，在12世纪安茹帝国时期，有一位很特殊的盎格鲁-诺曼女诗人法兰西的玛丽（Marie de France, ? —1215）长期居住在英格兰，她与亨利二世和王后艾琳诺关系密切。她主要创作寓言、籁诗等短篇叙事诗作，其中籁诗的成就特别高。玛丽流传下来的作品中有12首籁诗，篇幅从118行到1184行不等，据说是献给亨利二世的。她说这些籁诗是以不列颠籁诗（Breton lays）为蓝本，它们大多源自不列颠的凯尔特游吟诗人在各地王公贵族宫廷里的吟唱。这些既有浪漫传奇特色又有一定现实主义倾向的短篇叙事诗被一些学者认为是现代短篇小说的前身。玛丽的籁诗主要关于骑士历险与爱情，其中有两首直接和间接涉及亚瑟王和他的骑士。③

当然，盎格鲁-诺曼语文学中成就最大的是浪漫传奇。由于诺曼王朝以及12世纪50年代出现的安茹帝国横跨海峡两岸，文化文学交流便捷，浪漫传奇的出现、发展与繁荣在同处安茹帝国之内，英吉利海峡两岸的英格兰和法国北部大体同步，最早的浪漫传奇中就有12世纪中期出现的《布鲁特传奇》《特里斯坦》《亚历山大传奇》等一批盎格鲁-诺曼语作品，英格兰也因此成为浪漫传奇文学的中心之一。这些盎格鲁-诺曼语浪漫传奇对法国和大陆其他地区的浪漫传奇也产生了重大影响。比如，克雷蒂安那5部奠定亚瑟王浪漫传奇大陆传统的诗作里，亚瑟王朝的基本框架以及一些内容和灵感就主要来自《布鲁特传奇》。另外一部对中世纪欧洲大陆传奇文学产生了很大影响的盎格鲁-诺曼语浪漫传奇作品是肯特的托马斯的《亚历山大传奇》。这部作品是后来许多将古希腊雄才大略的征战英雄亚历山大塑造成中世纪骑士典范的先声。

盎格鲁-诺曼诗人对浪漫传奇的发展所做出的一个特殊贡献是他们根

---

① 学者们一般认为大约在1140年产生于英格兰。参看 Legge, *Anglo-Norman Literature and Its Background*, p. 312。

② 其作者罗伯特·格洛斯特斯特（Robert Grossteste, ? —1253）是英国林肯主教。该作在中世纪十分流行，很有影响，多次被翻译成中古英语。

③ 后面对亚瑟王文学作品的分析中将谈及玛丽的籁诗。

第一章 中世纪浪漫传奇之产生、性质与发展

据不列颠原住民中流传的凯尔特传说，用盎格鲁-诺曼语创作的"特里斯坦和伊索尔特"（Tristan and Iseult）的悲剧性传奇故事。这个传奇对英国和欧洲大陆浪漫传奇的发展产生了重大影响，产生出一系列作品，后来进一步发展成为亚瑟王传奇系列的重要组成部分。这个系列现存最早的是两个体裁和风格迥异的版本："通俗本"（the "common version"）和"宫廷本"（the "courtly version"），它们都大体上产生于12世纪中期或稍后。现在许多学者认为，它们可能有一个共同源本，但该源本已经散失。

盎格鲁-诺曼诗人贝洛尔（Beroul，生卒年不详）可能在12世纪50—70年代创作出"通俗本"《特里斯坦传奇》（Le Roman de Tristan）。该作只流传下一个残本，约4500余诗行，现存巴黎法国国家图书馆。也有学者认为该作有可能产生于12世纪末，因此有可能晚于托马斯的"宫廷版"。[①] 不列颠的托马斯（Thomas of Britain，生卒年不详）的"宫廷本"《特里斯坦》（Tristan）现在也只存残本，它大约创作于12世纪60年代，是一部很优秀的浪漫传奇作品。由于它使用当时正在兴起的宫廷体裁和风格，因此更直接的影响了这一题材的欧洲大陆和中古英语浪漫传奇作品，被认为是宫廷传统特里斯坦传奇的源头。特别值得一提的是德国诗人戈特弗里德·冯·斯特拉斯堡（Gottfried von Strassburg，?—1210?）根据托马斯的《特里斯坦》创作的德语《特里斯坦与伊索尔特》（Tristan und Isolde），它虽因作者去世而未能完成，却依然是一部十分杰出的中世纪宫廷传统的浪漫传奇。不过，对特里斯坦传奇系列后来的发展贡献最大的是13世纪的法语散文本《莱奥诺斯的特里斯坦》（Tristan de Léonois）。这部作品在15世纪还出现了80多个豪华手抄本，而且被翻译成各种文字。它是"文艺复兴时期的西班牙和意大利的许多主要的浪漫传奇性史诗作品的主要影响源"，[②] 也是马罗礼的《亚瑟王之死》里篇幅最长的第5个故事《莱奥纳斯的特里斯坦爵士之书》的源本。

最早的英文本特里斯坦传奇是出现在1300年前后的《特里斯特勒姆爵士》（Sir Tristrem），长度原为3344诗行，它的第一位编辑、19世纪著名作家司各特（Sir Walter Scott，1771—1832）为其增加了60行。司各特那

[①] 参看 Norris J. Lacy and Geoffrey Ashe with Debra N. Mancoff, *The Arthurian Handbook*, New York: Garland, 1997, p. 88。

[②] Helen Cooper, "The Book of Sir Tristram de Lyones", in Elizabeth Archibald and A. S. G. Edwards, eds., *A Companion to Malory*, Cambridge: D. S. Brewer, 1996, p. 182.

些饮誉世界的历史浪漫小说受该作品以及其他许多中世纪浪漫传奇的深刻影响。在很大程度上正是这种影响使司各特的历史小说弥漫着浓郁的中世纪气氛，使他在浪漫时代复活了中世纪浪漫传奇。在亚瑟王文学中，特里斯坦系列的创作和流行从地域到时间都特别广，影响也特别大。

不过盎格鲁—诺曼语浪漫传奇中具有特别意义的是那些被称为英格兰题材（Matter of England）的作品。它们也因为主要是关于所谓"英格兰英雄"或者关于"历史"或者"家族史"而被一些学者命名为英格兰英雄之浪漫传奇"（the romance of English heroes）或"历史传奇"（historical romance）或"先祖传奇"（ancestral romance）。这些不同的名称其实反映出这类传奇作品的共同性质：它们描写的"历史"大多是一些家族之先祖的英雄事迹，而这些先祖都是英格兰或与英格兰密切相关的英雄人物。这些作品主要包括《霍恩传奇》（*Roman de Horn*，1170?）、《哈维洛克之歌》（*Lai d'Haveloc*，1200?）、《汉普顿之贝维》（*Boeve de Haumtone*，1200?），《沃维克之盖伊》（*Gui de Warewic*，1230?）、《沃琳之子福尔克》（*Fouke le Fitz Waryn*，1280?），以及盎格鲁-诺曼语浪漫传奇中最长（22000多行）的诗作《瓦尔德夫传奇》（*Le Roman de Waldef*，1200—1210?）等，它们大约占现存盎格鲁-诺曼语浪漫传奇作品的一半。除了这些英格兰题材的作品外，其他一些盎格鲁-诺曼语浪漫传奇也都包含一定的"英格兰"元素。

苏珊·克兰认为，盎格鲁-诺曼语浪漫传奇同它们的中古英语后辈们一样，都"有力地回应了它们时代和区域的各种问题"。[①] 如果说各种题材的盎格鲁-诺曼语浪漫传奇尚且如此的话，那么英格兰题材的作品更是这样。如上面那些作品的标题所表明，这些英格兰题材的盎格鲁-诺曼语浪漫传奇是以英格兰英雄人物为主角，主要表现的是英格兰历史或英格兰英雄的家族史。这种对家族史的描写实际上与本章前面提及的这时期西欧地区的历史书写的世俗化以及王室和贵族对自己的家族史的兴趣这种大的历史文化语境密切相关。但更重要的是，相对于大陆上那些试图将家族史与特洛伊英雄联系的王室贵族，英格兰这些"外来"的贵族们更急于融入当地传统，更急于表达或者说宣称他们家族传承在当地的合法性和合理性，

---

① Susan Crane, *Insular Romance: Politics, Faith, and Culture in Anglo-Norman and Middle English Literature*, Berkeley: University of California Press, 1986, p. 1.

第一章 中世纪浪漫传奇之产生、性质与发展

所以他们所支持的文学作品更为突出也更有意识地表现家族题材和当地特色。菲尔德指出:"盎格鲁-诺曼语浪漫传奇作品因此可以被看作是表达了它们的贵族赞助者和可能的受众的利益。它们描绘出的世界里,家族延续和承传压倒一切;它们描写一个英雄失去和夺回遗产。"[1] 换句话说,这些传奇作品试图表明,盎格鲁—诺曼贵族们在英格兰获得领地只不过是"夺回"本就属于他们的领地。关于这一点,下面将结合作品简略说明。

所以,盎格鲁-诺曼语浪漫传奇实际上比较明显地表达出或体现了盎格鲁-诺曼贵族们的政治、经济诉求和更密切融入本地的意识形态理念。当然,作为浪漫传奇,它们与大陆传统的浪漫传奇都表现骑士精神和宫廷爱情主题,但它们之间的一个重要区别是,骑士精神和宫廷爱情是大量大陆传统的浪漫传奇作品压倒一切的主题,而且这类传奇作品更注重在相对而言比较抽象或者说多少有点虚无缥缈的环境中描写骑士历险和表现爱情,而盎格鲁-诺曼诗人则更致力于叙述在英格兰历史、地理和社会语境中英格兰英雄人物如何面对社会和政治上的挑战,甚至连爱情本身也往往具有更明显的社会意义和政治意义,它是英雄成长道路上的挑战,也是英雄获取或扩大其领地、政治权力和经济利益的必要途径。

所以,盎格鲁-诺曼语浪漫传奇蕴藏着特别丰富的历史信息,并反映出盎格鲁-诺曼贵族英格兰化的历史进程。这些浪漫传奇之所以具有这一突出特点,其中一个重要原因是,它们是在贵族们的城堡中由那些依附于当地贵族的诗人所创作,他们既知道急切融入英格兰的诺曼贵族们的利益与诉求,也了解当地的事物和风俗习惯。所以,同大陆上的同类作品相比,这些浪漫传奇显得更直接根源于当地现实,更注重描写当地的社会、文化、地区特点和风俗习惯。也许更重要,同时也与大陆传统的法语浪漫传奇特别不同的是,这些作品的内容其实大多来自英格兰的编年史。克兰指出:"描写英格兰英雄的盎格鲁-诺曼语浪漫传奇是在12世纪与编年史卓有成效的交互作用中发展。"[2] 实际上,如一些学者所指出,盎格鲁-撒克逊时代的一些民间传说及其风格特色也进入盎格鲁-诺曼语传奇。[3] 这

---

[1] Rosalind Field, "Romance in England, 1066—1400", in Wallace, ed., *The Cambridge History of Medieval English Literature*, p. 162.

[2] Crane, *Insular Romance*, p. 14.

[3] 可参看 Wilson, *Early Middle English Literature*。

显然也体现出盎格鲁－诺曼贵族们急于想与当地历史和文化连接的意愿。因此，盎格鲁－诺曼语浪漫传奇比大陆上任何地区的浪漫传奇都更深地植根于当地的历史、社会和文化之中。比如，《哈维洛克之歌》就源自盖马尔（Gaimar，生卒年不详）在 12 世纪前期撰写的盎格鲁－诺曼语年鉴《英格兰人之历史》（*L'Estoire des Engleis*，1136—1138）。《沃琳之子福尔克》更是直接取材于作品大体同时代的历史人物、富有传奇性的盎格鲁－诺曼贵族福尔克（Fulk Ⅲ FitzWarin，1160？—1258）的生平。几代福尔克都是英国历史上的著名人物。作品主人公福尔克三世本是驻守在英格兰和威尔士边界的军事贵族（Marcher Lord），他被国王约翰（1199—1216 在位）剥夺了爵位和领地后，啸聚山林造反，成为后来英国历史上著名的绿林好汉罗宾汉的原型。

《沃琳之子福尔克》对福尔克反抗约翰国王的描写和歌颂其实也表现出盎格鲁－诺曼语浪漫传奇的一个重要方面，那就是，这些作品更多是站在盎格鲁－诺曼贵族们的立场上，表达他们的经济利益和政治诉求，却与英格兰王室或盎格鲁—诺曼王朝中央政府保持相当距离，有时甚至持对立态度。这也有助于解释，虽然盎格鲁－诺曼语浪漫传奇在那时十分流行，而且取得了很高成就，使英格兰在 12 世纪成为欧洲主要的浪漫传奇创作中心之一，但盎格鲁－诺曼诗人对中世纪浪漫传奇中最受欢迎的亚瑟王题材却表现了令人诧异的沉默，盎格鲁－诺曼语没有流传下一部亚瑟王浪漫传奇，甚至很有可能盎格鲁－诺曼诗人根本就没有创作过这样的作品。① 不过，有几首不列颠籁诗属于亚瑟王传奇或与之相关，比如《角杯之歌》（*Lai du cor*，即"*Lai of the Horn*"）② 和《泰奥勒》（*Tyolet*），③ 而法兰西的玛丽的《兰弗尔之歌》（*Lai of Lanval*）是一首很优秀的亚瑟王传奇籁诗。故事讲述的是亚瑟王王后格温娜维尔爱上骑士兰弗尔，但兰弗尔与一位美丽的仙女相爱，拒绝了王后。王后因而反过来污蔑兰弗尔对她有不轨之

---

① 一般来说，即使是散失了的作品也往往会留下一些蛛丝马迹。对于这方面的研究，威尔逊的《散失了的中世纪英格兰文学》（R. M. Wilson, *The Lost Literature of Medieval England*, 2nd rev. ed., London: Methuen, 1970）是一部很有价值的专著。

② 亚瑟王传奇中有一些所谓"贞操检验"（chastity testing）主题的作品。它们主要是关于用具有魔法的角杯或斗篷检测女士的贞洁的故事。在作品里，角杯里的酒洒在某人身上或是把斗篷披在某人身上，就能检测出那人是否贞洁。《角杯之歌》就是其中有代表性的作品。后面在分析马罗礼的《亚瑟王之死》里关于特里斯坦的部分对这个主题有更具体的说明。

③ 请参看 Lacy and Ashe with Mancoff, *The Arthurian Handbook*, pp. 91 - 92。

第一章 中世纪浪漫传奇之产生、性质与发展

举。就在兰弗尔即将遭受处罚之时,仙女出现,救走兰弗尔。除此之外,还有一首名为《野人梅林》(Merlin le Sauvage,即"Merlin the Wildman")的籁诗,但没能流传下来。"特里斯坦"系列后来虽然被纳入亚瑟王浪漫传奇体系,但其盎格鲁-诺曼语"先辈"与亚瑟王传奇虽然都属于"不列颠题材",其实两者在那时期并无关系。

与在英格兰的盎格鲁-诺曼语作家们不热衷于创作亚瑟王传说的情况相反,当时经常驻跸欧洲大陆的英格兰王室,特别是亨利二世和艾琳诺以及艾琳诺的女儿玛丽的宫中,养有一批像克雷蒂安这样的欧洲最杰出的浪漫传奇诗人,他们用大陆法语创作出许多极有影响的亚瑟王浪漫传奇作品。对于这种现象,菲尔德解释说:"这清楚地意味着,隐藏在盎格鲁-诺曼语浪漫传奇背后的贵族们的意愿表明,他们并不想鼓励那种支持中央专制王权的传说。"① 这种解释符合当时英国的现状。与歌颂英格兰各地的贵族先祖英雄的那些英格兰题材的盎格鲁-诺曼语浪漫传奇不同,关于亚瑟王朝的浪漫传奇更可能体现中央政府的利益和诉求。而在盎格鲁-诺曼王朝时期,特别是在亨利二世以及之后时期,英格兰王室同贵族们长期明争暗斗,甚至多次爆发内战,并导致法国入侵。英国历史上著名的大宪章(Magna Carta,1215)就是王室与反叛贵族们血腥战争的产物。② 因此盎格鲁-诺曼贵族们并不青睐致力于直接或间接颂扬中央王权的亚瑟王传奇故事,因为即使是克雷蒂安等法国诗人创作的以圆桌骑士个人的历险为主要内容的传奇作品,实际上也是以强大的亚瑟王朝为依靠或背景,并且以骑士忠于亚瑟王为前提。

然而到了14世纪,特别是在爱德华三世时期,当中央集权进一步加强,统一的英格兰民族正加速形成,英格兰民族意识在英法百年战争期间迅速发展,中古英语文学包括浪漫传奇繁荣之时,中古英语诗人却十分热衷于创作亚瑟王的故事,其中包括3部从整体上颂扬亚瑟王朝辉煌业绩和描写王朝兴衰的重要作品。③ 中古英语作家之所以与他们的盎格鲁-诺曼

---

① Field, "Romance in England", p. 160.
② 虽然大宪章没能结束国王和贵族的冲突,战争仍然不时爆发,但它几经修订,逐渐成为调解双方利益的法律机制。因此,大宪章也可以被看作英国民族国家发展进程中的一个里程碑。
③ 指头韵体、节律体和马罗礼的散文体等3部《亚瑟王之死》;本书后面有3章分别分析这3部重要作品。

前辈在对待亚瑟王传奇上持如此大相径庭的态度,其中一个重要原因是,在诺曼征服过去约300年后,失去了大陆领地的王室与早已英国化的贵族们在身份认同和利益诉求上逐渐趋于统一,而且历经了王室与贵族之间长期冲突造成的社会动荡和战乱,人们更渴望强大的中央政府治理下的社会安定,而与法国的长期对抗也需要横扫欧洲的亚瑟王那样强势的君主来领导对外战争和保护民族利益。所以,对亚瑟王朝的歌颂不仅表达了广大英格兰民众对强大的中央王权可能带来稳定和平的社会生活的期待和英格兰希望共同对外的民族要求,而且来自不列颠本土早已风靡欧洲的亚瑟王传说为他们提供了表达民族意识、表现民族自豪感和传达文化理想的绝好的文学媒介。

另外,英格兰题材的盎格鲁-诺曼语浪漫传奇回应和表达盎格鲁-诺曼贵族们的意识形态理念和政治经济诉求甚至在这些作品的叙事结构上也得到体现。所有这些作品大体遵循"离开—历险—回归"的模式。当然,这一模式在中世纪浪漫传奇中很普遍,而且在历代叙事文学中也不少见。但这一模式的运用在英格兰题材传奇作品中却大为不同,而且被赋予特殊意义。实际上,任何被抽象出来的文学模式的真正意义都主要不在其本身,而是体现于它在何种具体的语境中为何种目的,被如何运用。在英格兰题材浪漫传奇里,首先,这一模式与对英格兰具体的地域、社会和文化的描写更密切地结合在一起,而不是像在大陆传奇作品里那样,骑士们往往是在虚无缥缈的想象世界里历险。其次,更重要的是,其他类型的浪漫传奇作品的重点大多放在这个模式的中间部分,即主要描写骑士们那些往往十分奇异的冒险经历,然而在英格兰题材作品里,重点则几乎毫无例外地在最终的"回归"。英格兰英雄们由于各种原因失去合法的领地、权益或王位,流落异地,在漂泊中历尽艰辛,成长起来,证明了自己的价值和身份,最终夺回属于自己的权益。关于他历险的大量描写往往很精彩,但其意义并不主要在其本身,而是更指向"回归",所以英雄的历险经历主要是他夺回合法权益的必要途径或者说是为了证明其合法性。这表现出英格兰题材的浪漫传奇隐含的政治意义。

英格兰题材浪漫传奇是以此来隐晦表明,盎格鲁-诺曼贵族是合法拥有英格兰领地的。自征服者威廉(William the Conqueror,1066—1087年在位为英王威廉一世)开始,盎格鲁-诺曼王室和贵族都宣称并竭力证明,诺曼人才是英格兰的合法继承人,而且盎格鲁-撒克逊时代最后一位国王

第一章 中世纪浪漫传奇之产生、性质与发展

忏悔者爱德华（Edward the Confessor，1042—1066 年在位）①也将王位传给了诺曼底公爵威廉。英格兰历史上有一件十分著名的艺术品，被称为贝叶挂毯（Bayeux Tapestry，因保存于法国贝叶市博物馆而得名）。据学者考证，该挂毯在诺曼征服后不久在英国肯特开始制作，大约于 11 世纪 70 年代完成。挂毯高约 50 厘米，长达 70 米，是一幅气势恢宏的历史画卷。它虽然名为挂毯，但实际上是刺绣，上面以爱德华国王、征服者威廉和英王哈罗德为中心人物，以诺曼征服为主要内容，绣出了 1064—1066 年黑斯廷斯战役的许多重大历史事件。威廉出兵英格兰是否合法取决于没有继承人的爱德华国王的旨意是传位于他还是哈罗德。尽管挂毯上的许多场面都有拉丁文说明，然而恰恰在这个关键问题上，这件在诺曼征服刚结束之后有可能是由盎格鲁－撒克逊人制作的挂毯却保持了沉默。实际上，爱德华是否曾答应传位威廉，一直是英国历史上的一个谜，但盎格鲁－诺曼王朝一直据此宣称诺曼征服的合法性。在盎格鲁－诺曼诗人瓦斯关于不列颠历史的演义性作品《布鲁特传奇》大获成功之后，亨利二世授意他撰写关于诺曼人"历史"的《卢之传奇》(Le Roman de Rou)。尽管瓦斯花了 10 年心血也未能完成，但这部诗作已长近 17000 行，诗人在其中竭力渲染了爱德华传位给威廉的"史实"，而那些英格兰题材的盎格鲁－诺曼语传奇作品则以更为隐晦的方式为诺曼征服辩护，表达盎格鲁－诺曼王朝，特别是那些早已在英格兰领地上扎根的贵族们的诉求。既然不列颠人和诺曼人都相信自己是特洛伊人的后代，加之又得到有血缘关系的爱德华国王的传位，诺曼人"前来"英格兰只不过是合法"回归"，或者说是夺回本就属于他们的权益而已。

上面的简略论述也可表明，盎格鲁－诺曼语文学，特别是浪漫传奇，不仅取得了很高的文学成就，而且具有十分特殊的历史、政治和文化意义。其实，盎格鲁－诺曼语文学在英格兰的产生、发展和繁荣都有历史和文化上的必然性，也是当时统治阶级在政治上和意识形态上的需求。讲法

---

① 忏悔者爱德华无后，他于 1066 年 1 月去世，他在临死前将王位传给掌握实权的古德文（Godwine）家族的哈罗德（Harold），于是哈罗德继位为英国国王。但诺曼底公爵威廉宣称，爱德华曾在 1051 年答应将王位传给他（爱德华的母亲是威廉的祖父罗伯特二世的妹妹）。于是，威廉于 1066 年 9 月率军跨过英吉利海峡。在黑斯廷斯决战中，哈罗德战死，威廉随即在当年 12 月 25 日圣诞节加冕为英国国王，开创了英国历史上的盎格鲁－诺曼王朝。诺曼人从不承认哈罗德为英国国王，而认为爱德华是盎格鲁－撒克逊王国最后一位国王。

语的盎格鲁-诺曼人用自己的语言从事文学创作十分自然,其消费对象也主要是讲法语的王室、贵族及其各类文化依附者。但他们把自己的政治和文化扎根于英格兰,把自己同英格兰的历史联系在一起,这对诺曼王朝和贵族们都具有"至关重要的意识形态方面的意义",因此"虚构岛国光荣的过去成为王室压倒性的兴趣"[①]。特别是在1204年,英格兰失去诺曼底之后,统治阶级更进一步与英格兰认同,于是盎格鲁-诺曼语文学在13世纪也更为本土化。

然而具有悖论意义的是,当"外来的"王室和统治阶级竭力与本土历史和传统认同、竭力表明自己是英格兰王室和贵族的时候,在长达几百年的时间里,他们却坚持使用法语,尽管他们中大多数人早就程度不同地掌握了英语,特别是中下层贵族,由于与当地民众通婚并生活在一起,在诺曼征服后不久,英语实际上已经成为他们的母语。上层贵族以及文化人坚持使用盎格鲁-诺曼语,那自然首先是因为盎格鲁-诺曼语是英国统治阶级的语言,且与宫廷文化相联系,加之12世纪以后,法国宫廷文化、文学、艺术、建筑大繁荣,引领欧洲文化潮流,所以盎格鲁—诺曼语在封建等级制社会中成为权力、地位、身份和高雅气质的象征。另外,使用广大民众不懂的法语能同他们拉开距离,显得高高在上,有助于在英格兰社会保持自己的权威和尊贵,正如中世纪教士们能使用拉丁语使普通民众望而生畏一样。不仅在语言上,他们在生活中也竭力遵循法国的文化习俗。同时,王室和上层贵族也一般是与大陆上特别是法国的王室和贵族通婚,而每一位王后或贵族夫人又带来一大批法国随从。

所有这些都表现出盎格鲁-诺曼统治阶级十分矛盾的心理,并说明他们仍然处于相当尴尬的境地。他们一方面试图拉开与英格兰普通民众的距离,竭力保持自己高贵的盎格鲁-诺曼身份,另一方面却对英格兰本土历史和文化表现出强烈兴趣,想扎根于他们统治的土地上以强调其统治的合法性。这实际上表明,尽管他们的英格兰化在不断取得进展,但他们还没有真正成为英格兰王室和贵族,他们同他们所统治的英国民众之间在民族身份和文化认同方面实际上还存在相当距离。也正是由于英国统治阶级和广大民众之间的这种距离,英格兰民族还没有真正形成。

---

① Crane, "Anglo-Norman Cultures in England", in Wallace, ed., *The Cambridge History of Medieval English Literature*, p. 42.

第一章 中世纪浪漫传奇之产生、性质与发展

英格兰民族形成的历史进程在英国文学的发展中得到体现。盎格鲁－诺曼语文学的出现、发展和繁荣正是体现这一进程的重要阶段，甚至连那一时期流传下的盎格鲁－诺曼语文献资料也反映出诺曼贵族们英格兰化的意愿和进展。当盎格鲁—诺曼语越来越多地运用于书写之时，关于英格兰的内容也越来越广泛和丰富。在流传下来的各种盎格鲁－诺曼语文献中，除大量宗教内容外（在中世纪欧洲所有语言中大多数保留下来的文献都与宗教有关），很多是关于英格兰或不列颠的历史或当时发生的事件。即使在宗教作品里，相当大一部分也是关于英格兰圣徒的传记，比如关于坎特伯雷大主教圣托玛斯的传记就有两种是用盎格鲁－诺曼语写成。至于在所谓"纯文学"中，比如在浪漫传奇里，如上面所提及，盎格鲁－诺曼语诗人们特别感兴趣的是"英格兰题材"和"不列颠题材"。[1] 所以，那时期的许多用盎格鲁－诺曼语创作的传奇故事是以英格兰民间传说中的英雄为主要人物和以英格兰为地点背景，因此具有比较明显的英格兰社会和文化特色。菲尔德认为，"这种地方色彩"是"盎格鲁－诺曼语浪漫传奇特别典型的特点"，而在现存10多部盎格鲁－诺曼浪漫传奇中，只有2部没有这种地方色彩。[2] 这些都表明，盎格鲁－诺曼统治阶级正越来越深地融入英格兰本土社会和文化。

英格兰社会的变革和英格兰民族形成进程中一个特别重要而且特别有意义的表现是英语文学的发展。在13世纪后期，中古英语文学特别是中古英语浪漫传奇的出现以及盎格鲁－诺曼语浪漫传奇的逐渐衰落，其实都标志着英国贵族阶层在语言、文化、利益、情感和意识形态的进一步英格兰化，是他们在英格兰身份认同上的重要发展。到了14世纪中期以后，随着英法百年战争不断推进，英格兰民族意识迅速发展，英格兰民族的形成加速，英语逐渐成熟，成为主要的书面和官方语言，英语文学在乔叟时代出现了第一次大繁荣，几个世纪来承载着英国统治阶级特殊的政治经济诉求和意识形态的盎格鲁－诺曼语文学完成了它的历史使命，盎格鲁－诺曼语浪漫传奇也让位于英语浪漫传奇。

但那绝不意味着盎格鲁－诺曼语文学影响的终止。恰恰相反，盎格

---

[1] 参看 Wilson, *Early Middle English Literature*, pp. 73–78。
[2] Rosalind Field, "The Anglo-Norman Background to Alliterative Romance", in David Lawton, ed., *Middle English Alliterative Poetry and Its Literary Background: Seven Essays*, Cambridge: D. S Brewer, 1982, p. 56.

鲁－诺曼语文学的体裁、风格、内容，特别是其注重表达英格兰统治阶级的诉求和主流意识形态，表现英格兰历史、社会和文化，吸纳本地传说和描写本地特色等一些本质性特点都被英语文学所继承和发扬。换句话说，正是正在兴起的英语文学广泛受到盎格鲁－诺曼文学的影响并将其融入英国文学传统，使盎格鲁－诺曼语文学成为英国文学的重要组成和英国文学发展史上的一个重要阶段，正如菲尔德所指出："12 和 13 世纪的盎格鲁－诺曼语浪漫传奇里许多明显的特点在随后出现的中古英语浪漫传奇作品里显而易见。"①

如果说广义上的盎格鲁－诺曼语文学是这样的话，那么盎格鲁－诺曼语浪漫传奇则更是如此。当中古英语诗人们（他们都是双语诗人）在 13 世纪开始创作浪漫传奇时，他们几无例外地把盎格鲁－诺曼语作品作为学习的对象，作为创作的源本。所以苏珊·克兰指出："几乎每一部盎格鲁－诺曼浪漫传奇都有中古英语后裔。"② 不仅如此，前面谈到，关于英格兰历史和英雄人物的盎格鲁－诺曼语传奇往往是从英格兰的历史年鉴和传说故事中寻找素材，当中古英语作家们将这些作品改写成英语传奇时，这些英格兰英雄人物也随即进入英语文学，正如巴隆所指出："一般地说，那些从历史进入民间传说的英雄们都是通过法语浪漫传奇的中介出现在英语文学的。"③ 他这里所说的法语浪漫传奇即盎格鲁－诺曼语传奇。这些在新的历史语境中出现在英语文学作品里的英格兰历史和传说中的人物不仅承载着新时代的历史信息，而且还表现出英格兰民族意识的发展。

到了 14 世纪，特别是在 14 世纪中期之后，随着英法百年战争加快英格兰民族形成的进程和推动英格兰民族意识的发展，法语传统的盎格鲁－诺曼语文学显然已经不能适应英国人爱国热情高涨的形势和胜任弘扬英格兰民族精神的历史使命。一个民族往往是在与外部的长期冲突中形成的，而民族意识也往往是在与外部的冲突中表现特别强烈。诺曼征服之后，经过几百年的发展，盎格鲁－诺曼王室和上层贵族终于在百年战争期间演变成真正的英格兰王室和英格兰贵族，统一的英格兰民族在此期间得以形成。也正是在此期间，经过近 300 年的发展，中古英语也在越来越多的领

---

① Rosalind Field, "Romance in England", p. 162.
② Crane, *Insular Romance*, p. 6.
③ Barron, *English Medieval Romance*, p. 64.

第一章 中世纪浪漫传奇之产生、性质与发展

域取代法语成为官方和书面语言，英语文学也取代盎格鲁－诺曼语文学成为英格兰的主流文学。乔叟时代英国历史上第一次英语文学大繁荣正是这种时代的要求和历史发展的共同产物。包括亚瑟王传奇在内的中古英语浪漫传奇也为这一文学繁荣做出了重大贡献。

随着英语文学的繁荣，英语浪漫传奇也在 14 世纪中期以后进入全盛期，这时法语和法国浪漫传奇的高潮已过。正因为英语浪漫传奇具有后来者的优势，它不仅能吸取盎格鲁－诺曼语作品的长处，而且能避免其缺点，所以一些英语浪漫传奇作品取得了很高成就。更重要的是，几乎所有中古英语浪漫传奇在内容和风格上都同他们的盎格鲁－诺曼语前辈有相当大区别。比如在内容上，盎格鲁－诺曼语作品更受宫廷文化影响，更注重高雅情趣、宫廷爱情和骑士精神（尽管在这方面它们因受英格兰本土传统影响而不及大陆上的法语同类著作），相比之下，许多中古英语浪漫传奇，特别是其中的英格兰题材作品，受盎格鲁－撒克逊时代以来的本土英语文学传统影响，则更致力于描写冒险经历和打斗，也更接近英格兰现实。在语言风格方面，中古英语浪漫传奇更为平实直接，而在细节描写上也更接近日常生活，特别是下层人的生活。比如，英格兰题材的英语传奇《丹麦人哈弗洛克》(Havelok the Dane) 对王子哈弗洛克在英格兰沦落为平民的生活之生动描写远超过其盎格鲁－诺曼语前辈《哈维洛克之歌》。不用说，这些差别同诗人使用的语言媒介、作品的消费对象以及作家本人的社会背景和生活背景都有关系，因为使用英语进行浪漫传奇创作的诗人，特别是在 13、14 世纪，其中包括乔叟，大多来自平民阶层，他们自然更熟悉英格兰普通民众的生活以及审美心理和本土文化文学传统。

然而，如果我们仔细考察和分析，就会发现英语浪漫传奇更贴近英格兰现实这一倾向不仅不是对其盎格鲁－诺曼语前辈的背离，而恰恰是对其优秀传统的继承和发扬。关于盎格鲁－诺曼语浪漫传奇，特别是其中的英格兰题材作品，与英格兰历史、社会、文化和地域之间的渊源，前面已经做了简单探讨。另外，阿舍在其研究诺曼征服之后英国民族意识发展的专著《虚构与历史：1066—1200 年之英格兰》中，也颇有见地地指出：大陆传统的法语浪漫传奇同盎格鲁－诺曼语的"岛国浪漫传奇"(insular romance) 一开始就朝着不同的方向发展，而且它们之间的差异大得"令人吃惊"。她认为，以《埃涅阿斯传奇》为源头的大陆法语浪漫传奇具有"深刻的非历史性"，并"缺乏对文本外的世界的指涉"。相反，盎格鲁－

诺曼语的《霍恩传奇》却"体现出""地域性（territoriality）和历史性"，而且"这一性质是所有岛国浪漫传奇的特点"。①

所以，虽然几乎所有中古英语浪漫传奇在内容和风格上都同它们的盎格鲁－诺曼语前辈有相当大的区别，但它们之间的差别主要表现在那些英语后辈们从内容到形式、风格都更英格兰化，然而那恰恰是继承和发扬了盎格鲁－诺曼语浪漫传奇在两个世纪中不断本土化的传统。因此在更深层次上，不是盎格鲁－诺曼语传奇同它们的中古英语后辈之间有许多相同相似之处，而是它们之间这种由于英语浪漫传奇更加英格兰化而造成的差异，表明中古英语浪漫传奇在本质上是前者的继承者。尽管盎格鲁－诺曼诗人们没有创作出一部真正意义上的亚瑟王浪漫传奇（如果不算法兰西的玛丽的两首籁诗的话），但具有悖论意义的是，在精神实质上，恰恰是中古英语浪漫传奇中作品数量最多、内容最丰富、影响最广泛持久、除乔叟作品外文学成就最高，同时最具英格兰特色的中古英语亚瑟王浪漫传奇系列②是盎格鲁－诺曼语传奇，特别是那些最具本地色彩的英格兰题材浪漫传奇的最直接的继承者。不仅如此，盎格鲁－诺曼语浪漫传奇中已经萌芽并得到一定发展的英格兰民族意识也正是在14、15世纪出现的大量中古英语亚瑟王浪漫传奇中得到特别突出的体现和弘扬。这些将在下面各章结合亚瑟王浪漫传奇的演变以及中古英语亚瑟王浪漫传奇作品具体探讨。

---

① 请参看 Ashe, *Fiction and History in England, 1066—1200*，第3章，特别是其中第133—158页。

② 在文学成就上，虽然大多数中古英语亚瑟王浪漫传奇不及乔叟作品，但《高文爵士与绿色骑士》完全可以同乔叟最杰出的作品媲美。另外，头韵体《亚瑟王之死》和马罗礼的《亚瑟王之死》也在中古英语最杰出的文学作品之列。关于这些杰作，下面都有专章讨论。

第二章 亚瑟王传奇的源流与演化

谁是亚瑟王？谁是那位不仅统一了不列颠而且征服了从挪威到地中海半个欧洲的伟大君主？谁是那位率领圆桌骑士和千军万马横扫欧洲大陆攻占罗马的军事统帅？谁是被尊为历史上九贤第一的基督教明君？谁又是那位让不列颠人一直魂牵梦绕地等待着从阿瓦隆养好伤后归来拯救他们的英雄？或者说历史上究竟有没有那位让英格兰民族永远景仰的"过去和未来之王"[①]？

近千年来，先是不列颠人，后来是英格兰人，一直在寻找亚瑟王。即使他没有在阿瓦隆岛上同仙女们在一起，至少也要证明他的确在历史上出现过。1191年，格拉斯顿堡的修士们宣布，他们找到了亚瑟王和王后格温娜维尔的遗骸，但并没有使人完全信服。1278年，英王爱德华一世和王后亲自主持仪式，将据说是亚瑟王和王后的遗骸隆重迁葬豪华新墓，但人们还是将信将疑。1485年，凯克斯顿在印刷出版马罗礼那部中世纪亚瑟王文学的集大成之作《亚瑟王之死》时，对那些不相信历史上真有亚瑟王的人大为不满，他在为该作撰写的"前言"中用了大约一半的篇幅从年鉴记载、国外文献、历史遗存、纪念地标、教堂文物、古代建筑、考古发现，到据说是圆桌骑士留下的圆桌、披风、宝剑甚至还有高文的头盖骨等各种遗物，不遗余力地全方位"证明"亚瑟王不仅确有其人，而且还是"不列

[①] "过去和未来之王"来自马罗礼的《亚瑟王之死》里亚瑟王墓碑上的铭文。原文为拉丁语 Hic iacet Arthurus, rex quondam, rexque futurus（即英文 Here lies Arthur, King Once, and King in the Future，"这里安息着亚瑟，过去与未来之王"）。美国小说家怀特（T. H. White, 1906—1964）将其演化成 The Once and Future King（《过去与未来之王》）作为他的亚瑟王系列小说（1958年）的统一标题。

颠、法兰西、日耳曼及达西亚的君主"。① 但他也没能终止历史上是否真有亚瑟王的争论。于是人们继续寻找。人们又无数次找到了他，但又总是让他溜掉。1998年7月4日，格拉斯哥大学考古专业的师生们运用现代科技在据说是亚瑟王的出生地，英国西南康沃尔的庭塔哲堡（Tintagel）的遗址上进行考古发掘，发现了一块6世纪的石板，上面刻着拉丁文 PATER CO-LIVICIT ARTOGNOV，一位学识渊博的教授将其译为 Artognou, father of a descendant of Coll, has had this constructed（柯尔的一位后代之父亚托诺所建）。于是有些人认为，那个神秘的 Artognou 即 Arthnou，也即 Arthur（亚瑟）。因此这块石板也被称为"亚瑟石"（the Arthur Stone），并被保存在特鲁罗（Truro，康沃尔首府）的皇家康沃尔博物馆，在那里向人们证明或者说再一次证明：亚瑟王确有其人。不过，同以前一样，这次还是没能打消人们的疑虑，没能最终证明或者否定他在历史上的存在，因为谁能真的证明 Artognou 一定是或不是那位叱咤风云的英雄呢？

当然，除了通过考古发掘和野外考察等活动寻找关于亚瑟王确有其人的实物证据之外，历代学者们更多地是在汗牛充栋的各种历史文献中穷经皓首，探寻有关亚瑟王的蛛丝马迹。根据罗伯特·弗莱契（R. H. Fletcher）的搜集和研究，从6世纪到16世纪前期大约一千年里，中世纪流传下来的编年史性质的文献中，有大约200种或多或少记载有关亚瑟王或者说人们相信是关于亚瑟王的材料。② 这些编年史中的材料许多来自民间传说，这说明经过长期的流传与发展，亚瑟王传说的确拥有广泛的民间基础。正是在丰富的文献记载和民间传说的基础上，一代又一代的文学家们创作出欧洲和英语世界里关于某一人物数量最多、体裁最丰富的文学作品。也正是在这些文献记载和文学作品里，亚瑟王从历史迷雾中走出，逐渐从一个虚无缥缈、时隐时现、模糊不清的人物发展成为一位指挥千军万马横扫欧洲的伟大君主和叱咤风云的英雄。尽管如此，人们至今仍然无法信服地在历史的长河中发现"真实"的亚瑟王。但也正因为如此，令人赞叹也令人着迷

---

① 凯克斯顿："前言"，载［英］托马斯·马罗礼《亚瑟王之死》，陈才宇译，译林出版社2008年版，第ii—iii页。值得注意的是，凯克斯顿如此倾其所能"证明"亚瑟王确有其人，恰恰表明在中世纪就有人质疑亚瑟王在历史上的存在。

② 弗莱切这方面的代表性研究成果是其专著《编年史中的亚瑟王材料》（*The Arthurian Material in the Chronicles Especially Those of Great Britain and France*，Boston: Ginn & Company, 1906年第一版）。现当代研究亚瑟王浪漫传奇演化历史的学者大多受益于这部著作，本书亦然。

第二章 亚瑟王传奇的源流与演化

的亚瑟王总是刺激着人们的好奇心和想象力去不断寻找他。

本章将跨越从公元500年前后到12世纪末这7个世纪，探寻和追溯亚瑟王故事在历史文献和民间传说中的源流，在不列颠的早期演变和大陆上特别是法语浪漫传奇中的发展。我们将看到，在这7个世纪里，亚瑟王的形象越来越清晰高大，追随他的圆桌骑士越来越多，他的传说越来越丰富，他的业绩自然也越来越辉煌。

第一节　亚瑟王之前的不列颠

不管历史上是否真有亚瑟王其人，在中世纪盛期风靡欧洲的亚瑟王浪漫传奇萌芽在不列颠历史上一个特殊时代，或者说是以那个特殊时代为历史背景。那个时代结束了不列颠南部和中部约4个世纪的罗马统治，即罗马-不列颠（Roman-Britain）时代，开启了在很大程度上决定未来英国历史走向、英格兰文化根基和民族性质的盎格鲁-撒克逊时代。不过，在未来的英国定型和英格兰民族形成之前那漫长的历史时期里，随着属于日耳曼民族的盎格鲁-撒克逊人[①]的入侵，不列颠进入了一个充满冲突和战争的长期剧烈动荡的时代，因为盎格鲁-撒克逊人来到的不是无人地带，而是罗马帝国最西部的行省，一个比他们拥有更高文明的地区。

不列颠群岛上的原住民是不列顿人（Britons），他们同英吉利海峡对岸的高卢人一样，都是凯尔特人。凯尔特人曾居住在西欧大片地区，创造了很高的文明。公元前55年和前54年，恺撒在征讨高卢（现法国地区）期间，为阻止海峡两岸的凯尔特人相互支援，曾两次渡过海峡攻击不列顿人，从而开启了罗马人征服不列颠的序幕。虽然恺撒并没打算长期占领不列颠，而且不久就撤退了，但不列颠的富庶给他留下深刻印象。他在《高卢战记》中记述道：不列颠"人口众多，房屋密集，那些房屋同高卢的房屋大致相同，另外还有无数的牛"，所以"内地大多数部落不种粮食，而以牛奶和肉为食，以皮革为衣。"[②] 他还特别为不列顿人高超的骑马术深感

[①] 需要指出的是，虽然迁徙到不列颠的日耳曼人中包括盎格鲁人、撒克逊人、朱特人和其他一些部族，但盎格鲁-撒克逊人的原意是"在英格兰的撒克逊人"而非一些人认为的盎格鲁人和撒克逊人。

[②] Gaius Julius Caesar, *The Conquest of Gaul*, trans. by S. A. Hardford, Harmondsworth: Penguin, 1982, pp. 110–111.

— 81 —

惊叹。由此可见，那时不列颠已有很高的文明。

　　罗马真正征服不列颠，将其纳入帝国版图是在大约1个世纪之后。公元43年，新即位不久的罗马皇帝克劳狄（Tiberius Claudius，41—54在位）率罗马军团渡海，先后征服了现在的英格兰和威尔士地区，建立起罗马人的统治，使之成为罗马帝国西部最重要的行省。

　　罗马帝国能长期拥有辽阔疆土，维持强盛国势，除保持强大军队外，其有效率的治理方式和对待异族比较开明的政策也是重要原因。同在其他被征服的地区一样，罗马人很快就在不列颠行省按罗马模式建立起以总督为首的军政体系，并将当地部落首领和上层人士按罗马议院的形式组成"议院"，使之成为"议员"，同时也让他们继续管理自己部落的内部事物。只要被征服地区的人民服从罗马统治、在罗马军团服兵役和缴纳赋税，罗马统治者一般都不过分干涉当地的内部事务和触动当地上层人士在原住民中的权益。他们甚至将罗马公民身份授予那些忠于罗马的有功人员。同时，不列颠人受罗马文明影响，很快也热衷于学习罗马人的生活方式和发展罗马式文化教育，因此许多不列颠人逐渐罗马化。后来在巴顿山打败盎格鲁－撒克逊人、被一些学者认为是亚瑟王之原型的安布罗休斯·奥勒良（Ambrosius Aurelianus）有可能就是罗马化了的不列颠人。

　　除了政府结构和管理形式的重大变革外，罗马文明对不列颠最大的影响，也就是学者们通常说的"罗马化"的最突出表现，也许是城镇的出现。瓦切尔认为："很明显，当罗马人到来之际，他们看不到任何地方与他们心目中的城镇稍微相似，更不用说城市了。"① 但在罗马统治时期，包括伦敦、巴斯在内的城镇逐渐在不列颠出现。这些城镇成为政治、经济、文化和教育中心，在不列颠社会的发展中发挥着重要作用。同时，出于军事上的考虑，罗马人在不列颠，如同他们在帝国其他地区一样，大规模修路。罗马人在不列颠修建了约5000英里高质量道路网，后来在整个中世纪，不列颠再也没有过这样良好的交通系统。很显然，这样的交通系统促进了商业活动，便利了文化的传播与交流。

　　另外特别值得一提的是，不列颠人同欧洲所有民族一样都信奉多神教，而罗马人在对待被征服民族的宗教信仰方面，相当宽容。他们甚至能把一些罗马神灵同其他民族的神祇相对应。恺撒在《高卢战记》里说，高

---

① John Wacher, *Roman Britain*, Gloucester: Sutton, 1998, p. 61.

第二章 亚瑟王传奇的源流与演化

卢人最崇拜的是墨丘利，然后是阿波罗、朱庇特、玛斯和密涅瓦，"对这些神，他们同其他民族态度差不多"。① 恺撒实际上是把罗马神祇同高卢人的神祇相对应。罗马人在不列颠也实行同样的宗教政策，以致许多不列颠神祇同时拥有罗马神名和原来的不列颠神名。所以，"在整个罗马时期，不列颠人祖先的凯尔特神祇都一直被供奉着"②。不列顿人的宗教信仰和神话也因此得以顺利流传，这自然也减少了不列顿人同罗马在宗教信仰上的冲突，有利于罗马的统治。数百年后，虽然亚瑟王及其圆桌骑士们都被"洗礼"成为基督教骑士，有些甚至成为圣洁的圣杯骑士，但在亚瑟王传说中仍然保留着一些不列顿人的宗教信仰和异教神灵，而亚瑟王的出生和登基都充满异教色彩，他最后被仙女们带去养伤的阿瓦隆岛更是不列顿人心中的异教乐土。至于魔法师梅林（Merlin），他实际上是异教传统的代表，尽管后来在法语的亚瑟王传奇"正典系列"中他被"洗礼"成基督教先知，而亚瑟王的姐姐仙女摩根（Morgan la Fay）和其他那些女魔法师性质的"仙女"们则自始至终保持着她们在不列顿人的异教传说中的身份和特征。

其实，对其他民族的宗教的宽容也是罗马人对希腊神话的做法：他们把希腊神祇稍加罗马化，然后改名照单全收。应该说，罗马人在宗教上的宽容是罗马帝国能在广阔的疆域内减少敌对冲突、实行有效统治的一个极为重要也极为成功的因素。③ 随着基督教在帝国疆域内发展，在康斯坦丁（Constantine the Great，罗马皇帝，306—337在位）时期合法化并随后成为帝国国教，基督教在不列颠也得到迅速发展。后来当信奉异教的日耳曼人摧毁罗马帝国、横扫欧洲大陆并直达非洲北部之时，撤退到威尔士的不列顿人为基督教在不列颠保存了宝贵"火种"。在5、6世纪，一些传教士就是从威尔士前往爱尔兰传教的，其中最著名的是后来成为爱尔兰的保护圣徒（Patron Saint）的帕特里克（Saint Patrick,？—464？）。帕特里克一家就可能是在盎格鲁-撒克逊人入侵之时逃到威尔士的。这些传教士在把爱尔兰变成基督教重要基地的进程中发挥了至关重要的作用。后来爱尔兰传教士不仅"洗礼"了苏格兰和半个英格兰，同罗马传教士联手将不列颠带回

---

① Caesar, *The Conquest of Gaul*, p. 142.
② Anthony Birley, *Life in Roman Britain*, London: Batsford, 1981, p. 136.
③ 值得指出的是，基督教在其建教初期也许是在罗马唯一受到残酷镇压的宗教，然而那首先是因为严格信奉一神教的基督徒反对罗马的多神教，危及罗马的统治，从而招致迫害和镇压。

基督教世界，而且还成为基督教征服北欧日耳曼地区的重要力量。所以，在6—9世纪爱尔兰基督教文化的辉煌中，也有威尔士人的重大贡献。

总的来说，除了在初期遭到不列颠人反抗外，罗马-不列颠时代比较稳定，加之新式工具的使用和进行一些水利建设，不列颠南部的农业在罗马-不列颠时代比较发达，因此人口也增加较快。有学者根据考古发掘、空中遥感和花粉分析等现代科技手段，推测出罗马统治时期的农业发展水平，发现当时的耕地面积并不比现在少。他们认为，罗马-不列颠地区的人口最多时达四五百万，这样多的人口，英国要到18世纪才能重新恢复。即使将这个数字减半，也比诺曼征服之后于1087年在英国历史上进行第一次人口普查（Domesday survey）时的人口还多。[①]

在很大程度上，北欧的日耳曼民族和南欧的罗马帝国之间的互动决定着欧洲的命运。当然，这两大势力的冲突并非开始于5世纪。在恺撒时代，特别是在公元1、2世纪，当罗马国势强盛不断扩张之时，罗马人和日耳曼人之间的接触和冲突就开始了。在那个时代，罗马人不断压缩日耳曼人的生存空间。后来罗马国力日衰，于是双方攻守易势，一波又一波的日耳曼人南迁浪潮先是威胁帝国的边疆地区，继而深入腹地，特别是骁勇善战的东、西哥特人，成为关乎帝国生存的心腹大患。使形势更为恶化的是，被汉帝国击溃的匈奴民族中的一部西迁，历经几个世纪的迁徙，在4世纪来到正经历大变革的欧洲舞台，立即参与到这出改变历史的波澜壮阔的大戏之中。[②] 在三方的混战中，日耳曼人最终胜出，西罗马帝国在475年灭亡，匈奴人停止西进，在今天的以匈牙利为中心的地区居住下来。

就在罗马帝国内外交困之时，帝国西部行省不列颠（这时不列颠已分为4个行省）也处于危机之中。在北方，从未被罗马征服的皮克特人和来自西方的苏格兰人（即爱尔兰人）都看准机会，发动了对罗马-不列颠的长期骚扰和进攻。同时，一批更具威胁的入侵者也沿英吉利海峡来到不列颠的东南部，他们就是即将入主不列颠大部分地区的撒克逊人，他们的后裔就是未来的盎格鲁-撒克逊人。

[①] 关于罗马-不列颠时期的农业与人口状况，请参看 N. Nigham, *Rome, Britain and the Anglo-Saxons*, London: Seaby, 1992, p. 20。

[②] 关于这批出现在欧洲的匈奴人（Huns）与中国北部的匈奴人之间是否有关系及有何种关系的问题，在学界至今尚存争议。

第二章　亚瑟王传奇的源流与演化

严格地说，盎格鲁-撒克逊人并非像一些人认为的那样是盎格鲁人和撒克逊人的合称，而是指在英格兰的撒克逊人，以区别于仍在日耳曼原住地的撒克逊人（Old Saxons）。罗马人和不列颠人分不清那些长期骚扰和袭击不列颠东部和南部海岸的日耳曼人属于什么部落，就把他们统称为撒克逊人。所以，在中世纪编年史以及在亚瑟王浪漫传奇里，这些渡海而来的日耳曼人一般都被称为撒克逊人。英国历史上第一位杰出的历史学家比德（Bede，673—735）的名著《英国人教会史》（*Historia ecclesiastica gentis Anglorum*）把侵入不列颠的日耳曼人分为盎格鲁人、撒克逊人和朱特人。但据学者们考证，特别是根据20世纪60年代以来在英国各地进行的考古发掘发现，越来越多的人倾向于认为，在那时期来到不列颠的移民中除这3个部族外，至少还有法兰克人（Franks）和弗里斯人（Frisians）。[1]

在整个4世纪，日耳曼人的骚扰几乎就没停过。为阻止日耳曼人的袭击，罗马守军沿不列颠东南海岸修建了一系列防御工事，被称之为"撒克逊海岸"（Saxon Shore）。同时，皮克特人和苏格兰人的不断进攻也使罗马-不列颠穷于应付。当时的罗马史学家马尔切利努斯（Ammianus Macellinus，330？—395）记述了发生在367年的日耳曼人、苏格兰人和皮克特人的联合入侵。他将其称为"蛮族共谋"（barbarian conspiracy）。他说，这次蛮族人的联合进攻"使不列颠各行省几乎成为一片废墟"[2]，可见形势之严峻。这样的"共谋"后来在关于亚瑟王传说的许多编年史著作，如杰弗里的《不列颠君王史》里都有大量记载。

更为严重的是，随着国力日益虚弱，罗马帝国再也无力阻止日耳曼民族的大规模南侵。为了保护帝国十分虚弱的中心地区，在406年和407年，驻扎不列颠的罗马军团被分批召回。罗马皇帝霍诺留（Flavius Honorius Augustus，384—423在位）[3] 在给不列顿人请求派兵支援的回信中，要他们设法自保，[4] 那实际上等于自顾不暇的罗马不得不放弃了不列颠。根据

---

[1] 参看 Edward James, *Britain in the First Millennium*, London: Arnold, 2001, pp. 107 – 110。
[2] Ammianus Macellinus, *The Later Roman Empire* (*AD 354—378*), trans. by W. Hamilton, Harmondsworth: Penguin, 1986, p. 342。
[3] 霍诺留是罗马帝国分裂为东、西罗马后第一任西罗马皇帝。
[4] 见 Elizabeth Jenkins, *The Mystery of King Arthur*, New York: Coward, McCann & Geoghegan, 1975, p. 20。

吉尔达斯（Gildas，500？—570？）的拉丁著作《不列颠之毁灭》（*De Excidio Britanniae*）记载，肯特地区一个"骄傲的国王"沃蒂根（Vortigern）①，请来撒克逊人，给他们土地，由他们对付北方的皮克特人。然而那些撒克逊人招来更多撒克逊人，遂成尾大不掉之势，最后取而代之。②后来杰弗里的《不列颠君王史》等编年史著作在关于亚瑟王兴起部分对这一事件做了详细生动的描述。亚瑟王朝的传奇正是被置于不列颠产生剧烈变革、社会动荡，不列顿人面临生死存亡这一历史的十字路口，亚瑟王也被赋予了英雄时代那些风云人物拯救民族于危亡之中的英雄气概和豪迈精神。

随着入侵者不断涌入，不列顿人同这些日耳曼部族之间为争夺不列颠而进行的长期血腥冲突与战争拉开了序幕，同时，六、七百年后在中世纪中后期的几百年里不是用武器而是用精彩的故事征服了比罗马帝国远更为广阔的区域的亚瑟王浪漫传奇，也开始出现朦胧的影子。可以说，吉尔达斯完全是在无意间但却是第一个把那个时代的历史揭开了一条细缝的人，使现代人能稍微窥见一点模糊不清的景象。所以，研究那个时代的不列颠和考察亚瑟王传说的起源无不从吉尔达斯开始。

第二节　起源与早期演化

吉尔达斯是一位虔诚的基督徒，很可能是一位神职人员，甚至有可能是一位修士。③他记述当时发生的事件，是从一个基督徒的观点来谴责社会的腐败和人们的堕落。他认为不列颠之毁灭是由不列顿人自己的堕落所造成，甚至撒克逊人的入侵也根源于不列顿人的堕落，是上帝的惩罚。由于《不列颠之毁灭》不是一本历史书，所以书中很少给出相关人士的姓名和事件发生处的地名，而且提到的事件一般是作为不列顿人堕落和上帝惩罚的例证，故没有确切日期，只能靠学者们推断。

在吉尔达斯时代，除在肯特外，撒克逊人在泰晤士河流域、在沃什湾

---

① 历史上真有其人，《盎格鲁-撒克逊编年史》里也提到他。但有学者认为，"沃蒂根"并非其名，而是一个凯尔特称号，意为"大头领"（over-chief）或"大王"（over-king）。请参看Lacy and Ashe with Mancoff, *The Arthurian Handbook*, p. 6。

② 参看 Peter Hunter Blair, *An Introduction to Anglo-Saxon England*, Cambridge: Cambridge University Press, 1962, pp. 14–15。

③ 那个时代的知识分子几乎全都是神职人员或修士。

第二章 亚瑟王传奇的源流与演化

(Wash)、在亨伯河(Humber)流域等许多地区,都在不断渗透、进攻和扩张,并引起了不列颠人的反抗。吉尔达斯特别记述了不列颠人在一个罗马人的率领下抗击撒克逊人的长期战争。最后不列颠人在一个名叫玛顿山(Mount Madon,学者们至今不能确定该山在何处)的地方打了一场大胜仗,阻止了撒克逊人的进犯,造就了约半个世纪的和平,在吉尔达斯于6世纪中期撰写其著作时,和平还在继续。他写这本书的目的,正是为了谴责人们在和平生活中变得更加堕落。根据学者们推算,玛顿山的胜利大约发生在500年前后,即作者在书中所提到的他出生之时。

就亚瑟王传奇的演变而言,吉尔达斯的一个特殊贡献是,他在年鉴中提到那位率领不列颠人打赢玛顿山战役的罗马人的姓名:安布罗休斯·奥勒良(Ambrosius Aurelianus)。学者们认为,他可能是一位罗马人后裔,或者是已经罗马化了的不列颠上层人士,但也可能是一位仍留守在不列颠要塞的罗马将领。[①] 后来人们把这场胜仗算在亚瑟王头上,说成是他对撒克逊人的12场胜仗之一。于是,传说中的亚瑟王之生平与业绩之开端也就被定格在不列颠人与撒克逊人之间进行的决定着不列颠群岛未来命运的关键战争时期,而这样的时期自然也是需要并能产生英雄或者至少是人们希望或者认为产生了伟大英雄的时代。不过,不论是吉尔达斯还是比德,或者9世纪之前任何人留下的文献,都从未提到亚瑟王。

另外一部没有提到亚瑟王但有可能对亚瑟王文学,特别是其中的王朝主题产生很大影响的是6世纪的一位后期罗马[②]的哥特人政治家和历史学家乔丹斯(Jordanes,生卒年不详)的著作。乔丹斯特别重要的贡献是撰写了关于日耳曼民族的历史文献,其中《哥特人之来源与业绩》(*De origins actibusque Getarum*,即 *On the Origin and Deeds of the Goths*,通常被称作 *De rebus Geticis or Getica*)叙述了一位被称作里奥塔姆斯(Riothamus)的不列颠国王或者说"不列颠人之王"(King of the Britons)率领不列颠人在高卢协同罗马军队抗击日耳曼人的事迹。Riothamus 是不列颠语 Rigotamos 的拉丁语形式,意思是"大王"(supreme king)。[③] 后来杰弗里的《不列颠君王史》以及那些王朝主题的亚瑟王传奇作品中,对亚瑟王在欧洲大陆的辉

[①] 参看 Robert Huntington Fletcher, *The Arthurian Material Especially Those of Great Britain and France*, Boston: Ginn & Company, 1906, p. 7.

[②] 指罗马帝国灭亡后,哥特人在意大利建立的罗马王国。

[③] 关于乔丹斯书中的记载,请参看 Lacy and Ashe with Mancoff, *The Arthurian Handbook*, pp. 7–8.

煌征战的描写很可能就根源于此，甚至一些近现代学者也认为里奥塔姆斯就是亚瑟王。因此，关于历史上亚瑟王是否真有其人的问题，曼柯夫认为"杰弗里和浪漫传奇里的亚瑟王是一个传说，但他有一个真实的原型，那就是前往高卢的不列颠之王"的观点"不无道理"①。

　　在现存或者说迄今为止所发现的古代文献中，最早将12世纪之后4个多世纪里风靡欧洲的各种语言中不计其数的中世纪亚瑟王传说和传奇故事，定格在不列颠人与撒克逊人两大民族之间征服与反征服的生死存亡时代，或者说为未来的亚瑟王浪漫传奇提供"确定的"历史时代（即人们常说的亚瑟王时代）的是大约9世纪一位名叫嫩纽斯（Nennius，8世纪后期—9世纪前期）的威尔士修士所写的拉丁文《不列颠史》（*Historia Brittonum*）。那是一部编年史性质的著作，但实际上是一些编年记述加上传说的综合体，而且比较混乱，也可能散失了一些部分。② 在有关亚瑟王的部分，嫩纽斯列出了不列颠人在抗击撒克逊人的战争中获得的12场胜利，并一一给出获胜地的地名，其中最后也是最重大的胜利就是在玛顿山，尽管迄今为止学者们仍然未（也许永远不能）确定那些地方究竟现在何处。长期以来，学者们进行了大量研究和考证，给出从苏格兰到威尔士的各种具体地点的许多猜测，但从未得到学界认可。

　　嫩纽斯特别有意义的而且对于亚瑟王传说的发展来说最大的贡献是，他在历史上或者说在现存文献中第一个称那位指挥不列颠人取得12次重大胜利的英雄为亚托琉斯（Artorius）。这个拉丁文名字很自然地被人们转换成英文名字亚瑟（Arthur）。但在嫩纽斯的编年史里，亚托琉斯虽然打了一系列胜仗，但他并非像后来那样被说成是一位伟大君主，他甚至不是一位国王，也不具有王室血统。嫩纽斯说他同那些不列颠国王们（这些所谓国王只不过是部落首领）一道作战，但并没有说他是国王，而只是称他为"军人"（miles，拉丁语，意为军人）。弗莱契说，这表明"亚瑟主要是通过他杰出的才能获得领袖的位置"而非靠王室血统。③ 亚瑟的国王身份是后来的编年史家的贡献。

　　嫩纽斯的"历史"对未来的亚瑟王传奇另外的重要贡献是，在谈及玛

---

① Lacy and Ashe with Mancoff, *The Arthurian Handbook*, p. 44.
② 请参看 Fletcher, *The Arthurian Material*, pp. 8–10。
③ Fletcher, *The Arthurian Material*, p. 28.

第二章 亚瑟王传奇的源流与演化

顿山之战时，他说亚托琉斯作战英勇，在一次战斗中他一人就手刃 960 个敌人（不过在不同手抄本里，数目不同）。另外，他还提及亚托琉斯的儿子的坟墓和他那只著名的猛犬卡巴尔（Cabal）在一块石头上留下的脚印。亚托琉斯的儿子阿穆尔（Amr）之墓的奇特之处在于，其大小不断改变，每次测量的结果都不一样。留下卡巴尔脚印的那块石头是在一大堆石块上，不论人们如何移动那块石头，第二天早上它都会神奇地回到石堆顶上。这些传说随即出现在后来的许多编年史里，只不过亚托琉斯被直接换成亚瑟王，它们为亚瑟王的故事增添了传说甚至奇幻性质的虚构内容，而这类内容将成为未来亚瑟王传奇的重要组成部分。

另外，在谈到亚瑟指挥的第 8 场战斗时，嫩纽斯说，在战斗中"亚瑟肩［此处可能是威尔士语盾牌之误］佩圣洁的处女玛利亚的肖像，……异教徒们被打得抱头鼠窜，大遭屠杀，那全是借助我们的主耶稣基督和他母亲神圣的玛利亚之威力。"[①] 后来，这部年鉴的一份 13 世纪的手抄稿（现存剑桥大学）还增加了一段文字，描述亚瑟王前往耶路撒冷带回一座与钉死耶稣的那座十字架一般大的十字架和圣母像。[②] 这类基督教性质的奇迹（miracles）在当时的各类文献，特别是在圣徒传里十分流行。体现基督教信仰的奇迹在后来的亚瑟王传奇里得到继承，并发展出十分重要的圣杯传奇系列。

另外，嫩纽斯对所谓的"亚瑟王时代"给予了比吉尔达斯更为具体详细的描述。这主要是因为与吉尔达斯以宗教训诫为目的著述不同，嫩纽斯是用编年史记述"历史"，因此他在叙述事件时不仅注意给出地名和人名，而且也注意时间顺序。在这方面最有价值的是比较详细地记述了"亚瑟王时代"一些主要事件，这些事件发生在先后两位主要国王（相当于部落联盟首领）时期。他们分别是前面提到的沃蒂根（Guorthiginus，现代拼法为 Vortigern）和沃蒂默（Guorthemir，现代拼法为 Vortimer）。前者荒淫无道，而后者却是一个英雄，他有可能是前者的儿子，但嫩纽斯并没有明说。亚瑟或者说亚托琉斯主要生活在沃提默统治时代。特别有意义的是，嫩纽斯虽然也 3 次提及吉尔达斯曾谈到的罗马人或罗马化了的不列顿人安布罗休

[①] 转引自 Roger Sherman Loomis, *The Development of Arthurian Romance*, New York: Harper & Row, 1963, p. 17. 引文中方括号内的说明为卢米斯原注。另外，从卢米斯的译文可看出，现代学者已经习惯性地将嫩纽斯拉丁文著作中的"亚托琉斯"直接译成英文的"亚瑟"。

[②] 请参看 Fletcher, *The Arthurian Material*, p. 33。

斯，但都没有细节，从而淡化了他的存在，使他成为那个发生了许多事件的时代里的一个影子人物。

相反，沃蒂根和沃蒂默却被嫩纽斯前置为"实体"人物。从他们的姓名可以明显看出，沃蒂根和沃蒂默是典型的不列颠人。前面提到，在罗马－不列颠时代，上层不列颠人，特别是其中接受了拉丁教育的知识分子，已经相当罗马化，而像吉尔达斯这样6世纪的基督教人士显然是高度罗马化的知识分子，所以他有意无意地从罗马—基督教文化的角度看待他的时代发生的事件。相反，9世纪的威尔士人嫩纽斯用典型的不列颠人沃蒂默来取代罗马化的安布罗休斯，① 实际上是在将他记述的历史本土化，反映出他的本土意识，或者说不列颠人后裔的民族意识。我们将在后面看到，这种将随着时代变迁不断吸纳新内容、新精神的本土意识将贯穿后来几个世纪中亚瑟王浪漫传奇的演化，并最终将在百年战争中英格兰民族形成之时发展成为英格兰民族意识。在一定程度上，中古英语亚瑟王浪漫传奇在14、15世纪的繁荣正是英格兰民族意识发展的文学体现。

在现存文献中，嫩纽斯的《不列颠历史》之后有关亚瑟王传说的比较重要的是《威尔士年鉴》（Annales Cambriae，即 Annals of Wales）。该编年史由一位佚名作者在大约10世纪后半叶用拉丁文撰写。这部编年史记事不多，也不系统，但有两条关于亚瑟王的记载。其中第516条是关于玛顿山战役，该条说：在战场上"三天三夜亚瑟肩上佩戴我们主耶稣基督之十字架，不列颠人获胜"；后面第537条说："剑兰之战（Battle of Camlann），亚瑟和莫德劳特（Medraut）战死。"②

其中，第516条有可能受到嫩纽斯的《不列颠历史》中关于亚瑟在其指挥的第8次战斗中肩佩圣母像影响，承继了传说中的基督教奇迹传统，而第537条则在亚瑟王传奇后来的演化中有特殊意义。这是历史上第一次提及亚瑟王之死，而且将他的死与这个莫德劳特联系在一起，虽然作者在这里并没提及两人的关系和他们之间爆发战争的原因。后来随着亚瑟王传奇的演化与发展，莫德劳特变成亚瑟王的侄儿乃至私生子莫德雷德（Mor-

---

① 在嫩纽斯的编年史里，取代安布罗休斯的不是亚托琉斯，而是沃蒂默。中世纪前期的编年史内部以及编年史之间都往往有许多矛盾的地方。由于这些编年史本身就有不少传说和虚构成分，对于这些"史实"上的矛盾之处，学者们一般都不予"追究"。其实，这些编年史的真正或者主要意义有时并不在其史实，而在于它们（包括其中的错讹）所蕴含的历史文化信息。

② 转引自 Fletcher, The Arthurian Material, p. 32.

第二章 亚瑟王传奇的源流与演化

dred），剑兰之战也定格为亚瑟王一生无数征战中的最后一战。在后来的《不列颠君王史》《布鲁特传奇》《布鲁特》等编年史传统的作品里，亚瑟王朝都结束于剑兰之战，其原因都是他留在国内主政的侄儿或私生子莫德雷德叛乱，他从欧洲大陆战场赶回平叛，在剑兰发生激战。最终，莫德雷德以及大多数圆桌骑士都死于此地，而亚瑟王则受致命伤，据说被仙女们带到阿瓦隆。所以，这场战争终结了辉煌的亚瑟王朝。另外，Camlann 源自不列顿语 Cambo-landa，意思是"弯曲的河岸"（crooked bank of a river）。编年史家如瓦斯、拉亚蒙等以及现代学者大都认为，这里是指康沃尔的坎默尔河（River Camel）沿岸。

一部关于一位 6 世纪末到 7 世纪中期在康沃尔出生的主教杰兹诺维乌斯（Goeznovius,？—675？）的圣徒传《圣杰兹诺维传说》（*Legenda Sancti Goeznovii*）附有一个很有价值的序言。该书作者是自称"威廉"的不列顿人教士。威廉在序言中叙述了不列颠历史，其中包括沃蒂根引入撒克逊人和亚瑟王的崛起等，但特别有意义的是关于亚瑟王率领不列顿人征战高卢的事迹。威廉提供的成书时间为 1019 年。关于这个时间，学者们尚有争论，但多数人认为其成书时间应为 12 世纪后期。有学者认为，这个序言叙述的"历史"实际上来自杰弗里的《不列颠君王史》。但另有学者认为，威廉依据的是现已散失的更早的材料，而非杰弗里的著作。另外，还有现代学者认为，序言中提及的亚瑟王在高卢的战绩是源自前面提及的后期罗马历史学家哥特人乔丹斯关于里奥塔姆斯率领不列顿人军队在高卢协同罗马人抗击日耳曼人的记载。

1125 年，马姆斯伯里的威廉（William of Malmesbury, 1095？—1143？）用拉丁文完成了继 7 世纪著名历史学家比德的《英国人教会史》之后最重要的英国编年史《英王实录》（*Gesta Regum Anglorum*，即 *Deeds of English Kings*），那也是诺曼征服之后第一部重要的英国历史著作。威廉的父亲是诺曼人，母亲是盎格鲁-撒克逊人，所以那也是第一部由盎格鲁-诺曼人撰写的重要历史书。《英王实录》以比德的《英国人教会史》为范本，也从其中选用材料，特别是关于盎格鲁-撒克逊人移居不列颠的史料，同时也参考了比德之后包括嫩纽斯等人的各种编年史。总的来说，他同比德一样是一位比较严谨的历史学家，至今仍然受到历史学界的尊重。正因为他的严谨，他没有为亚瑟王传奇本身增添什么新奇内容，但却对亚瑟王传奇的流传状况间接提供了宝贵的历史信息。

威廉根据嫩纽斯等人此前的记载叙述了亚瑟王的事迹，随即评论说：

> 这就是那位亚瑟，他至今仍受到不列顿人那些关于他的无聊故事十分热闹的称颂——他当然值得尊敬，但不是作为那些欺骗性虚构故事的蠢梦中的形象，而是作为真实历史记载的人物，因为在一段时期里，他支撑着他的祖国正在衰落的命运和激励那些仍然还有勇气的人们前去作战。①

威廉的批评表明，在当时英国民间有大量关于亚瑟王的传说故事并广受民众欢迎，被热烈称颂，十分流行。作为当时最严谨的历史学者，威廉当然对那些"欺骗性虚构故事"不屑一顾，但对于亚瑟王他仍然表达了相当的尊重，尽管他极为崇敬的史学界前辈比德对亚瑟王从未提及。这恰恰说明这些传说的影响之大，连他也接受了那些广受传说影响的编年史的观点，把亚瑟王视为拯救国家民族的"真实"英雄。下面将谈到，其实在那个时代，关于亚瑟王的传说不仅在英国流传，而且已经在欧洲各地"泛滥"，刺激着人们的想象力，为随后亚瑟王浪漫传奇的繁荣提供了坚实的"历史"依据和广泛而且深厚的民众和民间文化基础。

在威廉的时代，还有一些编年史性质的著作"记载"了亚瑟王的事迹。另外，一些有关亚瑟王的威尔士语文学作品（包括残篇）也得以流传下来。其中一部名为《哥多森颂》（*Y Gododdin*）的威尔士语诗作大约产生于9世纪，学者们认为那是现存最早的威尔士语诗作。它包括一系列挽歌，歌颂大约于公元600年在抗击撒克逊人入侵中战死的哥多森武士。② 其中一首将其主人公同亚瑟王比较，说他"虽然不是亚瑟"，但他同样慷慨大度、英勇无敌。③ 虽然这首诗并非关于亚瑟王，但这是现存"纯文学"中最早提及亚瑟的作品，而且亚瑟王在这里已经不用说明地被用来作为衡量武士的标准，那表明他已经是广为人知的英雄。这部诗作被收集在13世纪

---

① 转引自 Fletcher, *The Arthurian Material*, p. 40。
② 哥多森（Gododdin，威尔士语，发音为 gɔdɔðin）是不列颠古国，大约位于现在英格兰北部和苏格兰南部地区，在7世纪时被盎格鲁人（Angles）所灭。如本节前面所说，不列顿人往往分不清日耳曼部族，所以在该诗作中威尔士诗人将盎格鲁人误认为是撒克逊人。
③ 见 *Y Gododdin*, Sian Echard's Home Page, http://faculty.arts.ubc.ca/sechard/492page.htm, Aug. 15, 2017。

第二章 亚瑟王传奇的源流与演化

后期的一部手抄稿《亚内林之书》(*Book of Aneirin*) 里。

另外一篇是产生于10或11世纪的故事，其残余部分是亚瑟与一个看门人之间的对话。亚瑟在对话中提到凯(Kay)和贝德维尔(Bedivere)等后来在亚瑟王浪漫传奇中很著名的圆桌骑士。同时，残篇中还涉及一些凯尔特神灵，从而把亚瑟王传说更紧密地植根于凯尔特或者说不列颠本土文化之中。① 在大约同时期的一个后来被命名为《库尔胡奇与奥尔温》(*Culhwch and Olwen*) 的威尔士语散文故事里，亚瑟被称为国王，那是现存文献中他被称为国王的最早作品。② 在这个故事里，亚瑟王和他的骑士们以超人的力量、无与伦比的勇气和高超的武艺帮助主人公库尔胡奇挫败了巨人国王设置的各种难以克服的障碍，并帮他在一天之内耕地、播种、收获，使他最终娶得巨人国王之女奥尔温。这类情节往往出现在民间传说中，这表明这类故事很可能根源于民间文学。特别值得注意的是，这个故事提及或影射到许多现在已经遗失的关于亚瑟王的传说故事。那意味着，在当时亚瑟王传说不仅广为流传，而且内容很丰富。这些作品由19世纪学者夏洛特·格斯特女士(Lady Charlotte Guest, 1812—1895)收集在一部名为《马比诺吉昂》(*Mabinogion*) 的威尔士民间故事集里。

根据学者的搜索和研究，从6世纪到16世纪前期大约一千年里，中世纪流传下来的大量编年史性质的文献中，大约有200多种关于亚瑟王的材料。③ 上面简略追溯的主要是12世纪初之前出现的、关于或者涉及亚瑟的文献中特别重要的一些著作。上面这些编年史以及一些传说和许多很可能已经散失的类似文献，为蒙莫斯的杰弗里那部亚瑟王传说演化史上的划时代著作《不列颠君王史》提供了材料和一定的想象模式，同时也是现在研究亚瑟王文学的演化与发展必不可少的历史资料。

除了编年史等"历史"著作是提供亚瑟王"生平"的主要文献之外，另外一些中世纪文献资料也提及或叙述了亚瑟王的"事迹"，比如中世纪特别重要的宗教传记文献圣徒传。在11—12世纪初产生于威尔士的一些拉丁文圣徒传里，就出现了亚瑟王的身影。④ 当然，亚瑟王并非这些作品里的主要人物，而且这些作品描述的事件显然不具有史实价值。但这些作品

---

① 请参看 Loomis, *The Development of Arthurian Romance*, pp. 19 - 20。
② 见 Derek Pearsall, *Arthurian Romance: A Short Introduction*, Oxford: Blackwell, 2003, p. 7。
③ 见 Fletcher, *The Arthurian Material in the Chronicles*。
④ 见 Lacy and Ashe with Mancoff, *The Arthurian Handbook*, pp. 17 - 18。

反映出关于亚瑟王的传说已经广为流传，很有影响，所以连圣徒传作者也利用亚瑟王的显赫地位以及他作为世俗人物身上"必然"具有的各种道德缺陷和弱点来突出基督教圣徒传主在精神、道德甚至超自然力量上的优势。在基督教作者看来，如果连亚瑟王这样的伟人尚且如此，其他人自然更应该接受基督教的教化。

当然，在亚瑟王文学的演化史上，杰弗里的《不列颠君王史》的贡献无与伦比。但在分析杰弗里对亚瑟王传奇的贡献之前，我们需要转向另外一个方向探寻在那几个世纪里亚瑟王传奇的演化与发展。不仅是因为在那个领域，亚瑟王故事的传颂更为热烈，而且许多编年史里的相关材料其实也往往来源与此，甚至杰弗里之所以能在历史上第一次那么系统地叙述亚瑟王"历史"，在很大程度上也是受其影响。那个领域就是前面谈及的那位编年史家马姆斯伯里的威廉在《英王实录》中批评的民间传说。从根本上讲，民间传说才是亚瑟王传奇在几百年中得以延续和不断繁荣发展的原动力：是民间传说使亚瑟王的形象从一个历史上虚无缥缈的影子，变得逐渐清晰、生动和高大，并进一步从地方上的传奇人物演变为国际性英雄，从一个部族将领转型为率领千军万马叱咤风云、横扫欧洲的军事统帅和帝国君主。

然而现代人研究上千年前的民间传说显然会碰到巨大困难，因为民间传说一般都是口耳相传，除了那些已经被吸纳进历史文献和文学作品的传说外，大多数已经散失，而那些被收入各类文献中的材料现在也不一定被视为民间口头文学作品。所以，关于亚瑟王传奇在民间的发展状况，学者们现在所能做的主要是在现存文献中寻找蛛丝马迹和对其中一些记载进行考察分析。

根据研究，学者们认为亚瑟王传说起源于不列颠人抗击盎格鲁－撒克逊人的入侵时期，而亚瑟这个人物也是逐渐成形于民间传说。在很长时期里，这类传说故事作为反抗侵略的文化载体最先是在不列颠民间，特别是威尔士和康沃尔的不列颠人后裔中流传。经过几个世纪的演化，起码在嫩纽斯时代，亚瑟王传说在内容和形式上都已经有很大发展，已有相当规模，成为英格兰西南和威尔士等地区重要的民间口头文学，承载着不列颠人的文化传统，体现了他们的思想追求、民族精神和文化历史。

不过，把亚瑟王传说传播到欧洲大陆各地的却主要是另外一批人。在5、6世纪以及后来的时代里，在盎格鲁－撒克逊人的持续进犯和无情打击

第二章 亚瑟王传奇的源流与演化

下,大量不列顿人逃离故土,成为"难民",除了逃往威尔士山区外,还有不少人跨越海峡,在现属法国的对岸半岛集聚,这一区域也因此被称为布列塔尼(Brittany),也称小不列颠(the Less 或 Lesser 或 Little Britain),与海峡对岸的大不列颠(the Great Britain)相对。同所有远离故土的移民或者说身处异邦的"离散"民众一样,这些不列顿人也把承载着他们的过去与苦难、追求与向往的民间传说带到了新的"离散"地。而且正因为他们远离故土,这些承载着他们共同历史记忆的传说故事成为他们相互联系的文化纽带,并通过它们寻求精神支持和情感分享。所以,不列顿游吟诗人的演唱会成为他们分享感情、交流思想和维持民族身份的重要因素。另外,并不太宽阔的英吉利海峡早在罗马时代就已经成为联系海峡两岸的通道,而在盎格鲁-撒克逊时代,两岸往来一直很频繁,这些传说故事也自然成为两岸"同胞"的精神纽带和文化交流的重要组成。同时,这样的交流也催生了新的作品,不断促进亚瑟王传说的演化与发展。甚至到中世纪后期,中古英语作品《亚瑟王与康沃尔王》(King Arthur and King Cornwall)也很可能产生在布列塔尼。[①]

特别重要的是,布列塔尼的不列顿人由于同当地讲法语的原住民之间的长期交往,学会了讲法语。本就擅长演唱故事的不列顿游吟诗人们因此具有了双语优势,他们游走在广阔的法语区域,讲述异国情调的亚瑟王传说故事,不仅在民间,甚至在王宫和贵族城堡也大受欢迎。对于亚瑟王传说在欧洲大陆的传播,布列塔尼人发挥了最直接的作用,做出了最大的贡献。后来亚瑟王传奇又超越法语区,传播到其他区域,进入西欧各种语言的不同体裁的文献中。学者们研究发现,它"以编年史、伪历史、浪漫传奇、史诗、北欧英雄歌谣(saga)、民间歌谣以及民间故事"等当时几乎所有叙事体裁"出现在几乎所有欧洲语言里"[②]。不仅如此,早在12世纪初,在意大利北部的摩德纳大教堂(Modena Cathedral)上就已经出现了关于亚瑟王传说的浮雕。该浮雕是关于亚瑟王的王后格温娜维尔被绑架的故事,浮雕人物旁刻有圆桌骑士高文等人的名字。这表明亚瑟王的事迹在民间广为流传而且已经流传了相当长的时间,以致远达意大利,甚至被刻在教堂

---

① 关于这个作品,后面相关部分将会具体分析。
② Newstead, "Arthurian Legends", in Severs, ed., *A Manual of the Writings in Middle English*, p. 38.

上。其实，根据早在1090年的记载，亚瑟王在意大利已经成为广受尊崇的英雄，他的名字甚至被用来为受洗礼的男孩取名。①

随着11世纪末十字军东征兴起，关于亚瑟王的大量传说也很可能随着崇奉骑士精神的十字军将士以及朝圣者传播到更为遥远的中东地区。在1174—1179年，一位名叫阿兰努斯（Alanus de Insulis）的学者在评论蒙莫斯的杰弗里的著作《梅林的预言》（*Prophetia Merlini*）②时曾说："在辽阔的基督教世界，有什么地方没有对声名远播的亚瑟的赞颂？我想问，有谁不在谈论不列颠人亚瑟？因为他在亚细亚各国民众那里几乎和他在布列顿人中一样有名，正如那些从东方国度回来的朝圣者告诉我们的那样。"也就是说，亚瑟王的名声甚至已经远播中东地区，而且他在那些地方甚至还可能和在不列颠一样享有盛名。这或许有点夸张，但亚瑟王竟然能那样声名远扬，无疑使这位阿兰努斯深感惊叹。他随即进一步感叹道："埃及在谈论他，波斯普鲁斯也没闲着。万城之王罗马在歌颂他的业绩，而他的征战在罗马以前的老对手迦太基也耳熟能详，安提俄克、亚美尼亚和巴勒斯坦都在争相传颂他的丰功伟绩。"③

不仅如此，如卢米斯所指出，随着宫廷骑士文化在法语文化圈乃至欧洲大陆的兴起，专业的游吟诗人们"将这些想象奇异的故事加以改造，使之符合法国的趣味、风格和理想标准，将其人物根据最新范式塑造，并引入骑士文化的壮观与华丽"④。随即宫廷诗人们也积极加入这一日益繁荣的文学创作运动之中。在12世纪70年代，也正是阿兰努斯在为亚瑟王传说的广泛传播而惊叹之时，法国诗人克雷蒂安开始了他在亚瑟王文学发展史上具有划时代意义的创作。他那5部最早而且影响深远的亚瑟王传奇作品也是因为他像阿兰努斯那样有感于亚瑟王的声名。他在《伊万》（*Yvain*）的开篇说：亚瑟王的"英名至今仍在各地传颂；我同意不列顿人所说，他

---

① 参看 Lucy Allen Paton, "Introduction", in Geoffrey of Monmouth, *History of the Kings of Britain*, trans. by Sebastian Evans, rev. by Charles W. Dunn, New York: Dutton, 1958, p. xii。

② 关于《梅林的预言》，本章下面在杰弗里的《不列颠君王史》一节里将具体谈及。

③ 转引自 Roger Sherman Loomis, *Arthurian Tradition and Chrétien de Troyes*, New York: Columbia University Press, 1949, p. 3。波斯普鲁斯（Bosporus）是连接地中海和黑海的海峡，迦太基（Carthage）是北非古国，地处现在的突尼斯，曾长期与罗马争夺地中海霸权；安提俄克（Antioch）为古叙利亚首都，现为土耳其南部城市；亚美尼亚（Armenia）地处欧亚交界处的高加索地区。

④ Loomis, *The Development of Arthurian Romance*, p. 33.

第二章 亚瑟王传奇的源流与演化

的英名将永远流传"①。游吟诗人和宫廷文人们的共同努力不仅促进了亚瑟王传奇故事在法国的进一步流行，而且使亚瑟王和他的圆桌骑士们的传奇故事随着法国宫廷文化和法语文学在 12 世纪繁荣兴盛和在西欧各国普遍流行而迅速从边缘进入中心、从民间进入西欧上层社会文化和主流文学，成为前面谈及的中世纪浪漫传奇五大题材中流传最广、产生作品最多的题材。

当亚瑟王传说在国外越来越热闹并传播到越来越遥远的区域时，在不列颠西南部的威尔士、德文郡和康沃尔等不列顿人集聚地，也就是亚瑟王传奇的发源地，人们更没有闲着。只不过在这些地方，人们不是主要把亚瑟王事迹作为娱乐性故事进行消费，而是真诚地相信那些神奇的传说，亚瑟王的形象在这个时期也高到近乎神圣的地步。一段大约产生于 1146 年的材料，记载了 1113 年一群来自布列塔尼的罗安（Loan）地区的修士在不列颠的遭遇，它生动地说明了亚瑟王在这一地区民众心目中的地位以及亚瑟王传说在民间的重大影响。当修士们来到不列颠西南部的德文郡时，当地人一本正经地指着海边的大石头说："那是不列顿人的故事中著名的亚瑟王用过的椅子和炉灶。"后来这一行人来到康沃尔博德闵（Bodmin）的一座教堂，他们的一个仆人竟然因胆敢质疑一个康沃尔人关于亚瑟王还活着的说法而挨揍，而且尽管是在神圣的教堂内，还是引发了一场骚乱，好不容易才被平息下去。② 这类记载也在学者的著述中得到印证。前面提及的阿兰努斯也告诫说：如果你胆敢"在集市上和村镇里宣称不列顿人亚瑟同其他人那样已经死去"，你就"难逃被伤害、被骂得狗血淋头"，甚至"被石块砸得稀烂"的命运。③ 除了反映亚瑟王及其传说在不列顿人中流传广泛及其非同寻常的意义外，这类记载还表明，关于亚瑟王并没有死而是在不列顿人传说中的极乐之地阿瓦隆岛疗伤（另外一个只在民间流传的版本说，他和他的圆桌骑士们分别在至少 15 个地方的洞窟里沉睡④）、最终将重返不列颠拯救他的人民的传说，并非出自 12 世纪的杰弗里和瓦斯等学者或者说文学家的想象，相反在他们将其写进著作之前已经在民间流传了相当长的时期，以致普通民众已经那样深信不疑。

---

① Chrestien de Troyes, *Evian*, in W. W. Comfort, trans., *Arthurian Romances*, New York: Everyman's Library, 1970, p. 180.
② 参看 Paton, "Introduction", in Geoffrey, *History of the Kings of Britain*, p. xii。
③ 转引自 E. K. Chambers, *Arthur of Britain*, London: Barnes & Noble, 1927, p. 109。
④ 见 Lacy and Ashe with Mancoff, *The Arthurian Handbook*, p. 28。

这类广泛流传并为人们坚信不疑的传说自然也反过来影响了编年史学者和文学家。比如，前面提到的那位被认为是自比德之后最杰出的英国历史学家马姆斯伯里的威廉，他在1125年完成的《英王实录》中说："亚瑟王墓无处可寻，所以古老的歌谣宣称他仍将回来。"① 另外，中古威尔士语《坟墓歌谣》（*Englynion y Beddau*，即 *Stanzas of the Graves*）列出了一系列传说中的国王或英雄的坟墓。在其中一些被学者认为可能产生于9或10世纪的那一部分里有3段提及亚瑟王，说他的坟墓是一个谜，无处可寻。根据这些流传下来的历史信息可以推测，杰弗里等人的编年史中许多关于亚瑟王的叙事很可能根源于民间传说。

另外，亚瑟王传说能在不列颠更进一步广泛流传，在相当程度上还得益于英国历史的又一次重大变迁。发生在1066年的诺曼征服结束了盎格鲁－撒克逊时代，开启了盎格鲁－诺曼王朝的新时期。诺曼征服在英国和英格兰民族的发展史上具有重大意义。其中特别重要的是，征服者诺曼底公爵威廉入主英格兰，登基为英国国王，这样就把长期以来在很大程度上孤悬在海外的不列颠同欧洲大陆更紧密地联系在一起，使曾经分隔不列颠和欧洲大陆的英吉利海峡变成盎格鲁－诺曼王朝的内海。自那以后，英国更积极地参与欧洲事物，而大陆上各种新思想、新潮流也能很快传播到英国。海峡两岸在政治、经济和文化等各方面更为频繁的交往对英国的发展具有特别重大的意义。下面将谈到，这样的交往在进入12世纪以后，无论在广度还是深度上都获得飞跃发展。不过，海峡两岸关系加深、利益交织，也使英法两国后来成为对头，在历史的长河中在两国间造成无穷无尽的矛盾冲突，甚至带来不计其数、旷日持久的血腥战争。

亚瑟王传奇进一步发展得益于诺曼征服的一个重要原因是，在12世纪，当法语浪漫传奇在法国北部开始出现之时，它也因为讲法语的诺曼王室、贵族和知识分子不断往来于海峡两岸，而几乎同时也出现在不列颠。盎格鲁－诺曼语浪漫传奇文学随即发展繁荣并为后来中古英语亚瑟王浪漫传奇的兴盛做了准备。关于这一点，本章下面将涉及。其实，诺曼征服对亚瑟王传说的直接推动还因为这场重大变故提高了不列颠人的地位，因而不列颠人的文化传统和传说故事也更加受到欢迎。当威廉进军英格兰时，他得到了布列塔尼的不列颠人支持，许多不列颠骑士在决定威廉成败的黑

---

① 转引自 Lacy and Ashe with Mancoff, *The Arthurian Handbook*, p. 27。

第二章　亚瑟王传奇的源流与演化

斯廷斯战场上与诺曼人并肩作战。因此，威廉在获得胜利后自然对这些不列颠人给予赏赐，并且对在不列颠的不列顿人采取了比较温和的政策。所以，吟唱亚瑟王传说的威尔士游吟诗人在诺曼王宫和诺曼贵族的城堡里都很受欢迎。

通过上面所提到的以编年史撰写者为代表的知识界和民间数量众多的游吟诗人长达几个世纪的共同努力，在12世纪，亚瑟王传说已经到了产生质的飞跃的时代。造成这种质的飞跃的正是威尔士和诺曼学者，而其中发挥了里程碑式作用的是《不列颠君王史》的作者蒙莫斯的杰弗里。

第三节　杰弗里的《不列颠君王史》

蒙莫斯的杰弗里（Geoffrey of Monmouth，1100？—1155）的拉丁文《不列颠君王史》（*Historia Regum Britanniae*，1136？）按现代标准虽然不是一部严格意义上的历史著作，但在中世纪欧洲的历史书写、亚瑟王文学的演变和西方文化思想的发展史上都是一部具有特殊意义的著作。首先，它在亚瑟王形象的演变和浪漫传奇的发展上具有划时代的意义。在此前的几个世纪里，亚瑟王被广泛流传的民间传说和历代编年史家们主要塑造成抵抗撒克逊人入侵的不列顿将领、部落英雄和基督教战士，是杰弗里在此基础上以战无不胜的亚历山大大帝的征战为范本，把亚瑟王改写成叱咤风云的军事统帅、统一不列顿的君王、欧洲大陆的征服者和战胜罗马帝国的一代雄主。这或许表现出杰弗里这位不列顿人后裔思想深层里的民族意识和自豪感。同时，亚瑟王朝的崛起、兴盛和没落在中世纪大语境中也被他赋予了更为丰富、更为深刻的历史、政治、文化和道德意义。

在4、5世纪罗马帝国衰落进而崩溃、欧洲经历历史性巨变以来的几个世纪里，不列颠也处在前所未有的动荡和战乱之中，不断遭受撒克逊人、盎格鲁人、维京人和诺曼人的入侵和占领，不列顿人受尽苦难和屈辱，一直在期待着亚瑟王回来解救他们。所以，威尔士人杰弗里对亚瑟王及其辉煌业绩的书写也间接表达出这种民族的期待，一种只能在文学想象中获得的心理满足，甚至是对欧洲大陆无休止地欺凌不列颠的行为在文学世界里进行的、无法在现实中进行的报复。

不仅如此，在前面一章里提及的中世纪历史观世俗化进程中，杰弗里的《君王史》也占有至关重要的地位和具有在同时代著作中无与伦比的意义。其实，亚瑟王形象的演变以及亚瑟王传奇文学的发展在很大程度上也是这种历史观世俗化的文学体现。这部著作既是 11 世纪开始的以人文主义为核心的新历史观的重要成果，也为随后的历史书写提供了范本，在中世纪乃至文艺复兴时期都极有影响。它能流传下令人惊叹的 200 多份中世纪手抄稿，而乔叟那部英语文学传统的奠基之作、也广受欢迎的《坎特伯雷故事》仅流传下 80 多份的事实，足见其流传之广、影响之大。所以，杰弗里·乔叟在《声誉之宫》（*The House of Fame*，约 14 世纪 70 年代中后期）里将杰弗里作为不列颠和英格兰文明的体现者，同荷马、奥维德、维吉尔等最杰出的作家和古代文明的代表放置在青铜柱上，永远受人们敬仰，并不仅仅是因为他们同名。

在杰弗里之前，不论是吉尔达斯的《不列颠之毁灭》、比德的《英国人教会史》，还是嫩纽斯的《不列颠历史》或者佚名作者的《威尔士年鉴》，都深受奥古斯丁的基督教史学观影响，它们关注的中心不是历史发展本身，而主要是把各种"历史"事件看作体现基督教神学思想或道德观念的"例证"或者上帝之天命在人世间的体现。帕特森认为，杰弗里的这部著作用"维吉尔式叙事""取代了产生出比德那部权威的《英国人教会史》那种对世俗历史的奥古斯丁式排除"，从而"不仅仅在教会的发展中而且也在历史本身那更广阔的领域里定位历史的正统"。[①] 杰弗里在史学上的"离经叛道"之意义最能被处于同样历史语境中因此也最为其著作所震撼的人们所感受。所以帕特森说："最为清楚地领会到"杰弗里的史学（historiography）意义的是 12 世纪末一位名叫威廉的神学家。帕特森总结了威廉对杰弗里的严厉批评后说："威廉看出杰弗里是在用一种毫不留情的世俗叙述取代比德的教会史，而且宣称它拥有古典历史同样的权威"，[②] 所以威廉对杰弗里情不自禁地表达了一位正统的中世纪基督教神学家的义愤。

在杰弗里的《不列颠君王史》里，我们第一次看到对不列颠历史，特别是对亚瑟王的生平和亚瑟王朝的兴衰前后连贯脉络清晰的叙述。相对于杰弗里对亚瑟王生平的生动描写，包括关于他无数征战的叙述，此前所有编年史里的相关记载都只能算是没有内在关联的一鳞半爪。当然，如书名所表明，这部"史书"并非只记述亚瑟王生平和亚瑟王朝的兴衰，更非通

---

① Patterson, *Negotiating the Past*, p. 201.
② Patterson, *Negotiating the Past*, p. 201, note 8.

第二章 亚瑟王传奇的源流与演化

常意义上的浪漫传奇，而是一部不列颠"通史"。实际上直到16世纪，它还被当作"信史"。然而正是在这部"史书"所提供的"伪历史基础上建构起关于亚瑟的整个故事"①。

在该书的献词里，杰弗里不无遗憾地说，他之前的著名史家吉尔达斯和比德的史书都没有记载任何耶稣之前的不列颠国王，甚至也没有将耶稣之后的亚瑟王及其继任者们包括在内，所以他打算撰写一部从不列颠创建者布鲁图（Brutus，拉丁文名，即布鲁特，Brut）到7世纪威尔士国王卡德瓦拉德尔（Cadwallader，最后一位宣称拥有整个不列颠的不列顿人国王）于689年去世的不列颠王国历史。他说，所幸的是，他从一位名叫瓦尔特（Walter）的牛津副主教那里碰巧获得了这样一部用"不列颠语撰写的最古老的"的书，所以他不辞艰辛用拉丁文译出。② 当然，这部所谓"古书"很有可能是他为自己的著作增加权威而虚构的，而这在中世纪是很通常的做法。不过，他获得或者说使用了一些为他提供材料和灵感的编年史性质的书籍倒是可以肯定的，而且如上面所谈到，他的材料来源很可能也包括许多在民间热烈传颂的亚瑟王传说。学者们也认为，这部一共叙述了多达99位国王的不列颠"历史"中的许多内容（包括其中一些国王）很可能是他的虚构。

这里特别值得注意的是，他专门指出那本"最古老的"书是用不列顿人的语言书写。那似乎不太可能，因为在那个时代书面语言，更不用说学术语言，主要是拉丁语。在11世纪诺曼征服之前，在整个欧洲也只有古英语才是高度发展因而能适合各种体裁的书面语言，即使是后来风行西欧的法语，其书面语也主要是在11世纪才发展成熟。杰弗里的同时代人杰弗雷·盖马尔（Geffrei Gaimar，1100？—1160？）的《英格兰人之历史》（*L'Estoire des Engleis*，1130s？）是英国历史上第一部用法语或者说盎格鲁-诺曼语撰写的英国编年史，但不论在内容还是语言风格上都远不及杰弗里的著作。所以，一部用不列顿语或者说威尔士语撰写的书在12世纪前期已经被视为"最古老"的书，而且还是一部远非当时那种一般为简单记事的编年史可比的《不列颠君王史》那样接近于文学创作而且内容丰富、叙事清晰、颇有文采加之思想阐释和宗教、政治议论都很有深度和广度的著作，应该说

---

① Pearsall, *Arthurian Romance*, p. 7.

② Geoffrey of Monmouth, *The History of the Kings of Britain*, trans. by Lewis Thorpe, New York: Penguin, 1966, p. 51. 下面本书对该作的引用，以 Geoffrey 加页码的方式随文注出，不再加注。

基本没有可能。另外，在那个时代，像《哥多森颂》和《库尔胡奇与奥尔温》这类源自民间传说而且内容比较简洁的故事，直接用其本身使用的民间俗语记录和改写，很有可能，但像编年史这类"高等级"著作在那之前（包括杰弗里本人此前此后所有的著作）都使用拉丁语。由于古英语在盎格鲁－撒克逊时代已经高度发展，所以用古英语撰写的《盎格鲁－撒克逊编年史》（开始于9世纪）在12世纪之前的欧洲或许是唯一的例外。但不论那本书是否真的存在，杰弗里专门强调那是一部不列颠语著作其实表明，他有意无意地流露出他的本土意识和表现出他的民族身份。

　　杰弗里是威尔士人，也就是说，是不列颠原住民不列颠人的后裔。他大约出生在11世纪末或12世纪初，同当时绝大多数知识分子一样，杰弗里也是一位宗教人士，尽管他在去世前几年才接受神职。他在书中多次自称蒙莫斯的杰弗里。威尔士南部的蒙莫斯（Monmouth）或许是他的出生地，或许他在那里的修道院受教育。蒙莫斯位处威尔士东南，离英格兰边界仅2英里。大约在1140年，他曾任副主教的叔父升任主教后，他被任命为兰达夫的副主教（archdeacon of Llandaff），但他并没有就职，因为他还不想做教士。他于1152年成为教士，随即被任命为一个小而贫困的主教区圣阿萨夫（St. Asaph）的主教，3年后他在兰达夫去世。他直到去世，也从未去过他的教区。杰弗里其实是一个自视甚高的人，或许偏远而贫穷的阿萨夫并非他心中期望的地方，[①] 但也有学者认为他未能前往他的教区，或许是因为那里发生了威尔士人的叛乱。[②]

　　从《不列颠君王史》中可以明显看出，杰弗里对威尔士的文化习惯、民间传说以及各种关于不列颠人的编年史等文献资料十分熟悉，而且为不列颠人先辈深感自豪。虽然他对外来的入侵者盎格鲁－撒克逊人颇有微词，但对同样是外来的诺曼王朝却抱有好感，那或许是因为"敌人的敌人是朋友"的缘故，但更重要的也许是，他所在地区尚处盎格鲁－诺曼王朝统治之下，而且如上面所指出，诺曼王朝对不列颠人采取比较温和的政策，他的家族也进入了社会上层。虽然诺曼人在蒙莫斯也建造了城堡以监视威尔士人，但对他们并没有像对盎格鲁－撒克逊人那样严厉镇压。他的

[①] 参看 Paton, "Introduction", in Geoffrey, *History of the Kings of Britain*, pp. xiv – xv。

[②] 参看 W. R. J. Barron, "Geoffrey of Monmouth's *Historia Regum Britanniae*", in W. R. J. Barron, ed., *The Arthur of the English*, Cardiff: University of Wales Press, 1999, p. 12。

第二章 亚瑟王传奇的源流与演化

家族与诺曼上层关系颇好,他自己也与诺曼贵族保持密切关系,连他的《不列颠君王史》也是献给格拉斯特(Gloucester)伯爵的。格拉斯特伯爵是征服者威廉的孙子、亨利一世的私生子,是当时英国很有名的文人学士的庇护者。兰达夫的副主教职位也是通过格拉斯特的关系获得,尽管他最终没有就职。下面还将谈及,他在《不列颠君王史》里对亚瑟王的宫廷之描写与赞誉其实也是以诺曼王室的宫廷文化为蓝本。

虽然杰弗里来自比较偏远的西南部,但他受到了良好的宗教和拉丁文化教育,而且较长时期住在英国重要的文化中心之一牛津,现存关于他的记载就有他在牛津一些文献上的签字,而且他提到的那部所谓"古书"据他说也是从牛津副主教处获得。那时期诺曼王朝地跨英吉利海峡两岸,英国与欧洲大陆的文化交流十分便利,欧洲正在兴起的12世纪文艺复兴,特别是法国南部普罗旺斯地区出现的新思想、新文化和新文学,在12世纪前期已开始传播到英国。身处英格兰文化中心牛津的杰弗里显然也受到包括新史学观在内的思想界新潮流和正在兴起的宫廷文化影响,并成为现存文献记载中第一个在英国介绍和实践这些新思想、新文化的文人学者。他的《不列颠君王史》不仅鲜明体现出新的历史观,而且他对亚瑟王本人和对亚瑟王朝宫廷文化的描写也都明显反映出当时正在欧洲出现并在未来几个世纪中将深刻影响欧洲的宫廷文化和骑士精神。

杰弗里这部"史书"实际上包括大量传说和作者本人的虚构,当然也有一定的历史记载,但这些记载也有可能部分源自民间传说。学者们经过长期研究和对历史文献的搜寻,发现杰弗里广泛运用了他那个时代能获得的各种材料,借鉴了许多不同类型、不同体裁的著作,特别是各种编年史。自盎格鲁-撒克逊时代以来,不列颠地区就出现了一些编年史著作,其中最著名的是在阿尔弗雷德大王(Alfred the Great,871—899年在位)时代开始编纂,在杰弗里时代仍然在一些修道院里继续编写的英文《盎格鲁-撒克逊编年史》。[①] 不过,在他依据的文献中,采用最多的是前面提到的吉尔达斯的《不列颠之毁灭》、比德的《英格兰人教会史》、嫩纽斯的《威尔士编年

---

① 主持编纂《盎格鲁-撒克逊编年史》(Anglo-Saxon Chronicle)是阿尔弗雷德大王对英格兰历史和文化的重大贡献之一。该编年史编纂开始于阿尔弗雷德主政后期,记载了从公元前55年恺撒率罗马军团征高卢期间跨过英吉利海峡来到不列颠开始,一直到诺曼征服之后的英国各时代的重大事件和历史变迁,最后终止于1154年。上面提到的盖马尔的《英国人之历史》的前半部分就主要是译自《盎格鲁-撒克逊编年史》。

史》等著作。除此之外，他还

> 从他同时代编年史编纂家，如马姆斯伯里的威廉和亨廷顿的亨利，从古代的凯尔特文献、凯尔特圣徒的传说、凯尔特神话、《圣经》历史、古典[1]和斯堪的纳维亚故事、广泛的民间故事资源、当地的不列颠传说、卡洛林王朝系列传奇、一般历史中广为熟知的事迹以及他身边发生的事件中收集他的材料。[2]

因此，这部明显具有传说特色的编年史材料十分丰富，还为未来英国文学家们的创作提供了素材和灵感。比如，莎士比亚的名作《李尔王》和《辛白林》都取材与此。

学者们认为，杰弗里对于各种文献中的材料，有的照抄，有的修饰润色，有的剪接拼贴，有的则增加细节大幅度扩充。所以，《不列颠君王史》中大量的人物和事件，有的出现在各种编年史中，有的可以在其他文献里找到蛛丝马迹，而许多则无迹可寻，很可能是来自民间口头传说或者是他自己的虚构。

虽然在杰弗里时代，民间已经流传着许多关于亚瑟王的传说故事，而杰弗里从民间传说中吸取了大量材料和灵感，但杰弗里对亚瑟王传奇的发展所做出的贡献无与伦比。首先，毫无疑问的是杰弗里把这些虽然因亚瑟王为中心人物而相互关联，但在叙事上却往往相互独立的传说故事整合在一起，使其成为一个系统而连贯的叙事整体。在整合这些故事时，他显然需要对它们进行大规模改写、增删和虚构。其次，杰弗里将这些主要以民族口头语言在民间流传的传说故事用拉丁语写出，这些民间故事因此进入了主流文化并被赋予了统治阶层的价值观念以体现主流意识形态。不仅如此，杰弗里在其著作中实际上是有意识地将威尔士文化传统与盎格鲁－诺曼王朝的政治利益相结合，或者说是在用当时统治阶级的主流意识形态改写源自威尔士传统的民间传说和编年史记载。再次，杰弗里用高层次的编年史体裁改写和整合这些故事，从而将其提升为历史记载，使之不仅在下层民众，而且在上层社会，在知识分子中和在学术界，也都获得了"真实

---

[1] 指古希腊罗马。
[2] Paton, "Introduction", in Geoffrey, *History of the Kings of Britain*, p. xvii.

第二章 亚瑟王传奇的源流与演化

性"和权威性。

如果说几个世纪以来亚瑟王传说故事在民间演化、发展和广泛流传，为12世纪以及随后的年代里风靡欧洲的亚瑟王浪漫传奇提供了坚实的民间基础的话，那么杰弗里版的亚瑟王故事则是从"历史"的角度对它提供支撑，在主流文化的层面给予它最有力的推动，并为当时正在兴起的中世纪最重要的主流叙事文学体裁浪漫传奇提供了最丰富的题材，为中世纪浪漫传奇文学家们的想象力开拓了最广阔的空间。

按当时编年史撰写的习惯，杰弗里同吉尔达斯和比德一样，也以对不列颠岛的地理位置、山川风貌的大段描写开篇。他以极优美的语言赞美它风景绮丽、土地肥沃、矿藏丰富、牧场肥美、水运便利，"为人类提供了一切"，是"无与伦比的岛屿"（Geoffrey 53），充分表达出他对这片土地的热爱和深厚感情，以及他作为岛上居民或者说不列顿人后裔的自豪。但他随即话锋一转，说不列颠远古的28座城市历经沧桑之变，有些已经是断壁残垣，这就为后面叙述历史变迁做好了铺垫。更重要的是，他指出：岛上居住着五个民族：诺曼人、不列顿人、撒克逊人、皮克特人和苏格兰人；最初不列顿人占据着整个岛国，但"由于他们的傲慢，遭到上帝惩罚"，只得让位于他人（Geoffrey 54）。这样，他表明不列颠本来就是统一的国度，为下面描述亚瑟王"合法地"统一不列颠埋下伏笔，同时也从基督教思想的高度指出了不列颠历史上大量王国更替、外族入侵、不列顿人的苦难，以及亚瑟王辉煌王朝之兴衰的"根源"。这也表现出中世纪主流的基督教意识形态对他的影响。

由此可见，杰弗里是一位思虑周全的学者。在做了这些铺垫之后，他从不列颠"历史"的源头开始了他的叙述。他以在中世纪十分著名的史诗《埃涅阿斯记》为范本，对不列颠"历史"的叙述延续了古罗马诗人维吉尔关于埃涅阿斯率领劫后余生的特洛伊人远渡重洋，到意大利创建罗马的伟大史诗，同时也如《埃涅阿斯记》一样将《不列颠君王史》分为12卷。如同埃涅阿斯在他母亲女神维纳斯指引下前往意大利创建罗马一样，杰弗里告诉人们，埃涅阿斯的曾孙布鲁图（Brutus）率领追随者们在女神戴安娜指引下，不畏艰险，穿越大海来到这个为巨人所占据的美丽岛屿，创建了戴安娜所预言的"第二个特洛伊"（Geoffrey 65）。他们杀死最后几个巨人，随即开荒种地、建城立国，开始了岛上的文明进程。布鲁图以自己的名字将这个新王国命名为不列颠，并将国都命名为"新特洛伊"

（Troia Nova），即后来的伦敦。从这些可以看出，与其说杰弗里是仅仅在记述不列颠历史，还不如说他也试图依照《埃涅阿斯记》撰写关于不列颠的史诗。

随后，杰弗里开始叙述布鲁图之后历代不列颠君王的更替、冲突、战争，其中有简有繁。其实，从布鲁图到沃蒂根（Vortigern）这一段时而辉煌时而惨淡的漫长"历史"，在一定程度上或许可以看作一位伟大君主到来之前的序曲。这位伟大君主就是不仅重新统一了不列颠，而且即将君临欧洲大陆的亚瑟王，他传奇的一生，他无与伦比的成就，他战无不胜的辉煌业绩，才是杰弗里这部不列颠"历史"大剧的高潮。很明显，杰弗里最感兴趣的是亚瑟王，他对亚瑟王朝的辉煌业绩倾注了最多心血，给予了最详细的描写和最丰富的情节。另外，他的所有3部著作都主要是关于亚瑟王的传说，他因此被世人戏称为"杰弗里·亚瑟"①。

亚瑟王无疑是杰弗里在书中着墨最多的人物，从在第8卷后半部出生到最后在第11卷里被送到凯尔特人传说中的乐土阿瓦隆岛疗伤，他的故事一共占了3卷多，如果加上亚瑟王传奇中的重要人物梅林、弑君篡位并引来盎格鲁－撒克逊人的一代枭雄沃蒂根，以及亚瑟的伯父奥里利乌斯和他父亲尤瑟等人的故事（这些可看作亚瑟王部分的序幕），与亚瑟王相关的部分达5卷之多，占去全书约40%的篇幅。若从人物描写之生动、事件之丰富、情节之精彩、征战之频繁、场面之宏伟、地域之宽广以及人物命运之跌宕起伏等方面而言，这部分在全书中无与伦比，在杰弗里心目中无疑是不列颠历史之重点和高潮。杰弗里对亚瑟王本人的描写也很具体、丰富、生动、细致，远超书中所有其他不列颠君王。另外，书中还包括一些超自然事件和历险情节，比如亚瑟王只身斗巨人、诛魔怪、英雄救美等惊险场面。所有这些都是后世风靡欧洲的中世纪浪漫传奇的基本特色。更重要的是，在这部分，杰弗里为亚瑟王的生平和亚瑟王朝的兴衰确立了基本框架和几乎所有重要内容，为后来那些亚瑟王传奇作品奠定了"历史"基础。可以说，后来几乎所有亚瑟王浪漫传奇作品都是直接或间接从《不列颠君王史》出发。所以帕顿说："蒙莫斯的杰弗里经常被称作亚瑟王浪漫

---

① 拉丁文为 Galfridus Arturus。见 Barron, "Geoffrey of Monmouth's *Historia Regum Britanniae*", p. 12。杰弗里的3部著作指《不列颠君王史》、《梅林的预言》和《梅林传》；后两部下面将谈及。

第二章　亚瑟王传奇的源流与演化

传奇之父。"[1] 而巴伯也说："《不列颠君王史》是一部对亚瑟王传奇做出无与伦比贡献的单部著作。"[2] 不仅如此，作者用力最勤的这一部分也最集中、最深刻地体现或者说隐喻了这部著作的主旨：作者对不列颠历史的解读、对现实的思考和对未来的期待。

在描写亚瑟王和叙述他的故事之前，杰弗里意味深长地塑造了一个特殊人物：英格兰和西方文化史上最著名的魔法师和预言家梅林（Merlin）。正是这个梅林，不仅在血统上，而且在文脉上将亚瑟王更深地植入古老的不列颠文化传统。大约在 1135 年，杰弗里用拉丁文写了一本关于巫师梅林的小书《梅林之书》（*Libellus Merlini*，即 *Book of Merlin*）。他后来以《梅林的预言》为标题将其作为第 7 卷收入《不列颠君王史》里。在这部著作或者说这一卷里，杰弗里让梅林给出一系列政治和历史预言，预示不列颠未来的历史、极为动荡的政治和部族争斗，特别是不列顿人和撒克逊人之间决定不列颠命运的冲突和战争。梅林的预言沿用了古典但特别是《圣经》和中世纪基督教传统，使用象征寓意的手法，语言十分晦涩，给予人们极大的解读空间。

后来在 12 世纪 40 年代，又出现了一本拉丁文诗体《梅林传》（*Vita Merlini*），学者们一般认为这也出自杰弗里之手，可见杰弗里对梅林这个人物的重视非同一般。虽然《梅林传》不像《不列颠君王史》那样影响广泛，但也是一部不可多得的诗作。特别值得注意的是，这部传记内容丰富，而且表现出杰弗里对威尔士或者说不列颠民间文化传统更为广泛的掌握和更为深入的理解。另外，除传记之外，这部著作还包含中世纪大多数体裁：民间传说、政治预言、伪科学知识、资料汇编、演讲范例等，在风格上它还是一部不错的喜剧性作品。[3] 就这些方面而言，《梅林传》有点像后来乔叟那部极具包容性的杰作《坎特伯雷故事》。

在《不列颠君王史》里，杰弗里也宣称《梅林之书》，如同整部《不列颠君王史》一样，是他译自一本不列顿文著作，而非他的杜撰。这显然是想提高作品的权威和加强梅林同不列顿人的文化传统的联系。在书里，杰弗里还为梅林的出场安排了一个非同寻常的情景。国王沃蒂根想建一座

---

[1] Paton, "Introduction", in Geoffrey, *History of the Kings of Britain*, p. viii.
[2] Richard Barber, *King Arthur in Legend and History*, Ipswich: Boydell, 1973, p. 46.
[3] 参看 John Jay Parry 为《梅林传》所写"前言"，载 Peter Goodrich, ed., *The Romance of Merlin*, New York: Garland, 1990, p. 71。

高塔，但地基不稳，总是坍塌。有人告诉国王，必须杀掉那个没有父亲①的梅林，高塔才能建成。梅林被抓来，他说出地基不稳的真正原因。在他指导下，人们挖到地下，发现一红一白两条巨龙在搏斗。梅林据此向人们揭示出即将来临的撒克逊人入侵、不列颠人与撒克逊人之间的长期战争，以及决定不列颠未来命运的一系列预言。两条巨龙搏斗造成地基不稳的情景是一个意蕴丰富深刻的象征意象，它在更深层次上寓意着永恒动荡的人类历史正是建立在无穷无尽的矛盾冲突之上。在人类历史上也许很少有其他时代比动乱无常的中世纪更能体现这种历史观。

杰弗里如此重视梅林自有其深意。梅林的塑造是杰弗里对亚瑟王系列传奇特别重要的贡献。这位能施展魔法的预言家成为亚瑟王传奇文学中一个关键人物，其重要性不仅在于他使许多故事情节具有神奇性，也不仅在于他预言不列颠的命运和揭示亚瑟王朝兴衰之根源，从而起到表达杰弗里的创作意图和历史观的作用，他的重要性还在于梅林这个人物所承载和体现的特殊的文化意义。因此，梅林是亚瑟王传奇中必须关注而且特别值得研究的人物。本书后面在分析一些作品的章节中还将程度不同地涉及这个人物。

梅林这个名字来自大约生活在 6 世纪（与传说中亚瑟王生活的时代大体一致）的一位威尔士很著名的疯癫游吟歌手默丁（Myrddin）。大约产生于 930 年的一首古威尔士语诗歌谈到他预见未来的能力。随后出现的几首流传至今的古威尔士语诗歌据说来自默丁，其中涉及对不列颠未来历史和政治事件的预言。后来，随着盎格鲁－撒克逊人入侵，不列顿人南迁，关于一位生活在苏格兰低地荒野中的半疯癫预言家莱洛肯（Lailoken）的传说也流传到威尔士，并逐渐同关于默丁的传说融合在一起。到 12 世纪，关于梅林或者说默丁的传说和正风靡欧洲各地的亚瑟王传说在盎格鲁－诺曼王朝统治下的不列颠已经逐渐结合在一起。②

将默丁或者说梅林的传说加以丰富并使之成为亚瑟王传说的重要组成是杰弗里对亚瑟王文学发展的一个重大贡献。在部族时代，睿智的游吟诗人是文化传统的承传者，在民众中享有很高地位，而远古流传下来的传说中的游吟诗人以及疯疯癫癫的预言家往往被赋予某种神秘性和超自然力

---

① 人们说梅林没有父亲，是因为他母亲在梦中由一位梦魔受孕而生他；对此下面将谈到。
② 参看 Loomis, *The Development of Arthurian Romance*, pp. 124 – 125。

第二章 亚瑟王传奇的源流与演化

量。所以，杰弗里发挥他天才的想象力，尽力描写传说中亚瑟王时代的一位神秘的游吟诗人和预言家的魔法和预言能力，使之在关于亚瑟王的非凡业绩的传奇中发挥至关重要的作用，绝非偶然。不仅如此，杰弗里还在《不列颠君王史》里将默丁的名字拉丁化为 Merlinus（即英语 Merlin）使之更易于进入主流文化。

为了进一步增加梅林的神秘性，杰弗里说梅林是一位公主与一个梦魔①所生，梅林也因此具有超人的智慧和超自然的魔法，所以能在亚瑟王传奇故事中起到杰弗里需要他发挥的非同寻常的作用。他在杰弗里书中成为亚瑟王朝的设计师和推手，甚至连亚瑟王的出生都是他的杰作。随着亚瑟王传说风靡各地并经久不衰，梅林也成为西方最著名的魔法师。自杰弗里时代起到现当代，梅林一直令西方人和历代文学家着迷，出现在无数民间传说和文学作品里，比如马克·吐温在《亚瑟王宫廷的康涅狄格州的美国佬》里就塑造出一个很有深意的现代版梅林。颇具神秘色彩的梅林传说之长盛不衰和梅林形象的演化与西方的历史和文化发展密切相关，是十分值得研究的文化现象。

亚瑟王的父亲尤瑟（Uther）是一位不列顿国王，他在一次宴会上看到康沃尔公爵的夫人伊格莱茵（Igraine），为其美貌所倾倒，从此不能自拔，竟然兴兵进犯。公爵将夫人安置在险要的廷塔杰尔城堡（Tintagel）②中，自己另守要塞。尤瑟无计可施，最后把梅林找来。梅林使用魔法，将尤瑟变成公爵模样，在晚上进入城堡，公爵夫人因此怀上亚瑟。不过为了使亚瑟的出生"合法"，杰弗里让随后传来的消息表明，公爵所守要塞其实在尤瑟上床之前已被攻破，公爵阵亡，伊格莱茵自然已是无夫之妇，因而顺理成章地成了尤瑟的"合法"王后。另外，杰弗里还讲述了尤瑟之前的国王，他哥哥奥里利乌斯（Aurelius）抗击撒克逊人的战绩。奥里利乌斯死后，梅林从爱尔兰运来巨石，修建了英国著名的巨石阵作为其陵墓，后来尤瑟死后也埋葬在这里。这样，杰弗里甚至把不列顿人与盎格鲁-撒克逊人之间的生死斗争以及亚瑟王传奇，都同不列颠那座古老而神秘的巨石阵联系在了一起，并把它说成梅林的又一杰作，为其叙事增添了更为深厚的

---

① 梦魔（incubus）是一种精灵，最先出现在美索不达米亚的神话中，他能进入女子梦中，与之发生关系，使其受孕。
② 即1998年格拉斯哥大学考古系师生发掘出所谓"亚瑟石"之处。

文化意蕴。从这些故事可以看出，杰弗里想象力极为丰富。但更重要的是，他突出表现了梅林具有超人的智慧和神秘的超自然力量，把他塑造成不列颠人古老传统的化身。另外，他将亚瑟王的出生和超自然力量联系在一起，正如耶稣和传说中亚历山大等伟大人物的出生都有超自然力量参与一样，这就为亚瑟王后来的辉煌业绩增添了神秘的色彩和命运的因素。

所以特别有意义的是，在确定下一任国王时，杰弗里不是让亚瑟仅凭其前国王儿子之身份登基，而是由梅林这位特殊人物出面，告诉众人，谁能将那柄插在石头里的王者之剑卡利邦（Caliburn）[①] 拔出，谁就登基为王。作为会使魔术并预知未来的梅林，他自然知道谁能拔出宝剑，或者说能够使他希望成为国王的人拔出宝剑。于是，不论其他人怎样使劲全都无济于事，唯有那15岁的少年亚瑟很轻松地拔出宝剑，顺利登上王位，那柄神奇的宝剑后来也随他南征北战，助他所向披靡。这样，亚瑟能登上王位就不仅仅是因为他高贵的血统，而更因为那是神意和他具有超人的本领，所以是命运赋予他成为一代雄主和建功立业的使命。不过，杰弗里费尽苦心塑造出梅林这位不列颠古老文化传统的传人和化身，让他在许多关键时刻发挥重大作用，让他使亚瑟来到这个世界又将他扶上王位，辅佐他统一不列颠、威震欧洲，显然有更深层次的文化和民族精神上的意义。

但那并不等于说，杰弗里是一个狭隘的民族主义者或者亚瑟王仅仅是一位偏守古老传统的不列颠君主。12世纪的盎格鲁-诺曼王朝是基督教世界的重要区域，它统治的王国是包括不同民族、不同文化的开放性大国，而欧洲大陆上正在兴起的12世纪文艺复兴的各种新文化和思潮也因为诺曼王朝地跨海峡两岸而很顺利地传播到不列颠。因此，得新风气之先的这位威尔士基督教知识分子能与时俱进，在关于亚瑟王传说的叙事中将不列颠传统、基督教思想和正兴起的宫廷文化非常完美地整合在一起，并塑造出一位既是雄才大略的军事统帅又多少有点像一位12世纪的盎格鲁-诺曼君主一样体现正在兴起的宫廷文化的"现代"国王。

亚瑟王登基之后，立即开始了对撒克逊人的抗击与征战。但与杰弗里

---

① 王者之剑（Caliburn），Caliburn 是拉丁语 Caliburnus 的英语拼法，来自凯尔特语 Caledfwlch。据说该剑是在凯尔特人传说中的圣地（fairyland）阿瓦隆锻造。据学者们考证，该剑即7—8世纪的爱尔兰散文史诗《夺牛记》（*Tain bo Cualnge*，即 *The Cattle-Raid of Cooley*）中的王者之剑 Caladbolg。在后来的亚瑟王浪漫传奇作品中，剑名一般写为 Excalibur，该词在古凯尔特语中有"削铁如泥"之意。

第二章 亚瑟王传奇的源流与演化

对此前的不列顿国王们抗击撒克逊人的战争的描写不同，他在一定程度上使亚瑟王率领下的不列顿人与撒克逊人的战争超越一般的民族冲突，使其上升为基督徒与异教徒或者说善与恶之间的斗争。所以在战场上，他的亚瑟王总是身先士卒为上帝和民族而战。他描写道，亚瑟王"抽出王者之剑，呼喊着那神圣处女的名字，风驰电击般冲入敌阵深处。面对敌人，他必呼喊上帝，剑锋所指，敌人立即毙命。他挥舞王者之剑，直到杀死470人后才住手"（Geoffrey 217）。亚瑟王似乎不仅是在抵抗外敌，而更是像在上帝的旗帜下进行十字军东征那样的圣战。

不仅如此，在杰弗里的描写中，亚瑟王已经具备正在兴起的宫廷文化中那种新型的骑士国王的一些基本品质。他说："亚瑟只是一位年仅15的青少年，但他浑身是胆，慷慨大度，他内在的美德为他深深地赢得了几乎所有臣民的爱戴。……他出于古老习俗，对追随他的大批武士，倾力赏赐，以致散尽手中财富。在亚瑟本性中，勇气与慷慨紧密相连。"（Geoffrey 212）作为国王，他对随从们慷慨大度，赏罚分明；作为骑士典范，他武艺高强，浑身是胆，在战场上身先士卒，战无不胜。更重要的是，他是一位虔诚的基督教骑士，率领不列顿人以上帝的名义抵御外敌、统一不列颠进而征服欧洲，似乎是在执行上帝的使命。勇敢、慷慨、大度、武艺高强和虔诚地信奉上帝，都是中世纪宫廷文化里骑士的基本美德，这里唯一还没有提到的是对女士彬彬有礼。但这一"缺陷"很快就会得到弥补。

在亚瑟王统一了不列颠和征服了从北欧到地中海的广阔地域之后，他召集来自各国的大批君王贵族及其夫人们，举行了长达数日的第二次登基的盛大庆典。人们衣着华丽，举止高雅。在庆典期间还举办了大型宴会、骑士比武、音乐演唱、下棋掷骰子和各种游戏等许多宫廷文化所极力宣扬的庆祝活动。① 不列颠进入"鼎盛时期"，"在其无穷的财富、繁华的景象以及优雅的礼仪等方面全都超越了所有其他王国"。杰弗里进而说，女士们"不会将爱情赏赐给一位骑士，除非他在战场上3次证明自己的勇气。"所以"爱情使女士们纯洁，使骑士们更为高尚"（Geoffrey 230）。紧接着，杰弗里生动细致地描写了骑士们长达3天的比武，而名媛贵妇们则站在城堡墙头观看，为那些"风度翩翩的骑士们"（courtly knights）喝彩加油。这些已经是很典型的宫廷文化和宫廷爱情观及其表现方式了。至于那位骑

---

① 这些宫廷庆祝活动出现在几乎所有后来的亚瑟王浪漫传奇作品中。

士之王亚瑟，他自然更会得到最美女士的青睐。所以在那之前，"在［亚瑟王］最终使整个不列颠恢复其早先的尊严之后，他自己也娶了全岛国最美丽的女人"，"来自一个高贵的罗马家族的格温娜维尔为王后"（Geoffrey 221）。对于追随维吉尔的杰弗里，罗马自然代表着"高贵"。但随着亚瑟王传奇的演化和英格兰民族意识的发展，在后世的作品中，包括在马罗礼的《亚瑟王之死》里，格温娜维尔也将逐渐本土化为一个不列顿国王的女儿。

杰弗里对庆典的描写显然与5、6世纪英雄时代的不列颠的状况相去甚远，但与12世纪初的盎格鲁-诺曼王室的宫廷生活却不无相似之处。帕顿认为，杰弗里所描写的亚瑟王的"宫廷反映了12世纪盎格鲁-诺曼人的生活"[①]。卢米斯更直接说，杰弗里对亚瑟王庆典的描述是"按国王斯蒂芬的登基大典活动的改写"[②]。这些学者的观点有一定道理，但也有值得商榷之处。比如，卢米斯随即指出，这是"在英格兰历史上第一次提到骑士比武"[③]。其实在那之前在英格兰已经有关于骑士比武的记载，但这并不重要，重要的是，在盎格鲁-诺曼王朝，从英王亨利一世（1100—1135年在位）到亨利二世（1154—1189年在位）统治时期，由于罗马教廷的干预，骑士比武在英格兰是被禁止的，直到狮心王理查德一世（1189—1199年在位）时期才开禁。教皇英诺森二世（Innocent Ⅱ，1130—1143年在位）在1130年刚即位就下谕旨禁止骑士比武，并且不准为比武中死亡的骑士用基督教仪式埋葬。但热衷于东征和骑士精神的狮心王不顾教皇禁令，于1192年宣布在英格兰的5个地区可以进行骑士比武。[④] 当然，学者们的研究表明，在国王斯蒂芬（1135—1154年在位）时期，由于斯蒂芬比较软弱，教皇的禁令未能真正执行，由贵族举行的比武的确时有发生。但生性比较软弱的斯蒂芬，竟然敢在登基大典上公然违反先王和教皇禁令，举行骑士比武，看起来实在不大可能，而且也没有任何文献记载表明在他的登基大典上举行了骑士比武。

的确，斯蒂芬国王大约在杰弗里撰写《不列颠君王史》期间登基，因此杰弗里描写亚瑟王的登基庆典参照了斯蒂芬登基的庆祝活动，是非常可

[①] Paton, "Introduction", in Geoffrey, *History of the Kings of Britain*, p. xxi.
[②] Loomis, *The Development of Arthurian Romance*, p. 37.
[③] Loomis, *The Development of Arthurian Romance*, p. 38.
[④] 参看 Juliet R. V. Barker, *The Tournament in England*, 1100—1400, Woodbridge: Boydell, 1986, pp. 7 – 11。

第二章 亚瑟王传奇的源流与演化

能的。但他关于包括骑士比武和女士们喝彩加油在内的许多活动的描写以及关于"爱情使女士们纯洁,使骑士们更为高尚"的宫廷爱情观,应该说并非主要是依据斯蒂芬的登基庆典,而更可能是源自正兴盛于法国南部普罗旺斯地区并开始在欧洲各国王室及上层贵族城堡中蔓延的宫廷文化。也就是说,他主要是根据正在兴起的宫廷文化描写亚瑟王的庆典。本书前一章谈到,骑士精神和宫廷爱情是中世纪盛期出现的主流宫廷文化的核心组成部分,而骑士比武是骑士精神的体现,爱情使人(当然是指贵族)纯洁、高尚、勇敢则是宫廷爱情的核心价值观念。在英格兰,虽然宫廷文化也开始影响到盎格鲁-诺曼王朝上层社会,但其盛行要等到12世纪中叶亨利二世的王后艾琳诺从法国南部带来一大批文人雅士之后。所以,杰弗里无疑是领风气之先,他对亚瑟王朝的这些描写很可能是不列颠地区或者说英国文化文学史上对宫廷文化比较系统的最早表达。可以肯定地说,在现存文献中,《不列颠君王史》最先在亚瑟王传说中进行宫廷生活的描写和注入宫廷文化的风尚与价值观,而宫廷文化及其意识形态将把亚瑟王传说浪漫传奇化并成为后来亚瑟王浪漫传奇系列作品的核心。

不过,杰弗里不仅在描写亚瑟王的庆典上,而且在描写亚瑟王的英雄业绩时,在相当程度上都的确着眼于他身处其中的盎格鲁-诺曼王朝。布鲁斯指出:"在许多细节上,杰弗里的叙述甚至反映了一些11和12世纪的真实历史事件——特别是关于诺曼历史——关于征服者威廉及其后继者们在位时期的事件。"[1] 比如,在亚瑟王起兵之初,杰弗里虚构了一位名叫赫尔(Hoel)的布列塔尼国王,让他率15000不列顿人与亚瑟王结盟。那实际上是基于征服者威廉在征服英格兰的战争中曾得到不列顿人大力相助的史实,而领兵的正是布列塔尼的统治者赫尔伯爵的侄儿们。亚瑟王在高卢裂土分封诸侯的情况,学者们认为那也是按照威廉征服英格兰后的做法。至于亚瑟王故事中许多城镇和军事要塞如温切斯特(Winchester)和卡莱尔(Carlisle)等,杰弗里也是按盎格鲁-诺曼王朝时代的状况描写的。[2] 杰弗里将亚瑟王的传说故事植根于不列颠本土并使之带上明显的当地色彩的叙事方式将深刻影响后来的盎格鲁-诺曼语浪漫传奇,[3] 特别是中古英

---

[1] James Douglas Bruce, *The Evolution of Arthurian Romance from the beginnings Down to the Year 1300*, 2nd ed., Vol. I, Gloucester, Mass: Peter Smith, 1928, pp. 22 – 23.
[2] 参看 Bruce, *The Evolution of Arthurian Romance*, Vol. I, p. 23。
[3] 关于岛国浪漫传奇突出的本地色彩,可参看前面一章关于盎格鲁-诺曼语浪漫传奇一节。

语亚瑟王传奇故事，那也将成为岛国浪漫传奇（the insular romance）以及英语亚瑟王浪漫传奇同那些通常都使用虚无缥缈的虚构地名的大陆上同类作品之间一个很突出也很有意义的差异。后面我们将看到，温切斯特和卡莱尔等许多真实地名都出现在中古英语亚瑟王传奇作品里，特别是在那些英格兰本土气息尤为浓郁的高文传奇作品里，亚瑟王宫往往就设在卡莱尔，故事就发生在其周围地区，包括盎格鲁-诺曼王朝建立后在当地设立的王室森林狩猎场。

另外也很有意义的是，当亚瑟王率领大军向罗马进军时，他麾下的联军都来自西方"文明"世界，而罗马皇帝的联军里却有许多部队来自东方"野蛮"国家。杰弗里在《不列颠君王史》第10卷开篇写道，当罗马皇帝卢修斯（Lucius Hiberius）获悉亚瑟王拒绝向罗马纳税称臣并将进犯罗马，他号令"东方的国王们"率军前来与他一道去征服不列颠，于是大批来自非洲、巴比伦、利比亚、埃及、米迪亚、比提尼亚、叙利亚等异教地区的"东方的国王"出现在他的大军中。正如福尔顿所指出，杰弗里在描写亚瑟王东征罗马时一定参照了轰轰烈烈的十字军东征。她进一步指出："杰弗里对亚瑟王进军罗马的描写是以东西方之间政治和意识形态冲突为蓝本。"① 前面提及，杰弗里关于亚瑟王征战欧陆的描写也许并非完全出自他的想象，而可能是源自乔丹斯关于"不列顿人之王"奥塔姆斯率军征战高卢的记载。但杰弗里对此进行了改写，他不是将亚瑟王看作罗马的盟友，而是将亚瑟王一方作为正义之师，将罗马看作邪恶力量，从十字军东征的角度来描写这场战争。十字军东征开始于1099年，断断续续进行了几百年，对欧洲历史发展产生了重大影响，那也是杰弗里时代最重大的事件，而且盎格鲁-诺曼王朝也是东征的积极参与者。所以，杰弗里如此描写不可能心中没有想到十字军东征和代表"正义"与"正统"的盎格鲁-诺曼王朝。另外，在进军罗马途中，亚瑟王还只身诛杀了吃人的野蛮巨人，那也是为了彰显或象征他进军罗马是基督教文明对"野蛮"和"邪恶"的征讨。关于亚瑟王只身诛杀邪恶巨人的英雄行为，后来很杰出的中古英语头韵体《亚瑟王之死》和马罗礼的《亚瑟王之死》都给予了生动精彩的描写。

---

① Helen Fulton, "History and Myth: Geoffrey of Monmouth's *Historia Regum Britanniae*", in Helen Fulton, ed., *A Companion to Arthurian Literature*, Chichester: Blackwell, 2009, p. 53.

第二章 亚瑟王传奇的源流与演化

福尔顿还认为，经杰弗里对亚瑟王及其辉煌业绩的生动描写，亚瑟王已经成为"帝国权力、民族身份以及上帝意志在尘世中实现的象征"[1]。同样，通过按盎格鲁－诺曼王朝的历史和现状作为蓝本描写亚瑟王王朝，杰弗里对亚瑟王朝的辉煌业绩的赞颂实际上也暗含对诺曼王朝的歌颂，表达了不列颠人后裔对诺曼王朝的认同，同时也表达了盎格鲁－诺曼人希望作为亚瑟王朝和不列颠文明的后继者而扎根英格兰的文化和政治意愿。实际上，杰弗里对不列颠特别是亚瑟王朝"历史"的叙述在很大程度上就是将盎格鲁－诺曼王朝的政治利益和意识形态同不列颠本土的凯尔特文化传统结合，从而将亚瑟王"改造"成盎格鲁－诺曼人的先祖英雄以表明其统治的合法与正统。所以布鲁斯说：杰弗里的《不列颠君王史》

> 触发了与大不列颠认同的盎格鲁－诺曼贵族们的虚荣，他们现在能宣称他们有一位至少是同他们的大陆亲戚们的伟大英雄查理大帝一样的英雄，如果不是更为伟大的话。结果是，杰弗里的《历史》立即获得惊人成功，并进一步极大地刺激了人们对亚瑟王及其同伴们原本已有的那种兴趣。[2]

《不列颠君王史》能那样大受欢迎，另外一个重要原因是，它具有十分吸引人的情节和很生动的叙事，此前的编年史完全不可与之同日而语。杰弗里笔下的亚瑟王及其传说不仅已具备后来风靡西欧各国的亚瑟王传奇系列的一些基本特点，而且也包括其中的主要情节，比如亚瑟王的神奇出生，他手下集聚来自"世界"各地的著名骑士，他娶王后格温娜维尔，只身诛杀巨人，大量征战，抵抗撒克逊人入侵，统一不列颠，12年和平之后征服挪威、丹麦、日耳曼地区和高卢，出征罗马大获全胜，杀死罗马皇帝，正准备挥师入主罗马之时，国内突然传来莫德雷德篡位夺妻消息，于是回师不列颠，在与莫德雷德的战争中，莫德雷德被杀，双方大量著名骑士阵亡，他本人身负重伤，被仙女们接到阿瓦隆养伤，从而终结了辉煌一时的亚瑟王朝。所有这些都被杰弗里描写得波澜壮阔、精彩动人。

关于亚瑟王的结局，杰弗里的处理也很有意义。由于民间传说相信亚

---

[1] Fulton, "History and Myth", p. 56.

[2] Bruce, *The Evolution of Arthurian Romance*, Vol. I, p. 24.

瑟王并没有死去，而是在阿瓦隆养好了伤，正等待时机回来拯救不列颠于水火之中。但作为编年史学者，他自然得同这类传说保持一定距离，所以他似乎只是在陈述事实，说亚瑟王受了"致命伤"，被送去阿瓦隆。至于他死没死，杰弗里则没有明说。这个悬念就为后来亚瑟王传奇故事进一步发展留下想象空间。他对亚瑟王结局的处理后来也将影响瓦斯的《布鲁特传奇》。不过，后来在撰写《梅林传》时，杰弗里似乎感到不必太受编年史体裁束缚。所以他在该书里说，受伤的亚瑟王被梅林和另外一位先知塔里森（Taliesin，即拉丁语 Telgesinus）送到凯尔特人心目中永远春光明媚的乐土（fairyland），受到岛上 9 个仙女之首仙女摩根（Morgan la Fay）照看。在《梅林传》里，杰弗里还称阿瓦隆为"苹果岛"（Isle of Apples）。他还让摩根答应，她将治好亚瑟并照看他，直到他离开阿瓦隆回去拯救不列颠。摩根也是亚瑟王浪漫传奇作品中的一个重要人物，被一些作家称为"阿瓦隆之仙后"（the Queen of Avalon）。在后来的亚瑟王传奇里，摩根演化为亚瑟王同母异父的姐姐、圆桌骑士伊万的母亲；她还是梅林的徒弟，拥有魔法，但往往被塑造成一个反面人物，经常同亚瑟王作对。摩根这个人物不论是源自民间传说还是杰弗里的虚构，都是他对亚瑟王传奇后来发展的又一重要贡献。

　　仅从上面比较简略的分析也可看出，与此前的各类编年史相比，杰弗里在亚瑟王传奇的演化与发展史上的贡献无与伦比。总结起来，他特别重要的贡献有以下几点。首先，在经过几个世纪的演化与发展后，亚瑟王传说终于被建构成内容丰富、时间和事件都脉络清楚、首尾连贯的叙事整体，也为后来亚瑟王浪漫传奇的进一步繁荣和发展建立起一个既大体统一又富有弹性的框架，使后来的文学家们能根据新时代的特点和自身的要求在其中尽情发挥想象力。其次，亚瑟王、梅林、高文等人已经不再是单薄的影子性人物，而是已经相当丰满、具有一定个性的文学形象，能在未来的各种传奇中承担与其身份和性格相应的角色。再次，在中世纪中后期发挥着重大作用的宫廷文化被引进亚瑟王传说，这意味着古老的不列颠文化传统与正在兴起的欧洲主流文化的连接与合流。最后，杰弗里明确地表现出他的本土意识和民族意识，甚至谴责一些不列颠国王的荒淫与堕落，也是出自他的民族情感，他从未把他们视为他者，相反无论在情感还是理智上，他都是站在盎格鲁－撒克逊人以及罗马皇帝的对立面的。但同时，特别有意义的是，他在对亚瑟王传奇的叙述中表现出的已经不是那种古老的、排外的不列颠民族主义，他流露出对盎格鲁-诺曼王朝的接受、赞许与认同，可以说他无意间十分微妙地表达出不列颠本地文化传统与盎格鲁-诺曼王朝的政治、文化和意识形态的融合以及未来英格兰民族的发展方向。

所以，杰弗里笔下的亚瑟王叙事那样成功，并不仅仅因为其传奇性的情节和文学艺术上的成就，还在于这部具有浪漫传奇特色的演义性质的"史书"承载着不列颠文化传统，体现了时代精神，触及历史的脉搏，并预示了未来英格兰民族意识的发展。所以，乔叟在《声誉之宫》里选择他代表不列颠文明，同荷马、维吉尔等各民族最伟大的文化传承者一道屹立在声誉之宫中那些青铜立柱上，永远受人们景仰。

第四节　瓦斯的《布鲁特传奇》

亚瑟王传说的无限魅力加上不列颠、基督教、盎格鲁-诺曼以及欧洲大陆特别是法国等不同文化传统的结合，使杰弗里的《不列颠君王史》大获成功。很快，不仅许多手抄稿在各地出现，而且还被翻译成威尔士语、法语和挪威语等各种语言在各地流传。[1] 然而很有意义的是，直到文艺复兴时期，不仅在英国，而且在欧洲大陆，《不列颠君王史》一直被看作信史。[2] 所以，"直到16世纪，其中少数甚至在16世纪之后，那些源自杰弗里书中的伪历史虚构故事出现在所有关于不列颠的历史书籍中"[3]。即使在15、16世纪，亚瑟王仍然被许多人认为是不列颠历史上一位伟大的国王，其中包括英国历史上第一个印刷所的创建者和著名学者威廉·凯克斯顿。

在英格兰，为了让更多人能阅读或者至少能听懂书中的故事，这部用学者和教会人士（在当时绝大多数学者，同杰弗里本人一样，都是教会人

---

[1] Loomis, *The Development of Arthurian Romance*, p. 39.

[2] 不过即使在中世纪，一些比较严谨的学者也质疑该书中关于亚瑟王的记载的真实性。比如，14世纪英国的一位本笃会修士和年鉴家兰努尔夫·西格顿（Ranulf Higden, 1280?—1364）在他那部广泛流传、现存多达100多部中世纪手抄稿的7卷巨著人类《全史》（*Polichronicon*）里就质疑到，如果亚瑟王真是多达30个王国的征服者而且还击败了罗马皇帝，那为什么在罗马史书或者法语和盎格鲁—撒克逊编年史中，不列颠历史上这段如此辉煌的时代竟然全不见踪影？请参看 Lesley Johnson, "The Alliterative *Morte Arthure*, in Barron, *English Medieval Romance*, p. 90。

[3] Bruce, *The Evolution of Arthurian Romance*, Vol. I, p. 35.

士）的语言拉丁文撰写的著作不久就被"翻译"或者说改写成盎格鲁－诺曼王朝的官方书面语和社会上层的日常语言盎格鲁－诺曼语文本。这是亚瑟王传奇的又一重大发展。

根据现存文献，在 11 世纪中期至少出现了两种"翻译"杰弗里的《不列颠君王史》的盎格鲁－诺曼语文本。其中一种出自杰弗雷·盖马尔，他现存的主要著作是上面提及的《英格兰人之历史》。这部大约产生于 12 世纪 30 年代，长 6526 行的诗体编年史，是英国历史上第一部用法语或者说盎格鲁－诺曼语撰写的英国编年史。盖马尔在开篇短暂提及亚瑟王以及丹麦人哈弗洛克（Havelok）的故事，随后的三千多行主要是对古英语《盎格鲁－撒克逊编年史》的诗体翻译，讲述英格兰人，或者说盎格鲁－撒克逊人的历史。余下部分可能出自一些拉丁语和法语编年史，但来源不详。盖马尔的另外一部编年史是关于不列顿人的历史，现在只剩残篇，作者在残余部分提及，这部编年史是他对杰弗里的《不列颠君王史》的翻译。弗莱契认为，该编年史之所以散失，很可能是因为随即出现了瓦斯那部"远更为优秀的译本"而"被挤出"了人们的视野，① 或者如帕顿所说，"被投入阴影之中"②，从而湮没在历史长河里，未能流传下来。

瓦斯那部"远更为优秀的译本"是亚瑟王文学发展史上又一座丰碑。从上一节的分析中，我们可以看到，虽然杰弗里竭力将威尔士文化传统与盎格鲁－诺曼王朝的意识形态结合，但其重心主要还是在威尔士文化，包括威尔士民间文化。与之不同的是，瓦斯除了为亚瑟王传说增添许多重要的虚构细节外，他特别重要的贡献是进一步将不列颠历史，特别是亚瑟王朝兴衰史盎格鲁－诺曼化，将亚瑟王"现代化"，将他塑造得更像当时的盎格鲁－诺曼君主。同样重要的是，他在一定程度上还将亚瑟王传说"浪漫化"，也就是说将当时正在兴起的浪漫传奇的许多元素引进亚瑟王传说，使之在向浪漫传奇发展的进程中又前进了一步。

瓦斯（Robert Wace, 1110？—1174？）是一位诺曼底诗人和编年史家。他在其著作《卢之传奇》（*Roman de Rou*）里简洁而清楚地告诉读者，他

---

① 见 Fletcher, *The Arthurian Material*, p. 125。
② Lucy Allen Paton, "Introduction", in Lucy Allen Paton, ed., *Arthurian Chronicles: Represented by Wace and Layamon*, trans. by Eugene Mason, London: J. M. Dent & Sons, 1912, p. iiv.

第二章 亚瑟王传奇的源流与演化

叫瓦斯，出生在泽西（Jersey）岛，① 少年时代被带到卡昂，开始识字，后去法国受教育。学成后回到卡昂，长期居住在那里，一直忙于用诺曼底法语②写书、编书、撰写历史，包括编年史和圣徒传。他在未能完成的《卢之传奇》的结尾说："由于国王已经吩咐他人来做这事［撰写诺曼底公国史］，我只好打住。"他还说：国王给了他"很多恩赐，但他承诺的更多；如果他兑现了他所有承诺，那对我更好。瓦斯大师（Master Wace）的书在这里结束，让愿意的人来继续"。③ 所以，他没有完成《卢之传奇》是因为亨利二世将该任务交由他人，所谓他人，就是前面提到的贝诺瓦。

现在，瓦斯的名字主要是同《布鲁特传奇》（Le Roman de Brut）联系在一起。瓦斯大约在1150年开始用诺曼底法语翻译和改写杰弗里的《不列颠君王史》；有可能在1155年，也就是杰弗里去世那年，他完成了这部诗体《布鲁特传奇》。根据拉亚蒙后来在其英语《布鲁特》开篇所说，瓦斯将《布鲁特传奇》献给王后艾琳诺。前面谈及，艾琳诺是来自新诗运动中心的阿奎坦女公爵，她大力提倡和赞助宫廷文化和新诗运动，在当时西欧政界和文化界都十分有名，瓦斯将其受到新诗影响并表现了宫廷文化的诗作献给这位英格兰新王后（亨利1152年与她结婚，1154年登基为英王），自然受到王室赏识。由于这部著作十分成功，广受欢迎，亨利二世授意他写一部关于诺曼人历史的著作。亨利是一位很有政治远见的君主，他希望这样一部著作能有助于诺曼人与英格兰人、诺曼历史与不列颠历史的融合从而有助于建构盎格鲁-诺曼王朝在不列颠的正统地位。然而，要么瓦斯没能很好领会国王意图，要么这个在讲述布鲁特和亚瑟王那种传说故事上得心应手，但书生气十足的诗人在对付现实性很强的政治任务时，感到力不从心，亨利对瓦斯这部花费10年精力、现存手抄稿长达16930行的诗作《卢之传奇》并不满意。

---

① 泽西岛在英吉利海峡靠近法国一边，离诺曼底海岸20公里，本属诺曼底公国，诺曼征服之后划归英国。1204年英格兰失去诺曼底之后，泽西岛仍属英国。但泽西并非英国国家领土，而是所谓"王冠属地"（Crown Dependency），或者说英王室领地，除国防和外交外高度自治，甚至发行自己的货币。

② 诺曼底法语是盎格鲁-诺曼语的主要来源。诺曼人（Norman）原意是"北方人"（Northman），指来自北方的丹麦人、挪威人等日耳曼人。诺曼人建立诺曼底公国后，改用法语，但诺曼底法语受到诺曼人原来使用的日耳曼语一定的影响，与法国本土或者说巴黎地区的法语有一定差别；加之瓦斯出生在属于英国的泽西岛，所以学者们往往说瓦斯使用盎格鲁-诺曼语写作。

③ 瓦斯对自己的介绍在《卢之传奇》中，见10440行以下那一段，另见16530行至结尾。

卢（Rou，846?—930?）是亨利的先祖，诺曼底公国的缔造者。瓦斯在诗作里歌颂了卢和历代诺曼统治者的丰功伟绩，特别是对征服者威廉和他征服英格兰的业绩详细描写，高度颂扬。但在诺曼征服已过去一个世纪，诺曼贵族（特别是中下层）已经比较深入地融入英格兰社会，新的英格兰民族正在形成中的形势下，瓦斯在诗作中过分突出诺曼性无意中凸显了诺曼统治阶级与英格兰民众的距离，有可能正因为如此，该书有悖于国王意图。所以，亨利另指派他人撰写诺曼人历史，瓦斯只好放弃，未能完成该书。

而《布鲁特传奇》却是一部很成功的著作，其成功主要表现在以下几个方面。第一，瓦斯的诺曼底法语诗体"译本"比杰弗里的拉丁文原本更紧密、更直接地与当时正在兴起的欧洲主流文化——宫廷文化接轨；第二，与之相关，他直接面向正把兴趣转向骑士文学的宫廷受众，加之他使用的是现实生活中的语言，因此其受众远比使用拉丁语的原作更为广泛；第三，该书明显反映了英格兰的政治现实并体现了诺曼王室的王权思想；第四，这部诗作还为亚瑟王浪漫传奇的进一步发展做出了重大贡献。

实际上，瓦斯自己为其诗体"译本"按当时十分流行的法语武功歌取名为《不列顿人之功业》（*Geste des Bretons*）。古法语的 geste 来自拉丁语 gesta，基本意义是"事迹""功业"（acts，deeds，特别是英雄业绩 heroic deeds）。在 11 世纪，古法语中出现一种主要歌颂骑士武功具有史诗性质的传奇故事，被称为"武功歌"（chanson de geste）。著名史诗《罗兰之歌》（*La Chanson de Roland*）就属于这一体裁。尽管瓦斯在风格和体裁上仍大体遵循杰弗里的编年史体裁，但他将杰弗里的"历史"（Historia）改为"功业"（Geste），或许表明他想撰写一部类似武功歌体裁的诗作，但在 12 世纪中期武功歌已在朝浪漫传奇转向，所以他的著作在内容和风格上其实更靠近正在兴起的浪漫传奇。也许正因为如此，为他誊抄手稿的抄写员（scribe）就直接将其改为《布鲁特传奇》，这也是该书名的来历。

11 世纪下半叶，在法国南部兴起的新宫廷文化和新诗运动已经传播到法国北部、意大利、西班牙以及其他一些地区，自然也波及诺曼王朝统治下的英格兰。前面提及，杰弗里的《不列颠君王史》已经受其影响。这种影响在瓦斯诗作中更为突出。瓦斯十分熟悉宫廷文化和宫廷文学，也十分敬仰亨利二世夫妇，特别是艾琳诺，所以他将《布鲁特传奇》这部长 14866 行的得意之作献给王后。

这部诗作使用的是 8 音节对句（octosyllabic couplets）诗体。这种新诗

第二章　亚瑟王传奇的源流与演化

体出现在11世纪后半期，随后成为新出现的法语浪漫传奇的主要叙事诗体。这种诗体后来在14世纪经英语诗歌之父乔叟根据中古英语语言和英语诗歌特点进行改造，发展成为英语诗歌中一种主要诗体：抑扬格五音步双行押韵对句。这种诗体对仗工稳，深得诗人喜爱，后来在英国新古典主义时代成为最主要的诗体英雄对句（heroic couplets）。

瓦斯将《布鲁特传奇》献给艾琳诺，除出于对王后的景仰外，还因为这部诗作在很大程度上体现了艾琳诺所代表的宫廷文化，而亨利二世随即授意他撰写诺曼底公爵史，表明他把杰弗里的《君王史》盎格鲁－诺曼化的意图和做法得到国王和王后的认可与赏识。实际上，他不仅用适合浪漫传奇风格的诗体改写《不列颠君王史》，而且也在诗中增强了对正兴起的宫廷文化的表现，突出了宫廷诗歌的风格，加入了大量相关内容的描写。比如，与杰弗里大为不同的是，当15岁的少年亚瑟在书中刚一出场，诗人就按宫廷文化的价值标准和浪漫传奇风格描写这位未来的一代雄主，既歌颂其雄才大略、高强武功，又称赞他温文尔雅、风度翩翩，甚至说他"颁旨确立宫廷礼仪并以非常高的规格身体力行"，而且还颂扬他为"爱神的情人之一"。[1] 皮尔索尔指出，这在瓦斯时代已是一个"很常见的套话，但对于杰弗里那简直不可想象"[2]。瓦斯在称颂少年亚瑟王时，除按正在兴起的宫廷文化标准外，心里很可能还有当时年轻有为并以践行宫廷文化为荣的亨利二世的影子。或许正是因为他心中真正想到的是盎格鲁－诺曼王朝或者说亨利二世时代的英格兰，所以他才会在《布鲁特传奇》的开篇说：

> 对那些人，想聆听想知晓
> 国王们如何繁衍代代相传，
> 他们是谁，来自何方，
> 谁最早占有英格兰，
> 国王们的谱系如何，
> 谁后来才到谁又在先，
> 有人已经根据事实叙述，

---

[1] Wace, *Roman de la Brut*, in Lucy Allen Paton, ed., *Arthurian Chronicles: Represented by Wace and Layamon*, trans. by Eugene Mason, London: J. M. Dent & Sons, 1912, p. 43. 下面对该书的引用，除另注说明外，引文都译自此版本，出处以Wace加页码的方式随文注出，不再加注。

[2] Derek Pearsall, *Arthurian Romance: A Short Introduction*, Oxford: Blackwell, 2003, p. 15.

大师瓦斯在此为你译出。
（第1—8行）①

在讲述英格兰还远未出现之前的不列颠历史的著作之开篇竟然说"谁最早占有英格兰"（Engleterre），似乎是历史性错误，但他随即给出自己的名字以显示他对自己"翻译"的历史的信心。这反映出，无论是有意还是无心，瓦斯心里真正想到的就是他那个时代的英格兰。

不过，与艾琳诺代表宫廷文化不同，亨利二世欣赏瓦斯的诗作并授意他撰写关于诺曼先祖的历史传奇，不仅是因为《布鲁特传奇》表现了宫廷文化价值观念，更是因为它突出表达的王权至上的思想很符合亨利二世统治广阔的安茹帝国的需要。亨利是英国国王亨利一世的女儿玛蒂尔达（Matilda）和法国安茹伯爵杰弗里（Geoffrey of Anjou）的儿子。他于1150年17岁时成为诺曼底公爵，1151年承袭父亲爵位成为安茹伯爵，1152年同刚与法国国王离婚比他大11岁的艾琳诺结婚，成为拥有法国南部大片领土的阿奎坦公爵，这样他在登上英国王位之前就已坐拥从法国北部到南部，接近现代法国一半的领土。1154年，英王斯蒂芬逝世，他登基成为亨利二世。另外，他还是缅因伯爵（Count of Maine，领地在法国西部）、南斯伯爵（Count of Nantes，领地在法国西北部），并先后征服了爱尔兰、苏格兰和威尔士。由于他身出安茹家族，所以他统治下的地跨英吉利海峡两岸的广阔领域被统称为"安茹帝国"（Angevin empire）。同时代人沃特·马普形容说，亨利二世不断到各地巡游，"随意惊动几乎半个基督教世界"②。亨利二世统治下的安茹帝国是整个盎格鲁－诺曼王朝史上最辉煌的时代。但严格地说，盎格鲁－诺曼王朝，特别是安茹帝国，并非一个在大陆上拥有大片领土的海岛王国，相反，它更像一个拥有英格兰的大陆王国。

由此可以看出，亨利统治的安茹帝国的主要领地更多是在欧洲大陆，而非在不列颠，而且他和他的宫廷③或者说王室政府更多是驻跸大陆各地的

---

① 转引自 Julia Marvin, "The English *Brut* Tradition", in Fulton, ed., *A Companion to Arthurian Literature*, p. 226。

② 转引自 Clanchy, *England and Its Rulers*, p. 114。

③ 宫廷（court）在中世纪欧洲，主要是指与国王在一起的统治机构。在中世纪，欧洲封建君主国往往没有固定的首都，宫廷随国王在各地王宫或城堡流动；比如在中世纪，英国王国政府并非经常在伦敦。

第二章　亚瑟王传奇的源流与演化

王宫。这意味着大陆兴起的宫廷文化随着亨利和艾琳诺影响的扩大，而在包括不列颠在内的安茹帝国各地的王宫和贵族上层社会里成为主流文化。不过需要指出的是，这对于英国未来的发展之所以具有特殊意义，是因为英格兰一定程度上的法国化和大陆化并不表明英格兰本土文化的失去，相反那为本地社会和本土传统注入新的活力，为未来英国的发展开拓了更广阔的视野和空间，为英国冲破岛国意识最终登上欧洲大陆乃至世界舞台做了准备。正是在盎格鲁-诺曼王朝时期，特别是在安茹帝国期间，英国前所未有地与欧洲大陆联系在一起，在政治、经济、文化等各方面都成为欧洲不可分离的组成部分。在英国文学史上，最好体现这种广阔视野、最能代表立足英格兰却望眼古今欧洲这一传统的是英诗之父乔叟。可以说，没有诺曼征服，没有安茹帝国的文化传统，英格兰就不会产生乔叟这样的文学家。

正是因为安茹帝国是由海峡两岸多个相对独立的封建王国或诸侯国组成，所以中世纪国王们几乎全都面临的那种王权与强悍贵族们的权力之争，对于国王亨利而言更为严峻。另外，他还目睹了由于斯蒂芬国王的软弱而造成的英国长期内战，后来在1173年，他儿子小亨利叛乱，引发严重危机。由于艾琳诺支持小亨利，亨利二世将其囚禁在英格兰，直到1189年亨利二世去世，才被刚继位的狮心王理查德一世释放。所有这些都使亨利特别注重加强王权，而且他也的确使诺曼王朝成为当时西欧中央王权最强大的封建君主国。因此，这位既强化王权又急于同不列颠认同的盎格鲁-诺曼国王对亚瑟王极为崇敬，自然也对亚瑟王朝的"历史"十分感兴趣。他甚至曾亲自前往格拉斯顿堡修道院（Glastonbury Abbey）瞻仰据说是亚瑟王及其王后的陵墓。根据威尔士的杰拉德[1]记载，亨利二世曾建议发掘亚瑟王陵墓，但发掘还未进行，他已于1189年去世。两年后，格拉斯顿堡修道院的修士们在1191年进行发掘，宣称发现了亚瑟王和王后的陵墓。[2]

其实不仅亨利二世，自从征服者威廉用武力消灭盎格鲁-撒克逊王室和贵族阶级，用他在大陆招募来的追随者建构出一个新的贵族阶级后，盎

---

[1]　Giraldus Cambrensis，即 Gerald Of Wales（1146？—1223？），威尔士历史学家，亨利二世幕僚。

[2]　见 James P. Carley, "Arthur in English History", in Barron, ed., *The Arthur of the English*, pp. 48-49, 以及 Eugene Mason, "Introduction", in *Lays of Marie de France and other French legends*, London: Dent and Sons, 1966, p. x. 格拉斯顿堡修道院曾于1184年毁于火灾，有学者认为，修士们宣称发现亚瑟王和格温娜维尔的陵墓，是为了吸引朝圣者以筹集经费重建修道院。后来在1278年4月19日，在英王爱德华一世和王后的亲自主持下，那两具据说是亚瑟王和王后的遗骸被迁葬在该修道院新修的豪华陵墓中。该陵墓与修道院后来在1539年毁于亨利八世时期的宗教改革运动。

格鲁-诺曼王室就十分注重加强王权。所以，相对于同时期比较弱势的法国王室，总的来说，盎格鲁-诺曼王朝以及后来的英格兰王室都更为强势。而这一点在英国的浪漫传奇文学中也得到反映。比如，法语浪漫传奇主要是关于骑士个人的冒险经历和爱情，而出现在盎格鲁-诺曼时代的英国浪漫传奇作品则大多是以王室家族历史为中心的所谓"王朝传奇"（dynasty romances）。同样，在亚瑟王浪漫传奇文学中，法国作品绝大多数是以某位圆桌骑士为中心，相反，在英国却出现了相当多的以亚瑟王为主人公或重要人物的作品，特别是其中3部以亚瑟王或亚瑟王朝为中心的中古英语《亚瑟王之死》全都文学价值很高。[①]

受盎格鲁-诺曼王朝的政治意图和意识形态影响，加之他是在翻译或者说改写杰弗里的《不列颠君王史》，瓦斯不论是在《布鲁特传奇》还是在《卢之传奇》里，如前一章所谈到的这时期和随后出现的盎格鲁-诺曼语浪漫传奇一样，在深层文化传统上都更靠近英格兰传统而非法国传统。他关于不列颠"历史"的《布鲁特传奇》自然也基本遵循杰弗里的模式和保留了原著的主要内容。所以，虽然他熟悉宫廷文化，在《布鲁特传奇》中也很突出表现宫廷文化，并将这部著作献给宫廷文化的代表人物艾琳诺，但与大陆上正在出现的法语浪漫传奇和即将出现的法语亚瑟王浪漫传奇淡化王权、重点描写骑士爱情和历险经历不同，《布鲁特传奇》自始至终都是以历代（大多是传说中的）国王为中心，而其中亚瑟王部分更加突出王权。

所以，瓦斯的《布鲁特传奇》虽然"大幅度拓展了杰弗里那些'宫廷'插曲"，但正如阿隆斯坦所指出，他大量描写典雅的宫廷文化活动"不是为了强调浪漫传奇特有的那种优雅行为与习俗，虽然这也的确出现在书中，而是为了强调王权：强调亚瑟能吸引和组建军事力量的能力"[②]。的确，瓦斯在诗中高度颂扬亚瑟王敬重骑士、慷慨大度，因而大批骑士从各地慕名而来。但他随即指出："亚瑟从不称赞一位骑士，除非将其收入

---

① 在法国，亚瑟王朝主题的作品主要出现在所谓"正典系列"以及以此改写而成的"后正典系列"里（关于这两个系列，本章后面将谈及），其数量在为数众多的法语亚瑟传奇里占比极小，远不及以亚瑟王朝为中心、以亚瑟王为主人公或重要人物的作品在中古英语亚瑟王文学中所占比例。

② Susan Aronstein, *Introduction to British Arthurian Narrative*, Gainesville: University of Florida Press, 2012, p. 36.

第二章 亚瑟王传奇的源流与演化

麾下……以便在需要时能为其所用。"（Wace 55）所以阿隆斯坦认为："瓦斯清楚表明，亚瑟不是把他的宫廷作为时髦来宣传，而是将其用来吸引一切能获得的最强军事力量。"[1] 正是由于吸纳了从冰岛、法国、弗兰芒、诺曼底、安茹、洛尔、勃艮第等"世界"各地而来的最优秀的骑士，亚瑟王建立起强大的王朝，不仅统一了不列颠，而且征服北欧、横扫高卢、击败罗马。难怪亨利二世对《布鲁特传奇》大为赞赏，以致授意瓦斯撰写关于诺曼人先祖的历史传奇。

其实，在《布鲁特传奇》中，不论是对宫廷文化的宣扬还是对王权的强调，都是瓦斯对亚瑟王浪漫传奇的贡献，因为他把亚瑟王的"历史"与同时代的主流文化和盎格鲁-诺曼王朝的政治现实接轨，为亚瑟王浪漫传奇进一步发展注入了新的活力、新的精神，扩大了它的受众，使它从民间和书斋进入上层社会的生活现实和权力中心。但就亚瑟王浪漫传奇本身的发展而言，除前面所提及外，瓦斯的诗体"译本"还有许多其他重要贡献。

首先，瓦斯用现实生活中统治阶级使用的诺曼底法语，将杰弗里的拉丁散文编年史译成八音步押韵对句这种朗朗上口、极为适合浪漫传奇叙事的诗体，为12世纪60年代后法语亚瑟王浪漫传奇的出现和迅速繁荣做了准备。其次，在风格上，尽管瓦斯仍然希望人们将《布鲁特传奇》当作信史，但正如其书名和手稿誊抄人的解读所表明的，他的诗人气质已将诗作更明显地引入虚构文学领域。比如，为了使他所描写的世界和事件生动，他在细节上增添了许多杰弗里那部编年史性质的书中没有也不可能有的虚构。他对许多场景、人们的穿着以及战场上骑士们的一招一式，都有相当生动、具体、细致的描写，使读者感到那不可能是学者在书斋中记述的历史事件，而是身临其境的叙述者亲眼所见或者文学家的想象。不仅如此，叙述者甚至还有耳闻，因为诗中还有不少人物在特定场景中乃至战场上的直接引语。同通常的文学作品一样，书中许多细节明显是诗人想象力的产物。

瓦斯不仅增添，也删掉了一些他认为无关紧要的事件和人物，从而使其叙述主线更为突出，也就是说，他比杰弗里更注重叙事情节。更重要的是，出于宫廷文化关于高雅的理念，他也删去了亚瑟王对待皮克特人和苏

---

[1] Aronstein, *Introduction to British Arthurian Narrative*, p. 36.

格兰人的残忍行为，以有利于将他塑造成仁慈大度的骑士君主。杰弗里在描写亚瑟王在战场上的勇猛时，说他每出一招都会杀死一个敌人或一匹马，但瓦斯从不提及亚瑟王杀死战马。弗莱契说，那是因为杀马"与骑士精神的理念不符"①。出于同样原因，瓦斯的亚瑟王对于战死的罗马皇帝的尸体表达了极大的尊敬之情，而杰弗里的亚瑟王却以带侮辱性的方式将其送回罗马。另外，瓦斯对亚瑟王披挂上阵的描写也是根据12世纪的重装骑士的穿着，他甚至还是骑马上阵，而不是像杰弗里所描绘的像5、6世纪的罗马军团将士们那样步行作战。② 也就是说，杰弗里笔下那位更像部族首领式的武士国王被塑造成中世纪盛期理想的骑士国王形象。

至于亚瑟王传奇里至关重要的人物梅林，瓦斯对他的塑造也与杰弗里相当不同。尽管杰弗里也提及梅林拥有超自然魔法，而且还让他施法把亚瑟王父亲变成康沃尔公爵的模样以及让少年亚瑟才能拔出宝剑，但总的来说他主要是把梅林作为预言家来表现其先知般的预见。所以他用了整整一卷（第7卷）表现梅林用预言的方式预示不列颠的命运。然而与之不同，瓦斯则更像未来的那些浪漫传奇作家那样对梅林的超自然魔法更感兴趣。比如，在杰弗里的《君王史》里，梅林从爱尔兰搬运那些连亚瑟王的军队都无能为力的巨石时，杰弗里只是含糊其词地说他使用了某些尚不为人知的"新方法"，或许有点像《三国演义》里诸葛亮发明的木牛流马之类的巧妙机关。虽然瓦斯也让梅林提到"机关"（engines），但他没有让梅林使用那些机关，而是让他走进巨石阵中，"嘴皮不停地动"，似乎像《水浒》里的公孙胜那样对那些巨石念念有词，于是刚才还不能把那些巨石摇动分毫的士兵们就轻松地将它们搬到船上（Wace 29）。这种差异的一个重要原因是，杰弗里试图保持其"历史"叙事中陈述"事实"的风格，而瓦斯则更突出故事的传奇性。

特别有意义的是，瓦斯整个省略了杰弗里书中的第七卷，即梅林对未来的那些预言。他说："我在此打住不说，由于我不知道如何解读，我不敢翻译梅林的那些预言。我最好是闭口不言，因为将发生的事件会使我的解释成为谎言。"（Wace 19）真正的原因很可能是，瓦斯认为那些关于不

---

① Fletcher, *The Arthurian Material*, pp. 138 - 39.
② 前面第一章提到。在传说中的亚瑟王时代，或者说在古罗马时期，由于还没有使用马镫（那时马镫还没有从中国传到欧洲）。所以在那个时期，除了偷袭外，战争的主体都是步兵。

第二章 亚瑟王传奇的源流与演化

列颠之未来的预言冗长、隐晦、枯燥，不太吸引人，而且过分渲染不列顿人神秘的本土传统，与他突出亚瑟王故事的传奇性和试图将亚瑟王朝兴衰史盎格鲁-诺曼化的意图不大相符。不仅如此，他其实也不大相信这些预言，因为他在书中明说，许多关于亚瑟王的事迹或故事只不过是人们反复传颂的"虚构故事"（fables），而梅林那些预言还可能反过来束缚他对"虚构故事"的发挥。其实在中世纪历史文化语境中，相对而言，瓦斯还是一位比较严谨的学者，并不随便相信民间传说。他甚至在书中说，他有时还到英格兰实地考察一些传说的真实性。所以，他使用民间传说或者直接虚构，都有其叙事和意识形态上的意图。

的确，瓦斯自己也增加了一些传说内容，只要将这两部作品进行比较就很容易看出。在瓦斯所增添的内容中，对亚瑟王传奇最有意义的是那张著名的圆桌。近千年来，当人们提及亚瑟王时，几乎都会同时想到那张圆桌以及那些不仅体现中世纪宫廷文化美德，甚至代表一些人类理想价值观念的圆桌骑士。亚瑟王朝那张巨大圆桌也许是瓦斯对亚瑟王浪漫传奇最重要的贡献，后来拉亚蒙进一步将其神话成可以围坐1600多位骑士，并能收放自如和折叠带走的一张神奇圆桌，到了马罗礼的书里，圆桌上竟然神奇地显示出每位圆桌骑士的名字，而且还有那个无人敢坐的圣杯骑士的座位。当然这并非说，圆桌一定是瓦斯自己想象力的虚构，而是说他将这个在不列顿民间文化中有可能早已存在的传说引入亚瑟王浪漫传奇。瓦斯自己就说：圆桌"本已在不列顿人中十分有名"（Wace 55）。一些学者指出，亚瑟王传奇中的圆桌与不列顿人的古老文化之间有一定关系。莫特曾在1905年发文探讨凯尔特人的圆桌传统，认为那与原始社会的农业庆典有关。[1] 但也有人认为那与不列顿人其他一些风俗（比如将英雄围坐在中间），甚至与耶稣与门徒的最后晚餐的桌子（但有学者指出耶稣最后晚餐的桌子并非圆桌）有关。瓦斯能想到引入（尽管不是发明）圆桌，或许也受到现实中严格的封建等级制和正在兴起的提倡理想的和谐关系的宫廷文化之间的强烈反差的启发。

无论圆桌源自何处，都需要指出的是，在瓦斯之前，无数关于亚瑟王的编年史记载和传说故事从未提及圆桌；在瓦斯之后，特别是随着克雷蒂

---

[1] 参看 Fletcher, *The Arthurian Material*, p. 278, 以及 Bruce, *The Evolution of Arthurian Romance*, Vol. II, pp. 85-87。

安那些广为流传的亚瑟王浪漫传奇①在 70 年代开始问世,几乎所有关于亚瑟王的文学作品都会直接或间接提及圆桌,它也逐渐成为西方文学中最普遍流传的"文学意象"之一,②近千年来承载着人们关于平等、忠诚、和谐和友爱的美好关系的憧憬。不仅如此,瓦斯在诗作中引入圆桌也透露出关于中世纪骑士的强悍性格与封建等级制的历史信息。诗人解释说:因为骑士们全都认为自己"无与伦比",绝不愿意"屈居人下",于是

> 亚瑟下令建造圆桌,这样他那些杰出的同伴们坐下吃肉时,他们的座位相同,不分上下,所享受的服务一样,没有先后。他们中没有人能自吹超越其同伴,因为他们是围着桌子坐,同时当他们吃亚瑟的面包时也没有人会感到自己是外来人。

他随即还指出,在圆桌周围坐着"不列颠人、法兰西人、诺曼底人、安茹人、弗兰芒人、勃艮第人和洛尔人"(Wace 55)。这其实表明,那些冲着亚瑟王的盛名从各地集聚于此的骑士们强悍勇猛、自视甚高,谁也不服谁。在其他一些凯尔特传说中,比如爱尔兰英雄诗歌(saga)里,也有骑士在宴会上为争夺荣誉甚至大打出手。③亚瑟王浪漫传奇里的圆桌似乎比较好地解决了这个问题,人们认为它体现了中世纪人向往的平等精神与理想的和谐关系,这不仅在封建等级社会里具有一定颠覆意义,而且至今仍然是值得追求的普适价值。

然而,如果结合文本的特定语境认真思考,我们发现亚瑟王建造圆桌,在骑士们中维持似乎平等的关系,实际上是为了使这些喝他的酒、吃他的肉和面包的骑士只忠诚、服从于他自己,从而加强王权,而解决他们中的矛盾,也只是为了使他们能更好地为他所用。在更深层次上,瓦斯的圆桌所体现的平等与和谐受到封建等级制的严格限定。贝亚特·史莫克-哈斯曼指出:在瓦斯的《布鲁特传奇》以及克雷蒂安和其他一些较早的浪

---

① 克雷蒂安分别在《埃里克与艾尼德》(*Erec et Enide*, 1170?)里 2 次和在《波西瓦尔:圣杯故事》(*Perceval, or le Conte du Graal*, 1181? —1190?)里 1 次提到圆桌。见 Beate Schmolke-Hasselmann, "The Round Table: Ideal, Fiction, Reality", in Richard Barber, ed., *Arthurian Literature*, II, Cambridge: Brewer, 1982, p. 44。

② Schmolke-Hasselmann, "The Round Table: Ideal, Fiction, Reality", in Barber, ed., *Arthurian Literature*, p. 41.

③ 参看 Bruce, *The Evolution of Arthurian Romance*, Vol. II, pp. 83 – 84。

第二章　亚瑟王传奇的源流与演化

漫传奇作品里，亚瑟王实际上并没有同骑士们同坐圆桌就餐，而是独坐一桌或同王室成员或前来朝觐的国王们另坐一桌。① 换句话说，圆桌所代表的即使是作为理想的平等，也只是在骑士们内部，而非在国王和骑士之间。不仅如此，圆桌实际上还因为将所有骑士置于同一境地，而拉开了亚瑟王与骑士们之间的距离，或者说增强了亚瑟王的权威和降低了骑士们的地位。另外，圆桌的出现及其规则还"反映了历史文献中详细记载的亨利二世和贵族们之间在《布鲁特传奇》写作时期那些严重的冲突"。所以，虽然"瓦斯的《布鲁特》里的圆桌成为一个象征，但它并非像我们全都习惯于相信的那样是象征着和谐与团结，相反它表现出王权与贵族权力的分离"。② 换句话说，"圆桌"告诉贵族们，在王权面前他们之间全都是"平等"的。

尽管这样，圆桌在一定程度上的确体现着平等与和谐，而且这一观念也随时代的变迁而发展。在这方面起重要作用的是基督教思想。教会一直试图教化那些桀骜不驯的封建强人，而真正至高无上的耶稣与门徒们同坐一桌而且为他们洗脚的光辉形象显然对封建等级制有一定平衡作用，虽然罗马天主教会本身受封建等级制影响也热衷于分等级。其实，天主教会的体制与基督教的一些基本思想有相当距离。随着基督教思想越来越广泛地深入并有力地主导着亚瑟王传奇的内容和主题思想（这方面最明显的表现就是圣杯故事逐渐成为亚瑟王传奇的核心组成），自13世纪前期之后，在文学文本以及书中插图里，亚瑟王也逐渐与骑士们一起坐到圆桌旁。③ 然而到了这时，却并非所有骑士都有资格在圆桌就座。如同13世纪在温切斯特制作的巨大圆桌上的名字所表明和14世纪爱德华三世缔造的嘉德骑士制所规定的，能同国王共坐圆桌的只有那些骑士中的少数"精英"，圆桌骑士成为骑士中的上层。所以从另一方面看，圆桌实际上代表着不断发展但在现实中难以真正实现的人类平等与和谐，也许也正因为如此，它才一直而且永远是一个美好的象征。

瓦斯在《布鲁特传奇》中另外一处对民间传说特别有意义的处理是关于亚瑟王的结局。前面谈及，不列颠人的后裔普遍相信亚瑟王并没有死，

---

① Schmolke-Hasselmann, "The Round Table: Ideal, Fiction, Reality", in Barber, ed., Arthurian Literature, pp. 49, 54-58.

② Schmolke-Hasselmann, "The Round Table: Ideal, Fiction, Reality", p. 66.

③ 参看 Schmolke-Hasselmann, "The Round Table: Ideal, Fiction, Reality", p. 69。

他在阿瓦隆治好了伤，正等待适当时机回来拯救不列颠。作为一个传奇诗人，瓦斯倾向于相信这个传说，但作为一位有时甚至前往实地考察真伪的编年史学者，而且作为一个竭力否定亚瑟王还活着的认同盎格鲁-诺曼王朝的盎格鲁-诺曼人，他显然不相信也不希望亚瑟王还活着，而且杰弗里的《不列颠君王史》也只是说亚瑟王去了阿瓦隆，并没有说他还活着。因此，他表面上对此做了模棱两可的处理。他说：编年史撰写人"安慰"人们说，"亚瑟自己也受到致命伤。他［编年史撰写人］将他送到阿瓦隆治疗。他还在阿瓦隆，不列颠人还在等待着他的归来"。有意思的是，是编年史家而非传说中的仙女们把亚瑟王送到阿瓦隆，而那是为了"安慰"那些在苦难中还满怀期待的不列颠人。这其实很巧妙地否定了亚瑟王还活着的民间传说。更有意思的是，瓦斯还明说：

> 关于他的结局，除预言家梅林所言之外，瓦斯大师，即本书作者，没有更多可说。关于亚瑟，梅林说——如果我理解正确的话——他的结局应该置于不可确定之中。预言家说得真对。人们一直——如同我一样——拿不准他究竟还活着还是已经死去。（Wace 113-114）

应该说，瓦斯的处理十分巧妙，他表现了民间传说并表达了人们的愿望，也为这部带有相当传奇色彩的诗作增加了悬念和神秘性，但同时也没有真正违背自己作为编年史家的学者意识和作为诺曼人的立场。当然，他的处理也反映出他作为浪漫传奇诗人、编年史家和诺曼人的内心矛盾。另外，累遭入侵的不列颠人自然期盼他们的"救世主"回来拯救他们，这同历经苦难的犹太人以及基督徒期待着他们的救世主颇有相似之处。不过，由于关于亚瑟王仍然活着的传说影响到王国的安定和盎格鲁-诺曼王朝的统治，所以后来在1278年，爱德华一世大张旗鼓地将据说于1191年在格拉斯顿堡修道院发现的所谓亚瑟王和王后的遗骸迁葬至新修的豪华陵墓。

爱德华一世迁葬所谓的亚瑟王遗骸的直接原因是，他于1277年征服了威尔士，而在1278年他面临着威尔士人新叛乱的危险，所以他选择在这一年的复活节同王后和王公大臣们前往格拉斯顿堡谒陵。这是绝妙的政治策略，因为那首先是对不列颠人或者说威尔士人、康沃尔人等不列颠人后裔爱戴的君王表示尊敬，并将盎格鲁-诺曼王朝装扮成亚瑟王朝的继承者。

第二章 亚瑟王传奇的源流与演化

根据记载，爱德华一世还建造了一系列圆桌，其中一个至今还挂在温莎城堡的墙上。该圆桌直径18英尺，用121块橡木板拼成，重达1.4吨，由中间一根圆柱和周围12条桌腿支撑。学者们用树木年代学方法测得建造年代为1275年（差异为前后15年）。①

不过，我们说爱德华一世迁葬所谓的亚瑟王遗骸是一个绝妙的政治策略，更重要的原因是，他在把自己打扮成亚瑟王的崇敬者和继承者的同时，实际上也向人们证明了亚瑟王的确早已死去，以摧毁关于亚瑟王仍然活着的传说，这样就断了不列顿人的念想，有利于诺曼王朝的长治久安。其实，这一策略的发明者并非爱德华一世，而是他的前辈亨利二世。关于亚瑟王陵墓的"发现"和发掘，亨利的幕僚和忠实支持者，前面提到的威尔士的杰拉德分别在大约1193年和1216年写下两篇文字，说出了该事件的前因后果，并详细而生动地描写了发掘过程，还宣称发现了两具遗骸和刻有亚瑟王和王后格温娜维尔名字的铅制十字架。他甚至描写了王后还仍然"鲜亮"（bright and fresh）的金发如何被一位修士拿到手中而迅速化成灰的情景。至于杰拉德的"记载"是否可靠，人们大可质疑，②但他的一些说法却很有意义。首先，他说关于亚瑟王埋葬在格拉斯顿堡的信息，是亨利二世从一位不列顿人（即威尔士人或康沃尔人）预言家那里获得，他于是告诉了格拉斯顿堡修道院，并授意他们发掘。但亨利在发掘之前去世。关于发掘亚瑟王墓的意义，杰拉德说得十分明白：

> 关于亚瑟王和他神秘的结局，流传着许多故事，许多奇特的传说也被虚构出来。不列顿人愚蠢地坚持认为，他仍然活着。现在终于真相大白，我在这里不厌其烦地增加了一些细节。这些神话故事被消灭了，真实而不容置疑的事实摆在眼前，所以真实发生的事情必须明白无误地让天下人知道，并同在这个问题上堆积起来的神话分开。③

---

① 见 Juliet Vale, "Arthur in English Society", in Barron, ed., *The Arthur of the English*, p. 187。

② 其实，那个时代流传下来的关于发掘和"发现"亚瑟王遗骸的各种"记载"中，对于发掘的原因、棺木和棺内的状况，以及十字架上的铭文都大为不同，其中仅铭文就有5种之多。见 Thomas Green, *Arthuriana: Early Arthurian Tradition and the Origins of the Legend*, Louth, UK: Lindes, 2009, pp. 242 – 243。

③ 这一段的材料以及引文都来自 Gerald of Wales, "Two Accounts of the Exhumation of Arthur's Body", http://www.britannia.com/history/docs/debarri.html, Aug. 27, 2017。

在这里，杰拉德再明白不过地说明了发掘亚瑟王墓的真正意义或真实意图，那就是要揭穿不列顿人关于亚瑟王没有死去，并将回来拯救不列颠的"神话"或谎言。而这一切实际上都出自亨利二世的政治考虑。也就是说，亨利二世是这一切的始作俑者，至于那个所谓的不列顿人预言家很可能就是他的虚构。

其实在中世纪，在12世纪亚瑟王传说风靡欧洲之后，当英格兰面临内部动乱或重大外部冲突而希望国内团结统一，或在民族意识高涨之时，统治者往往都会请出亚瑟王的亡灵。上面提到亨利二世拜谒亚瑟王陵并打算迁葬亚瑟王遗骸，其实就发生在平叛之后，而爱德华一世更为夸张的举动也发生在他征服威尔士之后和面临不列顿人后裔可能发动新的叛乱之时。后来爱德华三世面临不列顿人后裔的叛乱时，他与王后也于1331年圣诞节前夕前往格拉斯顿堡拜谒亚瑟王陵。后来在英法百年战争第一阶段的高潮中，他在温莎建造了巨大的圆桌，随即又参照圆桌骑士模式创建了在英国历史上发挥了重大作用并传承至今的嘉德骑士制。到了15世纪前期，亨利五世在英法百年战争中打败法军全面推进之时，也计划前往格拉斯顿堡拜谒亚瑟王陵。他还根据关于将圣杯带到英格兰的亚利马太的约瑟[1]葬在格拉斯顿堡的传说，吩咐修道院寻找和发掘。他显然是想借此来激发英格兰人民的爱国热情以支持旷日持久的对法战争。然而不幸的是，同亨利二世一样，此事还未成行他就去世了，已经开始的发掘也自然没了下文。[2] 不然的话，约瑟的遗骸也会在格拉斯顿堡被"发现"。

从以上的历史事件可以看出，对于盎格鲁-诺曼王朝和后来的英格兰王室，亚瑟王都具有特殊意义，但当亚瑟王浪漫传奇风靡大陆各地、浪漫传奇在英格兰十分繁荣之时，盎格鲁-诺曼诗人们却没有创作一部真正的亚瑟王浪漫传奇作品。其中一个十分重要的原因是，直到13世纪初，盎格鲁-诺曼王朝前几位国王中的大多数及其王国政府更多的是驻跸欧洲大陆的王宫，而那也正是盎格鲁-诺曼语浪漫传奇兴起和繁荣的时代。也就是说，在英格兰产生的浪漫传奇的主要赞助人和受众并不是在四处流动的盎格鲁-诺曼王室，而是生活在英格兰统治着他们的领地的贵族们。前面已

---

[1] 关于亚利马太的约瑟（Joseph of Arimathea）的传说和相关传奇作品，本书后面将说明和分析。

[2] 请参看 Carley, "Arthur in English History", in Barron, ed., *The Arthur of the English*, pp. 48–55。

第二章 亚瑟王传奇的源流与演化

谈到盎格鲁-诺曼王室与贵族们之间有时甚至会有很激烈的矛盾冲突,因此那些桀骜不驯的盎格鲁-诺曼贵族显然不太愿意在他们上面有一位像亚瑟王这样一位强有力的封建君主,他们自然也就不支持创作体现强大王权的亚瑟王传奇故事。相反,他们感兴趣和竭力支持的是前面一章所说的那些表现他们在英格兰的合法统治、有助于他们扎根英格兰的那些家族主题的浪漫传奇作品。

只有在后来英格兰王室日益本土化而且王权不断加强之时,包括王朝主题在内的亚瑟王文学作品才出现在英国,但那时盎格鲁-诺曼语文学已经衰落,取而代之的是英语浪漫传奇的兴起和繁荣,所以在英国,亚瑟王传奇作品不是出现在盎格鲁-诺曼语文学中,而是出现在中古英语文学里。英语文学家们不仅像他们在大陆上的法语先辈们那样撰写出许多关于圆桌骑士的冒险经历和爱情纠葛的传奇故事,而且也创作出一批以亚瑟王和亚瑟王朝为中心的作品,其中包括3部以亚瑟王朝的兴衰为主要内容的《亚瑟王之死》。值得指出的是,不论是在《不列颠君王史》《布鲁特传奇》还是在3部《亚瑟王之死》里,盛极一时的亚瑟王朝都是由于莫德雷德的叛乱而覆没,这其实也反映了当时的现实状况:英格兰的封建君主与高等贵族(他们大多也是王室成员)之间长期而激烈的冲突往往是王国面临的最严重危机。

瓦斯的《布鲁特传奇》对亚瑟王浪漫传奇的发展显然有很大贡献,上面提到的只是其中一部分。它另外一个很重要的贡献是,这部作品实际上还是亚瑟王浪漫传奇纵向和横向发展中一个主要连接点。该传奇的横向发展,是指受其影响以克雷蒂安的作品为代表的法语传统的亚瑟王浪漫传奇随即在大陆出现,而该传奇的纵向发展,则是指在英国国内,在英国文学史上,大约半个世纪后,拉亚蒙将把它翻译和改写成英语诗作《布鲁特》,那是英语亚瑟王文学的开山之作。

关于英诗《布鲁特》,下一章将具体探讨,这里先考察亚瑟王传奇的横向发展。除了早已广泛流传的民间传说外,不列颠题材的亚瑟王传奇在很大程度上是通过瓦斯的著作向欧洲大陆发展。首先,瓦斯在很大程度上把杰弗里的《不列颠君王史》,特别是其中的亚瑟王部分"浪漫化",从而将它与正在兴起的宫廷文化以及表达这种文化的新型文学体裁浪漫传奇接轨。其次,他在诗作中还特别强调,那些"令人称奇"的骑士历险正是发生在亚瑟王征服北欧后的12年"和平期"以及他在法国的9年里。随后出现的大量以圆桌骑士的历险为主要题材的传奇作品都是以这一时期为时间背景。再次，在亚瑟王文学发展上特别有意义的是，在以杰弗里的《不列颠君王史》、瓦斯的《布鲁特传奇》、拉亚蒙的《布鲁特》等为代表的所谓编年史传统的亚瑟王文学中，甚至在那些以亚瑟王朝的兴衰为中心的所谓王朝主题的传奇作品，比如几部《亚瑟王之死》里，不论其事件如何虚构，它们都披上了历史的"外衣"，其事件似乎都发生在真实的地区或国度，其叙事风格也带有一定的现实色彩。但在随后出现的那些以骑士的历险经历为主的传奇作品里，不论是历史的假象还是叙事的真实性都被抛弃，骑士的历险不仅无奇不有，而且一般都发生在虚无缥缈的虚构世界里。换句话说，亚瑟王传奇已经转型为远离历史的"纯文学"。

在很大程度上，瓦斯正是亚瑟王文学这一重要转向的推动者或桥梁。20世纪初期著名的亚瑟王浪漫传奇学者帕顿指出："瓦斯并非我们所知道的亚瑟王传奇的伟大贡献者之一，但不熟悉他的著作，我们就很难欣赏随后出现的法语浪漫传奇"，所以"他的地位非常重要"。[①] 就在瓦斯的《布鲁特传奇》面世并迅速流传之后，关于亚瑟王传奇故事的创作转移到欧洲大陆，很快大陆上主流文学界就出现了一系列亚瑟王浪漫传奇作品。法国诗人克雷蒂安那些关于亚瑟王麾下的圆桌骑士的历险经历的划时代作品，把长期以来人们对亚瑟王传奇故事的热情推向了前所未有的高潮。亚瑟王及其圆桌骑士们不仅征服了各地，而且征服了浪漫传奇，他们活跃在征战、爱情、历险、杀巨人、诛魔怪、追寻圣杯等所有的浪漫传奇领域，成为浪漫传奇中最有活力的主人。随着克雷蒂安的作品问世，亚瑟王浪漫传奇进入了纯文学的全新阶段。

第五节　克雷蒂安的创作与贡献

瓦斯毕竟是以杰弗里的"史书"为源本，在盎格鲁-诺曼王朝统治下的文化语境中改写不列颠历史的，而且他也的确相信杰弗里记载的是历史，甚至还前往英格兰考证真伪，所以他的改写自然会受到一定束缚，不能任由他随意发挥想象。然而，当具有编年史体裁和性质的亚瑟王传奇跨越英吉利海峡，不仅在地理上而且在文化意义上都进入法兰西时，它与大

[①] Paton, "Introduction", in Paton, ed., *Arthurian Chronicles*, p. xii.

第二章 亚瑟王传奇的源流与演化

陆上早已广为流传的民间传说里的亚瑟王虚构故事产生共鸣，并被正在兴起的主流文学进一步"浪漫化"。尽管此后编年史传统继续发展，但克雷蒂安开创的"纯文学"浪漫传奇因属于正引领欧洲文坛的大陆法语叙事文学传统，而迅速成为随后几个世纪的中世纪亚瑟王文学的主流，以致亚瑟王文学几乎就等于亚瑟王浪漫传奇，就连那些以亚瑟王朝为主题的编年史传统的作品也因吸收了大量浪漫传奇内容和风格而具有突出的浪漫传奇特质，比如后来的英语节律体《亚瑟王之死》和马罗礼的《亚瑟王之死》都是如此。

瓦斯的《布鲁特传奇》面世之后不久，大约在12世纪60年代，法国诗人——艾琳诺与前夫法国国王的女儿香槟伯爵夫人玛丽（Countess Marie de Champagne）宫中的文人克雷蒂安（Chrestien de Troyes, 1130？—1190？），开始创作那些"纯文学"的亚瑟王传奇诗作。他的5部亚瑟王传奇作品改变了亚瑟王传说几百年来的编年史传统，并奠定了亚瑟王浪漫传奇的大陆模式，如普特所说："在抛开历史的枷锁之后，克雷蒂安有意识地描写出一个虚构世界并遵循其自身规则。"[①] 也就是说，诗人可以根据他所创造的世界之自身规则自由创作或虚构，而不用像此前那些戴着"历史的枷锁"的作家们那样需要理睬历代编年史的记载、顾及时间地点或者考虑历史上是否真有甚至是否可能有其人其事。不仅如此，与在杰弗里、瓦斯为代表的编年史传统的作者们笔下不同，在克雷蒂安及其追随者的诗作里，亚瑟王不再是传奇的中心，他也不再被描写成同时期的浪漫传奇中的亚历山大大帝那样的不可战胜的征服者，他和他的强大王朝都被置于背景之中，相反他手下的圆桌骑士们来到前台。亚瑟王统帅千军万马和圆桌骑士们同心协力东征西讨的帝国事业也不再是作品的主题，圆桌骑士们各自的历险经历和为爱情生死相许成为诗人们尽情歌颂的内容。很有意义的是，这些骑士的故事几乎都发生在杰弗里和瓦斯为亚瑟王朝前期取得辉煌胜利后和征讨罗马之前设置的那12年和平时期，尽管这些作品并没有对此给予专门说明。这表明，虽然这些浪漫传奇诗人是在虚构自己的传奇故事，但他们仍然大体上遵循着杰弗里和瓦斯所定下的亚瑟王朝传奇的总体框架。

---

① Ad Putter, "The Twelfth-century Arthur", in Archibald and Putter, eds., *The Cambridge Companion to the Arthurian Legend*, p. 44.

如同杰弗里、瓦斯等人一样，12世纪文艺复兴时期一些诗人、学者和编年史家在著作中有时简略谈及自己的生平和著书立说的情况。这表明在那时期，随着人文主义思想和个人意识的发展，作家的作者意识也在发展，那为后代学者研究他们和他们的作品提供了一些宝贵材料。上面两节里对杰弗里和瓦斯的介绍实际上都来自他们自己的著作。相对而言，瓦斯提供的个人情况比较丰富，而克雷蒂安则几乎没有直接提到自己，但他的著作也为我们提供了一些了解他的信息。

克雷蒂安的诗作为我们提供了他创作生涯中两个大体比较确定的时间段。第一个是，他将其名著《朗斯洛：囚车骑士》（*Lancelot, or le Chevalier de la Charrette*，1177？—1181？）献给香槟伯爵夫人玛丽。玛丽在1159年嫁给香槟的亨利伯爵（Count Henri），随即因不为外界所知的原因而遭休弃，但后来两人于1164年和好。因此该诗作应该是创作或者完成于1164年之后。在书中，克雷蒂安还说，该诗作的故事情节（matiere）和主题思想（sen）都来自玛丽。另外，他在另一部未完成的著作《波西瓦尔：圣杯故事》（*Perceval, or le Conte du Graal*，1181？—1190？）的引言里说，这部作品来自一本佛兰德斯伯爵菲利普给他的书，他仅仅将其译成诗体而已。他将诗作献给伯爵。菲利普于1168年成为佛兰德斯伯爵，并在1191年去世，因此克雷蒂安是在1168—1191年开始创作这部著作的。玛丽丈夫香槟伯爵于1181年死于十字军东征，菲利普于1182年向玛丽求婚，虽未成功，但他经常来访特鲁瓦，克雷蒂安将《波西瓦尔》献给他，表明他与伯爵关系不错。至于菲利普是否真地给了他那本书，如同牛津副主教是否真地给了杰弗里一本威尔士语"古书"使他翻译出《不列颠君王史》一样，我们似乎不必追究。中世纪作家往往以此为其作品增加权威性。甚至到了19世纪，美国浪漫传奇作家如华盛顿·尔文和霍桑似乎都还在"一本正经"地延续这一传统，只不过意图不同罢了。

学者们认为，诗人称自己为克雷蒂安·德·特鲁瓦（Crestien de Troie），那表明他名叫克雷蒂安，来自特鲁瓦。但也有学者认为，诗人可能是在开玩笑。在12世纪文艺复兴时期，由于古典史诗和特洛伊故事盛行，而Crestien与Christian（基督徒）接近，Troie实际上是指Troy（特洛伊），所以他也许是在戏称自己为"来自特洛伊的基督徒"。即便如此，也不能否认他长期居住在特鲁瓦并与玛丽关系密切。特鲁瓦是香槟伯爵和玛丽的宫廷所在地，即使他不是出生在那里，也很可能长期在那里居住。其实他的法语虽然很标

第二章 亚瑟王传奇的源流与演化

准,但也"带有香槟方言的特点"①。另外学者们一般认为,克雷蒂安是玛丽宫中文人,可能是一位神职人员,因为当时的知识分子大多是宗教界人士。玛丽受母亲——当时欧洲文化界最著名的庇护人艾琳诺——影响深刻,也致力于赞助文化活动和诗歌创作。所以,当时许多文化人都依附于她。除克雷蒂安外,另一位特别著名的人士是有"宫廷爱情之指南"之称的《宫廷爱情之艺术》(*De Art Honeste Amandi*,1180?)② 一书的作者安德里阿斯(Andreas Capellanus,生卒年不详),他是玛丽的私人教士(Capellanus,即英文 chaplain)。玛丽本人的文化文学趣味以及她宫中的文化文学氛围,有助于解释克雷蒂安的诗歌从主题到风格为何那么突出表现出受到普罗旺斯新诗的影响。在中世纪,有文化品位的庇护人的文化文学趣味影响依附于他们的文化人是一个很突出的文化现象。克雷蒂安的主要成就是5部亚瑟王浪漫传奇,虽然他接触到杰弗里的《不列颠君王史》,特别是瓦斯的《布鲁特传奇》,并显然受它们影响,然而其诗作从内容到风格并非主要秉承它们所体现的不列颠编年史传统,而是更接近于由《埃涅阿斯记》、法国武功歌以及新出现的《埃涅阿斯传奇》所代表的"纯文学"的古典传统和普罗旺斯新诗传统。关于这一点,也可以从他与特鲁瓦之间的密切关系中找到根源。学者们指出,特鲁瓦既是香槟伯爵的宫殿所在地,也是当时很兴旺的商业城市,而且还是文化和教育中心。克雷蒂安很可能就是在那里受到了良好的拉丁文古典教育。其实,他的诗人生涯开始于翻译古典诗人奥维德的作品。③ 他在诗作《克里杰斯:装死》(*Cligès*, or *la Fausse Morte*,1176?)的开篇列出在那之前他的作品,其早期诗作就主要译自奥维德《变形记》里的故事。

克雷蒂安是一位多产作家,是中世纪最著名也是最优秀的浪漫传奇诗人之一,不过他现在主要是因5部开启了亚瑟王浪漫传奇新方向的诗作而闻名。这5部诗作是《埃里克与艾尼德》(*Erec et Enide*,1170?)、《克里杰斯:装死》、《朗斯洛:囚车骑士》、《伊凡:狮子骑士》(*Yvain*, or *le*

---

① 以上其中一些关于克雷蒂安的信息,参看 Jean Frappier, "Chrestien de Troyes", in Roger Sherman Loomis, ed., *Arthurian Literature in the Middle Ages: A Collaborative History*, Oxford: Clarendon, 1959, p. 158。

② 英译本书名为 *The Art of Courtly Love*。

③ 关于克雷蒂安所受教育和翻译奥维德,可参看 Frappier, "Chrestien de Troyes", pp. 158 – 59 和 Loomis, *The Development of Arthurian Romance*, pp. 44 – 45。

Chevalier au Lion，1177？—1181？）和《波西瓦尔：圣杯故事》，其中《朗斯洛》和《波西瓦尔》，他自己未能完成。这些著作在亚瑟王文学的发展史上具有划时代意义，在相当大程度上奠定了亚瑟王浪漫传奇的体裁、风格和模式，在随后几个世纪里广泛影响了欧洲各国的亚瑟王传奇文学，[①]也包括中古英语亚瑟王文学。

前面提到，克雷蒂安在《克里杰斯》的开篇列出他的前期作品。这个作品名单为我们研究他的创作提供了很有价值的信息。这个名单中位列第一的是属于亚瑟王传奇系列的《埃里克与艾尼德》，这表明他的创作一开始就被亚瑟王传奇所吸引。他的早期诗作中有几个是用古法语对奥维德故事的诗体改写，这揭示出奥维德的爱情诗传统对他的深刻影响，这显然有助于他创作亚瑟王浪漫传奇。另外，在这个书单中还有一个关于马克国王和伊索尔特的故事，它属于著名的特里斯坦系列。特里斯坦与伊索尔特的爱情故事为克雷蒂安提供了一个与奥维德的传统以及普罗旺斯类型的宫廷爱情不同的模式，而他在诗作中对那些圆桌骑士的爱情的描写也受其影响。在克雷蒂安时代，特里斯坦传说还没有被纳入亚瑟王文学体系，但那也表明这位法国诗人对不列颠题材或者说凯尔特传说的独特兴趣。从这些可以看出这个书单的特殊意义，它间接反映出克雷蒂安的亚瑟王传奇诗作的基本题材、主题、风格和模式及其来源。

其实，克雷蒂安的5部亚瑟王传奇作品最突出的特点，同时也是他对亚瑟王浪漫传奇的演变与发展最大的贡献，正是用奥维德爱情诗传统、法国武功歌以及普罗旺斯新诗的风格和主旨来书写亚瑟王传说故事。需要指出的是，这时期的武功歌也已经被宫廷文化改写，在描写骑士功绩的同时突出表现宫廷爱情、典雅风度、高雅举止，所以它们往往都是从宫廷活动或丰盛庆宴开场。后面我们将看到，中古英语亚瑟王传奇作品也大多以亚瑟王宫举行的各类庆宴开篇。所有这些都同12世纪中期正在兴起的宫廷文化语境和当时很流行的用奥维德传统和宫廷爱情诗风格改写古典史诗的文化氛围十分契合。虽然克雷蒂安关于《朗斯洛》的"情节和主旨"来自玛丽的说法有夸大和吹捧之嫌，但玛丽的文学趣味和她宫中的文化氛围显然深刻影响了他的创作。克雷蒂安的确也是文化文学新潮流的重要代表人物

---

① 亚瑟王传奇文学不仅风靡西欧各国，而且也在东欧流行，比如14世纪就流传下来两部捷克语亚瑟王诗作。参看 Lacy and Ashe with Mancoff, *The Arthurian Handbook*, p. 132。

第二章 亚瑟王传奇的源流与演化

和主要推动者。他的作品体现了时代潮流和时代精神。布鲁斯指出,他是用"先前时代的故事传达"他那个"时代的理想和感情",所以:

> 克雷蒂安特别的重要性在于,他是他那个时代的封建社会主要的文学阐释者。正如《罗兰之歌》和奥兰奇之威廉系列(the cycle of William of Orange)① 反映12世纪前期封建社会的生活一样,克雷蒂安的浪漫传奇比任何其他作品都更完美地反映12世纪后期贵族阶级的生活。②

克雷蒂安的浪漫传奇创作之所以是亚瑟王文学发展史上一个重要里程碑,一方面是他把在编年史传统中成长和演化的亚瑟王"历史"引入纯文学;另一方面,他又将几个世纪以来在民间流行越来越广泛、内容越来越丰富的口头传说引入高雅的宫廷文学。他可以说是亚瑟王传说长期发展中的编年史和民间两大传统的连接点。更重要的是,他第一个将浪漫传奇体裁③用于亚瑟王传奇故事,创作出最早一批亚瑟王浪漫传奇诗作,《埃里克与艾尼德》是亚瑟王文学史上第一部真正意义上的浪漫传奇诗作。克雷蒂安对自己的创作充满信心,他在《埃里克与艾尼德》的开篇很自信地说,这部作品将与基督教一道永存。在他之后,浪漫传奇体裁的亚瑟王文学迅速繁荣。如果我们说杰弗里是亚瑟王文学编年史传统的关键人物,那么克雷蒂安毫无疑问是亚瑟王文学的浪漫传奇传统的奠基者,是当之无愧的亚瑟王浪漫传奇之父。

克雷蒂安开始创作之时,浪漫传奇体裁正在兴起,古典题材的《埃涅阿斯传奇》《底比斯传奇》《特洛伊传奇》已在安茹帝国境内以及与之相关的王室和贵族文化圈中流行,而其庇护人香槟的玛丽和菲利普伯爵都是新的宫廷文化和文学的重要倡导者。他用新出现的浪漫传奇体裁创作早已在民间广为流传并因瓦斯的《布鲁特传奇》大获成功而越发受欢迎的亚瑟王

---

① William of Orange,在法语中为 Guillaume d'Orange(755? —814?),是查理大帝的表弟,图卢兹伯爵。他在西班牙对穆斯林的战争中作战英勇,后来成为一系列法国武功歌的主人公。他于1066年被教皇亚历山大二世封为圣徒。
② Bruce, *The Evolution of Arthurian Romance*, Vol. I, p.104.
③ 虽然瓦斯的著作在内容和风格上都有大量浪漫传奇元素,所以其誊抄员将该书标题改为《布鲁特传奇》,但严格地说其体裁属于编年史而非纯虚构性的浪漫传奇。

故事，自然受到他们的鼓励和支持。《朗斯洛》的情节和主旨不一定真的来自玛丽，但玛丽家学渊源，从小浸淫在普罗旺斯新文化中，能给他提供一些意见和建议则完全是可能的。

克雷蒂安对亚瑟王传奇的历史性转型所做的革命性贡献是，编年史传统中事关民族兴衰国家存亡的王朝主题让位于圆桌骑士的历险经历和爱情纠葛。因此，作品的主旨也从集体利益向人的个体价值转移。如前面一章所论及，这种转移是12世纪文艺复兴时期人文主义思想发展的文学体现。克雷蒂安的5部亚瑟王传奇诗作全都分别以各作品的圆桌骑士主人公（或者加上其情人）的名字为标题，这就表现出它们都是以某位骑士个人的经历为中心。在这些诗作里，亚瑟王已不再是主角。不仅如此，几个世纪以来，民间传说和历代编年史作家们，包括杰弗里和瓦斯，所赋予亚瑟王的不列顿部落首领、抵抗撒克逊人入侵的英雄、统一不列颠的君王、战无不胜的军事统帅和欧洲大陆的征服者等诸多身份，在克雷蒂安的作品里几乎全都不见踪影，甚至连撒克逊人的入侵等历史指涉或亚瑟王朝的终结者莫德雷德也消失了。亚瑟王朝变得与历史毫无关联，似乎处于静态的传奇世界中。亚瑟王虽然被尊为"众王之王"（the king over kings），但在一定程度上他已被抽象成为宫廷文化的象征，他和他的宫廷只是作为宫廷文化、政治权力、社会秩序和价值标准的体现者而被置于后台，成为背景，或者说为骑士们的行侠仗义和情场历险提供文化语境、社会平台和道德标准，而圆桌骑士们则具体体现亚瑟王朝所代表的权力、秩序和价值，被置于前台，成为主角，他们的历险经历和爱情纠葛也取代大规模的王朝征战成为叙事的主要内容。所以，这些诗作一般都是以亚瑟王宫中的宫廷活动开篇，随即出现某种外来挑战，于是某位杰出骑士勇敢接受，从而踏上险象环生的历险历程。当然，骑士自己也在情场、战场、比武或其他各种打斗的历险或考验中实现个人价值，经历精神成长和获得道德升华，最后又大多载誉和获得美人青睐，回到亚瑟王宫，为亚瑟王朝添光加彩。克雷蒂安的作品突出体现了弗莱关于"浪漫传奇情节的核心成分是历险"[1]的观点。这种以亚瑟王朝为背景、以个体圆桌骑士为关注中心、以骑士个人的历险与爱情经历为主要叙事内容，主要宣扬骑士美德和理想价值的模式成为此

---

[1] Northrop Frye, *The Anatomy of Criticism: Four Essays*, Shanghai: Shanghai Foreign Language Education, 2009, p. 196.

第二章 亚瑟王传奇的源流与演化

后大量亚瑟王浪漫传奇作品的主流,并且与主要产生和发展于英格兰的那些大体上以亚瑟王为中心、以亚瑟王朝兴衰为主要内容、突出体现不列颠本土文化传统和更明显具有英格兰民族意识的编年史传统的亚瑟王作品系列相互映衬。这两个传统最终于15世纪后期在马罗礼的《亚瑟王之死》里融合,共同造就了这部亚瑟王文学的集大成之作。

不过特别了不起的是,克雷蒂安并不仅仅是一个叙述精彩情节和动人爱情的浪漫传奇作家,他还是一位思想深刻的诗人。他在作品里探讨和表现了一系列在当时乃至现代都很有意义的问题,如个人与公众、个人与国家民族的命运、爱情与责任之间的关系。比如,在《埃里克与艾尼德》中,埃里克因沉溺爱情忘掉骑士的责任而受到指责,与之相反,诗作《伊凡》则批评伊凡因为沉溺于骑士使命而忽略了对爱情的承诺,而在《朗斯洛》里,朗斯洛将个人的爱情置于对君主的忠诚和国家民族利益至上,克雷蒂安显然也不能完全同意。虽然他没能(或者不愿意?)完成这部作品,但后来的作家按他的叙事发展,揭示出朗斯洛和格温娜维尔的爱情实际上毁灭了亚瑟王朝和不列颠人对安定祥和的社会的期盼。关于这个亚瑟王文学中的核心问题,本书后面将具体分析。

与骑士的个体价值密切相关的是克雷蒂安作品中的宫廷爱情主题。在杰弗里和瓦斯的著作里,我们已经看到随着宫廷文化发展,关于宫廷爱情的描写也在不断增加,但亚瑟王率领圆桌骑士们和他战无不胜的军队无休止的东征西讨一直是有关亚瑟王的"历史"叙事的重中之重。到了克雷蒂安的诗作里,宫廷爱情发展成为亚瑟王浪漫传奇中特别重要的主题,可以说克雷蒂安正是以宫廷爱情真正使亚瑟王传说"浪漫化"。比如,他的第一部亚瑟王诗作《埃里克与艾尼德》以中世纪贵族们酷爱的打猎开篇,圆桌骑士们定下规矩:只有捕获那只白色牡鹿的优秀骑士才能亲吻最美丽的少女。这就预示着骑士美德同典雅的宫廷爱情的结合。克雷蒂安所有的亚瑟王题材的作品,除《波西瓦尔》外,都无例外地将情节和主旨主要集中在该作品的主人公骑士那起伏跌宕、意外频出、十分复杂的爱情纠葛上。不过,克雷蒂安描写的爱情之复杂并不仅仅在于情节,而更在其意义上。这位诗人特别杰出之处还在于,他不仅仅描写爱情,而是将爱情同其他主题结合起来描写以探索和表现一些与个人价值相关的重要问题,比如在《埃里克与艾尼德》和《伊万》里表现爱情与骑士责任的冲突,在《克里杰斯》和《朗斯洛》里探索爱情与理智、爱情与忠诚的矛盾等许多

— 141 —

重要问题。

在克雷蒂安这5部在亚瑟王文学发展史上具有划时代意义的作品中，除《波西瓦尔》外，全都以爱情为重要主题。但值得注意的是，在其中3部里忠实的爱情都发展成圆满的婚姻，唯有《朗斯洛》描写的是婚外恋，然而恰恰是这部作品影响最大，而且"在［浪漫传奇］这种新形式的发展中起着核心作用"。① 朗斯洛是由克雷蒂安天才的浪漫想象力塑造出来的，对他与王后之间那决定着亚瑟王朝命运的婚外恋的描写，是诗人对亚瑟王传奇文学的重要贡献。② 朗斯洛把他对格温娜维尔的爱情看得至高无上，愿意为她牺牲一切。他成为爱情的奴仆，也因此成为中世纪浪漫传奇中宫廷爱情无与伦比的代表人物。但同时，他对王后的爱情也一直是学者们争论的重点。许多人认为那是对宫廷爱情的讴歌，但也有许多人认为那是对宫廷爱情的戏仿和嘲笑，另外还有人相信那是对违反基督教道德的婚外恋的批评和谴责。所以克鲁格尔问道："我们究竟应该把朗斯洛作为完美的骑士来歌颂，还是把他作为被爱情击昏的蠢材来嘲笑，或者把他作为鲜耻寡廉的罪人来责怪？"③

亚瑟王手下最杰出的骑士同王后之间的婚外恋实际上揭示并体现了，如前一章里所说，中世纪宫廷文化的核心构成骑士精神和宫廷爱情在事关忠诚这个核心问题上的不可解决的内在矛盾。不论克雷蒂安是否如他所说真是秉承玛丽关于该作的情节和主题思想的旨意而创作，他也有可能意识到源自普罗旺斯的宫廷爱情新诗传统的内在矛盾难以解决，所以他没能完成这部诗作，而是把这个难题交给他人。④ 虽然克雷蒂安没能完成这部在亚瑟王文学发展史上极为重要的著作，但他描写的朗斯洛和格温娜维尔之间的爱情成为后来亚瑟王传奇中流传最广的内容，许多诗人作家都对此给予突出描写，做了不同解读。克雷蒂安所涉及的这个骑士精神和宫廷爱情中不可解决的矛盾后来也发展成为亚瑟王朝最终覆没的根本原因之一；中古英语节律体《亚瑟王之死》，特别是马罗礼那部亚瑟王文学的集大成之

---

① Pearsall, *Arthurian Romance*, p. 26.
② 如果克雷蒂安所说属实，他的确是按香槟的玛丽关于诗作情节和主旨的昐咐创作《朗斯洛》，那么这个贡献应该部分地归功于这位伯爵夫人。
③ Roberta l. Krueger, "Crestien de Troyes and the Invention of Arthurian Courtly Fiction", in Fulton, ed., *A Companion to Arthurian Literature*, p. 166.
④ 出于不明原因，克雷蒂安在该诗第6132行打住，让雷格尼（Godefroi de Leigni）续出后面1千余行。

第二章 亚瑟王传奇的源流与演化

作,都对此进行了突出的描写和探索。

另外很值得指出的是,朗斯洛这个特殊人物,这位有"天下第一骑士"之称的圆桌骑士,在杰弗里和瓦斯的著作中都没有踪影。他本是一个传说中的人物,被一个仙女偷来在湖中养大,所以被称作"湖上骑士";而他进入亚瑟王传奇成为一名圆桌骑士则完全是克雷蒂安的贡献。或许正因为如此,他充满法兰西浪漫气质。在许多方面,他同另外一位杰出的圆桌骑士、诞生和成长于不列颠本土传统的高文形成对比。高文是传说中最早加入亚瑟王麾下的骑士之一,他不仅出现在杰弗里和瓦斯的著作中,而且如前面所提及,他的雕像早在 11 世纪就已经出现在意大利一座教堂的浮雕上,那表明他很早就已经活跃在民间传说中。有意思的是,这位杰出的圆桌骑士虽然在克雷蒂安所有 5 部亚瑟王传奇诗作中都是重要人物,但诗人从未让他成为真正的主角。或许具有纯粹不列颠"血统"的高文与这位法兰西诗人的审美情趣并不特别融洽。与克雷蒂安不同,后来出现的中古英语诗人们,大都更钟情于高文。在现存中古英语亚瑟王传奇文学作品中,关于高文的远多于任何其他圆桌骑士,甚至多于亚瑟王,而且在高文系列作品里还有那部不仅在中世纪,而且在整个英语文学史上都是最优秀的作品之一的《高文爵士与绿色骑士》。与之相反,朗斯洛在中古英语传奇作品中则很少被提及,除一位苏格兰诗人以法语作品为源本创作出一部中古英语《湖上骑士朗斯洛》(*Lancelot of the Laik*)外,唯有在马罗礼书中他成为一位主要人物。高文和朗斯洛在英法两国的不同遭遇或许表明,如果说高文这位中古英语亚瑟王传奇文学中的英雄是英格兰精神之体现的话,那么朗斯洛可以说更是法兰西精神的代表,所以他们在这两个在中世纪长期敌对的民族的文学中有比较不同的命运。

克雷蒂安对亚瑟王文学发展的另外一个特别重要的贡献是引入圣杯故事。《波西瓦尔》是他的 5 部亚瑟王浪漫传奇作品中最长的一部(9184 行),但因诗人去世而未能完成。这部诗作内容丰富、情节复杂、线索众多,而且有许多引人入胜的谜团没有解决,所以在克雷蒂安去世后的大约 40 年中,先后有 4 位诗人试图将其续完,以致这部诗作总体上长达 6 万多行。这是一部充满未解之谜的传奇作品,但其中最重要、最神秘的是"圣杯"(Grail),诗作的副标题就是《圣杯故事》。圣杯或者说寻找圣杯为亚瑟王文学开辟了一个新领域、提供了一个新主题,因而也是这部著作对亚瑟王文学最大的贡献。从 12 世纪末开始,许多关于圆桌骑士寻找圣杯的作品相继出现,成为亚瑟王文学特别重要的组成。

不过,虽然克雷蒂安在作品中极力渲染圣杯的神秘、神奇与神圣,但他并没有(或者没来得及?)明说其来历与性质,而且他的简略描绘使之更像一个盛食物的盘子而非杯子。不过诗人赋予它大量宗教含义并将它与忏悔等基督教仪式连接,所以它的指向已经很明显,以致在随后出现的圣杯系列传奇的第一部作品《亚利马太的约瑟》(*Joseph d'Arimathe*,12世纪末?)中,法国诗人罗伯特·德·博隆(Robert de Boron,12世纪后期—13世纪前期)将圣杯和基督教传说直接联系在一起,说它就是耶稣在最后晚餐上用过、后被亚利马太的约瑟用来收集十字架上的耶稣身上滴下的宝血的那只杯。根据福音书,约瑟是用自己的墓地埋葬耶稣遗体之人。罗伯特在另外一部作品《梅林》(*Merlin*)里进一步渲染了圣杯的基督教意义和神奇性。后来的圣杯传奇作品大体都是按罗伯特的诗作发展,因此他对圣杯传奇系列的影响大大超过了克雷蒂安。①

克雷蒂安的贡献远不止以上这些,但仅从这几点也可看出他是亚瑟王文学之演变与发展史上的里程碑式人物。他的这些贡献后来也将在中古英语亚瑟王浪漫传奇中程度不同地表现出来,其中一些还将成为中古英语亚瑟王传奇中的核心主题。特别重要的是,中古英语亚瑟王文学作品中许多都属于克雷蒂安开创的骑士浪漫传奇传统,而非杰弗里或瓦斯奠定的王朝主题的编年史传统。

克雷蒂安的5部作品大受欢迎,而且很快被翻译成各种语言在各地迅速流传。不仅如此,许多诗人还以这些诗作里的主人公为英雄创作出新的传奇,特别是《朗斯洛》和《波西瓦尔》这两部克雷蒂安本人未能完成的诗作引发出大量后续作品。随着越来越多的圆桌骑士为荣誉或爱情到越来越遥远的地方去冒越来越令人惊奇的险情,亚瑟王浪漫传奇作品也越来越丰富多彩。但尽管骑士们几乎总是从亚瑟王的王宫出发,在取得辉煌业绩或获得美人的爱情后又总是回到亚瑟王宫中享受赞誉和荣耀,许多作品似乎离亚瑟王朝越来越远,其内容越来越纷繁复杂,而其"亚瑟王性"却似乎越来越被淡化。于是,在法语亚瑟王文学中出现了对这些传奇作品进行整合的努力。

---

① 参看 Edward Donald Kennedy, "The Grail and French Arthurian Romance", in Fulton, ed., *A Companion to Arthurian Literature*, p. 205.

第二章　亚瑟王传奇的源流与演化

第六节　"正典系列"和"后正典系列"

亚瑟王文学史上下一个里程碑式发展出现在13世纪前期。随着亚瑟王浪漫传奇作品大受欢迎、风靡各地，越来越多的作品出现，其内容日益丰富多彩，但也出现了许多相互矛盾的内容，而且一些作品除了在开篇和结尾提到亚瑟王之外，几乎与亚瑟王朝没有多少关系。更重要的是，这些传奇作品中大量打斗、比武、杀戮、历险和爱情的内容越来越世俗化，也逐渐引起了教会的关注。

在此之前，如同任何产生于中世纪基督教文化中的文学作品一样，亚瑟王浪漫传奇文学也深受基督教影响，但在整体上看，它和其他类型的浪漫传奇主要是世俗叙事文学。在很大程度上，正是因为它的世俗性而更少受束缚，其内容更广泛、情节更为刺激、风格更为活泼，所以才那样深受欢迎。对于亚瑟王浪漫传奇这种影响如此广泛，既可能产生"不良"作用但也可以被很好利用来传播基督教思想的文学，统管中世纪欧洲社会和思想文化的基督教自然不会置之不理。很快，宗教人士出手运用权威的主流意识形态对各系列各主题内容广泛数量繁多的亚瑟王传奇故事进行收集、挑选、增删、改写和整合。

于是，亚瑟王传奇文学中出现了篇幅巨大的散文亚瑟王传奇系列，它们包括5部作品：《圣杯史》（*Estoire del Saint Graal*）、《梅林传》（*Estoire de Merlin*）、《朗斯洛》（*Lancelot*）、《追寻圣杯》（*Queste del Saint Graal*）和《亚瑟之死》（*Mort Artu*）。它们被统称为"正典系列"（the Vulgate Cycle）。它们曾被误认为是由一位名叫瓦尔特·马普（Walter Map, 1140？—1210？）的人创作，所以也被称作"伪马普系列"（the Pseudo-Map Cycle）。现在学者们一般认为，它们并非出自一位作家之手，而是由不同作家分别完成，后来才被放在一起，而且马普在这些作品出现之前就已经去世。另外需要指出的是，这5部作品的顺序不是按其创作先后，而是根据这些作品中事件发生的时间。学者们认为，前2部作品实际上后出现，大约完成于13世纪30年代，而后3部作品大约创作于1215年前后。

"正典系列"的出现表明亚瑟王文学在中世纪主流文学界地位重要、影响广泛，同时这个篇幅宏大的系列所流传下来的大量手抄本也证明，它本身也很受重视且大受欢迎："正典系列"一出现就产生了许多手抄本，比如仅大约产生于 1215 年的手抄本就流传下来多达 100 种。① 如此大部头的作品系列几乎同时出现那样多的手抄本还没有先例。考虑到没有能流传下来的数量很可能更多，我们不难想象当年传抄"正典系列"的热潮。"正典系列"如此大受欢迎向我们传达了重要的历史信息，那表明亚瑟王传奇文学进一步被主流意识形态认可因此被大力推广。

"正典系列"是中世纪主流意识形态改写亚瑟王传奇文学的结果。它突出地反映正统的基督教意识形态如何"洗礼"或者说基督教化影响越来越广泛的亚瑟王传奇文学。"正典系列"通过从主题思想、情节内容到人物塑造等各方面对亚瑟王传奇进行系统改写和整合从而将其纳入基督教思想体系和道德体系。当然，亚瑟王浪漫传奇本身那些有关骑士精神和宫廷爱情的基本内容和相关的思想与价值观仍得以保留，② 否则它就会失去"亚瑟王性"。于是，"正典系列"明显体现出世俗的骑士精神与情爱和宗教的精神救赎与道德追求两条主线以及它们必然造成的张力或者说它们之间暗含的矛盾冲突。这种矛盾冲突实际上很好地反映了中世纪盛期的思想文化现实。后来出现的所谓"后正典系列"（the Post-Vulgate Cycle）将进一步试图清除那些与基督教意识形态相矛盾的内容。

"正典系列"中篇幅最大的是第 3 部，也就是处于系列正中或者说核心部分的《朗斯洛》，它在 8 卷本的现代法语版本中独占 3 大卷，但其实际篇幅大约占整个系列的一半。不仅如此，《朗斯洛》这部巨著文学成就很高，被认为是中世纪最杰出的文学成就之一。由于它篇幅巨大和朗斯洛本人在整个系列中的突出分量，因此"正典系列"有时被直接称作"散文体《朗斯洛》"（Prose *Lancelot*）。"正典系列"的《朗斯洛》显然深受克雷蒂安的同名作影响，不仅朗斯洛的身份、地位和性格与克雷蒂安笔下的骑士英雄一致，而且书中一些情节也取自克雷蒂安的诗作，其中最重要的自然是他与格温娜维尔的爱情。虽然他被描写成高尚的骑士和忠诚的情人，作者还从朗斯洛的养母湖上仙女在送他进入骑士人生时的谆谆教导到人物塑造、情节安排等几乎所有方面淡化或减轻其罪孽，但他和王后之间具有通奸性质和背叛君王、背叛丈夫的婚外恋显然是基督教道德准则所不能认

---

① 见 John C. Wilson, "Introduction", in Arthur Edward Waite, *The Holy Grail: The Galahad Quest in the Arthurian Literature*, New Hyde Park, NY: University Books, 1961, p. v.

② Pearsall, *Arthurian Romance*, p. 48.

第二章 亚瑟王传奇的源流与演化

同的。作者以描写如此优秀的骑士都犯下如此严重的罪孽来表明人世间罪孽的普遍和深重。

但丁在《神曲》的《地狱篇》里关于朗斯洛的意味深长的段落很能说明问题。在《地狱篇》的第五章里，但丁描写了那些"让情欲压倒理性的犯邪淫罪者"在地狱第二层里所受的惩罚和"喊叫、痛哭、哀嚎"①。在那里，但丁遇到一对在地狱受苦的情人弗兰齐斯嘉和保罗的灵魂。在他的询问下，弗兰齐斯嘉一边哭一边说出他们的"爱的最初的根苗"：

> 有一天，我们为了消遣，共同阅读郎斯洛［即朗斯洛］怎样被爱所俘虏的故事；只有我们俩在一起，全无一点疑惧。那次阅读促使我们的目光屡屡相遇，彼此相顾失色，但是我们无法抵抗的，只是书中的一点。当我们读到那渴望吻到的微笑的嘴被这样一位情人亲吻时，这个永远不会和我分离的人就全身颤抖着亲我的嘴。那本书和写书的人就是我们的加勒奥托；那一天，我们没有再读下去。②

弗兰齐斯嘉（Francesca da Rimini，1255—1285？）是里米尼君主乔瓦尼（Giovanni Malatesta，？—1304）的妻子，她爱上丈夫的弟弟保罗（Paolo Malatesta）。乔瓦尼发现了他们的恋情，将他们双双杀死。尽管具有人文主义思想的但丁对弗兰齐斯嘉和保罗的悲剧感到"悲伤和怜悯"③，但他显然不能同意他们那种"邪淫罪"。更重要的是，但丁在这里间接但也很明确地表达了他对于朗斯洛和王后的爱情的态度。他借深受其害的弗兰齐斯嘉之口，生动描写出这对情人如何被朗斯洛和格温娜维尔的爱情感染而"让情欲压倒理性"，进而犯下"邪淫罪"。他特别让她说："那本书和写书的人就是我们的加勒奥托。"加勒奥托是格温娜维尔的管家，是他促使王后与朗斯洛之间发生了恋情，或者说他起了"诲淫"的作用。在《神曲》流传之后，加勒奥托（Galeotto）这个人名在意大利语中成为具有"淫媒"之意的普通名词。④

---

① ［意大利］但丁：《神曲·地狱篇》，田德旺译，人民文学出版社2002年版，第27页。
② ［意大利］但丁：《神曲·地狱篇》，田德旺译，人民文学出版社2002年版，第30页。
③ ［意大利］但丁：《神曲·地狱篇》，田德旺译，人民文学出版社2002年版，第30页。
④ 关于加勒奥托，见田德旺先生在《神曲》里的注释：《地狱篇》，第五章注34，第34—35页。

除了在散文《朗斯洛》中增加了许多宗教内容以平衡作品中的世俗情节外，特别重要的是，"正典系列"在其前后都用圣杯传奇对其进行评判和矫正，以此指出正确的人生道路。这种"三明治"式的框架结构很能说明基督教会对待朗斯洛所体现的骑士精神和宫廷爱情的既容忍又匡正的矛盾态度。可以说，同此前的亚瑟王传奇系列相比，"正典系列"最大的变化是极大地加强了圣杯传说在系列中的分量和意义，它实际上是用圣杯故事改写了以《朗斯洛》为代表的亚瑟王传奇文学。学者们认为，"正典系列"前面两部作品，即《圣杯史》和《梅林》成书时间较晚，这也能说明作者的意图。《圣杯史》部分地以前面谈及的罗伯特的《亚利马太的约瑟》为基础改写而成，它叙述圣杯的来历和亚利马太的约瑟携带圣杯从耶路撒冷出发跨越众多国度历经千难万险最终来到不列颠的历程。[①] 他一路传教，使许多人成为虔诚的基督徒。这部作品主要说明圣杯的来历及其无尽之神奇，为"正典系列"奠定了基督教的救赎主题，并用对圣杯的追寻来平衡、评判甚至取代圆桌骑士在世俗历险中对爱情、历险、名声、地位的追求。另外，基督教世界最神圣、最具超自然力量，同时也是基督精神之体现的圣杯，从耶路撒冷出发一路西行似乎也表明，在那时期受十字军东征激发而宗教精神高涨的西方，相信上帝关注的中心和上帝"真理"之体现都已经转移到了欧洲；也就是说，圣杯的西行反映了欧洲人的欧洲中心意识。

"正典系列"的《梅林》是以罗伯特的诗作《梅林》为源本改写成的散文作。它将那位"导演"亚瑟王传奇大戏的魔法师梅林置于《圣经》和基督教传说的语境中用基督教教义将其基督教化，使之成为一名基督教的先知和关于圣杯的预言家。虽然根据杰弗里和瓦斯的编年史，梅林在"正典系列"的《梅林》里仍然是因"梦魇"进入他母亲梦中而生，但他因母亲的忏悔和他受洗礼而纯洁。他拥有超自然力量和超常智慧，年仅两岁就向人们讲述约瑟和圣杯的历史。当然，将梅林这位不列颠传统的体现者基督教化同整个亚瑟王传奇的基督教化是一致的。

在这部作品里，特别有意义的是那张著名的圆桌也被基督教化，它不再是为世俗骑士们的平等或者王权的体现而建造，而是被改写成基督精神

---

① 在罗伯特的原著中，约瑟没有离开圣地，圣杯是由其妹夫鱼王布隆（Bron the Fisher King）带到西方的。

第二章 亚瑟王传奇的源流与演化

之象征。它按照约瑟对曾经安放圣杯的圆桌的描述而建,而据说那张安放圣杯的圆桌又是按耶稣最后的晚餐的圆桌复制。于是,这张圆桌成为基督教精神甚至是耶稣的象征,坐在它周围的骑士自然应该是基督的骑士。在"正典系列"里,如上面曾提到,变化特别大的当然是梅林,是他的基督教化。梅林从编年史传统里一个具有神秘力量的魔法师、一个不列颠文化的传承者、一个关于不列颠未来的政治预言家、一个建构强大王朝的设计师,变成一个关于圣杯的先知、上帝天命的代言人和基督教道德的宣讲者。正是他要求亚瑟王按耶稣最后晚餐的餐桌和约瑟供奉圣杯的桌子的式样建造圆桌,那也成为亚瑟王传奇故事被基督教化的重要转折点。他进而激发了骑士们寻找圣杯的意愿,使他们踏上追寻圣杯的旅途,他也因此而成为圆桌骑士"追寻圣杯的组织者"[①]。梅林这个不列颠文化传统里的魔法师在杰弗里和瓦斯的编年史著作里原本属于民间文化和世俗政治领域,在"正典系列"的散文《梅林》里他的形象和发挥的作用都被宗教化,而被宗教化了的梅林随即被用来基督教化亚瑟王传奇文学。梅林这个人物的变化特别深刻地表现出基督教对亚瑟王传奇的入侵和占有。

另外,散文《梅林》还包括一部很长的续篇,主要是关于青年亚瑟在梅林导演下登基为王之后的事迹与亚瑟王朝的崛起和强盛,其基本框架和一些主要事件来自杰弗里和瓦斯,作者对内容自然进行了大量调整和增删。这个续篇,如密查(Alexander Micha)所说,使"梅林的历史成为亚瑟王崛起的历史"[②]。在这部分,梅林还像军事顾问一样帮助亚瑟王指挥征战,甚至统兵冲杀。这个续篇一方面填补了青年亚瑟与后面各部著作中的亚瑟王朝"历史"之间的一大段空白,同时也和最后那部《亚瑟之死》一道增强了王朝主题以及"历史"的分量,有利于整合"正典系列",也有利于历史和传奇或者说编年史传统和骑士浪漫传奇传统之间的平衡。实际上,将王朝主题和以亚瑟王朝为背景的圆桌骑士个人历险传奇这两大传统整合在一起正是"正典系列"对亚瑟王文学的另外一个重大贡献。

这方面很有意思的"平衡"也出现在梅林这个特殊人物身上。但这一"平衡"在梅林身上却具有了明显的讽刺意义。梅林是使圆桌骑士们踏上

---

① Wilson, "Introduction", in Waite, *The Holy Grail*, p. xiii.
② Alexander Micha, "The Vulgate *Merlin*", in Loomis, ed., *Arthurian Literature in the Middle Ages*, p. 322.

追寻圣杯之神圣旅途的基督教先知,但在宫廷爱情漫延的浪漫传奇世界里,连他这个拥有超自然智慧和力量的魔法师和虔诚的先知也不能免俗,而深陷与薇薇恩(Vivien)的爱情之中。他的爱情一方面使他走出神秘而更加人性化,但也埋下了导致其悲剧的伏笔。特别有意义的是,在将亚瑟王传奇基督教化的"正典系列"里,我们竟然看到世俗的宫廷爱情反过来将梅林这个基督教先知世俗化和浪漫化。应该说,在梅林这个人物身上体现出中世纪宗教和世俗两套价值体系的结合与矛盾,而这种结合与矛盾实际上也是往往具有宗教身份的中世纪浪漫传奇作家们身上的宗教信仰和人性的表现。

在后来更为宗教化的"后正典系列"里,[①] 梅林的情人叫妮妮安(Niniane)[②],又称湖上夫人(the Lady of the Lake)。具有讽刺意味的是,妮妮安正是用从梅林那里学来的魔法将房子变成坟墓或者说将岩石变得犹如房屋,而把梅林活活禁锢在里面(或许象征着他被禁锢在不能自拔的爱情里),那也成为这位不列颠乃至整个西方世界最著名的魔法师和预言家的结局。这位最睿智而且能预见未来、左右王朝兴衰的魔法师和先知,因为世俗爱情迷失了心智因而未能预见自己的命运。在"后正典系列"的语境里,他的悲剧似乎是基督教对宫廷爱情的间接批评。但在更深层次上,那也是对他乱用魔法的惩罚。当年他将亚瑟王的父亲尤瑟变成康沃尔公爵的模样,让他得以上公爵夫人的床,那既是对女人人性的践踏,也严重违背基督教道德。所以,他最终栽在女人身上,自然是罪有应得。在"后正典系列"的基督徒作家看来,没人犯下恶行而能逃脱惩罚。

紧接着《朗斯洛》,"正典系列"的下一部作品,即第 4 部,如其标题《追寻圣杯》表明,又回到圣杯主题。许多名震四方的圆桌骑士踏上寻找圣杯的险途,然而追寻圣杯是一场精神历险,那些杀伐太重而且往往深陷"不洁"情爱的骑士自然与圣杯无缘,即使朗斯洛这位举世无双的骑士在忏悔自己的罪孽之后也只能在圣杯城堡远远瞥卜一眼盖着的圣杯。朗斯洛这位最伟大的骑士、这位骑士精神的最高典范与圣杯无缘是在向人们暗示,尘世中人们所珍惜的一切世俗价值和成就与圣杯体现的精神救赎相比,都毫无意义。所以具有讽刺意义的是,能瞻仰圣杯的竟然是朗斯洛将

[①] 关于"后正典系列",下面将谈及。

[②] 薇薇恩在不同的作品里还有 Nivienne, Nyneve, Nimiane, Nimue 等名字。参看 Peter Goodrich, "Introduction", in Goodrich, ed., *The Romance of Merlin*, p. xiv。

第二章 亚瑟王传奇的源流与演化

一位名叫伊莱恩（Elaine）的公主错当其情人格温娜维尔而生的儿子加拉哈德（Galaad，英语为 Galahad）。加拉哈德是这部作品的作者专门为追寻圣杯而塑造的，同所有人一样，虽然他也出生于罪孽，甚至是一个私生子，但他却是一位没有罪孽、最为纯洁的骑士，是一位耶稣式或者说象征耶稣的人物，是教会一直竭力推崇的"基督的骑士"的最高典范，也是为生活在尘世中仰望上苍的人们树立的光辉榜样。加拉哈德是"正典系列"对亚瑟王文学的一个独特贡献，成为包括马罗礼的《亚瑟王之死》里相关部分在内的圣杯故事的中心人物。

由于圣杯为耶稣在最后的晚餐上所用而且装过耶稣圣血，它在世上自然最为神圣，而寻找圣杯也成为圆桌骑士们以致人类寻求精神救赎的象征。虽然其他亚瑟王传奇作品，如同几乎所有其他中世纪文学作品一样，都程度不同地表现出基督教影响，但只有那些圣杯故事才真正"洗礼"了亚瑟王传奇并达到教会基督教化封建骑士的目的，圣杯骑士也成为真正的"基督的骑士"之最高典范。教会使骑士精神基督教化的意图和长期努力终于在文学中得以实现，如果没有在现实中真正实现的话。换句话说，在基督教意识形态统管一切的中世纪文化中，寻找"圣杯"必然是作为中世纪骑士精神之典范的圆桌骑士们的历险经历的最终走向和他们的最终追寻，尽管没有几个人能最终见到圣杯。[①] 在"正典系列"里，《追寻圣杯》的一个特殊意义是，它所表达的神学和道德意义也将反衬或凸显出亚瑟王朝最终覆没的根源。

"正典系列"的收官之作，同时也是亚瑟王朝传奇的结局，是《亚瑟之死》。在文学艺术上，这是一部很优秀的作品。关于这部《亚瑟之死》，弗拉皮埃尔（Jean Frappier）评论说："在中世纪，再没有一部散文浪漫传奇在结构上像《亚瑟之死》那样紧凑。"她进一步将它同《朗斯洛》和《追寻圣杯》进行比较，说：《朗斯洛》的主要部分"叙事松散"，《追寻圣杯》充满"象征和说教"，"而《亚瑟之死》则充满戏剧性"，[②] 它的"人物不再是《追寻圣杯》里那种程式化类型，而是充满血肉的人"。[③] 在这部

[①] 在马罗礼的《亚瑟王之死》里，只有加拉哈德、帕西维尔（波西瓦尔）和鲍尔斯三位圆桌骑士最终见到圣杯。具体情况见后面第十章。

[②] Jean Frappier, "The Vulgate Cycle", in Loomis, ed., *Arthurian Literature in the Middle Ages*, p. 308.

[③] Frappier, "The Vulgate Cycle", p. 312.

作品里，朗斯洛和王后的爱情引发出一系列因果关联的事件，最终导致了圆桌骑士团体的解体和亚瑟王朝的覆没。但整个"正典系列"里大为增强的宗教内容和精神导向实际上也在界定这部著作的意义。亚瑟王朝的覆没、亚瑟王的死亡、朗斯洛和格温娜维尔最终放弃爱情分别进入修道院和修女院并不久死去，所有这些都在向人们昭示，尘世中的权势、征服、名誉和爱情最终都只是过眼云烟，没有实际意义，唯有圣杯所体现的救赎才是人生之目的和正途。

亚瑟王朝之结局的大体情况早在各种传说中流传，特别是杰弗里的《不列颠君王史》和瓦斯的《布鲁特传奇》更是给予了比较详细的描述：在亚瑟王率领大军征讨罗马大获全胜，即将进入罗马之时，留守不列颠的侄儿莫德雷德谋反篡位并占有王后，亚瑟王只得回师不列颠。最后在与莫德雷德的决战中，亚瑟王杀死后者，但自己也身负重伤，被护送去了阿瓦隆。由于亚瑟王朝的结局的基本框架已经是"历史记载"，"正典系列"的《亚瑟之死》自然不能做太大修改，但作者也做了一些很有意义的变动。比如，在那些编年史体裁的著作中，莫德雷德是亚瑟王的外甥，他将其改为亚瑟王在不知她身份的情况下和同母异父的姐姐乱伦生下的私生子，以突出罪孽是亚瑟王朝崩溃的根源。更为重要的是，出于同一意图，他还把朗斯洛与王后的爱情发展成为亚瑟王朝覆没的根源。这就不仅强化了作品的道德意义，而且将亚瑟王朝的覆没同骑士精神、宫廷爱情和基督教教义与道德之间那些不可解决的内在矛盾结合起来，深化了亚瑟王传奇的意义。另外，在最后的决战之后，仙女们降临，但她们不是把亚瑟王护送到阿瓦隆养伤，而是将他隆重埋葬，这不仅是因为格拉斯顿堡修道院的修士们在1191年刚宣布发现了亚瑟王及其王后的遗骸，更是为了与作家将亚瑟王传奇基督教化的意图一致，因为让亚瑟王还活着的异教传说显然有悖于基督教教义。

"正典系列"之《亚瑟之死》的另外一个特殊意义是，它将注重圆桌骑士个人冒险经历和个人价值的大陆法语亚瑟王骑士浪漫传奇传统与来自不列颠的注重亚瑟王朝整体命运和国家民族利益的编年史传统结合在一起。这在后来的中古英语亚瑟王文学中得到特别积极的回应。在14和15世纪，英格兰出现了3部十分优秀的英语《亚瑟王之死》，其中节律体《亚瑟王之死》和马罗礼的《亚瑟王之死》在很大程度上都以其为源本。这些作品将在本书后面专章重点研究。

第二章 亚瑟王传奇的源流与演化

"正典系列"是亚瑟王文学发展史上一个里程碑。从整体上看,"正典系列"主要起到至少两个作用。首先,同教会驯服和教化封建骑士的意图和努力一致,它将影响越来越广泛的亚瑟王浪漫传奇纳入基督教意识形态体系之中。其次,它将正在风靡欧洲各地并且日益丰富多彩的亚瑟王故事的主要内容收集、整合,并将亚瑟王传奇文学的两大传统——以亚瑟王为中心的编年史传统和以圆桌骑士们为中心的骑士传奇传统——结合起来。在这两方面,"正典系列"应该说都很成功,虽然其中一些部分因过分突出宗教思想而使其文学价值受到一定影响。

在很大程度上,"正典系列"的中心内容是两条主线:以朗斯洛为代表的世俗骑士精神和宫廷爱情主题,以圣杯为象征的宗教主题。所以,"正典系列"往往也被称为"朗斯洛—圣杯系列"(the Lancelot-Grail Cycle)。这两条主线的并置、反衬、交融和冲突实际上反映出12世纪文艺复兴之后中世纪盛期欧洲社会、文化和文学领域里世俗思想和宗教精神两大潮流之间的冲突与交融,为我们研究中世纪社会、历史和文化提供了切入点和丰富信息;同时也正是这些矛盾与冲突使作品的内容更富戏剧性,使表达的思想充满活力。朗斯洛身上集中体现的世俗追求和精神救赎、忠于爱情和忠于君主之间不可克服的冲突不仅是亚瑟王朝覆没的根源,而且也反映出中世纪封建等级制、基督教思想和正在兴起的人文主义思想、宫廷文化之间错综复杂的关系和深刻矛盾。

"正典系列"不仅集此前亚瑟王"历史"和传说之大成,而且其广泛的内容和丰富的思想意蕴更是亚瑟王文学进一步发展的源泉。欧洲各地后来的亚瑟王文学传统的继承者们几乎都在其中寻找创作的材料和灵感。在"正典系列"出现之后,亚瑟王传奇文学因受益于主流的基督教意识形态之助力以更快的速度在几乎所有欧洲语言中产生出更多作品。它自然也影响到在14、15世纪繁荣的中古英语亚瑟王文学。虽然英语亚瑟王文学姗姗来迟,但它也正因为如此而更得力于前辈的探索和成就,其中自然首先包括"正典系列"。所以,在许多英语亚瑟王浪漫传奇作品里我们都能看到"正典系列"从内容、思想到风格上的重大影响,其中一些作品,包括马罗礼的《亚瑟王之死》里一些内容,直接是以这个系列里的著作为源本。

"正典系列"刚出现不久,大约在13世纪40年代,就有人对该系列进行大规模修改。经过修改的系列被称作"后正典系列"。修改者显然对于朗斯洛和格温娜维尔之间有悖于基督教道德的情爱大为不满,几乎删去了篇幅巨大的《朗斯洛》，因此"后正典系列"包括4个部分。这个系列的第1部变化不大，第2部即《梅林传》，增加了更多关于亚瑟王和骑士们的内容，特别是把特里斯坦系列纳入其中（这应该是该系列对亚瑟王文学的最大贡献），另外，原来的《朗斯洛》中一些内容也放进这部分。第3部即原系列的第4部，仍然是追寻圣杯的宗教主题，但内容有相当多的改动，同时也加入了一些特里斯坦传奇故事。最后一部仍然是《亚瑟之死》，也有一定改动。

总的来说，"后正典系列"各部之间前后照应，整体性更强，但在内容的丰富性和主题的多样性等方面都远不及"正典系列"；特别是它删去了可以说是最具中世纪浪漫传奇特色、最能代表中世纪骑士精神和宫廷爱情，同时也是亚瑟王浪漫传奇中最著名、影响最广泛的朗斯洛部分（前面谈及，"正典系列"甚至被称为"散文体《朗斯洛》"）。作者出于宗教和道德目的，损坏了亚瑟王传奇系列的完整性和丰富性，并在一定程度上牺牲了"正典系列"思想上的深刻性和复杂性，并降低了它的文学价值。应该说，"后正典系列"与13世纪罗马天主教廷进一步加强思想控制，包括对表现骑士精神和宫廷爱情的新诗运动的批评，都有一定关系。在13世纪前期，罗马教廷甚至发动了对法国南部的所谓卡特里派（Catharism）"异端"极为残酷的十字军征讨，扑灭了那里欣欣向荣的社会和文化运动。尽管该征讨与新诗运动或者说浪漫传奇本身并无直接关系，但这加强了罗马教廷的权威和对思想的控制，扼杀了该地区以及西欧在12世纪文艺复兴中出现并繁荣的文化思想多元化倾向，因此也影响到亚瑟王文学的创作，增强了其中的宗教主题和道德意义而弱化了其中的世俗内容和思想上的多元。

不过，尽管"后正典系列"在思想内容和文学艺术等方面不及"正典系列"，但它作为特定历史文化语境中的重要文学成就，对后来亚瑟王文学的发展也产生了很大影响，特别是对于后起的英语作家更是如此。相对于往往十分着迷于个人历险和浪漫爱情的法国文学家，本就更关注王权政治和道德探索的英国作家受其影响自然更为明显。后面我们将看到，相对而言，英语亚瑟王浪漫传奇诗人大都对朗斯洛以及他与格温娜维尔之间的爱情并不特别感兴趣，相反他们明显更喜欢更为理性也更致力于道德完美的高文。总的来说，两个"正典系列"对后来亚瑟王传奇文学的发展，对中古英语亚瑟王传奇文学的出现与繁荣，都产生了重大

第二章 亚瑟王传奇的源流与演化

影响。许多中古英语亚瑟王传奇故事都取材于这两个系列,甚至直接以它们中某些部分为源本,其中也包括马罗礼那部既是集此前 300 余年亚瑟王文学之大成之作,也是此后 500 多年英语亚瑟王文学进一步发展之起点的《亚瑟王之死》。

第三章 拉亚蒙的《布鲁特》

当"纯文学"的亚瑟王浪漫传奇在大陆上,特别是在法语文学中蓬勃发展并取得突出成就之时,在不列颠,在亚瑟王传说的诞生地,情况却大为不同。在那个时期,英国没有出现一部同类作品,英格兰浪漫传奇诗人们对这位在欧洲各地被人们竞相传颂的君主保持着敬而远之的态度。不仅英语诗人们,就连盎格鲁-诺曼语诗人们也对他保持沉默。本章前面探讨过出现这种沉默的原因。不过,大约在瓦斯的《布鲁特传奇》出现之后半个世纪,在12世纪末或13世纪初,一位自称拉亚蒙(Layamon,生卒年不详)的诗人,借鉴瓦斯把杰弗里的《不列颠君王史》"翻译"成盎格鲁-诺曼语诗作之前例,将瓦斯的《布鲁特传奇》翻译加改写,推出英语诗作《布鲁特》(*Brut*)。因此,与同时期大陆上的诗人们忙着创作以圆桌骑士个人的历险和爱情为题材的骑士浪漫传奇作品不同的是,这位处于英语亚瑟王文学之源头的英格兰诗人仍然延续着亚瑟王文学中由嫩纽斯、杰弗里、瓦斯等人为代表的在几百年中所形成、继承和发扬的不列颠本土之编年史传统。受这一传统影响,在13世纪以及在随后的时代里,英格兰继续出现了不少关于或者说包括亚瑟王的编年史著作,这其中特别重要的是还包括人数不断增多的英语学者和作家。他们把亚瑟王作为真实历史人物书写,把亚瑟王朝的兴起、辉煌业绩和覆灭作为著作的主题。与之相应的是,在13世纪开始兴起并繁荣于14、15世纪的中古英语亚瑟王文学中,有比任何其他语种的同类型文学中更为突出的以亚瑟王和亚瑟王朝为中心的王朝主题。正是在这些主要关于王朝主题的亚瑟王文学作品中特别突出地展示出英格兰性和表现了英格兰民族意识的发展。

在英语文化和文学史上,拉亚蒙这部编年史传统的《布鲁特》在许多

第三章 拉亚蒙的《布鲁特》

方面都是一部里程碑式作品：它是《盎格鲁－撒克逊编年史》[①]终止之后第一部英语编年史性质和体裁的著作；它长达 16000 余行，是 14 世纪乔叟时代英语文学繁荣之前整个英语文学史上最长的诗作（古英语著名史诗《贝奥武甫》也仅 3182 行）；它是中古英语第一部长篇叙事诗；它是古英语诗歌历史终结之后第一部试图复兴头韵体诗歌的长篇作品，因此也是后来成就辉煌的头韵体复兴运动的源头；它还是第一部从风格到精神实质都继承和发展古英语史诗传统和在新的历史语境中表达盎格鲁－撒克逊民族意识的作品；当然它里面关于亚瑟王朝的部分也是英语亚瑟王文学中最早的诗作。如同对于杰弗里和瓦斯的著作一样，现在学者们对拉亚蒙作品中最感兴趣的也是其中关于亚瑟王朝兴衰的部分；而拉亚蒙对这一部分的改动和增删也最为着力，从篇幅上看约占全书 1/3。

拉亚蒙的《布鲁特》现存两部手抄稿，其中一部长达 16095 行。[②] 在诗作开篇，如同杰弗里在《不列颠君王史》和瓦斯在《卢之传奇》里一样，他也对自己和这部诗作的创作做了简要说明。他是英格兰西部伍斯特郡（Worcestershire）阿尔列（Areley）地区一个教堂的神父，名叫拉亚蒙，是勒奥维纳斯（Leovenath）的儿子。他在广泛阅读中想到，要将"英格兰人之高尚事迹"讲述出来。所以，他四处游历，广交朋友，收集到可作为源本的书籍，其中包括"圣比德（St. Bede）的英语书"，圣阿尔宾（St. Albin）和到英格兰传教的奥古斯丁的拉丁著作，以及一个叫瓦斯的法国人所写的书，瓦斯还将该书献给了"尊贵的国王亨利之王后艾琳诺"。于是，"拉亚蒙手拿鹅毛笔"，将这"3 部书合写成一部"（ll. 1–35）。[③] 特别重要的是，同时也是在用拉丁语和法语书写的时代与众不同的是，他旗帜鲜明地宣布，他要用英语为主要只懂英语的英格兰人以及也能懂英语的中下

[①] 《盎格鲁—撒克逊编年史》（the Anglo-Saxon Chronicle）是关于英国早期历史的重要文献。它大约在公元 890 年由著名的盎格鲁—撒克逊国王阿尔弗雷德（King Alfred the Great, 871—899 在位）下令编修，其内容从恺撒入侵不列颠（公元前 55 年，《编年史》将其定在公元前 60 年）开始，诺曼征服之后，仍分别在 4 个修道院中继续编修，直到 12 世纪中期；最后一条记载为 1154 年。

[②] 关于这两份产生于 13 世纪后期的手抄稿中哪一份更接近拉亚蒙原作的问题，学者们存在争议，但多数人认为那份在语言风格上更接近古英语的手抄稿，即被命名为 Cotton Caligula 或者 Caligula Brut 那份，更接近原作。

[③] G. l. Brook and R. F. Leslie, eds., *Layamon: Brut*, Vol. I, New York: Oxford University Press, 1963.

层盎格鲁-诺曼贵族讲述"英格兰人之高尚事迹"。在很大程度上，正是这一点决定了拉亚蒙的《布鲁特》的特征、性质和特殊的历史文化意义。

虽然拉亚蒙说他将那3部书合写成一本，但学者们的研究发现，他实际上主要是翻译和改写瓦斯的《布鲁特传奇》，另外两部书在他的诗作中几乎不见踪影。有学者认为，他曾经也许的确想将比德那部颇为权威的《英国人教会史》之英译本和另外一本拉丁文著作（学者们认为那其实也是比德的著作[①]）的内容纳入其中，但《布鲁特》叙述的主要是比德的著作所记载的历史之前的不列颠史，所以很难将其硬加进来。[②] 当然这并不重要，况且在中世纪把"权威"硬拉进来是常有的事；重要的是，他的确提到瓦斯，明说他的《布鲁特》来自瓦斯的《布鲁特传奇》，而瓦斯在《布鲁特传奇》开篇虽然也说他是在翻译另外的著作，却没有提到杰弗里。

不过很有意思的是，拉亚蒙也没有提到瓦斯作品之源杰弗里。如前面指出，杰弗里的《不列颠君王史》当时已经在各地广为流传，而拉亚蒙不辞劳苦到各地收集相关文献，不可能没有注意到杰弗里的著作。其实，学者们已经发现，在拉亚蒙的《布鲁特》中有来自杰弗里《君王史》的材料。[③] 他特别注重杰弗里书中那些突出不列颠本土特色和文化传统的材料，这与他在改写瓦斯诗作时所持的反对盎格鲁-诺曼宫廷文化的基本立场（关于这一点，下面将具体阐释）是一致的。而他提瓦斯不提杰弗里，很可能是因为他的《布鲁特》毕竟主要改写自瓦斯，而且他虽然用杰弗里著作里的不列颠材料对冲瓦斯的盎格鲁-诺曼王朝的意识形态，但他作为盎格鲁—撒克逊人的后裔站在英格兰人立场上并不赞同杰弗里强调不列颠人的历史和文化传统以及突出反对撒克逊人的态度。

勒索克斯认为："拉亚蒙的诗作在观点和总体主题思想方面都远更接近杰弗里，而非瓦斯。"[④] 那是因为杰弗里和拉亚蒙都强调不列颠的本土传统，但如果我们仔细分析，就会发现，杰弗里是站在不列颠人或者说不列颠人后裔威尔士人的立场上，而拉亚蒙却是站在盎格鲁—撒克逊人的后裔

---

① 见 Fletcher, *The Arthurian Material*, p. 148。

② 请参看 Roger Sherman Loomis, "Layamon's *Brut*", in Loomis, ed., *Arthurian Literature in the Middle Age*, p. 105。

③ 比如可以参看 Françoise H. M. Le Saux, *Layamon's* Brut: *The Poem and Its Sources* (Cambridge: D. S. Brewer, 1989) 以及 Françoise H. M. Le Saux, ed., *The Text and tradition of Layamon's* Brut (Woodbridge, England: Brewer, 1994)。那些材料来自杰弗里而非瓦斯，因为瓦斯书中没有。

④ Francoise Le Saux, "Layamon's *Brut*, in Barron, ed., *The Arthur of the English*, p. 24.

第三章 拉亚蒙的《布鲁特》

英格兰人的立场上颂扬"英格兰人之高尚事迹"。或许正因为他和杰弗里在对待本土传统上比较接近，他有意无意地忽略杰弗里有可能是为了与后者拉开距离，不想因为后者所代表的不列颠文化传统而影响到他在诗作中竭力表达和突出的英格兰性，或者说他不想人们将他传承和弘扬的英格兰传统误解为不列颠人的传统。

拉亚蒙居住的地区表明，他处在当时不列颠三种重要文化，即威尔士人的凯尔特文化或者说不列颠文化、盎格鲁－撒克逊文化和盎格鲁－诺曼文化的交会处。[1] 这三种重要文化的并存与交融对他撰写这部可以说是英语亚瑟王文学的开山之作具有特殊意义。不过，他在这里提供的特别重要的信息是，根据他父亲的名字，学者们确定他是撒克逊人后裔。[2] 这就在一定程度上解释了他为什么要殚精竭虑不仅用英语这种当时属于"下层人"的语言，而且还用当时一般只在英格兰民间游吟诗人中流行，而文人们大多不会使用的古英语头韵体诗歌的传统体裁和风格，来翻译和改写瓦斯那部在英格兰和欧洲大陆各地宫廷和上层文化圈已经十分流行的《布鲁特传奇》。下面我们将谈到，拉亚蒙的《布鲁特》一个特别突出的特点就是极力维护和延续盎格鲁－撒克逊人的文化和古英诗的文学传统，同时还逆当时潮流而弱化诗作中宫廷文化的内容和浪漫传奇风格。

很有意义的是，威尔士人杰弗里用拉丁语撰写出《不列颠君王史》，而这部当时影响极大的著作又先后被瓦斯和拉亚蒙直接或间接翻译和改写成盎格鲁－诺曼语和英语诗作。这三位作者以及他们的著作实际上代表了当时英格兰的三个重要传统：威尔士人的凯尔特或者说不列颠传统、盎格鲁－诺曼王朝的宫廷文化传统和盎格鲁－撒克逊人的日耳曼或者说早已本土化了的英格兰传统。前面相关部分已经分析了杰弗里和瓦斯著作中分别体现的不列颠文化和正在兴起的盎格鲁－诺曼王朝的宫廷文化；本章将重点讨论拉亚蒙的《布鲁特》里突出表现的英格兰人的本土文化传统和古英语诗歌传统。后来在 14 世纪，当中古英语亚瑟王文学繁荣之时，特别是在英语头韵体诗歌复兴运动之中，拉亚蒙所代表的英格兰本土文化和文学传统将得到进一步发展，并积极参与到正在迅速形成的英格兰民族意识的建构之中。

---

[1] 请参看 Laurie A. Finke and Martin B. Shichtman, *King Arthur and the Myth of History*, Gainesville: University Press of Florida, 2004, p. 77。

[2] 请参看 J. S. p. Tatlock, *The Legendary History of Britain: Geoffrey of Monmouth's Historia Regum Britanniae and Its Early Vernacular Version*, Berkeley: University of California Press, 1950, p. 511。

但拉亚蒙的开场白也给学者们造成了一个难题。前一章提及,瓦斯在《布鲁特传奇》的开篇说,他要讲述"英格兰"最早的国王的世袭和承继,那个"时代错误"反映出这位盎格鲁－诺曼诗人在谈及古不列颠时心中想到的实际上是盎格鲁－诺曼王朝统治下的英格兰。拉亚蒙也说,他要在这部讲述不列颠"历史"和特别突出歌颂不列颠人亚瑟王之丰功伟绩的作品里讲述"英格兰人之高尚事迹"。这就确定了该长篇诗作的基本主旨和颂扬英格兰人的基本立场。但令学者们觉得难以理解的是,他描述的亚瑟王的丰功伟绩之一就是杀死大量的撒克逊人,即拉亚蒙的先祖们:他们穿着锁子甲的尸体像"浑身鳞片的鱼"(steel fishes)① 一样漂流在河上。于是有学者解释说,拉亚蒙实际上区分了两类撒克逊人:被亚瑟王击溃的入侵者和在所谓"古尔蒙入侵"(Gurmund's invasion)② 之后接受邀请迁徙而来的撒克逊人;后者如同 11 世纪的诺曼征服者一样,属于"合法"移民。对这两类撒克逊人的区分说明了《布鲁特》"亲英格兰人"而"反撒克逊人"的原因。③ 莱特还进一步认为,拉亚蒙在《布鲁特》里"极为关注的是把不列颠变为英格兰的过程"。④ 换句话说,拉亚蒙一方面歌颂了亚瑟王率领不列颠人抵抗入侵者,另一方面也关注和表现了不列颠岛上各民族(自然也包括"合法"迁入的撒克逊人)融合的进程,正如杰弗里在《不列颠君王史》的开篇对不列颠五个主要民族共同生活在不列颠的描写那样。

但拉亚蒙更进一步,他直接指出不列颠人和英格兰人之间的传承。他说,阿尔弗雷德大王(Alfred the Great, 871—899 在位)制定的英格兰法律源自不列颠人的法律。⑤ 阿尔弗雷德是盎格鲁－撒克逊时代最杰出的国王。拉亚蒙说,阿尔弗雷德制定的英格兰法律源自不列颠人的法律,这样就把英格兰人和不列颠人结合在一起,把英格兰人看作不列颠人统治不列

---

① Layamon, *Brut*, in Lucy Allen Paton, ed., *Arthurian Chronicles: Represented by Wace and Layamon*, trans. by Eugene Mason, London: J. M. Dent & Sons, 1912, p. 196. 下面对本书中亚瑟部分的引用,如无其他说明,均出此版本,出处以 Layamon 加页码在文中注出,不再加注。

② 古尔蒙是拉亚蒙《布鲁特》里一位非洲王子,他与 6 位撒克逊部落首领结盟,侵犯不列颠。

③ 参看 James Noble, "Layamon's 'ambivalence' reconsidered", in Le Saux, ed., *The Text and Tradition of Layamon's Brut*, p. 181。

④ Neil Wright, "Angles and Saxons in Layamon's *Brut*: A Reassessment", in Le Saux, ed., *The Text and tradition of Layamon's Brut*, p. 169.

⑤ Layamon, *Brut*, ll. 3149 – 50. 见 Francoise Le Saux, "Layamon's *Brut*", in Barron, ed., *The Arthur of the English*, p. 30.

第三章 拉亚蒙的《布鲁特》

颠的继承人。在诗作中,他还对不列顿人,特别是在他们失去他们的王国后,表达了相当的好感和肯定。在诗作结尾,在最后一位不列顿国王失去王位之后,拉亚蒙写道,"不列顿人从各地集聚到威尔士,/他们按其律法遵照民族习惯生活;不仅如此,/如他们现在那样,他们将永远在那里生活下去"(Layamon, ll. 16, 088-90)。① 拉亚蒙居住的地方靠近威尔士,他在"如他们现在那样"的从句里用的是现在时,表明那是他那个时代威尔士人的生活状况,是他亲眼所见。这里显然没有任何歧视或敌意。然而瓦斯同样在其诗作的结尾谈到不列顿人时,却流露出对不列顿人的轻蔑和诺曼统治阶级的傲慢:"他们[不列顿人]全都变得大为不同,他们完全偏离了他们祖先的高尚、荣誉感、风俗习惯和生活方式而堕落了。"(Wace, ll. 14, 851-54)② 拉亚蒙在这里对瓦斯的改写很能说明他的立场。

由于不列顿人和盎格鲁-撒克逊人在不列颠长期共同生活,于是有学者认为,不仅拉亚蒙,而且杰弗里、瓦斯以及那个时代许多大陆上和英格兰的浪漫传奇作家们"似乎也没有意识到不列顿人和撒克逊人是不同的民族"(different peoples)③。这种观点有一定道理。的确,在盎格鲁-撒克逊人迁移到不列颠已达7个多世纪后,拉亚蒙与其说还把自己看作撒克逊人,还不如说是把自己看作英格兰人。也许更重要的是,作为一个基督徒,一个教堂的神父,不论在思想还是在情感上,他都更会站在佩戴着玛利亚的圣像呼喊着基督的名字冲向敌人的亚瑟王一边而不会同撒克逊异教徒站在一起。特别是在经过700多年的共同生活与融合,很可能在他看来,英格兰人不是指那些从遥远的陌生之地刚迁徙而来的日耳曼"蛮族",而是生活在英格兰的包括原住民不列顿人和盎格鲁—撒克逊人等在内的所有上帝的臣民,而代表上帝与正义的亚瑟王朝自然是他们的共同祖先。④ 所以,

---

① 引文译自 G. l. Brook and R. F. Leslie, eds., *Layamon: Brut*, Vol. II (New York: Oxford University Pess, 1963)。引文并非来自亚瑟王部分。另外,需要指出,由于布鲁特的头韵体诗行分为两个半行,因此每个诗行都很长。

② 对拉亚蒙和瓦斯的引文均转引自 Le Saux, "Layamon's *Brut*", pp. 29-30。勒索克斯最先注意到拉亚蒙和瓦斯对待不列顿人不同的态度。

③ Fletcher, *The Arthurian Material*, p. 147.

④ 说拉亚蒙认为亚瑟王朝代表上帝和正义,只是相对于异教徒而言,那并不等于说在他眼里亚瑟王及其统治的王朝没有严重的问题和道德缺陷。实际上,拉亚蒙的《布鲁特》一个特别值得称道之处正是其深刻而严厉地揭示亚瑟王和亚瑟王朝的严重问题,正如《圣经》严厉揭示和谴责上帝的选民不断背叛上帝一样。在他看来,正是那些(归根结底根源于原罪)严重的内在问题最终导致了亚瑟王朝的覆没。

他才在《布鲁特》的开篇宣称要讲述"英格兰人之高尚业绩",而非讲述不列顿人或撒克逊人的事迹。但如果说他"也没有意识到不列顿人和撒克逊人是不同的民族",似乎也值得商榷。实际上,他在一定程度上同不列顿人和不列顿文化保持着一定距离。他在诗作中所认同和维护的是以英格兰化了的盎格鲁-撒克逊传统为主体的英格兰文化,其中自然也包含不列顿和盎格鲁-诺曼文化中他所认可的部分,而这些他所认可的部分在杰弗里和瓦斯对不列颠历史和亚瑟王朝之兴衰的叙述中表现出来并被他吸纳进《布鲁特》中。换句话说,拉亚蒙并不真正把不列顿人和盎格鲁-撒克逊人之间的冲突看作侵略与反侵略的战争,而更看作英格兰的内部冲突。安德森在其研究民族形成和发展的名著《想象的共同体》(*Imagined Communities*)里说,为了证明民族的统一性,各国都会重写它们的历史,把过去为占有领土的民族或族群的斗争改写成仅仅是已经形成的民族内部不同派别之间的内战。① 根据安德森的观点,奈特认为:"这正是拉亚蒙和后来的英国作家们重写亚瑟王神话时所做的。"②

　　拉亚蒙坚持英格兰文化传统最明显的表现和《布鲁特》最突出的特征就是,当西欧8音节对偶诗体正风靡法语诗歌,在浪漫传奇中大行其道之时,甚至连他手中的源本瓦斯的《布鲁特传奇》也使用的是法语8音节对偶诗体,他却逆潮流,不仅使用被社会上层和文化界所不屑的下层民众的口头语言英语,而且还使用在诺曼征服之后早已在主流文学界销声匿迹的古英诗头韵体。他的《布鲁特》表明,他似乎是在竭力"复古"。他除了按古英诗传统把每个诗行分为两个半行并大体押头韵外,还大量或尽量使用古英语词语。卢米斯指出:"任何一个读过比较多最早的英语诗歌的人都不会对拉亚蒙感到陌生……。其词汇绝大多数来自撒克逊语,仅有150个罗曼语词汇。'武士'、'海洋'、'行走'等词的同义词极为丰富。"③ 另有学者指出,拉亚蒙还在诗作中使用了不少复合词。任何熟悉古英诗的人都知道,出于押头韵、便于演唱时记忆和避免用词重复、呆板等方面的需要,

---

　　① 这在世界各民族的历史书写中十分普遍,而这方面尤其突出的显然是中国对自三皇五帝以来包容性特别强的中华民族的历史的书写,比如不仅入主中国并被同化的蒙古人和满清人后来被"改写"成自己人,而且辽、金与宋朝之间的战争后来也被看作"内部冲突"。
　　② Knight, *Merlin*, pp. 83 – 84.
　　③ Roger Sherman Loomis, "Layamon's *Brut*", in Loomis, ed., *Arthurian Literature in the Middle Ages*, p. 110.

第三章 拉亚蒙的《布鲁特》

古英诗一个特别突出的基本特征就是同义词极为丰富并大量使用复合词。①

艾尔斯维勒认为，拉亚蒙诗作里"明显有意识的复古倾向在各个语言层次上都表现出来，比如他诗歌的遣词造句和词汇构成的模式在一定程度上都是更古老的英雄诗歌的回响"。② 拉亚蒙作品中的"复古"倾向基本上是历代学者的共识；但也有学者指出，诗人受到他所处时代的语言状况和文学潮流影响，在作品中使用的许多英语词语实际上也是"他那个时代的日常词汇"③，并且他很少使用古英诗里极为普遍的"复合词隐喻"（kenning），而较多地使用源自拉丁语和法语诗歌的明喻（simile）。另外，他诗行的头韵也并非像古英诗那样严格，而且在系统使用头韵的同时还比较普遍地使用法语节律体诗歌的尾韵。

但这些特征并不能否定拉亚蒙作品中明显的复古色彩，而只是表明他那个时代的英语和文学潮流也对他有影响。拉亚蒙普遍使用古英语词语和大量运用古英诗手法与风格是不争的事实。实际上，不仅与它同时代的另外一部英语杰作《猫头鹰与夜莺》（*The Owl and the Nightingale*），而且与诺曼征服后不久出现的《征服者威廉之歌》（*The Rime of King William*）、《杜尔汗》（*Durham*）等早于他一个多世纪的英语诗作相比，拉亚蒙的《布鲁特》都明显更具有"复古"倾向。④ 当然，拉亚蒙是在新的社会和文化文学语境中创作，因此也在有意无意间很自然地将新的文化、文学和语言因素吸收进他的诗作，这些新因素表现出他诗作的开放性。

然而问题是，拉亚蒙为什么要逆潮流为他呕心沥血撰写的鸿篇巨制选择似乎早已"过时"的古英语和古英诗头韵体，而不用与宗教和政治权力、与主流文化联系在一起的拉丁或盎格鲁-诺曼语以及当时正广泛流行的浪漫传奇诗体，⑤ 它们在当时不仅更权威，而且在社会上层和知识界拥

---

① 关于古英诗对同义词和复合词的使用，有兴趣的读者可参看肖明翰《英语文学传统之形成——中世纪英语文学研究》（上册），社会科学文献出版社2009年版，"古英语与古英语诗歌"一章。

② Christine Elsweiler, *Lazamon's Brut Between Old English Heroic Poetry and Middle English Romance: A Study Of The Lexical Fields "Hero", "Warrior" and "Knight"*, Frankfurt: Peter Lang AG, 2011, p. 2.

③ Jane Roberts, "Layamon's Plain Words", in Jacek Fisiak, ed., *Middle English Miscellany: From Vocabulary to Linguistic Variation*, Motivex, Pznań, 1996, p. 113. 那些日常词语也源自撒克逊语。

④ 关于这一点，有兴趣的读者可参看肖明翰《英语文学传统之形成——中世纪英语文学研究》（上）中第六章"旧传统的继续与新的开端"之三。

⑤ 作为一位神甫，拉亚蒙显然能熟练掌握教会语言拉丁语和官方语言盎格鲁-诺曼语，而且他的源本盎格鲁-诺曼语《布鲁特传奇》使用的正是浪漫传奇通常那种8音节对偶诗体。

有更广泛的受众，并且更时髦。拉亚蒙的选择实际上有深刻的历史、政治和文化根源和他自己的文化身份的因素。

在诺曼征服之后相当长的历史时期中，英格兰并没有形成统一的民族。如前面提到，外来的王室和上层贵族直到14世纪还在竭力使用自己的语言、遵循源自大陆的风俗习惯和宫廷文化，试图与他们所征服和统治的民众保持相当距离并以此维护自己的权威，也就是说他们还没有真正英格兰化，尽管他们在政治和法理上一直竭力使自己的统治合法化。所以，以盎格鲁-撒克逊人为主体的英格兰广大中、下层民众与盎格鲁-诺曼王室和上层贵族在文化意识和民族身份上还处于分裂状态，他们之间还没有形成共同的文化认同和民族身份。不仅如此，由于政治权力和经济利益上的冲突，英格兰民众与统治阶层之间还经常处于紧张关系之中。学者们发现，在11、12世纪，即使在盎格鲁—撒克逊贵族已经被系统消灭半个多世纪后，当时的年鉴中还有关于"整个英格兰"的盎格鲁—撒克逊人试图反叛的记载。[①] 到了12世纪末和13世纪前期，即拉亚蒙生活的时代，盎格鲁—诺曼王朝的统治在一些地区仍然遭到英格兰人的抵制，而诺曼征服之前的盎格鲁-撒克逊文化，包括古英语诗歌，仍然在那些地区流行。当时流传下来的一些文本中表现出一种"反诺曼的情绪"（anti-Norman feeling）。另外，在一些文化学术中心区域，盎格鲁-撒克逊语的文本仍然在传抄，特别是在中部地区的西部（West Midland），人们热衷于保存英语文献，形成了盎格鲁-撒克逊文化复兴运动。而拉亚蒙所在的伍斯特郡就在那一地区；因此"拉亚蒙非常有可能受到他所处地区那很明显的盎格鲁-撒克逊复兴运动的影响"。实际上，伍斯特地区本就有维护和保存盎格鲁-撒克逊文化的传统。诺曼征服之后，伍斯特主教区的武甫斯坦主教[②]一直坚持维护并在其布道词中表达盎格鲁-撒克逊时代的传统和宗教文化。[③] 因此，作为盎格鲁-撒克逊人后裔和生活在伍斯特地区的宗教人士，拉亚蒙受当地盎格鲁-撒克逊文化复兴运动的影响就不足为奇了。

---

① 请参看 Augustin Thierry, *History of the Conquest of England by the Normans*, Vol. I, London: J. M. Dent, 1907, p. 362。

② Bishop Wulfstan（1008？—1095）是诺曼征服之后最后一位来自盎格鲁-撒克逊时代的主教，1075年英格兰所有其他地区的主教都被诺曼人或来自大陆其他地区的人替代之后，他是唯一一位出生在英格兰的主教。他德高识广，很有威望，后被罗马教廷封为圣徒。

③ 关于以上材料和观点，请参看 Stephan Knight, *Merlin: Knowledge and Power through the Ages*, Ithaca: Cornell University Press, 2009, p. 81。

第三章　拉亚蒙的《布鲁特》

拉亚蒙的《布鲁特》那种"古旧的（archaic）语言特征可以被理解为拉亚蒙有意保存或复活盎格鲁－撒克逊文学传统的一种尝试"[1]。也就是说，他使用古英语特征的诗歌语言具有文化和意识形态方面的意义。阿隆斯坦认为：拉亚蒙的《布鲁特》"反映了当时正在增长的英格兰性"（Englishness）。[2] 所以严格地说，拉亚蒙并非真要复古，而是在新的社会和文化语境中继承和发扬他所信奉的英格兰古老的文化传统，以应对代表诺曼征服者利益和意识形态的文化体系的威胁，正如文艺复兴思想家们并非要回到古希腊、古罗马，而是运用古典文化对抗中世纪封建制度和冲破其思想文化的桎梏，以推动历史进步一样。因此，拉亚蒙吸取新的语言材料和诗歌风格表明他并没有脱离现实，他使用古英语词语和古英诗风格则体现他的文化身份、民族意识和政治立场，而这两方面在他诗作中相辅相成并推进了英格兰性的发展，有助于促进英格兰民族的形成。其实，拉亚蒙不仅仅是受盎格鲁－撒克逊复兴运动影响，他的《布鲁特》本身就是这一运动的重要组成，是它最重要也最优秀的成就，并且是后来在英法百年战争中，英格兰民族最终形成且英格兰民族意识高涨之时，中古英语头韵体诗歌复兴运动的源头。

因此我们不难看出，如果说瓦斯为了同盎格鲁－诺曼王朝所代表和提倡的宫廷文化接轨而在一定程度上把杰弗里的《不列颠君王史》改写成浪漫传奇诗作的话，那么拉亚蒙则试图将他的《布鲁特》植入古英诗传统以承载英格兰文化。所以他并不仅仅是在诗歌风格和诗体语言上继承头韵体诗歌传统，他更是要继承和发扬自5世纪以来，盎格鲁－撒克逊和基督教两大传统通过长期并存、冲突和交融并吸纳不列顿人的文化因素而逐渐形成和发展的英格兰本土文化和文学传统，以应对入侵者盎格鲁－诺曼王朝的主流殖民文化。他继承古英诗的语言和风格只是他继承和发扬英格兰本土文化文学传统的一个方面，或者说是他以英格兰文化抵制盎格鲁－诺曼文化的整体立场在语言和诗歌风格层面上的反映。

其实在任何时代，被征服民族坚持使用本族语言一般都具有政治、文化、情感和意识形态上的特殊意义，在中世纪也不例外。在中世纪欧洲，

---

[1] 请参看 Elsweiler, *Lazamon's Brut Between Old English Heroic Poetry and Middle English Romance*, p. 369。埃尔斯维勒列举了一些学者的研究和发现。

[2] Aronstein, *An Introduction to British Arthurian Narrative*, p. 38.

特别是在不列颠群岛,由于异族入侵频繁并强行推行其政治权力、意识形态、文化和语言,因而造成不同民族之间很复杂的冲突局面。在这样的冲突中,作为民族文化和民族身份之体现的语言往往成为斗争的焦点。中世纪文化和文学的优秀学者安妮·米德尔顿(Anne Middleton)认为,在中世纪研究中可以运用后殖民理论。她指出:"中世纪研究的一个核心问题是对权威文本进行本土语言化的转化过程,并借此对权威加以重新界定。"① 在12世纪的不列颠,权威文本使用拉丁语和盎格鲁-诺曼语,而拉亚蒙的《布鲁特》正是对杰弗里的拉丁语和瓦斯的盎格鲁-诺曼语权威文本"进行本土语言化的转化"。

英格兰特殊的历史语境及其文化和语言的发展特别能支持米德尔顿的观点。在中世纪,英格兰频遭外族入侵,造成了十分复杂的语言和文化局面。特别是诺曼征服之后,征服者威廉及其追随者们运用他们在黑斯廷斯战场上以及在随后系统消灭盎格鲁-撒克逊贵族的平叛中获得的不可争辩的权力,首先用拉丁语逐渐取代了英语的官方和书面语地位,随后盎格鲁-诺曼王朝又用统治阶级自己的母语诺曼底法语作为官方语言。于是英格兰出现了教会和学术界使用拉丁语,统治阶级和政府使用盎格鲁-诺曼语,而普通民众使用英语、威尔士语以及斯堪的纳维亚语的复杂局面。在诺曼征服之前,英语曾辉煌了4个多世纪,是当时欧洲唯一广泛使用的书面和官方民族语言,它独步欧洲民族语文坛,创作出那时期欧洲唯一高度发展的民族语言文学,产生了《贝奥武甫》《十字架之梦》《流浪者》等一系列永远令英格兰人骄傲的文学杰作。然而诺曼征服之后,随着英格兰民族被征服,英语降格为中、下层民众的口语,古英语文学的辉煌也成为过去。

但在诺曼征服之后的几百年中,英格兰民众从未停止过运用英语、威尔士语等自己的民族语言和保护自己的文化。盎格鲁-撒克逊人由于人口最多,已经成为英格兰人的主体,英语也成为英格兰运用最为广泛的日常语言。在诺曼征服后那几百年里,随着英格兰民族意识的发展,英语也被越来越多地用于书写和文学创作,特别是在英法百年战争期间,随着英格兰王室和贵族最终英格兰化和英格兰民族的形成,英语再一次成为英格兰

---

① Anne Middleton, "Medieval Studies", in Stephen Greenblatt and Giles Gunn, eds., *Redrawing the Boundaries: The Transformation of English and American Literary Studies*, New York: Modern Language Association of America, 1992, p. 30.

第三章　拉亚蒙的《布鲁特》

的官方书面语和文学语言，而表达英格兰民族意识和弘扬英格兰民族精神的英语文学也在此期间得到前所未有的繁荣。很有意义的是，正是在此期间出现了古英诗传统的头韵体诗歌复兴运动并取得了辉煌成就，而且一些特别优秀的亚瑟王文学作品如《高文爵士与绿色骑士》、头韵体《亚瑟王之死》等也是这一运动的产物。这些作品将是本书后面研究的重要内容。在英法百年战争中随着英格兰民族的形成和英格兰民族意识高涨而出现的英语文学大繁荣中，乔叟做出了最大贡献，而他的创作最突出之处正是自始至终使用英语。约翰·M. 鲍尔斯深入研究了乔叟为何坚持使用英语进行翻译和创作，他说："十四世纪最后一二十年，乔叟对这种外语〔指拉丁语〕入侵发动了一场文学反叛，即实施广泛的翻译工程。"（translation project）他解释说：

> 十四世纪最后二十年，乔叟……用翻译来对付拉丁语这个基督教权威的强制性外来语的主导地位。当时并非只有乔叟才是如此，罗拉德派的翻译活动也可以看作是当时讲民族语言的下层人民质疑他们在罗马教会统治下的殖民地位。正如拉尔夫·汉纳（Ralph Hanna）得出的结论那样，"翻译最终涉及到控制权的问题，涉及到已经得以确立的官方文化行使其对文本的占有权以决定其意义与运用。"[①]

鲍尔斯在这里所说的"翻译"并非指乔叟早期对《玫瑰传奇》和《哲学的慰藉》等文本的翻译，而主要是指他在《特洛伊罗斯与克瑞茜达》《坎特伯雷故事》等奠定英语文学传统的代表作品的创作中运用英语引用和改写拉丁语权威文本。当然，乔叟用英语翻译和改写或者说用英语与之进行互文的还包括法语文本以及但丁、彼特拉克和薄伽丘的意大利语权威文学文本。如果说乔叟在民族意识高涨时期用民族语言翻译和改写权威文本是"一场文学反叛"，那么拉亚蒙在英国历史的十字路口、在英格兰民族和英语都处于低潮时，运用统治阶层和知识精英们所不屑于使用，而且其本身因尚处变革前期，还远非成熟文学语言的中古英语，来翻译和改写杰弗里和瓦斯关于不列颠历史的"权威"著作，并因此而成就了一部英语文学史

[①] John M. Bowers, "Colonialism, Latinity, and Resistance", in Susanna Fein and David Raybin, eds., *Chaucer: Contemporary Approaches*, University Park: Pennsylvania State University Press, 2009, pp. 117 – 118, 120.

上前所未有的长篇，显然更具有突出的民族文化、社会政治和意识形态上的意义，因而也是一场更为特殊的"文学反叛"。

当然，拉亚蒙并非仅仅用"复古"的英语和头韵体古英诗风格翻译瓦斯的《布鲁特传奇》，实际上他对瓦斯诗作的处理远比瓦斯对杰弗里拉丁文原作的处理更为自由随意，因而也往往更为匠心独运。在更广泛同时也更深层的意义上，他是在运用英格兰本土文化观念、古英诗传统和他自己的理念和想象力，对在很大程度上体现当时在英格兰占主导地位的盎格鲁－诺曼文化的瓦斯原作进行改写。来自泽西使用诺曼底法语的诗人瓦斯的创作显然属于安茹帝国的主流文化和文学传统，因此他在很大程度上是用正在兴起的以亨利二世的盎格鲁－诺曼王室为代表的宫廷文化的价值观念和宫廷文学的体裁风格对杰弗里的《不列颠君王史》进行翻译和改写，将宫廷文化和文学更多地引入这部影响广泛的著作。他将《布鲁特传奇》献给当时欧洲主流文学引领者亨利二世的王后艾琳诺，而亨利二世随即吩咐他撰写诺曼王朝的"历史"，可见瓦斯对杰弗里文本的改写得到了盎格鲁－诺曼王朝所代表的政治权力和主流意识形态的认可。

如果说瓦斯是正在兴起的宫廷文化和文学潮流的一位代表诗人的话，那么拉亚蒙显然是已经延续和发展了7个多世纪，并产出丰硕成果的英格兰本土文化和文学传统在当时最重要的传人。正如弗莱契所说："瓦斯是一位中世纪法语宫廷诗人；拉亚蒙则是《贝奥武甫》的作者和那位撰写关于埃塞尔斯坦大胜之颂诗的诗人之传人。"[①] 因此很自然，拉亚蒙不可避免地会用他所继承的英格兰文化和文学传统对他所"翻译"的瓦斯诗作进行改写。通过比较他的《布鲁特》和瓦斯的《布鲁特传奇》，我们可以看出，拉亚蒙不仅继承了古英语诗歌传统，而且还继承了在盎格鲁－撒克逊时代古英语诗人运用在盎格鲁－撒克逊社会仍然保持强大影响的日耳曼传统改写包括《旧约》故事在内的拉丁文权威文本的传统。古英语诗人改写《旧约》故事而成的诗篇占现存全部古英诗篇幅约1/3，是古英语文学特别重

---

① Fletcher, *The Arthurian Material in the Chronicles*, p. 156. 埃塞尔斯坦（Athelstan）是盎格鲁－撒克逊时代一位杰出的英格兰国王（924—939年在位），是著名的阿尔弗雷德大王之孙。这里说的"颂诗"是指史诗性质的《布鲁南堡之战》（*Battle of Brunanburh*），该诗高度概括性地描写了埃塞尔斯坦在布鲁南堡大败由丹麦王子安拉夫（Anlaf）率领的爱尔兰和英格兰北部的维金王国、苏格兰以及威尔士的联军，统一了英格兰。该诗仅73行，保存在《盎格鲁－撒克逊编年史》中。

第三章 拉亚蒙的《布鲁特》

要的部分。在这些被称为"《旧约》诗篇"的古英诗里,诗人们从描写细节、情节安排、人物塑造甚至主题思想等各方面都有意识或者无意识地根据他们继承的日耳曼价值观念和头韵体诗歌艺术对《旧约》故事做了程度不同的改写,取得了很高的文学成就,也促进了基督教和日耳曼两大文化传统的融合和英格兰文化的发展。其中古英语诗篇《创世纪》特别突出地表现出古英语诗人改写权威文本的方法和成就,是一部十分优秀的作品。①

在很大程度上或者说在许多方面,拉亚蒙正是继承了这一传统,运用古英语前辈诗人改写《旧约》文本的方式对瓦斯的《布鲁特传奇》进行改写,很好地实现了他改写瓦斯那部服务于盎格鲁-诺曼王朝的政治和意识形态的文本,从而在12世纪末和13世纪前期的新语境中继承和发展了英格兰文化文学传统的意图。不过值得指出的是,运用传统和改写权威文本绝不仅仅是古英语诗人的传统和拉亚蒙的做法,而是中世纪文学创作中最普遍的方式,而且最具创造性、成就最高的作家恰恰是乔叟那样把传统和权威文本运用得最好的诗人。比如英诗之父的第一部杰作同时也是英语文学史上第一部真正意义上的宫廷诗歌《公爵夫人书》(*The Book of Duchess*)里大约有70%的诗行来自其他诗人,而他的代表作如《特洛伊罗斯与克瑞茜达》和《骑士的故事》则分别改写自薄伽丘的《菲洛斯特拉托》(*Filostrato*)和《苔塞伊达》(*Teseida*)。当然,拉亚蒙手中的源本《布鲁特传奇》本身也是这一传统的产物,是瓦斯对杰弗里的编年史的翻译和改写。

前一章谈及瓦斯对杰弗里的《不列颠君王史》的改写和大量细节增删,而拉亚蒙对瓦斯诗作改写的力度和增删的幅度更大。他不仅使诗作更具体生动,有时甚至离开原作让想象力自由发挥,因此其篇幅也比瓦斯原作大为增加。拉亚蒙的《布鲁特》虽为16000余行,但由于他使用的是古英诗头韵体,每行分为两个半行押头韵,而且他的诗行都很长,一个半行就相当于瓦斯的一个诗行,因此拉亚蒙诗作的篇幅实际上相当于瓦斯作品(14866行)的两倍多。由于拉亚蒙除押头韵外,往往还在两个半行之间押尾韵,所以一些现代版本将两个半行拆散排列,使之成为一个对句,这样

---

① 关于古英语诗人用日耳曼文化文学传统对《旧约·创世纪》的改写及其成就,可参看肖明翰《从古英诗〈创世纪〉对〈圣经·创世纪〉的改写看日尔曼传统的影响》,载《外国文学》2008年第5期。

拉亚蒙的《布鲁特》就长达30000多行。

　　拉亚蒙对瓦斯诗作的改写和增删，特别是对许多细节的扩展，在两部诗作里都是中心和重点的亚瑟王部分特别突出，以致这部分占全诗篇幅略超三分之一，所以仅是这部分就已经是一部长篇诗作。拉亚蒙的扩展使事件和情节更加具体生动，而且往往很富想象力。比如前一章里提到，关于梅林从爱尔兰将巨石阵搬回英格兰这一事件，瓦斯让梅林进入阵中，对巨石念念有词，说他不知梅林是否在祈祷，但士兵们随即就能轻松地搬动巨石，其核心内容只有几行（Wace 29）。但在这部分，拉亚蒙增加了梅林同国王、尤瑟（亚瑟父亲，国王的弟弟，当时还不是国王）以及武士们之间的有趣对话，而梅林"明知"无人能搬动巨石，还是吩咐"那些强壮的"武士们前去摇动和用"缆绳"使劲拖拽，那些巨石自然纹丝不动，然后他自己三次进出巨石阵，当然也如瓦斯的梅林那样口中念念有词，于是武士们就像拿"羽毛"一样将巨石搬到船上。拉亚蒙的描写显然更生动、更富戏剧性，篇幅也达一页多（Layamon 160—161），充分表现出这位英语诗人的想象力和幽默感。其实，增加细节使叙述更为生动有趣正是盎格鲁-撒克逊诗人在改写《旧约》故事的《创世记》等古英语诗篇里的突出特点和贡献。

　　拉亚蒙对细节的增添除了使故事更为生动具体外，往往还赋予作品更深刻、更丰富的意蕴。比如，拉亚蒙在亚瑟王的父亲尤瑟被毒害的事件中增加了许多细节，他让那些谋害者（不列顿人）装扮成受撒克逊人迫害的可怜虫，衣食无着。尤瑟好心收养他们，他们却恩将仇报，乘机下毒。诗人以此表现了中世纪社会和政治斗争中特别卑劣也特别危险的内部欺诈和背叛。不仅如此，这一事件还同后来亚瑟王本人被他十分信任并委以监国重任的莫德雷德的背叛遥相呼应。也许更有深意的是，作为撒克逊人后裔的拉亚蒙如此有意突出地描写那些不列顿人以撒克逊人的名义作恶，是在暗示历史上流传下来的那些关于撒克逊人的罪孽有可能是不列顿人的栽赃，也就是说撒克逊人并非像不列顿传说中那么可恶，这也就有利于消除不列顿人后裔对撒克逊人后裔的敌意，从而促进两个民族的融合和英格兰民族的发展。

　　细节和内容上大幅度的增添在可以称为亚瑟王部分的开篇（那时亚瑟王的父亲还是小孩）就突出地表现出来。这部分是关于沃蒂根（Vortigern）如何耍阴谋，利用皮克特人（苏格兰部族）杀死亚瑟王的大伯康斯坦斯而

第三章 拉亚蒙的《布鲁特》

夺取王位,随即又招来以亨吉斯特(Hengist)和霍萨(Horsa)两兄弟为首的撒克逊人以对付皮克特人和苏格兰人的入侵,结果导致撒克逊人越来越多,尾大不掉,反客为主,最终成为不列颠的主要居民。[①] 在杰弗里、瓦斯和拉亚蒙的著作里,撒克逊人的入侵都为后来亚瑟王的英雄业绩建构了历史语境,所以沃蒂根的篡位可被视为亚瑟王部分的开篇或序幕。瓦斯在这部分也甚为着力,用了4页半的篇幅来描写这位不列颠历史上一代枭雄以阴险手段篡位为王的经历。应该说,瓦斯的描写也很生动,但拉亚蒙不仅增加了更多细节,而且根据自己的想象增添了一些精彩情节,使这部分长达11页,沃蒂根的篡位过程自然也更为生动、曲折和富有戏剧性,更加凸显其阴险、狡诈和残忍,同时拉亚蒙也巧妙表明撒克逊人的迁入具有合理性,是被请来对抗不列颠人的敌人的。

同样很有意义的是,经拉亚蒙改写,加上诗作突出的古英语风格和古英诗头韵诗体,沃蒂根的弑君篡位更像一个古英语英雄诗篇里的故事。熟悉《贝奥武甫》的读者都知道,在那部古英语史诗里除了具有象征意义的贝奥武甫斩杀魔怪的主干情节外,还有大量被称为"次情节"(sub-plot)的历史或传说故事,它们主要是通过游吟诗人吟唱的关于争夺王位或仇杀的内容。在一定程度上,我们可以说这些故事才是这部史诗真正描写的内容,而贝奥武甫诛杀魔鬼的主情节在很大程度上是从象征层面为解读日耳曼部族社会中这些很普遍的争斗和仇杀提供意义框架。[②] 关于日耳曼社会中这类王位争夺和仇杀,其他一些古英语英雄史诗以及《盎格鲁-撒克逊编年史》中都有不少描写和记载。因此,拉亚蒙关于沃蒂根篡位的描写在风格和内容上都为亚瑟王部分增加了古英语英雄史诗的特色,或者说一开始就将亚瑟王传说纳入了盎格鲁-撒克逊社会的历史文化语境和古英语史诗传统。

如同中世纪所有诗人都对其改写的文本进行删节一样,拉亚蒙也对瓦斯的《布鲁特传奇》做了删节。瓦斯删除杰弗里《不列颠君王史》里梅林那十分冗长但富含不列颠文化色彩的一系列晦涩的预言,盎格鲁-撒克逊

---

① 关于沃蒂根招募亨吉斯特和霍萨为首的雇佣军并造成日耳曼人大量迁入的局面,8世纪比德的《英格兰人教会史》和9世纪开始编写的《盎格鲁-撒克逊年鉴》都有记载,但没有瓦斯和拉亚蒙的文学性描写那样具体生动。

② 关于这些"次情节"在史诗《贝奥武甫》中的特殊意义,可参看肖明翰《〈贝奥武甫〉中基督教和日尔曼两大传统的并存与融合》,载《外国文学评论》2005年第2期。

时代的古英语诗人也删去《旧约·创世记》里关于亚当后代那枯燥冗长的谱系等内容。但在拉亚蒙对瓦斯的许多删节中最有意义的是，他删去了也许是瓦斯对杰弗里原作最大也是最具特色的贡献——这也象征性地表现在他对瓦斯标题中"传奇"一词的删除。前面提到，瓦斯用盎格鲁—诺曼王朝所代表和提倡的宫廷文化改写杰弗里的"史书"，增加关于骑士精神和宫廷爱情的内容，描写女士们观看骑士比武和表现豪华优雅的宫廷活动。瓦斯在相当程度上把亚瑟王和他的武士塑造成浪漫传奇里风度翩翩的勇武而高雅的骑士，使他的《布鲁特传奇》中的亚瑟王部分具有了比较明显的浪漫传奇作品的风格和特色。由于这些改写主要是依据亨利二世和艾琳诺所倡导的文化潮流、价值标准和王室活动，瓦斯的《布鲁特传奇》自然也有利于盎格鲁－诺曼王朝试图与不列颠传统接轨和服务于它在不列颠的统治之政治和文化意图，所以盎格鲁－诺曼王室对他的《布鲁特传奇》十分赞赏。然而，拉亚蒙将瓦斯诗作中这些具有浪漫传奇色彩和表现盎格鲁－诺曼王朝宫廷文化和意识形态的部分几乎全部删除，所以他将瓦斯原作标题中的"传奇"一词断然删去。

如果说瓦斯删去梅林冗长且相当枯燥的预言是为了增加作品的可读性和弱化其不列颠文化元素的话，拉亚蒙删去瓦斯作品中那些非常优美而且在当时十分流行的、具有突出浪漫传奇色彩的部分，则显然不是为了增强诗作的可读性，而是由于明显的文化立场和意识形态方面的原因。他出于英格兰人的身份认同和对盎格鲁－诺曼王朝的抵触情绪，本就对瓦斯这些宣扬盎格鲁－诺曼王朝的宫廷文化和意识形态的内容不愿接受，加之浪漫传奇的风格和特色也与他叙述亚瑟王的英雄业绩时使用的古英语史诗体裁和风格不太兼容，所以他系统地将这些内容删除。另外，十分值得注意而且的确很有意义的是，后来在14世纪末出现的那部也是使用头韵体，而且在那时期所有的亚瑟王文学作品中最突出表现英格兰民族意识，并且也属于王朝主题和编年史传统的优秀诗作《亚瑟王之死》也很少有宫廷文化和浪漫传奇元素，却同拉亚蒙的《布鲁特》一样具有史诗性质。

其实，拉亚蒙删除瓦斯的《布鲁特传奇》里亚瑟王部分表现骑士精神和宫廷爱情的宫廷文化内容，似乎也并不仅仅或者说并不完全是源自他个人的好恶，这是因为他诗作中宫廷文化的缺席，不仅在当时，甚至在随后一个半世纪的中古英语文学中也并非孤例。下面我们将看到，后来的一些中古英语亚瑟王作品里也很少有宫廷文化和浪漫传奇元素，即使那些以法

第三章 拉亚蒙的《布鲁特》

语著作为源本的作品也大多明显弱化这些元素。所以，拉亚蒙删除来自大陆传统的宫廷文化有更深层的原因，它反映出诺曼征服之后英格兰社会和文化分裂的现实以及英格兰本土文化文学传统的强大影响。前面一章谈及，在12世纪中期以后，当宫廷文化在大陆兴起和以骑士精神及宫廷爱情为主题的浪漫传奇文学在大陆流行和繁荣之时，宫廷文化作为安茹帝国的主流文化也波及英格兰，而且英格兰也成为创作浪漫传奇的主要中心之一。虽然宫廷文化自然也渗入英格兰的浪漫传奇作品之中，但受英格兰本土文化以及盎格鲁-诺曼贵族们试图融入他们所统治地区之意愿影响，这时期的盎格鲁-诺曼语浪漫传奇并非像同时代大陆浪漫传奇那样突出表现宫廷文化，其核心主题更多是家族历史或先祖传奇。至于13世纪开始出现的中古英语浪漫传奇作品，它们主要植根于中下层英格兰民众及其文化传统之中，自然对宫廷文化更是敬而远之。不仅在浪漫传奇中如此，实际上在14世纪中期乔叟创作出《公爵夫人书》之前，英语文学中没有一部真正意义上的宫廷诗歌作品。

前期中古英语文学与宫廷文化的脱节，首先是因为那时英语文学中原本就没有表现宫廷文化的传统。但更重要的是，植根于英格兰民众和英格兰文化的英语文学与盎格鲁-诺曼统治阶级及其文化之间存在相当距离，英语诗人们对还没有英格兰化甚至刻意不认同乃至鄙视他们所统治国度的本土文化的统治阶级颇为反感，所以他们对宫廷文化这种"异质"文化敬而远之实际上也是一种政治和文化姿态。这种状况直到英格兰王室和上层贵族在英法百年战争期间，英格兰化以及他们的宫廷文化最终同本土文化融合而建构成统一的英格兰民族文化之时才彻底改变，其重要标志是在乔叟时代英语文学大繁荣中，不仅以乔叟为代表的伦敦派宫廷诗人那里，而且源自古英诗传统的头韵体诗歌复兴运动的许多杰出诗作中，都表现出宫廷文化和英格兰本土传统的融合与统一。也就是说，这时的宫廷文化已经英格兰化，已经是英格兰本土文化的核心组成。中古英语亚瑟王传奇文学中最杰出的作品头韵体《高文爵士与绿色骑士》就是一个突出例子。

如果说拉亚蒙删除与盎格鲁-诺曼王室相关联的宫廷文化直接和间接地反映出他对自己的英格兰人文化身份的表达的话，那么他在改写瓦斯的《布鲁特传奇》时所给予的一些重要增添则更是如此。前面简略列举了拉亚蒙如何增加细节上的描写使叙述更为生动具体，也为诗作增添了古英诗特色，但他在一些更为重要的内容上的改写和增添使诗作更接近古英诗传统。

　　拉亚蒙对亚瑟王出生的描写很能说明问题。相对于瓦斯的相关部分，拉亚蒙增加了许多内容，也大幅度增加了不列颠本土文化传统的代表梅林的神秘作用。在这方面，拉亚蒙与突出表现不列顿人传统的杰弗里更接近。首先，亚瑟王的父亲尤瑟寻求梅林的帮助以获得康沃尔公爵夫人伊格莱茵的过程变得更为曲折、生动和富有戏剧性。但最重要的是，也许是受到《圣经》里关于耶稣出生之时东方三贤前来献礼的影响，在亚瑟出生之时，拉亚蒙也描写了仙女们前来献上礼物，只不过她们献给亚瑟的不是东方三贤敬献的黄金、乳香和没药，而是赋予他超常的品质与力量。杰弗里在《不列颠君王史》里说，亚瑟出生后，根据此前约定，尤瑟将孩子交给了梅林。在《布鲁特传奇》里，瓦斯省掉这一内容，仅仅写道：伊格莱茵"怀上了孩子，当产期来临，她生了一个男孩。这孩子取名亚瑟；赞誉他的传言已经传遍了世界"（Wace 40）。传扬盎格鲁-诺曼文化的瓦斯显然不想他的亚瑟王过分浸淫在不列颠本土文化之中。但拉亚蒙则写道：

　　产期来临，亚瑟出生。他一来到世上，仙女们就带走他，并赋予这个孩子最强的魔法；她们给予他力量，使他成为最杰出的骑士，她们赠予他另外一件礼物，他将成为富有的王；她们的第三件礼物是，他将长寿；她们赋予他君王最有价值的美德，这样他就是世上最慷慨之人。这些就是仙子们给予他的礼物，这个孩子因此兴旺发达。（Layamon 177-178）

　　拉亚蒙的改写显然增加了亚瑟王这个人物的神秘性，为他超凡的力量和辉煌的业绩做了铺垫。在这点上，拉亚蒙更接近杰弗里，他们都让亚瑟由本土民间传说中具有神秘力量的梅林或仙女们抚养长大。特别有意义的是，正如亚瑟王出生在康沃尔，最后也从康沃尔"消失"一样，他出生时仙女们前来献礼并将他带走，这同他的结局，即他身负重伤又被仙女们带走，正好前后照应。但问题是，他的神秘力量，或者说那些仙女，究竟源自何处？关于这一点，学者们有争论，有人认为那些仙女如梅林也出自不列顿神话传说。但另外一些学者则认为她们来自日耳曼传说，其中包括著名德国学者布林克（B. Ten Brink）。卢米斯也指出，在拉亚蒙笔下的仙女

第三章　拉亚蒙的《布鲁特》

这个词 alven 是一个日耳曼词。这样看来，这些仙女应该是出自日耳曼或者说盎格鲁－撒克逊神话传说，这也与拉亚蒙致力于将亚瑟王"英格兰化"的基本倾向一致。实际上，仙女们赋予亚瑟王的力量、财富、长寿（或者说永恒声名）和慷慨等"礼物"正是日耳曼传统的核心价值观念。阿隆斯坦认为，这些礼物使他成为"一位贝奥武甫和赫罗斯加（Hrothgar）类型的盎格鲁－撒克逊武士国王"[①]。所以，亚瑟一出生，拉亚蒙就将他置于日耳曼，或者说盎格鲁－撒克逊，或者说英格兰传统之中了。正是依靠这些"礼物"，亚瑟王后来征服了"世界"。拉亚蒙说："这位国王将他的人民联合在一起，生活在幸福之中；他靠这些东西，靠他凶猛之威力和不尽之财富击溃了所有帝王。"（Layamon 184）任何读过《贝奥武甫》的人都会注意到，该史诗用了大量篇幅强调英雄时代那些杰出的日耳曼国王们正是依靠"凶猛之威力"和慷慨的赏赐征服对手和获得人们拥护。慷慨赏赐与力量密不可分，也是日耳曼文化或者说盎格鲁－撒克逊文化的核心价值。

可以说，拉亚蒙一直试图将亚瑟王塑造成一位强悍的盎格鲁－撒克逊武士君主，而非宫廷浪漫传奇里那种温文尔雅的骑士国王。他对瓦斯诗作特别重要的改写同时也是特别能揭示亚瑟王身上强悍的盎格鲁－撒克逊特质的是关于圆桌出现的那部分。将圆桌引进亚瑟王传奇本是瓦斯的一个突出贡献；自此以后，圆桌成为亚瑟王传说不可分割的部分，是亚瑟王朝的象征。所以拉亚蒙在诗作中自然也保留了圆桌出现的内容，但进行了重大改写。前面一章谈到，为防止骑士们因座次产生冲突，瓦斯的亚瑟王命人制作圆桌，于是座位不分先后，骑士们平等相处，既突出了王权也表现出宫廷的典雅与祥和。然而拉亚蒙却将圆桌的出现置于血腥冲突之中。事件发生在圣诞节期间在伦敦举办的盛宴上，参加者有各地前来朝觐的君王、各等级的贵族和武士。人们按地位尊卑在亚瑟王和王后以下落座，然而这些桀骜不驯的武夫很快就因座次发生冲突，先是面包乱飞，然后相互扔酒杯，接下来乱拳暴打，最后刀剑相向，于是引发一场混战，血肉横飞，不少人死于非命。这些将宴会变成血腥战场的莽夫，如阿隆斯坦所说，"更

[①] Aronstein, *An Introduction to British Arthurian Narrative*, p. 38. 贝奥武甫和赫罗斯加都是古英语英雄史诗《贝奥武甫》里的人物，贝奥武甫是高特国王，赫罗斯加是丹麦国王，按日耳曼传统之标准他们都是杰出的国王。因为《贝奥武甫》产生于英国的盎格鲁－撒克逊时代，故阿隆斯坦说他们是盎格鲁－撒克逊武士国王。

像盎格鲁－撒克逊武士而非大陆上的骑士"①。

　　亚瑟王不禁为武士们竟然如此蔑视其权威而大为震怒。他命令道："全都坐下，而且要快，否则处死！"然后他下令将最先动手之人用绳子拖到沼泽地淹死，并把他所有"近亲的脑袋"用"宽刀"（broad swords）砍掉。他家族中女人也难逃厄运，她们的鼻子全被割去"以毁坏她们的容颜"，这样她们就再也嫁不出去。亚瑟王说："我要灭掉他的整个家族。"他宣布，如果再发生这样的事，不论地位高低一律处死，不论黄金珍宝还是家产牲畜都不能赎命。然后他命令所有君王、贵族、武士和扈从按地位高低依次发誓，遵从他的命令。在结束这场混乱之后，他吩咐宴会继续，众人怀着对"君王中最尊贵的亚瑟王的恐惧"重新落座。在喇叭声和游吟诗人的演唱中，宴会继续了7天。亚瑟王随后去了康沃尔，那里一位自称手艺高超的木匠前来献计，说是听说了发生在宴会上的事件，因此想为亚瑟王建造一张圆桌。他告诉亚瑟王，他这张圆桌能坐"1600多人"。更为神奇的是，这张巨大的圆桌还可以轻易带走，以便安放在亚瑟王所喜欢的任何地方。有了这张圆桌，他说："直到世界末日，也不会再有情绪冲动的骑士在你的宴会上打斗。"4个星期后，这张神奇的圆桌建好，亚瑟王召集所有的骑士，"命令"他们"立即就座"。于是骑士们坐下吃肉喝酒，像"兄弟"和"战友"一样亲密无间（Layamon 209—212），圆桌上自然再也没有争端和打斗。

　　从瓦斯和拉亚蒙对圆桌出现这个亚瑟王传说中的核心事件大为不同的描写可以看出，他们代表不同的传统，而圆桌也体现出不同的价值观。在瓦斯那里，圆桌也突出王权，但诗人更直接强调它是骑士精神的体现，表现了骑士们的平等和友谊，它维护着宫廷里的安定与祥和，而下令建造圆桌的亚瑟王本人则是代表宫廷文化的骑士君主。然而在拉亚蒙的诗作里，圆桌是由一位智者根据动荡冲突的现实和王权与秩序的需要提议建造，而它表面上代表的平等精神早已提前被发生在血腥冲突之后的残酷镇压，以及在死亡威胁下所有的人都不得不在亚瑟王面前一个个发誓的情景所颠覆，所以这张圆桌真正体现的不是平等精神，而是亚瑟王的威严，是至高

---

① Aronstein, *An Introduction to British Arthurian Narrative*, p. 38. 阿隆斯坦这里所说的"盎格鲁－撒克逊武士"是指古英语英雄史诗里描写的武士，而"大陆上的骑士"是指大陆上法语浪漫传奇里的骑士。

第三章 拉亚蒙的《布鲁特》

无上的王权和骑士们被迫遵守的秩序。亚瑟王也不是温文尔雅的骑士精神代表，而是封建等级社会中掌握生杀予夺大权的专制君主和在任何时候都可能出现内外冲突的血雨腥风的中世纪英格兰不可或缺的秩序维护者。相对而言，瓦斯诗作中的圆桌更是富含理想色彩的浪漫意象，而拉亚蒙笔下的圆桌则是更具现实意义的王权象征。

由此还可以看出，除圆桌本身的象征意义外，这段关于圆桌出现的描写特别重要的还有对亚瑟王的人物性格的展示，拉亚蒙以此塑造出一位在乱世中用铁血手段维持权威与秩序的专制君主。瓦斯的确也突出了描写亚瑟王朝的强盛与亚瑟王的权威，但他特别强调亚瑟王宫中和谐高雅的宫廷文化，并赋予亚瑟王骑士品质与美德，这样他就将亚瑟王朝和盎格鲁-诺曼王朝在文化传统上连接在一起，亚瑟王朝也就成为以亨利二世为代表的盎格鲁-诺曼王朝的文化先祖。与之相对，拉亚蒙则通过删除瓦斯附加在亚瑟王传说中的宫廷文化和亚瑟王身上的浪漫传奇色彩，突出其威严的君主形象并在亚瑟王故事中增加大量日耳曼传说成分和文化观念，从而将亚瑟王传说英格兰化，使它同盎格鲁-撒克逊传统接轨。

另外，拉亚蒙还对激烈的战斗和血腥的厮杀十分感兴趣，因此在书中增加了不少残酷的战争场面的描写，这显然是受到古英语英雄史诗的影响，与受宫廷高雅文化影响而淡化血腥描写的瓦斯原作有相当大区别。所以如纽斯特德所指出，拉亚蒙第一个把亚瑟王描写成一位英格兰英雄[1]或者说史诗英雄。部分因为受此或者说受本土古英语英雄史诗传统影响，后来的许多英语诗人同样也竞把他英格兰化。其中最突出的是头韵体《亚瑟王之死》的作者。在那部诗作里，亚瑟王是一位指挥千军万马，行事果断、形象威严的英国君主，至于那位头韵体诗人那样热衷于描写战场上十分惨烈十分血腥的厮杀，[2] 可以说完全是与古英语英雄史诗诗人和拉亚蒙一脉相承。

拉亚蒙对瓦斯诗作另外一处很具有盎格鲁-撒克逊特色的改写是关于亚瑟王即将率大军渡过海峡之时所做的关于一个火龙与怪兽搏斗的噩梦。他惊醒后，"深感恐惧，大声呻吟"，然而"在他自己说出原因之前，天底

---

[1] Helaine Newstead, "Romances: General", in Severs, ed., *A Manual of the Writings in Middle English*: 1050—1500, p. 44.

[2] 关于这一点，后面分析头韵体《亚瑟王之死》一章里将具体说明和讨论。

下没有骑士胆敢向他询问"。当亚瑟王讲出梦境之后,从"主教们"到"哲人们"以及"伯爵""男爵"等所有贵族,全都竞相"尽其智慧"从"最好的方面解读",而"没有人胆敢稍微朝坏的方向解释,因为他们都怕失去对他们很宝贵的肢体"(Layamon 235—36)。这样,诗人非常巧妙也很幽默地用属下对他的敬畏进一步表现亚瑟王作为专制君主的威严,并深刻揭示出他同贵族和骑士们的关系远非大陆宫廷传统的浪漫传奇里那样如同兄弟一般亲密无间。换句话说,拉亚蒙没有像瓦斯以及当时十分流行的法语传奇作品的作者们那样将亚瑟王浪漫化,而是试图将他置于英格兰的历史和现实语境中,使他更像一位在严峻的环境中维持秩序的封建君主。

　　拉亚蒙如此对亚瑟王去浪漫化几乎持续到他的亚瑟王朝戏剧的终场,并与对亚瑟王的另外一个特别重要同时也是最后一个梦境的描写联系在一起。亚瑟王这个梦出现在他事业的鼎盛之时:他统帅大军横扫欧洲大陆,击溃罗马大军,杀死罗马皇帝,正准备挥师进军罗马登基称帝。这时从国内赶来一位骑士,当天晚上亚瑟王梦见他和他最忠实的骑士高文"跨坐"在大殿之顶,眺望他统治的巨大帝国,这时他留守国内的侄儿莫德雷德出现,挥舞"巨大的战斧"将支撑大殿的所有立柱"砍得粉碎",同时他更吃惊地发现他的王后,他"最珍爱的女人",正在"亲手掀翻大殿屋顶"。他和高文跌落地上,高文跌断双手,亚瑟王自己则跌断右手。于是,他左手执剑,砍掉莫德雷德的头,又将"王后砍成碎片"并"扔进一个黑暗的坑里"。熟悉亚瑟王传奇的读者都知道,这个梦境预示着亚瑟王朝这座大厦即将坍塌。当他向手下讲述这个梦后,国内赶来的骑士告诉他,莫德雷德已经篡夺王位和占有王后。高文当即宣布与其弟弟莫德雷德断绝关系,并发誓要用战马将王后"撕裂成碎片"(Layamon 258—60)。拉亚蒙增加的这个梦境除了主题思想和情节发展上的意义外,还再一次拉大了亚瑟王和圆桌骑士的代表人物高文同宫廷传统的浪漫传奇的距离:没有任何一位具有宫廷文化美德的骑士会像拉亚蒙笔下的亚瑟王和高文那样残忍地对待一位女士,不论她犯下何等罪过。

　　在拉亚蒙笔下亚瑟王戏剧的终场,经过残酷的决战,亚瑟王最终杀死了莫德雷德,自己也身负"15处重伤",身边也只剩下2个骑士。对于亚瑟王的结局,拉亚蒙的处理特别有深意。他先让亚瑟王自己宣称,他将前往阿瓦隆,与那些"最美丽的仙女们"在一起,"女王阿甘特,最美丽的仙子,将治好我的伤","将来我会回到我的王国,同不列颠人幸福地生活

第三章 拉亚蒙的《布鲁特》

在一起"（Layamon 264）。阿甘特即他的姐姐女魔法师摩根。然后拉亚蒙才出面说：

> 不列顿人仍然相信他还活着，在阿瓦隆同最美丽的仙女们在一起；不列顿人至今仍然期盼着他会回来。这个世界上没有人知道真相，没有人能讲出更多关于亚瑟王的情况。但从前有位圣哲名叫梅林；他说——他的说法真实可信：一位亚瑟王将会来帮助英格兰人。（Layamon 264）

关于亚瑟王的结局，或者说关于亚瑟王是否还活着并是否会回来拯救苦难中的人们之说法，在亚瑟王传说中十分重要，因为那在很大程度上取决于谁来讲述这个传说。弗莱契说："我们只能这样说：——杰弗里的《君王史》发行之后，很快（如果不是在那之前的话）这个悲戚而优美的故事，带着一个被征服的民族强烈而无望的期待，已经在广泛流传，而且不断出现新的版本。"① 在上面这段亚瑟王部分的结束语中，拉亚蒙首先让亚瑟王自己说他会回来，然后讲不列顿人相信他会回来，最后由诗人自己出面说没有人知道真相，这实际上一步步降低了亚瑟王回归的可信度。其实，早在刚建造出圆桌之时，拉亚蒙就已经在悄然颠覆这种说法。

在讲述了圆桌的建造和简单描述了骑士们坐在圆桌旁像"兄弟"般地吃肉喝酒之后，拉亚蒙立即直接进入作品发了一大段颇令人费解的议论。他说：

> 这就是那张不列顿人大肆吹嘘的桌子，他们还讲述了许多关于亚瑟王的谎言。每一个人都是如此，如果他非常喜欢另外一个人，如果他太爱那人，他就会说谎，就会对那人大肆吹捧，言过其实；不论一个人有多坏，他的朋友都会支持他。但如果敌意出现在人们中，在任何时候出现在两人之间，谎言就会针对那个受人憎恨之人被编造出来，哪怕那人是同一张桌上吃喝的人中最好的一位；只要憎恨他，总能说出他的坏话。游吟诗人们所演唱的并非全真，也非全假；但关于亚瑟王的这一点倒是真的：从未有一位国王像他那样无论何时都如此英勇。

---

① Fletcher, *The Arthurian Material in the Chronicles*, p. 165.

因为书籍从头到尾记载下有关亚瑟王的真实事迹，不多不少，都是按他的事迹记载。①

但不列顿人极为热爱他，以致经常编造关于他的谎言，他们虚构出的许多亚瑟王的事迹实际上从来不会在世界上任何地方发生。（Layamon 211 – 212）

这里，拉亚蒙实际上是在表明，除了亚瑟王的英勇之外，其他许多事迹都是因为不列顿人太热爱他而编造的。随后他甚至说，如果一位骑士不会讲述关于亚瑟王，他那高贵的宫廷、他的武器、他的袍服、他的骑兵，不会演唱年轻的亚瑟王、他的骑士们、他们的财富和高超武艺的传奇故事，那不论他在威尔士、法兰西还是在其他任何地方（拉亚蒙随即列举出一大批国名），都不会得到尊敬，不会被视为好骑士。（Layamon 212）在明确指出传说的虚假性之后，他竟然还将能否讲述关于亚瑟王和他的骑士们的故事作为衡量一位骑士的标准，人们很难不认为拉亚蒙是在嘲笑和颠覆那些把亚瑟王和圆桌骑士吹得天花乱坠的宫廷传统的浪漫传奇作品。

正是在如此一步步揭示不列顿人关于亚瑟王和圆桌骑士的传说中许多不实之处后，拉亚蒙在讲述亚瑟王朝正处于不断兴盛之际，十分突然地跨越时间提及亚瑟王的结局，并巧妙质疑不列顿人相信亚瑟王还在阿瓦隆同仙女们在一起，并将回来拯救不列顿人的神话。他说：

关于这位国王的死亡，没有不列顿人会相信，除非是在世界末日，我们的救世主审判所有人之时那最终的死亡；否则我们不能想象亚瑟王会死去。因为他自己在康沃尔南方——在那里高文被杀，他自己身负重伤——对他那些亲爱的不列顿人说，他将前往阿瓦隆，到那岛上，到仙女阿甘特那里去。她将用药膏治好他的伤；当他痊愈后，他将很快回到他们中来。不列顿人相信这个说法，他们相信他将这样回来，并一直期待着他回到他的王国，如同他在离开之时向他们承诺的那样。（Layamon 212）

---

① 在拉亚蒙的原作里，这里并没分段。Eugene Mason 的译本将其分段，似乎有点违背原文逻辑。

第三章 拉亚蒙的《布鲁特》

也就是说，除了亚瑟王自己的承诺和不列顿人的信念之外，亚瑟王还活着并将回来之说没有任何其他根据。拉亚蒙将亚瑟王还在阿瓦隆与美丽的仙女们愉快地一道生活的传言同不列顿人那些关于亚瑟王和圆桌骑士的不实之词放在一起，并强调只有不列顿人才对此坚信不疑，那实际上等于说，那只不过是不列顿人的一厢情愿，是他们的一个"悲戚而优美"的虚构，是他们"强烈而无望的期待"而已。

但特别有意义的是，在这一点上拉亚蒙同瓦斯倒是比较一致。前面一章分析过，其实瓦斯也并不真的相信亚瑟王还愉快地生活在阿瓦隆。但他的出发点同爱德华一世把在格拉斯顿堡修道院发现的亚瑟王遗骸隆重迁葬到新的豪华墓地一样，就是要向不列顿人的后裔证明，亚瑟王的确已经死去。也就是说，瓦斯质疑不列顿人关于亚瑟王还活着的传言是出自盎格鲁-诺曼王朝长治久安的政治目的。相反，拉亚蒙颠覆不列顿人的传言则是出于盎格鲁-撒克逊人或者说英格兰人的利益。所以他在《布鲁特》里亚瑟王部分的结尾（即前面的引言）做了含义深刻的改写。他借梅林之口说："一位亚瑟王将会来帮助英格兰人"，并强调"他的说法真实可信"。这里，他巧妙地在亚瑟王之前加了一个不定冠词，于是将"亚瑟王"换作"一位亚瑟王"，同时又把"将回来"（will come back）改为"将会来"（will come）。那其实是在暗示，那位亚瑟王已经死去，但另外一位像亚瑟王那样的伟人将会出现，然而他不是来拯救不列顿人的，而是"帮助英格兰人"。

拉亚蒙在一定程度上是在两面作战。一方面，他公开质疑不列顿人的许多"谎言"来颠覆"不列顿版"的亚瑟王传说；另一方面，他对瓦斯的《布鲁特传奇》进行改写，以更为隐晦的方式颠覆代表盎格鲁-诺曼王朝政治利益和意识形态的"宫廷文化版"的亚瑟王浪漫传奇。正是在这样两面作战中，拉亚蒙推出他自己的"英格兰版"的不列颠"历史"《布鲁特》和其中的亚瑟王朝兴衰史。

从杰弗里的《不列颠君王史》到瓦斯的《布鲁特传奇》再到拉亚蒙的《布鲁特》的演化，我们可以看到诺曼征服之后，特别是处于转型期的12世纪，英格兰错综复杂的社会、政治和民族（ethnic）状况以及各种不同文化传统之间的博弈。杰弗里、瓦斯和拉亚蒙分别代表的是当时英格兰三个主要民族和它们各具特色的文化传统：不列顿人后裔威尔士人和他们的凯尔特文化传统、盎格鲁-诺曼人和他们主要源自大陆但已经受到英格兰本土传统影响在当时处于主流的宫廷文化传统以及盎格鲁－撒克逊人后裔英格兰人及其源自日耳曼文化的盎格鲁－撒克逊传统。三位作家都从各自的立场以自己的方式讲述不列颠"历史"为自己族裔的政治文化服务。

因此，如果我们比较杰弗里、瓦斯和拉亚蒙的三部不列颠"历史"，特别是其中的亚瑟王朝兴衰史，不难看出，杰弗里突出的是以凯尔特文化为主线的不列颠传统，瓦斯在改写杰弗里作品之时引入盎格鲁－诺曼王室代表的宫廷文化内容和宫廷文学风格而将其盎格鲁－诺曼化，而意在讲述"英格兰人之高尚业绩"的拉亚蒙却用以盎格鲁－撒克逊传统为主体的英格兰文化和古英语文学风格改写瓦斯诗作，使亚瑟王部分成为古英诗传统的英格兰民族史诗。或者如皮尔索尔所说：拉亚蒙的《布鲁特》"以巨大的民族自豪之活力和热情扩展亚瑟王部分，使许多人将其宣布为第一部甚至是唯——部英格兰民族史诗"。①

这三部叙述同一"历史"的著作体现了三个文化传统，这也从一个特殊的角度反映出英格兰特别丰富多彩的历史和文化，它们都是英格兰文化的核心组成。尽管三位作者的立场、视角、意图和讲述方式不同，有时甚至对立，但在总体上，三部著作的基本内容大体相同，而且三位作家对不列颠的历史和对亚瑟王朝的基本态度也比较一致。他们都把亚瑟王塑造成民族英雄，都对亚瑟王朝的辉煌成就由衷地感到自豪，也都试图把不列颠"历史"讲述成他们自己的历史或者说将自己的民族融合进他们讲述的历史中去。于是，由特洛伊人布鲁图开创和以亚瑟王朝为中心的不列颠"历史"也就成为他们共同的历史。正因为如此，我们在这三部著作中看到，那三大文化传统之间不仅有矛盾冲突，也有相互影响与融合。随着历史的发展和三大族裔之间的互动日益密切，三大文化传统之间的相互影响和渗透也不断加强。后来在英法百年战争时期，当英国王室和上层贵族最终完成英格兰化、现代英格兰民族终于形成之时，这三个传统将在新的历史和文化语境中整合在一起，共同建构统一的英格兰民族文化，而在14、15世纪终于繁荣的英语亚瑟王文学特别明显地表现了这三大传统的融合和表达出逐步统一的英格兰民族意识。

亚瑟王文学中的编年史传统，或者说由杰弗里、瓦斯和拉亚蒙开创、奠定和发展的"布鲁特"传统，自然也没有在拉亚蒙之后消失。亚瑟王传

---

① Pearsall, *Arthurian Romance*, p. 16.

第三章 拉亚蒙的《布鲁特》

奇文学在很大程度上根源于编年史,而编年史也为亚瑟王文学的进一步发展提供了基础,特别是为其发展提供叙事框架和"历史"根据,而编年史传统或者说王朝传统也一直在亚瑟王文学发展中直接和间接发挥着重要作用。特别是在英格兰,编年史传统的英语亚瑟王文学作品在 14、15 甚至 16 世纪不断发展,头韵体《亚瑟王之死》是这一传统的巅峰之作。当然,在中古英语亚瑟王文学中,以骑士历险为主题的骑士浪漫传奇传统不仅在发展,而且作品更多。最终,马罗礼的《亚瑟王之死》将这两个传统整合在一起。下面各章将对拉亚蒙的《布鲁特》之后出现的现存所有中古英语亚瑟王文学作品进行探讨和分析。

第四章 亚瑟王浪漫传奇的英格兰化

在拉亚蒙的《布鲁特》之后的半个多世纪里，英格兰没有出现任何英语亚瑟王作品，至少没有流传下任何文本，甚至没有任何迹象表明英语文学家创作过这类作品。这一时期是诺曼征服后，直到14世纪前期这近3个世纪的英语文学低潮期中最低潮的时期。实际上，自7世纪古英语文学诞生以来，在整个英语文学史上，还没有任何一个时代像那200多年里那样，除《布鲁特》和《猫头鹰与夜莺》外，几乎没有流传下在文学艺术上值得称赞的英语作品。

曾经在7—11世纪独步欧洲民族语言文坛，创作出《贝奥武甫》《十字架之梦》《流浪者》等一批可以和任何时代的作品媲美的传世佳作而辉煌一时的英语文学在此期间竟如此低落自然有许多原因，但其中最重要的应该是英语本身在当时的状况。在诺曼征服后，主导英格兰社会的外来王室和贵族上层使用法语，英语失去了官方书面语的权威地位，降格为下层普通民众的口头语言；同时，英语语言自身也在英格兰社会、政治和文化都发生了并继续发生着巨大变化的历史语境里，经历着脱胎换骨的巨大变革，而且还远未完成，自然也难以承担起卓有成效的文学创作的重任。到了14世纪，英语发展加速，终于在乔叟时代再一次成为成熟的文学语言。不过这时的英语已经是与古英语极为不同的中古英语。随着中古英语语言发展成为成熟的文学语言，乔叟时代的诗人们造就了英语文学的大繁荣。英语亚瑟王文学也是这一大繁荣中的重要组成。

英语能在那个时期成为英国官方书面语，是能与法语、意大利语媲美的文学语言，除英语本身经历了3个世纪的变化与发展，已经大体完成了从古英语到成熟的中古英语的转型外，还有社会、经济和文化等各方面许多因素，而其中特别重要的是那场旷日持久的百年战争（1337—1453）。

第四章 亚瑟王浪漫传奇的英格兰化

百年战争是诺曼征服后英国在中世纪的重大事件，它对英国的社会、政治、文化和文学都产生了深远影响。而就英格兰民族的发展而言，最重要的也许是，百年战争促进了英国民族的形成和民族意识的发展。正是在百年战争中，外来的王室和上层贵族最终演化成英格兰王室和英格兰贵族。也就是说，在百年战争中，各阶层的英国人最终形成一个具有统一民族意识的统一民族。统一的民族需要统一的语言，诺曼征服后 300 多年来，统治阶级讲法语、普通民众讲英语的状况再也不能当然也不会继续下去。同样，迅速发展的民族意识需要民族语言文学来表达和弘扬，所以在百年战争时期出现了英语文学大繁荣。在这场民族语言文学运动中，英语文学家们，特别是英诗之父乔叟坚持用英语创作，同时广泛借鉴法语、拉丁语、意大利语等语言以丰富英语的表达方式，使英语迅速发展为成熟的文学语言。

也是在这个时期，政治权力也参与了英语的发展。为了刺激人们的爱国精神以支持战争，爱德华三世、王储黑王子和其他王室成员、高等贵族积极提倡使用英语。在对法战争中取得重大胜利之后，英国国会在 1362 年有史以来第一次以英语开幕并在发言中使用英语。同年国会还决定，在法律程序中使用英语。[①] 在那时期的英国国王中，那位在各方面都颇有作为的亨利五世（Henry V，1413—1422 年在位）对英语的发展贡献最大。他不仅在各领域大力提倡英语，而且身体力行，是诺曼征服后第一位用英语写手谕的国王。他书写手谕特别注意语言的规范和修辞，所以其手谕成为当时书面英语的典范，被广为模仿。[②] 王室和政府的提倡鼓励极大提高了英语的地位和促进了英语发展。1430 年，英语取代法语成为英国国会和政府文件的官方正式语言。

在文化上，百年战争也影响巨大，其中特别突出的是骑士文化的发展。爱德华三世青少年时代就胸怀大志，并十分注重发扬骑士精神。他吸取前辈国王的教训，竭力搞好同贵族的关系。他的一个十分重要的策略就是经常举行骑士比武来发扬骑士精神，而骑士精神的核心在爱德华看来就

[①] 见哈佛大学网站，作者不详，"The English Language in the Fourteenth Century"，http：//icg. fas. harvard. edu/~chaucer/language. html，Jan. 14，2003。也有学者认为，英语第一次被用于国会开幕式是在 1363 年，见 A. l. Pollard，*Late Medieval England*：1399—1509，Harlow，England：Pearson Education，2000，p. 194。

[②] 请参看 John H. Fisher，*The Importance of Chaucer*，Carbondale：Southern Illinois University Press，1992，p. 9。

是对君主的忠诚。他亲政后的40多年是英国历史上举行骑士比武最多的时代。爱德华的大力提倡和英国在百年战争第一阶段所获得的辉煌胜利使骑士精神在英国达到顶点，而骑士精神的高涨和骑士文化的蔓延又反过来进一步煽动战争狂热，造成比武热潮。

图克指出："在那些年里，骑士比武成了贵族们生活中的家常便饭。"① 特别是在1347年克雷西（Crecy）大胜后，从当年10月到1348年5月，爱德华接连举行了19次大比武，平均每月二三次，每次时间长达一二个星期。也就是说，这期间的大比武几乎是连续不断的。② 爱德华三世大搞比武，主要是为了弘扬骑士精神以支持战争和加强王权。早在1334年于温莎举行的大型比武会上，他就发誓要建立骑士勋位制（Order of Knights）。他甚至以传说中亚瑟王的圆桌骑士为先例，像他祖父爱德华一世一样，在温莎专门制作了一张巨大的圆桌。后来在1348年，他终于创立了英国的嘉德骑士制（Order of the Garter）。嘉德骑士包括国王本人、王储黑王子等共25名。这些人不仅是军功卓著的军人，而且也是势力强大的贵族和很有才华的政治家和外交家。每年圣乔治日③这一天，爱德华三世都要在温莎举行盛大的嘉德宴会。嘉德骑士制是爱德华三世颁布的一项很高明的措施，他实际上是把英国一批最有权势、最有才干的人笼络在自己周围。因此，这段时期也成为诺曼征服之后英国王室政府与上等贵族之间关系最好的时期。

嘉德骑士成为英国骑士最高的荣誉，也是英国骑士的楷模。欧洲各国在中世纪建立的骑士勋位制中，嘉德骑士制延续至今，它对英国乃至欧洲骑士制和骑士文化都产生了深刻影响。英国骑士精神的大发扬和嘉德骑士制的建立的特殊意义还在于，它们被赋予了明显的民族内容并反过来进一步促进英格兰民族意识的发展。坡拉德认为，"在百年战争之前，骑士制是一种国际文化"，但它在百年战争中"被民族化了"，④ 它在英国成为表达英格兰民族意识和民族精神的文化载体。

---

① Anthony Tuck, *Crown and Nobility: England 1272—1461*, 2nded., Oxford: Blackwell, 1999, p. 111.
② 请参看 Fisher, *The Importance of Chaucer*, p. 7。
③ 圣乔治日（St George's Day）在4月23日。圣乔治是英国的保护圣徒（patron saint），同时也是嘉德骑士的保护圣徒。
④ Pollard, *Late Medieval England*, p. 196.

第四章　亚瑟王浪漫传奇的英格兰化

正是在百年战争时期，在英格兰民族形成和民族意识发展、骑士精神高涨、英语文学语言成熟和英语文学繁荣的大语境中，中古英语亚瑟王文学在这时期迅速发展和繁荣，出现了大量作品。前一章分析过的编年史性质的《布鲁特》，虽然其中包含不少虚构内容，但并非严格意义上的"纯文学"作品。虽然英格兰是"纯文学"的浪漫传奇创作的最早中心之一，而且盎格鲁－诺曼语浪漫传奇也取得很高成就，但英语浪漫传奇在英格兰出现较晚，而更晚产生的英语亚瑟王浪漫传奇作品在13世纪中期之后才开始出现，这时大陆上的亚瑟王传奇文学高潮已过。这对英语亚瑟王浪漫传奇的创作有利有弊：有些英语诗人致力于"翻译"法语原作，[①] 产生出一些比较平庸的模仿之作，而另外的英语诗人发挥后来者的优势，用英格兰本土文学传统改写大陆作品，借鉴其长处，避免其失误，甚至创作出如《高文爵士与绿色骑士》和头韵体《亚瑟王之死》这样的优秀诗作和马罗礼的《亚瑟王之死》这样的集欧洲亚瑟王传奇之大成之作。

中古英语亚瑟王文学作品在体裁和风格上主要分为三类。第一类使用4音步抑扬格对句和尾韵，那是对法语浪漫传奇作品中最通常的8音节对句的模仿。在乔叟创造出5音步抑扬格这种英语诗歌的基本诗行之前，这是英语音步体叙事诗中最通常的诗体。这类诗体作品中最优秀的亚瑟王浪漫传奇作品是节律体《亚瑟王之死》。第二类使用古英语诗歌流传下来的头韵体，即前一章里所探讨的拉亚蒙的《布鲁特》所使用的诗体。受法语节律体影响，同拉亚蒙一样，这时期的英语头韵体诗歌往往也同时使用尾韵，有的还使用诗节。这种诗体在头韵体复兴运动中达到鼎盛，头韵体亚瑟王作品不仅数量多而且有一些很优秀的作品，其中《高文爵士与绿色骑士》和头韵体《亚瑟王之死》在中古英语文学中，除乔叟作品和郎格伦的《农夫皮尔斯》外，鲜有作品能与之媲美。第三类是散文作品。英语散文文学作品出现较晚，乔叟《坎特伯雷故事》里的《梅利比的故事》算比较成功的尝试。散文亚瑟王传奇作品中最著名的自然是马罗礼的《亚瑟王之死》。

上面提到，同许多其他主题的英语浪漫传奇作品一样，不少英语亚瑟王浪漫传奇著作也主要是以法语作品为源本翻译和改写而成，"许多英语作家

[①] 与现代意义上的翻译不同，中世纪的翻译往往比较随意，是翻译和改写的结合。本书上面分析过的瓦斯的《布鲁特传奇》和拉亚蒙的《布鲁特》也往往被看作分别对杰弗里《不列颠君王史》和瓦斯的《布鲁特传奇》的"翻译"。由于诗人在"翻译"中比较随意地增删，因此中世纪的翻译其实也是一种创作方式。

在写作时似乎面前就放着法语文本，其他人则更自由的改写，或者根据记忆中的材料重新创作"①。尽管如此，这些著作也都深受英语诗人们所继承的英格兰文化文学传统，包括当时仍然很盛行的游吟诗人的口头演唱传统的影响。其实，将其他作家或者其他国家、其他语言的作品用作源本进行比较自由的翻译和改写是中世纪文学创作广为使用的方式。中世纪是特别尊崇传统和权威的时代，人们信奉的不是原创，而是如何把传统、权威或源本运用得更好。在中世纪英国，或许还没有人比英诗之父乔叟更具创造性，但他的许多诗作都是直接对他人作品的翻译和改写：他的代表作品如《特洛伊罗斯与克瑞茜达》和《骑士的故事》，在很大程度上就是分别对薄伽丘的《菲洛斯特拉托》（Filostrato）和《苔塞伊达》（Teseida）的拓展和缩写，而享有英语文学史上第一部真正意义上的宫廷诗作美誉的《公爵夫人书》（Book of Duchess）里多达 70% 的诗行都来自从古罗马奥维德到马肖（Guillaume de Machaut，1300—1377）等一些同时代法国诗人的作品。所以，研究文学互文，在文学史上还没有比中世纪文学更丰富多彩的领域。

根据纽斯特德在《中世纪作品指南：1050—1500》里列出的书单，现存中古英语亚瑟王浪漫传奇作品约 30 种，最早的是《亚瑟与梅林》（Arthour and Merlin，1250—1300），最后一种是伯纳斯爵士（Sir Berners）的《小不列颠之亚瑟》（Arthur of Little Britain，1533 之前），其中既有马罗礼的巨著《亚瑟王之死》，也有由亚瑟王亲自出面演唱自己英雄业绩、仅 100 行的短小歌谣《亚瑟王之传奇》（The Legend of King Arthur）。本书下面各章将对这些作品分别进行研究。在中古英语亚瑟王文学作品中，数量最多的是关于高文，其次是关于亚瑟王，其余的是关于梅林和其他圆桌骑士的。

本章将分析那些关于梅林和其他圆桌骑士的作品。这些作品大多有法语源本，它们中有的是对源本比较随意的翻译，有的是程度不同的改写。即使在那些"翻译"性作品里，作者不仅在细节上做了比较随意的处理，而且也有一定增删。我们将看到，正是这些细节处理和增删往往体现了英语作者本人的创造性和英格兰民族意识，从而使作品表现出一定的英格兰性。而那些对源本大幅度改写而成的作品则更能表现作者的文学才能和英格兰本土文化文学传统的影响。在所有这些作品里，更不用说后面几章研

---

① Newstead, "Romances: General", in Severs, ed., *A Manual of the Writings in Middle English*, p. 12.

第四章 亚瑟王浪漫传奇的英格兰化

究的作品,我们看到中古英语作家们都在程度不同地运用英格兰本土文化文学传统将他们的源本英格兰化。

第一节 梅林传奇

试图超越自身是人类的本性,一部人类历史就是人不断超越自身的历史。魔法师就是人类试图超越自身的一种特殊表现。在所有文明或文化中,都有以不同面目出现的魔法师。他们处于神祇和人类之间,被赋予各种超自然的力量或法术,发挥着从呼风唤雨到改变个人命运、民族未来和社会发展的作用,获得人们在现实中无法取得的成就,体现着人类超越其本身的向往与追求。梅林就是这样一位魔法师。

在西方世界,在欧美文化史上,还没有一个魔法师能与梅林媲美。如前面所指出,他最初根源于一位名叫默丁的凯尔特游吟诗人预言家的民间传说,经几个世纪的发展,并吸纳了有关其他不列颠疯癫预言家的传说,其本领越来越强,事迹越来越丰富,形象也越来越生动。到12世纪,关于他的魔法和预言的故事在盎格鲁-诺曼王朝统治下的不列颠地区逐渐与亚瑟王传说合流。[1] 杰弗里显然意识到两个传说结合的特殊意义,所以杰弗里发挥想象力,在《不列颠君王史》里把他塑造成亚瑟王朝产生和兴盛过程中的关键人物,这也使他从民间传说进入主流文化,而其威尔士语名字默丁也被拉丁化为梅林。[2] 自那之后,梅林因其超人的预见力、超自然的魔法、非凡的军事才能和在亚瑟王朝的创建和崛起中的独特作用而随着亚瑟王文学在欧洲各地繁荣,并且迅速出现在欧洲各国的文学作品和民间故事里。近千年来,直到现当代,他顺应时代发展的需要,与欧美各地独特的文化结合,或出现在以他人为主的作品中发挥重要作用,或作为主要人物在不同语境中演绎他自己的故事,其形象不断变换,其故事日益丰富多彩,成为名副其实的"千面魔法师"[3],也成为西方魔法师的原型人物。

---

[1] 见 Loomis, *The Development of Arthurian Romance*, p. 125。

[2] 关于梅林名字的演化,见前面第二章相关部分。

[3] "千面魔法师"一说根源于著名文化人类学家约瑟夫·坎贝尔的名著《千面英雄》(*A Hero of Thousand Faces*)。英国学者彼得·古德里奇(Peter Goodrich)将这一说法借用来形容梅林。参看 Peter Goodrich, "Introduction", in Peter Goodrich, ed., *The Romance of Merlin: An Anthology*, New York: Garland, 1990, p. xiii。

在英语文学中，梅林自然也是一位重要的文学人物，历代文学家，其中包括像文艺复兴时期的斯宾塞，19世纪英国桂冠诗人丁尼生和美国小说家马克·吐温，20世纪的罗宾逊（Edward Arlington Robinson）、怀特（Terence Hanbury White）、刘易斯（Clive Staples Lewis）和"梅林三部曲"的作者玛丽·斯图尔特（Mary Stewart）这样的不同时代的重要作家，都塑造出具有鲜明时代特色的梅林形象。值得注意的是，随着时代发展，梅林这个拥有超自然力量、身怀绝技而且性格复杂的人物在社会和文化都日趋复杂的近现代，比在中世纪更令英语文学家们着迷。其实在中世纪，在梅林"生活"的时代，"墙内开花墙外香"，梅林在英格兰的形象和地位还不如他在欧洲大陆上那么重要。在大陆亚瑟王文学中，特别是在影响深远的法语"正典系列"和"后正典系列"里，他都是至关重要的主要人物之一，一些重要著作也直接以他命名。在中古英语文学里，关于梅林的著作主要是三部翻译和改写自法语原作的作品，当然他也程度不同地出现在其他作品中。总的说来，除了本节将分析的三部"译作"外，在中世纪英语亚瑟王文学里，包括在马罗礼那部全面体现亚瑟王文学两大传统的杰作里，除了在亚瑟王朝的创建及其早期发展中被提及或比较简略地描写外，他的地位和作用大多被弱化，远不及他在大陆文学中重要。这也许是因为英语文学家更趋向于突出亚瑟王本人，不想让其形象过多受梅林影响。

自杰弗里将梅林引入亚瑟王传说后，这位拥有魔法的预言家一直是亚瑟王系列故事里一位重要而神秘的人物，他在亚瑟王的出生、登基等一系列重大事件中发挥着关键作用，并且预见到亚瑟王朝的兴盛、没落与终结。他在法语"正典系列"里经基督教"洗礼"而成为基督教先知式人物，是上帝天命（Providence）和亚瑟王朝兴衰之间的联结点，在一定程度上代表上帝意志，导演着亚瑟王朝这幕震撼欧洲的威武雄壮的大剧。在以法国诗人罗伯特的《梅林》为源本改写而成的法语散文亚瑟王传奇"正典系列"的相关部分里，年仅两岁的梅林向人们讲述亚利马太的约瑟和圣杯的历史，后来他又对亚瑟王和圆桌骑士们宣讲圣杯的神奇。这样，梅林就成为圣杯传说与亚瑟王传奇结合的关键人物。他还赋予那张本是世俗性质的著名圆桌新的神圣意义，因为是他要求亚瑟王按耶稣最后晚餐的餐桌和约瑟供奉圣杯的桌子的式样建造圆桌。他随即激发骑士们寻找圣杯的意愿，引导他们踏上追寻圣杯的旅途，揭开了圆桌骑士们追寻圣杯的序幕，

第四章 亚瑟王浪漫传奇的英格兰化

他也因此被认为是圆桌骑士们"追寻圣杯的组织者"①。具有讽刺意义的是,这位促使骑士们追求上帝之爱而踏上神圣征途的先知和魔法师,自己却深陷世俗爱情而不能自拔,最终被自己的情人兼徒弟用他教会的法术永远禁锢在岩石之中。

关于梅林这个神秘人物,由于杰弗里和瓦斯著作、法语浪漫传奇的广泛流行(相对而言,拉亚蒙的《布鲁特》部分由于其古奥的古英语语言和不受主流社会待见的古英诗体裁与风格似乎未能流传),英语文学家对他自然并不陌生。除了活跃在那些亚瑟王朝主题的作品里外,在英语文学中现存三部关于梅林的中世纪作品:《亚瑟与梅林》(Of Arthour and of Merlin,1250—1300?)、洛夫里奇(Henry Lovelich,生卒年不详,其创作时间主要在15世纪中后期)的《梅林》(Merlin,1450?)和佚名作散文《梅林》(the Prose Merlin,1460?);其中前两部为诗体,后面一部为散文。另外,马罗礼的《亚瑟王之死》的第一个故事的前面一部分中梅林也发挥了重要作用(对此后面第十章将谈及)。这三部英语作品实际上都主要是对法语"正典系列"中的《梅林传》(Estoire de Merlin)及其续集所做的改写或比较随意的翻译。

《亚瑟与梅林》是拉亚蒙的《布鲁特》之后现存最早的英语亚瑟王传奇作品,大约在13世纪后半叶产生于肯特,具有肯特方言的特点。诗作使用8音节4音步对句,显然深受法语浪漫传奇中最为流行的8音节诗体影响。作品从沃蒂根杀死亚瑟王大伯康斯坦斯篡位开始,直到亚瑟王和格温娜维尔订婚和随即打败里翁(Rion)② 结束,长9938行。诗作内容主要包括亚瑟王朝兴起之前血腥的权力争夺和沃蒂根引来撒克逊人后不列颠人与撒克逊人之间的残酷战争,亚瑟登基的戏剧性情节以及随后的一系列战争。作品突出了能洞察未来的预言家、具有超自然力量的魔法师和作为军事家的梅林在亚瑟王的出生、登基以及亚瑟王朝的崛起和一系列军事胜利等方面所发挥的重要作用。

虽然在内容情节上英语诗人主要是根据法语原作翻译,但他的翻译比较随意(也可能使用了来自其他作品的材料),而且如拉亚蒙"翻译"瓦

---

① Wilson, Introduction, in Waite, *The Holy Grail*, p. xiii.
② 里翁(Rion,也拼作Ryence, Ryonce)是亚瑟王前期的一位敌国国王,被亚瑟王打败并杀死。在不同传奇里,他的王国不太相同。在马罗礼的《亚瑟王之死》里,他的王国在威尔士北部和爱尔兰,但在马罗礼书里,他结局不明。

斯作品一样，他也对原作进行了大量增删，而他的增删，如奈特所说，使"《亚瑟与梅林》与拉亚蒙的《布鲁特》有明显的相似之处"[①]。除一些细节上的改动外，特别重要的是，他也同拉亚蒙以及其他中古英语作家一样试图将亚瑟王传奇英格兰化。比如，诗作的"语境变成英国历史，从而与'正典系列'里的骑士和宗教性质的历险分离"，甚至作品中对梅林母亲的审判使用的是英格兰法律。[②] 很有意思的是，当国王沃蒂根听说，需要一个没有父亲而生的男孩的血撒在地上，塔基才能坚固时，他吩咐在"英格兰"（Inglond）搜寻，但在沃蒂根时代，英格兰还没有出现。很显然，在这位13世纪的诗人心中，不列颠与英格兰没有区别。另外，与法语原作中不同，撒拉森人（Saracens，中世纪欧洲人对穆斯林的称呼）成为亚瑟王的重要敌人。奈特说："这是亚瑟王故事中第一次将撒克逊人转换为撒拉森人。"[③] 这一转换具有重要意义，因为那弱化了"英格兰"内部各族群之间的矛盾，而把冲突置于"英格兰"和外部的异教徒之间，从而把英格兰视为一个统一整体一致对外；在一定程度上这是作者的英格兰民族意识的表现。这也与稍早出现的英格兰先祖题材英语浪漫传奇《霍恩王》里主人公战胜撒拉森人有相似之处。

一般来说，中世纪法语浪漫传奇的情节比较松散，它们包括较多的插曲和议论，而英语作品主干情节更为清晰。法语传奇作品另外一个特点是往往比较热衷于场面描写，而英语作品更注重叙事。其实，前面第一章已经谈到，这一区别在盎格鲁-诺曼语传奇和大陆传统的法语传奇之间就已经很明显地表现出来。盎格鲁—诺曼语和中古英语浪漫传奇这一重要特点在相当大程度上是因为受到古英语时代以来注重叙事情节这一英国本土文学传统影响。受此传统影响，中古英语作家对法语作品的改写和翻译中一个很普遍的做法是，他们往往都会删去许多插曲、议论和场面描写。本书后面将分析的许多亚瑟王作品都遵循了这一传统，对法语源本进行删节以突出叙事，并使情节发展更为清晰。

《亚瑟与梅林》的诗人也是如此，他删去了一些插曲，使主干情节更为突出。比如，关于亚瑟王父亲爱上和夺取康沃尔公爵夫人伊格莱茵的事

---

① Stephen Knight, *Merlin: Knowledge and Power through the Ages*, Ithaca: Cornell University Press, 2009, p. 88.

② Knight, *Merlin*, p. 86.

③ Knight, *Merlin*, p. 87.

第四章 亚瑟王浪漫传奇的英格兰化

件,在法语原作中篇幅长达几页,事件也长达几天,但英语诗人把原作中描写尤瑟如何向伊格莱茵送礼献殷勤、冗长的对话以及大段对公爵夫人的妇道美德的赞誉等内容,几乎全都删去,只用了几行简略说明,然后直奔主题,让尤瑟直接率军攻打廷塔杰尔城堡,发动抢夺伊格莱茵的战争。作者显然对充斥在大陆法语传统浪漫传奇里那种似乎矫揉造作的宫廷爱情不大感兴趣。这不仅表现在尤瑟如何获得伊格莱茵这一情节上,实际上法语《梅林传》里关于宫廷爱情的描写,英语作者要么大幅度缩减,要么干脆删除。他对待宫廷爱情的态度其实与英格兰的盎格鲁-诺曼语和中古英语浪漫传奇大体一致。

另外从整体上看,英语诗人删去法语浪漫传奇里常有的插曲和关于场景、爱情的描写后,《亚瑟与梅林》更集中在沃蒂根的篡位和亚瑟王朝的兴起与征战这一主干情节。这为梅林在作品里或者说在亚瑟王朝的兴起过程中发挥重大作用,开拓了比在法语原作中更广阔的空间。同时这也反映出,他和许多中世纪英语作家一样,对描写战争很感兴趣。诗作里大约占全诗篇幅2/3的内容是关于亚瑟王的征战,诗人对战争的描述比起法语原作更为生动,而且增加了许多细节。特别是,他那些对血腥的战争场面的细致描写,与古英语英雄史诗以及拉亚蒙在《布鲁特》里对亚瑟王征战场面的描写颇为相似,这反映出诗人有意或无意地在运用他继承的英格兰本土文化文学传统对源本进行改写。他或许没有读过拉亚蒙的《布鲁特》,然而那更说明英格兰本土文化文学传统对他潜移默化的影响。

实际上,对战争的热衷和对血腥的厮杀场面之细致描写不仅是拉亚蒙和瓦斯诗作之间的重要区别,而且也是乔叟时代之前的中世纪英国文学与法国文学之间一个重要的不同之处。这两大文学之间的不同在很大程度上与它们分别受到以日耳曼尚武传统为核心的英格兰本土文化和罗马传统的拉丁文化影响有关。同时,比起中世纪英国文学,这个时期的法国文学受到在法国兴起、繁荣的强调高尚美德和典雅举止的宫廷文化和以骑士精神、宫廷爱情为核心主题的宫廷文学更广泛而深刻的影响,所以倾向于弱化战争和血腥的厮杀。当然,宫廷文化和宫廷文学之所以能在法国兴起和繁荣,至少一部分是因为法兰西地区远比英格兰更为拉丁化。如前面第一章所说,中世纪宫廷文化本身在很大程度上就是拉丁文化在12世纪特定的历史文化语境中的复兴与发展。值得指出的是,当深受法国宫廷文化和法语文学影响的以乔叟为首的伦敦派诗歌在与头韵体的竞争中最终胜出成为英语诗歌的主流之后，对战争和厮杀的描写也在英国文学中逐步弱化。在下面各章里，我们将看到，中古英语亚瑟王文学中关于残酷的战争和厮杀场面的描写大多出现在源自英格兰本土文学传统的头韵体诗作里。

《亚瑟和梅林》的作者淡化原作中的宫廷爱情，热衷于情节叙述和战争描写的做法，与他在作品中注重表现英雄的权势、成就、能力与才干的倾向一致。这种权势与才干在尤瑟、亚瑟和梅林身上都得到很好体现。在这点上，尤瑟和梅林利用权势和诡计对伊格莱茵的"巧取豪夺"最能说明问题。法语原作者还用宫廷爱情以及相关的价值观念进行了包装，竭力掩藏其卑劣。英语作者把这些道德包装通通去掉，但也没有对这种行为给予道德谴责，而是直接表现人性、欲望和强权。布恩利认为，英语作者在改写中对法语原作里的道德价值的疏离实际上是朝"'通俗史诗'的价值""转向"。而与这种转向相关联的是作品风格中有许多明显属于"通俗史诗"的手法和表达技巧。① 这些手法与技巧与英格兰民间游吟诗人的口头演唱密切相关，同时与古英语诗歌有深厚渊源。因此，建立在基督教思想和价值体系上的亚瑟王"正典系列"作品比源自民间传统的"通俗史诗"更重视表面的道德价值就不足为奇了。然而，那样的道德"包装"应该被看作真的是道德上的肯定还是一种道德上的讽刺，那得另当别论。

同《亚瑟与梅林》一样，洛夫里奇的《梅林》是用当时浪漫传奇里通常使用的8音节对句体、对法语"正典系列"的散文《梅林传》(Estoire de Merlin)的英语诗体译本。它虽然长达27852行，但诗作并未完成，而是在亚瑟王战胜法兰克国王克劳达（Claudas）时结束。其内容只有原作一半左右。他之所以未能完成，诗人自己说是转而去翻译"正典系列"中的《圣杯史》。本章下一节将简略分析他的译作《圣杯史》(History of the Holy Grail)。洛夫里奇在两部作品里都提到自己的姓名和皮革商（skinner）身份。另外，他在《圣杯史》结尾说，他将回头去写关于梅林的余下部分。但现存中世纪手抄本中没有该部分，加之他两部作品的手抄稿前后都有相当残缺，因此不知他是否真的着手写出余下部分。②

洛夫里奇是一位富裕商人，伦敦皮革商行会成员，他用诗体翻译该作

---

① David Burnley, "Of Arthur and of Merlin", in Barron, ed., The Arthur of the English, pp. 86-87.
② 见 Robert W. AcKerman, "English Rimed and Prose Romance", in Loomis, ed., Arthurian Literature in the Middle Ages, pp. 486-487.

第四章　亚瑟王浪漫传奇的英格兰化

是为其朋友、皮革商行会会长和两度出任伦敦市长的亨利·巴顿（Henry Barton, ? —1435）而作。总的来说，与同时期的译作相比，他的翻译在内容上比较"忠实"于法语源本，也就是说，他对源本改动不多也不大，那或许是因为他本就不是具有创造性的诗人。但在语言风格和细节处理上，他的诗作也表现出英格兰"游吟诗人"那种"通俗的口头文本的许多特点"①。评论家们对这部作品的评价一般都不高。比如纽斯特德说，洛夫里奇"无论从什么方面看似乎都只是一个用空余时间做这件事的业余诗人。他既无写作才能也没有韵律感。"但她也认为他是一个热爱诗歌、对朋友热情并因此值得尊敬的人。②

无名氏的英语散文《梅林》也是对法语"正典系列"里关于梅林部分的翻译。同洛夫里奇的诗体《梅林》一样，这部散文译作也基本上是按原文翻译的。有学者认为散文《梅林》的作者参看了洛夫里奇的诗体译文，因为两个作品中的许多人名译法以及另外许多词语的使用都相同。③ 但散文《梅林》的内容更为丰富，因为它从魔鬼们耍阴谋让梅林母亲怀上梅林开始，一直到亚瑟王朝的终结和梅林自己被尼米安（Nimiane，即前一章提到的薇薇恩或妮妮安）用魔法禁锢，译完了"正典系列"里的《梅林》及其续篇，因此它是中古英语中最全面叙述梅林事迹的作品。学者们注意到，在人物塑造上，这位英语散文作者有时较多地表现人性的一面。比如，在梅林向亚瑟王告别时，他让亚瑟王比在"正典系列"中更多地表现出惆怅心情。④ 另外，他也像《亚瑟与梅林》的作者一样，有时将撒克逊人视为撒拉森人，那或许是受后者影响，或许是直接源自十字军东征以来欧洲普遍的反伊斯兰偏见。

总的来说，这三部主要译自法语散文"正典系列"的梅林作品在英国文学史上都属于几乎被忘记的著作，现在除了中世纪文学和文化学者们对它们进行研究外，几乎没有一般读者会去阅读它们。究其原因，首先，这些译作文学成就本就不高；其次，这些来自大陆法语传统而且被基督教化

---

① Karen Hodder, "Henry Lovelich's *Merlin* and the Prose *Merlin*", in Barron, ed., *The Arthur of the English*, p. 82.

② Newstead, "Arthurian Legends", in Severs, ed., *A Manual of the Writings in Middle English*, p. 49.

③ 见 W. H. Mead, "The Literary Value of the *Merlin*", in Henry B. Wheatley, ed., *The Prose Merlin*, rep., Vol. 1, Kalamazoo: University of Western Michigan Press, 1998, pp. lxv – lxvi。

④ 见 Knight, *Merlin*, pp. 91 – 92。

了的传奇作品与英格兰本土传统有相当距离；再次，一个很重要的原因是，就在散文《梅林》完成后不久，一部内容丰富、主题广泛而且文学成就很高的集历代亚瑟王文学之大成的大部头作品，马罗礼的《亚瑟王之死》问世，它迅速吸引了所有对亚瑟王传奇感兴趣的各层次读者的注意力，从而把其他英语亚瑟王文学作品逐渐置于阴影之中。不过需要指出的是，这些马罗礼之前的英语亚瑟王著作也不同程度地或者说间接地影响到这位亚瑟王文学的集大成者，这其中自然也包括这三部关于梅林的作品。所以，正如古德里奇所指出，它们对马罗礼的作品风格和英国人关于梅林的观念都很有意义。①

第二节 圣杯传奇

由于梅林是亚瑟王传奇文学里圣杯追寻的始作俑者，在中古英语亚瑟王作品里与关于他的传奇紧密相关的自然是圣杯传奇故事。通过将那些满世界寻找刺激的圆桌骑士们的忠诚、勇气和过剩精力导向对圣杯的寻找，梅林或者说中世纪占统治地位的主流宗教意识形态成功地基督教化了在那几个世纪里最有影响、流行最广的浪漫传奇文学。像班扬的主人公基督徒在其"天路历程"中一样，在同样充满危险的圣杯追寻途中，这些武艺高强、习惯于厮杀的圆桌骑士最终能否找到圣杯并非取决于剑与火，而是取决于他们对上帝的信仰是否真诚和他们是否纯洁。圣杯故事在13世纪初发展成为亚瑟王文学的一个核心组成，是基督教征服和利用中世纪最重要的叙事文学体裁为其服务，并最终将其纳入自己的思想体系的标志和成功典范。在亚瑟王文学中，圣杯传奇系列最突出也最系统地承载着中世纪宗教意识形态，圣杯成为那些最杰出、最高尚的圆桌骑士们冒险追寻的最终目标，也是中世纪人所追求的精神救赎的象征。

前面提到，亚瑟王文学中圣杯传奇的源头是克雷蒂安的最后一部作品《波西瓦尔：圣杯故事》（约1180年）。如其副标题所表明，诗作的中心是圣杯。在作品里，主人公波西瓦尔是一个天真淳朴、刚进入骑士世界的青年骑士。一天他遇到两个在船上打渔的人，其中一人邀请他到附近城堡做客。当他来到城堡时，发现主人已在等他。主人衣着华丽，躺在睡椅上，

---

① 见 Goodrich, ed., *The Romance of Merlin*, p. 129。

第四章 亚瑟王浪漫传奇的英格兰化

不再像渔夫。他们闲聊之时，一队人出现，领头的扈从手里拿着一支矛尖滴血的长矛，他身后是两个拿着大烛台的女仆，她们后面一位美丽少女双手捧着一个镶满宝石闪闪发光的金盘（graal），然后是一个托着雕花银盘的少女。这一队神秘的人，沉默不语，朝另外一个房间走去。波西瓦尔满心狐疑，很想知道金盘里装的什么食物，那个房间里是谁。但想到不久前有人教导他，饶舌是罪孽，所以他没有提问。接着豪华的宴席开始，随着每一道佳肴上桌，那队神秘的人都会出现，走向那个神秘房间，但波西瓦尔仍然保持沉默，没有提问。宴会后，他被安排在大厅就寝。早上醒来，他发现城堡已成废墟，空无一人。他离开城堡，来到林中，发现一个女子，抱着一个无头骑士。他告诉她前天晚上的奇异经历，女子对他说，躺在睡椅上的是城堡主人渔王，他在战斗中双腿被刺伤。[①] 她斥责波西瓦尔沉默不语，因为如果他开口问及滴血的长矛和金盘，那么渔王的伤就会痊愈。由于他的沉默，现在灾难降临，骑士们将被杀掉，女人们将成为寡妇，整个国度将变成荒原。她自己和她怀中的无头骑士就象征着这样的悲惨境况。当波西瓦尔来到亚瑟王宫中时，一个丑陋的妇人同样因他的沉默带来灾难而责备他。波西瓦尔发誓，他会去寻找渔王并提出问题。5 年后，波西瓦尔在途中碰到一位隐士，后者告诉他，那个神秘的房间里躺的是渔王的父亲，那个金盘里装的是一小块弥撒圣饼（oiste，即 mass-wafer）。他每天靠一块圣饼维持生命，15 年来从未离开那个房间。

这就是克雷蒂安的《波西瓦尔》里与所谓圣杯相关的主要内容。当然，作品中还有许多关于青年骑士波西瓦尔的冒险经历，但由于克雷蒂安未能完成诗作，许多关于金杯（或者说金盘，因为按作品里描绘，它更像盘子）的疑问没有得到解答，但也正因为如此，作品为后来的诗人们留下了广阔的想象空间，于是很快出现了四部续作，其篇幅数倍于克雷蒂安原作。更为重要的是，由于作品中金杯的神秘性、对基督教传说的大量暗示和丰富的象征意义，基督教诗人们很容易也很快就将其基督教化。

尽管克雷蒂安并没有或者没来得及指出那个神秘的杯或者盘的来历以及它的宗教意义，但如诗作的副标题所表明，他的《波西瓦尔》一般都被视为圣杯传奇的始作俑者。然而关于圣杯传说究竟出自克雷蒂安本人丰富

---

① 那实际上是暗示他已失去生殖能力，而他失去生殖能力象征着他的王国或者说世界失去了生命力或再生能力。艾略特正是运用了这个关于渔王的神话描写和揭示现代世界的"荒原"性质。

的想象，还是另有来源，学界一直存在争议。在那些认为另有来源的学者中，意见也不统一。学者们做了大量探索和考证，有的甚至放眼遥远的波斯传说、法国南部的卡特里派①和拜占庭宗教仪式，但更多的人认为，同亚瑟王传说本身一样，它可能就源于威尔士民间传说，而这个威尔士传说又有可能来自爱尔兰关于大海的儿子布兰（Bran）的神话。② 另外，"圣杯"（grail）一词来自古法语词 Graal。但克雷蒂安诗作里那个神秘的 graal 究竟是指什么器物，后人也有盘子（platter）、高脚杯（chalice）、水杯（cup）等不同解读。从克雷蒂安的描绘来看，它更像一个稍微深一点的餐盘。虽然这是一个古法语词，但威尔士和爱尔兰有许多关于盛食物或饮料的器物具有辨别贞洁甚至选择君王之魔力的传说。③ 这些研究只是学者们在探寻圣杯传奇可能的民间传说源头，但严格地说，这些传说及其意蕴与克雷蒂安的诗作中描绘的圣杯的指向或象征意义都相去甚远，很难说有直接关系。

不过就克雷蒂安那未完成的《波西瓦尔》而言，不仅圣杯传奇的核心内容——追寻圣杯（Grail quest）——没有踪影，就连那个盛圣餐饼的金盘尽管十分神秘，但离那个后来让圆桌骑士们魂牵梦绕，不顾一切地踏上艰难的历险之途的圣杯也大为不同。有幸的是，克雷蒂安这部作品虽未能完成，但很快出现了一批在篇幅上远超原作的续作。这些续作大体上是按克雷蒂安诗作的模式续写。真正对那只金盘进行"革命性"的基督教化改造并因此创造出名副其实的圣杯传奇的是法国诗人罗伯特（Robert de Boron，生卒年不详，生活在12世纪后期—13世纪前期）。他的诗作《亚利

---

① 卡特里派（Catharism）是法国南部中世纪基督教一个派别。它受摩尼教影响，主张二元创世等教义，也不认为耶稣是神，因此被罗马教廷宣布为异端。卡特里派在12世纪中期传入法国南部，兴盛于12世纪到13世纪前期，与那时期法国南部的文化文学繁荣有一定关系。1209年，教皇下令发动十字军征讨，进行残酷镇压。卡特里派的一个重要城市贝济耶（Béziers）遭到屠城，城里5千居民和逃入城中的难民，共2万余人全部被杀，其他地区情况也大体如此。经过20年的战争，13世纪中期之后，卡特里派逐渐消亡。

② 关于圣杯传说源头的各种观点，可参看 Roger Sherman Loomis, "The Origins of the Grail Legends", in Loomis, ed., *Arthurian Literature in the Middle Ages*, pp. 275 – 294。

③ 见 Newstead, "Arthurian Legends", in Severs, ed., *A Manual of the Writings in Middle English*, pp. 72 – 73。在马罗礼《亚瑟王之死》的第5个故事《特里斯坦之书》里，亚瑟王的姐姐女魔法师仙女摩根曾叫人将一个有魔法的杯子送到亚瑟王宫。凡是犯下不贞罪孽的女士用这个杯子喝酒，酒就会自动洒出。摩根本想以此揭露朗斯洛和格温娜维尔的私情，但杯子被送到了康沃尔王马克的王宫，结果包括王后在内宫中100多贵妇里仅4人贞洁，能用那杯子喝酒而酒不溢出。

第四章 亚瑟王浪漫传奇的英格兰化

马太的约瑟》（*Joseph d'Arimathe*）在亚瑟王文学世界开拓了一个新领域，它同罗伯特的另外一部重要作品《梅林》（*Merlin*）一道奠定了圣杯的来源、历史以及圣杯传奇的基本性质和传统。可以说，罗伯特的突破性贡献使他成为继杰弗里、克雷蒂安之后亚瑟王文学发展史上第三个特别重要的里程碑式人物。

在《亚利马太的约瑟》里，罗伯特明说那个杯子是耶稣在最后的晚餐上用过的圣杯，在耶稣受难之时，约瑟还用它接救世主在十字架上滴下的圣血。后来约瑟在监狱里，复活的耶稣出现，亲自将圣杯交给他，吩咐他保管。正是因为圣杯里能神奇地出现无限的食物，被监禁的约瑟在长期没有饮食的情况下生存了下来。约瑟被解救出狱后率领追随者将圣杯带到国外，并凭记忆按耶稣最后晚餐那张桌子的式样建造了一张桌子供奉圣杯。当他们遭受饥荒时，可以尽情享用圣杯提供的食物。后来，约瑟的妹夫布隆（Bron）同儿子们（同《出埃及记》里犹太人有 12 个部落一样，布隆也有 12 个儿子）带着圣杯西行，一路传播基督的福音。布隆因为捉鱼来放在桌上供奉圣杯而被称为"富裕的渔夫"（Rich Fisher），人们很自然就把罗伯特书中的圣杯看护者"富裕的渔夫"和克雷蒂安诗作里的圣杯看护者"渔王"相联系。

罗伯特没有继续写出他在《亚利马太的约瑟》的结尾宣称他将讲述的布隆及其子孙们把圣杯带到西方（不列颠）的故事，而是创作了《梅林》。他的诗体《梅林》只流传下一个残篇，但学者们普遍认为，被收入亚瑟王"正典系列"的散文《梅林》正是以他的诗体《梅林》为源本改写而成。不过，如本书第二章里所说，"正典系列"的散文《梅林》其实包含两部分：由罗伯特的诗作改写成的前面部分和一个很长的续篇。在罗伯特的《梅林》里，具有超自然力量和智慧的梅林在年仅 2 岁时就讲述了《亚利马太的约瑟》里约瑟与圣杯的故事，多年后已经成为亚瑟王朝"总设计师"的梅林又要亚瑟王按耶稣最后晚餐的餐桌和约瑟供奉圣杯的桌子的式样建造圆桌骑士们就餐的圆桌。更重要的是，梅林激发了骑士们寻找圣杯的意愿，使他们踏上了追寻圣杯的旅途，所以如前面所说，他是圆桌骑士们追寻圣杯的始作俑者和组织者。这样，罗伯特既把他的《亚利马太的约瑟》和《梅林》紧密联系在一起，同时也把它们直接纳入亚瑟王文学体系并为系统地将后者基督教化指出了方向和奠定了基础。自那之后，那些满世界寻找刺激和历险的圆桌骑士们开始将主要精力投入到对圣杯的追寻；

也就是说，他们开始从对权力、名声、历险、爱情、地位等世俗价值的追求转向寻求精神救赎之旅。

与之相应，从13世纪开始，追寻圣杯成为亚瑟王文学中越来越重要的主题。在"正典系列"的五部作品里，有三部都是以圣杯故事为中心：第一部《圣杯史》(*Estoire del Saint Graal*)、第二部《梅林传》(*Estoire de Merlin*)和第四部《追寻圣杯》(*Queste del Saint Graal*)。在《圣杯史》里，圣杯最终被带到不列颠。到了"后正典系列"，"正典系列"里篇幅最长的第三部《朗斯洛》大体上被删除，整个"正典"就基本上是以圣杯传奇为主线了，即使《亚瑟之死》（最后一部）也主要是以圣杯传奇已经奠定的基督教意识形态为基础来揭示亚瑟王朝崩溃的根源。当然，除了收入两个"正典系列"的作品外，在法语以及其他语言里还有不少关于圣杯的传奇作品，只是不如这两个系列里的作品优秀和有名。

总的来说，英语文学家们对于圣杯传奇的兴趣远不如法国作家。在整个英语文学史上，关于圣杯传奇的重要作品也只有马罗礼的《亚瑟王之死》和19世纪桂冠诗人丁尼生的代表作《国王之歌》(*Idylls of the King*, 1859—1885)里的相关部分，而丁尼生所依据的也主要是马罗礼的著作。实际上，现存中古英语圣杯传奇作品只有大约产生于14世纪中期的头韵体《亚利马太的约瑟》(*Joseph of Arimathie*)和15世纪诗人洛夫里奇（即前一节里所说中古英语诗作《梅林》的作者）的《圣杯史》(*History of the Holy Grail*)，而且这两个作品也主要是根据法语作品翻译或改写而成。另外，下一节里分析的英语佚名诗人的《加勒的波西瓦尔爵士》(*Sir Perceyvell of Galles*)虽然与克雷蒂安那部圣杯传奇的源头之作《波西瓦尔》有关联，而且两部作品的主人公都是波西瓦尔，但这位英语诗人把与圣杯有关的内容全都删去，连圣杯也没有出现在作品里，所以严格的说，它并不能算一部真正的圣杯传奇作品。

特别值得注意的是，上述两部中古英语圣杯作品都是关于圣杯史而非圆桌骑士们对圣杯的追寻，其中心人物都是约瑟以及其他圣杯的看护者，而非圆桌骑士。其实，圆桌骑士和他们对圣杯的追寻根本就没有出现在这些作品里。英语诗人们更重视约瑟和圣杯史是有原因的。随着罗伯特的两部诗作，特别是散文"正典系列"的流行，许多英国人相信，是约瑟把圣杯带到不列颠并使不列颠人民皈依了基督教。因此，对约瑟的崇拜（the cult of Joseph of Arimathea）也逐渐发展起来。由于人们相信于1191年在

第四章 亚瑟王浪漫传奇的英格兰化

格拉斯顿堡"发现"了亚瑟王遗骸以及爱德华一世在 1278 年亲自主持了将亚瑟王遗骸迁葬新墓的盛典,英国人认为约瑟最终将圣杯供奉在格拉斯顿堡,并在那里传教。随着传说的发展,连亚瑟王也成为圣徒约瑟的后裔。[①]

由于圣徒约瑟在中世纪传说中崇高的特殊身份,如英语亚瑟王文学一样,对约瑟的崇拜也往往同英格兰民族意识的发展相关联。在 14 世纪中期,当爱德华三世发动的英法百年战争在第一阶段获得一系列重大胜利、英国人的爱国热情和民族意识高涨之时,一位名为格拉斯顿堡的约翰(John of Glastonbury,生卒年不详)的编年史学者用拉丁文撰写出关于格拉斯顿堡的"历史"著作《格拉斯顿堡编年史或古代事迹》(*Cronica Sive Antiquitates Glastoniensis Ecclesie*,即 *Chronicles or Antiquities of the Glastonbury Church*)。他在书中不仅"记载"了许多关于亚瑟王的传说,而且专门叙述了所谓约瑟在格拉斯顿堡的传教活动。后来在亨利五世时期,当英国军队在法国所向披靡之时,为进一步提振英格兰民族精神以支持战争,亨利五世曾授意格拉斯顿堡修道院院长寻找和发掘约瑟遗骸。如果不是亨利不久就英年早逝的话,约瑟的遗骸也会像亚瑟王的遗骸一样被"发现"。英格兰不仅在战场上需要利用圣徒约瑟的英灵,在意识形态领域的斗争也是如此。在 15 世纪前期召开的一系列天主教世界的宗教大会上,英国代表团都竭力利用约瑟的崇高地位来论述英格兰民族的特殊地位和维护英国利益。[②] 中古英语中两部以亚利马太的约瑟为中心人物的圣杯传奇作品大体上正是在这两个时间段(大约 14 世纪中期和 15 世纪前期)的历史文化语境中产生。其中头韵体《亚利马太的约瑟》之所以被学者们认为出现在 14 世纪中期或中后期,其原因之一是,收有该作的手抄本集子产生于 1375 年前后。[③]

不过,称头韵体《亚利马太的约瑟》为浪漫传奇其实并不是很准确。从内容和体裁上看,这首 709 行的诗作实际上是浪漫传奇和中世纪圣徒传的结合,这也是它与其他中古英语亚瑟王传奇作品一个重要不同之处,也就是说,英语诗人借用圣徒传体裁试图表明诗中对约瑟事迹的"记载"之

[①] 请参看 Carley, "Arthur in English History", in Barron, ed., *The Arthur of the English*, pp. 52, 54 – 55.

[②] 这些宗教会议是比萨(Pisa)会议(1409 年)、卡斯坦茨(Constance)会议(1417 年)、帕维亚—锡耶纳(Pavia-Siena)会议(1424 年)和巴塞尔(Basel)会议(1434)。见 Carley, "Arthur in English History", in Barron, ed., *The Arthur of the English*, p. 55。

[③] 见 J. l. N. O'Loughlin, "The English Alliterative Romances", in Loomis, ed., *Arthurian Literature in the Middle Ages*, p. 521。

— 201 —

"真实性",以加强对这位用圣杯和耶稣圣血教化和拯救不列颠或者说英格兰的圣徒的崇拜。尽管中世纪圣徒传基本上都是遵循耶稣在福音书里创造奇迹(miracles)的范例按基督教教义和传说虚构各种体现神意的奇迹,但中世纪人都相信那些是真实事迹。所以,中世纪圣徒传最突出的特点就是描写超自然奇迹以表明耶稣是真神和救世主无往不胜的力量。头韵体《亚利马太的约瑟》里也使用了许多奇迹,比如萨拉斯国王艾维拉克(Evelac)因梦见体现三位一体的连体树和道成肉身的圣子而皈依基督教(第181—211行)、约瑟菲看见十字架上受难的耶稣显现在保存圣杯和圣血的柜子里(第258—278行)和艾维拉克的仆人所受的奇特处罚(第359—362行)等,都强化了这部诗作的圣徒传特点。

从其语言特点看,这部作品大约产生于英格兰中部地区的西部或西南部(West or Southwest Midland),大约相当于伍斯特北部或附近区域;那里保存着丰富的英格兰本土文化文学传统,曾经产生了拉亚蒙的《布鲁特》。包括这一区域的英格兰中部和北部在14、15世纪先后成为成绩斐然的英语头韵体诗歌复兴运动的中心地区。[①] 中古英语时期一些完全可以与任何时代的诗歌作品媲美的杰出诗作,如后面将重点分析的《高文爵士与绿色骑士》和头韵体《亚瑟王之死》等,都出自这一区域。

学者们一般认为,头韵体《亚利马太的约瑟》是以散文"正典系列"里的《圣杯史》的前面部分为源本改写而成。现存手抄本以约瑟在耶路撒冷遭监禁42年后被前来镇压犹太人叛乱的罗马皇帝维斯帕先(Vespasian,69—79年在位)[②] 释放开篇,不过根据法语散文《圣杯史》,前面可能还有关于维斯帕先因被奇迹治好病而皈依基督教的叙述。维斯帕先因为皈依了基督教,所以释放这位基督教圣徒。作品以约瑟离开萨拉斯(Sarras)结束。萨拉斯是一个虚构的海岛,是约瑟及其追随者们供奉圣杯西行传教途中的一个重要节点;他们在该处取得重大成就,预示着他们未来在不列颠的成功。

与中古英语作家对法语亚瑟王浪漫传奇作品进行翻译和改写的同类型作品大体相似,头韵体《亚利马太的约瑟》也对法语散文《圣杯史》做了

---

① 头韵体运动的中心从英格兰中部地区(Midland)逐渐北移,最后在16世纪进入苏格兰。
② 维斯帕先(9—79)于公元66年率军镇压犹太人叛乱,68年暴君尼禄自杀,罗马帝国陷入内战,最后维斯帕先胜出,于69年登基为罗马皇帝。所以,他率军征讨犹太王国时并非皇帝。

第四章 亚瑟王浪漫传奇的英格兰化

很大改动,特别是删减了大量冗长的议论,而更集中在叙述故事。在人物上,英语诗人也大幅度减少了其他人的分量而突出约瑟,就连他那个在萨拉斯因为卓有成效的传教活动而成为主教的儿子约瑟菲(Josephes)也被置于很次要的地位。在法语原作中,约瑟菲是一个十分重要的人物。亚利马太的约瑟因为据说把圣杯带到不列颠而深受英格兰人崇敬,同时也使英格兰人深感骄傲,因此英格兰诗人特别突出他自然不足为奇,同上面提到的那些宗教大会上英格兰使团极力突出圣徒约瑟一样,那实际上也是英格兰民族意识的一种表现。

另外,法语原作中许多对亚瑟王传说的指涉也大多被删去,仅约瑟的二儿子被取名为加拉哈德,即与亚瑟王文学中最著名的圣杯骑士同名。这些似乎表明,作者真正感兴趣的是当时英格兰人所相信的那位把圣杯带到英格兰不仅使当地人皈依了基督教而且还因此极大提高了英格兰的"国际"地位的圣徒本人,而非亚瑟王文学世界。突出圣徒约瑟而淡化亚瑟王传说自然是在强化作品极力表达的宗教思想。其实,正如荷德所指出:"《约瑟》的作者不断强调的是圣血本身,而非其盛器圣杯。"[1] 也就是说,作者所强调的不是圣杯所体现的传奇性,而是圣血和圣徒所代表的宗教信仰和精神。当然,他如此突出地强调约瑟在作品中的地位与作用,歌颂他的业绩与精神,自然也是因为约瑟已经被尊奉为"英格兰圣徒",正如15世纪前期那些天主教大会上的英国使团一再阐明的那样。的确,英格兰人相信约瑟没有把圣杯带到其他任何地方,而是把它带到并留在英格兰,而且他自己也最终终老格拉斯顿堡,那实在让英格兰人备感骄傲。

虽然英语头韵体诗人删减了许多主干情节之外的议论和插曲,他却精心描写皈依了基督教的萨拉斯国王在天使帮助下,大败前来入侵的巴比伦国王托洛墨尔(Tholomer)的异教徒军队的战争。战争场面被写得气势恢宏,加之头韵体特有的铿锵节奏,这一部分(第489—614行)被学者们普遍认为是作品中最精彩的段落。特别是与源本的这一部分比较,就更凸显出英语诗人的艺术兴趣和审美心理。其实,自盎格鲁-撒克逊时代以来,描写战争场面就是英语头韵体诗歌的强项,如前面第三章提到,古英语史诗诗人特别热衷也特别擅长对战争场面的描写,拉亚蒙以及头韵体

---

[1] Karen Hodder, "*Joseph of Arimathie*", in Barron, ed., *The Arthur of the English*, p. 76.

《亚瑟王之死》的作者都突出地继承了这一传统。可以说，在气势恢宏地描写战争场面上，在整个中世纪英国文学中，还没有作品能与头韵体《亚瑟王之死》媲美。但特别值得一提的是，就连受法语宫廷诗歌影响在很大程度上改变了英诗发展方向而且淡化了战争描写的英语诗歌之父乔叟，在《骑士的故事》里描写那个场面宏大、战斗激烈的骑士比武时，也特地使用了他很少使用甚至在《坎特伯雷故事》里还善意嘲笑过的头韵体。乔叟那一段对比武场面的描写也成为英语诗歌史上的经典段落。从这些可以看出，头韵体《亚利马太的约瑟》的作者在改写法语原作时，不仅持民族立场和表达民族思想意识，而且在诗歌风格上也情不自禁地遵循英格兰本土文化文学传统。

中古英语《圣杯史》的作者或者说译者亨利·洛夫里奇也是前一节谈到的中古英语《梅林》的作者。他翻译《圣杯史》是在他翻译《梅林》之后，同在《梅林》里一样，他也提到自己的姓名，并说自己是一位皮革商。也就是说，他是一位"业余"诗人。他在业余时间用诗体翻译和改写出两部都长达数万行的诗作，说明他对诗歌的热爱和对这些作品的浓厚兴趣，同时也说明他十分勤奋，的确值得尊敬，尽管现代学者们对他的诗艺不敢恭维。

与头韵体诗作《亚利马太的约瑟》一样，洛夫里奇的《圣杯史》也是以"正典系列"里的《圣杯史》为源本。但它并非运用头韵诗体，而是用浪漫传奇通常使用的8音节尾韵对句体。另外，不像那位头韵体诗人那样从内容、体裁到风格都对源本大幅度改写，洛夫里奇比较忠实地翻译原作。然而在中世纪语境中，他的"忠实"其实表明他比较缺乏创造性和想象力。他翻译了全本法文《圣杯史》，但开头部分已散失，现存23974个对句，是一部篇幅宏大的长篇。从时间或情节发展上看，现存洛夫里奇的《圣杯史》的开头晚于头韵体《亚利马太的约瑟》，其故事已发展到巴比伦国王入侵前夕。当时，约瑟和他儿子约瑟菲的传教已经成功使艾维拉克皈依基督教，岛上正忙着销毁异教偶像。

当然，如同所有中世纪类型的翻译一样，洛夫里奇也对源本进行了一定改写。特别值得一提的是，洛夫里奇不仅叙述了约瑟携圣杯到达不列颠并在那里传播福音，将其纳入基督教世界，而且还增加了源本里没有的关于圣徒约瑟在格拉斯顿堡的传教和最后埋葬在那里的内容。他显然受到正在英国兴起和发展的对约瑟的崇拜以及——如荷德所指出——格拉斯顿堡

第四章　亚瑟王浪漫传奇的英格兰化

的约翰那部撰写于 14 世纪中期的《格拉斯顿堡编年史或古代事迹》影响[1]。他添加这些源本里没有的内容，同头韵体诗人一样突出英格兰圣徒约瑟的地位而削弱作为萨拉斯主教的约瑟菲的作用，毫无疑问反映了他的英格兰民族意识。另外，他还像其他中古英语诗人通常那样，删减议论而突出情节叙事，并表现出对描写战争场面的浓厚兴趣。所有这些都表明，即使这部比较贴近源本的诗作也反映出英格兰本土文化文学的影响和作者的英格兰意识，或者说作者在有意无意中用英格兰本土文化文学传统将法语浪漫传奇源本英格兰化。当然，《亚利马太的约瑟》的头韵体作者对源本的英格兰化不论在广度还是深度上都远更为明显。

第三节　《加勒的波西瓦尔爵士》

前面提到，圣杯传奇的始创者是克雷蒂安创作的五部亚瑟王传奇系列中最后一部《波西瓦尔：圣杯故事》，尽管在那部作品里并没有圆桌骑士们对圣杯的追寻，甚至没有直接说那个神秘的"圣餐盘"是与基督相关的圣杯。但克雷蒂安在诗作里对那个"圣盘"或"圣杯"以及与之相关联的场景和一系列事件的神秘性的尽情渲染，为中世纪宗教语境中特别热衷于神奇事件和象征意义的文学家们打开了一个富含宗教意义、可以任由他们发挥想象力的广阔而神秘的领域。

克雷蒂安虽未能完成该诗作，但这部作品文学成就特别高而且很有影响，其主人公波西瓦尔后来成为亚瑟王的圆桌骑士中十分重要的人物，在马罗礼的《亚瑟王之死》里他是最终能见到圣杯的三位圣洁骑士之一，而且仅次于加拉哈德，名列第二。克雷蒂安这部未完成之作能如此成功，可能主要有三个原因。第一，它本身是一部文学艺术很高的佳作。尽管克雷蒂安的作品中《朗斯洛》最为著名，而且代表了浪漫传奇的主流，最好地体现了宫廷爱情的价值观，但就文学艺术而言，《波西瓦尔》似乎还更胜一筹。第二，克雷蒂安塑造的波西瓦尔这个人物除了像浪漫传奇里的骑士主人公通常那样武艺高强勇敢无畏外，还十分单纯，甚至显得幼稚憨厚，特别可爱，在当时的浪漫传奇世界里可以说令人耳目一新。他的这种性格

---

[1] 见 Karen Hodder, "Henry Lovelich's *History of the Holy Grail*", in Barron, ed., *The Arthur of the English*, p. 78。

与他在几乎是与世隔绝的环境中由母亲在森林中单独抚养长大的早期生活经历有关。第三，克雷蒂安的《波西瓦尔》是后来风靡各国的圣杯传奇系列的源头，尽管在这部未完成的诗作中，那个神秘的"杯"（或者说"盘"）并没有或还来不及被说明是耶稣在最后的晚餐上用过并被亚利马太的约瑟用来接耶稣圣血那只圣杯。圣杯故事是基督教利用浪漫传奇这一中世纪最重要、影响最为广泛的叙事文学体裁为其服务的成功典范。在亚瑟王文学中，圣杯传奇最突出也最系统地承载着基督教意识形态，而圣杯也成为圆桌骑士们追寻的圣物。波西瓦尔的性格最好地体现了虔诚、正直、纯真、执着和贞洁等许多基督教推崇的基本美德，他也因此而有幸目睹圣杯。

克雷蒂安的诗作一出现就广受欢迎，由于他生前未能完成作品，所以随即出现的4个续本，篇幅远超原作。波西瓦尔的故事显然得到教会认可，所以经改写被收入散文"正典系列"。不仅如此，不同国家、不同语种的诗人也根据各自的传统和自己的观念与想象创作出他们的波西瓦尔传奇。英语佚名诗人的《加勒的波西瓦尔爵士》（*Sir Perceyvell of Galles*，下面按英美评论家们的习惯将其简称为《波西瓦尔爵士》）是一部比较独特也很优秀的中古英语诗作。除后来马罗礼的《亚瑟王之死》中的相关部分外，它是中古英语诗作中唯一一部关于波西瓦尔的作品。

《波西瓦尔爵士》是中古英语中较早的亚瑟王传奇作品之一，它大约产生于14世纪前期（1300—1340①），证据之一是英诗之父乔叟在《坎特伯雷故事》里由他自己亲自出面讲述的故事《托帕斯爵士》中提到这位圆桌骑士："帕齐法尔是出色的战士；/也就像这一位圆桌骑士，/他渴了就喝些泉水。"② 引文中最后一行里的"他"指托帕斯爵士。在《波西瓦尔爵士》里，波西瓦尔喝水的情景出现在诗作开头（第5—7行）。

《波西瓦尔爵士》一共2286行，主要使用的是英格兰北部的方言，也掺杂一些中部地区方言，③ 因此诗作很可能产生在英格兰北部。由于英格兰北部和中部受法语诗歌影响较小，或许这就是诗人在作品中使用16行一

---

① 见 Newstead, "Arthurian Legends", in Severs, ed., *A Manual of the Writings in Middle English*, p.70。

② [英] 杰弗里·乔叟：《坎特伯雷故事》，黄杲炘译，上海译文出版社2013年版，第286页。黄译本里的"帕齐法尔"即波西瓦尔。

③ 见 Newstead, "Arthurian Legends", p.70。

第四章 亚瑟王浪漫传奇的英格兰化

节的尾韵诗体,而非当时浪漫传奇里十分流行的来自法语叙事诗的 8 音节对句诗体的原因。另外,在叙事风格上,这部英语诗作比较突出主干情节,因此线索清晰、结构紧凑,而不像法语作品那样通常情节比较复杂,往往枝枝蔓蔓而且夹叙夹议,这似乎也表明它受法语浪漫传奇影响较小。不过,英语诗作的主人公在性格上倒与克雷蒂安的作品、"正典系列"以及其他作家笔下的波西瓦尔大体一致。这表明,克雷蒂安笔下波西瓦尔那讨人喜欢的性格得到广泛认可。另外,英语作品里波西瓦尔那天真单纯甚至散发出"自然人"气息的形象以及诗作突出情节叙事的倾向,与英语诗人将故事从高雅的宫廷传统转向由游吟诗人所代表的民间通俗故事的体裁和风格①以及英格兰本土文学传统一致。

当然英语诗人的改写不仅表现在诗体和叙事风格上,更突出的是在内容和主题思想方面。由于在情节内容上中古英语《波西瓦尔爵士》与克雷蒂安的作品、"正典系列"或其他语种里许多关于波西瓦尔的故事差别较大,学者们至今未能找到或确定它的源本。不仅如此,学者们发现,德语、威尔士语和意大利语的波西瓦尔传奇作品也与克雷蒂安的诗作相当不同,因此他们认为,在克雷蒂安创作他的《波西瓦尔》之前,可能还有一个更古老的版本,也就是说,它们并非以克雷蒂安的诗作为源本。但学者们难以确定其源本,那也有可能是因为这位英语诗人对源本的改写幅度比较大。

有学者认为,在所有同类作品里波西瓦尔少年时代的经历都比较接近,并与爱尔兰民间故事《少年英雄费恩历险记》(*The Boyhood Exploits of Finn*) 十分相似,而关于费恩的传说故事出现在波西瓦尔的传奇作品之前,所以这个爱尔兰民间故事有可能是波西瓦尔传奇的源泉。② 但需要指出的是,波西瓦尔少年时代的经历在这位著名圆桌骑士的传奇中只占很小一部分,也许克雷蒂安或者波西瓦尔传奇的其他早期创作者们受到了爱尔兰民间传说直接或间接的影响,但那也主要表现在描写他少年时代的经历上,而很难说那个爱尔兰民间故事是波西瓦尔传奇的早期版本,因为克雷蒂安

---

① 关于英语《波西瓦尔爵士》属于"通俗传统"(popular tradition) 的分析,可参看 Ad Putter, "Arthurian Romance in English Popular Tradition: *Sir Percyvell of Gales*, *Sir Cleges*, and *Sir Launfal*", in Fulton, ed., *A Companion to Arthurian Literature*, pp. 235–240。

② 见 Robert W. Ackerman, "The English Rimed and Prose Romances", in Loomis, ed., *Arthurian Literature in the Middle Ages*, p. 510。

以及他的追随者们的波西瓦尔故事那丰富的情节内容远非那个爱尔兰少年的简单经历可比。但最重要的是，无论此前是否有更早的版本，作为亚瑟王浪漫传奇严格意义上的奠基者的克雷蒂安创作的《波西瓦尔》自然而且显然是亚瑟王传奇系列中第一部关于这位圆桌骑士的作品，加之这部作品如此受欢迎、影响如此之大，以致随即出现四部长篇续作，而现存或现在知道的所有其他关于波西瓦尔的作品全都属于亚瑟王文学，并全都出现在克雷蒂安的诗作之后，所以克雷蒂安的作品应该是亚瑟王文学中波西瓦尔传奇的源头。当然，这并不妨碍各国和各语种的后来者根据自己的文化文学传统以及自己的思想与想象力进行改写，甚至是大幅度增删。而这正是中古英语《波西瓦尔爵士》的作者所为，也是他对这个传奇的特殊贡献。

关于中古英语《波西瓦尔爵士》和克雷蒂安的《波西瓦尔》之间的关联，密尔斯（Maldwyn Mills）仔细比较了它们的情节内容，发现它们之间相同之处并不多。总结起来，两部作品的相同内容主要有：波西瓦尔幼年丧父，由母亲独自养大。母亲有意让他与社会隔绝，以免他像父亲一样成为骑士，以致死于非命。所以他生活在森林里，远离社会，对骑士的生活与危险一无所知。他就像一块未经打磨的纯天然的璞，一个未经培育的"自然人"，天真、淳朴、冲动、不谙世事。一天他偶然与几位骑士相遇，视他们为天人，于是也想成为骑士。在前去亚瑟王宫的途中，他遇到一位女士并拿走她的戒指。在亚瑟王宫，他要求亚瑟王封他为骑士，但国王还来不及赐封，一位红衣骑士突然出现，抢走国王的金杯，于是他立即追赶。他杀死红衣骑士，夺取他的盔甲，并托人把金杯送还给亚瑟王。他随后前去搭救一位被围在城堡里的女士。他打败那位试图强娶女士的求爱者，获得女士的爱情。这期间，亚瑟王带着几位骑士出来找他。波西瓦尔先与其中一个骑士搏斗，然后才与国王相见。后来，他再一次遇见那位他曾拿走其戒指的女士，并击败了她那因为她失去戒指而怀疑她的情人。[1]

相对于两部作品都很丰富的内容，上面这些相同之处的确不算多。人们很容易就发现，克雷蒂安著作里许多重要情节不见了，其中最重要的就是其作品副标题"圣杯故事"所指向的关于波西瓦尔在一个神秘的城堡看到人们捧着那只神秘的杯子（或者盘子）走过的情景以及随后许多与之相关的内容。那是克雷蒂安的《波西瓦尔》里特别重要又最令广大读者和后

---

[1] 见 Maldwyn Mills，"Sir Percyvell of Gales"，in Barron，ed.，*The Arthur of the English*，p. 136。

第四章　亚瑟王浪漫传奇的英格兰化

续者们着迷的情节，而且也正是这一意义既很深刻又十分模糊的情节使克雷蒂安的诗作成为圣杯传奇的源头。前一节谈到，散文"正典系列"的作者也正是通过用基督教思想、传说和神话使克雷蒂安那只神秘的杯/盘成为盛耶稣宝血的圣杯，进而将中世纪最有影响、流行最为广泛的亚瑟王传奇纳入基督教思想体系。"正典系列"中波西瓦尔的形象和对圣杯的追寻也大体上成为这个人物的标准和他的故事的主导内容。在英语文学中，这也在马罗礼的《亚瑟王之死》里得到充分表现。

然而，英语《波西瓦尔爵士》的作者彻底删除了克雷蒂安著作中有关圣杯的内容，但却增加了许多关于他历险和战斗的情节。但这绝不是说他对基督教不感兴趣，那对于这位很可能是教士或修道士的诗人是不可想象的。其实在这部中古英语诗作里，波西瓦尔的母亲从小就对他进行关于上帝的教育，以致当这位15岁的少年偶遇圆桌骑士高文、伊万和凯时，竟然问他们之中谁是上帝！他甚至威胁说，如果他们不回答，就将杀死他们。显然这个喜剧性场面主要是起到表现他那单纯可爱但也很幼稚的性格，但也表明他随时都会想到上帝，而且他最后也前往圣地耶路撒冷并战死在那里。英语作者删去有关圣杯的内容，或许是因为他和英语诗人们通常那样特别注重历险和打斗，因此认为神秘的圣杯与故事的主干情节相关度不高。

当然，英语《波西瓦尔爵士》中也出现了许多克雷蒂安的诗作和"正典系列"的波西瓦尔故事里都没有但特别有意义的情节，其中尤其突出的是关于家族主题的内容。英语诗作的开篇是关于波西瓦尔家庭历史的详细叙述，并增加了许多克雷蒂安或其他人的同类作品里没有的新内容，这在一定程度上改变了诗作的主题发展方向。波西瓦尔的父亲是一位高尚而勇敢的骑士，很为亚瑟王所看重，因此亚瑟王将自己的妹妹嫁给他。波西瓦尔的父亲后来被红衣骑士杀害，所以在英语诗作里波西瓦尔是亚瑟王从未见过面的侄儿。当亚瑟王第一次见到波西瓦尔时，因为这个行为粗鲁、身着兽皮，声称如果亚瑟王不封他为骑士就将杀死他的天真少年竟然长得十分像他的妹夫而深感惊奇，同时也引起了他对妹妹的思念，他因想到死去的妹夫而热泪盈眶。诗人很好地表现了亚瑟王丰富的情感，也很生动地塑造了波西瓦尔直率、粗鲁而可爱的形象。

在克雷蒂安作品里，波西瓦尔的母亲在他出走后因悲伤过度去世，但在英语诗作里，不仅他们母子最终重逢，而且亚瑟王也与妹妹团聚。特别有深意的是，当波西瓦尔得知母亲因误以为他已被杀而发疯的消息，正如他当初为了成为骑士不顾一切离开母亲一样,现在他抛开一切,包括象征他骑士身份的战马和盔甲,重新披上兽皮以便母亲能认出他,接着就像当初离开母亲时那个"野孩子"一样,不顾一切甚至不吃不喝地赶回去寻找母亲。母子如此相见的动人情景,在中世纪欧洲汗牛充栋的浪漫传奇里,也许是独一无二的。诗人对波西瓦尔以及亚瑟王相当动人的塑造使《波西瓦尔爵士》成为一部很人性化的作品。巴隆甚至认为,英语诗人"用寻找母亲来替代对圣杯的追寻"是对"传统的浪漫传奇的戏仿"①。

另外,波西瓦尔在为亚瑟王追回金杯时杀死红衣骑士,无意中也报了杀父之仇,同时还为他舅父(亚瑟王)在宴会上喝酒时连续5年被红衣骑士抢走金杯所遭受的屈辱雪恨。不难看出,诗作对家庭主题的强调、对主人公成长经历的描写以及对家庭灾难与复仇的叙述,都表现了作者与欧洲大陆浪漫传奇传统之间相当大的距离,却与英格兰本土传统的家族主题浪漫传奇具有"亲缘"关系。前面第一章里相关部分表明,盎格鲁-诺曼语以及中古英语里的先祖主题浪漫传奇自12世纪起就在英国文学中十分突出。所以,《波西瓦尔爵士》的作者的改写使这部诗作深深植根于英格兰本土文化文学传统之中。另外,作者在突出家族主题以及与之相关联的家庭价值、家庭温情时,也加强了作品中的人性化倾向。在体现家族温情和家庭价值方面,这个作品不仅远超所有法语亚瑟王浪漫传奇作品,而且在所有中古英语亚瑟王文学作品中,也只有马罗礼的《亚瑟王之死》的第4个故事《高雷斯之故事》的后面部分能与之相比。

当然,英语《波西瓦尔爵士》与克雷蒂安笔下和"正典系列"以及其他类似作品中的波西瓦尔故事的不同之处还有许多。但从上面这些在这个英语作品里增加的内容看,英语诗人特别明显地突出了家族主题,加强了家族亲情和家庭价值。前面第一章曾谈及,由于受英格兰本土社会、文化文学传统以及盎格鲁-诺曼统治阶层竭力融入英格兰社会的政治意图之影响,盎格鲁-诺曼语浪漫传奇以及后来出现的中古英语浪漫传奇都十分关注家族主题。那是英国浪漫传奇的一个突出特点,也是与大陆法语传统同类作品一个重要的不同之处。②

---

① W. R. J. Barron, *English Medieval Romance*, London: Longman, 1987, p. 158.
② 当然,法国浪漫传奇里也有一些关于家族主题的作品,但它们在法国浪漫传奇里的地位比较次要,远不如英语同类作品在英国浪漫传奇文学中那么突出。

第四章 亚瑟王浪漫传奇的英格兰化

另外还值得指出的是，英语作品中的波西瓦尔的性格虽然总体上与克雷蒂安笔下的人物接近，但英语作家显然更加而且很艺术地突出了主人公粗鲁、单纯、率真的性格。他的这种性格在他与高文等骑士、亚瑟王和其他人物相遇时十分生动甚至喜剧性地表现出来。波西瓦尔的性格和他成长环境密切相关。他父亲被杀后，为了让他不再重蹈父亲的覆辙，母亲把他带到森林中，只能与野兽为伴。他的性格形成于他早年与世隔绝、在自然状态中成长的生活经历。英语作品突出人物性格和生活环境之间的内在关系，在中世纪浪漫传奇中是少有的现实主义特色。同时很有意义的是，波西瓦尔或许还是英语文学史上第一个"高尚的野蛮人"（the noble savage）形象。因此，这位中古英语诗人对波西瓦尔的性格及其成长经历的描写表现出他与后世卢梭等启蒙运动思想家以及笛福、麦尔维尔等文学家在人性观上不无相似之处。

总的来看，这部中古英语波西瓦尔诗作，同拉亚蒙的《布鲁特》以来的许多英语浪漫传奇作品一样，与法语同类传奇作品在突出宫廷文化内容和宫廷爱情主题上也保持相当距离。有学者认为，那也许是因为其作者有可能是一位民间游吟诗人。从这也可以看出，《波西瓦尔爵士》深受英格兰本土文学传统影响，比起其他许多源自法语传统的英语作品，它更为英格兰化。

第四节 《特里斯坦爵士》

随着亚瑟王文学风靡各国，亚瑟王传奇产生了强大吸引力，把一些原本与之无关的故事和传说也纳入它的体系之中，迅速拓展其范围和丰富其内容，那也成为亚瑟王文学发展的一个重要方式，其中最著名也最有意义的是将同出于不列颠人传说的特里斯坦传奇系列整合成它的重要组成部分。

同亚瑟王传说一样，关于特里斯坦的故事也源远流长，但与亚瑟王传说有深厚的编年史传统支撑不同，特里斯坦和伊索尔特（Tristan and Iseult）的爱情故事主要源自民间传说。根据学者们考证，威尔士的特里斯坦传奇融合了许多民间故事的成分，其中最重要的是皮克特人[①]和爱尔

---

① 皮克特人（Pict）是主要居住在苏格兰的凯尔特人。

的民间传说。① 随着这个传说的浪漫传奇在 12 世纪之后迅速发展，特里斯坦和伊索尔特的爱情故事出现了许多版本，其情节也发生了很大变化，甚至主人公的来历、家庭背景和结局以及男女主人公名字的拼写都相当不同，至于具体事件和细节差异就更大。

对特里斯坦传奇的发展做出特别大贡献的是 12 世纪盎格鲁-诺曼诗人不列颠的托马斯（Thomas of Britain，在法语中他被称为英格兰之托马斯，Thomas d'Angleterre）。他在 12 世纪 50 年代后期或 60 年代运用正在兴起的宫廷风格的浪漫传奇体裁创作了诗体《特里斯坦》（*Tristan*）。这部作品成为特里斯坦系列的宫廷传统浪漫传奇的源头。虽然它现在只剩下 8 个残余部分，共约 3300 诗行，但由于这部优秀诗作很有影响，其他语种的许多诗人都以它为源本进行翻译、改写或创作，因此我们可以在一些流传下来的其他语种的作品中看到它的一些内容。比如，出现在 13 世纪前期的一部古挪威语译本大体保留下了托马斯作品的全貌。这部作品是挪威诗人罗伯特（Brother Robert）在 1227 年遵照挪威国王吩咐翻译，但诗作对原作有所删节。在那些受到托马斯的《特里斯坦》影响并从其中大量采用情节内容的作品中，最杰出的是德国诗人戈特弗里德·冯·斯特拉斯堡（Gottfried von Strassburg, ? —1210?）的著名诗作《特里斯坦与伊索尔德》（*Tristan und Isolde*）。该作因作者去世未能完成，情节发展大约只到原作一半处，后来另有诗人用"通俗版"里的材料续完。尽管如此，它仍然被学者们视为中世纪欧洲最优秀的浪漫传奇作品之一。

与托马斯同时或稍后，他的同胞盎格鲁-诺曼诗人贝洛尔（Beroul，生卒年不详）创作出相对于宫廷风格传统的所谓"通俗版"（vulgar 或 common version）《特里斯坦传奇》（*Le Roman de Tristan*）。它之所以被称为"通俗版"，是因为它刻意和当时正大为流行的宫廷风格保持距离，如同拉亚蒙的《布鲁特》那样注重叙事情节，而非着意表现高雅的宫廷文化和就情感与价值观念大发议论。从这里可以看出，"通俗版"显然更接近英格兰本土文化文学传统。同托马斯的诗作一样，这部诗作也只流传下残本，共 4485 行。这个版本的《特里斯坦传奇》也很有影响。大约在 12 世纪后期，德国诗人艾尔哈特·冯·奥贝奇（Eilhart von Oberge）根据这个版本

---

① 见 Newstead, "Arthurian Legends", in Severs, ed., *A Manual of the Writings in Middle English*, p. 76。

第四章 亚瑟王浪漫传奇的英格兰化

创作出德语版的《特里斯坦》(Tristrant)。它是这个传奇的通俗风格传统的一部代表作。它早于戈特弗里德的德语宫廷风格本，而且也是所有语言里现存最早的特里斯坦传说的全本诗作。在后来的时代里，两种风格传统的特里斯坦传奇在各国语言中都得到进一步发展，但总的来说，在宫廷浪漫传奇为主流的大语境里，特里斯坦的宫廷风格系列更受热捧。

在13世纪前期，随着散文亚瑟王"正典系列"的出现和大受欢迎，法语作家也开始将特里斯坦传奇改写成散文作品。正如散文"正典系列"在相当大程度上改变了亚瑟王文学的运行轨迹一样，散文《特里斯坦》也明显改变了特里斯坦传奇发展的方向。散文《特里斯坦》起初主要分为两部分。第一部分大约在13世纪30年代由一位叫鲁西·德·加特（Lucy de Gat，即加特的鲁西）的法国作家写出。他使用的材料主要来自两位盎格鲁-诺曼诗人托马斯和贝洛尔，他将两个不同版本里特里斯坦和伊索尔特的爱情故事的内容融合在一起，但也对这些情节进行了大幅度改写。所以，法语散文《特里斯坦》的第一部分与亚瑟王传奇没有联系。随后大约在1240年，一位自称是那位对亚瑟王"正典系列"产生了重大影响的《亚利马太的约瑟》和《梅林》的作者罗伯特·德·博隆的侄儿赫列·德·博隆（Helie de Boron）的法语作家，对散文《特里斯坦》进行大规模扩展，写出该作的第二部分。受到此前一些特里斯坦故事试图同亚瑟王传奇联系的启发，他从亚瑟王"正典系列"中拿来许多材料，用于他对特里斯坦传奇的续作之中，终于把特里斯坦的传奇故事纳入亚瑟王文学体系，特里斯坦也成为一位圆桌骑士，并加入追寻圣杯的系列中。

随着散文《特里斯坦》的流行，很快又出现了一系列关于特里斯坦的长篇散文作品，这些作品被统称为"散文特里斯坦系列"。这个系列由现代学者整理出版，长达12卷。由于内容丰富，特别是它那曲折动人的爱情悲剧与亚瑟王文学里的圣杯传奇相结合，法语散文《特里斯坦》产生了重大影响，后世的特里斯坦传奇故事大体上都是在新的历史语境中以它为源本改写或者从中摄取材料创作。在马罗礼的《亚瑟王之死》里，特里斯坦部分（第5个故事）的篇幅占全书大约1/3，其主要源本就是13世纪那部法语散文《特里斯坦》。特里斯坦传奇后来成为亚瑟王文学中在欧洲各国流行最广产出最多作品的系列之一。它在历史上各时期从未停止出现新作，在17世纪它还出现在东欧语言中。

虽然特里斯坦传奇系列在各种语言中出现了许多版本，情节内容、主题思想和体裁风格都有相当大差异，但故事的主干情节还是比较接近：特里斯坦是康沃尔国王马克的侄儿，马克派他到爱尔兰去接未婚妻伊索尔特。在回国途中，特里斯坦和伊索尔特喝下情药（在有的版本里，他们是无意中误喝，另有版本说，是伊索尔特故意所为），于是他们陷入情网不能自拔。在托马斯的宫廷版里，情药之药效一生不变，而在贝洛尔的通俗版里其作用仅能维持三年。不久他们之间的隐情被马克发现，于是他们逃入森林。马克找到他们并饶恕了特里斯坦，后者在交出伊索尔特后离开康沃尔，只身前往海峡对岸的布列塔尼。在那里，特里斯坦娶了一位也叫伊索尔特的公爵女儿为妻。在托马斯的宫廷风格版诗作里，特里斯坦后来被有毒的长矛所伤，唯有爱尔兰的伊索尔特能施救。他派人去请伊索尔特，并约定，如果伊索尔特前来，船上挂白帆，否则就挂黑帆。伊索尔特得信后立即赶来，然而特里斯坦的妻子看见前来的船挂着白帆，满怀嫉妒，于是骗特里斯坦，说船上挂的是黑帆。特里斯坦以为伊索尔特已经变心，在悲伤中死去。伊索尔特赶来，抱着情人的尸体也悲痛而死。但在散文《特里斯坦》以及后来受其影响而出现的许多作品里，特里斯坦是被马克在他为伊索尔特演奏竖琴时用有毒的长矛所伤。散文《特里斯坦》增强了特里斯坦和伊索尔特之间的爱情，并将马克塑造成满怀嫉妒的邪恶人物，但没有改变托马斯为作品所确立的悲剧性质。实际上，托马斯的《特里斯坦》是中世纪浪漫传奇中最杰出的爱情悲剧。巴特和菲尔德认为：托马斯"将特里斯坦的故事确立为激情悲剧之原型"（the architype of passionate tragedy）[1]。

值得注意的是，从总体上看，中世纪文学几乎没有悲剧。[2] 尽管在中世纪浪漫传奇里，也有某些爱情事件和人物，比如阿斯克洛特的少女和她对朗斯洛的爱情，具有悲剧色彩，但那往往只是一些小小的插曲。所以和一般中世纪宫廷爱情传统浪漫传奇不同的是，特里斯坦和伊索尔特的故事是一个爱情悲剧，它要到文艺复兴时期才被超越。即使在乔叟那些具有悲剧色彩的作品里，《贞女传奇》里那罗密欧与朱丽叶式的《希丝庇记》和《修士的故事》里的那些故事都太过短小，悲剧情节并未得到充分发展；在《骑士的故事》里，悲剧也只是在阿塞特一方，相反对于艾米丽特别是

---

[1] Catherine Batt and Rosalind Field, "The Romance Tradition", in Barron, ed., *The Arthur of the English*, p. 62.

[2] 关于这一点，可参看肖明翰《乔叟与欧洲中世纪末期悲剧精神的复苏》，《洛阳解放军外语学院学报》2007 年第 2 期。

第四章　亚瑟王浪漫传奇的英格兰化

对于帕拉蒙来说，却是幸福的结局；至于那部结局如此悲伤以致刘易斯说"没有人愿意读第二遍"①的《特洛伊罗斯与克瑞茜达》，虽然也被乔叟本人称作"悲剧"（第5卷第1786行），但严格地说，那是"悲伤"胜于"悲剧"，而且悲伤的也主要是被克瑞茜达背叛的特洛伊罗斯。

另外，托马斯诗作之悲剧性在中世纪浪漫传奇里的特殊意义，还可以从最有影响的亚瑟王浪漫传奇诗人同时也是中世纪浪漫传奇最重要作家之一的克雷蒂安的态度看出。克雷蒂安在诗作《克里杰斯》（Cligès）的前言里谈及，他创作了一部关于特里斯坦的作品，但该作没有流传下任何片段。不论他是否真的创作过那样一部作品，真正重要的是，他在创作《克里杰斯》时显然心中放着特里斯坦传奇，其主干情节与特里斯坦的故事颇有相似之处，但他对特里斯坦的悲剧却明显不满，因此他让男女主人公获得幸福圆满的结局。所以这部作品也被一些学者看作对特里斯坦故事的"回应"，是"反《特里斯坦》"（anti-Tristan）之作。② 但严格地说，那更是一部在浪漫传奇中的"反悲剧"作品。或许在克雷蒂安看来，在浪漫传奇中出现悲惨的结局是不合时宜的。

在中古英语里，除了马罗礼的《亚瑟王之死》的相关部分外，现存只有一部特里斯坦传奇《特里斯坦爵士》（Sir Tristrem），③ 大约产生于13世纪后期，属于最早的中古英语浪漫传奇之一。这部诗作最先由浪漫主义时代的著名作家瓦尔特·司各特（Walter Scott, 1771—1832）整理出版。司各特对中世纪文化和文学十分熟悉，对浪漫传奇极感兴趣，他创作了大量以中世纪为时代背景的浪漫传奇作品，小说中弥漫着中世纪气氛。可以说，他在浪漫主义时代复活了中世纪浪漫传奇。他十分欣赏中古英语诗作《特里斯坦爵士》，亲自将这部作品从中世纪手抄稿中整理出来，在1804年出版，并为其写了上百页的前言和4个为前言所写的附录。④ 不仅如此，由于手抄稿结尾残缺，他还创作了60个诗行将其补全。许多《特里斯坦爵士》的现代版本往往沿用他的结尾。

---

① Lewis, *The Allegory of Love*, p. 195.
② 见 Jean Frappier, "Chretien de Troyes", in Loomis, ed., *Arthurian Literature in the Middle Ages*, pp. 486–87。
③ Tristrem 根据发音，本应译为特里斯特姆，但为了文中统一，故译为特里斯坦。
④ 见 Walter Scott, ed., *Sir Tristrem: A Metrical Romance of the Thirteenth Century by Thomas of Ercildoune, Called the Rhymer*, Edinburgh: Archibald Constable, 1804。

在《特里斯坦爵士》里，特里斯坦和伊索尔特的名字被分别拼写为 Tristrem 和 Ysond。手抄稿现存 3344 行（不包括司各特增加的诗行）。英语诗人使用每一节 11 行的节律体，除第 9 行仅有 2 个音节（通常为 2 个单音节单词）外，其余诗行都用 3 个音步，因此诗行都很短。这种诗节在英语诗歌里很少见。诗行由于短，往往省去许多连接和细节说明，更集中于叙述情节，所以它"比其他同等长度的英语亚瑟王作品能包括更多叙事内容"[①]，但由于这类省略，作品有时显得意义或指涉含混，不易理解。另外，作品还具有一定游吟诗人的风格和口头表达的特点，这与突出情节叙事的基本特点一致，也符合普通民众的审美心理。

关于中古英语《特里斯坦爵士》的风格特点，德国著名中世纪英语文学学者、波恩大学教授迪特尔·梅尔（Dieter Mehl）认为："这部诗作不同寻常的风格也部分是因为作者竭力想实现最大程度的简洁。"[②] 的确，与其他语种的许多特里斯坦传奇作品相比，这部英语作品的一个极为突出的特点就是简洁。这位英语诗人可以说是在作品里特意表现简洁。他的简洁除表现在诗行短小、尽量省略转折连接与说明等语言风格层面外，在叙事层面，他似乎也在急速推进。其实，他的这一特点既表现出民间口头文学风格，也与包括浪漫传奇在内的中世纪英语叙事文学一个重要特点或者说传统有关。前面分析过，英语诗人们一般都更关注叙事，而对场面描述、心理表现和抽象议论不太感兴趣。只不过《特里斯坦爵士》在这方面尤为突出。

学者们一般认为，托马斯的《特里斯坦》是这位英语诗人所用材料的主要来源。然而将两部作品对同一情节的处理进行比较，人们立即就能看出它们之间的巨大差异。比如，关于特里斯坦与布列塔尼公爵的女儿伊索尔特结婚的情节，从提及婚姻到上床，英语诗人只用了 34 行（第 2672—2706 行），而在托马斯的残本里，这部分却长达约 800 行。英语诗作只叙述事件，没有任何关于情感方面的描写和评述，而托马斯则给出长篇议论和心理描写，特别是花了大量篇幅表现特里斯坦对爱尔兰伊索尔特的爱情和对是否娶布列塔尼的伊索尔特的内心矛盾。梅尔把英语《特里斯坦爵

---

① Maldwyn Mills, "*Sir Tristrem*", in Barron, ed., *The Arthur of the English*, p. 171.

② Dieter Mehl, *The Middle English Romances of the Thirteenth and Fourteenth Centuries*, New York: Barnes & Noble, 1969, p. 176.

第四章 亚瑟王浪漫传奇的英格兰化

士》与戈特弗里德那部根据托马斯宫廷版创作的德语杰作《特里斯坦与伊索尔德》进行比较后指出：在情节发展上，英语诗人只用了 2673 行就叙述了戈特弗里德花 19500 余行才讲述了的内容，而两者所包含的事件几乎完全一样。至于特里斯坦和伊索尔特喝下情药那一重要情节，戈特弗里德使用了差不多 1200 行，而英语诗人只用了约 80 行。[①] 在几乎所有特里斯坦传奇的作品里，这对未来的情侣喝下情药都是关键情节。戈特弗里德除了精心叙述该事件外，更进行了丰富的情感表达、细致的内心表现、深刻的心理分析，并在情与理方面进行探讨。这部分也成为他这部杰作的精华，充分表现出这位天才作家高超的文学艺术。然而，英语诗人对这一关键情节仅仅是直接和客观的叙述。由于在叙事内容上，英语诗人往往进行了程度不同的浓缩，有时他似乎只是在讲述故事梗概。所以，即使和其他将法语传奇作品进行翻译或改写的英语作家相比，在删减道德议论、情感表达和场面描写等方面，《特里斯坦爵士》的作者都明显出手更重。但对一些打斗场面的描写，他有时却比较精彩、生动而且细致。

戈特弗里德的作品在文学艺术上显然远高于英语《特里斯坦爵士》，但两者之间的差异也不能简单归结于后者是在中古英语和中古英语文学都还没有得到充分发展时期的一部早期作品，或者说英语作者才能平庸。其实，英语诗人也并非一味省略。比如梅尔注意到，在第一部分，也就是在特里斯坦遇见伊索尔特之前，英诗《特里斯坦爵士》就比戈特弗里德的相应部分篇幅更大。英语诗人对特里斯坦家庭所遭受的变故和他的成长经历给予了远比戈特弗里德更为细致也更为生动的描写。这显然与历来突出家族主题的英格兰本土传统有关。另外，戈特弗里德在前言中阐释宫廷爱情主题，表明他将要为读者献上一部宫廷风格的爱情诗作，然而这在《特里斯坦爵士》的前言里全无踪影，相反他却在前言里像盎格鲁-撒克逊时代的古英语诗人那样感叹人生苦短和尘世名声无常。[②] 至于爱情主题，英语诗人也进行弱化，甚至在诗作已进展到 1/3 时，伊索尔特还没有被提及，更不用说出现，爱情自然也无从谈起。即使在男女主人公无意中喝下情药之后，英语作者也很少直接描写他们在一起的情景。与托马斯和戈特弗里德等宫廷爱情诗人大为不同，英语诗人对特里斯坦与伊索尔特的爱情似乎

---

① 见 Mehl, *The Middle English Romances of the Thirteenth and Fourteenth Centuries*, pp. 176, 177.
② 比如，可参看著名的古英诗《流浪者》(*Wanderer*) 和《航海者》(*Seafarer*)。

不如对特里斯坦与巨人和恶龙搏斗等冒险经历感兴趣。所以，梅尔说："通过局限于讲述故事的情节梗概和简单复述那些事件，诗人完全改变了故事的性质。"虽然作者也有时表现两个情人之间的情感，但从总体上看，这个动人的爱情浪漫传奇被改写成关于"一位高尚而且前途无限的骑士因为一个致命错误而陷入苦难的故事"。①

在所有特里斯坦传奇故事中，情药都至关重要。然而特别有意义的是，英语诗人的改写颠覆了他用作材料来源的宫廷版文本里情药的意义。托马斯和戈特弗里德等人的宫廷版特里斯坦传奇，全都尽力表现特里斯坦与伊索尔特喝下情药后至死不渝、生死相许的真爱深情，情药如同希腊神话里的爱神之箭，似乎只是爱情的象征，真正有魔力的是爱情。更重要的是，通过宫廷爱情诗人的描写，与其说是情药造成了他们之间的爱情，还不如说具有"终身药效"的情药是用来为他们对主人和丈夫的不忠进行辩护的，以使他们免受朗斯洛和格温娜维尔那样的道德谴责。尽管特里斯坦自己内心也充满情与理的道德冲突，但在受情药的控制而处于无能为力的境况中，他的内心冲突反而提升了他的形象。

相反，在英语诗人笔下，情药似乎更像是命运的象征。两个年轻人误喝情药，完全是一个"致命的错误"，它带来的并非宫廷爱情诗人所赞颂的那种"神圣"爱情，而是主人公悲剧命运的根源。同时，正因为这对情人是情药或者说命运作弄的"受害者"，他们之间的爱情关系并非出自他们自己的选择，因此也就并不特别引发道德问题，也不需要进行辩护，所以英语诗人没有像宫廷爱情诗人们那样在这方面下功夫。其实，由于作品大幅度减少了与他们的爱情直接相关的内容，所以严格地说，这部作品或许不是真正以爱情为主题的故事，更不是宫廷爱情风格的传奇。当然，受原作和当时正流行的宫廷文学影响，它仍然描写了特里斯坦身上一些与宫廷生活相关的优雅风度和文化修养。比如，由于受到宫廷生活的熏陶和骑士规则的训练，他除武艺高强、英勇善战外，还举止高雅、善于下棋和弹竖琴，在各地总能赢得女士芳心，当然他自己并未各处留情或陷入情网。

从上面的分析可以看到，以托马斯开创的宫廷传统的特里斯坦传奇的核心主题是宫廷爱情，而中古英语诗人大幅度删节的正是与宫廷爱情

---

① Mehl, *The Middle English Romances of the Thirteenth and Fourteenth Centuries*, p. 177.

第四章 亚瑟王浪漫传奇的英格兰化

相关的内容，但这位从行文风格到叙事内容都简洁到吝啬的英语诗人却在另一方面增加篇幅、丰富内容。这方面最明显的是，在诗作前面长达 1/3 的篇幅里，在有意忽略和删除原作里与宫廷爱情主题相关的内容之时，他比托马斯等宫廷诗人更细致地叙述和强调特里斯坦的家庭背景及其童年经历。在英语诗人笔下，特里斯坦的成长与此前已经繁荣的盎格鲁-诺曼语先祖传奇以及在 13 世纪正在兴起的中古英语同类作品①里的主人公大体一样。特里斯坦还未出生，家庭就遭遇重大变故，他父王被谋杀，他刚出世母亲就死去，他被忠心的仆人带走，成为孤儿流落国外。他在逆境中经历一系列冒险成长为杰出骑士，后来杀掉仇人，夺回王位。这个故事梗概简直就是对那些盎格鲁-诺曼语和中古英语先祖浪漫传奇的直接呼应。

英语诗人如此厚此薄彼，弱化爱情主题而增强主人公家庭背景、成长过程和复仇经历，显然不是无意中偶然为之。在这里我们似乎看到霍恩王、哈维洛克、盖伊等先祖主题的英格兰体裁浪漫传奇里那些在家族或英格兰历史上承前启后的主人公们的英雄身影。也就是说，英语诗人通过删减宫廷爱情内容而突出特里斯坦的家庭背景和成长过程，在很大程度上改变了作品的主题和性质，使之与英格兰本土文学传统联结并在一定程度上成为一部家族主题的传奇作品。所以，作品在内容的剪裁、叙述风格等方面的特点与主题上的改变有一定关联。作者对原作的改写实际上反映出他的英格兰意识，也反映出他受到英格兰本土文学传统的深刻影响。或许也正因为如此，这位中古英语诗人特地把马克称为英国国王（king of England），而非康沃尔国王，因为他已将这个融合了爱尔兰、苏格兰、威尔士、康沃尔、布列塔尼以及盎格鲁-诺曼等各种民族的文化元素的故事英格兰化。

所以托马斯的《特里斯坦》和戈特弗里德的《特里斯坦和伊索尔德》与英语《特里斯坦爵士》在本质上是不同的作品。正因为如此，我们不能简单地用前者作为衡量后者的标准。对后者的分析必须基于这个文本本身和产生它的英格兰本土的历史和文化文学语境。或许也正因为如此，司各特才会对这个在艺术技巧上有所不足的中世纪诗作那样情有独钟。

---

① 现存最早的中古英语先祖浪漫传奇《霍恩王》大约产生于 1250 年。

第五节　郎弗尔传奇

同许多中世纪浪漫传奇作品一样，郎弗尔传奇的源头也是一个民间故事。我们将其称为郎弗尔传奇，是因为这个传说的中古英语传奇诗作中有一个相当不错的作品《郎弗尔爵士》(Sir Launfal)。那个民间故事讲的是，一个出身高贵的青年在处境不佳之时，一个神秘而且拥有魔法的美丽女郎爱上了他，并且给予他无穷的财富，但条件是，他不能对人们谈起她，否则她就再也不会出现。青年回到王宫，拒绝了王后对他的诱惑，王后视之为奇耻大辱，反过来污蔑青年对她怀非分之想。在万般无奈之下，青年只得说出他心中所爱远比王后美丽。于是，他被要求交出他心中所爱以证明所言非虚，否则会因为对王后行为不轨而被处死。在此紧要关头，天仙般的女郎出现，原谅了将她说出的青年，并把他带走。

前面第二章谈及，这个民间故事最初被那位杰出的女诗人法兰西的玛丽用不列颠籁诗的体裁创作成诗作《兰弗尔之歌》(Lai of Lanval)。虽然另外一些作家也根据这个民间故事创作出浪漫传奇作品，但正如卢米斯所指出，毫无疑问是玛丽那"精妙而充满自信的手法使这个传统题材成为一个优美的作品"。①《兰弗尔之歌》大体上遵循上面所提及的基本情节，但也对这个民间故事做了一些重要改动。首先，她把故事与当时正在兴起的亚瑟王浪漫传奇结合起来，将故事置于亚瑟王传奇语境中。这也是她的歌谣集里，故事直接发生在亚瑟王传奇世界的唯一作品，或者说是她现存的集子里唯一真正的亚瑟王传奇作品。② 她故事中的国王就是亚瑟王，而王后自然就是格温娜维尔。另外，她在诗作开篇称亚瑟王为"无畏而文雅的君主"，并随即强调他正在"对抗皮克特人和苏格兰人"③。亚瑟王集民间"无畏"的英雄和宫廷文化中理想的"文雅"君主两种身份于一身，体现了民间故事和宫廷浪漫传奇两个价值传统的结合。

---

① Loomis, *The Development of Arthurian Romance*, p. 132.

② 见 Elizabeth Williams, "*Sir Landevale, Sir Launfal, Sir Lambewell*", in Barron, ed., *The Arthur of the English*, p. 130。

③ Marie de France, *The Lais of Marie de France*, Judith p. Shoaf, trans., E-Text, https://people. clas. ufl. edu/jshoaf/marie_ lais/, Oct., 21, 2017. 本节对该诗作的引用均出自此网页，下面不再加注。

第四章 亚瑟王浪漫传奇的英格兰化

但特别有意义的是，在玛丽的故事里，所有贵族和圆桌骑士都获得了亚瑟王的慷慨封赏，唯兰弗尔爵士被"忘记"，没有得到任何赏赐。不仅如此，他还因为勇敢无畏、武艺高超、心胸开阔、外表英俊而遭人"嫉妒"。玛丽暗示，兰弗尔受国王冷遇，因为他虽是"一个王子"，但也是一个"在陌生国度里"来自远方的"陌生人"，在这里"无人给他建议"。他"花光了自己带来的财富"，在亚瑟王宫中深感"孤独"和"无助"，而且手头拮据。正是怀着这种悲凉孤寂的心境，一天他骑马独自外出，在荒野中看见一个满是漂亮婢女的辉煌帐篷，在里面他遇到一位美丽而富有的神秘女郎，随后发生了与民间故事大体相似的神秘事件。

兰弗尔在亚瑟王宫里的遭遇和心境也许源自玛丽自己在英格兰的经历和感受。这位极有才华的女诗人来自法兰西，长期居住在诺曼王朝统治下的英格兰，独在异乡为异客，似乎并没有得到诺曼王室特别的青睐。因此，她塑造的那个孤独的兰弗尔身上也许有她自己的影子，也寄托了她自己的感受。另外，她笔下的亚瑟王的冷漠很可能也有一定历史真实性，也就是说，她塑造的亚瑟王比那正在兴起并随即大量涌现的浪漫传奇作品里按宫廷文化价值观越来越理想化的亚瑟王之形象，更像当时现实中的封建君主。更有意义的是，她的《兰弗尔之歌》以及以其为源本改写出的一组郎弗尔系列传奇，是中世纪亚瑟王传奇文学中唯一把亚瑟的王后格温娜维尔描绘成反面人物的作品。即使在中世纪那些对朗斯洛和格温娜维尔的婚外恋持批评乃至谴责态度的浪漫传奇作家那里，包括克雷蒂安和表达基督教正统观点的正典系列的男作家们，他们对待两人婚外恋的严厉态度都主要是针对朗斯洛，而对格温娜维尔的行为则态度相对温和或保持沉默。尽管在一些作品如英语节律体《亚瑟王之死》和马罗礼的《亚瑟王之死》里，作家们对格温娜维尔的批评更多或者更直接的也是针对她因为误解朗斯洛而往往表现得蛮横无理，而非她的婚外恋。玛丽在她的籁诗里将格温娜维尔塑造成反面人物，不知是因为女人对女人更严厉，还是与女诗人或许受到在文化文学界享有盛名而且广泛支持和赞助文化人的王后艾琳诺的冷遇有关。这只是推测，还需要证据支持。不过玛丽对待格温娜维尔的态度却影响了200多年后英文诗《郎弗尔爵士》的作者。

大约从14世纪前期开始，玛丽的《兰弗尔之歌》被译为英文，或者更准确地说，像中世纪通常情况那样，英语诗人对玛丽的作品进行了翻译和改写。这些中古英语的郎弗尔作品中流传至今的是《兰德瓦尔爵士》（*Sir*

Landevale）和《郎弗尔爵士》，它们出现时间较早也有比较高的文学价值。

《兰德瓦尔爵士》是部佚名诗作，大约出现在 14 世纪前期或中期，使用的是当时浪漫传奇叙事诗中比较流行的 4 音步对句，共 538 诗行。作品大体上保留了玛丽原作的基本情节，但也做了一些很有意义的修改。这些修改既反映了亚瑟王浪漫传奇的发展，也表现出英语诗人的思想观念，以及英格兰人的审美心理。总的来说，从语言风格到情节叙述，英语诗作都更接近英格兰民众。诗作语言更直接、更口语化，而且有更多的对话。同那个时期其他英语浪漫传奇一样，这部作品也更突出故事情节以吸引喜欢情节的普通英格兰读者或者听众。不过，英语诗作中最大的变动是亚瑟王和兰德瓦尔（即兰弗尔）这两个重要人物的形象。在英语诗人笔下，玛丽源本中亚瑟王和圆桌骑士们正在进行的对抗皮克特人和苏格兰人的战争背景被删去，亚瑟王宫完全成为高雅、和睦、友爱等宫廷文化价值观的体现，也是骑士们践行和升华骑士美德的场所，而亚瑟王自然也不再是像玛丽诗中那样致力于战争的冷漠君主，而是那位在浪漫传奇文学中已经大体定型的慷慨、仁慈、公正的国王，他公平地对待所有圆桌骑士，给予他们慷慨的赏赐，其中自然也包括兰德瓦尔。相反，兰德瓦尔身处困境，并非因为他得到了不公平待遇，没有获得应有的赏赐，而是因为他自身问题：青年人不知自制过分慷慨挥霍无度。把他的遭遇与困境归咎于他自己，这是故事的重要修改，也是很有意义的深化。这个在其他方面很优秀的骑士还需要经受更多的磨炼，而这个故事的内容主要就是对他的磨炼。这也符合英格兰文学中一贯注重道德探索和主人公在生活的磨炼中成长的传统。

或许正因为法语和英语文学传统之间这一差别，我们看到玛丽和她的故事的英语改编者在对故事结尾的处理上的不同。在玛丽的《兰弗尔之歌》的结尾，兰弗尔的情人出现，她那令人惊艳的美丽证明兰弗尔所言非虚，亚瑟王赦免了他。在女郎骑马离开之时，兰弗尔跳上她的马，"一同前往阿瓦隆"。有意义的是，女郎从出现到离开，从未对兰弗尔说一句话，玛丽也没有让他们之间有任何语言交流。那似乎表明，女郎虽然前来救了兰弗尔，但她似乎仍然对他违背诺言耿耿于怀。同时，尽管兰弗尔违背了诺言，但他没有因为自己的过失向女郎道歉。所以严格地说，玛丽没有表现他的变化与成熟。相反，在英语作品里，兰德瓦尔爵士却为自己违背诺言真诚道歉，并请求情人原谅他；女郎原谅了他，然后他们才同骑一匹马前往阿瓦隆。应该说，英语诗人的处理更为高明，因为他很巧妙地表现

第四章　亚瑟王浪漫传奇的英格兰化

出,尽管兰弗尔违背了自己的诺言,但他经过磨炼却在精神上获得成长和成熟。

在这个故事的英语传奇作品里,大约在 14 世纪后期,乔叟的同时代人托马斯·切斯特(Thomas Chestre,生卒年不详)以《兰德瓦尔爵士》为源本大为扩展而成的《郎弗尔爵士》最为著名。切斯特虽然能有幸流传下他的姓名,让人们至少知道他是这部诗作的作者,但除此之外,人们对他一无所知。他有可能流传下三部作品,其中学者们能确定是出自他手笔的就是这部《郎弗尔爵士》;另外两部是关于罗马皇帝奥古斯都的诗作《屋大维》(*Octavian*)和下一章里将分析的《利博·德斯考努》(*Lybeaus Desconus*),它们有可能是他的作品。《郎弗尔爵士》是一部相当不错的亚瑟王浪漫传奇作品。与《兰德瓦尔爵士》不同,它改用当时更为流行的尾韵节律体,长 1045 行,大约是其源本的两倍。

切斯特对原作的扩展主要来自两个方面,一是他自己的增添,另外则是把《格莱兰》(*Graelent*)的内容包容进来。《格莱兰》也是一首很早的不列颠籁诗,主人公为格莱兰,其情节与玛丽的《兰弗尔之歌》很相似,至于两者谁先谁后,学者们尚有争议,但大多认为玛丽作品在前,《格莱兰》受其影响。应该说,《格莱兰》从民间故事中吸取了更多元素。比如,与主流郎弗尔故事中的情节不同,男主人公并非被婢女带到帐篷中与女主人公相遇,而是看到正在水中洗澡的女郎,便拿走她的衣服,并以此要挟,要求与之相爱。女郎很爽快地答应,只不过后来她承认,那一切其实都是她的安排。很明显,这是民间故事中常有的情节。

切斯特在作品一开始就对《兰德瓦尔爵士》(自然也是对玛丽的《兰弗尔之歌》)做了重要修改。他在诗作开篇说,亚瑟王"治理英格兰井然有序"(l. 2),[①] 同圆桌骑士们在一起"欢快而幸福"(l. 9)。与拉亚蒙等许多英格兰意识强烈的诗人一样,他也认为亚瑟王统治的是"英格兰",而非玛丽说的"不列颠"。紧接着,诗人列出许多圆桌骑士的名字,其中自然包括郎弗尔,这间接表明亚瑟王浪漫传奇里那些圆桌骑士在英格兰已声名卓著。更重要的是,切斯特并没有说郎弗尔在亚瑟王宫是一个遭到冷

[①] *Sir Launfal*, in Anne Laskaya and Eve Salisbury, eds., *The Middle English Breton Lays*, Kalamazoo, MI: Medieval Institute Publications, 1995, http://d.lib.rochester.edu/teams/text/laskaya-and-salisbury-middle-english-breton-lays-sir-launfal, Oct., 25, 2017. 本节下面对该诗作的引用均出自此版本,引文行码文中附出,不再加注。

遇的外来者或者说孤独的陌生人。相反，他在圆桌骑士中最为慷慨豪爽，深得亚瑟王青睐，在故事开始时作为国王"管家/已达 10 年"（ll. 32 - 33）。同时，这也很巧妙地改变了玛丽诗中亚瑟王的形象，把他塑造成公正仁慈的君王。

不过特别有意思的是，此时亚瑟王尚为单身。因此梅林向亚瑟王建议，前去爱尔兰把国王的公主格温娜维尔娶来做王后。然而郎弗尔和所有"出身高贵的骑士/都不喜欢她"，因为她"名声不好"，水性杨花，在外"有无数情人"（ll. 44 - 48）。这样，诗人就为后来发生的事做了铺垫。在婚礼上，格温娜维尔出手大方，对所有人慷慨赏赐，唯独郎弗尔"一无所得"，因此他"十分伤心"（ll. 71 - 72）。于是，他找借口离开了亚瑟王，回到故乡威尔士。当地市长是一个趋炎附势的小人，他原是郎弗尔家的仆人，当得知郎弗尔不再受国王宠信，立即一改卑躬屈膝的媚态而变得冷漠傲慢，让郎弗尔陷于穷困潦倒之中。他甚至没有邀请郎弗尔参加圣三一节（Trinity Sunday）的宴会。这个情节并非来自玛丽或《兰德瓦尔爵士》，而是来自《格莱兰》，但切斯特做了很好的艺术处理。郎弗尔的落难十分符合弗莱关于"追寻英雄"（quest hero）的生活经历和精神追寻的轨迹，同时也与盎格鲁-诺曼语浪漫传奇《哈维洛克之歌》或中古英语传奇诗作《丹麦人哈维洛克》的主人公流落民间的经历十分相似。但在《郎弗尔爵士》里，特别有意义的是，主人公的如此遭遇，并非像玛丽诗作中那样因为他是一个来自遥远国度无依无靠的陌生人，而是在他自己的家乡，如此对待他的人还是他原来的仆人。这就更深刻地揭示了人性中的丑恶和世态炎凉。

正是在圣三一节那天，郎弗尔骑着借来的马外出，遇到改变他命运的神秘女郎。财富和幸运源源不断涌来，他天性慷慨，大做慈善，并在盛大的比武中获胜，于是声名远扬。亚瑟王听到人们对他的赞颂，又招他回去做管家，主管圣约翰节期间延续多日的庆宴。正是在宴会期间的舞会上，格温娜维尔对他实施诱惑，因遭拒绝而恼羞成怒，她骂道：

你这个胆小鬼，可耻！
你该被高挂树上，被绞死！
你竟然来到世间，竟然
还没死去，真是无耻！

第四章　亚瑟王浪漫传奇的英格兰化

你没有女人可以爱，
也没有女人爱你。去死吧！
(ll. 685 – 90)

在宫廷文化语境中，一个骑士是否有无女郎爱慕，对于他的身份、地位和声誉都至关重要。郎弗尔因此感觉受到奇耻大辱，愤怒中冲口说出，七年来他爱着一位美丽的女士，"即使她最卑微的婢女，/都可以成为女王比你更美丽"(ll. 695 – 96)。他因此违背了自己对情人的承诺，并随即为此付出代价。在他因为王后的污蔑而受审判时，他的情人并没有像在玛丽的故事里那样出现来救他。但骑士们组成的审判庭深知王后为人，所以相信郎弗尔的话，并给他一年零两个星期的时间找来他的情人以证明他无辜。在最后期限到来之时，女郎终于出现。这一年零两个星期的煎熬实际上就是对他违背诺言的惩罚。

与玛丽的《兰弗尔之歌》和《兰德瓦尔爵士》相比，切斯特的《郎弗尔爵士》的内容更为丰富，情节更为曲折，细节上也更为生动。另外，故事的结尾也颇具神秘性。郎弗尔被情人救走"带入仙境"，从此消失，"再也没有人见到他"(l. 1035)。但"在每一年的某一天，人们能听到/他骑马经过的马蹄声"(ll. 1025 – 26)。这也使故事更具有民间故事的特点。

另外，与玛丽的《兰弗尔之歌》相比，切斯特的《朗弗尔爵士》已经没有明显的法国文学痕迹，它更多地体现出英格兰社会文化的氛围、英格兰人的精神和英格兰民族的审美心理。从玛丽的《兰弗尔之歌》到《兰德瓦尔爵士》再到切斯特的《郎弗尔爵士》，我们可以看到那两个世纪里英格兰文学发展的一些特点，那就是英语文学作品越来越英格兰化。

第六节　《伊万与高文》

前面分析的诗作表明，许多中古英语亚瑟王传奇文学作品都翻译或改写自法语作品。但多少有点令人奇怪的是，从流传下来的作品看，中古英语作家们似乎更钟情于被基督教主流意识形态改写过的"正典系列"或者从中发展出来的作品，而对于克雷蒂安那些亚瑟王浪漫传奇的开山之作同时也属于亚瑟王传奇中最优秀的诗作似乎不那么感兴趣。即使是《波西瓦尔》，如前面所指出，也几乎被改得面目全非，很难说是以克雷蒂安的诗作为源本。所以，《伊万与高文》（Ywain and Gawain）可以说是中古英语文学里唯一一部直接以克雷蒂安的作品为源本的诗作。

《伊万与高文》唯一流传下来的一部中世纪手抄稿大约产生于15世纪前期。据学者们研究，诗作有可能出现在14世纪前半叶的英格兰北部，作者佚名。这部作品是中古英语诗人使用英格兰北部方言对克雷蒂安的名著《伊万：狮子骑士》（Yvain: ou Le Chevalier au Lion）比较自由的翻译加改写，但在基本情节上还是比较忠实于原作。同大多数英格兰北部的中古英语亚瑟王浪漫传奇作品一样，这部诗作也使用头韵体，只不过头韵体诗行大约只占全诗的1/3。该诗作同时也使用双行尾韵对句和当时浪漫传奇叙事作品中很流行的4音步8音节诗行。

英语诗人将克雷蒂安那部6818行的作品压缩为4032行（誊写人员用红墨水在诗作结尾另外加了两个赞美上帝的诗行）。[①] 作品基本上保留了原作的情节、主要事件以及事件的发展顺序，但也进行了许多增删和改写以更符合作者的思想意识、英格兰本土文化文学传统以及英格兰受众[②]的趣味。也就是说，作品的基本情节来自克雷蒂安，但诗作形式或者说叙事方式属于英语诗人。总的来说，对许多叙事比较粗糙的作品而言，这是一部改写很成功的诗作，其情节线索清晰，内容丰富，叙述直接而生动，易于理解且很吸引人。在中古英语亚瑟王文学作品中，特别是就其故事叙述而言，它很可能是除《高文爵士与绿色骑士》和三部《亚瑟王之死》之外最优秀的作品。有学者甚至认为，就其叙事艺术而言，这部作品甚至超过在中世纪与乔叟齐名的高尔（John Gower, 1330？—1408）的代表作《情人自白》（Confessio Amantis）的绝大多数故事和《坎特伯雷故事》的一些故事。

《伊万与高文》的作者在遵循源本主要内容的情况下，也做了增删，特别是在细节处理方面。首先，英语诗人弱化了克雷蒂安原作里更为高雅的宫廷风格，使之更接近英格兰本土的民间文学传统，特别是接近英国

---

① 见 Mary Flowers Braswell, "Introduction to Ywain and Gawain", in Mary Flowers Braswell, ed., *Sir Perceval of Galles and Ywain and Gawain*, Kalamazoo, MI: Medieval Institute Publications, 1995 (*Sir Perceval of Galles and Ywain and Gawain* | Robbins Library Digital Projects), http://www.d.lib.rochester.edu/teams/publication/braswell-sir-perceval-of-galles-and-ywain-and-gawain, Feb. 14, 2018. 此版本为电子书，无页码。

② 中古英语叙事文学作品的受众主要是以英语为母语的中下层贵族和普通民众，而且许多作品是用于朗诵或吟唱，所以其受众多为听众。

第四章 亚瑟王浪漫传奇的英格兰化

"古老的民间史诗"①,这应该是指盎格鲁-撒克逊时代流传下来的古英语英雄史诗传统。② 其次,同前面提到的许多改写自法语作品的中古英语作品一样,这部诗作也删节了法语原作里的许多议论性内容,使情节发展更紧凑也更符合一般民众喜欢听故事的趣味。再次,与前面两点有关的是,英语作品在注重叙事内容的同时弱化甚至删去了源本中许多(有时相当冗长的)关于场面、情景、人物和心理等方面的描写。前面已经谈到,这些描写同议论一样,是中世纪法国宫廷传统浪漫传奇的一个比较普遍的重要特征。比如,克雷蒂安花了近100行(第428—506行)来描写伊万杀死女主人公劳丹(Laudine,即英语作品里的阿伦丹,Alundyne)的丈夫后又爱上她的内疚心情,与之相对,英语诗人仅用了短短的10行(第893—902行)。最后,另外一个特别重要的改写是,克雷蒂安的原作与那时期正在兴起的宫廷诗歌一样,突出描写和表达了宫廷爱情,而英语诗人则让他的骑士和女士们"高雅地谈论/战斗与围猎"和赞美那些因"英勇无畏"而"闻名","无论何处/都能勇敢投入战斗"的"杰出骑士。"(ll. 25 - 31)③ 通过作者的改写,原作里很突出的法国传统的宫廷文化氛围大为减弱并富有更浓郁的英格兰文化气息,但也减少了原作很值得称道的艺术含蓄性和文学丰富性。

上面提到,这部诗作一个主要特点是突出故事情节。这个特点在诗作一开篇就表现出来。英语诗人没有像克雷蒂安那样比较缓慢地切入故事,而是在开篇祷告上帝之后就立即告诉听众或读者:"听[我讲]伊万和高文;/他们是圆桌骑士。"(ll. 4 - 5)紧接着,他就道出伊万和高文外出历险的根源,为后面的情节发展做出铺垫。那是发生在亚瑟王举行的一次宴会之后,高文、凯、伊万和其他几位圆桌骑士在国王卧室外守卫时聊天讲故事。骑士克尔格勒万斯(Colgrevance)讲述了他6年前一次奇异经历。这是一个讲述得很好的中世纪的框架内故事,即故事中的故事。这种体裁在中世纪的最高典范是乔叟的《坎特伯雷故事》。

---

① Anna Hunt Billings, *A Guide to the Middle English Metrical Romances: Dealing with English and Germanic Legends, and with the Cycles of Charlemagne and of Arthur*, rep. of 1901, New York: Russell & Russell, 1967, p. 158.
② 关于这一点,请参看本书前面关于拉亚蒙之《布鲁特》那一章。
③ 对该诗作的引文译自 Mary Flowers Braswell, ed., *Ywain and Gawain*, in Mary Flowers Braswell, ed., *Sir Perceval of Galles* and *Ywain and Gawain*, Kalamazoo, MI: Medieval Institute Publications, 1995。下面引文行码随文注出,不再加注。

克尔格勒万斯在其历险途中碰到一个放牧野兽的巨人。巨人听说他出来是为了寻求冒险，就告诉他旁边不远处有一眼泉水，如果他取下吊在树枝上的一只金盆淘水倒在旁边的石头上，就会出现可怕的奇迹。对于酷爱历险的骑士，那是难以阻挡的诱惑。他立即前往，果然在一株"最美丽"的"常青树"下找到了那眼泉水和金盆。只不过那块石头非同一般，是一块巨大的祖母绿，上面还镶着四块闪闪发光的红宝石。于是他按巨人所说，用金盆淘水倒在石上，立即雷鸣电闪，引来一阵可怕的暴风和雨雪。当这一切停息后，一大群欢声歌唱的雀鸟飞来。这时一个守卫泉水的可怕武士突然出现，将克尔格勒万斯打翻在地并抢走了他的马，使他深感屈辱。他为此意味深长地自嘲说："我总算得到了我寻找的蠢事。"（l. 456）这也许是诗人对浪漫传奇中骑士们无端外出历险和寻找刺激暗含的批评。不过在这个作品中，他的失败和屈辱的意义却主要在于激发了其他圆桌骑士前去历险的雄心，从而引出后面主人公伊万的历险经历。

在绝大多数亚瑟王浪漫传奇作品里，骑士主人公的历险经历要么是由一个挑战者（比如在《高文爵士与绿色骑士》《土耳其人与高文》等作品里）突然出现或者是由一个信使前来亚瑟王朝寻求救助（比如在《波西瓦尔》《高雷斯之故事》等作品里）所引发。《伊万和高文》的一个十分独特之处是，主人公伊万的外出历险源自克尔格勒万斯遭受屈辱的故事的刺激。首先，注重兄弟情义（brotherhood）是亚瑟王浪漫传奇致力于表现和弘扬的圆桌骑士的核心价值，那也是亚瑟王朝能兴旺发达的根源之一，而亚瑟王朝最终解体的一个致命因素也正是圆桌骑士（包括高文和朗斯洛这两个最杰出的骑士）反目成仇。① 其次，正如我们将在《高文爵士与绿色骑士》里特别明显地看到的，一个圆桌骑士往往代表的是亚瑟王朝和整个圆桌骑士团体。所以，他的荣辱并不仅仅属于他个人，那也关系到整个团体的声誉。由于这些原因，当伊万听到克尔格勒万斯的故事后，立即责怪他："我们应该真诚相爱，/就如同亲兄弟一般"，而你

      ……竟然没早
      告诉我如此离奇的经历；
      否则我已去找那骑士为你复仇；

---

① 关于这一点，后面在分析马罗礼的《亚瑟王之死》会重点探讨。

第四章 亚瑟王浪漫传奇的英格兰化

当然，我现在也会前去。
(ll. 459–65)

为伙伴复仇是浪漫传奇中骑士，特别是圆桌骑士义不容辞的责任。这种骑士责任源自古日耳曼文化传统，是日耳曼部族以及盎格鲁-撒克逊社会的核心价值。古英语文学中，特别是英雄史诗如《贝奥武甫》里，有大量表现。不过值得注意的是，这类英雄史诗里的价值观更事关部族或民族的利益和命运，但在相对而言更注重个人价值的浪漫传奇里，这类价值受到了挑战。在《伊万和高文》里，一个核心冲突就是在伊万身上体现出来的与之相关的骑士责任和丈夫责任的冲突，这种冲突在古英语英雄史诗里是没有的。关于这种冲突，我们在后面将谈到。

如果说伊万要为克尔格勒万斯复仇主要是出于兄弟情谊和骑士的责任的话，那么亚瑟王前去却具有了不同的意义。亚瑟王听到这个离奇故事后，立即"凭他的王冠/和他父亲的灵魂起誓"，他要在两周内在圣约翰日那天去"看那个奇景"（ll. 521–25）。如阿隆斯坦所指出，亚瑟王的所谓去"看"只不过是去"'征服'的委婉说法"[①]。实际上，那地方的人立即就感到亚瑟王的威胁，认为他是前来夺取他们神秘的泉水、城堡和土地的。比如，在伊万和亚瑟王到来之前，已经有某位女士写来密信告诉他们亚瑟王前来的意图（ll. 955–58）。后来卢妮特（Lunet）正是利用这一威胁来说服城堡主人的遗孀阿伦丹（Alundyne）嫁给杀死她丈夫的伊万："那位活着的骑士既然能杀死/你的主，他就更勇猛无敌。"（ll. 1005–1006）因此，正在为亚瑟王的侵犯感到束手无策的阿伦丹（ll. 1022–24）也认为，现在只有"那位"骑士能抵挡亚瑟王，只不过她并不知道伊万竟然是亚瑟王手下的圆桌骑士。同时，在卢妮特的建议下，阿伦丹也是以此说服她的臣僚，因为他们中没有一人能抵挡亚瑟王。她向伊万提到的唯一问题也是："你是否敢抵挡/亚瑟王和他的骑士们，/承担保卫我国和平/和维护我权力之使命？"（ll. 1169–72）伊万自然是满口答应。他虽然欺骗了阿伦丹，没有对她说出自己的真实身份，但他答应"抵挡"亚瑟王倒不是假话，因为当他成为城堡主人后，亚瑟王自然也不用再费心劳神来占领。在婚礼举行前，阿伦丹让她的总管再一次向贵族们宣布：

[①] Aronstein, *An Introduction to British Arthurian Narrative*, p. 100.

战争威胁正临近，
亚瑟王已准备好，
将在两周内来临。
他的大军想要侵占
我们的国土家园……
(ll. 1212 – 16)

在亚瑟王传奇文学里，亚瑟王在各地发动战争，征服了不列颠和欧洲大陆无数邦国的业绩和名声早已传遍各地。所以，在这样的大语境里，尽管亚瑟王宣称他前去只是为"看奇景"，却在邻国造成这样的恐慌，也就不难理解。虽然在这部作品里，亚瑟王似乎并没有直接用武力征服这个邦国，但那是因为在他率军到来之时，伊万不仅已经杀掉那里原来的主人，而且还娶了其遗孀。也就是说，该地区已经被他手下的骑士征服。其实，如上面所指出，甚至连伊万之所以能"俘获"城堡女主人也主要得益于亚瑟王即将侵犯的威胁。关于亚瑟王对"他者"的征服和抢占别国领地，许多中古英语亚瑟王传奇，特别是那些同《伊万和高文》一样出自英格兰北部的作品，比如后面将分析的《戈罗格拉斯与高文的骑士故事》、《亚瑟王之瓦德陵湖历险记》、《高文爵与瑞格蕾尔女士的婚礼》、头韵体《亚瑟王之死》等，都有突出表现，而且还给予了直接或间接的批评。对此，本书后面相关章节会根据作品具体分析。

听到亚瑟王要前去"看"奇迹的誓言后，亚瑟王手下所有的人都兴奋不已，唯独伊万不高兴，因为他想独自前往以免失去与那位守泉水的骑士作战的机会。于是他一人暗中提前上路，长途跋山涉水，终于来到泉水旁。他按克尔格勒万斯所说，用金盆淘水倒在宝石上，克尔格勒万斯提到的各种奇景全都一一发生。于是那位可怕的骑士出现，接着就是一场恶战。最后伊万给对手致命一击，那骑士逃回城堡后死去，但伊万在追赶他进入城堡时被掉下的两道闸门关在其中。

他杀死了城堡主人，又不能脱身，看来必死无疑。但他得到了卢妮特的帮助。卢妮特曾受他友好相待。她交给伊万一枚隐身戒指，所以无人能看见他。他逃过此劫，但却对悲痛欲绝的城堡女主人阿伦丹一见钟情。在这里我们可以看到英语诗人对爱情描写的大幅度删减。在法语原作里，克雷蒂安从奥维德关于爱神力量的颂扬到宫廷爱情的法则，用了一大段来表

第四章 亚瑟王浪漫传奇的英格兰化

现伊万对阿伦丹无限爱慕。但英语诗人仅用两行："爱神那无敌的力量/给伊万造成严重创伤"（ll. 871 – 72），显得直接有力，而且也使故事的叙述不致于中断，可以紧紧抓住受众的注意力。随即，诗人开始直接叙述卢妮特如何周旋于阿伦丹和伊万之间，十分巧妙地一步步说服前者嫁给伊万。这一段情节生动、起伏跌宕，叙述一波三折，极富戏剧性，节奏把握得恰到好处，表现出作者很高的诗歌艺术。这是诗作中特别优秀的段落，在中世纪浪漫传奇中并不多见。

亚瑟王到来后，一切真相大白，这里的城堡、领地和神奇泉水自然全都顺理成章地归属了亚瑟王朝。这部作品的转折点是在为亚瑟王的到来举行的连续多日的庆宴之后。在许多亚瑟王传奇故事里，这类庆宴都是作为皆大欢喜的结局出现在作品结尾。如果这部诗作在这里结束，也不失为一部优秀作品。但在这部诗作里，如同作品的标题所表明，其真正或者说核心内容在高文出面发挥作用时才开始。一些学者对英语诗人将克雷蒂安诗作的标题《伊万：一位狮子骑士》改为《伊万与高文》感到不解，因为高文在故事情节里所占分量并不大。有学者认为，因为高文在英国极受欢迎，所以诗人将他放在标题中是为了"有助于提升作品名声"[1]。米尔斯也认为：高文在作品里的存在远不及作品标题所表明应该有的那样突出，而且尽管高文作为伊万"战斗中的'伙伴'"他是成功的，但他作为伊万的"顾问"（Counsellor）却是"失败的"。因为他对伊万提出的"离开他新婚妻子"的建议不仅"不合适"而且会"导致灾难"[2]。

然而导致"灾难"的真正根源不在于高文的建议，而是在伊万自己身上。更重要的是，那种"灾难"恰恰证明高文的建议是正确和"合适"的，因为伊万只能在高文的"建议"导致的历险旅途上，也就是说在生活经历中，甚至在犯错误中暴露和克服自己的弱点进而成熟起来。所以，英语诗人在标题中加上高文的名字实际上凸显了他在伊万精神和道德成长中的特殊作用。其实，在克雷蒂安的几部亚瑟王传奇诗作里，但特别是在中古英语亚瑟王文学作品中，高文几乎都是骑士精神的代表和美德的典范，因此以他来做伊万的精神领路人是适合的。伊万自己在历险途中总是想到

---

[1] Albert B. Friedman and Norman T. Harrington, eds., *Ywain and Gawain*, London: Oxford University Press, 1964; rpt. 1981, p. 108.

[2] Maldwyn Mills, "*Ywain and Gawain*", in Barron, ed., *The Arthur of the English*, p. 120.

高文和他的美德与友谊，那其实也表明英语诗人是把高文作为伊万的道德榜样来激励他。伊万在经过磨炼之后认识到"一个碌碌无为的骑士/难以获得人们的赞誉"（ll. 2923 – 24）。所以，他不是不应该离开新婚的妻子，而是不应该忘了按他承诺的日期回归。如他自己所说，他忘记回归日期象征着他忘记了他的妻子以及他作为丈夫的责任。诗作也以此探讨和表现了骑士使命与丈夫责任之间的冲突。伊万忘记自己的承诺，忘记自己作为丈夫的责任而陷入"灾难"之中，恰恰表明他还没有真正成熟，还需要在人生的道路上经历更多的磨炼。

高文的确是伊万的领路人，因为是他把伊万引上了精神追寻与成长之路。在宴会结束众人离开之时，高文极力劝说伊万不要在温柔乡里消磨意志，而应该随他出去履行骑士的使命。他对伊万说：

> 一个骑士待在家里，
> 抛弃他骑士的使命，
> 在娶女人后就只想
> 同夫人躺在一起，
> 他会变得一钱不值。
> （ll. 1457 – 81）

伊万接受了高文的劝告，向新婚妻子辞行。阿伦丹同意他外出，并给了一只具有魔力的戒指以保护他免受伤害，但要他承诺于一年后在圣约翰日归来，否则"你就会永远失去我的爱"（l. 1510）。伊万答应，除非他生病或被囚禁不能脱身，一定按时回来。

伊万和高文到各地历险和参加骑士比武，名声传遍四方。一年很快过去，在圣约翰日之后，他们两人回到在切斯特的亚瑟王宫廷。在亚瑟王举行的节庆宴会上，伊万才想起"他已忘掉他的爱人"（l. 1584），因此陷入悲痛之中。这时，一个少女骑马赶来，称伊万为"叛徒"，背叛了她主人，忘掉了日夜思念他的妻子，如此一个"虚情假意的人不配被称为骑士"（ll. 1600 – 12），她随即取走了魔戒。伊万知道是他"毁灭了自己"，因此在痛苦中发疯了。伊万因实践骑士使命而毁约，忘记妻子和家庭，表现出浪漫传奇文学中骑士使命与家庭责任之间的冲突。其实，他忘掉自己的承诺，那本身就表明他还不是一个合格的、一诺千金的骑士，而他忘掉对新

第四章 亚瑟王浪漫传奇的英格兰化

婚妻子的承诺就更表明，他还没有建立起对妻子和家庭的责任心，还没有成长为一个合格的丈夫。

伊万像野兽一样在森林中游荡了几年，最后被一个修行者收留，并在一位美丽女士的帮助下恢复了理智和健康。他随即帮助女士打败强敌，女士提出将其财产、领地送给他并以身相许。但伊万拒绝了，他并没有忘记妻子，表明他经受住了新的考验。他离开后，在一条火龙的利齿下救下一只狮子。于是，伊万和狮子成为形影不离的忠实伙伴和朋友。有一天，他晕倒在地，狮子以为他已死去，因此准备自杀。伊万看到连狮子都如此忠实，而自己曾将妻子忘记，所以更感痛苦、羞耻和后悔。

自此之后，在狮子帮助下，伊万一路行侠仗义，扶危济困，出手"帮助一切/需要他帮助的人"（ll. 2805 - 2806）。为救人，他冒死迎战并杀掉巨人，却不要任何报酬。曾经有恩于他的卢妮特被污蔑为叛徒将被火刑处死，他及时赶到与三个骑士作战，将她救出。当卢妮特问他姓名时，由于他不能说出真相，就自称为狮子骑士。他从此以这个称谓闻名四方。当狮子在战斗中受伤，他会像忠实的朋友一样照看它，表现出高度的责任心和精神上的成长。他随即在狮子的协助下经殊死战斗击败了两个人和羊交配生下的可怕怪物，拯救了一座城堡，但他拒绝了主人赠送的权位、财富、领地和他美丽的女儿，只要求释放那些受奴役做苦工的女士。

在这些经历中，我们看到了伊万的成长。不过特别有意义的是，他成长历程的高潮竟然是同他最敬重的生死朋友高文在互不知情的境况中各代表一位女士在亚瑟王、王后和圆桌骑士们面前的决斗。① 他们拼死打斗一整天，两人都遍体鳞伤，不分胜败。最后因天黑他们不得不终止比武，但他们都慷慨地表达了对对手的敬重和钦佩，此时他们才从声音惊奇地得知对方身份。他们立即拥抱亲吻，争相宣布自己被对方打败。这表明伊万经过磨炼，已经完全成熟，超越了一般骑士追逐名誉的境界，达到了以高文为典范的美德标准。

正是在历经磨难提升了精神境界，成长为忠诚而富有责任心的骑士之后，伊万回去寻找阿伦丹。在卢妮特帮助下，他得以与阿伦丹相见，并谦卑地向她下跪认错："我铸下大错，/为此我代价沉重，/的确，我没能按时回归，/实在难以饶恕。"他随即凭上帝起誓，"再也不会犯新的过错"

---

① 中世纪骑士决斗时都身着重装铠甲和头盔，所以高文和伊万不知对方身份。

(ll. 3995-4002)。阿伦丹原谅了他，于是他们重归于好，幸福美满地生活在一起，他也恢复了伊万的名字。

伊万在历险历程的"现实"中接受考验和教育，逐渐从一个不大成熟缺乏责任心比较理想主义的"伊万"，成长为一名不畏艰险、视扶危济困为使命而且富有责任心的"狮子骑士"，然后又在更高层次上回归到实现了理想价值的伊万。在这里，他的名字伊万最初代表他的出身，也就是说他的价值主要来自他是一个国王儿子的身份。[①] 卢妮特在说服阿伦丹时也强调他的王子身份。相反，"狮子骑士"不仅是他通过险恶环境里的生死搏斗赢得的名号，而且他同狮子之间的相互关爱和动人友情也象征着他的道德和精神成长，使他回归到实现了自身价值的伊万。

伊万不再仅仅是一个四处寻求刺激和名声的勇敢骑士，更是一个理智、忠诚富有情感和责任心的人。也就是说，他不只是一位优秀骑士，而是已经成为一个更好的人，因此他也才能成为一位更好的丈夫。在他身上，一个骑士的美德和一个人的美德、一个骑士的使命和一个丈夫对妻子和家庭的责任终于融合在一起。《伊万与高文》对家庭价值、对骑士作为丈夫的责任之强调，如同我们前面在《波西瓦尔》和后面将在《高雷斯之故事》等作品里看到的那样，将诗作植根于特别重视家庭和家族价值的英格兰浪漫传奇文学传统之中。

第七节 《湖上骑士朗斯洛》

随着亚瑟王朝越来越强盛和亚瑟王礼贤下士的名声越来越广泛地传播，欧洲各地的优秀骑士都来到卡米洛，集聚在亚瑟王宫中。他们形成了象征着生活在恃强凌弱、动荡不安的中世纪里的人们特别憧憬的平等、博爱的乌托邦式理想社会和特别向往的人与人之间忠诚、友爱、和谐的美好关系的圆桌骑士团体。在所有时代都被人景仰的这些圆桌骑士中，最著名的是被誉为"天下第一骑士"的朗斯洛。他集所有骑士美德于一身，可以说无人能与之媲美。在法国诗人克雷蒂安创作出诗作《朗斯洛》之后，很快就出现大量以朗斯洛为主人公的作品，甚至在亚瑟王文学的

[①] 在马罗礼的《亚瑟王之死》里，伊万是亚瑟王姐姐摩根的儿子。

第四章　亚瑟王浪漫传奇的英格兰化

"正典系列"[①] 里，《朗斯洛》因所占篇幅之大和影响之广泛，以致"正典系列"也往往被称为"散文体《朗斯洛》"。

然而，朗斯洛占有如此突出的地位是对以法语为主的大陆亚瑟王浪漫传奇文学而言。在英格兰，情况则大为不同。中世纪英国人最喜欢和高度颂扬的圆桌骑士是不列颠本地英雄或者说是有英格兰"血统"的高文，与之相反，法兰西"血统"的朗斯洛在英格兰明显不受待见，除了在节律体《亚瑟王之死》和马罗礼的《亚瑟王之死》里他是重要人物外，在英格兰没有出现一部关于朗斯洛的作品，实际上在英格兰诗人的作品中他甚至很少被提及。其原因之一或许是，中古英语亚瑟王文学繁荣于英法百年战争以及随后时期，也就是英法两个世仇之间敌意不断加深的时代，英格兰文学家对这位出身"敌国"的骑士自然会敬而远之。

不过，也许很有意义的是，在同样是英格兰世仇的苏格兰，大约在15世纪后期出现了一部中古英语的《湖上骑士朗斯洛》（*Lancelot of the Laik*）。这是16世纪之前中古英语中唯一一部以朗斯洛为主人公的作品。[②] 那或许应了敌人的敌人是朋友的说法。这部作品的主要情节是一位佚名苏格兰诗人主要用具有苏格兰方言特点的中古英语改写自法语散文"正典系列"里的《朗斯洛》的前面部分。诗作大体上使用5音步10音节尾韵对句，现存3346行，根据诗作引子（Prologue）里给出的情节简介，学者们认为大约为全诗2/3。[③] 对法语源本，这位苏格兰诗人在他的中古英语作品中做了许多修改，并增加了一些重要内容。

诗作开篇部分长达334行的引子出自诗人手笔，源本里没有。在引子里，特别值得指出的是，诗人模仿乔叟宫廷诗的梦境（dream vision）模式，使用乔叟试验并创立的5音步尾韵对句这一英语诗歌中十分重要的诗节形式。[④] 梦境模式是指诗人或者说叙述者在诗作开篇告诉受众，他进入梦境之中，后来在诗作结尾醒来，记下梦中经历，如乔叟的《公爵夫人书》（*The Book of the Duchess*），或者在引子结束之时苏醒，开始创作梦中决定要讲述的故事，比如乔叟的《贞女传奇》（*The Legend of Good Women*），当然，

[①]　关于"正典系列"和"散文体《朗斯洛》"，请参看前文第二章第六节。
[②]　在中世纪，苏格兰（特别是其中部和南部）使用英语，但带有苏格兰方言特点。
[③]　Flora Alexander, "*Lancelot of the Laik* and *Sir Lancelot du Lake*", in Barron, ed., *The Arthur of the English*, p. 146.
[④]　乔叟在苏格兰极有影响，在15、16世纪苏格兰还出现了被称为"乔叟派"的诗人群体。

— 235 —

也有一些诗作在结尾梦境仍在继续，如郎格伦的《农夫皮尔斯》(Piers Plowman)。梦境模式在中世纪中、后期，特别是在那时期的宫廷爱情诗和宗教诗篇中十分流行。

在中古英语文学中，乔叟的梦幻诗最为著名，但梦幻诗并非乔叟原创。这种诗作形式可以说是"古已有之"。在英语文学中，盎格鲁－撒克逊时代就已经有这类诗篇，其中还出现了《十字架之梦》(The Dream of the Rood) 这样的名篇。但作为中世纪中、后期重要的诗歌形式，它直接以 13 世纪出现的那部中世纪欧洲著名的长篇法语宫廷爱情浪漫传奇《玫瑰传奇》(Roman de la Rose)① 为源头。《玫瑰传奇》在随后两个多世纪里在欧洲影响极为广泛，著名中世纪文化文学学者刘易斯（C. S. Lewis）认为："作为一部开拓性作品，在那几个世纪里，其地位仅次于《圣经》和《哲学的慰藉》。"② 《玫瑰传奇》是第一部著名的长篇梦幻诗。乔叟的创作深受其影响，青年乔叟的第一个重大文学活动就是翻译《玫瑰传奇》，而他的第一部主要作品同时也是英语中第一部真正的宫廷诗歌《公爵夫人书》也是用梦幻诗形式。此后他长期在《玫瑰传奇》开创的梦幻诗歌传统里创作，除了《特洛伊罗斯和克瑞茜达》和《坎特伯雷故事》外，他的主要诗作全都属于梦幻诗。除乔叟外，那个时代的许多英语诗人，如高尔、郎格伦和《珍珠》－诗人（the Pearl-Poet）等，都非常成功地使用了梦幻形式，创作出英国文学史上一些特别优秀的作品。

苏格兰诗人在《湖上骑士朗斯洛》里使用的 10 音节 5 音步对偶句也是由乔叟试验并最先使用于英语诗歌的创作。他在《贞女传奇》的引子里第一次成功地使用了这种双行同韵对偶句，取得了极好的艺术效果。它随即成为乔叟十分喜爱的诗体，《坎特伯雷故事》里的大多数故事都是使用这种诗节形式。这种对偶句后来发展成为主要英诗诗体之一，被称为英雄对句（the heroic couplet）；它因为对仗工整特别为 17、18 世纪理性时代的新古典主义诗人们所喜爱。

在 15 世纪和 16 世纪，乔叟是苏格兰诗人们最尊崇的英语诗人。苏格兰

---

① 《玫瑰传奇》先由洛里斯（Guillaume de Lorris, 1200?—1240?）大约在 1220—1230 年创作前 4058 行；约 40 年后（学者们一般认为在 1268—1285 年），莫恩（Jean de Meun, 1240?—1305?）将其续完，莫恩部分长达 17722 行，全诗共 21780 行。

② C. S. Lewis, *The Allegory of Love: A Study in Medieval Tradition*, Oxford: Oxford University Press, 1936, p. 157.

第四章　亚瑟王浪漫传奇的英格兰化

文学史上那部极有影响的诗作《国王之书》(The Kingis Quair, 1423?)据说是出自苏格兰国王詹姆斯一世(1406—1437年在位)。该书使用的也是由乔叟创立的每节7行、韵式为ababbcc的诗节，它最先用于《百鸟议会》(Parlement of Foules)，后来又用于《特洛伊罗斯与克瑞茜达》以及《坎特伯雷故事》中风格比较高雅的故事里。这种诗节被称为"乔叟诗节"，是15、16世纪英语叙事诗中最流行的诗节形式。莎士比亚、弥尔顿以及其他许多后代诗人都用过。由于《国王之书》采用了这种诗节，因此乔叟诗节后来又被称为"君王体"(rhyme royal)。在詹姆斯一世或者说《国王之书》之后，几乎所有著名的苏格兰诗人都从内容到诗歌形式上模仿借鉴乔叟，他们也因此被称为"苏格兰乔叟派"(the Scottish Chaucerians)。

在16世纪，甚至在苏格兰和英格兰之间的冲突日益严重、苏格兰面临被吞并的威胁之时，乔叟仍然一直在苏格兰享有崇高地位。大约在1548年出现的《苏格兰之怨诉》(The Complaynt of Scotland)是苏格兰文学史上第一部散文文学作品。这部作品强调苏格兰从来不是不列颠(苏格兰人通常称英格兰为不列颠)的一部分，而是一个独立国家。在这部书里，作者在讲述苏格兰的文化传统和文学渊源时，给出了一份苏格兰人喜爱阅读的文学作品的书单，里面包括凯尔特传说[①]、苏格兰民间故事、亚瑟王浪漫传奇、古希腊罗马作品以及一些著名的法语和英语诗作，一共47种。其中位列第一的正是乔叟的《坎特伯雷故事》。[②] 从这可以看出，经过一个多世纪来苏格兰诗人和读者对乔叟的学习、继承、借鉴和吸纳，乔叟和英格兰诗歌已深入苏格兰，甚至已成为其文化文学传统的重要源头之一。所以，苏格兰诗人用中古英语，用乔叟传统的英语诗歌形式改写法语《朗斯洛》，在本质上也是将其苏格兰化和英格兰化。

同在乔叟的一系列梦幻诗作的引子里一样，苏格兰诗人或者说他的叙述者在《湖上骑士朗斯洛》那长达334行的引子里说，在四月和煦的阳光的普照下，在鲜花盛开之时(这使人不禁联想到乔叟《坎特伯雷故事》著名《总引》以及他几乎所有梦幻诗作的开篇)，他带着对情人深深的思念之苦在原野上漫无目的地行走，最后来到一个园子躺下，不久就在鲜花丛

---

① 苏格兰人的祖先是凯尔特人。
② 参看 Agnes Mure Mackenzie, An Historical Survey of Scottish Literature to 1714, London: Alexander Maclehose, 1933, p. 26。

中和鸟儿婉转的歌声里进入梦乡。他梦见爱神派来一只"翠鸟"（l. 82,①这里诗人或许受到乔叟在《声誉之宫》里朱庇特派来一只雄鹰的启发），责备他把爱深藏心中，不敢表露。翠鸟骂他是"笨蛋"，告诉他"不要绝望"（l. 127），而是要像"权威的奥维德"所教导的，要向情人勇敢地"表白/而非隐藏"（ll. 107 – 108）。他向叙述者传达爱神旨意：要他给情人写一篇表白求爱的文字。他醒来后，经"反复思考"，打算把他"曾经读过"的"关于朗斯洛的故事"译成英文（ll. 196 – 201）。他告诉读者，他将省去原作中有关朗斯洛出生、成长和他如何来到亚瑟王宫成为圆桌骑士，以及他的许多英雄业绩的情节。实际上，诗人已概述了法语源本《朗斯洛》里许多内容。

他最后决定只叙述法语散文《朗斯洛》里亚瑟王与加利奥特王（King Galiot）之间的战争和朗斯洛在其中起到关键作用这一部分。在战争中，朗斯洛为亚瑟王英勇作战，同时还在两位国王之间力促和平，由于他无敌的武功和做出的非凡贡献，他获得王后格温娜维尔的爱情（ll. 299 – 313）。这个战争与爱情相关联的故事很好地表现了尚处于单相思中痛苦的叙述者之心情，因此讲述这个故事使他对爱情的渴望得到很好的表达。不过，下面我们将看到，诗人讲述这个故事并不仅仅是为了表达个人情感。

除引子外，诗作主体分为3卷（3 books，或者说3部分）。如诗人或叙述者在引子中所表明，他省去了法语《朗斯洛》里朗斯洛出生、在湖上仙女的抚养下成长并成为骑士的部分。第一卷以亚瑟王与加利奥特之间的战争为主要内容。在故事开篇，朗斯洛因杀死了女王梅莉霍特（Lady Melyhalt）的一位骑士被女王囚禁，但女王并不知道他的身份。这时，巨人的儿子加利奥特王派人来到卡米洛，命令亚瑟王向他臣服并将王后格温娜维尔让给他，亚瑟王坚决拒绝了加利奥特的蛮横要求，于是两位国王之间爆发战争。朗斯洛向梅莉霍特请求，他要为亚瑟王出战，并承诺晚上在战斗结束后回来。女王同意了他的请求，并给他一套红色头盔铠甲和红色盾牌、长矛出战。在战场上，朗斯洛对美丽的格温娜维尔王后一见钟情，立即成为爱神的俘虏，他也因此勇气倍增，"在战场上像雄狮一样"（l. 1096）勇猛

---

① Walter William Skeat, ed., *Lancelot of the Laik*: *A Scottish Metrical Romance*, the Project Gutenberg EBook, https://www.gutenberg.org/files/36848/36848-h/36848-h.htm, Aug., 5, 2018. 本节下面对该诗的引文均译自此版本，诗行行码随文注出，不再加注。

第四章 亚瑟王浪漫传奇的英格兰化

无敌。这完全符合爱情使骑士高尚勇敢的宫廷爱情之原则。敌我双方都认为,那位身着红色铠甲的骑士当天最为出色,加利奥特王也因其难以置信的勇猛而建议休战12个月,同时梅莉霍特也深深爱上了朗斯洛。当然,谁也不知道他的真实身份。

第二卷开始,一位名叫亚闵塔司(Amyntas)的智者来见亚瑟王。接下来,这一卷相当长的篇幅里,诗人离开情节叙述,让亚闵塔司和亚瑟王进行了约900诗行的长篇对话,当然主要是智者关于国王职责的政治话语和对亚瑟王的批评。在法语源本里,来人没有姓名,而且刚开口说几句话就被加利奥特王的使者到来所打断。而苏格兰诗人却借题发挥,他不仅给出来人的名字,而且尊他为学识渊博"通晓7种学科"(l. 1302)的智者,使他的话语更具权威性,并让亚瑟王表现得十分谦卑,恭敬地听他指教。

如同引子一样,这一大段在源本里也没有,属于作者自己的原创。作者利用此机会充分发表自己的政治观点。学者们一般认为,诗人是针对当时政绩口碑都很差的苏格兰国王詹姆斯三世(James Ⅲ, 1460—1488在位)的批评。[①] 作者借亚闵塔司之口说,国王应该敬畏上帝,关爱穷人,依据法律治理国家,公正待人,特别要搞好与贵族们的关系,对臣属要慷慨赏赐,不能用王国来满足自己的贪欲,不能沉迷于奢靡生活,不能听信阿谀奉承的谗言;而亚瑟王在所有这些方面都很失败,"已经失去所有的民心"(l. 1520)。他指出亚瑟王的一系列严重问题,比如,他说:"你不知有上帝"(l. 1328);你国内的"穷人们深受压迫"(l. 1355),并告诫亚瑟不能将"王国用来满足一己之私欲"(l. 1529)。诗人还特别强调依法治国(ll. 1603 – 1604),要亚瑟王必须谨慎选用法官(ll. 1611 – 12),同时要远离那些贪婪、嫉妒、充满仇恨、满怀恶意的小人(ll. 1621 – 24)和谄媚者(l. 1921)。他告诫说:国王压迫自己的人民就会毁灭自己的统治,使"其他国王率军来攻"(ll. 1530 – 31),而且"还将受到上帝惩罚"(l. 1539)。这是在暗示,加利奥特王对亚瑟王发动的战争实际上是亚瑟王自己的罪孽招致的结果。所以,一个好国王应该是"真理之光"(l. 1678),他应该同上至公爵下至平民百姓,包括富人和穷人的所有阶层的人友好相处(ll. 1686 – 98)。特别值得注意的是,亚闵塔司用了近100个诗行阐述一个好国王应

---

① 参看 Robert W. Ackerman, "English Rimed and Prose Romances", in Loomis, ed., *Arthurian Literature in the Middle Ages*, p. 492。

该对贵族和平民全都慷慨赏赐,这样臣民才会对他尽心拥护,王国才能强盛。这自然是在谴责封建君主的贪婪和横征暴敛,同时也是古老的价值观念的表达,把慷慨作为好君主的一种主要品质来强调源自日耳曼文化传统并且是宫廷文化和骑士精神的重要组成。古英语诗歌,特别是《贝奥武甫》对此有大量而突出的表现。亚闵塔司还进一步阐释了一个好国王应该具有的另外一些好品质。经他谆谆教导,亚瑟王向上帝祷告忏悔。似乎是作为他忏悔的报酬,加利奥特王的使者带来两国达成一年休战的建议。在随后一年里,亚瑟王听从亚闵塔司的教导,慷慨对待臣民,努力做一个好国王,获得人民的爱戴(ll. 2446 – 70)。

在诗作里,苏格兰诗人对亚瑟王表达出一种很矛盾的心情。一方面,作为一位民族诗人,他赞赏亚瑟王为国家民族的独立在加利奥特王的强权面前所表现出的坚定与尊严。14 世纪以来英格兰妄图吞并苏格兰的形势越来越严峻,诗人在这里间接表现出苏格兰人保持独立的意愿和决心。但另一方面,诗人对比较昏庸的詹姆斯三世给予了严厉批评,而这种批评恰恰是为了苏格兰的强盛和独立。有学者认为,诗人的批评并非有针对性,更非真的指向詹姆斯三世,因为他的批评是中世纪的老生常谈。[①] 这一观点有一定道理,但也值得商榷。老生常谈本身就表现出,诗人提出的这些问题在中世纪封建君主身上具有共同性。的确,诗人批评的许多问题,如压迫人民、践踏律法、生活奢靡和贪婪等,程度不同地出现在几乎所有时代的集权统治者身上。但如学者所指出,詹姆斯三世特别受人诟病的也正是这些问题。所以,诗人的批评既具有普适性,也具有针对性。另外,值得指出的是,苏格兰诗人在这里对亚瑟王的批评,使人联想到乔叟在《贞女传奇》的长篇引子里借女王阿尔刻提斯之口对一个君王的品质发表看法,并对国王(理查德二世)间接提出批评。同乔叟一样,苏格兰诗人也希望国王能励精图治,使国家安定强盛。所以,在亚闵塔司的这一大段政治话语里,不论是对亚瑟王的赞誉还是批评,都表达出诗人的民族意识和立场。

在第三卷开篇,一年的休战期结束,双方重新开战。高文率领亚瑟王一方的军队同数量上占优势的加利奥特王一方英勇作战,未分胜负,但高文身

---

① 参看 R. J. Lyall, "Politics and Poetry in Fifteenth and Sixteenth Century Scotland", *Scottish Literary Journal*, No. 3, 1976, pp. 5 – 29。

负重伤。尚被囚禁的朗斯洛要求再次出战，得到梅莉霍特同意；这一次他身着黑色铠甲头盔，骑上战马，来到战场，望着在护栏旁观战的王后格温娜维尔，并得到王后的赞许，于是勇气倍增，在战场上反复冲杀，如入无人之境。然而不幸的是，当激烈的大规模战斗正酣之时，诗作后面部分缺失，于是战争的结果、引言里所提到的朗斯洛在两位国王之间为促进和平所进行的斡旋，以及他因杰出的贡献而获得王后爱情这些核心内容都成了悬念。

总的来说，在故事情节的叙述上，诗人还是比较忠于源本，尽管诗人省略了许多内容。但作为一部翻译加改写的诗作，它也具有特殊意义。作品特别重要的价值在于将这部以朗斯洛为主人公的法语亚瑟王传奇故事英格兰-苏格兰化，并将其置于当时苏格兰历史、社会和政治语境中，使它同英语文学传统、乔叟诗作和苏格兰社会、政治文本进行互文，很好地反映了苏格兰现实和表达了诗人的苏格兰民族意识。

第八节 《巴思妇人的故事》

特别有意义的是，英语文学之父杰弗里·乔叟也参与到英格兰化亚瑟王故事之中。不过需要指出的是，这里所谓的英格兰化并非像本章前面几个故事那样，把某个法语亚瑟王作品翻译或改写成一个英语故事，而是他运用自己所奠定和发展的英语诗歌形式将一个民间传说创作成十分优秀的英语亚瑟王诗歌作品，即《坎特伯雷故事》里巴思妇人出面讲述的那个著名故事。

《坎特伯雷故事》的一个极为突出的艺术特色，同时也是乔叟文学创作的一个重要成就，是在故事叙述者和他所讲述的故事之间建构特殊的内在关联。在中世纪欧洲，故事集，包括有叙事框架和叙述者人物的故事集，并不少见，比如薄伽丘的《十日谈》，但没有作者试图将故事讲述者个性化，使之恰好适合讲述他要讲的故事。即使在饮誉世界的《十日谈》里，那10个因逃避瘟疫而聚集在乡下以讲故事消遣的青年人也没有被作者塑造成独具特色的个性化人物，因此由他们中任何一个人讲述那100个故事中的任何一个，都没有什么区别。

然而在《坎特伯雷故事》里，情况完全不同。乔叟的香客多达30人，为《十日谈》里故事叙述者的三倍。他们年龄差别大，老中青结合，还有父子同行。他们来自社会各阶层，职业不同，背景复杂，经历迥异，思想意识和价值观念自然也大相径庭。他们中有骑士、修士、修女、修道院长、托钵僧、教士、商人、海员、学士、律师、医生、地主、磨房主、管家、店铺老板、伙房采购、农夫、厨师、差役、卖赎罪卷教士、各大行会成员等。可以说，除王室成员、高等贵族和农奴之外，他们来自当时英国几乎所有阶层和几乎所有主要行业，形成了中世纪后期英国社会的缩影。实际上，乔叟正是要把英国社会浓缩在书中，把各阶层的人一一展现。英国著名浪漫主义诗人布莱克（William Blake，1757—1827）在1809年对此做出高度评价，他说："正如牛顿将星星分类，林奈将植物分类一样，乔叟也把各阶层的人做了分类。"①

但乔叟并不仅仅是在对各阶层的人进行分类，更重要的是，他在那长达858行、被认为是英国文学史上最杰出的诗篇之一的《总引》以及在各故事前后的"引子"和"尾声"里，对各位香客-叙述者的言谈举止、思想性格，以及他们之间大量的互动和往往相当激烈的矛盾和戏剧性冲突，都进行了生动细致、妙趣横生的描写，把他们塑造成既代表社会各阶层又独具个人特征的个性化艺术人物。他们是英国文学史上第一组形象生动、个性鲜明的现实主义群像。不仅如此，乔叟还反复声明自己忠实于人物，忠实于人物的性格、语言和故事。② 所以，如德莱顿所说："所有的香客各具特色，互不雷同"，"他们的故事的内容与体裁，以及他们讲故事的方式，完全适合他们各自不同的教育、气质和职业，以至于把任何一个故事放到任何另外一个人口中，都不合适"。③ 换句话说，这些叙述者是个性化了的人物，所以才同他们所讲述的故事具有内在统一性。不仅如此，这种内在统一性还表现为他们讲述的故事也反过来"讲述"他们，进一步塑造了他们的性格，揭示了他们的思想和内心世界。

正因为这种内在的统一性，在《坎特伯雷故事》里，那位骑士香客正适合讲他那个骑士浪漫传奇故事，女修道院长也正适合讲她的圣徒故事，而由没有教养的磨房主和管家来讲粗俗的市井故事也自然恰到好处。相

---

① 转引自 C. F. E. Spurgeon, ed., *Five Hundred Years of Chaucer Criticism and Allusion, 1357—1900*, II, New York: Russell, 1960, p. 43。

② 乔叟关于自己忠实于人物的性格、语言和故事的反复说明，请参看[英]乔叟《坎特伯雷故事》，黄杲炘译，上海译文出版社2013年版，第5、27—28、111页等处。

③ 转引自 C. F. E. Spurgeon, ed., *Five Hundred Years of Chaucer Criticism and Allusion, 1357—1900*, I, New York: Russell, 1960, p. 278。

第四章 亚瑟王浪漫传奇的英格兰化

反,如果让骑士或者学士来讲市井故事,由鄙俗的差役或者醉醺醺的管家来讲浪漫传奇、宗教奇迹故事或圣徒传,显然都会不伦不类。由此我们可以清楚看到,香客们是个性化了的社会各阶层的代表人物,他们既代表各自的阶级利益,又具有充分独立的主体意识和独立的声音。也就是说,他们"已不再是作者言论所表现的客体,而是具有自己言论的充实完整、当之无愧的主体"。① 也就是说,他们不是作者的传声筒,不是作者随意摆动的棋子,作者自然也不能随意让他们讲他们不愿意或者不适合讲的故事。

巴思妇人正是这样一位特别个性化、具有特别突出主体意识的人物,所以她"不愿"被作者摆布,"拒绝"讲作者起初为她安排的故事。据学者研究,《海员的故事》本由巴思妇人来讲,② 后来乔叟肯定感到这个故事与她的性格和思想都不大合适,于是不得不改变初衷,"被迫"让她讲她自己想讲或者说适合她讲的故事。巴思妇人的性格由《总引》里描绘,但特别是在她自己的独白性引子里以她自己的话语所塑造,而她的思想更是清楚而雄辩地表现在她的引子里。

巴思妇人的引子在《坎特伯雷故事》里所有香客-叙述者的引子中最长,达 856 行(其中巴思妇人的独白占 800 余行),超过她讲的故事(408 行)的两倍,篇幅几乎与《总引》相当。也同《总引》一样,它是英国诗歌史上的名篇。在英国文学史上,它起码在两个方面保持着记录:它同《坎特伯雷故事》里卖赎罪券教士的引子一道是英国文学早期最杰出的戏剧性独白;同时它是英国历史上第一篇杰出而精彩的女权主义"宣言"。戏剧性独白主要出现在英语诗歌中,其主要特点之一就是用独白者自己的话语塑造独白者③,揭示或者塑造其性格。乔叟在《总引》里不仅生动描写了"嫁过五个丈夫"的巴思妇人十分泼辣的性格,而且也强调她漂洋过

---

① [俄]巴赫金:《陀思妥耶夫斯基诗学问题》,白春仁、顾亚铃译,生活·读书·新知三联书店 1988 年版,第 26 页。

② 在原文版的《海员的故事》开头(第 11—19 行),故事的叙述者多次用我们(we)指称妻子们(wives),显然表明叙述者是一个女性。这肯定是因为乔叟在改变了叙述者后,忘掉或来不及做相应的修改造成的。需要指出的是,中译本把这些与叙述者身份不合的地方都没有译出来。也可参看 Donald R. Howard, *Chaucer: His Life, His Works, His World.* New York: E. p. Dutton, 1987, p. 436;霍华德在该处谈到,乔叟曾让巴思妇人来讲后来由海员讲述的那个故事。

③ 关于戏剧性独白的性质、特点和历史演变、影响与成就,有兴趣的读者可参看肖明翰《英语文学中的戏剧性独白传统》,《外国文学评论》2004 年第 2 期。

— 243 —

海、到各处游历,仅"耶路撒冷那地方她三次去过"(第25页),[1] 她因此见多识广,观点自然与众不同。随后,诗人让她在自己的独白式引子里,不仅广泛引经据典(当然也不无对经典有意歪曲之处)雄辩地表达其女权思想,而且更通过让她充满自豪地讲述自己如何运用各种手段同前后五位丈夫进行不屈不挠的性别"战争"来塑造出英国文学史上第一位立场鲜明、观点激进的女权主义者。巴思妇人大力宣扬女人的权利并激烈主张家庭应由女人主宰。很明显,她的思想十分偏激,而且她在其婚姻经历中使用的一些令人不齿的手段也正好可以被用来作为反对女权的口实。但她引经据典,表达了不少很有见地的观点。她在驳斥古书和典籍里对女人的污蔑时发表了令人赞叹的见解:

> 谁画的狮子?是人还是狮子?
> 正像教士在教堂中讲的典故,
> 凭天起誓,若是由女人来记述,
> 那么她们所记下的男人罪孽,
> 亚当的同类将永远无法洗涤。
>
> (第460页)

这个600多年前发表的精彩观点十分雄辩而且一针见血,很可能会使一些现代女权主义者也自叹不如。

与她的女权思想密切相关的是她的人文主义思想。在中世纪的宗教语境中,巴思妇人极力为婚姻和性生活辩护,大量引经据典,用许多《圣经》故事来驳斥教会大力宣扬的禁欲思想。她甚至反问道:"上天造繁殖的器官为了什么?"(第403页)她关于童贞的长篇大论尤为犀利。人们的确很难反驳她的这一宏论:"如果没有种子播下去,/哪里会生出守住童贞的处女。"(第403页)她甚至宣布:"我愿把我这一生的生命花朵/奉献给婚姻行为和婚姻之果。"(第405页)在一个宣扬禁欲并且认为应该把一切都献给上帝的时代,这可以说是一个惊世骇俗的人文主义宣言。

巴思妇人在其独白中讲述最多的是,她如何以各种手段"收拾"几位

---

[1] 引文出自2013年版黄杲炘译本(见前注)。本节下面对乔叟诗作的引文,若无特别说明,均出自此版本,引文页码随文注出,不再加注。

第四章 亚瑟王浪漫传奇的英格兰化

丈夫以表明她最想要的是在婚姻中的支配权。她在彻底击败了她那位不断向她宣扬并大力践行大男子主义的第五位丈夫后说："我以棋高一着的手段，/使他服服帖帖地受我的拘管"，"他把支配房产和地产的权力，/完完全全地交到了我的手里，/还让他的手和舌头由我支配"，正因为如此"从那天以后，我们再没有争论，/结果老天帮助我成了他贤妻——，/从丹麦到印度，贤惠数我第一，而且我们彼此都忠实于对方。"（第465—466、465、466页）特别值得指出的是，她使尽手段获得主宰权并非为了成为悍妇，而是为了成为"贤妻"，不是为了主宰家庭，而是为了使夫妻"都忠实于对方"。换句话说，她在引子里通过讲述其丰富的婚姻经历来表达的核心观点是，平等、美满、和谐的婚姻必须以男人放弃支配权为先决条件。这在男人主宰一切的男权社会里具有特别的意义。其实，这也正是她随即讲述的故事之主旨。所以，乔叟很睿智地改变初衷，最终让她来讲述宣扬她那很特别的"女权主义"故事是正确而且十分妥帖的。

巴思妇人讲述的是一个源自不列颠本土的既带有神话色彩也富含生活哲理的民间传说故事。这个故事的母题被现代学者称为"丑妇变美女"（the Loathly Lady transformed），它在中世纪民间以及随后在主流浪漫传奇里都比较流行。由于在亚瑟王文学中，以"丑妇变美女"为母题的故事主要出现在以高文为主人公的故事里，所以关于这类故事的发展和流行将在"高文传奇系列"一章里的相关部分简述。

故事一开篇，巴思妇人立即把她的香客听众以及此后各时代的读者们带回到那个满是"仙子与精灵"的遥远的亚瑟王时代。她说：

> 不列颠人对亚瑟王都很崇敬，
> 在他那个非常古老的时代中，
> 这片土地到处是仙子和精灵。
> 快活的精灵们都由仙后带领，
> 常在一处处绿色田野上舞蹈。

（第468页）

然而她感叹道，由于"托钵修士和其他修士们"到处乱窜，现在"那些地方就没有了精灵"（第468页）；她进而讽刺道：因此"现在妇女们可以安全地来去"，因为托钵修士不像古老时代那些"淫邪的鬼魅"，他们"只会对她们的贞操不利",而没有能力使她们受孕(第469—470页)。巴思妇人之所以要在故事的开篇如此嘲讽托钵修士,其直接原因是她在引子中独白结束时,香客中那位令人生厌的托钵修士粗鲁地嘲笑她的"前奏"(指引子)太长(第466页),同时她对托钵修士的嘲弄与她在引子里对信仰大男子主义的宗教人士的鄙视也是一致的。其实,在《坎特伯雷故事》里,乔叟本人也一直对托钵修士进行尖锐批判与辛辣讽刺。① 当然,嘲弄托钵修士并非巴思妇人讲这个故事的真正目的,她在这里只是顺便挤对一下那个讨厌的托钵修士。她讲述这个故事的真正意图是由"精灵们都由仙后带领"暗示出来。她显然是以此强调,那个为英格兰人所尊崇和向往的美好的亚瑟王时代是由"仙后"主导,其支配权掌握在女性手中。女性掌控权力正是其故事的主旨。

　　在怼过托钵修士后,巴思妇人开始讲她的故事。她讲的是,亚瑟王宫中"一个年轻力壮的好色武士"强奸了一位姑娘,"激起了人们的义愤"。根据当时的法律,他被判处死刑。但王后带领贵妇们为他求情,"结果亚瑟王饶了这武士一命,/并把他交给王后,由王后处理——/让他死,让他活,看王后心意"(第470页)。这表明,如同前面所说"精灵们都由仙后带领"一样,即使在叱咤风云的一代雄主亚瑟王的宫中最后也得由王后说了算。

　　王后的决定是:"我可以免你一死,只要你/告诉我:女人最想要的是什么?"(第470—471页)巴思妇人在这里点明,故事主旨就是要表明"女人最想要的是什么"。王后随即给武士一年时间,"外出作一些寻访和学习,/弄明白之后回来解答这问题"(第471页)。这位没有被给出姓名的武士于是走遍各地,"打听女人最爱的东西",他听到各式各样的答案,但"竟然没有两个人看法一样"(第471页)。在期限就要到来之际,莫衷一是、心情沮丧的武士最后来到一个充满超自然氛围的神秘场景,看见一群欢快的跳舞女郎,但当他靠近时,她们突然全都消失,只剩下一位极其丑陋的老太婆。老妇告诉他:"这里没有路了,/你要找什么,照实告诉我行吗?"(第474页)如同在民间故事中通常描写那样,在这样的神秘情景中突然出现的如此非同寻常的丑陋老妇显然不是凡人。她所说的"这里没有路了"明显是双关语,暗示除她之外,没人能给武士他所寻找的东西。

---

① 乔叟在青年时代有可能曾在伦敦舰队街因故殴打一名圣方济各会托钵修士,被罚款2先令(见Howard,*Chaucer*,pp.74-75)。因此,乔叟似乎对托钵修士心存芥蒂。

第四章 亚瑟王浪漫传奇的英格兰化

也就是说，她具有超自然的能力，不仅知道武士的困境，而且知道正确答案。这就为后面发生在她身上的奇迹埋下伏笔。武士对她诉说了自己的困局。老太婆要他发誓，只要他答应在她救他性命之后做她要求的一件事，就告诉他正确答案，并包他没事。在他发誓之后，老妇在他"耳边咕哝了几句"（第476页），然后他在最后期限到来前赶回了亚瑟王宫。

在决定武士命运那一天，王后召集了"许多的贵妇，许多的姑娘，／许多的寡妇"，组成了一个女士法庭，"由王后坐在上面，作最后裁断"（第476页）。故事以此进一步将决定权交到女人手里，强调了女人的权威。遵王后吩咐，武士朗声给出"女人最想要什么"这个问题的答案：

> ……你们女人的目标
> 就是控制你们的情人或丈夫——
> 就是要他们的事由你们做主。
> 这是你们最大的愿望。
>
> （第477页）

对于女人最想要的是做男人的"主"，或者说婚姻中的"支配权"（sovereignty）这个答案，所有"女法官"全都同意，于是武士被赦免。这显然同前面武士在一年的寻找中得到无数不同答案的状况形成鲜明对比。巴思妇人或许是以此表明，尽管在表面上女人们有各种要求，但在她们内心深处，她们真正想得到的还是支配权。这无疑是对当时欧洲封建社会和基督教的男权至上观念的蔑视和挑战。

但故事随即发生戏剧性变化。那位教给武士正确答案的丑陋老妇立即要求他履行诺言，答应她的要求："我要求你武士先生娶我为妻。"（第477页）对于这位可怜的武士，这无异于晴天霹雳。他央求老妇"换个要求"："拿走我所有财产，放过我的身体。"[①] 具有讽刺意味的是，武士从对女人身体的强占者变成女人手中的猎物，现在必须交出自己的身体。他告诉老

---

① 这一行原文为"Taak al my good, and lat my body go"（即 Take all my wealth, and let my body go，引自 F. N. Robinson, ed., *The Complete Works of Geoffrey Chaucer*, Oxford: Oxford University Press, 1985, l. 1061）。黄译本译为"我把财产全给你，请你放我走"（第477页）。译文基本意思不错，但失去了乔叟原文的幽默、简洁和力度。另外，老妇人的要求是与武士成亲，所以按原文直接译成"拿走我所有财产，放过我的身体"为好；同时也可以间接与武士强奸（占有）那位女士（的身体）相关联。

妇，他宁愿"进地狱"也不可能爱她。然而，老妇拒绝了他的财产，宣称即使"金矿银矿"她也不稀罕，她所要的只是"你爱我，娶我做你的新娘"。最终，"他被迫接受这位老妇做新娘，/不得不同这夫人结婚上了床"（第479页）。在床上，故事再一次发生戏剧性变化，丑陋的老妇竟然变成了美少女。如同大多数民间故事一样，巴思妇人的故事也有一个美好的结局。其实，正如霍华德所说："那位握有此答案的睿智丑老妇毫无疑问是巴思妇人自己在故事中的投影"(projection)[①]，或者说代理人。

尽管《巴思妇人的故事》之基本情节源自中世纪比较流行的"丑妇变美女"这一母题的民间故事，但乔叟充分发挥其艺术想象力，增加了大量具体内容和细节，将其创作成一个在艺术和思想意蕴上几乎是全新的故事。故事中除了有大量幽默生动的叙述外，"床上"部分里老妇十分雄辩的演讲才是故事的高潮，她不仅教育了这位粗鲁、无知而且高傲的武士或者说男人，更极大地深化了故事的思想意蕴，显示出英诗之父的非凡的视野和思想深度。

在这部分的开始，乔叟首先在新郎和新娘之间在婚床上的不同表现进行对照。年轻的武士躺在老妇旁，心情沮丧，"非常地难受，/只是躺在床上翻过来扭过去"，而"老妻却躺在那里笑嘻嘻打趣"："武士对待妻子都像你一样吗？/难道这是亚瑟王定下的规矩？/难道他的武士冷漠得都像你？"（第479页）新郎如此难受，自然可以理解，而新娘遭新婚丈夫冷遇、厌恶却那样心情轻松，显然另有原因使她气定神闲。后来我们得知，她的确拥有获得她想要的爱情和支配权的资本，所以才如此心有底气，信心满满。

在老妇的询问下，新郎说出自己"难受"的三个原因："你这讨厌相，这样一幅老态，/再加上你的出身又是这么低。"（第480页）这给了老妇大力发挥的机会。她首先针对出身高低大做文章，发表了许多精彩观点以强调德行和高贵与出身无关。她说：像他这样因为"祖上富贵"就"自高自大真一文不值"，因为"我们的高贵不因为祖宗有钱"。祖宗可以"留财产给我们"，"但是他们的德行，他们的操守，/他们无法当产业给我们传授"。她相信："是德行"使人"高人一等"，而那些在"在公开场合和私下里"都注重德行，并"一直在努力""把高尚的

[①] Howard, *Chaucer*, p. 435.

第四章 亚瑟王浪漫传奇的英格兰化

事业完成"的人,才能"算高贵人士"。(第480—481页)特别有意思的是,老妇暗含讥讽地说:

> 任何人同我一样懂得这道理:
> 如果高贵的品性也能够世袭,
> 能在一个家族里一代代相传,
> 那么这个家族在公私两方面
> 都会不断涌现出高尚的行为,
> 而不会有谁干出丑事犯下罪。

(第481页)

从表面上看,她只是在讲述一个众所周知的道理,然而她实际上是在暗指并讥刺自认为高贵的新郎尽管出身高贵,却干出了强奸少女那样的"丑事犯下罪"。换句话说,她巧妙而有力地用武士自己的实例来支撑自己的见解和颠覆武士关于出身的观点。

为了进一步支撑人之德行不能像财产一样从祖先那里继承的观点,老妇举出火的例子。她说,火遵循其"天然德行",不论是否有人观看,都会自行燃烧(第482页),相反,人按其本性总是变化无常。所以,"人们常常能看到/贵人的孩子干出可耻的坏事"(第482页)。她再一次暗指武士自己"干出可耻的坏事"来揭露出身高贵的人就一定高贵之观点的荒谬,"因为谁行为卑劣,谁就是贱胚"(第483页)。也就是说,一个人是否高贵,完全由他自己的行为而非出身来决定。她随即援引瓦勒里乌斯、波伊提乌和塞内加等权威来证明:"谁做高尚事,谁就是高贵的人",所以"只要我远离罪恶而行为端正","我就是高贵的人"。(第483页)她以此表明,自己或许出身低微,但并不卑贱,相反,比起干过"可耻的坏事"的你这位武士新郎,我更为高贵。在以财产和出身定等级的中世纪封建社会里,老妇(或者说巴思妇人,或者说英诗之父)强调个人价值的思想的确是空谷足音,而且其论证严密,丝丝入扣,令人信服,使武士毫无还手之力。

在雄辩地驳斥了出身决定人之价值和德行的谬论之后,老妇转而针对新郎因她年老丑陋而嫌弃她的理由。她首先说:"你们这些人,讲体面又有身份,/嘴上不也常常说,要尊重老人"(第484页),却嫌自己的妻子老，至于"我又丑又老"，"这样，你不必担心带上绿帽子，/因为我敢保证，又是丑又是老，/是保住贞洁的两个有效法宝"。更重要的是，她说："但我既然知道你喜欢的东西，/我一定使你的身心感到满意。"（第484—485页）她所说的新郎"喜欢的东西"，显然是指所有男人都喜欢的"东西"，即新娘的年轻美貌和贞洁。这就为接下来故事的再一次戏剧性变化做了铺垫。

针对男人所"喜欢的东西"，老妇为新郎给出两个选择：

一是娶又丑又老的我做老婆——
我对你将唯你是从，极其忠实，
我活着，就要使你高兴和舒适；
要不，就是希望我年轻又美貌，
这样，就有一些风险你要冒一冒——
人们为了我会来我们家拜访，
当然，也完全可以在别的地方。
现在你就选择吧，要走哪条路。

（第485页）

很显然，如同所有男人一样，武士难以在美貌和"风险"之间做出选择，所以他"边想边叹息，显得很痛苦"（第485页）。万般无奈之下，他只好交出选择权，由新娘自己决定：

我的亲爱的夫人，我的贤妻呀，
你这么明智，我就交出我自己，
由你来判断哪条路最为适宜——
只要对你对我最惬意最体面。
无论你怎么选择，我没有意见，
因为只要你满意，我也就满足。

（第485页）

这正是老妇教武士在王后主持的法庭上给出的正确答案，同时也自然是老妇和巴思妇人自己最想要的东西：女人在婚姻中的支配权。在新郎交

第四章 亚瑟王浪漫传奇的英格兰化

出支配权后,老妇叫新郎吻她,并"保证""两点都要做到":"既要美貌又要对你好"(第485页)。就在这时,奇迹发生,当新郎老大不情愿地转过身去准备亲吻新娘时,却惊奇地发现,"他老婆变得年轻又美丽",为此"他满心感到幸福,无比地兴奋",而"妻子也是千依百顺听他话——/只要能使他快活,事事依着他。/就这样,他们度过美满的一生"。(第486页)

总的来说,这是一个结构紧凑、主题突出、意蕴丰富的优秀故事。除了上面谈及的外,还有两点值得注意。其中之一是,那位女郎被武士强奸后,就在故事中完全消失,似乎整个故事与她无关,她似乎只是被用来引发故事。她受到的伤害,她的权益似乎都不值一提,对武士的惩罚是因为他无视王朝的权威破坏了律法,而与她本人无关。对她的忽略象征着中世纪欧洲封建社会里女性的卑微地位,而这正好同故事里宣扬的女性掌握支配权的状况形成鲜明对照。其实,如同那位蹂躏她的无名骑士代表着中世纪男权社会里的男性一样,这位无名的受害女郎所代表的是中世纪欧洲社会里女性的真实状况,而故事中亚瑟王的王后的支配权和她所主导的所谓女性法庭的权威,归根结底还是亚瑟王赐予的。如同带领"快活的精灵们"的仙后一样,那只不过是人们的虚构,或者说是巴思妇人和受压迫的妇女们对权力的向往之体现。正是因为她们受到压迫,她们的权益被剥夺,所以她们特别渴望获得"支配权"。

故事中另外一个特别值得注意也特别深刻之处是,从表面上看,最后为老妇人真正赢得武士的爱情的并不是她的高谈阔论,也不是她试图表现的高贵品行,而是因为她突然变成了一个年轻美貌的姑娘。这表明,女人最后还是得向男人的价值观念投降。然而,如果我们仔细分析,故事所传递的信息并非完全如此。首先,老妇人关于出身与德行的雄辩论述表明,一个人的价值,他或她的高贵与否,取决于其本身的德行,而不在于出身,当然也不在于是男是女。所以,她宣布:"只要我远离罪恶而行为端正","我就是高贵的人"(第483页)。傲慢的武士在老妇那一系列不可辩驳的观点面前失去了他作为贵族男人的优越感。在解除了他的思想武装之后,新娘随即巧妙地运用传统的男人自己的价值观(对女人的美貌和贞洁的占有)反过来迫使新郎交出支配权。正是在新郎不得已交出支配权之后,新娘才变成男人心目中理想的妻子:既美貌同时也对他"百依百顺"。他们因此而得到美满的婚姻,并"度过美满的一生"(第486页)。所以严格地说,不完全是老妇向男人的价值观念投降,因为只有在新郎也放弃压

— 251 —

迫女性的支配权才得到他所真正想要的东西。故事以此表明，美满的婚姻必须以男性交出支配权为前提。在中世纪男权社会里，女人"最想要"的实际上并非支配权本身，而是要男人放弃支配权，从而在男女平等的基础上共建美满婚姻。

第五章 高文传奇系列

在亚瑟王的圆桌骑士中有两位特别优秀，他们是朗斯洛和高文。但他们的性格和形象以及在法语传统的大陆亚瑟王浪漫传奇里和英国的中古英语亚瑟王文学中的地位和所受的"待遇"都有相当大区别。他们之间在这些方面的差别很深刻地反映出英格兰和法兰西两大民族的民族意识、英格兰文学与法兰西文学的差异和两个地区的作家们的民族立场和文化心理。以这两个骑士为范例进行这些方面的研究是一个很有意义的课题。

一般地说，在由克雷蒂安开创的法语传统的大陆亚瑟王传奇中，朗斯洛是亚瑟王手下最杰出的圆桌骑士，被称为"天下第一骑士"。他是中世纪宫廷文学传统中骑士的典范，几乎集所有骑士美德于一身，当人们谈及中世纪骑士，首先想到的几乎都是朗斯洛。关于他的传奇作品在大陆上最受欢迎。甚至连亚瑟王"正典系列"也因为《朗斯洛》那巨大篇幅、中心位置以及更为广泛的影响而往往就被直接称为"散文体《朗斯洛》"（Prose *Lancelot*）。他与王后格温娜维尔的爱情也成为宫廷爱情的典范，甚至中世纪文化和文学研究中"宫廷爱情"这个重要的批评术语也是由法国学者加斯顿·帕里斯（Gaston Paris, 1839—1903）在研究克雷蒂安的诗作《朗斯洛：囚车骑士》的论文中首先提出。自那以后，许多学者在研究中世纪宫廷爱情时，比如刘易斯在其影响广泛的著作《爱情的寓意：中世纪传统之研究》，往往都是用朗斯洛与格温娜维尔的爱情为范例和标准。

然而在欧洲大陆上被视为骑士典范在亚瑟王传奇世界大出风头的朗斯洛在英格兰似乎并不太受欢迎。他除了在都是以法语散文"正典系列"里的《亚瑟之死》为主要源本的马罗礼的《亚瑟王之死》的相关部分和节律体《亚瑟王之死》里是一位主要人物，以及在前面分析过的苏格兰诗人翻译和改写自法语源本《朗斯洛》的中古英语《朗斯洛爵士》里是主人公外，中古英语英格兰作家甚至很少提及这位如此重要而且十分著名的圆桌骑士。朗斯洛不太受英格兰文学家待见的一个重要原因可能是，他身上虽然也可能容纳了一些来自不列颠、爱尔兰和威尔士民间传说的元素，但他本质上是一位"法兰西"骑士。他并没有出现在杰弗里、瓦斯等人那些主要基于不列颠编年史传统的重要著作里，他是由克雷蒂安按法国宫廷文化模式塑造，是法国宫廷爱情和骑士精神的典范。所以严格地说，这位在亚瑟王朝名列第一的圆桌骑士身上流淌的主要是法兰西文化血液。前面对那些以法语作品为源本的英语亚瑟王传奇作品的分析表明，英格兰文学家一般都尽量弱化法国文化文学特色而突出英格兰本土文化文学传统，他们对作品里的人物、内容和风格都尽可能英格兰化，然而英格兰化朗斯洛这样一位已经拥有鲜明法兰西身份的人物既有难度似乎也没有必要，同时也与英格兰人的民族情感和英格兰人在14、15世纪对法国不断增强的敌意不大相容。因此，英格兰作家们大都有意无意地忽视他。

另外，正是因为朗斯洛既是最杰出的骑士也是宫廷爱情式情人的典范，他与格温娜维尔的爱情触及中世纪宫廷文化一个深刻的悖论。前面第一章论及，与宫廷爱情和骑士精神都直接相关的核心价值是忠诚，骑士对君主和对情人的忠诚。然而当情人是君主的妻子时，骑士也就陷入无法解决的矛盾之中：忠于君主，他就必须抛弃情人，而忠于情人，他就必然背叛君主。不仅如此，随着基督教将骑士精神和亚瑟王浪漫传奇纳入宗教思想体系，优秀的骑士被视为"基督的骑士"，而基督的骑士首先必须对上帝忠诚。但朗斯洛与格温娜维尔的爱情显然违背了上帝关于"不可奸淫"和"不可贪恋人的妻子"①的戒律。违背上帝教导，违背基督教道德，对基督徒来说，自然就是对上帝不忠，是对上帝的背叛。② 相对于法国文学，英格兰文学自古英语时代以来就形成了特别注重基督教道德的传统。因此，英语文学家们对朗斯洛这样一位既非英格兰出身，同时又具有明显道德缺陷的重要人物保持距离也在情理之中。其实在圆桌骑士中，英格兰文学家们有一位可以取代朗斯洛的"自己"的杰出骑士，那就是在他们看来拥有纯正"英格兰血统"或者说最"英格兰"的优秀骑士，即本章将分析

---

① 《出埃及记》，20：14；20：17。

② 人的原罪就源于违背上帝教导，吃了禁果。其实真正重要的并非智慧果本身，而是上帝的禁令。如果上帝禁止人碰的是一朵花，其性质也完全一样。所以，基督教谈及人的原罪时，谴责的都是人违抗上帝旨意（disobedience）。

第五章　高文传奇系列

的这些作品的主人公：高文爵士。

不过，说高文取代朗斯洛并不准确，因为他是亚瑟王传奇中最早出现的骑士之一，远在朗斯洛出现之前就早已声名卓著。高文是亚瑟王姐姐的儿子，也是他最忠实最得力的助手。他总是十分忠诚地与亚瑟王并肩战斗，在抗击外敌和征服欧洲的历次战争中发挥着重大作用。早在克雷蒂安塑造出朗斯洛之前，他已经出现在许多早期编年史里，而且广获赞誉。早在1125年，马姆斯伯里的威廉（William of Malmesbury，1095？—1143？）在其编年史里就已经在高度赞扬高文，说他是"以英勇而最为声名卓著的武士"[1]。杰弗里的《不列颠君王史》和瓦斯的《布鲁特传奇》都对他赞誉有加。甚至在那之前，如前面第二章里提到，意大利的摩德纳教堂[2]北门拱顶上的浮雕就已经表现了高文与亚瑟王一道解救王后格温娜维尔的故事，在那里高文（Gawain）的名字拼写为Galvagin。在浮雕里，与他们一起的还有伊德尔（Isdernus，即Yder）、凯（Che，即Kay）等亚瑟王传奇中出现最早的骑士。绑架格温娜维尔是亚瑟王传奇中的一个重要事件。根据传说，国王梅尔瓦斯（Melwas）将格温娜维尔绑架到格拉斯顿堡，亚瑟王率领高文等骑士前往搭救，得到圣吉尔达斯帮助，王后获得释放。圣吉尔达斯即前面第二章里提到的《不列颠之毁灭》的作者。在现存文献中，这个故事最先出现在蒙莫斯的杰弗里的同时代威尔士人卡拉道克（Caradoc of Llancarfan，生卒年不详）的《圣吉尔达斯生平》（*Life of Gildas*，约1140年）里。

但这个传说显然已在民间流传了相当长时间，以致远在意大利也那样广受欢迎，所以才会那么早就刻在教堂的拱门顶上。那显然是民间游吟诗人们的功劳。后来克雷蒂安创作他那些著名的亚瑟王传奇作品时，将这个故事加以改写，收入名著《朗斯洛》里。不过，在克雷蒂安笔下，绑架者成为马勒阿根（Maleagant），监禁王后的地点也不是现实中英格兰的格拉斯顿堡，而是传奇作品中通常那种虚无缥缈的虚构城堡，解救王后的功劳自然也归于法兰西身份的骑士朗斯洛。冒死解救王后成为朗斯洛出现在亚瑟王传奇世界后的第一件重要功绩，他也随即成为王后的情人。他与王后

---

[1] 转引自E. K. Chambers，*Arthur of Britain*，London：Barnes & Noble，1927，p. 250。
[2] 摩德纳大教堂（Modena Cathedral）开建于1099年，是意大利北部基督教中心，主教驻地。原址上曾有两座建于5世纪的教堂。

之间那最终将毁灭亚瑟王朝的爱情从此开始。

朗斯洛一出现,克雷蒂安就让他不顾蒙羞上囚车、不顾性命爬剑锋,做出救王后的惊天大事,并取代高文成为"天下第一骑士"。但由于高文早已在民间传说和杰弗里、瓦斯等人那些影响广泛的著作中被确定为亚瑟王传奇世界里极为重要的人物,所以克雷蒂安也对他表达了应有的尊重。在他的几部作品里,高文都是关键人物,往往与主人公配对出行。更重要的是,高文在这些作品里体现的骑士精神和美德,"为其他骑士设立标准,他们的形象和成就都以此进行衡量"①。由此可以看出,克雷蒂安还是相当重视高文的,但后来随着法语"正典系列"的出现和影响迅速扩大,可能更重要的还是英法两国之间的冲突和敌意不断增加,因此出自大体上与朗斯洛在英格兰被忽视的相同原因,高文在大陆亚瑟王传奇中的地位在13世纪以后也逐步下降,他甚至还被赋予到处用情却对女士们始乱终弃以及滥用武力等颇为负面的形象,不过这些大都被中古英语诗人们不予理睬或一一清除,但却部分影响到深受法语"正典系列"和"后正典系列"影响的马罗礼那部《亚瑟王之死》里高文的形象。关于这一点,本书后面将具体分析。

随着中古英语亚瑟王传奇作品在13世纪中后期开始出现并在14、15世纪繁荣,"土生土长"的高文在英格兰广受欢迎。尽管朗斯洛在大陆上大出风头,但如上面所说,英格兰作家几乎没有写出一部以朗斯洛为主人公的传奇作品。相反,英格兰诗人们却创作出许多以高文为主人公的作品。在中古英语亚瑟王文学中,对高文及其故事的描写超过了任何其他圆桌骑士,甚至超过亚瑟王本人。首先,以高文为主要人物的作品在数量上远超他人,而且还包括在整个英语文学史上都属于最优秀作品之列的《高文爵士与绿色骑士》。其次,高文还出现在许多其他作品中,而且也往往是重要人物,比如前面分析过的《伊万与高文》。

值得指出的是,流传下来的高文传奇作品大多数产生于英格兰北部或西北部等英国本土文化文学传统特别深厚的区域,而且相当一部分属于民间游吟诗人的歌谣体(ballad)。这表明,高文这位主要来自英格兰民间传说的英格兰英雄很受普通英格兰人的喜爱。同时,这些与民间文学渊源深厚的作品包含许多民间传说的内容和风格,特别富有生活气息并具有明显的英格兰本

---

① Newstead, "Arthurian Legends", in Severs, ed., *A Manual of the Writings in Middle English*, p. 53.

第五章 高文传奇系列

土特色。所以，致力于探寻亚瑟王传奇作品渊源的学者指出："关于高文的英语诗作有一个突出的特点，那就是，这一组作品在整体上远较那些关于其他［亚瑟王文学里的］人物的作品更明显独立于此前的法语文学。"① 我们在前面一章看到，那些作品中大多数都有法语源本，但本章将讨论的高文故事却并非如此，它们主要不是源自法语作品，而是更直接地根源于英格兰本土文学传统乃至英格兰民间文学，因此具有突出的英格兰性。

在中古英语亚瑟王文学中，高文是高雅的骑士文化和高贵的亚瑟王朝最杰出的代表，是英国人心目中理想的骑士美德之体现，所以关于他的作品往往都包含高雅文化与粗野的行为举止与他者未开化的文化或下层社会的冲突，当然最终都是高文代表的高雅文化征服"野蛮"或他者。这可以说是关于高文的中古英语浪漫传奇文学作品里一个突出的特点和内容。实际上，那是在表现高度"文明"的亚瑟王朝运用其似乎更"优越"、更占优势的文化或诉诸其更强大的武力对他者及其领地进行征服。但很有意思的是，其中一些诗作同时又对亚瑟王朝这种征服欲直接或间接地给予了批评。我们将看到，这种对他者的征服以及对这种征服的批评在这个系列的作品里有程度不同的表现。高文传奇作品中的这两个方面或许揭示出这些英格兰作家们身上的一个很有意思的矛盾：他们对高文和亚瑟王朝体现和代表的"优越"的英格兰文明自觉或不自觉地表现出难以掩饰的民族自豪感，但同时有一些诗人也为此多少感到担忧。我们下面将看到，这些关于高文的特别英格兰化的传奇作品已经多少显露出未来大不列颠王国内在的帝国主义和殖民主义的文化基因，或者说触及英格兰文明对外扩张这一深层的本质，而其中一些作者或许也意识到其危险性，所以给予了一定批评，不过这样的批评在后面将讨论的那些以亚瑟王为中心人物的传奇作品里更为突出。

在以高文为主人公的作品中，流传至今的有《土耳其人与高文》(*The Turke and Gowin*)、《高文爵士与卡莱尔之粗人》(*Sir Gawain and the Carle of Carlisle*)、《卡莱尔之粗人》(*The Carle of Carlisle*)、《戈罗格拉斯与高文的骑士故事》(*The Knightly Tale of Gologras and Gawain*)、《高文爵士与瑞格蕾尔女士的婚礼》(*The Wedding of Sir Gawain and Dame Ragnelle*)、《高

---

① Robert W. Ackerman, "English Rimed and Prose Romances", in Loomis, ed., *Arthurian Literature in the Middle Ages*, p. 493.

文爵士之婚姻》（*The Marriage of Sir Gawain*）、《高文爵士武功记》（*The Jeaste of Syr Gawayne*）、《高文爵士与绿色骑士》（*Sir Gawain and the Green Knight*）和《绿色骑士》（*The Grene Knight*）。另外，在《亚瑟王之瓦德陵湖历险记》（*The Awntyrs off Arthure at the Terne Wathelyne*）、《亚瑟王之誓言》（*The Avowynge of Arthur*）、《亚瑟王与康沃尔王》（*King Arthur and King Cornwall*）等作品里，高文也是特别重要的人物，因此也被一些学者视为"高文浪漫传奇"。但本章主要分析那些以高文为主人公的作品，另外有一篇以高文的儿子为主人公的作品《利博·德斯考努》（*Libeaus Desconus*），也放在这一章讨论。

第一节　高文在粗人城堡之历险

前面提到，关于高文的众多中古英语传奇作品里一个重要内容是所谓文明对野蛮的征服，这在两部关于高文在卡莱尔的"粗人"城堡里历险的诗作：《高文爵士与卡莱尔之粗人》（*Sir Gawain and the Carle of Carlisle*）和《卡莱尔之粗人》（*The Carle of Carlisle*）里都比较突出。同时，特别重要的是，在这两部作品里，文明与野蛮的对照与冲突还引发出一个在中世纪浪漫传奇文学中很重要的主题：考验。当然，在探索和表现考验这个主题上，在中世纪英语文学中似乎还没有作品能与那部在任何时代都堪称杰作的《高文爵士与绿色骑士》相比，关于这一点，下面一章将具体分析。除了《高文爵士与绿色骑士》外，在中古英语高文传奇作品里考验主题最为突出、考验内容最为丰富的要算本节分析的两部诗作。我们将看到，高文在一个"粗人"或者说"他者"的"野蛮"世界里经受各种严峻考验，并最终以其高尚的美德和高雅的气质战而胜之。

本节将这两部作品放在一起分析，除了因为它们有共同的主题外，更重要的是因为它们的情节也基本相同，可以说是同一个故事的两个版本。当然，它们在情节、诗作形式以及细节处理上也有一些差异。学者们一般认为，它们之间没有直接关联，但可能有一个共同的源本，也就是说它们有可能是分别改写自另外某个先前的尾韵作品，但该作已经散失。[①] 根据

[①] 见 Thomas Hahn, "Introduction to *The Carle of Carlisle*", in Thomas Hahn, ed., *Sir Gawain: Eleven Romances and Tales*, Kalamazoo, MI: Medieval Institute Publications, 1995（ebook，无页码）。

第五章　高文传奇系列

学者研究,《高文爵士与卡莱尔之粗人》大约产生于1400年前后,地点有可能是英格兰西北部的什罗普郡(Shropshire)地区,而《卡莱尔之粗人》可能出现在更北的兰开斯特郡,时间大约在16世纪前期,[1] 其手抄稿被收入著名的民间通俗传说故事手抄本"珀西对开稿本"[2] 中。前者使用尾韵节律体,一般12行分节,一共660行。后者大体上使用双行同尾韵对句的形式,共500行。两个版本都多少受损,[3] 但情节线索大体清楚。由于两部作品的情节内容大体一致,本节将主要分析更为优秀的《高文爵士与卡莱尔之粗人》,但在一些重要不同之处也将把《卡莱尔之粗人》作为补充和对照。

这个故事的两个版本里的关键词都是"粗人"(Carle)。粗人在中古英语里通常指没有教养、行为粗野的下等人,接近于乔叟在《坎特伯雷故事》里使用的 churl 这个词,因此关于"粗人"的作品在内容和叙述风格上一般都比较接近民间传说。其实在情节方面,它们的确包含许多具有民间特色的十分离奇甚至超自然的内容,其中有一些来自下层社会,比较粗俗但富含生活气息。另外,这两部诗作都以"听我道来"开篇,而且作者像口头故事的讲述者一样,经常使用"我想""我说""我认为""我发誓"等用语,直接进入故事中,那也使故事更为口语化。这些都表明,这两部诗作与其他许多高文传奇相似,属于口头民间文学传统,或者有可能直接来自游吟诗人的吟诵。

在这两个作品里,高文和粗人可以说是两种文化甚至是两个社会的代表。高文是高雅的骑士文化和高贵的亚瑟王朝最杰出的代表,而粗人却是所谓没有教养的下层社会和未开化的野蛮人文化的体现。他们在粗人城堡的相遇是两种文化两个社会层面的冲突。从表面上看,粗人主导着他们之间的冲突,掌握着高文等人的命运,但实际上最终被征服、被同化的是粗人。作品最后表明,粗人实际上一直期待着被高文"拯救"。另外,粗人这个人物身上有一个悖论。他尽管言语和行为极为粗野,但却拥有城堡和惊人的财富,所以绝非真正的下等人。那也是他最终能被高雅的上层社会

---

[1] 见 Newstead, "Arthurian Legends", in Severs, ed., *A Manual of the Writings in Middle English*, pp. 59–60。

[2] 关于"珀西稿本",下面将在分析《绿色骑士》一节里说明。

[3] 见 Gillian Rogers, "*Sir Gawain and the Carle of Carlisle* and *The Carle of Carlisle*", Barron, ed., *The Arthur of the English*, p. 204。

同化和吸纳的原因。

在故事情节的发展上，粗人也是权威、财富和粗俗、野蛮的怪异混合，从而能把他那神秘的城堡变成考验真正骑士的绝妙场所，而且他还可能因此产生出难以预测的奇怪念头，对高文等人实施难以想象的考验。当然，这些考验，如同高文在《高文爵士与绿色骑士》里绿色骑士的城堡经历的生死考验那样，其实是在高文等人不知情的情况下进行的。幸运的是，高文在这个奇怪的地方经受住了从身体、品质到内在精神的各种考验，证明他真的是骑士美德的典范，从而逃掉了此前无数骑士被杀害的命运。不过，他的同伴凯和鲍德温却经不住考验，一开始就败下阵来。好在高文的成功使他们避免了此前那些与他们类似的骑士的下场。

这两部作品的一个特别之处是把高文等三人置于同样的考验环境中进行对照比较，以表明一个人如何才能证明自己是真正的骑士。对照比较是这两部诗作里塑造人物和深化主题的一个主要同时也十分成功的艺术手法。尽管凯也是骑士，而鲍德温甚至还是一位主教，但他们在粗人城堡的历险经历中，与高文的对照凸显出，不论在言谈态度还是在行为举止上，他们都远逊于高文。不过，他们的这些外在差别实际上反映出他们与高文在内在本质和品性上的巨大差异。也就是说，他们在很大程度上是作为表现高文的骑士美德和高贵品质的反衬。当然，他们之间的对照也使作品内容更为丰富有趣。我们还将看到，这种对照和比较不仅在高文和凯、鲍德温这两人之间，而且还在高文与粗野的城堡主人之间，甚至还在粗人自己的外在表现和内在本质之间进行。

《高文爵士与卡莱尔之粗人》的作者以赞美高文开篇后，如同在后面关于亚瑟王传奇作品的一章里将分析的另外一部优秀作品《亚瑟王之瓦德陵湖历险记》里一样，他随即描写亚瑟王率众人外出打猎的盛大场面以展现中世纪贵族生活的一个重要方面。他列出许多主要圆桌骑士的名字并对他们一一介绍。他特别突出高文，说他是"王宫总管，/他们中的领队"(ll. 46 - 47)[1]。高文、鲍德温主教和凯在追逐一只驯鹿途中因林中起雾而迷路。经鲍德温提议，他们商量到一个粗人的城堡借宿，高文同凯的对话

---

[1] 诗行引自 Thomas Hahn, ed., *Sir Gawain and the Carle of Carlisle*, in Thomas Hahn, ed., *Sir Gawain: Eleven Romances and Tales*, Kalamazoo, MI: Medieval Institute Publications, 1995。本节对该作的引文均译自这个版本，行码随文注出，不再加注。

反映出他们完全不同的性格和教养。凯粗鲁傲慢的话语表明他自己就是一个缺乏教养的粗人,而高文却表现出他优雅的气质和对他人的尊重。他们之间的差异将越来越明显地表现出来。

他们来到粗人的城堡投宿时,高文很礼貌地请求借宿,而凯却立即表现出强大的亚瑟王朝的圆桌骑士特有的优越感,对仆人傲慢而且蛮不讲理。仆人好心告诉他们:"我的主人待人粗野,/你们必将吃尽苦头。"(ll. 193 - 94)凯却威胁说,如果他不赶快进去向主人报告,他就要把"大门拆掉"(l. 204)。如果说这里对照的主要是他们对待下等人的不同态度的话,那么更能揭示他们内在品质的是他们如何对待城堡主人的那匹小马。

在喝酒时,他们三人先后到外面看自己的坐骑。鲍德温主教第一个出去。在此之前,他或许因为多少知道城堡主人那粗野的名声和顾及自己的身份,因此在人前还比较收敛。可当他独自前往马厩面对一匹马时,他的本性立即显露无遗。他看到一匹小马竟然站在他这个主教的马旁,立即就将其赶走,并骂道:"你怎能与我的坐骑在一起,/我可是这地区的主教。"(ll. 305 - 306)他没料到这时粗人突然出现,斥责他"不懂礼貌"(corttessyghe)(l. 314),并将他打翻在地。随后凯也出去查看,他也将那匹站在他坐骑旁的小马赶走,因此被粗人打昏躺在地上。不无讽刺意义的是,粗人宣称那是"教给"他"一些礼貌"(ll. 329 - 30)。最后,高文也出去看他的马。这时外面正大雨如注,他看到那匹小马站在雨里,浑身湿透,连忙把它牵到他的马旁,并把自己的绿色斗篷盖在它身上。粗人突然出现在他身旁,"非常有礼貌地/向他致谢"(ll. 353 - 54)。

一个人的言谈举止实际上是其内在品质的展现。由于在"小马考验"中都无他人在场(粗人三次都是突然出现),高文等人对待小马的行为也就最能反映他们各自的内在本性。所以这个考验表现出,高文不仅举止优雅,也更具善良的高贵品质。但特别具有讽刺意义的是,表面上十分粗野的粗人打倒鲍德温和凯的理由都是因为他们没有骑士或上等人应具有的善待他人(甚至动物)的"礼貌"(courtesy)。那其实表明,粗人尽管外表粗鲁,但并非真的是一个"粗人"。所以,诗作不仅在高文等三人之间进行比较,而且也暗中比较粗人粗鲁的外表和本性,并进而把粗人同自命为上等人的凯和鲍德温进行对照。

如果说对鲍德温和凯的考验因为他们的拙劣表现一开始就已经结束或者说他们已经出局的话,那么对高文更严峻的考验还在后面。此前在高文三人刚被带到客厅时，他们看见正蹲在主人脚边的公牛、野猪、狮子和大熊立即跳起朝他们冲来，但被主人阻止。中世纪浪漫传奇特别注重对野兽的描写，而如此凶猛的野兽被作为宠物喂养，自然增加了城堡的神秘和恐怖气氛。那粗人更是长得威猛丑陋，他胡须灰白长发及胸，身高9码，宽2码（ll. 249–69），活脱脱一个令人生畏的巨人。他用来喝酒的杯子也能装9加仑酒。① 不过更令人惊奇的是，在《卡莱尔之粗人》里，他一口就喝下15加仑酒。这样的巨人显然只能出现在浪漫传奇和民间传说中。另外，在两个版本里，有几次粗人都能准确说出高文等人心里的想法，表明他具有超自然的能力。这些都预示着高文等人在城堡里将有不平凡的经历。

城堡主人不仅长相可怖，而且是一位态度粗野、举动不遵常理、行为难以预料但也很直率的粗人。他告诉这些不速之客：

> 今晚你们同粗人在一起，
> 我凭圣约翰起誓，在这里
> 你们得不到礼貌待遇，
> 对待你们只有粗人的方式。
> （ll. 275–78）

他不仅把"下等人"的粗野方式与高文所代表的亚瑟王朝那种宫廷文化区分开来，而且向这些不速之客强硬表示：这里是我的领地，我是这里的主人，你们必须遵从我的命令，按我的吩咐行事，否则将受到惩罚。

其实，中世纪骑士大多像凯那样高傲粗野，所以他们在本质上也是"粗人"。高傲一直是基督教严厉谴责的"七大重罪"（Seven Deadly Sins）之首。如前面第一章所谈及，受基督教改造过的骑士精神强调，一个真正的骑士必须以耶稣为榜样，谦卑温顺，善待他人，特别是弱者、穷人、下人。这些品质不仅表现在高雅的言谈举止上，更重要的是，真正的骑士还必须控制自己的高傲，对主人谦卑顺从。这里所说的主人包括上帝、君主和所到之处的主人。所以，高文等人的命运取决于他们在这个陌生而神秘的他者世界里是否能尊重和顺从这里的主人，而不是像许多蛮横的中世纪武士那样将自己的意志强加于其他地方的人们身上。关于这一点，《卡莱

---

① 1码（yard）为3英尺（0.9144米）；1英制加仑等于4.54609升，9加仑的酒约41公斤。

第五章 高文传奇系列

尔之粗人》的作者说得更明白。在前往粗人城堡路上,高文等三人在争论如何对待城堡那粗野的主人时,作者让高文驳斥高傲的凯说:"在他的城堡里我们应让他做主人。"(ll. 126)① 也就是说,他们必须尊重所到之处的主人,按粗人的吩咐行事。在《高文爵士与卡莱尔之粗人》里,作者则让粗人直接告诫高文等人,必须"完全按我吩咐行事"(l. 383)。这正是高文在随后的考验中严格执行的准则。

正要就餐时,鲍德温自恃是主教,第一个坐下,凯则选择坐在漂亮的女主人旁边,只有高文谦恭地站着。粗人随即"命令"高文取一只投枪对准他的脸投掷 (ll. 384-87)。高文遵吩咐掷出投枪,粗人把头一低,投枪在石墙上撞得粉碎。在《卡莱尔之粗人》里,高文掷出的投枪刺进石墙达一英尺深。高文获得粗人赞扬,被安排在女主人身旁坐下。女主人的美貌使他心神不定,完全没有心思吃喝,被粗人看在眼里。随后粗人那光艳照人的女儿盛装出场,为众人弹竖琴。

最令人意想不到的是,就寝时,粗人竟然吩咐他妻子睡到高文床上,然后要求后者抱着她亲吻。高文十分愉快地执行命令。然而"那夫人柔软的躯体"使"高文想要做那私事"(prevey far,即 private act)时,粗人立即阻止他:"哇塞!/那游戏我可不允许。"(ll. 463-68)尽管高文老大不情愿,但还是服从了"禁令"。粗人显然看出高文感到十分遗憾,所以他说:"由于你遵从我的吩咐,/我须以某种方式对你奖赏。"(ll. 469-70)他的"奖赏"是,立即去把他同样美丽的女儿带来。他问高文:"你看,高文,这补偿怎样?"高文兴奋地回答:"我的天,太好了!"(ll. 481-82)粗人随即祝愿他们"一同尽情玩通宵"(l. 486)。这是中世纪浪漫传奇里少有的既很裸露也很喜剧性地描写,十分生动地刻画了两个人性化的人物。这类富含生活气息的喜剧性描写和露骨的语言在作品里还有许多,这也成为这两部诗作一个共有的突出特点。这类语言和描写表现出它们是植根于中下层民众的生活和与之相连的民间文学传统的作品。同时,这种内容和风格也很可能受到当时(中世纪中后期)正在兴起的市井故事(fabliau)影响。市井故事起源于法国,内容多关于性和恶作剧,描写比较低俗,风格颇为喜剧,因此特别为市民阶级所喜爱。中世纪英国市井故事

---

① 诗行引自 Thomas Hahn, ed., *The Carle of Carlisle*, in Hahn, ed., *Sir Gawain: Eleven Romances and Tales*。本书中对该作引文均译自此版本,引文行码随文注出,不再加注。

中，乔叟《坎特伯雷故事》里的《磨坊主的故事》《管家的故事》等最为著名。

第二天早上做弥撒后，粗人对高文道出他那些乖张行为的缘由。原来20年前他曾向上帝起誓："所有人来我这里投宿，/全都必将被杀死，/除非他一切按我吩咐行事。"（ll. 520—22）20年来，除高文之外，还没有一人逃过被杀掉的命运。粗人感谢上帝和圣母玛利亚，因为他们把高文赐给他，解除了他的誓言，免去了他的"苦难"，不用再去杀人。他带高文去看那一大堆被他杀掉的人的骸骨和他们留下的衣服、纹章。他宣布，因为高文的原因，他将欢迎所有前来投宿之人，并将为这些被杀的人建造教堂，为他们做弥撒，直到末日审判。

应该说，在《高文爵士与卡莱尔之粗人》里，粗人的转变稍显突兀，而他当初的立誓似乎也颇为随意，缺乏令人信服的理由。但《卡莱尔之粗人》弥补了这个缺陷。这个产生时间晚至少一个世纪的版本或许是因受到被包括在同一部手抄稿本里的《绿色骑士》《土耳其人与高文爵士》等高文传奇作品里的砍头情节和用魔法将人变化之母题影响，在这里既加上了一个精彩的砍头场面，又用魔法来说明粗人那极为不正常的状况，使情节更为合理，也使故事更紧密地与民间传奇文学传统联系。关于两个版本在这一重要情节上的差别，有学者认为是因为《高文爵士与卡莱尔之粗人》的手抄稿失去了一页。①

在《卡莱尔之粗人》里，粗人第二天早上把高文从床上叫起，先带他去看那"一千五百死人的骸骨"，早饭后又带他到一个房间里，吩咐他用剑将粗人自己的头砍下。高文先拒绝，但最后还是遵照吩咐砍下粗人的头。粗人巨大的身躯倒下又立即站起，但已变得"与高文一样高"（l. 399）。他感谢高文，并说明缘由：

> 高文，愿你获上帝保佑，
> 因为你已把我从所有
> 虚幻的魔法中解救——

---

① 请参看 Newstead, "Arthurian Legends", in Severs, ed., *A Manual of the Writings in Middle English*, p.60. 不过，许多现代学者一般对这一观点不置可否，只是就两个版本的内容进行叙述。其实，仔细阅读《高文爵士与卡莱尔之粗人》会发现，要加上这么一个情节有一定困难。这或许是一些学者有意忽略缺失一页的观点，而仅就两个版本来说明粗人转变上之优劣的原因。

第五章 高文传奇系列

> 我现在终于得到自由。
> 黑色魔术把我变得如此，
> 直到一位圆桌骑士，
> 如果他能按我吩咐，
> 用剑砍下我的头颅。

(ll. 401–408)

他进而告诉高文，他在 40 年前（而非另一个版本里的 20 年前）被魔法（而非因为他自己的誓言）变成粗人。自那以后，所有前来投宿之人，如果不能按他吩咐行事，他和手下就会将其杀死。他受魔法禁锢，只有一位真正高尚的圆桌骑士前来砍下他的头才能破除魔法。40 年来，高文是第一个能在他家里遵从主人意愿的人。这间接表明，在现实生活中，中世纪骑士一般都十分傲慢无礼，同时，从这里也可以看出，在中世纪人看来，尊重别人，控制自己的意愿，特别是控制具有亚瑟王朝那种优越感的骑士的高傲，是何等困难。值得注意的是，他杀掉不遵从其吩咐的人，并非出自其意愿或誓言，而是魔法使然，而且那也是他难忍之痛。所以他说，高文前来解救他，"是耶稣的慈悲"，因为"你把我所有苦痛变成天赐之福"（ll. 416–17）。他宣布，从此以后他再不会杀任何人，而且还要为那些被他杀掉的人建造教堂，为他们做弥撒，直到末日审判。在这里，两个版本又大体统一起来，此后除一些细节上的处理外，基本内容相同。

高文等人带着城堡主人所赠予的丰厚礼物（其中自然包括他女儿）和对亚瑟王的邀请离开。亚瑟王愉快地接受邀请来到粗人城堡，受到盛大欢迎，粗人或者说城堡主人也向亚瑟王下跪称臣。随后在豪华的宴会上，亚瑟王封城堡主人为圆桌骑士，在《卡莱尔之粗人》里他还被封为卡莱尔伯爵，而高文也与他女儿正式举行婚礼。接着，连续 14 天的盛宴、游吟诗人的演唱和各种活动把这个皆大欢喜的结局推向高潮。作品真正庆祝的也许是粗人和他所代表的那种粗野的他者世界最终被纳入亚瑟王代表的中世纪高雅的正统宫廷文化秩序。

在一定程度上，这个故事表现了对他人权利的尊重。它强调各地的人们，不论是粗野还是文明，在自己领地上都是主人，对其领地拥有主权。外来的不速之客，不论他们自认为多么高贵，都应对其尊重，而不能像凯和鲍德温那样肆意践踏他人的权利。其实在亚瑟王文学的语境里，这也暗含着对亚瑟王朝使用武力四处征战的批评，在一定程度上呼应着头韵体《亚瑟王之死》《亚瑟王之瓦德陵湖历险》等诗作所表达的相同思想或者说相同的批评。在现实的层面上，同《高文爵士与绿色骑士》、头韵体《亚瑟王之死》、《亚瑟王之瓦德陵湖历险》等作品一样，这两部诗作也暗含着对英国发动的英法百年战争，特别是英国军队在法国肆意烧杀抢掠的谴责。

然而尽管如此，与下面将分析的《土耳其人与高文爵士》的作者一样，两位诗人其实也都自觉或不自觉地表现出亚瑟王朝体现的英格兰人的优越感和英格兰文化上的傲慢。他们先用自己的标准评判"他者"，将其"粗野化"或者说"野蛮化"，然后用自己代表的"高等"文化体系将其"文明化"，使其臣服，并进而将其纳入自己的体系或势力范围。这实际上也是一种征服，一种更隐秘的征服。砍掉"粗人"的头，而且还是"粗人"请求高贵的上等人砍掉自己的头，就是这种征服最含深意的象征。最终，粗人不仅自愿献出了女儿，而且还将亚瑟王请到他的领地来并对其下跪臣服。他再也没有原先那种高文、凯等人眼里的"粗野"，也完全放弃了他自豪的主人意识。严格地说，不是高文帮他破除魔法恢复了他原来的身份，而是他受"高雅"文化之魔法洗礼失去了原来的身份，成为一名温顺的圆桌骑士。这同上面谈及的对城堡主人或者说他者文化的尊重形成鲜明对比，只不过先前对城堡主人的尊重实际上最终成为征服他者的手段。

第二节 《绿色骑士》

《绿色骑士》被收录在一部英国历史上很有名但差一点就被彻底毁掉的手抄稿本里。18世纪中期爱尔兰的德罗摩主教托马斯·珀西（Thomas Percy of Dromore，1729—1811）在一位朋友家的客厅里发现，厚厚的一大本破旧的纸质手抄稿本被扔在一个柜子下的地上，弄得很脏。不仅如此，他还得知，该手抄本里的纸被女仆们撕来引火。这部被珀西拯救下来的稿本长15英寸，宽5.5英寸，厚达2英寸，现在被命名为"珀西对开稿本"（the Percy Folio）[①]，它与包括许多古英语诗的埃克斯特书（the Exeter

---

[①] 关于"珀西稿本"的情况，参看 Thomas Hahn, Introduction to *The Green Knight*, in Hahn, ed., *Sir Gawain: Eleven Romances and Tales*. 16/1/2018 < http://d.lib.rochester.edu/teams/publication/hahn-sir-gawain >。

第五章 高文传奇系列

Book)、《高文》诗人(the Gawain Poet)的四部诗作的手抄稿和包括史诗《贝奥武甫》的古英语手抄稿同属英国历史上存留下的几部最有名的中世纪英语诗歌手抄稿本之列。

珀西主教是一位学识渊博的学者，他朋友中有许多是学界名重一时的人物，如学者埃德蒙·布克(Edmund Burke, 1729—1797)，小说家奥利弗·戈德史密斯(Oliver Goldsmith, 1728—1774)和诗人、学者塞缪尔·约翰生(Samuel Johnson, 1709—1784)等名家。他深知该稿本的价值，因此请人装订，然而工匠在装订时切边又切去一些天头地脚的诗行，再一次造成损害。珀西从该稿本中整理出一些诗作，以《古代英语诗歌遗存》(Reliques of Ancient English Poetry, 1765)为书名出版。但颇受后辈学者诟病的是，为了迎合当时的"高雅"趣味，珀西比较随意地对诗作进行改写。珀西之所以对这些诗作进行改写，主要是因为这些作品源自民间口头文学传统，属于中世纪通俗诗歌，自然与当时崇尚高雅的新古典主义主流文学观有相当距离。[1] 尽管如此，具有重大意义的是，这部英国文学史上无与伦比的中世纪民间通俗诗歌集激发了人们对歌谣、民间故事和通俗传奇的极大兴趣，许多浪漫主义文学家如华兹华斯、柯勒律治、布莱克、格林兄弟以及维多利亚时代的许多作家和画家都深受其影响。[2]

"珀西对开稿本"大约产生于17世纪中期，由同一位誊抄员抄写，但其中的作品大多数创作于中世纪，少数出自文艺复兴早期，其中最早的可追溯到12世纪。稿本现存520多页，其中一些书页残破，比如下面将分析的《土耳其人与高文爵士》(The Turke and Sir Gowin)的每一页都只剩半页，另外一半看来已被作为引火之用。稿本中现存的195种作品大多是歌谣(ballads)和一些音步体浪漫传奇作品，但也有个别头韵体诗作，它们都属于通俗作品。稿本中很值得一提的是一组八个关于英国历史上最著名的绿林英雄罗宾汉的传说故事。另外，稿本中还有一组亚瑟王传奇诗作：除《绿色骑士》外，还有《卡莱尔之粗人》、《亚瑟王与康沃尔王》(King Arthur and King Cornwall)、《高文爵士之婚姻》(The Marriage of Sir Gawen)、

---

[1] 不仅这些"通俗"作品，就连广受尊崇的英诗之父乔叟的作品都经历了从德莱顿到华兹华斯长达约150年被"现代化"的"翻译"或者说改写。乔叟诗作中被"现代化"掉的不仅是生僻的中古英语词和表达法，还有一些与新古典主义的"得体"(decorum)观不符的内容。

[2] 见"The Percy Folio", http://medievalromance.bodleian.ox.ac.uk/romance-the-percy-folio, Jan., 20, 2018。

《男孩与斗篷》(Boy and Mantle)和《土耳其人和高文爵士》等。

在这些作品里,《绿色骑士》《卡莱尔之粗人》《土耳其人和高文爵士》《高文爵士之婚姻》等都是以高文为主人公,在另外几部诗作里他也大多是重要人物。从总体上看,在这些民间通俗亚瑟王文学作品里,高文毫无疑问超越了其他人成为第一号重要人物,可见他在英国民间如何被广为歌颂、广受爱戴。由此也可看出,高文是最能体现英格兰意识和承载民族感情的圆桌骑士。

《绿色骑士》很可能是脱胎于《高文爵士与绿色骑士》的一部节律体诗作。[①]《绿色骑士》大约产生于1500年前后,其作者佚名。根据作品中的方言,学者们一般都认为,它出现在英格兰中部靠南的区域。[②]《绿色骑士》使用音步体尾韵诗行,分86节,每节6行,一共516行。它仅及《高文爵士与绿色骑士》篇幅1/5,但包括了原作2530行中大多数内容,在一定程度上可以说是对那部杰作的情节概述。

同"珀西对开稿本"里关于罗宾汉和其他中世纪传说中的英雄的浪漫传奇作品一样,《绿色骑士》与中世纪流传下来的其他手抄本的同类故事相比,更通俗、更为口语化,更适合口头朗诵。[③] 实际上,诗作一开始就明说:"听我说"(l. 1)[④],后来在讲述过程中作者或者说叙述者又招呼听众说:"爵爷们,听我道来,请就座安静,/下面你们将听到第二部分,/看高文爵士将有什么冒险历程。"(ll. 256 – 58)这表明诗作主要用于口头朗诵或讲述,这也可以解释《绿色骑士》为什么主要是概述故事情节。

《绿色骑士》以高文出发寻找绿色骑士为界分为前后两部分。第一部分以亚瑟王宫圣诞庆宴上绿色骑士突然前来挑战为中心,第二部分则以高文在绿色骑士的城堡之经历为主要内容。虽然《绿色骑士》的主要情节与《高文爵士与绿色骑士》大体一致,但它在情节和细节上也对原作做了许多改动。诗人修改作品的一个主要意图似乎是为了突出情节以吸引听众。

---

① 下一章将对《高文爵士与绿色骑士》详细分析,如果先看该章,有助于更好理解和把握《绿色骑士》的内容、风格和特点。

② 请参看 Thomas Hahn, Introduction to The Green Knight, in Hahn, ed., Sir Gawain:Eleven Romances and Tales(ebook,无页码)。

③ 见 Hahn, Introduction to The Green Knight, in Hahn, ed., Sir Gawain:Eleven Romances and Tales。

④ 引文出自 Thomas Hahn, ed., The Green Knight, in Hahn, ed., Sir Gawain:Eleven Romances and Tales。下面对该诗作的引文均译自此版本,引文行码随文注出,不再加注。

第五章 高文传奇系列

所以，他删节或缩减了原作中许多与主干情节似乎关系不大的内容。比如，原作开篇关于特洛伊战争和不列颠历史的引子被删去；高文整装出发时的装束虽有相对较短的描述，但他那著名的五星盾牌和《高文》诗人[①]对五星之寓意的长篇阐释也显然因为太抽象听众不会感兴趣而全不见踪影。特别突出的是，高文在绿色骑士城堡里的经历也被大幅度缩减。原作中长达三天的卧室诱惑和野外打猎都被缩减到一天，而《高文》诗人在这部分上千行的细致而生动的长篇描述被仅仅大约70个诗行的简略叙述所替代。与之相应，原作里绿色骑士三次砍高文，这里也省去了前面两次，他一举斧就把高文脖子划伤。当然，在真相大白后，高文的长篇自责与忏悔，以及他对《圣经》里夏娃等著名女性的严厉谴责，全都被删除。因此与原作相比，《绿色骑士》的一个突出特点是故事情节发展更快，更易于抓住听众注意力，然而原作中许多优美的描写、精彩的戏剧性场面以及深刻的思想文化意蕴也都消失了。

　　《绿色骑士》与原作相比的另外一个重要不同之处是，《高文》诗人的叙事主要使用的是第三人称有限视觉，因而故事的大部分是从高文的视觉叙述；而《绿色骑士》的作者使用的是第三人称全知视觉，所以作者往往边叙事边对人物、情节进行解释说明。比如故事刚开始，作者就对绿色骑士身份和前来挑战的缘由一一说明。绿色骑士是布勒德白得勒爵士（Sir Bredbeddle）。他妻子虽然从未见过高文，但因听到关于他的传闻而深深地爱上他。她母亲阿葛斯特丝（Agostes）是一个魔法师（显然是从《高文》诗人笔下的仙女摩根转换而来），她知道女儿心思，因此说服女婿前去挑战，把高文"带到她面前"（l. 66）加以考验。至于她具体的打算或意图，由于手抄稿这里失去3行[②]，我们不得而知；但她似乎是为了让女儿见到心中思念的情人。布勒德白得勒也知道妻子心中爱着高文，但他同意前往亚瑟王宫，似乎主要是想验证高文是否真像传说中那样是骑士美德的化身。阿葛斯特丝用魔法把布勒德白得勒变成绿色骑士，并使他能被砍掉头而不死。诗人告诉读者或听众："这些都是幻术使然，／全出自那老女巫之手。"（ll. 212–13）至于一些不言自明的事，作者也将其点出，比如在绿

---

　　① 《高文》诗人指《高文爵士与绿色骑士》的作者，关于这位十分优秀的诗人，下一章将谈及。
　　② 见 Billings, *A Guide to the Middle English Metrical Romances Dealing with English and Germanic Legends, and with the Cycles of Charlemagne and of Arthur*, p. 209。

色骑士的头被砍掉后,他说:绿色骑士"出门之后,毫无疑问,/他又把头放回项上"(ll. 205 – 206)。另外,高文在寻找绿色教堂的旅途中来到一个城堡借宿,作者立即出面说明,那就是绿色骑士的城堡。作者的说明或解释还有很多,这使情节线索更为清晰,让听众更易于跟随故事发展,但作品也失去了原作里特有的悬念和不时给受众带来的惊奇。

前面谈到《绿色骑士》的作者对《高文爵士与绿色骑士》做的一些删减,但除删减外,他也做了一些变更或增添。比如,他删除了关于特洛伊战争和不列颠历史的简述,却根据瓦斯的《布鲁特传奇》提到亚瑟王为解决骑士之间的争端而建造圆桌之事,而这在原作里是没有的。最重要的是,他大幅度弱化了原作的神秘气氛。他笔下的魔法师只是把布勒德白得勒的马和装束变绿,似乎没有像《高文》诗人那样把他整个人都变成绿色。所以这里的绿色骑士不那么令人恐惧,相反他还"看起来很有趣"(l. 79)。但特别有趣的是,亚瑟王决定餐后再砍头,所以绿色骑士被邀请与圆桌骑士们一同友好进餐。《高文爵士与绿色骑士》里绿色骑士的"他者"形象或身份在这里已被消解,而他的到来造成的神秘、紧张、恐怖的气氛自然也被一扫而光。

另外,这部诗作里高文的旅途更像是在一路打猎消遣,他在路上看到的也更多是奇情美景,诗作多次提到"他看到许多奇景"(furleys,即marvels)(ll. 280, 283),而没有原作里的高文所经历的那些象征严酷考验的严寒和与魔怪猛兽的生死搏斗。《高文》诗人笔下绿色骑士那神秘的绿色教堂——一座长满青草的小山包——也为一座覆盖着常青藤的真正的小教堂所替代。所有这一切似乎都在表明,高文的历险故事没有远离社会,而其皆大欢喜的结局也给人们一种被扰乱的秩序得以恢复的感觉,更能给"处于15世纪后期混乱年代里"的人们"带来安全感"[1]。所以,诗人没有让绿色骑士与高文分手,而是由后者把他带到亚瑟王宫,成为圆桌骑士的一员。后来,布勒德白得勒还出现在诗作《亚瑟王与康沃尔王》里,随同亚瑟王、高文、特里斯坦等人前去征服康沃尔。

另外一个既相似又不同但特别有意义的细节是,那条使高文犯下"罪孽"的绿腰带被作者换成一条雪白的"丝带"。在《高文爵士与绿色骑士》里,那条绿腰带象征或者说暗指英国著名的嘉德骑士制[2],而在《绿色骑

---

[1] Diane Speed, "The Green Knight", in Barron, ed., *The Arthur of the English*, p. 199.
[2] 关于嘉德骑士制,请参看下一章。

士》里，诗人不仅提到这条白丝带，而且直接说："巴斯骑士佩戴白丝带。"（l. 502）巴斯骑士制也出现在中世纪，但并没有像嘉德骑士制那样立即成为一个正式的骑士制，而是由国王根据情况授予一些有突出军功的骑士的一种很高的荣誉。比如，根据时人法国历史学家吉恩·伏瓦萨（Jean Froissart, 1337？—1405）记载，亨利四世（1399—1413 年在位）在推翻理查德二世夺得王位后，在 1399 年圣诞节那天的登基典礼上曾赐封 46 位巴斯骑士。巴斯骑士受封有很多仪式，其中之一是沐浴（这可能与基督教的洗礼仪式有关）。巴斯骑士肩上（《绿色骑士》里说是在脖子上）的白色绶带可能源自浴巾。英国历史上其他一些国王也不定期地授封过巴斯骑士，直到 1725 年英王乔治一世（1714—1727 年在位）才正式创立巴斯骑士制（The Order of the Bath）。它成为英国四个高等骑士制①之一，延续至今。

在《绿色骑士》里，高文带着绿色骑士或者说布勒德白得勒回到亚瑟王宫，亚瑟王和圆桌骑士们很高兴地庆贺他平安归来。很有意思的是，诗人突然说：

> 那就是为什么，
> 巴斯骑士佩戴白丝带，
> 直到他以英勇业绩
> 赢得刺马针或有
> 一位高贵的女士
> 将其从他脖子上取走。
> （ll. 501 – 506）

学者指出，诗人在这里很明显是在呼应《高文爵士与绿色骑士》在结尾影射嘉德骑士制，只不过他没有像《高文》诗人那样以亚瑟王和圆桌骑士们关于从此佩戴绿腰带的决定作为铺垫，因而显得有点突兀。《绿色骑士》的作者在诗作结尾提到巴斯骑士，显然是受到《高文爵士与绿色骑士》启

---

① 英国的 4 个高等级骑士制，除这里谈及的巴斯骑士制外，还有英王爱德华三世创立的嘉德骑士制、詹姆斯国王（他同时为苏格兰国王詹姆斯七世和英国国王詹姆斯二世）于 1687 年为苏格兰创建的蓟花骑士制（the Order of the Thistle，蓟花为苏格兰国花）和英王乔治三世应爱尔兰贵族要求于 1783 年创建的圣帕特里克骑士制（the Order of St Patrick，圣帕特里克为爱尔兰保护圣徒）。

发，但他有可能并非如评论家们所认为的是像《高文》诗人那样在影射嘉德骑士制，他心里很可能想到的就是巴斯骑士制，因为早在那之前英国就已经出现了巴斯骑士，而且他也没有必要去影射嘉德骑士制。他在这里提到巴斯骑士制而非嘉德骑士制，或许是有意表现与原作的一点差异。

总的来说，经作者删减和改动，《绿色骑士》保留了原作的基本情节和砍头游戏、诱惑和交换战利品等主要事件，但其性质发生了相当大的变化。作品在总体上突出愉悦性，淡化了原作里严肃的道德探索和精神追寻的意义。不过，同《高文爵士与绿色骑士》以及其他中古英语浪漫传奇一样，它还是突出歌颂了高文乃骑士美德之典范，既强调他高雅的气质，也表现他在爱慕他的美丽女士面前坚守骑士规范，忠诚于城堡主人的情操。至于作品的文学艺术价值，这个用于口头讲述的故事自然远不如原作，但作为愉悦听众的口头故事，应该说它还是很成功的。

另外，如同他更为现实地描写高文的旅途、让绿色骑士坐下与圆桌骑士们友好就餐、弱化原作里的神秘性和在结尾提及巴斯骑士等情节所表明，诗人在叙述高文和绿色骑士的传奇故事时自始至终都没有远离英格兰现实。特别是作者让布勒德白得勒与高文一道回到亚瑟王宫并最终将这位原来的挑战者与和平秩序的威胁者吸纳到主流体制内的结尾，或许表达了玫瑰战争中和之后英国民众渴望秩序与稳定的心愿。

第三节 《土耳其人与高文爵士》

在许多方面，《土耳其人与高文爵士》（The Turkey and Sir Gawain）同《绿色骑士》很有一些相似之处。比如，它们都是以一位来历不明的他者前来并提出相互砍头来挑战亚瑟王朝开始，挑战被接受，然后是历险旅途，最后使命完成，亚瑟王朝体现的价值体系和社会秩序被恢复或认可，而挑战者或者说他代表的力量或体现的价值体系被征服、同化并纳入更"优越"的文化体系之中。同时，两部诗作从内容到语言风格都属于通俗作品，适合口头朗诵或讲述。但《土耳其人与高文爵士》吸纳了更多民间传说内容而没有《绿色骑士》里的宫廷爱情元素。从总体上看，它具有更多也更突出的中世纪民间故事色彩的怪异甚至超自然的情节内容。中世纪主流浪漫传奇体裁与民间传说内容和风格的结合是这部作品的突出特点，也是其特别的文学价值，因为那使主流的浪漫传奇更富有生气和民间想象力的奇异，同时也使民间传说故事具有一定高雅的文学趣味而进入上层主流文学界。主流浪漫传奇与民间传说两种体裁和题材的结合在一定程度上也是英格兰统治阶级和普通民众的思想意识、价值观念、情感取向和审美情趣的相互靠拢和融合，因而既反映出英格兰统一民族的形成进程，同时也能更全面体现英格兰民族精神和审美心理。

前面提到，收有《土耳其人与高文爵士》手抄稿的"珀西对开稿本"因婢女撕来引火而受到损害；不幸的是，载有该诗作的那部分（其中还含包括下面将分析的《高文爵士之婚姻》等作品）严重受损，以致该诗作每页只剩一半，也就是说，每一页上都失去了约一半的诗行。仅从剩余部分看，诗作的情节也很精彩。有现代学者通过上下文猜测失去的内容，使故事在情节上大体连贯。① 与《绿色骑士》相仿，《土耳其人与高文爵士》也大约产生于1500年前后，根据诗作里的方言，其产生地可能是英格兰中部地区的北部或西北部（North 或 Northwest Midlands）。② 也与《绿色骑士》一样，作品使用当时通俗叙事诗通常使用的尾韵节律体，每节6行，现存一共337行，③ 全诗篇幅原本应该大约是其两倍。

同《绿色骑士》一样，《土耳其人与高文爵士》也以"请听我说，爵爷们"（l. 1）④ 开始，表明诗作主要是用于朗诵或讲述，而其听众主要是贵族，特别是中下层贵族及其相关人士。也同《绿色骑士》和许多亚瑟王传奇故事的开篇相同，在亚瑟王宫正在举行宴会以体现安宁与祥和之时，一个他者入侵，挑战亚瑟王朝代表的价值和秩序。这次的来者是一位低矮但十分健壮的人，在那些高大威猛的圆桌骑士们看来，这位身份不明的人像一个"土耳其人"。在中世纪基督教世界，土耳其人，与撒拉森人一样，一般都被看作穆斯林，因而被丑化成他者。他的挑战与《绿色骑士》和《高文爵士与绿色骑士》里一样，也是要一位勇敢的骑士"给我一击然后接受我回击"（l. 17）。这个砍头与回砍的挑战也成为诗作主要内容的框架，也就是说，故事的主要情节发生在两次出手之间。

---

① 该学者为 Thomas Hahn；请参看 Thomas Hahn, ed., *The Turke and Sir Gawain*, in Hahn, ed., *Sir Gawain: Eleven Romances and Tales*。

② Newstead, "Arthurian Legends", in Severs, ed., *A Manual of the Writings in Middle English*, p. 58.

③ 见 Hahn, ed., *The Turke and Sir Gawain*，有些版本为335行。

④ 引文出自 Thomas Hahn, ed., *The Turke and Sir Gawain*, in Hahn, ed., *Sir Gawain: Eleven Romances and Tales*。下面对该诗作的引文均译自此版本，引文行码随文注出，不再加注。

也和许多关于亚瑟王朝遭受外来他者挑战的同类作品里一样,这部诗作里还是高文这位英格兰人心目中骑士美德之化身出面代表亚瑟王朝接受挑战。不过在这里,土耳其人使用的术语是"打击"(buffet),那可以被理解为使用或不使用武器。在高文出面之前,一贯行事鲁莽的凯先跳出来,说是要把这位土耳其人"打翻在地"(l. 23)。但风度高雅的高文阻止了他并像高尚的骑士一样接受挑战。至于接下来高文如何接受挑战,不得而知,因为该页下半部分不存。哈恩根据上下文推测,高文与土耳其人达成协议,双方都不使用武器。高文似乎只是象征性地给了挑战者一击,下一页开始时,土耳其人告诉高文,他将"推迟"回击,而且将在另外一个地方实施。由此可以看出,出于某种目的把高文带到另外某个地方才是土耳其人前来挑战的真正原因。

于是高文与土耳其人开始了他们的历险历程,也即中世纪浪漫传奇的主要内容。他们经过两天多的行程,来到一座山里,突然

> 大地裂开随即又合上,
> 高文不禁感到胆战心惊,
> 接着光明消失,黑暗降临,
> 而且雷电交加,雨雪倾盆。
> (ll. 67 – 70)

这一切都预示神秘的事情将发生或者他们将进入另外的世界。但稿本在这里失去半页,当故事重新开始时,他们来到一个被遗弃了的神秘城堡,更神秘的是,里面却为他们准备了丰盛的餐饮。随后他们乘船来到曼岛[①]。

现实中位于爱尔兰海中那个富庶的曼岛,在这个诗作里,既是一个生活着巨人的神秘的超自然世界,也是一个由邪恶的苏丹统治的穆斯林异教国度。高文将在这里经受考验。他首先遭遇的就是那里的人对亚瑟

[①] 曼岛(the Isle of Man)位于大不列颠与爱尔兰之间的爱尔兰海,同前面提到的英吉利海峡里的泽西岛一样,是所谓"王家领地"(Crown Dependency),在法律上并不属于英国,而属于英国国王。曼岛实行自治,有自己的议会和政府,首脑为曼岛领主(Lord of Mann),现任首脑是英国女王伊丽莎白二世。英国对曼岛的征服是一个长期的历史过程,经历了同凯尔特人、挪威和苏格兰的长期冲突,期间几经反复,于1346年最终打败苏格兰,最后才控制了曼岛。1406年英王封约翰·斯坦利爵士(Sir John Stanley)为曼岛领主。斯坦利家族任领主直到1736年。

第五章 高文传奇系列

王朝的无理嘲讽和蔑视，那显然已经超越了对骑士个人美德的考验，同时也表现出基督教和伊斯兰两大文明的冲突。诗作最终将以高文的胜利来象征基督教战胜伊斯兰并表现中世纪基督徒的优越感和正义感。两大文明之间的冲突和对决以高文和苏丹手下的巨人们的三场"比赛"来表现。

第一场比赛是高文与"17个巨人"玩一个"巨大的铜网球"，第二场则是举一个烈火熊熊的巨大火炉。在装扮成他的仆人的土耳其人帮助下，高文打败了苏丹和他的巨人们。接着，苏丹把高文带到一个盛满翻滚着铅汁的大坩埚前，一个令人生畏的巨人正在搅动炽热的铅汁。苏丹想把高文扔到锅里，但这时已经穿上隐身衣的土耳其人先出手，抓住巨人把他扔进锅里。这时，高文对苏丹说："除非你同意遵从我们的律法，/否则你的末日到了。"（ll. 260-61）在苏丹拒绝之后，土耳其人将他扔到火里。终于，文明战胜了野蛮，正义战胜了邪恶。

在取得这些胜利后，土耳其人同高文解救了那些被苏丹囚禁的女士们。在许多中世纪骑士浪漫传奇故事里，往往都有解救被监禁的女士的情节。监禁女士是野蛮、邪恶的表现，而解救她们自然象征着高尚与勇敢。随后，土耳其人拿出一个黄金的大盆和一把宝剑，对高文说："如果你认为我曾帮过你，/就请你为我做一件事"；他要求高文为他做的事就是用那把剑把他的"头砍下"（ll. 272-76）。高文自然拒绝了这个可怕而残忍的要求，但土耳其人坚持要高文砍下他的头，只不过要让他的血流进盆里。高文只好同意。当土耳其人的血流进金盆时，奇迹再一次出现：那被砍掉头的土耳其人立即站起来，变成一位高大英武的骑士，高唱着赞美上帝和耶稣的圣歌，并感谢高文为他解除了禁锢他的魔法。这位骑士名叫格罗梅尔（Gromer）。他们随即回到亚瑟王宫。格罗梅尔请求亚瑟王封高尚的高文为曼岛国王，但高文拒绝了，却反过来要求亚瑟王把王位赐给格罗梅尔。于是，格罗梅尔成为曼岛的国王，同时也是一名圆桌骑士。曼岛自然也就归属了亚瑟王朝，或者说英格兰。

如果说《高文爵士与绿色骑士》和《绿色骑士》的结尾影射嘉德骑士制和巴斯骑士制的话，那么《土耳其人与高文爵士》则影射英国对曼岛的征服。英格兰诗人在诗作里反映出英格兰征服曼岛的民族主义立场。在这部诗作产生之时，曼岛已经被英国征服，而英格兰和西欧国家正在开启更为宏伟的殖民时代。同殖民主义者往往首先将"他者""野蛮化"

然后理所当然地进行征服和殖民一样,诗人首先将曼岛居民妖魔化成邪恶的穆斯林和野蛮的巨人,然后以上帝的名义将其占有和英格兰化。或许由于诗作手抄稿每页失去一半内容,我们才不清楚被变成土耳其人的格罗梅尔是否与曼岛有特殊关系。或许他被施以魔法的经历表明,曼岛本来就是被"邪恶"的穆斯林非法侵占的,他前来请求亚瑟王朝和最高尚的高文出手相救,只不过是夺回失去的权力而已。如果是这样,在诗人看来,亚瑟王朝,或者说英格兰,征服和基督教化被"邪恶"的穆斯林非法夺走的曼岛就不仅是正义之举,而且更是理所当然,这自然也是在为英格兰占领和殖民曼岛辩护。同时,诗作因表现失去的领地和权益的回归也与前面讨论过的盎格鲁-诺曼语和英语的家族主题浪漫传奇传统相关联。

第四节　高文的婚礼与婚姻

前面在分析乔叟的《巴思妇人的故事》那部分提到,中世纪欧洲民间传说中有一个被现代学者称为"丑妇变美女"(the Loathly Lady transformed)的母题(motif)很流行,后来这个母题进入主流文学,同青蛙王子、美女与野兽等具有相似情节和主题的童话故事一样,出现在许多欧洲语言的文学作品乃至后来的影视作品里。

学者们认为,"丑妇变美女"的传说最早源于爱尔兰传说故事《艾凯德·木威尔顿的儿子们之历险记》(Adventures of the Sons of Eochaid Mugmedon)。艾凯德·木威尔顿是传说中的爱尔兰大王(High King of Ireland),不过他主要是因他那名叫"有九个人质的尼尔"(Niall of Nine Hostages)[①]的儿子而闻名。在这个传说中,青年尼尔与四个同父异母的哥哥一道外出打猎。在途中,他们一个个前去找水,哥哥们全都空手而归,因为守卫泉水的丑陋老妇要求,只有亲吻她的人才能得到水,而他们都拒绝了。最后,尼尔前去,亲吻了她,老妇立即变成美丽女郎。尼尔不仅得到了水,而且他和他的子孙还被授予统治爱尔兰的王位。这个民间故事实际上是一个获得王权的政治寓言。卢米斯认为,"这位令人厌恶的丑妇是一个寓意人物,象征着爱尔兰的统治权"。而在更早的神话里,她是"人格化(per-

---

[①] "有九个人质的尼尔"是历史上一位爱尔兰国王,其统治时期大约在5世纪。

sonify）爱尔兰的女神艾利乌（Eriu）"。①

"丑妇变美女"的母题后来逐渐出现在欧洲各地的作品里。随着中世纪浪漫传奇叙事体裁的出现和流行，这个政治寓言也逐渐被浪漫化为爱情寓言。在中世纪后期的英国，它更成为"最为流行的故事之一"②。"丑妇"（Loathly Lady）也成为中世纪文学中一个原型人物；同时一些新的主题也逐渐被纳入故事中，比如婚姻、女人的意愿和个人的价值和美德等，使作品的主题从国家政治转向个人和家庭，这其实与叙事文学在中世纪从史诗向浪漫传奇演化这一重要趋势有关。关于这一点，前面第一章已经探讨过。

中古英语文学中现存的关于"丑妇变美女"的传奇性质的作品，除乔叟的《巴思妇人的故事》外，还有《高文爵士与瑞格蕾尔女士的婚礼》（The Wedding of Sir Gawain and Dame Ragnelle）、《高文爵士之婚姻》（The Marriage of Sir Gawain）、高尔的《弗洛伦的故事》（Tale of Florent）以及两部歌谣（ballads）《亨利王》（King Henry）和《骑士与牧羊人之女》（The Knight and Shepherd's Daughter）等。另外，据说早在 1299 年，在爱德华一世举行的一次圆桌③庆宴上曾演出过一出关于丑妇前来请求高文和波西瓦尔相助的短剧（interlude），可见这类故事很早就已经在英国流行。

本节将探讨《高文爵士与瑞格蕾尔女士的婚礼》和《高文爵士之婚姻》。这两个作品虽然在篇幅、内容和风格上有一定差异，但如同前面讨论过的那两个关于高文在粗人城堡历险的诗作一样，它们的基本情节和主题大体一致，可以说是同一个故事的两个版本，所以适合放在一起考察。《高文爵士与瑞格蕾尔女士的婚礼》产生于中部英格兰的东部（East Midlands），时间大约在 1450 年前后，作者佚名。作品使用尾韵诗行，现存 852 行。④ 手抄稿产生于 16 世纪前期，手抄稿中失去一页，内容应该是婚宴结束新郎和新娘进洞房，情节发展大体清楚，不太影响阅读。《高文爵士之婚姻》的作者也佚名，作品大约产生于 15 世纪后期，是一部歌谣，

---

① Loomis, *The Development of Arthurian Romance*, p. 142. 艾利乌（Eriu）是爱尔兰女神（Goddess of Ireland）。

② Thomas Hahn, "Introduction to *The Wedding of Sir Gawain and Dame Ragnelle*", in Hahn, ed., *Sir Gawain: Eleven Romances and Tales* （ebook，无页码）。

③ 爱德华一世对亚瑟王传说极感兴趣，曾建造过几张圆桌；见前面第二章。

④ 见 Newstead, "Arthurian Legends", in Severs, ed., *A Manual of the Writings in Middle English*, p. 65。

属于4行分节歌谣体。该诗作手抄稿保存在前面提到的"珀西对开稿本"里，其位置在《亚瑟王与康沃尔王》和《土耳其人与高文爵士》之后，因此不幸的是，同那两部作品一样，《高文爵士之婚姻》也严重受损，每页都失去一半，现存共217行，可能比原作一半稍多。① 从现存内容看，两部作品尽管在情节上有一些小差异，叙述手法和风格也有不同，但它们讲述的显然是同一个故事。不过学者们认为它们之间并没有直接关联，它们中的一个并非以另外一个为源本。② 也就是说，它们可能有共同的源本。由于《高文爵士之婚姻》不太完整，所以本节的分析主要集中于《高文爵士与瑞格蕾尔女士的婚礼》。

虽然这两个作品在思想深度和文学成就上都不及乔叟的杰作《巴思妇人的故事》，但应该说它们比乔叟的故事具有更明显的亚瑟王传奇特色。首先，这两部作品具有更浓郁的中世纪英格兰民间传说的元素，这是几乎所有中古英语亚瑟王传奇作品，特别是关于高文的故事的一个突出特征，而《巴思妇人的故事》具有中世纪宫廷诗歌传统的那种往往比较倾向于超越地域的"广泛性"或者说"普适性"（universality）。其次，在这两部作品里，不仅主人公高文，而且亚瑟王和众多主要圆桌骑士都具名出场，而在《巴思妇人的故事》里，乔叟只提到故事发生在亚瑟王时代，甚至连主人公也没有姓名，只说其是亚瑟王宫的骑士。英诗之父似乎是有意在淡化故事的文化和地域局限而拓宽和升华其意义。

不过，与《巴思妇人的故事》一样，这两部诗作和《土耳其人与高文》《高文与卡莱尔之粗人》《卡莱尔之粗人》等关于破除魔法的骑士浪漫传奇都有一个突出的共同点，那就是美德破除魔法、高雅战胜粗俗、文明征服野蛮。只不过在乔叟那里，美德、高雅和文明并不是像在这些高文故事里那样由英格兰民族引以为豪的亚瑟王朝所体现。相反，在乔叟诗作里，故事并非由"野蛮"的他者向代表"文明"的亚瑟王朝挑战引起，而恰恰是起源于一位代表高雅与文明的骑士强奸了一位女士。乔叟强调的是，一个人的美德来自他按道德标准对自己的严格要求和修养，而他的出身和身份并不能保证他具有美德。

---

① 见 John Withrington, "*The Wedding of Sir Gawain and Dame Ragnelle* and *The Marriage of Sir Gawain*", in Barron, ed., *The Arthur of the English*, p. 210。

② 见 Newstead, "Arthurian Legends", in Severs, ed., *A Manual of the Writings in Middle English*, p. 66。

第五章 高文传奇系列

　　由于高文传奇故事一般都强调代表高雅与文明的亚瑟王朝对落后野蛮的他者之征服或同化，所以《高文爵士与瑞格蕾尔女士的婚礼》一开始，英格兰诗人就长篇歌颂高雅高贵的亚瑟王朝。他赞扬亚瑟王说："那位国王高贵高雅，/是至高的国王之冠，/无上的骑士之花"，"他王国里唯骑士精神高扬。"（ll. 6 - 10）[①] 而且很快，诗人心目中的文明与野蛮就会相遇，不过两者的相遇以及亚瑟王在这一冲突中的表现将逐渐表明，亚瑟王既不是那样高尚，亚瑟王朝也不是那么美好。作品颠覆了亚瑟王朝体现美德和高雅的定见，因为随着故事的发展可以发现，真正引发冲突的最终根源并不在"野蛮"一方，如同在乔叟的《巴思妇人的故事》里一样，而是在代表"文明"的亚瑟王朝。在这个故事里和在后面分析的《亚瑟王之瓦德陵湖历险记》里一样，"野蛮"的骑士前来挑战是因为亚瑟王抢夺了别人的土地和权益。而且特别有意义的是，也同在《亚瑟王之瓦德陵湖历险记》里一样，亚瑟王在这个故事里还将抢夺来的土地赐给了骑士精神的典范和圆桌骑士的最优秀代表高文。这不能不说是一种讽刺。

　　在高度歌颂亚瑟王之后，如同许多英语亚瑟王传奇故事，特别是那些具有更多民间传说元素而且以高文为主人公的作品里一样，亚瑟王率领圆桌骑士们外出打猎，而且在高文的《婚姻》和《婚礼》这两个作品里，此次打猎都是在卡莱尔的瓦德陵湖[②]附近的英格尔伍德森林，那里在诺曼征服之后一直是王室猎场。为了追杀一只雄鹿，亚瑟王只身前往。在他刚射杀雄鹿后，没料到他自己却突然成为一个全副武装高大威猛的武士正准备下手的猎物。这位武士名叫格拉梅尔爵士（Sir Gromer），他指责亚瑟王"多年来欺凌"他，夺走他"土地"，"赐给高文"，他现在要找亚瑟王"算账"，所以亚瑟王算是"活到头了"。（ll. 55 - 60）亚瑟王由于没带武器，自然无法与之对抗，只得求助于骑士规则：不能向一个非武装人员动手！他告诉对方：

　　　　我想你是一位骑士，
　　　　如果你这样把我杀掉，

[①] 引文出自 Thomas Hahn, ed., *The Wedding of Sir Gawain and Dame Ragnelle*, in Hahn, ed., *Sir Gawain: Eleven Romances and Tales*. 下面对该诗作的引文均译自此版本，引文行码随文注出，不再加注。

[②] 关于瓦德陵湖，请参看下面一章里关于《亚瑟王之瓦德陵湖历险记》那一节。

所有骑士都会将你抛弃，
耻辱也会永远折磨你。
（ll. 66 – 69）

　　格拉梅尔同意放亚瑟王走，但条件是以一年为限，到时他必须独自一人"前来给出女人最爱什么"（l. 91）或者"女人最想要什么"①的正确答案，并要求他不能对任何人说出此事（ll. 111，174）。从表面看，格拉梅尔的条件似乎与亚瑟王抢占其土地无关，然而如阿隆斯坦所指出，女人"在征服与殖民占领中""通常象征着土地、领土和男性地位"②，所以他的条件间接反映了被征服地人民的要求。诗作后面将表明，女人或者说被征服地的人民最想要的是主权（sovereignty）。

　　尽管亚瑟王答应格拉梅尔不会告诉他人并一再宣称自己是说话算话的"真正的国王"和"真正的骑士"（ll. 113，116），但后来当高文询问他为什么那样郁闷时，他立即不顾承诺和盘托出。他很可能是想得到高文相助以逃过此劫。另外，他在格拉梅尔面前也表现得比较胆怯。在这部作品里，亚瑟王的形象的确不那么高大，缺乏一个叱咤风云的英雄应有的气质。也许作者是想以此反衬主人公高文的高尚。高文得知真相后，立即建议他们两人分头到全国各地去向所有遇到的"男人和女人"寻求答案，并把得到的答案全记下来。经过长期在各地寻求，他们得到的各种答案记满了两大本，但都不太令人信服。

　　为得到更多或更好的答案，亚瑟王前往英格尔伍德森林并在那里遇到一个奇丑无比的老妇瑞格蕾尔女士。诗人用了整整15行描绘她的丑陋（ll. 231 – 45）：红色的脸，大而裂开的嘴，不停流鼻涕的鼻子，悬在嘴皮外的黄色龅牙（后面再一次描述其丑陋时，作者还说她露在外面的两颗像是野猪的獠牙，而且一颗向上，另一颗向下），像球一样大而浑浊的双眼，大到用马才能驮动的奶子，驼峰似的突出的背，以及大木桶一样的身材，等等。连久经沙场的亚瑟王也看得心惊胆战，然而更让他难以置信的是，她告诉亚瑟王，她可以救他性命，条件是他必须要高文娶她为妻。他简直

---

　　① 这里"女人最爱什么"的原文是"Whate wemen love best"，诗作下面对这同一个问题还以稍微不同的措辞重复："女人最想要什么"（Whate wemen desyren moste，l. 171）、"女人最急于想要什么"（Whate wemen desyred moste dere，l. 198），其基本意思相同。

　　② Aronstein, *An Introduction to British Arthurian Narrative*, p. 127.

第五章 高文传奇系列

难以想象他的侄儿，他最优秀、最忠诚也最英俊的骑士高文会娶此丑妇。他深陷两难的痛苦之中。相比《高文爵士之婚姻》，这里比较好地表现了亚瑟王人性的一面。在《高文爵士之婚姻》里，亚瑟王的形象就差多了。他在得知这个可以救命的条件时，竟然在高文完全不知情的情况下立即把高文"许配"给了丑妇！

毫无疑问，是否娶丑妇对高文是一个巨大考验。但当亚瑟王在高文询问时将此事告诉他时，高文连想都没想就一口答应说："我将娶她。"（l. 343）这自然是在表现，作为一个真正的骑士，高文对君王无比忠诚，愿为君王牺牲一切。有学者认为，与《巴思妇人的故事》里那个骑士相比，这里的高文能接受如此丑陋的女人而没表露任何犹豫，是一个没有心理深度的人物。[①] 的确，很少中世纪作品与英诗之父的杰作相比而不逊色，特别是在心理表现方面。乔叟笔下的骑士，即使在听说能救他自己而非国王的性命的条件是娶那丑妇为妻时，也不禁惊恐万分，连忙说："凭着对天主的爱，换个要求吧。/拿走我所有财产，放过我的身体。"[②] 两相比较，乔叟的骑士显然更为真实可信，乔叟的叙述也更为生动幽默。但我们也应该看到，在乔叟的故事里，那个丑妇就在骑士眼前，其丑陋已经对他产生了难以承受的心理震撼，所以避之唯恐不及，怎敢娶她？而这里的高文还未身临其境，还未亲眼看到她。她的丑陋还只是抽象概念，他并没有亲身感受，他想象不到甚至没有时间想象她是多么丑陋，而且他一直焦虑的是君主的性命以及他应该如何尽忠。如果娶瑞格蕾尔就能解决这个问题，那么作为一个愿为君王舍生忘死的忠诚骑士，他自然义不容辞。所以，诗人在这里间接但也很好地表现出他的内心：几个月来他为亚瑟王的性命感到多么焦虑，以至于他还没来得及考虑到瑞格蕾尔的丑陋就答应了。忠诚是骑士的第一美德，而在高文身上尤为突出，如同在其他高文传奇作品里一样，他再一次经受住了考验。

《高文爵士与瑞格蕾尔女士的婚礼》的作者是一位很有文学意识的诗人，所以他并非简单地叙述故事。当亚瑟王前去见格拉梅尔爵士时，他并没有让亚瑟王立即讲出瑞格蕾尔女士告诉他的正确答案，而是先交出那两

---

① 见 Robert W. Ackerman, "English Rimed and Prose Romances", in Loomis, eds., *Arthurian Literature in the Middle Ages*, p. 504。

② 关于乔叟诗行的译文说明，请看前面分析《巴思妇人的故事》一节的相关注释。

本他明知无用的记录本。在格拉梅尔看完两本记录后得意地说着"不对，不对，国王先生，你已是死人，/你现在就开始流血"，就准备动手时，亚瑟王才调侃说："别那么急，格拉梅尔爵士"，"我看到，如我猜想的那样，/你身上太缺乏高雅的教养"，真正的答案是"所有女人，不论是/主子还是奴婢，最想要的"，"超越一切的"就是"支配权"（sovereynté）。他进一步说："那就是她们最想要的：/控制最强有力的（manliest）男人。"（ll. 453 – 70）格拉梅尔听到答案后，不禁勃然大怒，骂道："是她告你的，亚瑟爵爷，/我向上帝祷告，我想看她在火上烧烤；/她就是我妹妹，瑞格蕾尔女士，/那个怪物，上帝诅咒她。"（ll. 473 – 76）其实在那之前，在瑞格蕾尔告诉亚瑟王答案时，她就预料到，这个答案会使格拉梅尔大怒，因为他的一切努力会因此而白费。应该说，整个这一大段很有戏剧性，表现出诗人相当不错的诗歌艺术和叙事掌控能力。值得注意的是，与《亚瑟王之瓦德陵湖历险记》、《土耳其人与高文爵士》以及两部关于"粗人城堡"的诗作等关于他者挑战亚瑟王的传奇诗作不一样，在关于高文的婚姻和婚礼的两个作品里，亚瑟王和挑战者双方并没有和解。格拉梅尔在离开时愤怒宣布：亚瑟王将永远是他的敌人。

  与亚瑟王和解的是他妹妹瑞格蕾尔女士。她同高文的婚姻象征着两者间的和解，而她最终由丑变美也象征着"野蛮"对文明的臣服。对瑞格蕾尔的塑造表现出作者是一位很优秀的诗人。在大多数文学作品里，主要的正面角色总是比较难以写好，在这个故事里也是如此。《高文爵士与瑞格蕾尔女士的婚礼》里的高文主要是作为忠诚和高雅等骑士美德的典范出现，总的来说比较平淡。但瑞格蕾尔女士这个与亚瑟王朝所代表的高雅文化相对的他者形象却塑造得生动活泼。

  在诗作里，所有的人，特别是以王后为首的女士们，都为高文这样一位优秀的骑士之花与丑陋老妇结婚而叹息，为他感到悲哀。当然瑞格蕾尔女士不同，但她表现得之所以不同，倒还不主要是因为她能嫁给高文而兴奋，而是因为她充满自信。瑞格蕾尔虽然丑陋粗俗，但十分有个性。在亚瑟王这个他者的世界里，她尽管丑陋但并不自惭形秽。她不卑不亢，也很有主见，敢于坚持自己的权益，一再以她与亚瑟王签订的"合同"（covenaunt）来拒绝别人要她低调的要求。她不理睬亚瑟王显然是为高文面子着想准备让他们悄悄结婚的打算，坚持要一个"有你所有骑士参加"（l. 529）的盛大而公开的婚礼。后来王后格温娜维尔试着给她同样的建议，也被她断然拒绝。

第五章　高文传奇系列

她与亚瑟王一道骑马高调回宫，尽量让更多的人看到她。格温娜维尔建议她早一点去教堂，她却坚持在人最多时前往教堂举行婚礼。她对自己的权益一点也不含糊。不仅如此，她在众目睽睽的婚宴上，不顾宫廷礼节和众人的惊诧，我行我素，狼吞虎咽，泰然自若。诗人如此描写她，首先是因为那与她的丑陋粗俗一致；其次，更深层的原因自然是因为她知道自己是谁和将会变成什么样的人，因此充满自信。当然如此戏剧性地表现她，当她最后变成美妇后，诗作也能产生更好的艺术效果。

瑞格蕾尔女士不仅在与亚瑟王订立的合同中坚持自己的权益，而且也根据婚姻这一特殊"合同"争取作为妻子的权利，所以在新婚之夜，她要求显然不情愿的新郎亲吻她。这也是对高文的考验。当高文不得不转过身准备履行"义务"时，惊奇地发现躺在他旁边的已不再是那个令他恶心的丑妇，而是惊艳无比的美女。然而兴奋不已的新郎高兴得太早了，因为他马上被告知："我的美貌不能一直如此"（l. 658），他必须"二者选一"：

> 你想要我晚上漂亮
> 让人们在白天看我丑陋，
> 还是要我白天美丽
> 晚上成为最丑的妻子。
> （ll. 659 – 62）

如高文所说，"这个选择太难"（l. 667 行）。可怜的新郎左思右想，无法决定，只得将难题交给新娘："那就按你的意愿吧，亲爱的，/我把选择权交到你手里"，（ll. 677 – 78）并说："我的身体和财产，我的心和一切，/全都属于你，任凭处置。"（ll. 682 – 83）他没料到，他无可奈何中做出的这个任由妻子选择的决定正是先前瑞格蕾尔女士告诉亚瑟王的那个正确答案的最好注解。女人最想要的正是支配权。所以，高文一做出这个"正确"决定，立即得到意想不到的奖赏："无论白天夜晚，你都拥有我的美丽，/从此以后，我将永远如此。"（ll. 688 – 89）新娘进而说出真相：她曾被继母用"黑魔术"施以魔法才变得那么丑陋，只有"英格兰最优秀"的骑士娶她才能破除魔法。当然，"他还得给予我控制其身体/和所有一切之权力"（ll. 691 – 98）。所以，当高文不仅娶了她，而且还把从身体到财产所有的一切之控制权全都交给她时，她也就成了他最理想的妻子。也就是说，当他交出一切之时，他也就得到了他最想得到的一切；或者说，美好的婚姻不是占有，而是给予、是付出。

看来这又是一个皆大欢喜的美好结局，只不过与《土耳其人与高文爵士》和两个关于"粗人"的作品里亚瑟王朝完全胜出似乎不同，在这里是代表亚瑟王朝的高文交出了"支配权"，而对"文明"的挑战者却获得胜利，获得了她所渴求的权力。但如果我们仔细分析，可以看出结局的实质并非完全如此。首先，格拉梅尔本来看似稳操胜券的计划完全失败，没能夺回被抢占的领地，而该领地仍为高文所占据。其次，高文放弃控制权并非向"野蛮"投降，而是因为难以割舍已经获得的"利益"，即新娘的美貌，而他换来的却是男人最想得到的：妻子的美貌与忠诚。不仅如此，瑞格蕾尔甚至还立即对他发誓："凭上天之主我向你保证，/只要我活着就会顺从，/我再不会同你论争。"（ll. 784-86）所以，控制权转了一圈后似乎又回到高文手里。同《巴思妇人的故事》里的结局一样，瑞格蕾尔的一切努力的结果是成为男人最理想的妻子，当然那也是以高文放弃支配权成为最理想的丈夫为前提。

至于故事中表现的两种文化的冲突，最后自然也是亚瑟王朝代表的英格兰高等文化大获全胜。中古英语诗人虽然是在讲述不列颠时代的亚瑟王传奇故事，但他心中想到的显然是英格兰，或者说在他心中不列颠就等于英格兰。正因为如此，他才会说：瑞格蕾尔遭受的魔法唯有"英格兰最优秀的"（the best of Englond）骑士娶她为妻才能被破除。高文对"魔法"的破除其实就是对所谓"野蛮"的征服。然而亚瑟王并没有能征服或同化格拉梅尔，他宣布将永远是亚瑟王的敌人，因为双方冲突的根源没有得到解决。在这里，英语诗人表现出他的内在矛盾：他对代表英格兰的亚瑟王朝的文明战胜野蛮表现出民族自豪感，但也对亚瑟王朝侵占他人领地和权益持批评态度。诗人将冲突的根源归因为亚瑟王朝对别人的领地和权益的无理侵占，其实暗含着对亚瑟王朝发动的大量征服战争的批评。这种批评在下一节分析的诗作里更为直接和严厉。

第五节　《戈罗格拉斯与高文的骑士故事》

1507年9月15日，苏格兰国王詹姆斯四世将苏格兰历史上第一份王家印书特许证发给瓦尔特·切普曼（Walter Chepman）和安德鲁·弥勒

第五章 高文传奇系列

(Andrew Myllar),随即苏格兰历史上第一个印刷所建立。第二年 4 月,印刷所印出第一本书:英国诗人约翰·莱德盖特(John Lydgate,1370?—1451?)模仿乔叟名诗《公爵夫人书》(*Book of Duchess*)创作的诗作《黑骑士之怨》(*The Complaint of the Black Knight*)。该印刷所在当月印出的最早一批书籍里还有一部现存 1362 个诗行的头韵体亚瑟王浪漫传奇作品《戈罗格拉斯与高文的骑士故事》(*The Knightly Tale of Gologras and Gawain*)。① 这个作品没有流传下手抄稿,它能流传下来完全得益于这个印刷所的 1508 年版中被保存下的一个孤本;该本现存苏格兰国家图书馆(the National Library of Scotland)。

《戈罗格拉斯与高文的骑士故事》是一部很优秀的叙事诗,很遗憾的是作者佚名。它大约产生于 15 世纪后期,地点可能在苏格兰低地与英格兰北部毗邻区域。它使用的是中古苏格兰语(Middle Scots),因此作者有可能是一位苏格兰诗人。中古苏格兰语主要是在 15—17 世纪期间在苏格兰低地(Lowland Scotland)地区使用,属中古英语语系,与英格兰北部地区的中古英语方言十分接近,前面一章分析过的《朗斯洛爵士》使用的也是这种中古苏格兰语。因此《戈罗格拉斯与高文的骑士故事》与大体产生于这一地区附近区域的《高文爵士与绿色骑士》和《亚瑟王之瓦德陵湖历险记》等中古英语亚瑟王浪漫传奇头韵体作品使用比较接近的词语和语言形式。②

《戈罗格拉斯与高文的骑士故事》使用头韵和尾韵结合的节律体,每个诗节 13 行,③ 一共 105 个诗节;每个诗节前 9 行为头韵长诗行,结尾是被称为"轮子"(wheel)的 4 个短行。这种诗节形式与后面将分析的另外一部佚名作《亚瑟王之瓦德陵湖历险记》一样。由于它们在诗歌艺术和语言上有相同或相似之处,有学者认为,它们有可能出自同一个作者,但并未得到多少学者认可。

就情节而言,这部诗作主要包括两个部分,而两部分都主要是从不同方面表现不列颠地区的人们所喜爱的高文是骑士美德的典范。第二部分内容更为丰富,对高文骑士美德的表现也更为深入,而且诗作的标题显然也

---

① 该诗作结尾所印日期为 1508 年 4 月 8 日。
② 见 Thomas Hahn, "Introduction to *The Knightly Tale of Gologras and Gawain*", in Hahn, ed., *Sir Gawain: Eleven Romances and Tales* (ebook,无页码)。
③ 由于古本一定程度受损,有几个诗节里各失去一行。

来自这一部分。不过，这两个部分里的基本情节并非出自苏格兰英语诗人。前面第二章曾谈到，由于克雷蒂安未能完成名作《波西瓦尔》，随即出现了对该作的四种法语续作。《戈罗格拉斯与高文的骑士故事》的基本情节大体借用自其中的"第一续作"（The First Continuation）中两个片段。英语诗人也做了大量改动和增删，而且人物塑造和细节处理也与原作颇为不同，从而在很大程度上使它成为一部新作。

在诗作开篇，诗人说亚瑟王打算"前往托斯卡纳"（Tuscany）（l. 2）[①]。托斯卡纳是意大利一个沿海地区。诗人随即告诉读者，亚瑟王将从那里"渡海去寻找那被人出卖的/纯真无暇之人，那赐福之主"（ll. 3 - 4）。这是在暗示，他们是前往圣地朝拜被犹大出卖的耶稣的圣墓。在后面，诗人说得更清楚一些：他们"跨越咸海，前往基督之城（cieté of Criste）"（l. 302），因此他将亚瑟王及其大军的出行称为"朝圣之旅途"（l. 235）。其实这些都只是暗示或提及，诗人显然很懂少即为多的文学原理，所以并未明说，以便给予读者更多的想象空间；这自然也是对原作的改写。在《波西瓦尔》的"第一续作"里，亚瑟王并非前往耶路撒冷，而是率领15位骑士前往所谓"骄傲城堡"（the Castle Orgueillous，即 The Proud Castle）去解救一位被监禁在那里的圆桌骑士格里弗勒特爵士（Sir Griflet）。因此，法语源本里强调的是骑士友谊，而英语作品里朝拜圣地的精神之旅则提升了诗作意义，也巧妙地暗示出骑士美德的精神实质并为高文的高尚行为提供了更有意义的语境和意蕴，但同时也以此暗含着对亚瑟王在诗作中滥用武力随意征服他国的批评。这是英语诗人对原作最大的改写，使它在精神上也成为一部新作。

但令人奇怪的是，虽说亚瑟王是前往圣地，但他率领的不是一队香客，而是包括所有圆桌骑士、贵族和附庸于亚瑟王朝的各国君王的一支全副武装的强大军队。在这里诗人心中有可能想到了十字军东征。但亚瑟王率军前往意大利的征程只出现在编年史和以亚瑟王朝为主题的一些作品中，而在那些作品里亚瑟王都是前去征讨罗马，而非跨海前往耶路撒冷。更值得注意的是，虽然作品一开始就说亚瑟王是率军前往圣地，但除了略

[①] 引文译自 Thomas Hahn, ed., *The Knightly Tale of Gologras and Gawain*, in Hahn, ed., *Sir Gawain: Eleven Romances and Tales*。本书对该诗作的引文均译自此版本，下面引文行码随文注出，不再加注。

第五章 高文传奇系列

微提到献祭外,圣地本身并没有真正出现在作品里,诗人更没有描写任何朝圣场面或与之相关的事件。相反,作品直接描写的一切全都在法国境内,发生在他们去圣地的路上和返程途中。由此可见,诗人仅仅是把朝圣作为一个在作品中并未真正出现的隐含背景来升华诗作意义。

诗作一开篇就浓墨重彩地描写亚瑟王朝强大的军队,这与朝圣的宗教氛围明显不符,其实故事的中心事件的确是一场战争,是亚瑟王朝使用武力和骑士精神对一个珍惜独立的王国及其君主戈罗格拉斯(Gologras)的征服。这部作品里对战斗场面大篇幅的直接描写,在中古英语亚瑟王传奇中,除王朝主题的头韵体《亚瑟王之死》外,还没有作品能与之相比。实际上,作品中大量战斗场面描写得那样生动细致、精彩传神,即使在中古英语文学里也不多见。

不过在征服戈罗格拉斯王国之前,他们已同另外一座城堡的主人发生了冲突。这场冲突暗含着由凯代表的高傲和武力与高文体现的高雅和骑士精神之间的对照。其实,如同在前面分析过的两部关于高文与粗人的作品中的一样,对照比较是这部诗作十分重要的文学手法。诗人除在武力和骑士精神之间,还在第一部分和第二部分,甚至在亚瑟王和高文、亚瑟王与戈罗格拉斯之间都在进行或暗含对照。通过这些对照,作者直接或间接的表达出他的价值观念以及民族意识。

经过长途跋涉,亚瑟王大军已十分疲劳,且给养逐渐告罄。这时他们来到一座"城墙高大/耸立着高塔与瞭望台的城市"(ll. 41–42)。亚瑟王对手下说,应该派人前去买一些给养。凯立即自告奋勇,请命前往。在圆桌骑士中,如前面所分析的两部关于"粗人城堡"的作品所显示,凯行为粗野、性格傲慢,经常成事不足败事有余,但往往因此而颇富喜剧性,也颇为可爱。尽管中世纪浪漫传奇作品在许多方面相互矛盾,但在描写凯这个人物上还是比较一致的。凯来到城里,进入一个豪华大厅,见到一个矮小仆人正忙着烤肉。他立即冲过去,粗野地将厨师打翻,从一只鸬鹚上扯下一条腿就吃。这时主人出现,严厉斥责凯如此野蛮地对待仆人,要求他做出补偿,否则别想安全离开。凯自恃是亚瑟王手下的圆桌骑士,傲慢地拒绝补偿,被一拳打翻在地。主人刚一转身,他就一跃而起,飞快蹿出,跳上马落荒而逃。他一见到亚瑟王就催促离开,说城堡主人不肯卖粮,他"无论怎样劝说,/都无济于事"(ll. 116–17)。这一段诗人写得十分幽默,颇富喜剧性,把凯的性格塑造得极为生动,熟悉《西游记》里猪八戒的中国读者不会感到陌生。不过，作品如此表现凯的性格和描写他的行为举止还另有文学艺术上的意义，那就是反衬随后出马的高文，凸显作品歌颂的价值体系。

高文显然看出问题所在，所以建议亚瑟王再派一位"态度更为谦恭的人"（l. 120）前去交涉以获得给养。于是国王派高文前去。高文对城堡主人彬彬有礼地说明来意，并承诺将出好价钱。城堡主人十分欣赏他高雅的气质和得体的举止，但回答说不能出售给养。对此，高文说："那是你的权力，/这里你做主，我认为那完全合理。"（ll. 146-47）这与他在"粗人城堡"尊重城堡主人的谦恭态度完全一样，但特别有深意的是，这同后来亚瑟王蛮横征服戈罗格拉斯王国形成鲜明对比。其实，这位主人那样说只是为了进一步检测高文的德行，而且他的话十分巧妙。所以听到高文非常得体的回答，他完全满意，于是说他之所以不能出售给养，是因为他要全部赠送。他随即邀请亚瑟王大军进城，盛宴 4 天，并赠给亚瑟王一支 3 万人的军队。

高文和凯在对人之态度、行为、语言等所有方面形成鲜明对比，结果自然完全不同。凯武力相向结果被打得落荒而逃，高文不费一招一式却得到意想不到的收获。那表明，美德更有力量。不过在本质上，他们两人既相关联又有区别，在一定程度上代表了（如本章里许多其他作品所表明）亚瑟王朝本身的两个方面：既代表高雅文化又对他者表现出傲慢并加以征服。

亚瑟王大军在继续向圣地进发的途中来到法国南部的罗纳河（Rhone）。他们看到河边高地上有一座雄伟的城堡，上面"耸立着 33 座塔楼"，下面的河面上停泊着 76 艘准备驶向"世界各地的海船"（ll. 244-51），而四周是辽阔的富庶土地。亚瑟王对此地的繁荣与富庶称羡不已，不禁赞叹说："这是我见过的最美地方。"（l. 255）他连忙问谁是这片国土的君主。他手下有一名骑士叫斯皮纳格罗斯（Spynagrose），他只出现在这部作品里。此人见多识广，似乎是梅林式人物，专门为亚瑟王解答问题和出谋划策。他告诉亚瑟王，此地主人只要活着，就独立地统治着这片领土，他不隶属于任何大领主[①]，这种状况已延续了许多代。亚瑟王对此大为惊奇："怎么可

[①] 在欧洲封建制度下，一个贵族往往都是更高一级贵族的封臣（vassal），甚至一个国王也可能是另外一位国王的封臣。比如英王亨利二世，他甚至比法国国王还强大，但起码在名义上他还是法王的封臣，因为他同时还拥有安茹伯爵、诺曼底公爵等爵位。

第五章　高文传奇系列

能有这等事？/可曾有智者听说过！"(ll. 265-66) 在他看来，那似乎就是"无主"之地或"不法"之地，所以他立即宣布："为我灵魂获救的朝圣/结束/我回来之时，只要/我还活着，他必将/向我臣服效忠，/这就是我的誓言！"(ll. 269-73) 如阿隆斯坦所说，他完全是以此"作为征服的借口"[①]。斯皮纳格罗斯劝他放弃这样的誓言，因为那君主不会低头，即使亚历山大大帝也不能使他屈服。如果要迫使他俯首称臣，那将付出许多人的生命。但亚瑟王对他的忠言置之不理。他傲慢地说："我的誓言绝不收回，无论悲或喜"，也不管"多少寡妇/将会伤心哭泣"(ll. 293-98)。斯皮纳格罗斯和所有骑士都震慑于他的专横而沉默，所以诗人说："没有人胆敢与国王争论。"(l. 299) 这凸显出亚瑟王的专横、高傲和征服欲已发展到冷酷的程度。[②] 他显然认为，一切都得服从他的意志，各地君主都应臣服于他，否则他将不惜代价以武力征讨。颇有讽刺意味的是，他刚说过他不辞劳苦朝圣是为拯救其"灵魂"，然而为他的高傲和征服欲，他竟然可以随意牺牲许多人的性命！那显然违背他前去朝觐的救世主的教导。

所以他的朝圣是对他的讽刺。下面这一段很生动的描写暗含了诗人的讽刺：

> 国王马不停蹄一路疾行，
> 跨越咸海，前往基督之城。
> 他献上许多尘世的荣耀，
> 随即按原路疾速踏上归程。
> 他们跃马急赶，无情地
> 使用马刺，使战马鲜血淋淋。
> (ll. 301-306)

亚瑟王发完誓后，就"马不停蹄"地"前往基督之城"。然而他如此赶路并非急于前去朝圣，而是想尽快赶回来征服那座城堡。所以，诗人对他的

[①] Aronstein, *An Introduction to British Arthurian Narrative*, p. 84.
[②] 这其实已经埋伏下亚瑟王最终失败的伏笔，对此头韵体《亚瑟王之死》给予了最好的表现（关于这一点，本书后面将论及），而一些学者认为本诗作者很可能熟悉头韵体《亚瑟王之死》。

拜祭只用了一个诗行：他匆忙"献上许多尘世的荣耀"（mekil honour in erd），可以说是一笔带过，很艺术地表明那对亚瑟王实在是无足轻重。特别具有讽刺意味的是，他向圣墓献上的是"尘世的荣耀"而非他的虔诚。诗人并没有具体说明那些是什么，但人们可以想象那很可能是他在征战中抢劫来的各种金银财宝，因为在可以用来祭献的物品里那似乎最能体现他"尘世的荣耀"。然而对于牺牲自己拯救人类的救世主，这种"尘世的荣耀"毫无价值。他一献上祭品就立马往回赶，甚至不惜将战马刺得鲜血直流，可见他是多么急于实现他的征服之梦。这里，诗人是在很巧妙地把亚瑟王对朝圣的敷衍和对征服的渴望进行比较。

亚瑟王一赶回到戈罗格拉斯的城堡，就立即安营扎寨，把城围起来。经过战前会议讨论，亚瑟王派出高文、朗斯洛和伊万为使者前去交涉，希望兵不血刃就能使对方臣服。斯皮纳格罗斯告诉使者们，戈罗格拉斯和他们三人加起来一样强壮勇猛，但举止文雅如同淑女，因此他们绝不能威胁他，以便能化干戈为玉帛。三位使者受到很礼貌的接待，他们也彬彬有礼，对主人行单腿下跪礼。如像通常那样，高文非常有礼貌地陈述他们的使命。他讲到亚瑟王的高贵强大富裕，统治着广阔的土地和无数城镇，"世上没有国王能与之相比"，他手下有"12个国王"和无数"勇猛的武士"（ll. 402 - 14），他久闻戈罗格拉斯大名，"渴望"能不惜"付出任何财富"获得其"友谊"和"承认"（ll. 415 - 26）。高文讲得非常客气，语言委婉，但暗含威胁。所谓"友谊"和"承认"只不过是君主与封臣关系的委婉说法，而不惜"付出任何财富"是在暗示志在必得。

戈罗格拉斯的回答不卑不亢，非常礼貌得体，但态度坚定。他先感谢亚瑟王的盛意，但由于他的祖先在这片领土上兴旺发达，从未臣服于任何大领主，所以他也不能，不然他只配"在众人面前/高高吊在树上，/在风中晃荡"（ll. 438 - 40）。如果亚瑟王需要，他可以倾国力相助，但"绝不会卑躬屈膝"（l. 449），而是会像他祖先那样"保卫自由"（l. 451）。

由于高文为首的外交使团未能使戈罗格拉斯向亚瑟王称臣，双方立即投入战前准备。诗人细致描写了双方如何准备刀枪弓箭盾牌，如何砍树制造各种攻城或防守器械，等等，表现出他对中世纪战争十分熟悉。尤其值得称道的是，接下来作品里有大量关于战斗场面的生动描写，而且诗人使用了许多打斗招式、军事装备及其使用等方面的各种技术性词语，使作者显得特别专业。但这些现在已经相当生僻的中世纪专门词语增加了阅读的

第五章　高文传奇系列

困难，这也不幸成为这部其实很优秀的作品长期被忽视的一个原因。①

戈罗格拉斯的城堡之高大坚固、保卫自己国土和主权的骑士们之英勇无畏和军队士气之高昂，连亚瑟王也赞叹不已，说是他长年征战中所仅见。即便如此或正因为如此，他宣布要将其彻底摧毁，即使不能马上攻占也要围它"9年"，断其粮草劫掠四周，可见他是为征服而征服。斯皮纳格罗斯再一次告诫亚瑟王要谨慎，说对方有世上最勇敢的武士，他们为保卫其"权利"会勇猛作战，"宁死不屈"；因此亚瑟王"肯定会看到/他们是什么样的人/和将怎样进行战斗"（ll. 510 – 18）。

接下来双方兵戎相见，但大规模混战并没有发生，因为戈罗格拉斯提出要像骑士比武那样派人与亚瑟王的骑士单打独斗。这样，骑士们能展现其骑士精神并在女士们面前赢得荣誉。不仅如此，骑士们的单打独斗还可以避免大量伤亡。应该说，在这部诗作里戈罗格拉斯一方显得更为正面。他们没有侵略他人，他们奋起战斗全是为保卫自己的尊严、独立和主权。我们后面将谈到，那位很可能是使用中古英语的苏格兰人作者，他直接和间接的批评一般都指向亚瑟王一方，不是没有原因的。

一般来说，在中古英语浪漫传奇文学中，承继本土古英诗传统的中古英语头韵体诗人，比如前面谈到的《布鲁特》作者拉亚蒙和后面将重点分析的头韵体《亚瑟王之死》的作者，更热心于描写战争或打斗场面，而与法语文学传统更接近的宫廷诗人如乔叟和高尔则弱化打斗描写。另外，经古英语头韵体英雄史诗诗人几百年的实践，头韵体诗歌铿锵有力的节奏特别适合讲述战争和描写打斗场面。《戈罗格拉斯与高文的骑士故事》的作者删去法语原作里缠绵的爱情情节，却把作品相当大的篇幅用于战斗场面，把几场战斗描写得有声有色、细致生动，其中最生动精彩的是那数百行对高文与戈罗格拉斯那场生死相搏的决定性战斗的描写。以如此大比例的篇幅描写战斗而且还描写得如此生动精彩，在中古英语传奇文学作品里，即使在那些以描写战争场面见长的头韵体诗作里也实不多见。

这部诗作里的战斗场面十分精彩，也很血腥，同时还很有章法。在前两场对决中，双方各派一名骑士，第三场双方各派四名，第四场双方各派出五名；结果是，双方各有胜负，各有死伤和俘虏，打成平局。最后戈罗

---

① 见 Hahn, "Introduction to *The Knightly Tale of Gologras and Gawain*", in Hahn, ed., *Sir Gawain: Eleven Romances and Tales* (ebook, 无页码)。

格拉斯本人亲自披挂上阵，圆桌骑士中则由高文出马迎敌。诗人对他们两人激烈战斗的描写远超前面几场，特别是对他们之间一招一式的相互砍杀，只有真正熟悉或者上过战场的人才可能那样描绘。两位勇猛的骑士棋逢对手，但最后还是高文占上风，将戈罗格拉斯打倒在地。高文迅速抽出匕首，要他投降。但戈罗格拉斯回答，他的祖辈从未屈服，他也绝不会屈辱求生。高文重提此前的条件，要戈罗格拉斯臣服亚瑟王，那样他可以被封为公爵，并继续统治其领地。然而戈罗格拉斯仍然宁死不屈。

现在感到为难的竟然是高文，因为他不愿杀死这位高尚的君主。所以他问戈罗格拉斯，如何才能"既不伤害你的性命"又能"在众目睽睽下维护你的荣誉"（ll. 1092-93）。出乎高文甚至读者意料的是，戈罗格拉斯竟然提出，如果高文能在众人面前假装被他打败并被作为俘虏押回城堡，他就可以答应高文的要求。对于把荣誉看得比生命更重要的中世纪骑士，这实在是一个难以接受的条件，而且在没有任何见证人的情况下，那还意味着他必须完全信任这个他此前从未谋面的人不会反悔。这也许是高文在各种关于他的传奇作品里所面临的最难考验。所以他回答说："那太难"（l. 1103）接受，但他相信戈罗格拉斯是真正的骑士，最终还是答应了。在接下来的假装打斗中，高文战败成为俘虏被押进城堡。戈罗格拉斯一方不禁欢呼雀跃，而亚瑟王阵营顿时陷入悲痛之中。

在中世纪浪漫传奇作品里，只有朗斯洛在情人格温娜维尔的要求下屈辱地输掉过一场比武，但那也难以同高文相比。这位英语诗人也许想到了克雷蒂安笔下朗斯洛那个著名故事，所以在处理这一情节时特别注重表现高文的高尚以同朗斯洛比较。朗斯洛仅仅是为取悦情人而按其古怪念头行事；在克雷蒂安的《波西瓦尔》的"第一续作"里，高文也是因为考虑到城堡主人的情人而没有杀死他，但这位头韵体诗人所做的重大而很有意义的改动是，高文是出于对高尚的戈罗格拉斯之爱惜与尊重，不愿杀死他而宁愿牺牲自己的名誉，同时戈罗格拉斯因宁死也不牺牲民族独立，其形象也得到提升。最重要的是，高文高尚的决定和戈罗格拉斯的适当让步使这场斯皮纳格罗斯预言必定会带来大规模血腥厮杀和毁灭性结果的冲突最终得以和平解决。两相比较，他们同朗斯洛那种仅停留在个人层面（即使是为情人）的精神境界完全不在一个层次。诗作标题的核心词是形容词"骑士的"（knightly），它在故事里意指这种相互尊重并为大局牺牲自己的高尚的骑士精神，歌颂这种精神正是诗作主旨，同时也暗含对亚瑟王高傲的征

第五章 高文传奇系列

服欲的批评。

在庆祝胜利的宴会上,戈罗格拉斯在对贵族和女士们讲话时要他们选择:"你们是宁愿我被打败但仍是你们/的君主,还是要我光荣地被杀死,/你们因此臣服另外的主人?"(ll. 1182 – 84)贵族们因而明白了真相,知道他们的君主已被打败。他们异口同声地宣布:"我们永远忠诚于你,/你永远是我们的君王。"(ll. 1189 – 90)接着戈罗格拉斯真诚地赞美高文高尚的美德,并率众人出城向亚瑟王臣服。同几乎所有以高文为主人公、以亚瑟王朝对他者的征服为主题的亚瑟王浪漫传奇一样,这自然又是一个以亚瑟王朝完胜而告终的结局。这个结局以长达一周其乐融融的庆宴为标志。

但与所有类似作品不同而且也令人难以置信的是,早已对征战和征服着迷并发誓要将戈罗格拉斯收为封臣、将其领地纳入自己的势力范围的亚瑟王在率军离开之时竟然宣布解除戈罗格拉斯对自己的臣属,恢复其独立地位。这个出乎意外的决定有可能是受到高文和戈罗格拉斯的"骑士故事"或者说他们的高尚美德之影响,但也很可能与诗人的苏格兰身份有关。他如此处理或许反映出苏格兰人希望维护独立不臣服于英格兰霸权的民族意愿,同时那也很可能是他让他高度颂扬的戈罗格拉斯宁愿被杀死也绝不放弃民族独立的深层原因。

其实,在很长一段时间中,包括这部作品的创作期间,英格兰和苏格兰之间征服和反征服的冲突和战争一直主导着他们的历史。苏格兰人维护民族独立的斗争在其民族历史上一直处于压倒一切的位置。[1] 有学者指出:"从表面上看,故事虽说发生在罗纳河西岸的法国地区,但作品对地貌和城堡要塞的描写……与苏格兰和英格兰毗邻地区显著一致。"[2] 也就是说,这位苏格兰诗人在改写法语源本时,他把那几个世纪里英格兰和苏格兰之间的长期冲突也纳入其中作为潜文本。我们甚至可以说,他也许是在借用法国的地区,借用浪漫传奇的文学世界,借用亚瑟王传说故事来表现苏格兰与英格兰之间征服与反征服的长期冲突和战争,并表达苏格兰民族坚决维护民族独立的意愿和决心。或许正是出于作者的民族立场,所以坚持主

---

[1] 苏格兰和英格兰在很长一段历史时期处于分分合合的状态,即使在现当代苏格兰也没有完全放弃独立的意图和斗争。

[2] Hahn, "Introduction to *The Knightly Tale of Gologras and Gawain*", in Hahn, ed., *Sir Gawain: Eleven Romances and Tales* (ebook,无页码)。

权独立的戈罗格拉斯被突出地描写成勇敢高尚的君主。相反，作者对于亚瑟王这位在中世纪编年史、欧洲民间传说和主流文学中都被广泛歌颂的英雄却直接和间接地表达了批评，而且他的批评主要就是针对亚瑟王的贪婪、征服欲和滥用武力。对苏格兰人来说，这种批评的真正指向似乎不难明白。也许正因为如此，苏格兰第一个印刷所刚一创立的第一批出版著作中就包括这部诗作。

因此，作品对戈罗格拉斯这个正面人物的塑造间接表达了诗人的民族意识。他对亚瑟王的批评除了以亚瑟王滥用武力无端发动征服战争来体现外，主要是通过斯皮纳格罗斯这个人物直接表达出来。斯皮纳格罗斯是诗人在作品中塑造的一个特别值得称许的人物。虽然高文是主人公，也是作为骑士美德的典范而被诗作主要歌颂的形象，但斯皮纳格罗斯却是一个智者，是中世纪浪漫传奇作品里一位十分独特的人物。他没有梅林的魔法，但具有梅林的睿智。他可以说是作为诗人的代言人出现在作品里。斯皮纳格罗斯见多识广，为亚瑟王解答各种疑问，提供戈罗格拉斯家族的历史和说明这位城堡主人的性格人品，从而加强故事的内在逻辑和深化作品的意义。他是亚瑟王的手下，但他从未将戈罗格拉斯一方视为敌人，而总是表达钦佩和敬仰。特别重要的是，他是唯一敢对亚瑟王的高傲、野心和穷兵黩武进行劝诫和批评的人。他告诫亚瑟王征服战争会带来惨痛后果，并就如何尊重对方向高文等人提出十分中肯的建议。

当然，这部作品的成功并不仅仅是由于塑造出高文、戈罗格拉斯和斯皮纳格罗斯这样一些在中世纪传奇作品里很杰出的人物。虽然诗作基本情节取自法语作品，但与此前分析过的一些以法语作品为源本的著作有很大区别。从总体上看，那些作品主要是对源本进行翻译加改写。也就是说，与源本相比，它们虽程度不同地有差别，但从本质上看它们往往并没有真正成为一部新作。而《戈罗格拉斯与高文的骑士故事》不仅在情节内容上做了相当改动（删去了不少细节和插曲，但增加的更多[①]），比如完全删去了原作中比较突出并在法语浪漫传奇中十分普遍的宫廷爱情内容，而且在主题思想、人物形象和艺术处理上更大为不同，所以它完全可以看作一部相当不错的新作。同下面将探讨的那些更为"英格兰化"的作品相比，它虽然不及《高文爵士与绿色骑士》和头韵体《亚瑟王之死》等在所有时代

---

① 见 W. J. Barron, "*Golagros and Gawane*", in Barron, ed., *The Arthur of the English*, p. 158。

第五章　高文传奇系列

都堪称杰作的作品，但比那些源自本土民间文学传统或者说具有突出英格兰民间口头传说元素的作品在思想和艺术手法上还更胜一筹。

第六节 《高文爵士武功记》

在以高文为主要人物的中古英语亚瑟王浪漫传奇中，《高文爵士武功记》(The Jeaste of Syr Gawayne) 是一部比较特殊的作品。其中最特殊的是高文本人的形象。关于这一点，后面将谈到。《高文爵士武功记》是一部节律体作品，使用非常规则的尾韵（aabccb），每诗节6行。诗作开头部分受损，现存一共541行。[1] 学者通过研究《高文爵士武功记》的语言认为，它于15世纪中期或后半叶产生于英格兰中部地区的南方（South Midlands）。作品流传下来的有中世纪后期和文艺复兴时期的印刷本3个和手抄本1个，但全都不完整，其中受损最小的是那个产生于1564年的手抄本，而它是根据1557或1558年的一个现在已经散失的印刷版抄写的。现在该诗作的现代版一般都是以这个手抄稿为基础整理编辑。这部诗作在文艺复兴时期仍能产生多种版本表明，高文一直受英格兰人欢迎。

前面讲过，大多数以高文为主人公的中古英语传奇作品没有法语作品为源本，但学者指出，《高文爵士武功记》同《戈罗格拉斯与高文的骑士故事》一样，其主要情节也是来自12世纪后期佚名法语诗人对克雷蒂安那未完成的名著《波西瓦尔》的"第一续本"（the First Continuation）。英语诗人也是把从该续本里抽出的两个并不相连的片段整合在一起。其实，这两个片段是同一个故事的两个版本。在"第一续本"里，这两个片段分别由第三人称叙述者和高文本人叙述。

由叙述者讲述的第一个版本被称作"诱奸"。在这个故事里，身上有伤的高文在树林中一个帐篷里遇到一位女郎并诱奸了她。女郎父亲发现后，前来找高文报仇，但被高文杀死。随后，女郎哥哥布朗·德·里斯（Bran de Lis）前来复仇。在打斗中，他发现高文身上有伤，于是他们决定今后再战。他们两人再相会时，或者说这个故事再一次被叙述时，在作品里已经是几千行之后，时间也过去了5年。这时，亚瑟王率领高文等圆桌

---

[1] Thomas Hahn, "Introduction to *The Jeaste of Sir Gawain*", in Hahn, ed., *Sir Gawain: Eleven Romances and Tales* (ebook, 无页码).

骑士来到布朗的城堡。高文于是向亚瑟王讲述了他与布朗5年前的约定及其缘由。但高文的版本与前面叙述者所讲大为不同。首先，他向亚瑟王承认是他强奸了那位女郎，所以这部分也因此被称为"强奸"。其次，在高文的版本里，第一个前来寻仇的是女郎的一个哥哥，他被高文杀死后，女郎父亲才找来，也被杀死。但与前一个版本相同的是，最后找来的也是布朗，而布朗在发现高文有伤后也将他们的决斗推迟到将来。

在这两个版本里，另外一个特别重要的共同点是，如林德塞所指出，女郎的父兄所要报的仇，最重要的其实并非女郎失贞，而是高文杀掉了他们的家人①。在"诱奸"里，高文此前已经杀掉女郎的叔父，所以她父亲来报仇时首先提到的是高文杀人，然后才是女儿失贞。在两个版本里，随后找来的每一个寻仇者首先强调的都是家人被杀。所以，随着被杀人数增加，女郎的失贞在他们复仇里所占位置或者说重要性也不断降低。

英语诗人把这两个版本整合在一起，并做了许多重要改动，其中就包括上面这些重要方面。这些改动实际上加进了许多英格兰元素和作者自己的特色，因此在很大程度上使之成为一个新故事，也具有了新的意义。在英语诗人所做的许多改动或增删里，最重要的也许是，尽管他把女郎家前来寻仇的人数从法语原作"诱奸"部分里的一父一兄和"强奸"部分里的一父二兄增加到一父三兄，他只让高文将她父兄一个个打败，而没有杀死任何人。不仅如此，英语诗人笔下的高文还对每一个前来寻仇的人都提出愿意"补偿"（make amends），那等于说他承认自己犯下错误。所以，尽管这部诗作里的高文不如其他中世纪英语高文传奇作品里那样高尚完美，但总的来说还是远比他在法语源本里的形象更为正面。特别是与13世纪以后大陆上法语文学里不断被矮化的高文相比，即使这个高文的形象也表明，作者还是承继了英格兰人喜爱高文的传统。

英语《高文爵士武功记》的开头缺失，但从现存诗行可以看出，高文在"打猎途中"（l. 2）②碰见一位女郎，并向她求爱。但女郎警告说，她家人一定不会轻饶他，所以，现存诗作的开头"……/回答道：'我什么都不怕'"（l. 1），显然是高文的回答。接着叙述者描述高文如何"举止高雅"

---

① 见 Sarah Lindsay, "Chivalric Failure in *The Jeaste of Sir Gawain*", *Arthuriarna*, Vol. 21, No. 4, Winter 2011, p. 27。

② 引文译自 Thomas Hahn, ed., *The Jeaste of Sir Gawain*, in Thomas Hahn, ed., *Sir Gawain: Eleven Romances and Tale*。下面对该诗作的引文均译自此版本，引文行码随文注出，不再加注。

第五章　高文传奇系列

地求爱和"拥抱""亲吻"女郎，于是"很快/他就得到了她的恩惠"（ll. 3－10）。这一段的描写表明，高文并非强奸女郎。关于这一点，随即赶来的父亲也承认。他对高文说："你在那女郎处十分走运，/她生性羞怯，迄今还无男人得逞。"（ll. 23－24）他后来还对他儿子们说："他已完全赢得我女儿的爱。"（l. 314）即使在被高文打败后，他也禁不住赞美高文："我敢说，无论他在哪里，/都是一个真正的男人。"（ll. 315－16）然而尽管如此，他还是认为高文"犯下/不可弥补的恶行"（ll. 18－19），因为"你毁坏了我的荣誉"（l. 26）。所以，他要高文马上拿起武器与其进行决斗。

高文却答应承担责任，愿意对"她亲爱的父亲"像一个"骑士一样""做出补偿"（ll. 32－36）。学者们认为，根据15世纪英国的法律或习俗，对于这类性行为，一般是在经济上补偿或者娶受害人为妻。[①] 尽管高文两次提出"补偿"（ll. 33，36），但都被女郎父亲一口回绝。两人的决斗毫无悬念，女郎父亲——读者随后被告知他的名字叫吉尔伯特（Gylberte），是一位伯爵——被高文一招打于马下。在他答应不伤害那女郎也不再对高文出手后，高文饶了他的性命。由于他的马已经跑掉，吉尔伯特只得很丢脸地走回去。

吉尔伯特在路上碰到他最小的儿子葛亚模（Gyamoure）。葛亚模在得知缘由后，不听父亲劝阻，执意去找高文报仇。尽管高文向他承认"做了错事"并提出在"离开前给予补偿"（ll. 132，131），葛亚模仍决心要杀死高文（ll. 130，138），但却得到和他父亲一样的下场。不过，由于高文高超的武艺，他"猜出"他的对手来自"亚瑟王朝"，是一位"圆桌骑士"（ll. 193－94）。当然，这也是作者在间接赞美亚瑟王朝和圆桌骑士团体。接着，吉尔伯特的二儿子特利（Terry）出现，尽管高文以圣母玛利亚起誓愿意补偿，也被特利一口回绝。结果，同他和父亲和弟弟一样，他也战败受伤。在承认失败后，他警告高文，他大哥将是他真正的对手。

最后，吉尔伯特的大儿子布朗德勒斯（Brandles），即法语原本里的布朗（Bran de Lis）出现。当他听到缘由后，立即发誓去找高文决斗，"直到[他们]中一人被杀死"（l. 376）。他父亲出言相劝，一方面因为高文武艺高强，同时他也认为高文语言得体，气质高雅，是一位真正的骑士。然而布朗德勒斯拒绝了父亲的劝说。当女郎看到他时，她在现存诗作中第一次

---

① 参看 Lindsay, "Chivalric Failure in *The Jeaste of Sir Gawain*", p. 32。

也是唯一一次开口说话。但前面提到，在诗作开头，从高文的回答看，她很可能说过话。她两次开口说话，都是告诫高文。在这里，她的话语占了2个诗节，共12行。她告诉高文，布朗德勒斯将是他"见过的最好骑士"（l. 399）。尽管她没有直说，但也表现出对高文的关切和担心。高文看到布朗德勒斯，也禁不住赞叹道："三年来我没见过／比他更像男人的男人。"（ll. 410 – 11）同前面每一个前来寻仇的人一样，布朗德勒斯也斥责高文损害了他的荣誉，所以只有通过决斗才能解决。同对前面几位一样，高文再一次提出，愿意补偿其过失，但也立遭拒绝。于是两位骑士开打，但他们的确棋逢对手，打到天黑仍不分胜负。布朗德勒斯提议，他们下次相逢时再战，那时不到一方被杀死绝不罢手；高文立即同意。在双方分手时，叙述者说："自那之后他们再没见面，／为此两位骑士暗自庆幸。"（ll. 533 – 34）这不仅是作者的幽默，也表现出他对人性的深刻认识：尽管中世纪浪漫传奇里的骑士们总是争强好胜，往往表现得视死如归，但同任何时代的人一样实际上还是怕死的。

这部诗作的标题是《高文爵士武功记》，而且作品也的确记述了他非凡的武功，但这是关于高文的所有中古英语传奇里他唯一没能最终获胜的作品。不过，这部作品真正表现的是高文的内在品质。总的来说，他在一定程度上还是保持了他通常的气质和品性。他在与吉尔伯特一家人的对峙中，一再承认自己造成了损害，并对每一个人都提出补偿；这显然比一般不会认错的傲慢的中世纪骑士更为高尚。但特别重要的是，他是诗作中唯一对那位女郎表示关切的人。高文在战胜吉尔伯特后，作为饶对方性命提出的第一个条件就是"不许伤害那个女郎"（l. 63）。这一点的确很有意义。首先，这表明高文关心那位女士。其次，高文的关切表明他（以及诗人）知道在那样的情形中，那个女郎会遭到家人的严厉处罚。而且在他离开前，他仍然关心她，所以对布朗德勒斯说："善待那位文雅的女郎，／因为你是一位文雅的骑士"。然而他得到的回答竟然是："她是今天这么多羞辱的根源，／她还活着，那实在遗憾。"（ll. 486 – 90）

布朗德勒斯对妹妹的态度代表了他整个家庭。特别值得注意的是，这个家庭所有的男人都因为她的原因前来找高文报仇，他们每一个人都反复强调高文损害了他和他家的荣誉，却没有一人说高文伤害了那个女郎或损坏了她的声誉。他们中除布朗德勒斯辱骂她外，自始至终没有一人对她说过一句话。女郎近在咫尺，但他们却视而不见。也就是说，对于女郎家中

第五章　高文传奇系列

的男人们而言，她仅仅是家族荣誉或者说荣誉之损害的体现，而作为人她根本不存在，所以她的意愿、感受、情感根本不在他们考虑之中。他们甚至根本没有想到，或许应该问一问她对这件事有什么想法或感受，她是否爱上高文或者感到屈辱。他们拼死决斗，只是为所谓家族荣誉，而与她本人似乎毫无关系。

吉尔伯特家的男人们把家族荣誉看得高于一切，而对于中世纪贵族，家族荣誉往往特别突出地体现在家中女人的贞洁上。当然，那也是浪漫传奇里骑士们普遍的价值观，而非仅仅吉尔伯特一家如此。布朗德勒斯最后对妹妹拳脚相加象征性地表明，在家族人眼里，她"失贞"后因仅仅是家族荣誉的毁坏者和麻烦的制造者而变得毫无"价值"，所以家里人没有一个愿意理睬她。对于他们，她甚至连高文都不如，因为如果他们能打败高文，他们至少还能赢回因她而失去的荣誉。不仅如此，如果他们能在决斗中打败一位如此勇猛高贵的圆桌骑士，那么他们家族还可能赢得更高的荣耀。

前面提及，布朗德勒斯是吉尔伯特家唯一对女郎讲话的人，然而他的所谓讲话实际上是破口大骂。他的话语恰恰表现出男权社会中女人卑下的地位。高文走后，他对妹妹骂道："呸！你这不要脸的娼妇！／是在遗憾，你活得太久。／看我如何抽打你"，接着他就"浑身上下"抽打她。(ll. 506–509)他打完就丢下她不管，与此形成鲜明对比的是，他却立即去找他父亲和两个弟弟，"于是他们4人／相互搀扶一道回家"(ll. 521–22)。这是一个非常有意义的对照，间接却十分形象地体现出中世纪的男权观念和女性地位。

英语诗作《高文爵士武功记》与其法语源本另外一个十分重要的不同之处是，女郎在被布朗德勒斯殴打之后逃走，在作品里完全消失，她的命运如何，读者不得而知。但在《波西瓦尔》的"第一续本"里，高文和布朗德勒斯5年后相遇再行决斗时，她带着高文的儿子突然出现，终止了决斗。最后，高文娶她为妻，而布朗德勒斯也被亚瑟王赐封为圆桌骑士。对于高文和那个女郎的纠葛以及他同布朗德勒斯家族的冲突而言，那自然是一个典型的中世纪浪漫传奇的圆满结局。

但英语诗人改变了这个结局。他让女郎在被殴打后"离家出走，／自那以后他们再也没见到她，／她独自一人四处漂流"(ll. 524–26)。在15世纪，一个像她那样的女人离家出走，一人漂泊四方，是非常勇敢的行动。那也象征她逃出了她作为一个人在其中没有任何地位的父权制家庭。

她也许是中世纪作品中最早勇敢出走的女性。另一方面，她遭到哥哥殴打并被丢下不管，也可以说是被布朗德勒斯作为家族荣誉的破坏者和麻烦的制造者而抛弃。布朗德勒斯显然不想让她待在家里时时刻刻提醒他家族的耻辱——至少在他眼中是如此。

女郎离家出走不知所终，给诗作创作了一个中世纪传奇作品中并不多见的开放式结尾。同样，高文虽然与布朗德勒斯约定下次再战，却再也没有相遇，这对于往往以圆满结局收官的中世纪浪漫传奇也很特别。其实在这部作品里，高文的形象本身就比较特殊。虽然前面说，高文在一定程度上保持了他突出的气质和比较高贵的品性，但他实际上并没有像在其他高文传奇作品里那样形象光辉。在那些作品里，他要么成功完成使命要么完全战胜对手，最后光荣地回归亚瑟王宫，他的对手一般也都要么因为他的美德要么因为他超人的武功而被他降服并受封为圆桌骑士。但在这部诗作里，他第一次没能最终战胜对手，而且由于战马受伤，他只能步行回去；这对于一个骑士显然不大光彩。诗作以高文不光彩的性行为开始，以他最好只得步行离开结束，这也许是高文在中古英语亚瑟王浪漫传奇里最不那么光荣的经历。

不过对于这位英格兰人特别尊崇的优秀骑士之典范而言，最重要的是，他造成了那女郎的困境，给她带来了一个对中世纪贵族少女而言最严重的伤害，但他充其量也只是希望她父兄善待她。在这一点上，他实际上连朗斯洛也不如，因为后者多次在生死关头拼命救出格温娜维尔。尽管格温娜维尔是有夫之妇，而且其夫还是他的主人亚瑟王，但为了情人，朗斯洛可以不惜付出任何代价。而高文清楚地知道女郎在家中面临什么样的可怕处境，但他除了对女郎表达关切和要求其家人善待她外，没给她任何实质性帮助。他虽然对她家人一再提出要给予补偿，却没有对她这个真正的受害者做出任何补偿，没有弥补他造成的伤害，也没有承担起他自己本应担负的责任。因此，英语诗人不仅对女郎的父兄们，而且对高文，对他始乱终弃的行为，实际上都给予了批评，间接表现出中世纪人很少有因此也就特别可贵的女权思想。所以他让女郎毅然离家出走，也就并非偶然。

不过，虽然《高文爵士武功记》的作者让这位女郎离家出走，从此不知所终，但另外一位大约同时期的英语诗人或许把她的形象稍作改变，让她以高文曾在林中偶遇的仙女的身份短暂地重新回到浪漫传奇的世界里，而且让她在漂泊中独自养大的高文的儿子成为下面一节里分析的作品《利博·德斯考努》里的主人公。她在该作品快结尾时，突然出现并揭示了利博·德斯考努的身份之谜。

第七节 《利博·德斯考努》

《利博·德斯考努》（*Lybeaus Desconus*）大约产生于 14 世纪中后期，不过其流传下的六部手抄稿都产生于 15 世纪。作者有可能是一位名叫托马斯·切斯特（Thomas Chester，生卒年不详）的诗人。他可能流传下三部作品，其中学者们能确定是出自他手笔的是前面第四章里分析过的《郎弗尔爵士》，另外两部是关于罗马皇帝奥古斯都的诗作《屋大维》（*Octavian*）和这部《利博·德斯考努》。但人们并没有确凿证据证明后面两部是他的作品，学者们主要是根据三部作品的行文风格以及都使用南方方言等文本中的内在相似性认为它们可能都出自这位诗人；另外也因为这三部作品的中世纪手抄稿被放在一起。① 不过，由于人们对这位诗人除其姓名外一无所知，所以即使能确定他是《利博·德斯考努》的作者，对我们分析这部作品也帮助不大。

《利博·德斯考努》的主人公金加兰（Gingalain，在各种版本中拼写不同）是高文在森林中遇上仙女布兰西玛尔（Blanchemal la Fay）所生下的儿子，由母亲抚养长大。他母亲怕他遭遇不幸，希望他远离刀兵，因此"尽其所能/不让他接触任何骑士"（ll. 16 – 17）。② 这与波西瓦尔的童年经历相似。不仅如此，她甚至没有把他的真实身份和姓名告诉他，却因为他长得漂亮帅气，叫他"美少年"（Bewfiȝ）。一天他在林中看到一个骑士的遗体，激发了他父亲遗传给他做骑士的本能。他在圣灵降临节③来到亚瑟王宫，像波西瓦尔那样要求亚瑟王封他为骑士。亚瑟王答应了他的要求，但因他不知自己姓名，国王见"他长得那样漂亮英俊"，所以给他"取名"

---

① 见 Newstead, "Arthurian Legends", in Severs, ed., *A Manual of the Writings in Middle English*, p. 68。

② George Shuffelton, ed., *Lybeaus Desconus*, TEAMS Middle English Texts, University of Rochester, http://d.lib.rochester.edu/teams/text/shuffelton-codex-ashmole-61-lybeaus-desconus, Oct. 7, 2017. 本书对此文本的引用均出此版本，引文行码随文注出，不再加注。

③ 圣灵降临节（Pentecost），为纪念圣灵降临在耶稣的使徒和信众们身上，使他们得到神力和能说各种方言以便到各地对各民族的人们传播福音，因此也被认为是基督教会诞生之日，其日期在复活节之后第 50 天（即第 7 个星期日），故又名五旬节（Pentecost，意即第 50 天）。

为"利博·德斯考努"(Lybeaus Desconus, 即 the Fair Unknown, "无名美男")。(ll. 73 – 80) 不过在那之前,叙述者已告诉我们,他名叫金加兰。

同"丑妇变美女"一样,"无名美男"是欧洲各国民间文学中很流行的母题:一个来历不明无名无姓的人往往在某个重要场合突然出现,后来历经考验证明他能力超群、品质高尚,最后被发现出身高贵。这个母题在中世纪浪漫传奇以及各时代叙事文学里都反复出现。比如在英语亚瑟王文学中,前面讨论过的《波西瓦尔爵士》,以及《德加勒爵士》(Sir Degaré)、马罗礼的《亚瑟王之死》里关于加雷斯爵士(Sir Gareth, 高文的弟弟)的故事、斯宾塞的《仙后》[①] 第一卷里的"红十字骑士"(Redcross)的故事、特里斯坦传奇里关于"破败车"(La Cote Mal Taile, 凯的绰号)的故事等,都属于这个母题的作品。在法国文学中,除克雷蒂安的《波西瓦尔:圣杯故事》外,雷诺·德·博热(Renaud de Beaujeu, 12 世纪后期—13 世纪前期)的《无名美男》(Le Bel Inconnu, 1190?)与这部英语作品密切相关,其内容相似,主人公也是高文的儿子。另外,在 13、14 世纪,还出现了关于高文儿子的德文版和意大利文版"无名美男"作品。

不过,相对于大陆上同类作品,英语版"无名美男"显然更受欢迎。许多中世纪文学作品只流传下孤本(法语《无名美男》以及它的德语、意大利语作品都是如此),甚至只有文献记载,而没有流传下任何手抄本的情况也屡见不鲜。英语《利博·德斯考努》能流传下六个手抄本,是中古英语亚瑟王传奇中流传下最多手抄本的作品,足见它很受中世纪受众欢迎。乔叟在《坎特伯雷故事》里的《托帕斯爵士》中告诉"各位女士先生":

> 好好地听我讲故事;
> 讲骑士精神和战斗情景,
> 讲闺中女郎的相思之情——
> 而这些马上就开始。

[①] 《仙后》也属于亚瑟王文学;在史诗里亚瑟王子(当时还不是国王)追求"仙后"(暗指伊丽莎白女王),这个情节寓意英格兰灿烂的历史与辉煌的现实结合。需要指出的是,中文将书名 Faerie Queene 译为《仙后》应该说不准确,因为伊丽莎白是女王,而非王后。

第五章 高文传奇系列

> 人们常说到著名的传奇，
> 说到英雄霍恩和贝维斯，
> 或希波底斯或盖伊，
> 或普莱恩达摩和利波斯；
> ……①

乔叟这里所提到的"利波斯"（Sir Lybeux）即本节讨论的诗作的主人公。值得指出的是，乔叟在这里提到的"英雄"大多是前面谈及的"英格兰题材"浪漫传奇里那些先祖英雄。英诗之父说，这些作品是"人们常说"的"著名的传奇"，可见它们在当时颇为流行，而《利博·德斯考努》比其他作品还流传下更多手抄稿，那表明它特别受欢迎。这部作品之所以特别受欢迎，自然有许多原因。比如，"无名美男"本就是民间文学中十分流行的主题，是人们喜闻乐听的故事，而其主人公的父亲还是英格兰人最尊崇的圆桌骑士高文。当然，最重要的应该还是，这个英语文本的故事本身情节精彩，很吸引人，特别符合英格兰民众的审美心理。

《利博·德斯考努》长2252行，与《波西瓦尔爵士》相似，也是关于一个在远离社会的荒野中由母亲抚养长大，生性淳朴但举止粗鲁，像一块"璞"一样的少年通过一系列磨炼成长成熟的过程。同时，这也是一部"典型的亚瑟王传奇类型的'历险传奇'"②，因为它热衷于描写历险经历和打斗场面。但在这方面，即使那些注重表现情节、同等长度的中古英语亚瑟王传奇，也很少能与之相比。故事里历险和打斗场面不仅数量大，而且类型多，利博的对手包括各类骑士、巨人乃至魔法师。他以超人的胆识和高强的武艺，打败了所有敌人。

根据中世纪的主流观点，人的内在美德与其高贵出身相关。出身平民的乔叟在《巴思妇人的故事》里表达的人之价值在其本身，而非取决于他的出身的观点在中世纪可以说是空谷足音。利博的粗鲁只是来自他在荒野中的成长经历，而非他的内在本质。其实利博是德行高尚的优秀骑士高文的儿子，而高文又是亚瑟王姐姐的儿子，所以同许多杰出的圆桌骑士一

---

① ［英］乔叟：《坎特伯雷故事》，黄杲炘译，上海译文出版社2013年版，第539页。
② Maldwyn Mills, "*Lybeaus Desconus*", in Barron, ed., *The Arthur of the English*, p. 124.

样，他身上也流淌着亚瑟王家族高贵的血统，因而如同波西瓦尔，他身上高贵的气质和骑士美德也必将在磨炼中展示出来并发扬光大。

"无名美男"这个中世纪骑士文学中很流行的母题其实很有象征意义。这里的"美"并不仅仅是指长相帅、外表美，更是指内在美德，而"无名"也不仅仅指姓名或身份不明，更重要的是暗示主人公不成熟无名声，还需要通过冒险经历、生活历练证明、获得和发展自己各种内在美德以符合其骑士身份，最终扬名天下。在《利博·德斯考努》里，金加兰刚被亚瑟王赐封为骑士，就有求救的人赶来，请求亚瑟王派人前去搭救一位处于危难中的女王。于是亚瑟王指派利博前去。求救人见亚瑟王派遣的竟然是一个"举止粗鲁"的"孩子"，大为不满。整部诗作就是要表现这个远离社会的粗鲁孩子如何在冒险经历中成长，证明自己是一位杰出骑士，并被上流社会所接纳，而且同几乎所有浪漫传奇里的骑士主人公一样，最终抱得美人归。不仅如此，就在利博爵士的婚宴上，他母亲出现，向人们说出他的高贵身世。利博向父亲高文跪下，高文为他祝福，恢复他的本名，要人们从此称他为金加兰（ll. 2193 - 27）。利博终于认祖归宗。

前面提及，中古英语《利博·德斯考努》与大约出现在1190年前后的法语作品《无名美男》关系密切。的确，英语诗作中的许多情节事件与法语作品相同或相似。而且在波西瓦尔、高文等骑士帮助利博披挂出征时，英语诗人也明确说："法国人在故事中就是如此描写。"（l. 258）这表明，他起码借鉴了法语作品，尽管他没有说明是哪个文本。如同包括马罗礼的《亚瑟王之死》在内的许多中古英语亚瑟王传奇文学作品一样，《利博·德斯考努》的主要材料来源于法语文本，但也对所用材料做了很有意义的改写。前面谈到，在中世纪，所有文学家都从古典典籍或从国内外前辈、同辈作家那里大量借用材料，他们特别尊崇的不是原创，而是如何把传统和来自权威文本的材料使用得更好。

《利博·德斯考努》的作者也遵循这一传统，他的作品与法语《无名美男》在情节上有许多相似之处，许多事件也大体一样，但他对这些事件的顺序做了相当改动，使之更符合主人公的成长历程。更重要的是，他对这些事件的处理大为不同，特别是他在细节和风格上的改动使作品更为英格兰化。其实，一部文学作品的真正意义不在于它里面的事件本身，而在于作家如何描写、表现和运用这些事件。在《利博·德斯考努》里，特别

第五章　高文传奇系列

有意义的是，英语作者一方面在叙事中表现宫廷价值观念和骑士规则，同时却加强打斗的激烈程度，描写厮杀的残忍与野蛮，甚至表现打斗双方对骑士规则的违背。比如，在一个城堡的墙上挂满被杀死的骑士的头颅，利博和他的对手在打斗中也违背骑士规则竞相砍掉对方坐骑的头。这类违规以及残忍的场面在拉亚蒙的《布鲁特》和关于狮心王的传奇等许多英语传奇作品里都能见到。作者实际上是在有意无意中运用英格兰本土传统改写法语宫廷文学传统的源本，而且还在一定程度上揭示了在你死我活的战场上宫廷文化的虚假，并以战争中往往十分残酷的场面颠覆远离现实的骑士规则。

英语诗人另外一个特别重要的改写是，在法语《无名美男》里，主人公在少年时代就接受了骑士教育和训练，但在英语《利博·德斯考努》里，利博却是一个远离社会的"野孩子"，他身上的骑士"本性"因为他从一个骑士的遗体上剥下那副盔甲而苏醒。英语诗人的改写暗示了利博身上来自高文的骑士本性。另外，利博所经历的大量冒险和考验，除了具有法语作品里那种精彩的叙事情节上的意义外，更表现出明显的教育功用，因为正是通过那一系列出生入死的考验，利博最终成长为连他那闻名天下的父亲都备感骄傲的优秀骑士。总的来说，如同早期的盎格鲁-诺曼语家族主题的浪漫传奇那样，中古英语浪漫传奇，包括中古英语亚瑟王系列的作品，特别注重表现主人公的成长过程。前面分析过的英语作品《波西瓦尔爵士》就对此有很好的表现，但这方面特别突出的作品是后面将分析的马罗礼的《亚瑟王之死》里加雷斯的故事和中世纪英语文学中最杰出的作品之一的《高文爵士与绿色骑士》。关于后面这部作品及其主人公高文在美德方面的成长，下一章将具体讨论。

第六章 《高文爵士与绿色骑士》

1731年10月23日,伦敦西敏寺地区一栋名为阿什伯纳姆(Ashburnham House)的建筑发生了一场灾难性火灾,烧掉了英国历史上最著名的图书收藏家柯顿爵士(Sir Robert Bruce Cotton,1570—1631)所收藏并由其后代捐献给国家①的许多宝贵图书。除了其中所有印刷书籍被烧毁外,更惨重的损失是柯顿留下的958部极为珍贵的古代手稿或手抄稿中约200部受损或化为灰烬。这场火灾对英国文学和文化造成了不可弥补的损失。甚至收有《贝奥武甫》的那部无比珍贵的中世纪手抄稿也已经着火,所幸一阵风碰巧吹来,使人们能将其救下,否则人们很可能永远不会知道英国文学史上竟然诞生过一部如此杰出的英雄史诗。同《贝奥武甫》一样有幸被抢救出来的还有一大本产生于14世纪下半叶的作品之手抄稿,其中包括四部杰出诗作。

1839年,英国学者马登爵士(Sir Frederick Madden,1801—1873)首次从那部手抄稿中整理出版了《高文爵士与绿色骑士》(*Sir Gawain and the Green Knight*),另外三部作品,《珍珠》(*Pearl*)、《纯洁》(*Cleanness*,又名 *Purity*)和《忍耐》(*Patience*),后来也由学者在19世纪整理出版。②但在此前和此后相当长时期内,这些作品并没有引起人们注意。即使在由著名中世纪学者托尔金(J. R. R. Tolkien)和戈登(E. V. Gordon)编辑的1925

---

① 在中世纪英国和欧洲,书籍极为珍贵,主要收藏在修道院。英国宗教改革运动中,属于天主教系统的修道院制度被废除,修道院被毁,里面收藏的古代手稿和手抄稿也大量被毁,剩余的流落民间,也大多状况堪忧。受过良好教育的柯顿爵士深知这些书籍和档案资料无比珍贵,因此致力于收集和保存,并无私地让学者们使用;当时许多著名学者如培根(Francis Bacon)等都受益于柯顿的藏书。1702年,柯顿爵士的孙子约翰·柯顿爵士在去世时将家中的图书捐献给国家。柯顿的收藏成为后来的英国国家图书馆不列颠图书馆(the British Library)的基础。

② 需要指出,原手抄稿上并无诗名,所有四部作品的标题都为现代学者添加。

第六章 《高文爵士与绿色骑士》

年版《高文爵士和绿色骑士》面世后，甚至在牛津大学已经开始从语文学的角度教授这部杰作时，它仍然没有引起一般读者的兴趣和批评家的关注。迟至1949年，著名中世纪文学批评家斯皮尔斯（John Speirs）才发表了关于这部诗作的第一篇真正意义上的学术论文。自那以后，对《高文爵士和绿色骑士》的研究迅速增加。[①] 现在这部诗作已被公认为中世纪英语文学中几部最杰出和学者们研究最多的作品之一。

《高文爵士与绿色骑士》等四部作品之所以在学者们整理出版后仍然长时期没引起重视，一个重要原因是，这些作品是用头韵诗体裁或主要用头韵诗行创作，加之作品中有大量生僻方言，即使是学者也往往感到陌生，一般现代读者自然更会敬而远之。然而经学者们深入研究，人们发现，这四部作品都是不可多得的优秀诗作，特别是《高文爵士与绿色骑士》和《珍珠》被认为与乔叟的《坎特伯雷故事》《特洛伊罗斯与克瑞茜达》以及威廉·郎格伦的《农夫皮尔斯》同为最杰出的中古英语文学作品，可以同英语文学史上任何作品媲美。虽然学者们根据作品的行文风格等特点，一般认为那四部作品出自同一位诗人之手，但不幸的是，手抄稿中没有留下任何关于作者的直接信息，学者们至今无法确定诗人身份。所以，人们一般称呼他为"《高文》诗人"（the *Gawain*-poet），也有人因为更喜欢《珍珠》而称他为"《珍珠》诗人"（the *Pearl*-poet）。

虽然不能确定作者身份，但学者们根据手抄稿里的信息和诗作中的方言，一般认为这些作品大约产生于14世纪中期或后期的英格兰中部地区的西北部（Northwest Midlands），或者由来自该地区的某一位诗人创作。英格兰中部地区的西北部与威尔士的东北部毗邻，大体包括柴郡（Cheshire）、兰开夏郡（Lancashire）南部[②]，以及斯塔福德郡（Staffordshire）和德比郡（Derbyshire）的西部这一地区。然而这是比较贫困和"边远"的山区，除切斯特（Chester）外，该地区在中世纪没有城镇，也几乎没有作为文化中心的大贵族城堡和大修道院。因此，即使西北部地区还保留着盎格鲁-撒克逊时代流传下来的古老的英语诗歌传统，比如前面讨论过的《布鲁特》的作者拉亚蒙就生活在临近的伍斯特，但这一比较"落后"的地区似乎很

[①] 请参看 Derek Brewer, "Introduction", in Derek Brewer and Jonathan Gibson, eds., *A Companion to the Gawain-Poet*, Cambridge: D. S. Brewer, 1997, p. 2。

[②] 在14世纪，兰开夏南部包括今天的曼彻斯特等地区。

难产生出像《高文》作者这样视野开阔、思想深邃、诗艺高超而且对英格兰本土传统和当时欧洲主流文学都十分熟悉的优秀诗人。

不过学者们的研究表明，在 14 世纪中后期，这一地区实际上与英国的政治和文化中心联系相当密切。首先，这一地区一直有尚武传统，在百年战争中也是英国军队重要的兵源之地，当地许多人都曾追随爱德华三世和黑王子远征法国。[①] 其实，14 世纪中期对法战争中几乎战无不胜的英军统帅黑王子（即王储爱德华）的爵位之一就是切斯特伯爵[②]，因此许多来自柴郡的将士随他出征法国；其中一些人因为军功而迁升，或因擒获俘虏而致富[③]。从军征战促进人员的流动、社会阶级的变化和思想观念的更新。不仅如此，同当时整个英格兰的状况一样，对法战争还进一步激发了这一地区人们的民族意识和爱国热情，而这也有利于创作《高文爵士与绿色骑士》这类表达民族精神的诗作。

另外，随着爱德华三世颇为宠爱的王子刚特的约翰（John of Gaunt，1340—1399）于 1361 年被封为兰开斯特公爵[④]，这一地区与英格兰王国的政治、经济和文化中心联系逐渐加强。尽管兰开斯特公爵主要居住在他伦敦的豪宅[⑤]，很少到兰开斯特地区，但他有时也居住在英格兰中部地区东部的莱斯特（Leicester）和靠近柴郡的图特堡（Tutbury）。由于当时英国在欧洲大陆上拥有大片领土，他很多时间也住在大陆，因此被称为"欧洲王子"（European prince）。他被称为欧洲王子，还因为他深受大陆宫廷文化影响，很有文人气质，并热心文化文学活动，是包括乔叟在内的许多文化人的庇护者或恩主（patron）。公爵府中的一些随从就是来自西北这一地区

[①] 请参看 Michael Bennett, "The Historical Background", in Brewer and Gibson, eds., *A Companion to the Gawain-Poet*, pp. 73 – 74。

[②] 爱德华王子（1330—1376）是百年战争中杰出的英军统帅和骑士精神的典范，一生打过不少胜仗，甚至俘虏了法国国王。他在战场上身着黑铁头盔和铠甲，故被称为黑王子。他于 1376 年去世，被埋在坎特伯雷大教堂内，其头盔、铠甲至今还挂在他坟头上。他去世后，他在柴郡的领地由儿子、后来的国王理查德二世继承，所以理查德宫中有一些来自那一地区的臣子和随从。

[③] 在中世纪，俘虏可缴纳赎金获得释放。赎金的多少视俘虏地位高低而定。比如，在英法百年战争期间，时为侍从（yeoman）的英语之父乔叟曾随主人爱德华三世的三王子里昂内尔出征，在 1359 年底或 1360 年初在法国被俘，爱德华国王为他缴纳了 16 英镑，将他赎回，而法国国王约翰二世在普瓦捷之战（The Battle of Poitiers）中被黑王子俘虏，他的赎金为 300 万金克郎。

[④] 在理查德二世（Richard II，1277—1299 在位）时期，刚特的约翰是英格兰政坛最有实力的王室成员。他很有文人气质，热心文化文学活动，是许多文化人的恩主。《高文》诗人大约是在这一时期从事文学创作。

[⑤] 他的豪宅在 1381 年被攻占伦敦的起义农民烧毁。

第六章 《高文爵士与绿色骑士》

的文化人。至于继爱德华三世登基的理查德二世，由于政治冲突和社会动荡，他很长时期驻跸在更忠于他的英格兰中部地区，特别是这一地区的西北部，比如他几次在斯塔福德郡的利奇菲尔德（Lichfield）庆祝圣诞节、新年和他的生日。在这些节日期间，他高规格举行如同《高文爵士与绿色骑士》里描绘的那类豪华盛宴和骑士比武等许多庆祝活动。另外，他的随从和卫队中许多人都来自他从父亲黑王子那里继承来的柴郡等地区。最后在 1399 年，当得知被流放的亨利率军返回英格兰的消息时，理查德在赶回柴郡组织抵抗的途中于 8 月 17 日被亨利俘获，亨利随即在圣诞节登基成为亨利四世，开创了英格兰历史上的兰开斯特王朝。

特别值得指出的是，英格兰中部地区的西北部不仅尚武，而且一直文风很盛，上面讲过，头韵体英诗《布鲁特》的作者拉亚蒙就生活在这一地区稍微偏南的伍斯特，而且前面分析过的一些作品也出自这一区域。在 14 世纪，部分由于兰开斯特公爵和黑王子的关系，英格兰中部地区的西北部出了不少文人在王室政府、教会和大学出任重要职务，其中包括掌玺大臣、大法官、国王秘书、公爵秘书、主教和牛津大学校长等。[①]理查德二世则更加青睐这一区域。当一位编年史撰写人责备理查德二世竟然容许随从很随便地用其"母语"（指当地英语方言）对他说话时，国王回答说，在王宫里经常能听到柴郡方言。[②] 甚至有学者认为，理查德失败的一个重要根源正是他过分依赖柴郡地区因而损害了英国其他地区对他的支持。[③]

由此可见，英格兰中部地区的西北部并非以前人们所认为的那样封闭，而那一地区的文人自然也不一定保守狭隘。这就不难理解，不论是直接出自那一地区，还是由来自那一地区的文人创作，《高文爵士与绿色骑士》等作品都表现出，其作者不仅深受一直在那些地区流传的英格兰本土文化文学传统影响，而且受到了良好的"现代"教育，因此对外部世界和当时各种文化文学思潮十分熟悉。当然，那些受到良好教育的人士大多离开了那时仍然比较贫穷机会也自然更少的西北地区。他们中许多人还因为与王室和上层贵族的关系，不仅身居高位，而且往往同英格兰乃至大陆上

---

① Bennett, "The Historical Background", in Brewer and Gibson, eds., *A Companion to the Gawain-Poet*, p. 75.
② Bennett, "The Historical Background", p. 86.
③ 请参看 Nigel Saul, *Richard II*, New Haven, Yale University Press, 1997, pp. 440, 444 – 445.

许多重要人物颇有交往或同各地一些权力和文化中心联系紧密。因此，他们都熟悉宫廷文化和欧洲主流文学思潮，具有开阔的历史和"国际"视野。比如，《高文爵士与绿色骑士》几乎从开篇到结尾都突出地描写了宫廷活动，而且其描写表现出诗人显然深得宫廷诗歌的真传。任何读过这部诗作的读者都不会不感到诗人对宫廷生活如此之熟悉，以致难以相信他对宫廷文化的理解只是来自书本，而非像乔叟那样长期直接生活在他所描写的氛围里。[①] 正因为作者对宫廷文化很可能有亲身体验，所以他对宫廷文学的内容和风格运用得那样得心应手。不仅如此，诗作还令人印象深刻地表现出作者丰富的法律、宗教教义、各种新思潮乃至最新的哥特式城堡建筑技术等各种知识，以及对宫廷礼仪习俗、贵族的穿着打扮乃至贵族打猎场面等都十分熟悉。这部著作可以说是一部中世纪上层社会的生活、宫廷文化以及宗教和文化思想的近乎百科全书式的文学表现。

当然，在指出《高文》诗人的创作与英格兰和欧洲主流文学之间的密切关系时，我们也不能忽略他深深植根于古老的英格兰本土传统和运用传统的头韵体英语诗歌体裁与风格表达其英格兰意识的本质性特点。其实，《高文》诗人的作品本身就是中古英语头韵体复兴运动的重要成果。前面提及，百年战争时期是英国社会、政治和经济经历深刻历史性变革的时期，同时也是英格兰民族形成因而需要发展自己的民族语言和民族文学来表达民族意识和弘扬民族精神的时代。开始于 14 世纪中期的英诗头韵体复兴运动成就斐然，产生了一批优秀诗作，是英国历史上第一次英语文学大繁荣的重要组成。头韵体诗歌运动的产生、发展和繁荣绝非偶然。大量形式不尽相同、风格各异的头韵体诗歌在现代英语文学传统形成之时的乔叟时代大量涌现，与以乔叟作品为代表的音步尾韵体诗歌共同成就了当时英语文学的繁荣，共同表达了迅速发展中的英格兰民族意识和不断高涨的民族精神，满足了英格兰民族文学发展的时代需要。

当英格兰诗人们致力于探索发展民族文学之时，与更直接在欧洲大陆宫廷文学传统中创作的乔叟等伦敦派南方诗人们不同，北方或者说来自北方的诗人们自然会更倾向于立足他们故乡那曾经取得辉煌成就的本土文学

[①] 可以与之比较的是，乔叟和薄伽丘对宫廷生活、宫廷氛围的描写很微妙地反映出他们不同的生活经历：尽管后者的描写也很准确生动，但总让人感到不是源自切身体会，似乎隔着一层。但《高文》诗人得心应手的描写却具有乔叟那种长期生活其中的亲历者才可能有的妥帖与自然。

第六章 《高文爵士与绿色骑士》

传统。所以,《高文》诗人在《高文爵士与绿色骑士》的开头充满自豪地宣称,他将用"在这片国土上流传悠久的/诗歌语言"(ll. 35 – 36)[①] 讲述他的故事。《高文》诗人的态度表明,头韵体诗歌的复兴其实是英格兰诗人们顺应时代需要,在新的历史时期运用英格兰本土文学传统复兴和发展能表达英格兰民族意识和民族要求的民族文学所进行的十分可贵的努力。斯比林指出,头韵体复兴"是总体上的英语诗歌复兴的一部分"[②]。尽管头韵体诗歌最终没有成为英语诗歌的主流,但它那令人赞叹的成就、它的探索精神和它所体现的英格兰民族的精神实质、民族心理和审美倾向都被融会到后世的英语文学中,成为英语文学传统的核心组成,深刻影响了未来英语文学的发展。[③]

当然,如同前面谈及的那些来自柴郡等英格兰中部的西北地区的知识分子,头韵体英语诗人们(他们或者说他们中一部分人很有可能就属于那个群体)并不局限于区域意识和本地传统,头韵体复兴运动也绝不是封闭保守的区域文学。像它所体现的正在形成中并积极向上的英格兰民族那朝气勃勃的精神一样,中古英语头韵体诗歌是视野开阔、体系开放、善于吸收、广泛包容的民族文学。威廉姆斯指出:"头韵体诗人们广泛阅读了外国和拉丁文学——在阅读方面,《高文》诗人很可能同乔叟一样广泛——尽管他们并没有因此而放弃他们传统的格律。他们的兴趣和关注的事物决不是区域性的。"[④] 这种开放与包容特别突出地表现在从任何方面看都是一部杰作的《高文爵士与绿色骑士》里。

一般来说,中世纪浪漫传奇,包括前面分析过的中古英语亚瑟王文学作品,大多追求精彩离奇的事件,但情节安排有时不够严谨。相反,《高文爵士与绿色骑士》结构严密、情节紧凑,是中世纪英国文学中不可多得的文学精品。它用头韵诗体写成,与传统的头韵体不同的是,它又按节律体形式分成 101 个诗行不等的诗节。《高文》诗人十分注重艺术形式,他

[①] William Vantuono, ed. and trans., *Sir Gawain and the Green Knight: A Dual-Language Version*, New York: Garland, 1991. 下面对该诗作的引文均译自此版本,诗行行码随文注出,不再加注。

[②] A. C. Spearing, *Readings in Medieval Poetry*, Cambridge: Cambridge UP, 1987, p. 134.

[③] 关于中古英语头韵体复兴运动及其成就,有兴趣的读者可参看肖明翰《英语文学传统之形成——中世纪英语文学研究(下册)》,第九章:头韵体诗歌。

[④] D. J. Williams, "Alliterative Poetry in the Fourteenth and Fifteenth Centuries", in W. F. Bolton, ed., *Sphere History of Literature in the English Language: The Middle Ages*, London: Sphere Books, 1970, p. 111.

广泛运用平行、对衬、象征、伏笔、前后照应等许多艺术手法以及逐渐发展但前后一致的主题思想把所有的事件和场景全都紧密地结合在一起，使这部2531行的长篇叙事诗成为结构精巧、内在逻辑严密的艺术整体。从这个方面看，中世纪英国文学中，除乔叟的《特洛伊罗斯与克瑞茜达》和《坎特伯雷故事》中某些故事外，没有作品能与之相比。有学者甚至认为它是"所有用中古英语创作的浪漫传奇中最好的一部"[①]。特别值得称道的是，同福楼拜、詹姆斯等近现代杰出小说家的所谓"客观"叙事手法十分相似，《高文》诗人大体上从第三人称有限视觉（the third person limited point of view）叙事。故事的开篇是叙述者从亚瑟王宫中人物的视角讲述外来挑战者绿色骑士的到来，在高文的旅途开始后，所有事件、景色和场面几乎都是由叙述者从高文的视觉描写和叙述，诗人自己几乎没有干预或解释。至于绿色骑士的身份、他前往卡米洛的缘由、城堡女主人对高文的引诱等谜团，也全都由作品人物——绿色骑士本人向高文道出。应该说，《高文》诗人的叙事艺术十分优秀，也很"现代"，是《高文爵士与绿色骑士》不仅在中世纪而且在整个英国文学史上都是一部少有的杰作的重要原因之一。

更重要的是，中世纪没有为艺术而艺术的唯美主义者，《高文爵士与绿色骑士》里每一个事件，每一个场景，乃至每一个细节都被赋予特定甚至丰富的含义。《高文》诗人精巧的艺术设计服务于他的主题思想深化、人物塑造和情节发展，服务于他在诗中所进行的深入的道德与人性探索以及一定程度上的现实批评。这是这部诗作最主要的艺术特色和最重要的成就。当然，中世纪浪漫传奇普遍都关注道德价值，不同的是，大多数浪漫传奇往往突出故事情节和传奇色彩，而骑士英雄大多主要是各种骑士美德的化身。与之不同，《高文》诗人则逐渐弱化情节的传奇性以突出人物塑造和道德意义，而且他所主要关注的不是各种静态的美德或邪恶本身，也就是说他并不仅仅是指明善恶或用人物来体现某种美德与邪恶，而是对生活在现实中处于复杂的善恶冲突里的人进行道德探索。他注重的是人那易于变动的本性，是人在生活的考验中如何维护、发展、获得或者失去美德，如何堕落或者完善自己。也就是说，他进行的道德探索，他的人物形象的道德意义，都同生活一样总是处于变化发展的动态状况之中。因此，

[①] A. C. Spearing, *The Gawain-Poet: A Critical Study*, Cambridge: Cambridge Univeristy Press, 1970, p. 172.

第六章 《高文爵士与绿色骑士》

诗人十分注重通过现实生活的考验来塑造人物。众所周知，中世纪文学作品中的人物，一般都是单一、平板、静态的形象，而高文可能是中世纪英语文学中除乔叟的克瑞茜达外，唯一具有特别心理深度并随故事的深入而逐渐发展变化的人物。前面分析过的《伊万与高文》里的伊万也是一个逐渐发展变化的人物，但他缺乏克瑞茜达和高文那种文艺复兴以来一些近现代文学形象才具有的心理深度。

还有一点特别有意思，那就是，此前本书中分析的许多中古英语作品都以某部法语作品为源本，尽管作者也进行了程度不同甚至本质性的改写和增删。但与那些作品不同，学者们无法找到一部哪怕是与《高文爵士与绿色骑士》多少相似的法语作品。当然，《高文爵士与绿色骑士》毫无疑问也从法语和拉丁语作品以及民间传说中吸取了大量材料，但如同乔叟在他所有的作品中所做的那样，《高文》诗人在使用各种材料时，天才地发挥了他那在中世纪特别令人赞叹的独创性，从而赋予他的作品独特的品格。其实不仅这部作品，他的其他三部诗作也是如此，所以学者们才认为，它们全都出自一人之手，尽管至今无法知道他是谁。

《高文爵士与绿色骑士》里特别重要的材料来源是民间传说。比如，这部作品在情节上主要由三个方面组成：砍头游戏（beheading）、诱惑（temptation）和交换战利品（exchange of winnings）。它们主要来自欧洲各地的民间传说，显然都不是《高文》诗人的原创。在中世纪文学中，它们都曾分别反复出现，深为中世纪文学家所喜爱。比如，在亚瑟王传奇作品里，前面分析过的《土耳其人与高文爵士》中也有砍头的情节。但唯有在《高文爵士和绿色骑士》里，它们才出现在同一部作品里。[①] 更重要的是，它们不是被简单地糅合在一起，而是被作者赋予了新的意义，并运用高超的艺术手法，天衣无缝地建构成结构紧密的有机整体。人们很难觉察甚至很难想象，它们竟然来自不同的民间故事。正如布鲁尔所指出，这部诗作最"具独创性"最"迷人"的特色就是"诗人天才"地把"这三个关键成分放在一起并将它们整合成一个故事"。[②]

虽然砍头游戏、诱惑和交换战利品都是中世纪文学中比较常见的故事

[①] 参看 Spearing, *The Gawain-Poet: A Critical Study*, p. 171.

[②] Elisabeth Brewer, "The Sources of *Sir Gawain and the Green Knight*", in Brewer and Gilbson, eds., *A Companion to the Gawain-Poet*, p. 241.

情节，但我们逐渐发现，《高文》诗人对这三个成分都做了重大改造。在所有其他作品里，尽管人物、地点和一些细节有所不同，但这些情节的基本模式还是相当一致的，并且完全符合传奇文学的模式和要求，以突出故事的传奇色彩、增强情节刺激和弘扬骑士精神。然而在《高文爵士和绿色骑士》里，诗人在所有这三个情节组成部分中都颠覆了传统的情节模式，"背叛"了读者的阅读预期。砍头游戏是这部传奇中最惊险的情节，而且制造了一直促使读者读下去、急于想看到结果的悬念，然而当一切最终真相大白之时，读者却发现自己遭到"捉弄"：这一切不仅是骗人的魔法，而且其结果早在卧室里的甜言蜜语中就已经不知不觉地决定了。诱惑借用的是宫廷爱情的模式。从表面上看，《高文爵士和绿色骑士》中的"爱情游戏"是中世纪英国文学中除了乔叟的《特罗伊洛斯与克瑞茜达》之外对宫廷爱情的最杰出最典型的描写。但同传统的宫廷爱情中高度理想化、程式化的骑士追求意中情人的模式相反，卧室中的"爱情游戏"不仅毫无爱情可言，而且是被作为绿色骑士的妻子用来陷害高文爵士的手段。这表明，作者不仅能十分熟练地运用宫廷爱情话语和模式，而且还能根据自己的创作意图得心应手地对宫廷爱情进行颠覆和嘲讽。至于交换战利品的游戏，那更是一出滑稽剧：高文用来交换绿色骑士冒着生命危险获得的猎获物的所谓战利品，不是在厮杀中用鲜血换来的战果，而是他在卧室里得到的亲吻！在所有这三个方面，作者都突出地增加了喜剧乃至滑稽的色彩。不仅如此，我们还将看到，诗人在巧妙运用这些借用来的材料时，既颠覆了骑士浪漫传奇那种往往远离现实、远离现实中的人的模式，也赋予了它们新颖而深刻的意义。

由此可见，诗人在把这三个情节成分纳入作品的同时也解构了它们传统的模式和意义。但诗人显然不主要是同传统作对，而是抱有深刻而严肃的创作目的。他是借用中世纪人所熟悉的情节来服务于自己的创作。如果我们深入考察，就会发现，砍头游戏、诱惑和交换战利品虽然来源不同，情节迥异，但在这部作品里，它们从三个方面表现了一个共同的主题：考验。考验主题可以说同人类文学一样古老，而且从犹太－基督教的观点看，人类历史本身就开始于亚当和夏娃没能经受住诱惑的考验。在很大程度上，《圣经》里每一个事件都是一次对人的考验，是一次使人遭到毁灭或在道德和精神上得以成长或再生的考验。《高文》诗人继承这一传统，把诗中所有重要事件都作为对高文的考验，来揭示人性的弱点和表明人只

第六章 《高文爵士与绿色骑士》

有在考验中，特别是在现实生活里可能发生的考验中，才能在精神上成长和成熟。他改写借用来的情节，解构浪漫传奇的传统模式，正是为了突出考验主题和深化道德探索。

其实，对借用来的材料赋予新的意义以服务于自己的创作在《高文爵士与绿色骑士》一开始就突出地表现出来。在讲述高文的故事之前，同许多中世纪作品一样，诗作也有一个引子，它包括两个诗节共36诗行。诗人在第1节（共19行）里，同蒙莫斯的杰弗里的《不列颠君王史》等关于不列颠的编年史一样，以讲述特洛伊的毁灭和不列颠建国为开篇：

> 围攻特洛伊的战火终于熄灭，
> 都市坍塌四处残垣被烧成废墟，
> 那带来惨剧的通敌之人遭到审判，
> 他的背叛显而易见无可置疑。
> 他就是高尚的埃涅阿斯，他的后代
> 征服了许多王国，成为西方岛屿
> 之主人，拥有几乎所有财富和土地。
> (ll. 1 – 7)

诗人随即转向埃涅阿斯的后代罗穆卢斯（Romulus）建造"伟大而宏伟"（l. 8）的罗马以及其他子孙征服各地的事迹，但他的重点是：

> 满心喜悦的布鲁图跨越英吉利海峡，
> 在许多宽广山峦上欢快地缔造不列颠。
> 从此之后
> 战争、繁荣和苦难
> 经常降临这片国土；
> 幸福与灾祸不断
> 在那里交替蔓延。
> (ll. 13 – 19)

在追溯了不列颠的建国与特洛伊文明以及伟大的罗马之间的渊源之后，诗人在第2节里进入不列颠历史，像杰弗里那样把亚瑟王视为这一文明之血脉的继承者,认为他在"所有不列颠君王中/最为高雅"(ll. 25 - 26)。在诗作结尾,诗人还再一次说:"勇猛的布鲁图,在特洛伊/的围困与进攻停息后,来到这里。"(ll. 2524 - 25)这样,通过与 200 多年来在英国和欧洲广泛传抄影响深刻并被认为是"信史"的《不列颠君王史》以及其他关于不列颠的编年史互文,《高文》诗人很巧妙地把亚瑟王朝的传奇、高文之经历同不列颠"历史"联系在一起,进而把高文塑造成亚瑟王朝或者说英格兰民族的代表,因此拓宽了作品的愿景并使高文所经受的考验与精神成长具有历史的深度和普遍的意义。

不过,任何细心的读者都不会不注意到,诗人在作品开篇不仅把高文传奇纳入特洛伊 - 不列颠历史,而且还特别突出地强调了罗马建国者乃至由罗马传递下来的欧洲文明之父埃涅阿斯的"背叛"。关于埃涅阿斯背叛特洛伊的传说并非来自荷马的《伊利亚特》,也与维吉尔的《埃涅阿斯记》无关,而是出自可能产生于古罗马后期和中世纪初期的拉丁散文著作《特洛伊覆灭史》(History of the Fall of Troy)和以日记形式写出的六卷本《特洛伊战争记》(Journal of the Trojan War)。这两部著作据说分别出自佛里吉亚[①]的达雷斯(Dares of Phrygia)和克里特岛[②]的狄克提斯(Dictys Cretensis)之手。这两部作品都强调,特洛伊的陷落根源在于特洛伊贵族,特别是埃涅阿斯和安忒诺耳(Antenor)的背叛。两部作品都描写埃涅阿斯和安忒诺耳与希腊人勾结,将希腊军队放入城中,并指引他们杀到王宫。两书的作者都谴责了特洛伊贵族们的卑鄙本性。[③] 在荷马的《伊利亚特》里,安忒诺耳的确是主和派,希腊人破城后,也宽待他和他的家庭。然而荷马的埃涅阿斯,更不用说维吉尔笔下的英雄和罗马的建国之父,都没有这样的劣迹。

被传是《特洛伊覆灭史》的作者的达雷斯实际上也出现在荷马的《伊利亚特》里,他是火神赫菲斯托斯(Hephaestus)的祭司,而狄克提斯也是《伊利亚特》里的人物,他随克里特国王伊多梅纽斯(Idomeneus)[④] 出

---

① 佛里吉亚(Phrygia)为小亚细亚一古国。
② 克里特岛(Cretensis,拉丁文;即 Crete)为希腊第一大岛,是希腊文明和神话中的重要地区。
③ 请参看 Russell Butter, "The Treason of Aeneas and the Mythographers of Virgil: The Classical Tradition in *Sir Gawain and the Green Knight*", in E. l. Risden, ed., *Sir Gawain and the Classical Tradition: Essays on the Ancient Antecedents*, Jefferson, NC: McFarland, 2006, p. 30。
④ 在特洛伊战争中,克里特国王伊多梅纽斯属于希腊一方。

第六章 《高文爵士与绿色骑士》

征特洛伊。因此，这两部著作的作者都自称是特洛伊战争的亲历者，宣称他们所记载的是他们的亲身经历、亲眼所见，而荷马则出生在战争结束很久之后，所以他们记载的才是历史的真实。然而学者们一般认为，《特洛伊战争记》大约产生在 4 世纪，而《特洛伊覆灭史》有可能迟至 6 世纪才出现，其作者有可能就是那位宣称将该作从希腊文译成拉丁文的科尼利厄斯·尼波斯（Cornelius Nepos）① 本人。由于许多希腊典籍，包括荷马史诗，在中世纪几乎无人知晓，所以中世纪人关于特洛伊战争的了解大多来自这两部著作和根据它们而写出的其他作品。后来，13 世纪意大利诗人圭多（Guido delle Colonne）以这两部著作，以及此前一些根据这两部著作创作的其他作品，如前面多次提到过的贝诺瓦（Benoît de Sainte-Maure）的 12 世纪古法语浪漫传奇诗作《特洛伊传奇》（Le Roman de Troie）等为基础，写出散文体《特洛伊覆灭史》（Historia Destructionis Troiae）。圭多很有才华，曾受但丁称赞；他的这部著作在中世纪中后期影响十分广泛，许多与特洛伊战争有关的作品都直接或间接受其影响，比如薄伽丘的《菲洛斯特拉托》（Filostrato）和英诗之父乔叟的《特洛伊罗斯与克瑞茜达》。《高文》诗人显然也受这些中世纪作品影响，他关于埃涅阿斯背叛特洛伊的说法有可能直接来自圭多，但那种传说的真正始作俑者是佛里吉亚的达雷斯和克里特岛的狄克提斯。

在《高文爵士与绿色骑士》的引子里，维吉尔那广受推崇的史诗里歌颂的伟大英雄埃涅阿斯被认为既是缔造罗马的"高尚"（athel）之人，又是"通敌"的特洛伊叛徒，而他的后裔给不列颠带来的也既有"繁荣"，也有"战争"与"苦难"，既有"幸福"，也有"灾祸"。这显然是有深意的，但这层深意却被作者像一个优秀的侦探作家一样作为伏笔埋伏下来，等到恰到好处之时才会显示出来。读者最终将发现，当《高文》诗人将主人公及其故事纳入特洛伊－不列颠传统之中，并同时强调埃涅阿斯和不列颠君王们的善与恶的两面之时，他实际上已经巧妙地预示了诗作的主题发展和主要人物形象的本质，因此也向我们暗示了解读作品的方向。这一层深意也要在诗作后面部分才逐渐表现出来，并在结尾得到回应、强调和深化；作品也因前后照应而主题突出，可见作者统管全局之巧妙构思。

---

① 这位自称科尼利厄斯·尼波斯的"译者"生平不详，但并非公元前 1 世纪那位著名的古罗马历史学家和学者科尼利厄斯·尼波斯（Cornelius Nepos，110? BC—25? BC）。

在如此通过引子暗中为高文的故事设计了主题思想的框架之后，诗人开始讲述他认为即使在"亚瑟王那些离奇故事中"也是"异乎寻常"的"奇异历险"（ll. 27 – 29）。像杰弗里等许多中世纪作家通常宣称的那样，《高文》诗人也一本正经地告诉读者，他只不过是转述他所听来的故事，因为高文与绿色骑士非同一般的传说早已在这片土地上广为流传。同样也和许多亚瑟王传奇作品一样，这个故事也是以亚瑟王的宫廷宴会开始，地点是卡米洛，时间是圣诞节和新年期间。亚瑟王、格温娜维尔王后以及那些"基督本人之外最著名的骑士"，各地贵族和"有史以来最美丽的女士"，（ll. 51 – 52）全都聚集在一起。庆宴长达15天，白天比武宴庆，晚上轻歌曼舞，到处欢声笑语。然而，也像在许多亚瑟王传奇作品里难以预料的事件或挑战通常发生在庆宴的欢乐气氛中一样，在这部诗作里，在新年那天的欢宴上，一个"高大凶猛""威武英俊"，犹如"半个巨人"的骑士突然纵马进入宴会厅，更使众人目瞪口呆的是，他从人到马、从衣着到肤色乃至头发胡须"浑身上下一片鲜绿"①。（ll. 135 – 50）他手持一柄令人生畏的绿色巨斧，向亚瑟王和圆桌骑士们挑战。不过，他的挑战更让亚瑟王和圆桌骑士们惊诧。当亚瑟王告诉他"如果你想单打独斗，/那你将不会失望"（ll. 277 – 78）时，绿色骑士轻蔑地回答："在座都是嘴上无毛的孩子，/如果我披挂上阵，这里/没有能与我对阵的男人。"（ll. 280 – 82）他说，他所要的只是一个"圣诞节游戏"（l. 283）：他要他们中任何一个"有胆量"的人用那柄绿色巨斧砍他，条件是一年零一天后到他的绿色教堂去找他，接受同样一刀。

他此前已告诉亚瑟王，他之所以前来向他们挑战，是因为亚瑟王朝"声名远播"，他听说卡米洛"天下无双"，圆桌骑士们"上马厮杀勇冠天下"，"风度气质"也无与伦比。（ll. 256 – 64）也就是说，他前来不是向某个骑士，而是向享有盛名的亚瑟王朝挑战。然而堂上一片死寂，绿色骑士嘲笑说：

---

① Green Knight 往往被译为绿衣骑士，是不对的。诗人用两个多诗节共62行（ll. 146 – 202）详细描绘：不仅其衣着、马鞍、巨斧，而且他的面容肤色、他的头发胡须，乃至他的高头大马全都一片鲜绿，因此应按原意译为绿色骑士。另外，诗作中还多次提及他是绿色人。比如，高文在寻找他的路上向人打听时，路人回答"有生以来/他们从未见过那样绿颜色的人"（pat neuer in her lyue/pay seze neuer no segge pat watz of suche hwez of grene）（ll. 706 – 707）。另外，如果仅仅把他视为穿着绿衣的骑士，不仅不准确，而且还会完全失去他的神秘性、象征寓意和所体现的民间传说的文化意义。

第六章 《高文爵士与绿色骑士》

> 你们的高傲与征服在哪里,
> 还有你们的勇猛、怒气和吹嘘?
> 圆桌的狂欢与声名仅因一人
> 开口说话现在就已荡然无存,
> 还未交手你们就吓得一声不吭。
>
> (ll. 311–15)

绿色骑士随即放声大笑,然而无论他如何嘲笑,圆桌骑士们都沉默不语;于是亚瑟王不得不亲自出面接受挑战。

在这紧要关头,不是为救格温娜维尔王后敢于徒手从刀刃上爬过河的那位法兰西传统亚瑟王浪漫传奇中的"天下第一骑士"朗斯洛,而是几百年来不列颠游吟诗人口中和编年史里一直是亚瑟王最忠诚、最得力的助手和英格兰人眼中骑士美德之典范的高文爵士出面阻止国王,勇敢地接受挑战。不仅如此,他还很得体地说:这类"愚蠢的游戏"根本不适合高贵的亚瑟王和在座的这些"在战场上无与伦比"的"勇敢"骑士,所以只能由他这样"生命最无价值""最软弱无能"之人出手(ll. 348–55)。他对亚瑟王说:"我受人赞赏仅因你是我舅父,/除了流淌着你的血液我一无是处。"(ll. 356–57)他言下之意是,像他这样无用之人尚敢接受挑战,更不用说其他人,他们没有出手仅仅是不屑于参与这种"愚蠢的游戏"。

在得到亚瑟王允许后,高文用巨斧砍掉了绿色骑士的头。高文是亚瑟王的外甥,宴会上坐在王后旁边。诗人让高文表明自己高贵的身份,再结合引子中强调的亚瑟王身上的特洛伊-不列颠传统,高文实际上是作为亚瑟王朝的代表,在危机中捍卫了罗格勒斯王国[①]或者说英格兰民族的尊严。关于这一点,诗作的结尾通过对英法百年战争的暗示还将进一步表明。一年后,高文为履行诺言,离开卡米洛,前去寻找绿色骑士。他履行诺言不仅是为他自己的信誉,也是为亚瑟王朝的尊严,因为绿色骑士挑战的是亚瑟王朝,而高文也是替代亚瑟王和代表亚瑟王朝接受挑战。

在《高文爵士和绿色骑士》的三个情节组成中,砍头游戏最为刺激,而且渊远流长。学者们认为,砍头游戏最先出现在凯尔特民间故事里,现存最

---

① 罗格勒斯(Logres)是浪漫传奇中亚瑟王建立的王国之名,也指英格兰,其词源和词义下文将谈到。

早的记载是在一个大约产生于8世纪的爱尔兰英雄故事（saga）中。在随后几个世纪里，它以各种形式出现在爱尔兰、法国、英国、苏格兰以及其他一些地区的浪漫传奇和民间故事里，达数十种之多。[1] 诗人以这个为中世纪人熟知的故事开端，立即把读者或听众带进一个神秘的传奇世界。

在很大程度上，高文寻找绿色骑士的旅途就是从一个神秘的传奇世界逐渐进入一个相对来说更为接近现实的历程；诗作的基本走向也是如此。在这个过程中，作者从地点、时间到人物内心活动以及事件的描写等各方面不断加强作品的现实性。这样有意识地加强现实性，在此前的英国文学作品中实不多见。不过，在14世纪后半叶，即乔叟时代或者说《高文爵士和绿色骑士》的创作时期，现实主义已经开始成为英国文学发展的重要推动力，成为当时英国文学繁荣的重要根源，同时也是其重要特征。这方面的代表作品自然是《坎特伯雷故事》。《高文》诗人显然也受到这一潮流影响，而他有意识地加强诗中的现实性，自然是为了深化考验主题，有助于道德探索；因为如果主人公经历的考验不大可能在现实中发生，其意义就会大打折扣。当然，正如乔叟在《坎特伯雷故事》等一系列具有现实主义特色的作品中表达了英格兰民族性一样，《高文》诗人这部创作于百年战争期间英格兰民族意识迅速发展之历史语境中的诗作里的现实主义元素既体现同时也加强了作品的英格兰性。

其实在引子里，《高文》诗人在强调不列颠历史上"繁荣"与"苦难"、"幸福"与"灾祸"不断交替出现时，就已经预示出作品一定的现实主义倾向。另外，对时间和地点等细节的关注是现实主义的一个突出特点。一般来说，中世纪文学家，特别是法语传统的浪漫传奇作家们，并不注重时间和地点的确定性，所以浪漫传奇故事似乎是发生在神话世界里，其时间地点往往模糊不清，比如克雷蒂安那些著名的亚瑟王故事如《朗斯洛》和《波西瓦尔》等都是如此。但《高文爵士和绿色骑士》大为不同。首先，诗中所有重要事件都发生在确定的日子里，而且时间脉络越来越准确、清晰。比如，在高文旅途的最后阶段，他于12月24日到达绿色骑士的城堡，参加了连续4天（圣诞节、圣史蒂芬节、圣约翰节和圣童节）的圣诞

---

[1] 请参看 Laura H. Loomis, "*Gawain and the Green Knight*", in Donald Howard and Christian Zacher, eds., *Critical Studies of Sir Gawain and the Green Knight*, Notre Dame: University of Notre Dame Press, 1968, p.7, 以及 George l. Kittredge, *A Study of Sir Gawain and the Green Knight*, Gloucester, Mass: Peter Smith, 1960。

第六章 《高文爵士与绿色骑士》

庆宴，直到28日临晨；随即是3天的诱惑，最后是在元旦那天同绿色骑士相遇。整个期间，时间脉络十分清楚，实为中世纪文学所仅见。

更有意义的是诗人对高文寻找绿色骑士的旅途以及相关地域的描写。如浪漫传奇里通常描写的那样，高文寻找绿色城堡的前一段路途还比较模糊，没有地形地貌的描写。在高文出发时，诗人说高文是在"穿越罗格勒斯王国"（realm of Logres）（l. 691）。罗格勒斯即浪漫传奇文学中亚瑟王建立的王国，此词源自中古威尔士语 Lloegyr，原意指不列颠南部，后来指英格兰。杰弗里在《不列颠君王史》里对这个地名词（拉丁语 Loegria）的词源做了很好的文学性说明，说它源自不列颠缔造者布鲁图大儿子的名字。他说，布鲁图的三个儿子罗科林努斯（Locrinus）、坎贝（Camber）和奥尔巴那克图斯（Albanactus）被分别封为三个地区的国王，他们的王国按他们的名字被命名为罗格利亚（Loegria，即英格兰）、坎贝利亚（Cambria，即威尔士）和奥尔巴尼（Albany，即苏格兰）。[1] 所以，诗人在高文出发时尽管没有具体描述其旅途，但强调了高文是身处英格兰。

对细节的描写是现实主义一个重要特征。随着高文旅途的进展，诗人的叙述也发生了变化，他对高文路途中的地形地貌的描写越来越清晰具体，完全不像传统浪漫传奇里那种抽象或随意描写。比如，诗人对高文途中的山地景色，特别是对所谓绿色教堂（长满青草的山包）周围地貌的细致而生动的描绘，完全可以同现代现实主义小说里同类描写媲美。拉尔夫·艾略特指出：作者的描写是来自他"细致的观察"，所以能"使读者或者听众如亲眼所见，清晰得令人惊奇。"更有意义的是，作者甚至使用"诗人自己的［英格兰］中部地区西北部的方言词汇来描写"。[2] 用当地方言来描绘该地区的地形地貌是诗人颇具特色的创造，也是他的现实主义的表现。经学者们考查，高文的"旅程同中世纪人从英国南部到柴郡的旅途即使在细节上也完全一致"。[3] 另外，诗人对绿色骑士的哥特式城堡的细致描写也"完全符合14世纪最时髦的城堡的设计式样"。[4]

---

[1] 见 "Lloegyr", in *Wikipedia*, https：//en. wikipedia. org/wiki/Lloegyr, 17/12/2017。

[2] Ralph Elliot, "Landscape and Geography", in Brewer and Gilbson, eds., *A Companion to the Gawain-Poet*, p. 105.

[3] Ad Putter, *An Introduction to the Gawain-Poet*, London：Longman, 1996, p. 49. 另外还可参看 Ralph Elliott, "Landscape and Geography", in Brewer and Gilbson, eds., *A Companion to the Gawain-Poet*, pp. 114－115。

[4] Nicola Coldstream, quoted in Putter, *An Introduction to the Gawain-Poet*, p. 54.

高文的旅途从英格兰南部到描写越来越清晰具体的中部西北方的柴郡，象征着他从虚无缥缈的浪漫传奇世界逐渐进入中世纪英格兰现实。前面谈及柴郡等西北地区与黑王子、兰开斯特公爵和理查德二世的特殊关系，因此诗人把高文旅途的目的地设在14世纪中后期英格兰这一重要政治和文化区域（很可能也是作者自己的家乡），而且专门使用方言来具体描写以便读者或听众明白绿色骑士的城堡所在地，应该说不是偶然。

当然，《高文》诗人的现实主义并不局限于对时间和地点的描写。时间和地点的逐渐具体化清晰化象征性地表明高文逐渐从传奇世界进入现实世界；诗人把高文带入现实世界的另外一个同时也是更为重要的方面是使他的旅途"平凡化"。在通常的浪漫传奇里，作者往往都竭力渲染骑士英雄超乎寻常的冒险经历，描写他的生死搏斗，他的对手有时甚至是神秘世界里拥有超自然力的巨人或怪物。相反，《高文》诗人却有意淡化高文的冒险经历，他仅用了短短6行（ll. 718-23）来概述高文在途中诛杀各种猛兽、恶龙、魔怪，可以说是一笔带过。然而他在淡化打斗情节的同时，却浓墨重彩地描写沿途的美景、高文的穿着、波提拉克（即绿色骑士）的城堡及室内陈设。他甚至不无深意地说，"如果说他的打斗惊心动魄，却远不及严冬"（l. 726）。他随即用了9行来描写高文如何忍受严寒。他如此重视风景、衣着、居室和严寒，毫无疑问是因为它们存在于现实之中，因此与作者将传奇故事现实化的整体倾向一致。

值得指出的是，在同一时期，乔叟等其他主要英语文学家也在淡化对战争或者打斗的描写。① 比如，乔叟的《骑士的故事》改写自薄伽丘的《苔塞伊达》。薄伽丘对忒修斯征讨亚马逊和底比斯的战争描写长达两卷，被乔叟仅用几行一笔带过。也就是说，将情节平凡化、现实化不仅是《高文》诗人个人的创作特点，而且也是理查德时代英国文学第一次重要繁荣时期的一个突出倾向。乔叟等英国文学传统的奠基者们的这一基本倾向深刻影响了英国文学未来几百年的发展，逐渐形成了英国文学中注重现实生活、突出道德探索而淡化战争描写和传奇色彩的传统。

不过，《高文爵士和绿色骑士》的现实主义倾向也许最突出地表现在人物塑造上。下面将谈到，随着故事的发展，高文将从一个高大完美的骑

---

① 关于14世纪理查德时期英语诗歌的这一特征，可参看 J. A. Burrow, *Ricardian Poetry: Chaucer, Gower, Langland, and the Gawain Poet*, New Haven: Yale University Press, 1971。

第六章 《高文爵士与绿色骑士》

士典范或者说"五星骑士"逐渐"下降"为现实中有弱点、有缺陷但在道德上却能不断成熟、不断完善的普通人。虽然在表面上同其他浪漫传奇里的骑士英雄一样，高文也踏上了危机四伏的路途，但严格地说，他所经历的并非冒险旅途，而是考验历程。冒险旅途和考验历程的根本区别在于，前者注重险象环生的情节事件，而后者主要呈现的是主人公的精神成长。《高文》诗人加强作品的现实性，塑造现实生活中的人，正是为了加强考验的现实意义，为道德探索创造条件；因为不可能在现实中发生，不可能发生在现实生活中的人身上的考验，自然没有多少实际意义。

但另外，以基督教思想为核心的中世纪欧洲的艺术在本质上是象征艺术。在中世纪人看来，上帝是终极真理，是无边的善，人世间一切美都是上帝至善的流溢。所以，文学艺术归根结底就是要揭示上帝的真、善、美，表达基督教的精神和道德。但无论是上帝的真、善、美还是基督教精神和道德都抽象无形，只能用象征来体现。塔塔科维兹指出："中世纪的思想方法是象征性的，而这时期的艺术则是这一思想方法的表现。"[①] 可以说，象征是中世纪欧洲文学艺术的核心和本质。在关注灵魂救赎的中世纪人看来，象征意义指引方向，指出最终目标，但现实意义却是直接引导现实中的人朝向最终目标一步步地走。因此，象征意义和现实意义是同一精神进程不可分割的两个方面。最杰出的中世纪文学作品全都注重象征和现实层面的统一。

早在盎格鲁—撒克逊时期，古英语文学家们就十分注重这两个层面的相互作用。比如《贝奥武甫》的基本结构就是以基督教的善恶冲突为核心的贝奥武甫诛杀魔怪的象征层面同以日耳曼文化传统为核心的社会现实层面之间的映衬与交融，并以象征层面映衬诗人所关注的现实社会。[②] 特别是到 14 世纪，英语文学已经形成了在同一部作品中建构象征和现实两个层面相互映衬的传统。由于现实主义在英语文学中进一步发展，现实层面和象征层面之间的映衬和交融更加密切，也更具有艺术性。象征层面赋予或揭示出作品深刻的精神意义和道德意义，现实层面则使抽象的精神和道德观念不仅形象化而且深深植根于现实之中和具有现实意义，而作品的真正

---

① ［波］沃拉德斯拉维·塔塔科维兹：《中世纪美学》，褚朔维等译，中国社会科学出版社 1991 年版，第 175 页。

② 关于《贝奥武甫》的象征层面和现实层面的相互映衬及其意义，可参看肖明翰《〈贝奥武甫〉中基督教和日耳曼两大传统的并存与融合》，《外国文学评论》2005 年第 2 期。

意义就产生于它们的交互作用和统一。这两个层面的交互作用和统一特别杰出地表现在《农夫皮尔斯》和《坎特伯雷故事》里。比如，后者的朝圣旅途一方面是英国社会的一个动态缩影，同时它象征着人类回归上帝的精神之旅。这种象征与现实两个层面的相互映衬与交融是中世纪英国文学一个重要特征，因此也是我们解读中世纪英国优秀文学作品的主要切入点和线索。

同样，象征层面与现实层面的映衬与交融也是《高文爵士和绿色骑士》的基本特征，它们突出作品的考验主题和深化道德探索的意义。一方面，如上所说，诗人有意识地加强作品的现实性，但同时也巧妙地赋予作品明显的象征意义。故事一开始，诗人就用了大段诗行赞颂亚瑟王和圆桌骑士们，描写他们在那传说中的卡米洛宫廷里的欢乐与幸福。他赞扬说，亚瑟王是"最高贵的国王"，他和圆桌骑士们是"基督之下最高尚的骑士"，是"天下最幸运的人"。他们拥有"全世界的财富"，他们的"厅堂和内室充满欢声笑语"。他们比武、游戏、跳舞，同"世上最可爱的贵妇人"一起，无忧无虑，尽情享受着无尽的欢快与祥和（ll. 37 – 59）。在诗人笔下，卡米洛闪现出伊甸园的影子。然而，如同撒旦的出现使亚当和夏娃失去乐园一样，绿色骑士的不期而至也结束了亚瑟王宫中美好的生活，高文也因此离开"乐园"，踏上了充满磨难与考验而且似乎是必死无疑的旅程。人类的苦难历史开始于撒旦的诱惑，高文的历程也开始于绿色骑士在"新年"第一天的挑战。亚当因经不住夏娃的诱惑、违背对上帝许下的诺言而堕落；下面我们将谈到，高文也因波提拉克之妻的诱惑而"堕落"——违背对城堡主人许下的诺言，收藏了绿腰带。另外正如《圣经》试图表明的，人类历经尘世间的磨难与考验，逐渐向上帝回归，高文也因历经考验而在道德上逐渐成熟。高文的经历象征着人类失去乐园后在尘世中的艰难历程。同时，由于作者一开始就不断暗示、表现和突出不列颠/英格兰的历史、地域并强调高文代表亚瑟王朝或者说罗格勒斯（英格兰）王国接受挑战去寻找绿色骑士，因此《高文》诗人突出现实性的创作也将高文的传奇故事更明显地植根于英格兰现实中，有助于体现英格兰性和表达英格兰民族意识。

伊甸园中的亚当是上帝完美的杰作，以他为参照，《高文》诗人也尽力表现高文在卡米洛宫中高大完美的形象。高文是亚瑟王的外甥，拥有高贵的血统和更为高贵的品质。他是亚瑟王传奇中最早的骑士之一。在几百

第六章 《高文爵士与绿色骑士》

年的民间传说中，布列塔尼的游吟诗人把他的事迹和高贵品质传颂到欧洲各地，早在12世纪初，也就是在亚瑟王浪漫传奇兴起甚至在杰弗里的《不列颠君王史》出现之前，在意大利摩德纳大教堂的浮雕里他就已经是亚瑟王的主要助手。随着亚瑟王浪漫传奇文学的兴起，他很容易也很快就被宫廷诗人们塑造成中世纪骑士的典范。《高文》诗人继承这一传统，并突出这个在英格兰广受喜爱的骑士英雄的英格兰身份，进而把他置于各种严峻考验中来把他塑造成基督教骑士的典范。

为塑造高文完美的形象，诗人赋予他中世纪理想中的骑士几乎所有的美德。首先，他接受挑战是因为亚瑟王已轻率地接受了挑战，所以他是出自骑士的忠诚，为国王牺牲自己。这就使他的形象超越了所有沉默不语的骑士，也超越了"略带孩子气"（l. 86）而且比较冲动的亚瑟王。其次，他在接受挑战时，态度谦逊，用语得体，既维护了罗格勒斯王国的尊严，也照顾了亚瑟王的颜面。尤其是在他出发时，诗人借描绘他披挂上马的机会，极富象征意义地对他进行全面展示。作者十多次使用黄金来形容他的高贵，说他"犹如纯金"。（l. 633）他显然不仅仅是在描写高文的外表和穿着，而且是在揭示他的骑士形象和内在本质。

最为突出的是，诗人竟用了长达43行的段落来描写高文盾牌上的金色五角星，阐释其象征意义。这是诗中最具象征性的段落，它融合基督教信仰和日耳曼武士文化传统，是所有中世纪英国文学作品中最集中、最全面地表达基督教骑士精神、表现理想中的骑士美德的诗行。

为强调高文盾牌上五角星的特殊意义，诗人特意说明，它是"很久以前由所罗门所创，/用以象征忠实（trawpe，即truth）"（ll. 625-26）。"它由五个优美的角组成，/每一条线都与其他线条结合，相互连接，/天衣无缝"，因此它是完美的象征，正好与"纯金"般的高文"相符"。（ll. 627-33）诗人随即说明，五角星象征五组品质，而每组又包含五种美德，一共25种。这些品质从骑士技艺、基督教信仰到由基督教精神和日耳曼观念升华出的五种骑士美德：慷慨、慈悲、纯洁、谦恭和虔诚等，全都体现在高文身上。这些品质和美德在总体上又都指向五角星所象征的"忠实"。高文的盾牌象征他的防御体系，而他的防御体系就是由各种美德共同组成。这个体系的核心是他对上帝的信仰和忠诚，所以他的盾牌的内面是圣母玛利亚的肖像（l. 649）。

忠实或真实（trawpe）在中世纪含义十分广泛，从对主人的忠诚到对上帝的信仰，从履行自己的诺言到真实地对待自己，特别是对待自己的过失，几乎无所不包。它是中世纪基督教精神、日耳曼部族传统和封建领主制观念的集中体现。中世纪英国主要文学家如乔叟、郎格伦和高尔等都对它进行了深入探索和文学表现。高尔（John Gower, 1330? —1408）在代表作《情人的自白》（*Confessio Amantis*, 1390）里说："人之美德/以真为首。"① 高文最突出的美德正是他的真，他的忠实，而他最大的失误也恰恰是不忠实，或者说没能真到底。

需要特别强调的是，诗人绝非仅仅是在罗列骑士的品质和美德。首先，他是在暗示，一个高尚的骑士必须同时具备许多美好品质。更重要的是，他强调五星的所有线条相互结合、首尾相连、天衣无缝，其实是在借五星来表明，人身上所有品质和美德都紧密关联，一荣皆荣、一损俱损。通过描写高文的盾牌，诗人强调，每个人都必须在所有方面不断完善，必须一言一行、每时每刻毫不放松，才能保护自己。后来高文正是在一件事情上的失误导致了他的道德防御体系崩溃。

然而诗人表现高文在踏上旅途之前，也就是说投身到现实生活之前的至善至美，恰恰是为了在后面证明他，或者任何人，并不是也不可能是那样完美无缺。高文的确经受住了绿色骑士在新年宴会上那场挑战的考验（下面将谈到，其实那时他已经暴露出他的道德缺陷），但总的来说这位"五星骑士"的所谓完美主要还是伊甸园中亚当身上那种被赋予的但还没有经过现实考验的静态完美，他身上的美德只有在经受现实生活的考验之后，才能成为真正意义上的或者说自己获得的美德。弥尔顿说过："我不能赞颂逃避现实躲藏不出的美德，它没有实行过也没有生命"，② 这样的"美德"并非真正的美德，它"将腐烂在臭水潭里"③。考验使概念上的美德成为在现实中生活的人身上真正的美德，考验是人道德成长的条件和必由之路，而考验必然来自现实生活。《高文》诗人正是利用绿色骑士的挑战创造的机会，把他的英雄投放到充满诱惑与磨难的现实中去接受考验，所以他对故事的时间、地点和情节事件等各方面的现实性描写正是为高文

---

① John Gower, *Confessio Amantis*, in G. C. Macauley, ed., *The English Works of John Gower*, Vol. 2, London: Oxford University Press, 1900—1901, Ⅱ. 1723—1724.

② John Milton, "Areopagitica", in M. H. Abrams, et al, eds., *The Norton Anthology of English Literature*, 3rd ed., Vol. Ⅰ, New York: Norton, 1974, p. 1352.

③ Milton, "Areopagitica", p. 1352.

第六章 《高文爵士与绿色骑士》

经历的考验创造现实的环境。

于是像亚当离开伊甸园一样，高文这个完美的五星骑士离开卡米洛宫廷来到充满艰难险阻和无限诱惑的世界。高文所经历的考验，正如人世间通常的考验那样，既有生死磨难也有甜蜜诱惑。同许多英雄人物一样，高文经受住了艰苦磨难乃至生死考验。不论是在途中的艰难险阻、猛兽魔怪、饥饿严寒面前，还是后来在绿色骑士的巨斧之下，他都能面不改色，不失为真正的英雄，是真正的五星骑士，但他却败于现实生活中的"糖衣炮弹"。看来在诗人心目中，人世间真正严峻的考验并非在刀光剑影之中，而更可能是在平凡的生活里，特别是日常生活中时时刻刻都可能出现而且令人防不胜防的诱惑。

高文经历的最严峻的考验是卧室中长达三天的诱惑。诗人对这三天的诱惑及其相关部分的描写占去诗作一半以上的篇幅。这是作品的核心部分，也是其独特之处。普特指出：《高文爵士和绿色骑士》的"独特之处在于，其主要意义并非像我们所预期的那样放在惊险情节（砍头游戏），而是放在我们以为无关紧要的社交游戏上"；经过这样对预期的扭转，他认为，"诗人是在暗示，考验……可能会在人们最没有料到之时出现。"[1]

对高文最严峻的考验正是在他最没有料到之时悄然而至。在圣诞节前一天傍晚，高文在历经艰险、长途跋涉之后，来到波提拉克的城堡。从建筑样式到室内陈设，那都是一座当时最时髦的哥特式建筑，表明诗人力图表现当时的社会现实，而非像传奇作家通常那样脱离现实以求表现异国情调或远古时代。高文"碰巧"来到的正是绿色骑士的城堡，这种巧遇在中世纪浪漫传奇里司空见惯，而陌生骑士受到好客的城堡主人热情接待也几乎在每部传奇中都能见到，至于骑士有幸（或不幸）为主人的妻子或女儿爱慕，甚至因此受到引诱，也为诗人们所津津乐道，亚瑟王手下包括朗斯洛、高文、伊万在内的许多著名骑士都有这样的艳遇。然而高文在波提拉克的城堡里的奇遇在中世纪英语文学中却是独一无二的。

首先，高文对自己的处境一无所知。他既不知道自称为波提拉克的城堡主人就是绿色骑士，也不知道自己已经落入对手的圈套，更不知道那个对自己情意绵绵的漂亮女主人竟然是他最致命的威胁。这一切都是绿色骑士的精心安排，他要在不知不觉中对高文实施诱惑和考验。高文唯一保护

---

[1] Putter, *An Introduction to the Gawain-Poet*, p. 43.

自己的武器就是他的道德防线，而他引以为骄傲的高超武艺虽然曾经使他度过无数难关，战无不胜，但在这没有硝烟的战场上却完全无济于事。

更重要的是，高文在卧室中经历的诱惑是对中世纪宫廷爱情的颠覆。前面强调过，所谓宫廷爱情是一种理想中的爱情，是中世纪文化文学中而非中世纪现实生活中的爱情。它作为中世纪中、后期宫廷文化的核心组成主要存在于文学作品，特别是在骑士传奇和抒情诗里，而且十分艺术化和程式化。在《高文爵士和绿色骑士》里，从表面上看，高文同城堡女主人之间的谈情说爱完全符合宫廷爱情的范式。他们都保持高雅的风度，使用典型的宫廷爱情话语。女主人赞扬高文："不论你到那里，全世界都把你崇拜，/你的英名和德行受到……/所有人衷心的赞誉"（ll. 1227–29）。她称他为"最伟大的骑士"（l. 1520），而"骑士美德之首"乃"对爱情的忠实"（ll. 1512–13），因此要他同她谈论爱情。（ll. 1523–27）高文则非常谦卑地称自己是她的"囚徒"（l. 1219）和"奴仆"，愿意服从她的"一切旨意"（ll. 1546–48）。他们之间长达三天的相处，完全是在谈情说爱中度过。

然而，透过宫廷爱情的程式性话语，我们看到的却是对宫廷爱情的颠覆。首先，在这场爱情游戏中主动进攻的不是骑士，而是那位他认为甚至"比格温娜维尔更为漂亮"（l. 945）的城堡女主人，这与宫廷爱情的一般模式和大多数情形相反。① 当然这并不重要，重要的是，在通常的宫廷爱情故事里，不论情人们的言行在今天的读者看来是多么夸张和矫揉造作，在他们的程式化言行之下毫无例外都激荡着爱情，比如朗斯洛与格温娜维尔或者乔叟笔下的特洛伊罗斯与克瑞茜达之间，就是如此。但在高文和女主人的"游戏"里，在宫廷爱情的程式化甜言蜜语之下，却是爱情的空白，爱情的缺席，取代它的是越来越赤裸裸的诱惑。城堡女主人竟然在凌晨高文还未起床时"溜进"他的卧室，坐在他床边与他谈情说爱。随着他们的爱情话语的进展，女主人的诱惑也不断加码。她说：

> 如果我是世上最优秀的女人，
> 如果我掌控世上所有财富，
> 如果我能自己议价和挑选丈夫，

---

① 当然也有一些骑士，比如朗斯洛，也被女士追求，但那并非通常模式。

第六章 《高文爵士与绿色骑士》

> 因你身上的美德，我亲爱的骑士，
> 和你英俊外表，高雅风度与举止，——
> 我早已听说现在亲眼所见——
> 世上无人能及，你是我的首选。
> (ll. 1269-75)

她甚至责备高文："说你是高文，简直难以置信"，因为他"竟能与一个女士如此长时间相处"，而没有任何行动或"暗示"，她反过来向他"暗示"，他可以对她使用"武力"，然而他甚至"没有要求一个亲吻"。于是，她"靠近，把他抱在怀里，/热烈地给他一个吻"。(ll. 1292-1306) 另外值得指出的是，女主人在这里使用了一个中古英语里的商业词"议价"（chepen，即 bargain），并强调了手中的"财富"；联系到诗人对城堡主人与高文之间关于交换"战利品"的约定以及每天晚上一本正经地交换当天所得的细致描写（关于这一点，后文将谈到），有学者认为，作品反映了 14 世纪英国商业发展这一重要的社会现实。[①]

尽管女主人那样赤裸裸地对高文实施诱惑，但那也并非出自情欲，也就是说，这里不仅没有爱情，甚至连情欲也没有，有的只是精心设计的圈套。在中世纪宫廷文化里最高雅、最神圣的宫廷爱情竟被用作诱人上当的圈套。特别是当我们读过诗作结尾之后，回过头来再一次观看这场卧室中的宫廷爱情游戏，我们会有完全不同的感受。我们会发现，在他们的甜言蜜语之下，对于完全不知情的高文，那简直是一场险象环生、生死攸关的历险。

不过，尽管女主人不仅在诱惑场景而且在整部作品中都是关键人物，在故事的情节和主题意义的发展上都起到至关重要的作用，但令人奇怪的是，她却是诗作中唯一没有名字的重要人物，而一些远为次要、甚至仅仅出现一次的人物都被赋予姓名。显然，同《圣经》里的达利拉（犹太英雄参孙的情妇）一样，她也仅仅是掌握在别人手中的工具，是被用来实施诱惑的"女人"而已。这似乎也是对宫廷爱情故事里受骑士们顶礼膜拜的"女神"形象的颠覆。后来在被告知真相后，高文愤怒地谴责了《圣经》

[①] 请参看 R. A. Shoaf, *The Poem as Green Girdle: Commercium in Sir Gawain and the Green Knight*, Gainesville: University of Florida Press, 1984。

里那些导致亚当、参孙、大卫王、所罗门等人犯罪的一系列著名的女性诱惑者。那显然是中世纪十分流行的反女性观的表现，而且对城堡女主人十分不公平，因为她实施诱惑并非出自本心，而是受丈夫指派，就如同前面一章里所谈到的那位"粗人"城堡的女主人遵从丈夫吩咐不得不上高文的床一样。所以，应该受到谴责的不是这位女主人，因为她实际上也是受害者。

《高文》诗人对卧室中发生的诱惑十分生动细腻的描写被一些评论家看作"中古英语叙事诗中最为精心创作的段落"。① 这里不仅有关于女主人步步进逼，高文步步为营的精彩描写，而且更为可贵的是，作者还巧妙地展示了中世纪文学中少有的心理活动，从女主人暗中盘算到高文考虑如何应对，都被直接或间接地表现出来。特别是在女主人潜入卧室时，高文假装熟睡的内心活动历来为批评家们所称道。除乔叟在《特罗伊洛斯与克瑞茜达》里对克瑞茜达的心理描写外，中世纪英语文学中还没有如此真实细腻的心理表现。但这还远非这部分的杰出艺术成就的全部。

为加强在卧室里进行的看似情意绵绵实则惊心动魄的诱惑的艺术效果，诗人还把它同城堡主人在外面打猎的场景交织在一起。这也许是英语叙事作品中最早的"蒙太奇"手法，同时也是这部作品中最具匠心之处。城堡主人与高文约定，他每天外出打猎，而高文则留在城堡，晚上他们将交换当天各自的"战利品"，不得隐瞒。交换战利品本来也是中世纪浪漫传奇中比较通常的主题，但《高文》诗人却别出心裁，不仅为之设计出意想不到的内容，而且赋予它新的意义和作用。在其他作品里，它往往是骑士们的勇气和武艺的比赛，而这里却是绿色骑士设下的又一个陷阱，它同女主人实施的诱惑一起是对高文生死攸关的考验，直指高文道德防线的核心：忠实。

经诗人精心安排，那三天卧室里的绵绵情意和森林中的血腥厮杀形成相互映衬的艺术整体。打猎场面的奋力追杀、拼死搏斗和卧室里的优雅风度、甜言蜜语相映成趣，强化情节的艺术效果，并象征性地凸显卧室情景的意义：正如城堡主人率大批人马和猎狗捕杀猎物一样，蜷缩在被窝里的高文在不知不觉中也成为坐在床边主动进攻的女主人的猎物。其实，虽然把打猎情景和爱情场面并列交织是《高文》诗人绝妙的独创，但把打猎作

---

① W. A. Davenport, *The Art of the Gawain Poet*, London：Athlone, 1978, p. 162.

第六章 《高文爵士与绿色骑士》

为爱情的象征,把爱情看作一种特殊的征服和捕获,却是古已有之。有学者指出,自柏拉图以降,就不断有人用打猎来象征爱情。[①] 只不过与大多数情况相反,征服者和被征服者之性别在这里被调换,男人成为被追捕(或者说"追杀",如果说女主人的诱惑成功的话)的"猎物"。

诗人对打猎场面、卧室里的诱惑和交换战利品的描写长逾千行,是作品重心所在,而主人公高文所经历的诱惑显然又是重中之重,是情节的主线,在其中篇幅更大,描写更为细腻生动;与之相对,城堡主人率领手下围捕追杀猎物的场面属于精心设置的反衬,以影射其真实意义。尽管从表面上看,卧室里的爱情游戏似乎仅仅是高文履行诺言寻找绿色骑士的过程中,在他必死之前的一个插曲,与他同绿色骑士的约定和他的命运毫无关系。同其他中世纪浪漫传奇作家经常出现的问题一样,诗人似乎沉溺于讲述爱情,也写跑了题。然而事实上并非如此,后来真相大白之时,人们发现,这全是诗人的精心安排,紧扣主题,而且与情节和主题之发展都密切相关,可谓诗人的神来之笔。高文在卧室的表现不仅决定了绿色骑士的利斧是否会砍断他的脖子,而且还表现出诗作更深层也更重要的意义。

当然,高文受到的考验并不仅仅是针对他个人,因为他也是作为亚瑟王朝的代表接受挑战和履行诺言。如同绿色骑士在卡米洛对亚瑟王朝的挑战一样,城堡女主人对他的诱惑也是对罗格勒斯王国所体现的价值和精神的考验。应该说,到此为止,高文在卧室里的表现的确可圈可点。在长达三天的女色诱惑面前,他既像一个真正的骑士,言行得体,风度优雅,也没有动心乱性,守住了自己的道德防线,而在交换日间所得之时,他也把每天获得的亲吻如数给了城堡主人,同时又拒绝说明来源,因为那不在约定之内。这样,他既没有违约,也保护了女主人,完全符合骑士规范。最重要的是,他抵制了诱惑,经受住了考验,体现出他盾牌上的五星所象征的那种被基督教升华了的道德体系,的确不失为一位五星骑士。如前面指出,"五星"美德的核心是忠实,而高文在卧室里的行为正是忠实的集中表现:作为客人,他忠实于主人,没有对"比格温娜维尔更漂亮"而且主动示好的堡主夫人怀非分之想;作为"情人",他也没有背叛她;作为圆桌骑士,他忠实于亚瑟王朝,没有损害卡米洛的名声;更重要的是,作为

[①] 请参看 Don Cameron Allen, *Image and Meaning*, rev ed., Baltimore: Johns Hopkins University Press, 1968, pp. 45–49。

五星骑士或者说基督的骑士，他忠实于自己的信仰，忠实于基督教美德，也就是说忠实于上帝，在诱惑面前没有违背上帝的戒律。前面多次谈及，以宫廷爱情为核心的骑士精神之难以解决的内在矛盾就是骑士最终应该是对情人、君主还是对上帝忠实的问题。这个矛盾既指向朗斯洛身上严重的道德缺陷，也是体现中世纪骑士精神的亚瑟王朝最终解体之根源。在这里，《高文》诗人成功地探讨、表现和解决了骑士精神的这个核心矛盾。这似乎也间接表明，出身英格兰血统的高文优于来自法兰西传统的朗斯洛。对于生活在英法百年战争时期的英国诗人，加之考虑到英格兰长期忽视"天下第一骑士"朗斯洛，他这样塑造高文的形象或许不完全是偶然。

不过，是人就有弱点，同所有现实中的人一样，或者说根据基督教原罪观，高文也不可能真的完美无缺。在第三天，当一切伎俩失败之后，城堡女主人要求与高文交换爱情信物，高文以自己出门在外，没有带东西为由加以回绝。她随即给高文一枚镶着宝石的贵重戒指，而且不要回赠，但也被高文以无以回报为由礼貌地拒绝。最后女主人拿出一条绿腰带，高文开始也拒绝接受；她问他是否因"嫌礼物太轻"（l. 1847），然后告诉他，这条绿腰带具有保护他免受任何伤害的魔力。这些天来，虽然高文抵制住了女主人的诱惑，但她也成功地使他放松了警惕，对她产生了好感。更重要的是，他一直受到死亡恐惧的折磨，而且次日正是他与绿色骑士一年前约定相会的期限，是他接受那致命一斧的日子。当天凌晨在女主人进他卧室之前，他还因为死亡的临近而噩梦不断（ll. 1750 – 54）。所以，当他听说这条腰带有如此魔力，自然想用它来救命。于是他收下腰带，藏起来，在和城堡主人交换战利品时，只交出亲吻，却只字不提腰带。他最终还是违背了诺言，未能"忠实"到底，终于成为女主人的猎获物。

第二天，在一座长满青草的山包或者说绿色骑士的绿色教堂旁，高文先听到霍霍的磨斧声，随即看见那令人生畏的绿色骑士。同作品叙事的总体倾向一样，诗人对高文接受砍头这一段惊心动魄的叙述也颇为现实主义，因此把高文塑造成很真实的人物形象。尽管高文是勇敢的骑士，而且身上还藏着据说可以使他免受伤害的绿腰带，但当他看见绿色骑士刚磨过的巨斧砍下时，上身也禁不住"往旁边略微一闪"。绿色骑士因此没有砍下并嘲笑说："你不是高文"，真的高文不可能如此胆小，"而你砍我时，我可既没闪也没躲"。（ll. 2265 – 74）高文的回答很坦诚也合情合理："我躲闪了一次，/但再也不会这样，尽管/我不能把掉在地上的头/捡起来再

第六章 《高文爵士与绿色骑士》

安上"（ll. 2280 – 83）。也就是说：你之所以不害怕，是因为你能把头再安上，而我可不能！当绿色骑士第二次使尽全力砍下时，高文的确一点没动，但巨斧还是中途停住，并没有砍下。第三次，绿色骑士的利斧在高文脖子上划出一条口子。高文接受了一斧后发现自己并没有死，兴奋之余立即拔剑要求公平决斗。

这时，绿色骑士道出原委，如同侦探故事的结尾一样，一切真相大白。原来绿色骑士就是城堡主人，他去亚瑟王宫挑战，是因为女魔法师仙女摩根（Morgan le Fay）嫉恨亚瑟王的王后，所以教他魔法，想在新年宴会上用血淋淋的砍头游戏吓死格温娜维尔。不过，他自己的目的似乎是想考验声名远播的亚瑟王和圆桌骑士们是否名副其实。他夫人实施的诱惑和送高文绿腰带，全是他一手安排。他告诉高文："是我派她引诱你。"（l. 2362）他前两次没有砍下，是因为高文在前两天都很忠实地把当天所得按约定交给了他，而他第三次在高文脖子上划出一道口子，是因为他没交出绿腰带而给他的惩罚。但他赞扬高文，认为他总的来说的确是一位恪守诚信的高贵骑士，所以饶他不死。

在很大程度上，高文的历程可以说是他在谜一般的世界里逐渐发现真相的历程。这部诗作也许是英国文学史上第一部具有从悬念到真相大白等许多现代侦探小说元素的作品，而侦探小说元素或手法有助于作品里的精神探索。实际上，高文发现真相的外部历程和他认识自我的精神之旅是同一个探索历程的交互作用的两个方面，它们共同促进他道德上的成长和成熟。《高文爵士与绿色骑士》也许是英语文学史上第一部使用类似于侦探小说手法进行精神探索的作品。这种手法在后世逐渐发展成为英语文学中一个重要而且取得很高成就的传统。比如，近现代英语文学家如罗伯特·勃朗宁（在《环与书》里）、约瑟夫·康纳德、亨利·詹姆斯、司各特·菲兹杰拉德等，但特别是威廉·福克纳，都巧妙而广泛地使用侦探手法进行内外交互的精神探索和道德探索，取得了极好的艺术效果。

特别重要的是，在绿色骑士道出真相后，高文"久久地站在那里，陷入沉思，/内心因痛苦而呻吟"（ll. 2369 – 70）。这表明，他后面的自责和忏悔不是随便说出，而是发自内心的深刻感受和认识。他因自己的道德过失万分羞愧，一再责备自己的"怯懦和贪婪"（ll. 2374，2379 – 80，2508），认为自己因此而迷失了"本性"，"犯了过失，变得虚假"，导致自己"失去真诚背叛信仰"，而那条绿腰带是他"失去信仰之标记"（ll. 2374 – 83）。有学者认为，高文对自己的自责过分严厉，似乎有点小题大做。其实高文的自责表明，他比任何人都明白自己过失之严重。他的过失最终摧毁了他盾牌（他的防御体系）上的五星所象征的道德体系的核心——真实和忠实：他与女主人虚假的谈情说爱显然缺乏真诚；他没有交出绿腰带，是对城堡主人的背叛；作为卡米洛的代表，他的道德过失是对亚瑟王朝的不忠。

但最重要的是，他对上帝不忠。诗人的描写意味深长：高文从卡米洛出发时佩戴着圣母玛利亚的肖像，而他从城堡到绿色教堂却藏着女主人给他的绿腰带，他出发时诗人浓墨重彩描绘的五星仅仅是作为"徽章"而被顺便提到，至于圣母肖像却再也没被提起。与此相反，诗人却细致描绘他如何将绿腰带拴在腰间（ll. 2030 – 36）。诗作以此暗示，五星已经丧失了先前被详细而深入的阐释所赋予的象征意义，或者说高文那以五星所象征的他对上帝的信仰为核心的道德体系在他接受并藏起绿腰带之时就已经崩溃，他现在信任城堡女主人超过信任圣母玛利亚，因而把自己的命运寄托于他认为具有魔法的绿腰带而非圣母。所以他说，他已失去了五星骑士的"本性"和对上帝的"信仰"。诗作对高文从卡米洛和从城堡出发时的不同描写表现出他精神上的堕落。

诗人通过高文的自省来进一步表明，如前面五角星的象征意义所揭示的，人身上的各种道德品质密切相连，组成了不可分割的统一体。人们必须时时刻刻小心提防，否则一个小小的过失就可能像多米诺骨牌一样造成整个道德防线的崩溃，进而铸成大错。这已被人类历史上包括许多杰出人物的无数例子所证实。然而在早期文学中，作家们表现道德问题，或忠或奸，或善或恶，或贪或廉，往往都是孤立起来，就事论事。因此，《高文》诗人在这里显示出他独特的深刻之处。

高文的自责和忏悔表明他精神上的升华。绿色骑士当即指出："我认为［你的过失］已完全赎尽"，"因为你的坦承、你的认错／和你的公开忏悔"，你"和你刚出世时一样纯洁"（ll. 2390 – 94）。为了表示悔恨，更为了警惕自己，高文宣布，将把绿腰带"作为我的耻辱"（l. 2433）永远佩戴。他说："当我满载盛誉之时，／它将提醒我人性固有之／缺陷与软弱，……／当我为骄傲所鼓动，／这条爱情之带将击溃我的虚荣。"（ll. 2434 – 38）他回到卡米洛，立即把自己的过失作为耻辱，作为教训告诉亚瑟王和圆桌骑士们，说他脖子上"是罪孽之伤疤"（l. 2506）。他宣布，那条绿腰带是"不忠的象征"，"我必须在有生之年永远佩戴，／一个人掩盖罪孽，灾难必然

第六章 《高文爵士与绿色骑士》

降临,/罪孽一旦生根,它就永难消除"(ll. 2509 – 13)。高文的严厉自责显然是基督教意义上的忏悔。在基督教看来,忏悔是道德成长和精神再生的必由之路。

从这里我们可以看到高文的发展轨迹:他从形象高大的五星骑士变成十分谦卑的"绿腰带骑士"。五星象征封闭、理想然而实际上不可能真正实现的静态完美,而绿腰带则象征开放、有缺陷的人性和希望改正并努力提高的动态美德。正如高文或者说现实中的人在不断变化发展一样,绿腰带的象征意义也在不断发展和丰富。高文的发展包含着两个反方向的变化:从表面上看,他变得越来越平凡,但在道德和精神意义上,他却越来越高大。现在他身上所具备的已不再是五角星所象征的那种静态的但在现实中人身上不可能有的完美,而是绿腰带或者说敢于佩戴绿腰带的勇气所象征的那种经过考验和对过失的忏悔后获得的精神和道德上的成熟与自信。从这个意义上讲,他的过失是有益的,甚至是"幸运"的,因为他因此而在精神上成长起来。[①] 这正是在4世纪就已经出现,后来弥尔顿在《失乐园》里所充分表达的所谓"幸运的堕落"(the Fortunate Fall)的主要含义之一。弥尔顿借耶稣之口说:亚当忏悔的"果实""比天真未失之前他亲手/浇灌过的乐园之中/所有树木结出的果实/更加香甜"。[②]

从这个意义上看,长满青草的山包旁有惊无险的场面虽然在情节发展上是一个"反高潮",似乎捉弄了一直期待着惊心动魄的砍头场面的读者的阅读预期,但在作品所进行的道德探索上,在高文的精神成长方面,它却是真正的高潮。情节发展上的反高潮,或者说高潮的"缺席",正是为了突出道德探索的高潮。在这部分的描写中,无论是"新的一年"里充满生机的青草还是"绿色教堂"的意象,都象征着高文通过忏悔而在精神上获得新生。

然而精神成长之路没有尽头。人能在考验中不断完善自己,但却永远不能达到完美。一方面,这是因为在这个世界上人的生活本身就是没有穷尽的考验。绿色骑士那不可确定的身份象征性地暗示了这一点。在

[①] Victor Y. Haines 在 *The Fortunate Fall of Sir Gawain: The Typology of Sir Gawain and the Green Knight* (Washington: University Press of America, 1982) 中系统阐述了高文的"幸运的堕落"。

[②] 译自 Lu Peixuan, ed., *A Student's Edition of Milton*, Beijing: Commercial Press, 1990, XI, ll. 26 – 30。

这部诗作里，历来争论最多的就是绿色骑士的身份。他是人还是自然神（vegetation god），是善还是恶或者是生还是死的代表？评论家们历来莫衷一是。其实，他的身份并不重要，重要的是，他体现了对人进行考验的某种无所不在、无时不在的神秘力量，他象征着充满考验的生活本身。只要生活在继续，"绿色骑士"就存在，对人的考验也就不会停止。当我们最后看见他时，他"浑身鲜绿，/在满世界游荡"（ll. 2477-78）。诗人似乎是在暗示，他又在满世界找人来进行考验。他的考验，正如他的"绿色"所象征，具有使人精神再生的"魔力"，如果人们能经受住他的考验的话。

另一方面，人永远不能达到完美，乃人性使然，而在基督教看来，那根源于人的原罪。原罪不能根除，它总是以不同的形式表现出来，在各种情形中引发罪孽或为恶倾向。如果说生活中无穷无尽的考验是外因的话，那么人性或人之原罪就是人永远不能完美的内因。在这部诗作里，人性中固有的为恶倾向被反复表现或暗示出来。高文是亚瑟王的外甥，他宣称，他最引以为豪的是他身上亚瑟王高贵的血统（l. 357）。然而真相大白之时，读者获悉，这一切的始作俑者是绿色骑士宫中那个仙女摩根。摩根是一个身份复杂、亦正亦邪的人物，是亚瑟王传奇系列中著名的女巫，懂法术，在不同的传奇作品里她被塑造成不同的形象，但经常与亚瑟王作对。前面提到，她是在阿瓦隆照料亚瑟王疗伤的仙女之首，在一些作品里，她被说成是亚瑟王的姐姐，在马罗礼的《亚瑟王之死》里她甚至将弟弟亚瑟王交付她保管的那柄可以保证他不受伤害的宝剑偷偷交给情人去杀害亚瑟王。在这部诗作里，她也是作为亚瑟王朝的对立面出现，她想在新年宴会上吓死格温娜维尔，表现出她邪恶的一面。然而绿色骑士告诉高文，摩根其实是他姨妈。摩根是亚瑟王同母异父的姐姐，她大姐是高文母亲。因此高文身上也有她的血统。这实际上等于暗示，高文的血统也并非那么纯洁高尚，他身上也有邪恶的血统。其实亚瑟王本人的血统也大有问题，因为他是父亲在魔法师梅林帮助下变成康沃尔公爵的容貌，欺骗公爵夫人而生下的私生子。如果这些或许只具有象征意义的话，诗作还反复揭示了高文和亚瑟王这些最高贵的人身上来自人性深层时隐时现的缺陷或为恶倾向。

尽管亚瑟王的宫廷被描绘得像伊甸园，亚瑟王和圆桌骑士们实际上已经不是堕落之前的亚当和夏娃，他们已经被原罪所玷污。比如，高文在接

第六章 《高文爵士与绿色骑士》

受绿色骑士的挑战之前，非常仔细地研究了所有相关条件，并特别强调"绝不接受任何其他/活着的武士"（ll. 384 – 85）来砍他的头。① 他显然确信自己能杀死绿色骑士，所以提出不接受其他人代替的条件。这实际上等于说，他是在确信自己不会挨那么一刀时，才答应接受挑战。这表明他并非那么高尚。只是在他看见绿色骑士居然能提着自己被砍下的头扬长而去时，才知道大错已经铸成。

不过这种人性恶的倾向更明显地表现在亚瑟王身上。故事一开头，在新年宴会上，当所有的人都已落座，唯有亚瑟王执意不肯入席，因为他有一个习惯："在这样的宴会上他绝不就餐"，除非他听到了"奇异"的"冒险故事"，或者有"武士前来与他的骑士挥剑比赛，/一决生死，让命运裁决，/看谁更受青睐"（ll. 91 – 99）。这样以别人的生死来取乐，显然是人性恶的表现。

另外，诗人巧妙地揭示出，在亚瑟王身上还存在着虚荣。《圣经》上说，正是因为人虚荣，想变得和神祇一样，亚当和夏娃才没经受住撒旦的诱惑而堕落，所以虚荣被列为基督教七大重罪（Seven Deadly Sins）之首。绿色骑士最初没能说动亚瑟王和圆桌骑士接受挑战，于是转而攻击虚荣这个人性中的致命弱点。他嘲笑说：你们往常的高傲、勇气和虚假的吹嘘，都到哪里去了？我刚一开口"你们的声名就荡然无存，/还没交手你们就吓得一声不吭"（ll. 311 – 15）。这时亚瑟王再也按捺不住，"跳了过去"，从绿色骑士手中夺过巨斧。绿色骑士正是利用亚瑟王身上的虚荣征服了他，使他接受了这种以砍头为游戏的本不该接受的挑战。

后来在为高文送行时，亚瑟王的手下都为他这样杰出的人物"因为过分骄傲（angardes pryde）将被精怪砍掉脑袋"（l. 681）而备感惋惜。其实他们清楚知道，高文接受挑战是为了保护国王，因此是牺牲自己的高尚行为。相反，他们中却没有人敢站出来为国王尽骑士之忠。诗人以此巧妙暗示，圆桌骑士们并非像传说中那样勇敢和高尚。至于他们责怪高文因为骄傲而去送死，那实际上是为了掩盖自己的怯懦，维护自己的声誉，这显然也是虚荣作怪。

虽然高文为国王牺牲自己是骑士的高尚之举，但虚荣也在他身上表

---

① 《高文》诗人显然知道，在其他一些中世纪浪漫传奇里的"砍头游戏"中，被砍者的确死了，所以后来由他人代砍。

现出来。细心的读者也许会注意到他身上一个深刻的矛盾。一方面,高文明知难逃一死,仍然恪守诺言,不畏艰险,前去寻找绿色骑士。特别是元旦凌晨在前往绿色教堂途中,带路人(他也有可能和女主人一样是绿色骑士安排来再一次考验高文)对他渲染绿色骑士如何可怕,竭力劝他不要前去送死,趁还有机会最好逃掉,并发誓为他保守秘密。他回答道:"如果接受你的建议,因恐惧而逃,/我将是一个怯懦骑士,无法原谅自己。"(ll. 2130 – 31)他再一次经受住了诱惑的考验。这表明他坚守诚信、勇气可嘉。的确,如果他逃跑,如康拉德笔下的吉姆,他绝不能逃离自己,将永受内心折磨。但人们也很难不怀疑,他如此坚定,或许也有他身上藏着绿腰带的原因。更重要的是,当他听说绿腰带可以保他无虞,他又不惜毁弃诺言,把它收藏起来,没有交给城堡主人。他为什么会这样自相矛盾?归根结底这也是他身上的虚荣作祟。绿腰带的事发生在卧室,他认为无人知晓。因为女主人曾"恳求,为了她,他必须把它藏起,/不能让她丈夫看见",而高文则"答应,/除了他俩,绝不让任何人知晓"(ll. 1862 – 64)。他因此断定,此事神不知鬼不觉,自然不会影响他的名声。而他前去寻找绿色骑士,却是履行他在众人面前的承诺,事关骑士声誉。由此可知,高文真正关心的并非只是诚信,更重要的还是名声。

如果高文、亚瑟王和圆桌骑士这些所谓最高贵最高尚的人尚且这样,那么一般的人也不会例外。实际上这部诗作的一个重要方面就是要揭示人性中普遍存在的缺陷和为恶倾向。正是因为恶普遍存在于人性之中,所有的人都必须不断经历磨难和考验,才能克服自身的恶,获得道德上的成长和精神上的再生,那是一条没有止境的人生之路。人的精神成长只能来自于不断同外在特别是内在的恶的斗争。如上面所分析,诗人主要是在进行道德探索和描写人如何在现实生活的考验中实现精神成长。他这样突出地表现人性中的恶,是因为恶普遍存在,所以必须正视,从而在生活的考验中不断克服。因此同恶的斗争是精神成长的条件。在此意义上讲,恶可以转化为善。弥尔顿说:"啊,无限的善,莫大的善!/这一切善由恶而生,恶变为善;/比创造过程中光明出于黑暗更为神奇。"[①]《高文》诗人正是通过描写高文所经历的考验和精神上的再生来探索如何将普遍存在的恶变为

---

① [英]约翰·弥尔顿:《失乐园》,朱维之译,天津人民出版社1996年版,第463页。

第六章 《高文爵士与绿色骑士》

善,来表现人如何才能获得精神上的成长。

同高文一样,亚瑟王和圆桌骑士们也决定从此佩戴绿腰带。在听了高文的经历、忏悔和决心永远佩戴绿腰带以警示自己之后,亚瑟王

> 安慰他,随即所有的人
> 哄然大笑,他们热情地决定
> 每个圆桌爵爷和骑士都必须,
> 为这位勇士,为兄弟之情,
> 从肩到腰像他那样斜着佩戴
> 一条颜色鲜绿的肩带。
> 由于它与圆桌声名相连,从此
> 每位佩戴它的人都广受赞誉,
> 这已载入最美的浪漫传奇。

(ll. 2513–21)

从表面上看,圆桌骑士们也同高文一样佩戴绿腰带(尽管为了美观,腰带被改为肩带),然而两者之间有着本质上的不同。高文发誓终身佩戴绿腰带是为了警示自己,那象征着他通过考验、忏悔而获得精神上的升华。但没有经历考验而成长的亚瑟王和圆桌骑士们不同。亚瑟王安慰高文,表明他只看到高文的痛苦,而没有认识到他精神上的变化与发展。至于圆桌骑士们,他们的哄然大笑反映出,他们只是把高文的经历当作有趣的故事看待。他们决定佩戴绿腰带,也仅仅是出于友谊,而非像高文那样认识到绿腰带象征的精神意义。也就是说,他们还停留在以前的状况,与高文相比已经出现了很大的差距。很有意义的是,在作品的情节和主题发展上,《高文爵士与绿色骑士》或许可以被看作在讲述圆桌骑士们佩戴绿腰带之缘由,圆桌骑士或许也可以被命名为"绿腰带骑士",而由于高文和圆桌骑士们之间在精神和道德境界上之不同,这其实暗含了作品的讽刺意义。不仅如此,绿腰带骑士还与诗作结尾处出现的嘉德骑士制(也译为嘉德勋位制,the Order of the Garter)的箴言(motto)有特殊的关联。

这部诗作中一个一直令评论家们十分困惑的问题是,作品为什么十分突兀地以爱德华三世为嘉德骑士制制定的法语箴言"无罪见罪,罪自上

门"（Shamed be he who thinks ill of it①）来结束，或者说在诗作结束后又添加这个箴言。从表面上看，不论在故事情节还是主题思想上，这个箴言都与《高文爵士与绿色骑士》拉不上关系。所以，有评论家甚至认为，把这个训词放在诗作结尾并非出自诗人之手，而是由手抄稿的誊抄员（scribe）添加。但这个训词可说是诗作的点睛之笔，它将这部诗作与它产生的时代，特别是与那场深刻影响了英法两国的历史发展和加速了英格兰和法兰西两大民族形成之进程的百年战争（1337—1453）联系在一起，因而在更深层面上巧妙地暗示出这部作品深刻的现实和历史意义。

这个箴言的来源据说是，在1347年的一次宫廷舞会上，索尔兹伯里伯爵夫人（Countess of Salisbury）在跳舞时，她的吊袜带（garter）掉在地上，爱德华三世捡起来系在自己身上（也有人说是交还给她），由于旁边的人在窃窃暗笑，国王随口说了上面这句话。他本意似乎是说，这事并不可耻，如果有人见怪，他才可耻。后来他在英法百年战争第一个高潮中于1349年（也有学者认为是1348年）的圣乔治节②那天创建影响深远的嘉德骑士制时，将这句话作为该骑士制的箴言，其直接关联似乎是，它表达了尊重女性的骑士精神和宫廷文化的价值观。嘉德骑士制的建立和英国14世纪中期在对法战争中的一系列重大胜利极大推动了骑士精神的发展，而骑士精神的大发扬又反过来进一步刺激英国人的战争热情和英格兰民族意识的发展。

嘉德骑士制是英法百年战争的产物。长期以来，英法两国经常因为领土和政经利益等各方面的原因交战。爱德华三世宣称自己应继承法国王位，于1337年11月发兵攻打法国，拉开了长达一百多年的百年战争的序幕。百年战争对英国社会、政治、经济和文化都产生了深远影响，但在当时特别明显的就是骑士文化的发展。爱德华三世是一位很有雄心和远见的君主，他14岁登基，16岁发动政变逮捕了他母亲（擅权的王太后）及其情夫，夺取了权力。他年轻尚武，经常举行骑士比武以弘扬骑士精神。前面提到，爱德华三世亲政后的40多年是英国历史上举行骑士比武最多的时

---

① 该箴言的原文是 Hony soyt qui mal pence。
② 圣乔治节（St George's Day）在4月23日。圣乔治（St George）是英格兰的保护神或者说保护圣徒（patron saint），也是英格兰的象征。他的标志白底红十字作为英格兰（不是英国）的旗帜自12世纪（据说是在狮心王理查德时代）起，就由英格兰十字军东征将士佩戴并随后在英格兰商船和舰队上飘扬。

第六章 《高文爵士与绿色骑士》

代。在中世纪，骑士比武能激发骑士精神。在爱德华看来，骑士精神的核心就是对君主的忠诚。经他的大力提倡和百年战争的刺激，英格兰骑士精神在那时期达到新的高度，骑士比武也掀起持续不断的热潮。

特别是在 1347 年英军取得克雷西大胜后，从当年 10 月到 1348 年 5 月，爱德华接连举行 19 次大比武，平均每月二三次，每次时间长达一二个星期。[1] 也就是说，这期间的大比武几乎连续不断。《高文爵士与绿色骑士》前面部分大篇幅描写亚瑟王宫廷里的圣诞 – 新年庆宴，在那 15 天里圆桌骑士们天天举行比武，诗人心中很可能想到爱德华时代的比武热潮。

早在 1334 年于温莎举行的大型骑士比武会上，爱德华三世发誓要建立包括"300 名骑士的圆桌骑士制"[2]。据说他还同他先祖爱德华一世一样按传说中亚瑟王的圆桌式样，在温莎专门制作了一张巨大的圆桌，并打算为此专门建造一座宫殿。当然，作为一位崇尚武力且雄心勃勃的年轻君主，他关于建立"圆桌骑士制"的计划绝不仅仅是表达其浪漫情怀或发思古之情，而是具有明显而突出的政治意图：进一步激发骑士精神以增强贵族们对他的忠诚和支持对法战争。另外，这也不是他一时心血来潮，甚至不是短期策略，而是他对内对外都一直秉承的经过深思熟虑的重大战略决策。他对传说中那亚瑟王朝的丰功伟绩以及亚瑟王和圆桌骑士制在英国政治文化中特殊的意义十分清楚，并很善于利用。前面第二章曾讲过，早在 1331 年，即他于 1329 年亲政仅 2 年后，在面临不列颠人后裔的叛乱时，他就与王后菲力帕于 1331 年圣诞节前往格拉斯顿堡拜谒所谓的亚瑟王陵，表明他是亚瑟王事业的继承者，同时也是让不列颠人死心：亚瑟王的确已经死去，不可能从阿瓦隆回来领导他们叛乱。

在 1344 年 2 月 16 日，爱德华三世为他的"圆桌骑士制"构想专门建造的"最辉煌的宫殿"（the most noble house）动工，但在 11 月被放弃，从此没有下文。[3] 也许日趋激烈的战争吸引了他更多的精力，而沉重的军费也可能使宫殿的建造难以为继。但那并不意味着他放弃了创建骑士制的计划。1346 年 8 月 26 日，在爱德华亲自指挥下，16 岁的王储黑王子率军英勇作战，英国军队在克雷西之战中重创人数更多的法军，获得百

---

[1] 请参看 Fisher, *The Importance of Chaucer*, p. 7。

[2] Francis Ingledew, *Sir Gawain and the Green Knight and the Order of the Garter*, Notre Dame, IN: University of Notre Dame Press, 2006, p. 106.

[3] 见 Ingledew, *Sir Gawain and the Green Knight and the Order of the Garter*, p. 108。

年战争中英国三大辉煌胜利①中的首个重大胜仗。英军随即围攻加来（Calais），并在一年后攻占该重镇。正是在加来举行的盛大庆祝舞会上，爱德华国王捡起那条著名的吊袜带，并随口说出那句后来成为嘉德骑士制箴言的名言。

在英军取得克雷西大胜后举国欢腾、骑士精神高涨和英格兰民族性迅速发展的氛围里，爱德华三世从自己的"圆桌骑士制"计划逐渐发展出英国特色的骑士制。他大约在1348年完善了自己的骑士制构想，确定了它的性质和人员构成，并在1349年4月23日在温莎城堡正式创立了嘉德骑士制。② 嘉德骑士包括爱德华国王本人共26名。这些人大多是军功卓著的军人，同时也是势力强大的上层贵族和很有才华的政治家和外交家。这26人中，有22人随爱德华参加了克雷西之战。不仅如此，这些人大都很年轻：爱德华本人36岁，黑王子18岁，在20位能确定年龄的嘉德骑士中，有11位在30岁以下（其中7—8人在25岁以下），30多岁的有6人，只有3人40多岁。③ 这不仅使人联想到《高文爵士与绿色骑士》里对圆桌骑士们的描写：这些崇尚武力的骑士往往显得像孩子一样喧闹、冲动和不成熟，甚至连亚瑟王本人都"略带孩子气"（l. 86）。《高文》诗人这样描写可能也是有所指的。

自嘉德骑士制建立后，每年圣乔治日这一天，爱德华三世都要在温莎举行盛大的嘉德宴会。英格兰的保护圣徒圣乔治也理所当然地成为嘉德骑士制的保护圣徒。嘉德骑士制是百年战争的产物，也的确是爱德华三世一项很高明的政治战略决策，他以此把英国一批最有权势、最有才干的人笼络在自己周围。嘉德骑士成为英国骑士最高的荣誉，也是英国骑士的楷模。嘉德骑士制对英国乃至欧洲骑士制、骑士文化以及后世的绅士文化都产生了深远影响。英国骑士精神的大发扬和嘉德骑士制的建立的特殊意义还在于它们被赋予了明显的民族内容，并反过来进一步促进了英格兰民族意识的发展。坡拉德认为，"在百年战争之前，骑士制是一种国际文化"，

---

① 英法百年战争中英军的三大胜利指1346年的克雷西之战，1356年的普瓦捷（the battle of Poitiers）之战和1415年亨利五世指挥的阿金库尔之战（the Battle of Agincourt）。

② Ingledew, Sir Gawain and the Green Knight and the Order of the Garter, p. 107. 该书作者也指出，有学者认为嘉德骑士制正式成立于1348年，而1349年圣乔治节在温莎举行的是嘉德骑士的第一次宴会，所以人们一般认为嘉德骑士制成立于1348年。

③ 见 Ingledew, Sir Gawain and the Green Knight and the Order of the Garter, p. 99。

第六章 《高文爵士与绿色骑士》

但它在百年战争中"被民族化了"，[①]成为一种表达英格兰民族意识和民族精神的制度化文化载体。

特别值得指出的是，爱德华三世将他创建的骑士制以嘉德（吊袜带）命名，并用自己随口说出的话语作为它的箴言，的确很有意义。第一，这个从圆桌骑士制发展出的英国骑士制既继承了亚瑟王朝的传统，也打下了爱德华自己的烙印，赋予了它英格兰特色。第二，他以女性的吊袜带命名他创建的骑士制，实际上很巧妙地将骑士精神和宫廷爱情结合在一起，深刻而形象地体现中世纪中、后期处于主流的宫廷文化和价值观念，同时也在一定程度上以女性和爱情弱化战争的残酷和英国的好战。第三，正是因为嘉德骑士制不是简单地模仿圆桌骑士制，而是随时代变化而发展，所以尽管产生于中世纪的欧洲各国许多骑士制都先后消失在历史长河中，嘉德骑士制不仅延续至今，而且在现代社会仍然保持其生命力。

从上面对嘉德骑士制的最初设想、演化到成型和最终正式建立的简略叙述可以看出，它的出现尽管有许多政治、社会和文化因素，但其中最重要也最直接的就是英法百年战争。可以说，没有百年战争就没有嘉德骑士制。生活在百年战争时期的《高文》诗人创作这部没有任何法语源本而且同头韵体《亚瑟王之死》一样最英格兰化的亚瑟王文学作品，虽然没有直接描写任何战争场面，但在很大程度上正是针对着百年战争。在中世纪，大多数甚至绝大多数诗人都是修道士或神职人员，《高文》诗人的另外三部作品（如果它们的确是出自他笔下的话）全都是关于宗教主题，那表明他很可能也是一位宗教界人士。即便他不是一位宗教人士，从所有四部作品看，他毫无疑问也是一位虔诚的基督徒。所以，很难想象这样一位思想深刻的基督徒诗人会赞同爱德华所发动并给英法两国人民带来巨大灾难的旷日持久的战争。

其实，作品在开篇和结尾都表达了对战争的批评。中世纪叙事文学有把所讲述的故事放到框架中的传统。框架一般不是故事情节的组成部分，但往往具有暗示主题意义的作用。《高文爵士与绿色骑士》的框架由"引子"和"尾声"组成，主要都是关于布鲁图创建不列颠的传说。前面讲过，诗人以此将他讲述的故事作为特洛伊－不列颠历史的延续。除此之外，细心的读者还会注意到，作者一开始就强调战争带来的灾难："都市

[①] Pollard, *Late Medieval England 1399—1509*, p. 196.

坍塌四处残垣被烧成废墟"（l.2）。在布鲁图创建的不列颠，"养育出勇猛的武士，他们争强好胜，／在许多动乱时代造成不少祸害"（ll.21－22）；尽管也有"繁荣"和"幸福"，但"战乱、苦难"也"经常降临这片国土"，"灾祸"也在那里"蔓延"（ll.33－36）。除没点名外，这几乎是直指百年战争。

在讲述完高文的历险经历和圆桌骑士们做出从此佩戴绿腰带的决定后，诗人再一次回过头去谈特洛伊和布鲁特。他说："这次历险发生在亚瑟王时代"，而

> 自从勇猛的布鲁特，在特洛伊
> 的围困与进攻停息后，来到这里，
> 的确如此，
> 许多这类奇遇
> 已在过去发生。
> 愿戴荆冠之人①
> 赐福于我们。
> （ll.2524－30）

在《高文》诗人看来，特洛伊毁于战争，毁于埃涅阿斯的背叛，布鲁图是埃涅阿斯的曾孙，他母亲生他时难产而死，他后因无意中杀死父亲而遭流放。所以不论是罗马还是不列颠，可以说都是在罪孽中诞生的，正如基督教观念上的人类历史开始于亚当和夏娃的原罪一样。正因为如此，诗人强调不列颠历史充满战乱、苦难和灾祸。战争可以说是人类历史上原罪的第一次表现。在亚当和夏娃因背叛上帝被赶出伊甸园后，他们的大儿子该隐杀死了弟弟亚伯，那是人类首次相互残杀，也是原罪的第一次表现。因此，该隐也被看作战争的始作俑者，而战争也被认为是人类历史上（自然也是不列颠和英国历史上）许多苦难与灾祸的根源。

很有意义的是，高文在得知他的各种遭遇之真相后，两次特别谴责自己的"贪婪"（couetyse, ll.2374, 2380）。其实，高文真正的问题并非贪婪，因为他并没有接受城堡女主人的镶有宝石的珍贵戒指，而他接受绿腰

---

① 指耶稣。

第六章 《高文爵士与绿色骑士》

带严格说是怕死而非贪婪。然而正是因为高文的失误与贪婪没有直接关联，在这样一部逻辑严密的杰作里才更迫使人思索：或许诗人如此强调贪婪是另有所指。当人们看到诗作结尾似乎毫无缘由地突然出现嘉德骑士制的箴言并明白了绿腰带暗指蓝色吊袜带后，就不难理解诗人强调贪婪的意图。他是在暗指爱德华三世贪图法国领土和法国王位而引发百年战争。旷日持久的战争给英法两国人民带来深重灾难，而这一切都根源于贪婪，或者说战争就是贪婪的体现。

《高文爵士与绿色骑士》强调的是，人只有像高文那样经历考验获得精神上的升华，才能保持美德以抵制犯罪倾向，然而高文在亲身经历中获得的教训，他佩戴的绿腰带的象征意义，亚瑟王和圆桌骑士们全都视而不见。那表明，他们还会像不列颠或英格兰历史上那些"勇猛的武士"那样因"争强好胜"带来"动乱时代"和"造成不少祸害"。然而，他们竟然也决定佩戴绿腰带，那显然是诗人对他们的讽刺。不过，诗人也是在用绿腰带暗指嘉德骑士佩戴的蓝色"吊袜带"。同绿腰带一样，蓝色吊袜带也是来自女性身上的用品，然而它体现的却是"争强好胜"的骑士精神，激发的是造成苦难与灾祸的战争狂热。这似乎也是为什么诗人要十分突兀地以爱德华三世为嘉德骑士制定的那个与这部诗作之情节毫无关系的箴言来结束的原因。另外，正是因为它与作品似乎没有关联，所以才那么引人注目，才更能刺激人们去苦苦思索，深入探讨。尽管有个别学者认为，把这个箴言放在诗作结尾可能并非出自诗人之手，而是由手抄稿的誊抄员添加。实际上，这个箴言可以说是诗作的点睛之笔，它巧妙地暗示出这部作品不仅具有精神和道德意义，而且还有深刻的现实和历史意义。

特别值得称道的是，尽管诗作的引子和尾声都表明，《高文》诗人是一位很具有民族意识的诗人，但他并没有为英国在百年战争第一阶段取得的辉煌胜利而欢呼。相反他知道，作为原罪的体现，战争是一柄双刃剑，它给双方带来的都是苦难与灾祸。他亲眼目睹了旷日持久的战争给英法两国人民带来的深重灾难，并在1381年，有可能也就是《高文爵士与绿色骑士》的创作期间，还间接引发了英国历史上最大规模的农民起义。尽管爱德华的箴言是"无罪见罪，罪自上门"，但同亚瑟王和圆桌骑士们一样，爱德华和嘉德骑士们实际上也是"有罪不见"。作为一位具有历史视野和民族胸怀的诗人，《高文》诗人预见到，尽管英国在百年战争的第一阶段取得辉煌胜利，但如同他在诗作引子里提到的不列颠历史上无数的战争一样，最终也会给英格兰带来苦难和灾祸。

  所以，他引用爱德华的箴言，实际上等于在批评爱德华三世及其追随者们"有罪不见"，结果必然是"罪自上门"。历史的发展也的确如此。长达一百多年的战争给两国人民带来深重灾难，英国也因此最终失去了大陆上的全部领土，那对英格兰民族来说是一个巨大的损失。当然，《高文》诗人也清楚知道，他的诗作或者人的自律都很难阻止人的犯罪倾向，很难阻止人的贪婪与战争，很难避免英格兰将遭受的沉重打击，因此他才在结尾向上帝祷告，祈求"戴荆冠之人，赐福于我们"。

第七章　短篇亚瑟王传奇作品

尽管在一定程度上可以说，本书中分析的所有作品都是亚瑟王文学作品，但并不是所有的亚瑟王文学作品都以亚瑟王为中心或主要人物；实际上以亚瑟王为主要人物的亚瑟王作品在亚瑟王文学里只占少数，特别是在大陆上法语传统亚瑟王文学里甚至只占极少数。毫无疑问，以亚瑟王为主要人物的作品在中古英语亚瑟王文学里所占比例或分量远胜于法语亚瑟王文学。

在流传下来的中古英语亚瑟王文学作品里，以亚瑟王为主人公的作品数量仅次于高文传奇系列，占第二位。实际上，以其他人物为中心的作品一般只有一、两种。在中古英语亚瑟王文学里，虽然以高文为主要人物的作品多于以亚瑟王为主人公的作品，哪怕其中还有像《高文爵士与绿色骑士》这样极为优秀的诗作，但以亚瑟王为中心人物和以亚瑟王朝为主题的作品在整体质量上要高于高文传奇系列，特别是其中3部《亚瑟王之死》都很优秀，当然还有前面分析过的中古英语亚瑟王文学的开山之作《布鲁特》。

另外，以亚瑟王为中心人物的中古英语作品还有一个特别突出之处，那就是，这些作品包含了亚瑟王文学中几乎所有体裁；在这方面，连高文系列传奇也不能与之相比。高文系列中，虽然有《高文爵士与绿色骑士》这样高雅风格的浪漫传奇诗作，但如第五章的分析表明，其中大多数属于歌谣和民间传说类型的通俗作品。相反，在以亚瑟王为中心人物和亚瑟王朝为主题的作品中，除歌谣体和浪漫传奇外，还有史诗和悲剧性质的作品。另外，节律体诗歌、头韵体诗歌和散文体等当时主要的叙事文学形式也都出现在这些以亚瑟王为中心人物的系列作品中。这个系列的亚瑟王作品有这么多不同的体裁和风格，表明以亚瑟王为中心人物和以亚瑟王朝为主题的作品在英国所有阶层中都很受欢迎，而以高文为中心作品的受众可能更多的是中下层民众。

以亚瑟王为中心人物的中古英语作品在数量、质量和题材风格上都如此突出绝非偶然，而是有其深刻的历史、社会、政治和文化文学根源。首先，早在盎格鲁-撒克逊时代，英格兰就形成了相对于欧洲大陆上更为集权的中央王室政府，而诺曼征服之后的盎格鲁-诺曼王朝更加致力于加强王权，只不过前几任国王及其王室政府更多是驻跸在大陆上。1204年英国失去诺曼底之后，安茹帝国部分解体，王室政府从此设在英格兰。在爱德华三世时代，也就是在英法百年战争的前期，中央王权进一步加强，而这时期也正是中古英语亚瑟王文学开始繁荣之时。这样的历史、社会和政治语境比起中央王权比较弱的法国，更有利于创作以亚瑟王为中心人物和亚瑟王朝为主题的作品。其次，在12世纪出现的杰弗里的拉丁语《不列颠君王史》、瓦斯的盎格鲁-诺曼语《布鲁特传奇》和拉亚蒙的早期中古英语《布鲁特》等作品在英国开创和奠定了亚瑟王文学中王朝主题的编年史传统，而以亚瑟王为中心人物的中古英语文学作品正是这一传统的继续和发展。

有学者指出，对于英国受众，源自编年史的王朝主题的亚瑟王作品是对来源不同的民族融合成英格兰民族的历史叙述，并"聚焦于"他们的"爱国精神"，而那"对于法国人几乎毫无意义"。① 这一观点有助于揭示亚瑟王朝主题在英法两国境遇不同的深层政治和文化原因。② 同时，描写"英国"的亚瑟王朝能更直接表达英格兰人的民族意识和更突出地弘扬他们的爱国精神，这样的作品自然也更能在正处于英格兰民族形成进程中的英国受众心中引起共鸣。相反，对于英国人的宿敌，法国人的感受就不同了。这也可以解释为什么法兰西受众最感兴趣的不是不列颠/英格兰身份的亚瑟王和高文，而是那位有法兰西血统的朗斯洛。

当然，对亚瑟王朝主题持不同态度的不仅是英法两国的受众，也许更是两国的文学家和民间游吟诗人，即两个国家和两个民族各自的文化身份和民族精神的传承者们。是他们在根据自己的思想和情感选择主题和进行创作。所以，中古英语文学家和游吟诗人们在歌颂他们特别喜爱的"英格

---

① Karen Hodder, "Dynastic Romance", in Barron, ed., *The Arthur of the English*, p. 71.
② 需要指出的是，在法语"正典系列"和"后正典系列"里那些关于亚瑟王朝兴亡的部分，其主旨更多是表达基督教教义，而非颂扬亚瑟王及其王朝本身的丰功伟绩。

第七章 短篇亚瑟王传奇作品

兰"身份的高尚骑士之典范高文的同时,也热衷于颂扬那位缔造了亚瑟王朝的强盛和给"英格兰"带来和平、秩序与自豪的"过去与未来之王"。这也是为什么杰弗里、瓦斯和拉亚蒙在叙述不列颠"历史"时要倾注那么多心血竭力拓展亚瑟王朝那一部分的原因。另外一个也很有意义的实例是,在14世纪后期或15世纪初,有一位英国编年史家用拉丁语散文体写不列颠历史《布鲁特》,在写到亚瑟王部分时,他竟然情不自禁地放弃了高雅的拉丁文,转而用英语和浪漫传奇诗作常用的4音节对句诗体叙述亚瑟王的业绩。在这些英语诗行里,他热情地把亚瑟王塑造成平等待人、风度高雅、信仰虔诚、雄才大略的高尚君王。[①] 它们共642行,嵌在拉丁语散文里,一些学者将其抽出,编辑成一部名为《亚瑟》(Arthur)的诗作。这位作者在一部拉丁语散文作品里突然用英语诗歌体高度颂扬亚瑟王无疑表现出他的民族自豪感和爱国精神。

尽管在数量上,骑士浪漫传奇作品在中古英语亚瑟王文学中占大多数,但相对于远更热衷于骑士历险的大陆作家,特别是法语作家,英语作家们还是创作出了比较多的以亚瑟王为主要人物和以亚瑟王朝为主题的作品,因此在亚瑟王文学的王朝传统和骑士传奇传统之间维持了一定的平衡。需要指出的是,以亚瑟王为中心人物的作品不一定是以亚瑟王朝为主题。比如,在下面将分析的《亚瑟王之誓言》《亚瑟王与康沃尔王》等作品是以亚瑟王为中心人物,但其主题并非亚瑟王朝。相反,马罗礼的《亚瑟王之死》里篇幅很大的中间部分并非以亚瑟王为主要人物,但这部著作在整体上是关于亚瑟王朝的兴衰,因此大体上可以认为是一部以亚瑟王朝为主题的作品。下面本书将用4章分析亚瑟王为中心人物和亚瑟王朝为主题的作品。本章分析对象是较短的作品,它们都是以亚瑟王为中心人物,在思想和艺术上都很优秀。其余3章将分别分析3部《亚瑟王之死》,它们分属头韵体、节律体和散文体,是中古英语亚瑟王文学特别重要的成就。

第一节 《亚瑟王之瓦德陵湖历险记》

在中古英语亚瑟王传奇作品中,除《绿色骑士》外,特别接近《高文爵士与绿色骑士》的是《亚瑟王之瓦德陵湖历险记》(*The Awntyrs off*

[①] 见 Hodder, "Dynastic Romance", in Barron, ed., *The Arthur of the English*, p. 73。

Arthure at the Terne Wathelyne，即 *The Adventures of Arthur at Tarn Wadling*，下面简称《亚瑟王历险记》）。它们产生的时代大体相同，只是后者大约产生于 14 世纪末，稍晚于前者。它们都出自英格兰西北地区，只是后者产生的地点更为靠北；① 学者们一般认为，它是在英格兰西北部的坎伯兰郡（Cumberland）创作的。作者在诗作开篇说："当声名远播的亚瑟王来到卡莱尔"（l. 3）②，他这里提到的卡莱尔市（Carlele，即 Carlisle）或其附近地区有可能就是创作地点。卡莱尔市是坎布里亚县（Cumbria）的县城。另外，两部作品都使用头韵体，也都分为诗节。特别重要的是，同许多英语亚瑟王传奇作品不同，它们都没有以法语作品为源本。

另外一部重要的亚瑟王文学作品头韵体《亚瑟王之死》也大体具有这些特点，而且也可能是《亚瑟王历险记》借鉴特别多的作品，比如诗作中对幸运之轮的提及和对亚瑟王朝命运的预示，有可能直接来自头韵体《亚瑟王之死》。不过，《亚瑟王历险记》前半部分的内容有可能受到一部源自古法语诗作的中古英语音步体作品《圣格里高利的三十个追思弥撒》（*The Trental of St. Gregory*）的影响。在那部作品里，格里高利③的母亲因罪孽在炼狱④受苦，她的鬼魂出现在格里高利面前，要求他为自己连续做 30 个弥撒以拯救她的灵魂。我们将看到，这与《亚瑟王历险记》里格温娜维尔母亲的要求十分相似。当然，《高文爵士与绿色骑士》、头韵体《亚瑟王之死》和《圣格里高利的三十个追思弥撒》只是影响了《亚瑟王历险记》的众多作品中特别突出的 3 部。《亚瑟王历险记》的意义在相当大程度上产生于同这些作品的互文。如前面所谈到的，中世纪作品大量借鉴或直接改写自其他作品。《亚瑟王历险记》自然也是如此，不同的是，与高文诗人和乔叟等杰出文学家一样，其作者也很好地将所借用的各种材料整合成新

---

① 在 12 世纪末，以拉亚蒙的《布鲁特》为代表的中古英语头韵体诗歌主要在伍斯特郡一带，后来随着法语诗歌传统的诗歌在英国传播，特别是以乔叟诗作为代表的音步节律体英语诗歌在英格兰南部兴起，头韵体复兴运动逐渐向北方转移，它最后的繁荣是在 15 世纪后期的英格兰北部和 16 世纪的苏格兰。

② 对该诗作的引文译自 Ralph Hanna, ed., *The Awntyrs off Arthure at the Terne Wathelyne*, Manchester: Manchester University Press, 1974，下面对该诗的引文均译自此版本，诗行行码随文注出，不再加注。

③ 格里高利一世（St. Gregory the Great），著名罗马教皇和基督教神学家，大约于 540 年出生在罗马，590—604 年在位。

④ 在中世纪，人们有时把炼狱和地狱混为一谈。

第七章 短篇亚瑟王传奇作品

的而且很优秀的诗作。

《亚瑟王历险记》现存的 4 种中世纪手抄稿,都产生于 15 世纪,但出自不同地区,包括爱尔兰,可见这部诗作在中世纪很受欢迎。在近现代,在亚瑟王文学作品里,这部诗作也受关注较早而且一直很受重视。自 18 世纪以来,这些手抄稿被多次整理出版,而且从 1974 年到 20 世纪末的 20 多年里又出了 4 个新版本。这部作品特别受批评家们关注的一个重要原因是其诗歌艺术。诗作共 715 行,用头韵体写成,但同时也使用尾韵,而且还使用诗节,全诗共分为 55 节。与《高文爵士与绿色骑士》的诗节行数有一定差异,它的每个诗节都是 13 个诗行,包括 9 个头韵体长诗行和 4 个短诗行,非常规律。其 4 个短诗行被学者们称为"轮子"(wheel),每行有 2—3 个重读音节。很有特色的是,绝大多数诗节的最后一行一般在下一节第一行里部分重复,还有许多诗节的第 8 行和第 9 行之间也是类似重复,这在诗作前半部分尤其如此。另外,第一个诗行"这个历险故事发生在亚瑟王时代"也在诗作结尾重复。这样,整部诗作被特别紧密地连接在一起。可以看出,诗人在诗歌艺术和形式上很下了功夫,的确颇具匠心。

在 4 个从中世纪流传下来的手抄本上,仅有一个给出诗作标题。但奇怪的是,诗作标题说是亚瑟王的历险记,但高文在作品中占篇幅最多,他似乎才是主人公。这部作品也被许多学者认为主要是歌颂这位在英格兰人眼中特别高尚优秀的圆桌骑士英雄,因此把它放入高文传奇作品系列。不过严格的说,这部诗作并非主要讲述高文的故事。亚瑟王虽然所占篇幅较少,但他在开篇和结尾,特别是在中心部分,都占据关键位置,发挥主导作用。而最重要的是,这部诗作是对亚瑟王朝从生活方式到攻城略地的状况乃至其价值体系的批评,它还谴责了亚瑟王朝的虚荣、贪婪、享受荣华富贵、到处发动侵略战争、抢占他人的土地、毁坏别国的家园,并预言亚瑟王朝将解体覆没。所以,诗作针对的主要是亚瑟王朝,高文只是其中一员,而亚瑟王朝真正的代表人物,其价值体系的体现者、其大政方针的决策和主导人都是亚瑟王。也就是说,如同编年史传统的亚瑟王作品一样,这部诗作是描述亚瑟王朝的现状并以此表现和探索它覆没的根源的。所以,作品用亚瑟王的"历险"比高文的"历险"更能表明作品的意义,因而也更适合。

这部作品另外一个特别引起评论家们关注的是,它由两部分组成。前一部分的主要内容是高文和格温娜维尔与一个鬼魂的对话,后一部分则主要是关于高文与一个前来讨要土地的骑士比武。许多评论家认为，这两部分在情节和主题上都未被整合成一个统一体。汉纳（Ralph Hanna）从诗艺上对两部分进行认真的比较分析后认为，它们在诗艺上也有一定差异，所以它们实际上是分别由两位诗人创作的两首诗作，最后由第三位诗人稍作改动放在一起。① 的确，诗作的两部分在情节内容上明显不同。但有学者持不同意见，并指出："在 20 世纪后期，这部诗作被认为在结构上是统一的，因为它表达一个单一的主题思想：人们需要忽略自我并慷慨地对待他人。"② 我们下面将谈到，虽然诗作的主题思想并非仅仅忽略自我慷慨待人，但它在主题思想上的确是统一的，因为后面部分可以看作从另外一个角度用实例来进一步证明前一部分里鬼魂表达的观点。这部诗作或许受到基督教布道词体裁的影响，所以前面部分主要是表达观点，后面则给出例证。至于两部分里韵律和诗行重复方面的差异，那也许是因为它们的内容不同（前一部分主要是对话，后面部分是叙事），所以诗人采用不完全一样的诗艺。

  诗作故事发生在亚瑟王驻跸卡莱尔期间，地点是瓦德陵湖畔。瓦德陵湖位于英格尔伍德森林（Inglewood forest）中。自诺曼征服之后，坎布里亚县的英格尔伍德森林就成为英国王家猎场。该猎场又称王家保护地，长 16 英里，宽 10 英里（近 415 平方公里），是众多的英国王室林地之一，该处的狩猎对象主要是鹿和野猪。瓦德陵湖本是一个不大的自然湖泊，面积大约 100 英亩。在 19 世纪中期，人们排干湖水造耕地，但大雨后再次成湖；在 20 世纪 40 年代，湖面彻底消失，现在那里是一片低洼的草地。

  卡莱尔以及附近的瓦德陵湖地区是亚瑟王传说中的一个重要区域，特别是前面分析过的《土耳其人与高文》、关于高文的婚礼以及高文在"粗人"城堡历险等几个重要传奇故事都发生在卡莱尔和瓦德陵湖这一地区。③ 这些故事，包括《亚瑟王历险记》，都带有神话或者说超自然色彩，与这是一个有着丰富神秘传说的区域相关。人们在过去甚至相信瓦德陵湖下面

---

  ① 见 Ralph Hanna, "Introduction", in Hanna, ed., *The Awntyrs off Arthure at the Terne Wathelyne*, pp. 11-24。

  ② Rosamund Allen, "The Awntyrs off Arthure", in Barron, ed., *The Arthur of the English*, p. 151.

  ③ 在另外一些亚瑟王作品包括头韵体《亚瑟王之死》里，亚瑟王朝也驻跸在卡莱尔或者在那里举行宴庆活动。

第七章 短篇亚瑟王传奇作品

是一个神秘的城堡。另外，英格尔伍德森林据说还是英国著名的绿林英雄罗宾汉的出没之处。

如同许多明显植根于不列颠本土传统的亚瑟王作品一样，这部诗作也以亚瑟王同王后率领骑士们到英格尔伍德森林打猎开篇。但有意思的是，诗人很快就用整整一个诗节（ll. 14 – 26）细致描绘王后的一身珠光宝气。人们不仅困惑，她出来打猎为何如此打扮？诗人的深意在后来鬼魂出现时才展示出来。紧接着，诗作生动描绘了亚瑟王和贵族们打猎的盛大场面（ll. 36 – 67）。学者们大都认为，对追杀猎物的描写受到《高文爵士与绿色骑士》的影响。我们将看到，诗人对打猎场面的精心描述与他对格温娜维尔的盛装的描写同样富有深意。

不久，众人跟随亚瑟王追逐一只鹿进入林中，唯高文和王后停留在湖边。这时本是上午，但忽然暴风雨降临，霎时天昏地暗犹如黑夜，接着"湖上一道亮光闪现""一个像路西弗①那样"丑陋可怕的鬼魂出现，在湖面上凄厉地"哀嚎着"，向高文和格温娜维尔"飘来"（ll. 83 – 85），情形十分恐怖。诗人把那个"像女人一样哭泣"的骷髅鬼魂描绘得极为狰狞可怖。她全身裸露，糊满污泥，"在脊骨尽头有蟾蜍/向上嚼噬头颅；/眼眶内陷空洞，/像燃煤一样发光"（ll. 114 – 17），身上还缠绕着毒蛇。诗人为他即将叙述的内容和表达的思想十分出色地营造了有如后世哥特小说里那种恐怖氛围。当然，对鬼魂和腐烂中的身体令人恶心的描写并非这位诗人的发明，在中世纪欧洲文学中，包括盎格鲁－撒克逊时代的古英语诗歌，特别是一些宗教性质比较明显的作品里，有大量这类令人感到恐怖的描写以震撼受众，向他们传达尘世中的权力、地位、享受不仅都毫无意义，而且会阻碍灵魂获救，甚至会使灵魂坠入地狱。这正是诗人即将借鬼魂之口表达的观点。

高文十分忠诚勇敢，在如此可怕的鬼魂出现时，连猎狗也"急忙朝山里逃窜"（l. 124），他为保护惊恐的格温娜维尔，立即挥剑挺身而出，勇敢地迎上前询问。鬼魂告诉他：她曾是王后，国王们是她的亲戚，她曾经无比美丽，享受过比格温娜维尔更多的欢乐，拥有更多的财富和黄金，更

---

① 路西弗（Lucifer）即撒旦或魔鬼。但在基督教神学里，严格的说，路西弗是指背叛上帝前的大天使，撒旦是在天堂发动叛乱的路西弗，而魔鬼则是指在地狱里的撒旦。不过，在一般的基督教书籍里，特别是在民间和文学作品里，这三个称谓往往等同。

辉煌的宫殿,更美丽的园林,更幽静的湖泊,更肥美的田地,更富裕的城镇,更高大的塔楼,更为数不清的珍宝,更雄伟的城堡,更广阔的乡村和原野。(ll. 137 – 50) 她随即说出身份,她原来是格温娜维尔母亲的鬼魂。她生前享尽荣华富贵,死后却无衣无食,凄凉孤独,遭无穷处罚,被烈火焚烧,受地狱里的魔鬼们折磨,躯体被虫子吞噬,被蟾蜍毒蛇撕咬。她告诉格温娜维尔:我就是你的"一面镜子"(l. 162),你要

> 好好想一想我的话,
> 你必须改变恶行;
> 我已向你发出警告,
> 别忘了我的惨景。
> (ll. 192 – 95)。

她是在告诫女儿:她的过去就是格温娜维尔的现在,如果格温娜维尔不改变其"恶行",那她母亲的现在将是她的未来。诗作开篇对格温娜维尔那盛装的描写其实已经为此埋下伏笔。

也就是说,鬼魂之所以坠入如此惨境是因为其"恶行",而她之所以犯下恶行则是因为她"曾背叛了一个庄严誓言"(l. 205)。至于那是什么誓言,她没有明说,只是说格温娜维尔知道。但从她前后的话语以及诗作内容看,显然是违背了一个基督徒对上帝的庄严承诺,违背了上帝的教导。而她的"恶行"自然是指因为违背上帝的教导而导致她生前那些骄奢荒淫的生活,也就是格温娜维尔现在尽情享受的荣华富贵。所以她告诉女儿:"你手握重权要可怜穷人",你享受丰盛餐食,要想到门外乞讨之人,"为了在十字架上的他,/慷慨地将你的善心/给予没有食物的人"(ll. 232 – 34);因为"一切都无济于事""只有穷人的祷告能保你平安"(ll. 177 – 78)。相反,那些"现在对你卑躬屈膝的美人贵族",在你死时却会"离你而去"(ll. 174 – 76)。当然,这些是中世纪十分普遍的观念,不仅教堂里的布道词,而且许多文学作品里都广泛宣传,但最好也最全面地表现在 15 世纪后期的道德剧名著《人》(*Everyman*)里:在人死时,所有亲戚朋友财富权力都会离你而去,唯有善行(good deeds)才会随你进入坟墓,帮你拯救灵魂。中世纪人相信,最好的善行是怜悯和帮助穷人,而被称为中世纪第一位教皇的格里高利一世可以说是关爱弱者、救助穷人的典范。中世纪大

第七章　短篇亚瑟王传奇作品

量的著作，包括古英语关于末日审判的文学作品，都在渲染末日审判之恐怖的同时，让救世主对好人的灵魂说：你们在帮助穷人和病人时，就是在帮我，所以你们将随我上天堂享永福。

在这部分，诗作最突出的手法是对照反衬。诗人显然是在着力对照鬼魂的生前与死后、格温娜维尔和她母亲的鬼魂截然相反的状况，以表达他对当权者、上层阶级和富人们的批评。不过，他对奢靡生活的批评显然不局限于这母女俩，也一般地针对上层阶级，但更具体指向亚瑟王及其圆桌骑士贵族们。诗作开篇对格温娜维尔的盛装和对作为享乐而非谋生的狩猎之盛大场面的描写的真实意义现在显露出来。如果说以此对亚瑟王朝的批评还是以对富人奢靡生活的批评来间接表达的话，那么诗人接下来就直接揭露了亚瑟王朝的问题并据此预示它的覆没。这使这部诗作主题思想符合逻辑的发展，也正是这一思想把作品前后两个看似无关的部分统一起来。

鬼魂对格温娜维尔的提问"什么使上帝最为愤怒"的回答是："过度的虚荣，如先知们所说"（l. 239），因为那导致"武士们得意忘形违背上帝戒律"（l. 142）。"虚荣"使亚当和夏娃被撒旦引诱，想变得"像神一样"① 而背叛上帝，因而是基督教七大重罪之首。而关于格温娜维尔"什么最能给［她］带来上天赐福"的问题，鬼魂的回答是"温顺与怜悯"（ll. 249 – 50）。她说："怜悯"是"可怜穷人，那最能取悦天主"（l. 251）。这是鬼魂前面关于应赈济穷人的训诫的再次强调。"温顺"（mekenesse）则直接针对虚荣或骄傲。温顺首先是指对上帝谦卑顺从，但同时也体现于对他人，特别是穷人和弱者谦卑怜悯。诗人一再强调对穷人的怜悯，既是针对亚瑟王朝和贵族们的奢靡生活，更是对亚瑟王朝到处发动战争造成无穷苦难的谴责，如我们下面即将看到的，而这也正是诗作重点表现的内容。

到此为止，鬼魂和格温娜维尔之间的对话主要是关于尘世中的生活与灵魂获救方面的基督教思想之一般性表达。但高文随即出面代表亚瑟王朝向鬼魂提出了使诗作发展方向改变的问题：我们到处征战，无缘无故地劫掠他国的土地、财富和强迫那里人们对我们臣服，结局会如何呢？（ll. 261 – 64）他的问题立即把诗作的主题更直接引向亚瑟王朝，进而使作品变成一部真正的"亚瑟王历险记"或者说"亚瑟王朝的历险记"。

鬼魂的回答直截了当："你的王太贪婪，骑士先生，我警告你"（l. 265）；

---

① 《创世记》3：5。

尽管亚瑟王现在吉星高照，但他必将被幸运女神抛弃。她随即展示出那个在中世纪十分著名的幸运女神之轮（Fortune's Wheel）的意象。学者们一般认为，《亚瑟王历险记》里关于幸运女神之轮的意象来自头韵体《亚瑟王之死》。① 幸运女神之轮源自罗马哲学家和政治家波伊提乌（Boethius, 480—524）的名著《哲学的慰藉》（The Consolation of Philosophy）。这个意象试图表明，人的命运变化无常。幸运之轮由幸运女神不停转动，每个人的命运都随轮子转动而变化。当一个人随轮子上升时，他就时来运转，而当他随轮子下降时，就会被幸运女神抛弃，就会被毁灭。现在亚瑟王运星高照，处于巅峰，无人能敌。他征服了布列塔尼、勃艮第、法兰西，还将打败罗马进入意大利，但也给各地人民带来了无尽灾难，所以他最终将被无情转动的幸运女神抛弃，在"一个海滩溃败"（l. 268）。

鬼魂随即向高文预告亚瑟王在欧洲大陆的征战、莫德雷德的背叛和亚瑟王朝的失败与覆没，最后在康沃尔的海岸，亚瑟王和圆桌骑士们都将战死。她还告诉高文，他本人在那之前将于多塞特郡（Dorsetshire）的海边被杀死。当然，这些都是诗人根据杰弗里的《不列颠君王史》、瓦斯的法语或许还有拉亚蒙的英语《布鲁特》，特别是头韵体《亚瑟王之死》的内容简述的。在预告了亚瑟王朝的兴亡之后，鬼魂再一次提醒格温娜维尔别忘了为她做900次追思弥撒（thirty trentals②）以助她脱离苦难，然后同出现时一样，她哀号着飘然而去。在诗作结尾，格温娜维尔发出命令，要求各地为她母亲的亡灵做弥撒。

鬼魂离开后，诗作进入第二部分，亚瑟王召集随他狩猎的贵族和骑士回宫。同许多浪漫传奇作品的开篇一样，这部分一开始也是亚瑟王同圆桌骑士们举行盛宴。诗作对豪华宴会厅和身着盛装威严地坐在上位的亚瑟王之描写再一次巧妙地回应了鬼魂对奢靡生活的批评。从篇幅上看，这刚好是诗作的中心，而在情节和主题思想发展上，这部分起着承上启下的作用。诗人很好地表现了亚瑟王之权力、威望和富裕；特别是全诗正中心的诗行"他至高无上，端坐王位"（l. 358），很好地呼应了前面鬼魂关于他现在正处幸运之轮顶端的说法。他现在处于权力巅峰，掌控一切。按幸

---

① 关于头韵体《亚瑟王之死》里幸运之轮的内容和意义将在后面第八章里具体分析。
② Trental 是天主教为亡魂做的一个系列连续30次弥撒，这里说30个系列，所以一共是900次弥撒。

第七章　短篇亚瑟王传奇作品

运之轮转动的逻辑,这恰恰暗示他的命运将开始下滑,他的权力将受到挑战。

随即挑战者出现:一位盛装女士和一位全副武装的骑士。他们是来向亚瑟王讨"公道"(l. 350)的。骑士名叫加勒龙(Galeron)。他列举出其拥有的许多领地,然后指控亚瑟王:"你不公平地发动战争把它们抢去,/又给了高文——那使我十分愤怒。"(ll. 421-22)他挑战说:

> 只要我的头还在项上,
> 他就再也不能统治我的领地;
> 除非他用剑和长枪
> 公平地把它们赢去。
> (ll. 425-28)

加勒龙的指控呼应前面鬼魂关于亚瑟王贪婪的指责:亚瑟王四处发动征战,劫掠土地和财富,而征战与劫掠归根结底也是虚荣、贪婪和权力欲的表现。亚瑟王朝犯下如此严重的罪孽,最终自然会覆没。诗人以幸运之轮的转动不可逆转来预告亚瑟王最终的失败。其实在中世纪人的观念里,幸运女神只不过是上帝的寓意性代理人,幸运之轮也只是上帝天命的形象体现。诗人在这里是以实例支撑前面由鬼魂所表达的基督教思想,这样就把诗作的两部分在主题思想上整合在一起。

亚瑟王接受他的挑战,让高文与他比武。比武在第二天举行。诗人对比武进行大篇幅的细致生动描述,他充分发挥头韵体诗作在描写战斗场面上的特长,表现两位骑士的勇猛,但更突出地向人们展现生死搏斗的残酷。两位骑士遍体鳞伤,极其血腥。诗人似乎在向人们表示,如果两人的比武尚且如此残酷,那么大规模的战争更是血腥的屠杀。前面在第一部分,在简述亚瑟王朝的对外征战时,鬼魂不仅3次特别提及法国,而且还提到对法国几个地区的征服,并说人们"悲痛地哭诉战争祸害;/那里再没有活着的爵爷"(ll. 278-79)。诗人如此突出表现亚瑟王征服法国的战争,很难不使人联想到当时仍然在进行的英法百年战争。由于百年战争的战场是在法国领土上,法国大批城镇乡村被直接焚毁,许多民众被屠杀。同《高文爵士与绿色骑士》的作者一样,《亚瑟王历险记》的诗人也间接谴责了这场残酷的战争。

最后，高文在比武中逐渐占上风，与加勒龙一道来的女士向格温娜维尔求情，希望她叫亚瑟王终止这场血腥的比武。或许是由于受到母亲的鬼魂关于怜悯的教育，格温娜维尔明显表现出同情，立即出面向亚瑟王请求。但这时加勒龙也履行自己的诺言，放下武器，愿意放弃对那些领地的拥有权。国王立即下令比武和平结束，高文和所有圆桌骑士都为之感到高兴。接着，亚瑟王对高文说，如果他放弃加勒龙那些领地，他将把在威尔士、爱尔兰和布列塔尼的许多领地赐给他，并赐他黄金。高文很高兴地将所有加勒龙的领地交还给他，而加勒龙也成为一名圆桌骑士。看来，这是一个皆大欢喜的结局。

但鬼魂所预告的亚瑟王朝覆没的阴影并没有消失。在皆大欢喜的表面下隐藏着亚瑟王朝的危机，鬼魂在第一部分里揭示的关于虚荣、贪婪、奢靡等基督教谴责的道德问题全部在第二部分表现出来，巧妙地为鬼魂的预见做注解。特别能体现诗人之艺术和思想水平的是，虽然加勒龙同亚瑟王朝、同高文的冲突得到解决，但实际上埋下了新冲突之根源：亚瑟王把威尔士、爱尔兰和布列塔尼的那些领地赐给高文，难道那些地区的人们不会向他讨"公道"？如同前面我们在《高文爵士与绿色骑士》以及后面我们将在头韵体《亚瑟王之死》里看到的（前面谈到，《亚瑟王历险记》的作者受到这两部作品影响），尽管这位诗人明显表达出他对亚瑟王朝在感情上的认同或者说显露出英格兰民族感情，但他不能同意因为虚荣和贪婪而发动战争，不能支持抢占他人的领土财富，更不能接受战争的残酷，因为那不仅给其他国家而且也会给英格兰带来灾难。关于这一点，我们将在分析头韵体《亚瑟王之死》一章里作比较深入的探讨。

第二节 《亚瑟王之誓言》

《亚瑟王、高文爵士、凯爵士和布勒顿的鲍德温爵士之誓言》(*The Avowynge of King Arthur, Sir Gawain, Sir Kaye, and Sir Bawdewyn of Bretan*, 下面简称《亚瑟王之誓言》）是迄今已经分析过的亚瑟王文学作品中一部很优秀也比较特殊而且思想特别深刻的诗作。其特殊的原因之一是，它同《高文爵士与绿色骑士》和《亚瑟王历险记》等优秀作品一样，没有法语源本，这在不是以高文为主人公的作品中并不多见。从诗作语言特点看，学者们认为这部作品在14世纪后期或15世纪前期创作于英格兰西北部，

第七章 短篇亚瑟王传奇作品

有可能在坎伯兰郡（Cumberland），即故事的发生地英格尔伍德王室林地和瓦德陵湖所在的区域。在许多亚瑟王传奇故事、特别是高文传奇作品里，亚瑟王宫所在地卡莱尔（Carlisle）就在附近。关于这一地区，前一节《亚瑟王之瓦德陵湖历险记》里已经讲述。《亚瑟王之誓言》主要使用尾韵节律体，同时也使用大量头韵，是当时英语诗坛两种主要诗体的结合。诗作分为72个诗节，一般每节16行（其中第28个诗节只有12行），一共1148行。这部作品只流传下一个中世纪手抄稿本，大约产生于15世纪中后期，原来收藏在爱尔兰，现存美国普林斯顿大学。

上面说这部作品比较特别，另一个原因是，正如作品标题所表明，它的主要情节是由亚瑟王和几位圆桌骑士的誓言引发。诗人通过叙述他们的作为以检测他们的誓言来塑造他们的形象并进而探讨他们所体现的价值观和骑士精神在中世纪语境中的意义。一诺千金是中世纪骑士精神的核心价值，而践行诺言是骑士的基本德行。中世纪许多骑士浪漫传奇故事都是叙述某位骑士把诺言看得比生命更重，因此不计生死、不畏艰险践行诺言。在亚瑟王浪漫文学中，这方面特别著名的有《高文爵士与绿色骑士》和《高文爵士与瑞格蕾尔女士的婚礼》，以及下一节将要分析的《亚瑟王与康沃尔王》等许多作品。

但与《高文爵士与绿色骑士》等作品不同而与《亚瑟王与康沃尔王》相同的是，《亚瑟王之誓言》的情节不是关于一个誓言，而是多个，作者因此十分巧妙地把骑士们（亚瑟王自然也是骑士）之间、他们的誓言之间以及他们对自己的誓言的履行情况进行对照。一般来说，中世纪浪漫传奇不是特别注重人物性格的塑造，而像《亚瑟王之誓言》这样塑造出4个比较鲜明的形象的作品更不多见。该诗作这方面的成功很大程度上正是得益于诗人很好地广泛运用对照手法。另外，诗人不仅仅在他们之间进行对照比较，他们对各自誓言的践行还暗含主题思想的延续与发展，也就是说，作品以此层层递进不断深化作品意义。这样通过并置、对照与递进，诗人把在一些评论家眼里似乎"杂乱无章地堆砌在一起"[1]的那些在表面上看似乎互不相干的内容整合成一个相对统一的整体。

在表达上这部作品的确显得比较杂乱，其主要原因是，作品中4个主

---

[1] Edwin A. Greenlaw, "The Vows of Baldwin: A Study in Medieval Fiction", *PMLA*, 21 (1906), p. 576.

要人物一共发了6个誓言，而作品的许多内容是以这些誓言为中心。另外，对于鲍德温的3个誓言，诗人不仅分别设置很生动的事件来验证，而且还让他讲了3个故事或者说用他的经历来表明和支撑其观点。然而也正因为如此，这部诗作涉及面很宽，内容十分丰富，是浪漫传奇中探讨中世纪文化和价值观念难得的佳作。

《亚瑟王之誓言》大体上分为两大部分，各包含3个誓言和分别与之相关的内容。第一部分（前32诗节，共572行）的内容以与亚瑟王、凯和高文的誓言相关的内容为主。第二部分则主要是关于鲍德温的3个誓言，这部分又分为两部分：鲍德温对3个誓言的践行以及他为阐释其观点所讲述的3个故事。相对而言，与鲍德温相关的内容在作品中所占篇幅最多，从这个角度讲他应该是这个作品里最重要的人物。但整部作品的故事情节是由亚瑟王发誓和命令3个骑士发誓引出的，而且他掌控着情节的发展并在每个部分都发挥着特殊作用，也就是说在很大程度上是他把作品各部分的内容联系在一起的，因此他才是整部诗作的中心人物，相反，鲍德温主要是出现在后半部分。

同其他许多如《亚瑟王之瓦德陵湖历险记》《高文爵士与瑞格蕾尔女士的婚礼》等以这一地区为背景的传奇作品一样，《亚瑟王之誓言》也是以打猎开篇。当然，在故事开始之前，诗人像通常那样对上帝进而对亚瑟王朝和圆桌骑士团体进行赞颂，并强调他将要讲述的不是"幻境或虚构故事"（l. 17）①。不同的是，这里的打猎也并非像通常那样是王室和贵族们的娱乐活动，而是除害。其起因是，一个猎人前来向亚瑟王报告，有一只奇大无比、凶狠异常的野猪，一个犹如"撒旦一样"（l. 67）的怪物，正在肆虐英格尔伍德林地。

于是亚瑟王率领高文、凯和鲍德温前去猎杀野猪。然而，他们围猎失败。于是，亚瑟王发誓他将"不需要任何人帮助""在明天上午之前"独自一人把那个"魔鬼般的"怪物"降服杀掉"，并命令3位骑士也同他"一样发誓"（ll. 117–27）。遵从国王吩咐，高文发誓将整夜守候在瓦德陵湖旁②，凯发誓将独自穿越英格尔伍德林地，并将"杀掉"（l. 136）任何胆敢阻挡他的人。最有意思的是鲍德温，他不仅一口气发出3个誓言，而

---

① 引文译自Thomas Hahn, ed., *The Avowyng of Arthur*, in Hahn, ed., *Sir Gawain: Eleven Romances and Tales*. 下面对该诗作的引文均译自此版本，行码随文注出，不再加注。

② 前面在关于《亚瑟王之瓦德陵湖历险记》一节里已谈到，瓦德陵湖是一个有鬼怪出没的神秘可怕之处，所以高文才发这样的誓言。

第七章 短篇亚瑟王传奇作品

且他的誓言与其他3人的颇为不同。鲍德温的誓言是："绝不对我夫人/或任何美妇生嫉妒之心""任何人来到我家/都会受到盛情款待""不论遭何种威胁绝不惜命"（ll. 139 – 43）。

亚瑟王等前面3人的誓言都指向具体行动，需要他们立即践行，但鲍德温给出的与其说是3个需要马上付诸行动的誓言还不如说是3个抽象的生活原则。正如格林洛指出的，那是与"他长期以来奉行的生活哲学有关"的"生活箴言"[①]，所以他是一位"哲学-骑士"（philosophy-knight）[②]。我们在下面将看到，这些生活箴言是这位年长骑士从其长期经历中总结和学到的生活原则。不过，鲍德温与亚瑟王等人的对照不仅在于他们的誓言性质不同，更在于他们对待誓言的态度上。亚瑟王等人在发出誓言后立即就将其付诸行动，而鲍德温似乎说完就忘了，因为他随即"打道回府""上床睡觉"（ll. 155 – 57）。看来他本就没想用行动来证明。而且那似乎还表现出，他觉得亚瑟王等争强好胜的青年人比较可笑。然而这并不表明他是一位虚假或不负责任的骑士，相反表明他远比这些青年人更成熟。中世纪浪漫传奇往往表现骑士外出寻找刺激经历冒险以证明自己的价值；鲍德温的故事却表明，一个人的真正价值不需要外出证明，生活本身就是最好最直接而且时时刻刻都在进行的考验。

诗作首先叙述亚瑟王如何去猎杀野猪。这一段描写得惊心动魄。那野猪高大凶猛，力大无穷，能将巨树连根拔起，并用"3英尺"长的獠牙向亚瑟王猛烈进攻。由于野猪皮厚而坚韧，亚瑟王的长矛断裂，马被野猪打翻，亚瑟王也跌到在地。在万分危急之时，亚瑟王只得向耶稣祷告求助。此后，他似乎得到神助，最终用剑杀掉了那个"魔鬼般"（l. 219）或"撒旦一样"（l. 228）的怪物，并将猪头砍下像战利品一样"插在一根木桩之上"（l. 260）。亚瑟王和叙述者多次说野猪像撒旦（ll. 67, 120, 228）和魔鬼（l. 112），表明亚瑟王猎杀野猪之艰难，同时也强调他是为民除害。虽然他经过生死搏斗，践行了誓言，但阿隆斯坦认为，他的成功得到"神力相助"[③]，而非像他的誓言所说是独自杀死野猪，所以他并没有完全践行其誓言。不过，中世纪骑士是否真的践行其诺言其实不在于他是否完全实现其

[①] Greenlaw, "The Vows of Baldwin: A Study in Medieval Fiction", *PMLA*, 21 (1906), pp. 578, 599.

[②] Greenlaw, "The Vows of Baldwin: A Study in Medieval Fiction", *PMLA*, 21 (1906), p. 578.

[③] Aronstein, *An Introduction to British Arthurian Narrative*, p. 115.

意图，而在于他是否敢于不畏艰险将其誓言付诸行动。即使他在行动中失败，甚至死亡，他也是甚至更是一个坚守诺言的高尚骑士。而且正因为他不畏生死践行诺言为民除害，才得到神助。

接下来，诗人转向凯的历险经历。凯同高文一样是民间传说和编年史中最早追随亚瑟王的骑士之一。他是圆桌骑士中是一位很有趣的人物，往往是作为高文的对立面来塑造。他行为粗鲁、好吹嘘，但总是吃败仗，为他的大话吃苦头，但他也是一位乐于助人的热心人。罗杰斯指出，在亚瑟王文学中，高文和凯"被用来作为确定骑士行为的参考值，高文是最好的榜样，而凯则是其最坏的典范"。[1] 他们形成一种"传统的高文-凯对立"。[2] 但并非说凯是坏人，他实际上是一个喜剧性人物。在前面分析的《戈罗格拉斯与高文的骑士故事》、《高文爵士与卡莱尔城堡之粗人》和《绿色骑士》等作品里，我们已经看到他和高文在品性、气质各方面的对照。这种对照既反衬出高文的美德，也增加了作品的喜剧氛围，显然为中世纪听众或读者所喜爱。

在该作品里，凯独自一人骑马穿越森林，在路上碰到一个叫门尼尔夫（Menealfe）的骑士带着一位他俘获的美丽女士。凯听到那位女士正哭着向圣母玛利亚祷告，他立即赶过去向那位骑士挑战，结果他的长矛折断，他自己也被打下马来。他不仅没能像他的誓言所说那样将对手"杀死"，反而成了门尼尔夫的俘虏。不过他很聪明，知道高文会救他，于是对门尼尔夫说，高文正在瓦德陵湖等他，如果他们前往瓦德陵湖，高文会为他付赎金。他们随即来到瓦德陵湖，凯在见到高文时倒说了一句少有的真话："我，凯，……/在错误的时间吹嘘说大话。"(ll. 353 – 54)

于是，高文和门尼尔夫开始为凯决斗。高文战胜对手后，凯十分兴奋，嘲笑门尼尔夫，说这一切全是他自找，即使死了也活该，但高文却立即前去把对手扶起，表现出高雅的骑士风度，并得到门尼尔夫的真诚赞赏。诗人显然是在把高文和凯进行对照。接着两人又为那位女士进行第二场决斗，高文再次获胜，并再次很礼貌地将对手扶起，并吩咐门尼尔夫带着女士前往卡莱尔找格温娜维尔，由王后决定如何处理，表现出他是忠于王后尊重女士的骑

---

[1] Gillian Rogers, "*The Boy and the Mantle* and *Sir Corneus*", in Barron, ed., *The Arthur of the English*, p. 223.

[2] Gillian Rogers, "*The Avowynge of King Arthur, Sir Gawain, Sir Kaye, and Sir Bawdewyn of Bretan*", in Barron, ed., *The Arthur of the English*, p. 212.

第七章　短篇亚瑟王传奇作品

士典范。在卡莱尔王宫,王后又将问题交给亚瑟王。最后,像通常那些皆大欢喜的传奇故事一样,门尼尔夫也被赐封为圆桌骑士,于是"他们都成了好朋友"(l. 573)。然而,那位女士却并没有被提及,她似乎仅仅是被作为"战利品"从一个人转到另外一个人手中,[①] 其价值仅仅在于把门尼尔夫同亚瑟王朝联系起来,所以当门尼尔夫来到卡莱尔时,她也就被忘记了。学者们一般认为,《亚瑟王之誓言》的前半部分表现理想的骑士美德,但这位女士的遭遇所反映的与后面鲍德温的反女性观并没有本质区别。[②] 也就是说,在对待女性上,作品前后两部分也是比较统一的。

诗作的第二部分主要是检测鲍德温的3个誓言,只不过顺序被倒过来,从第三个誓言开始。在这部分开头,凯鼓动亚瑟王对鲍德温的誓言进行验证,得到国王同意。于是他召集6位鲍德温不认识的骑士全副武装地挡在鲍德温到卡莱尔赴亚瑟王宴会的途中。他们威胁他,要他绕道走,但鲍德温毫不畏惧,把他们一个个打落马下,然后从容前去赴宴。这证明鲍德温的确勇敢无畏。亚瑟王接着派一个游吟诗人潜伏到鲍德温家卧底40天,查看是否如他誓言所说,所有到他家的人都能得到款待,满足吃喝。这位潜伏者发现,所有的人,"不论贵贱"(l. 726),都被迎进家中,在桌上吃喝的客人有

> 骑士、扈从、农夫和游民,
> 一切按他们要求供应,
> 如果他们另有所求,
> 全都立即送到他们手头。
> (ll. 737 - 40)

另外,"游吟诗人和送信者,/朝圣香客和旅人/全都受到欢迎"(ll. 754 - 56)。在那期间,所有"桌面摆满饮食/从未空过"(ll. 750 - 51),所有的人都吃饱喝足,尽兴而去。鲍德温自然也顺利通过第二个誓言的检测。

最后,亚瑟王亲自出马,来到鲍德温府中。他吩咐后者外出打猎直到

[①] 参看 David Johnson, "The Real and the Ideal Attitudes to Love and Chivalry as Seen in *The Avowing of King Arthur*", in Henk Aertsen and Alasdair A. MacDonald, eds., *Companion to Middle English Romance*, Amsterdam: VU University Press, 1990, p. 198。

[②] 参看 Johnson, "The Real and the Ideal Attitudes to Love and Chivalry as Seen in *The Avowing of King Arthur*", pp. 198 - 199。

翌日凌晨，以确保他晚上不在家中。亚瑟王在晚上率人来到鲍德温卧室，于是他与鲍德温夫人进行了下面一段很有趣的对话：

> 国王吩咐道："开门。"
> 女士问："为什么？"
> 他说："我来到这里
> 自然是悄悄作乐寻欢。"
> 她问道："你不是带着自己王后？
> 就如同我的夫是我的玩伴。"
> (ll. 821-26)

这是一段很幽默的对话。鲍德温夫人显然误解了亚瑟王的意思，当然诗人是有意让亚瑟王的话容易引起误解。当亚瑟王承诺不会对她造成伤害后，鲍德温夫人才将门打开。亚瑟王随即命令一个骑士裸身与鲍德温夫人一起躺在床上，但不准碰她。他自己却在旁与人下棋。鲍德温早上回家，亚瑟王命人把他带到卧室看他夫人与那位骑士裸身在床。亚瑟王说，他发现这个骑士不见了，所以追到这儿。他保持现场，让鲍德温自己处理。他接着问："你愤怒吗？"鲍德温回答："不，陛下，一点也不"，因为那是"出自她自己的意愿，/否则没有人敢碰她"（ll. 893-98）。这是中世纪传说故事中很普遍的所谓"被冤枉的妻子"（the Wife falsely accused）母题[1]，只不过鲍德温完全颠覆了因此而处罚妻子的那些轻信的丈夫们之形象。

鲍德温面对如此场面竟然无动于衷，亚瑟王惊奇不已，同任何人一样感到难以理解，他因此要鲍德温做出解释。鲍德温是年长的骑士，阅历丰富，所以他不是讲抽象的道德原则，而是用亲身经历来对自己的态度加以说明。他说他曾在亚瑟王"先祖的时代"，即"康斯坦丁在位时，随大军征战西班牙"（ll. 913-16），大胜苏丹。[2] 在这期间，国王命他率"500 余

---

[1] 请参看 Greenlaw, "The Vows of Baldwin: A Study in Medieval Fiction", *PMLA*, 21 (1906), pp. 607-617。

[2] 这里"先祖"的原文是"fadur"，既可译为父亲也可译为祖先。但亚瑟王的父亲叫尤瑟，他祖父才叫康斯坦丁。另外，诗人显然是把卡洛琳王朝的查理大帝征讨西班牙穆斯林的战争移植到亚瑟王先祖身上。至于亚瑟王更不用说其先祖时代伊斯兰教还远未出现，正如中世纪许多编年史家和诗人把亚瑟王时代的不列颠称为英格兰一样，现代读者不必较真。

第七章　短篇亚瑟王传奇作品

人/和3名女人"（ll. 928-29）守卫一座城堡。那3个女人是女佣也是军妓。由于其中一人更漂亮，更得宠，因此被另外两个女人合谋杀死。她们本要被处死，但她们告诉他们不用担心，她们完全能满足他们；结果的确如此。后来，剩下两人中更为漂亮的女人又被另外一个杀掉。当大伙商量是否处死她时，她承诺一人就能胜任一切，她的话证明一点不假。鲍德温"对这个故事的理解是"：质量可以弥补数量不足，如果一个女人决心要做什么，不论是好事还是坏事，她都会做到，而且她"心中根本不存在爱"。所以对她们只能严加看管，使之"在家中温顺服从"就好，世上"一切事物都有值得享受的方面"，他的结论是"因此我绝不会嫉妒"（ll. 973-85）。也就是说，女人所做的一切都出自本性，特别是其无限的性欲，与爱无关，如那500多名将士和3个女人的故事所表明，所以为何要嫉妒？不论是鲍德温的故事还是他的阐释都表现出极端的反女性观，在本质上也与同骑士精神关联的爱情观直接对立。

经亚瑟王询问，鲍德温又开始解释他为什么不怕死和那样慷慨待人。他为此而讲的经历也发生在那个城堡。那时，城堡遭到围攻，鲍德温率众出击，但一个"胆小鬼"，没有同战友们一道出战，却悄悄"躲进一只大木桶"。他们回来时发现他被碰巧飞来的"火炮"①炸得"身首分家；/而我们这些从战场上/归来的人却毫发无损"，于是"我和战友们发誓/从此绝不怕死"（ll. 1021-43）。鲍德温以此表明，人之命运自有定数，怕死不仅于事无补，反而可能适得其反。

接着，鲍德温为他最后一个誓言也给出例证，说明他为什么待人慷慨大度。他告诉亚瑟王，他们守卫的城堡由于被长期围困，给养已快告罄，而且无法补给。在此危急关头，对方派来一个使者，要他们投降。鲍德温命令倾其所有办出豪华宴会，让使者和大家一道大吃大喝。使者走后，众人向鲍德温抱怨，现在吃完了所有食物，只能"献出城堡/和为我们的生命祷告"（ll. 1091-92）。然而，让他们意想不到的是，使者回去后却向其首领报告，城中给养充足，每天像"过圣诞节一样"（l. 1100），因此绝不会投降。相反，由于对方的供给也开始匮乏，于是他们当天晚上就撤军了，城堡因此而解围。

---

① 这里"火炮"的原文是"gunne"（gun）。在中世纪后期，欧洲已经使用火炮；而且诗人还形容说，那发火炮像"一道闪电一样耀眼"（lemet as the levyn）（l. 1024）。

严格的说，鲍德温所表达的生活哲学并非简单地是他个人的智慧，而是广泛流传的生活格言，往往表现出对人性和生活现实的深刻理解，具有源远流长的传统。它还包含了古代的犬儒哲学、现实中的政治权谋、市侩对待生活那种玩世不恭以及中世纪十分流行的命运不可知的天命观或者说宿命论。历史上流传下来的许多寓言都表达了这类智慧，而鲍德温所讲的几个作为例证的故事在本质上也属于寓言性质。其实，先给出充满智慧的格言随即用故事或具体例证加以阐释的体裁在中世纪相当普遍，[①] 其中最突出的是布道词，只不过其中给出的不是格言而是《圣经》教导。

关于这部诗作，批评家们争论较多。有学者认为，在作品形式和主题思想上，前后两部分处于对立或对照之中。比如斯蒂芬尼（William. A. Stephany）认为，诗作的两部分体现了两种在本质上相互对立的生活观，亚瑟王朝代表的生活观表现在第一部分，而在第二部分里鲍德温所表达的生活观念优于前一种。[②] 约翰逊认为，诗人在这两部分里是在进行"他所熟悉的两类骑士风范（two brands of chivalry）的对照：一类来自亚瑟王浪漫传奇那种文学的想象世界，另外一类是对植根于更为实际的、现实中的经验的价值观之表达"。他进一步说："在我看来，这两部分的并置产生的对照是以理想主义和现实主义的对立为特征。"[③] 另有学者则认为，作品两部分并不仅仅是对立，后面部分也是对前面部分的发展。前面部分表现的主要是冲突，比如亚瑟王与野猪的厮杀、凯与门尼尔夫的打斗，后面部分的主题是合作，而高文部分则是诗作的"过渡"，它将作品里表现的"冲突与合作""联系起来"。[④] 而哈德曼（Philippa Hardman）也认为后面部分是对前面部分的发展。她说：鲍德温的3个誓言实际上是"骑士美德的概要"，他所体现的"理想的骑士价值"对高文所代表的传统骑士精神是补充而非对立，并且将"骑士规范与社会状况而非表现骑士历险的传统虚构小说相联系"。[⑤]

[①] 请参看 Greenlaw, "The Vows of Baldwin: A Study in Medieval Fiction", *PMLA*, 21 (1906)。

[②] 见 William Alexander Stephany, "A Study of Four Middle English Romances", PhD dissertation, University of Delaware, 1969。

[③] Johnson, "The Real and the Ideal Attitudes to Love and Chivalry as Seen in *The Avowing of King Arthur*", in Aertsen and MacDonald, eds., *Companion to Middle English Romance*, p. 199.

[④] Elliot Kendall, "The Evolution of Cooperation in *The Avowyng of Arthur*", in Nicholas Perkins, ed., *Medieval Romance and Material Culture*, Cambridge: D. S. Brewer, 2015, p. 114.

[⑤] 转引自 Rogers, "*The Avowynge of King Arthur, Sir Gawain, Sir Kaye, and Sir Bawdewyn of Bretan*", in Barron, ed., *The Arthur of the English*, pp. 211-212。

第七章 短篇亚瑟王传奇作品

　　的确，第一部分里亚瑟王、凯和高文的誓言本身都体现了中世纪理想的骑士美德。尽管亚瑟王得到神助才最终取胜，但他为这地区除害拼死搏斗表现出英勇无畏的骑士精神和高超的武艺，而他之所以险些不能取胜是因为野猪的皮坚韧得刀剑不入以致他的长矛折断。至于凯，虽然他战败被擒，但他为救助被俘的女士断然出手毫不畏惧，也表现出扶危救困的骑士风范。高文作为骑士精神的体现和高雅风度的典范从来没有任何学者质疑。

　　这部诗作的问题出在鲍德温的誓言和他的阐释。从誓言本身看，认为它们体现中世纪骑士的价值观，也不应有多大争议。在一定程度上，饱经风霜的鲍德温对其誓言的解释可以说表现了中世纪人对人性和生活的现实主义理解，因此如哈德曼所说，那可以作为对骑士价值观的一种补充。但那最多也只适用于他用宿命论来对不怕死所做的解释。的确，在风云跌宕命运不能自主的中世纪（其实任何时代在本质上大多如此），因命运不可知而听天由命在中世纪人中十分普遍，那也是波伊提乌的《哲学的慰藉》的影响在中世纪之所以那样广泛的主要原因。即便如此，这种听天由命的态度在本质上与中世纪文化中骑士追求实现理想的人生价值的进取精神还是有一定距离。

　　中世纪骑士精神里的慷慨源自日耳曼文化传统，是骑士美德的重要组成，鲍德温也的确表现得十分慷慨。然而他用来阐释其慷慨的例证却表明，他的所谓慷慨远非骑士精神所界定的那种不求回报、真诚无私的美德，而在本质上是一种老于世故的军事或政治权谋，其隐含目的是追求最大回报，因此在本质上是对骑士精神的颠覆。至于他阐释其不嫉妒妻子之誓言的例证更是反映出其彻头彻尾的反女性观念，而这种观念与骑士精神中十分突出的对女性的尊崇更是南辕北辙。换句话说，鲍德温的誓言在表面上表现出骑士风范，但他的阐释在精神实质上却是对理想主义的骑士精神之颠覆。上面提到，这部亚瑟王传奇作品很特别，也许这是它最为特别之处。

第三节　《亚瑟王与康沃尔王》

　　前面在关于高文传奇系列一章里分析了保存在"珀西对开稿本"里的一些作品。这个稿本里也有一个以亚瑟王为中心人物的诗作《亚瑟王与康沃尔王》（*King Arthur and King Cornwall*），其作者和创作时间不详。不幸的是，这个作品遭到与《土耳其人与高文》《高文爵士之婚礼》等诗作相同的命运，即作品每一页都有一半被女佣撕去引火。诗作现存301行，只是其原来篇幅的一半左右。但同《土耳其人与高文》《高文爵士之婚礼》的情况一样，读者根据现存部分和故事前后发展的语境，还是能大体上重构故事的基本情节进展。该作品为节律体歌谣体裁，多数诗节为4行，语言十分口语化，内容主要是叙事，很少有议论或心理描写，显然属于民间口头吟诵作品，很能吸引听众。

在一些主要情节上，学者们一般认为，它与12世纪的一部关于卡洛琳王朝的查理大帝前往康士坦丁堡拜会拜占庭皇帝雨果（Hugo）的作品《查理大帝游记》（Le Pèlerinage de Charlemagne）相似。在《查理大帝游记》里，查理大帝向妻子吹嘘，说自己是世界上最英俊的国王，但王后告诉他，拜占庭皇帝雨果更英俊。查理大为不悦，于是率领手下著名的12御前骑士（paladins，也称Twelve Peers）外出，想去看看那个雨果到底如何。他们先到耶路撒冷朝圣，然后到君士坦丁堡，发现雨果果然高贵英俊。在《亚瑟王与康沃尔王》开篇，亚瑟王也吹嘘其圆桌。他叫高文"快过来，……/你将看到最漂亮的圆桌之一"（ll. 1 – 3）。① 然而王后格温娜维尔冷冷地说：她知道一位国王，他的圆桌更为漂亮，而他那放圆桌的房间就超越了亚瑟王的城堡和所有黄金的价值。这就引发了后面的故事。

但与查理的王后不同的是，格温娜维尔拒绝告诉亚瑟王那位国王是谁和那张圆桌在什么地方。于是亚瑟王向上帝起誓："在我看到那张圆桌之前，/我不会在同一地方呆上两晚。"（ll. 24 – 25）阿隆斯坦指出，亚瑟王"并不仅仅是想看一看那张圆桌。他是想占有它"和"那个王国里与之相关联的一切，因为只有这样他才能维持其优越的地位"。② 关于亚瑟王的占有欲，中古英语传奇作品，比如《伊万与高文》《戈罗格拉斯与高文的骑士故事》《亚瑟王之瓦德陵湖历险记》，以及下一章将重点分析的头韵体《亚瑟王之死》等，都有突出表现。而在《亚瑟王与康沃尔王》里，亚瑟王最终也征服了这个被认为是最富有的王国。

亚瑟王率领高文、特里斯坦、马拉米尔斯（Marramiles）和布勒德白

---

① Thomas Hahn, ed., *King Arthur and King Cornwall*, in Hahn, ed., *Sir Gawain: Eleven Romances and Tales*. 下面对该诗作的引文均译自此版本，行码随文注出，不再加注。

② Aronstein, *An Introduction to British Arthurian Narrative*, p. 88.

第七章　短篇亚瑟王传奇作品

得勒等圆桌骑士伪装成朝圣香客离开布列塔尼外出寻找格温娜维尔所说的那位富裕的国王。马拉米尔斯仅出现在这部歌谣里,而布勒德白得勒即前面谈及的绿色骑士,他曾以这个名字出现在《绿色骑士》里,[①] 但在那部更著名的杰作《高文爵士与绿色骑士》里他的名字是波提拉克(Bertilak)。在《亚瑟王与康沃尔王》里,绿色骑士也将发挥重要作用。值得注意的是,在这个作品里亚瑟王的王国不是在大不列颠,而是在小不列颠(Litle Brittaine),即布列塔尼(Brittany)。前面谈过,布列塔尼是亚瑟王传说的中心地区之一,而且在把亚瑟王民间传说传遍欧洲大陆方面,正是布列塔尼的游吟诗人发挥了主要作用。因此,这个故事有可能就产生在这一地区。这位英语诗人有可能是一位离散作家,即生活在布列塔尼的不列顿人后裔或者说英国人。这类离散作家往往具有更强烈的民族认同感。

为了寻找格温娜维尔所说的国度,亚瑟王一行漂流四方,到过"许多陌生国度"(l. 33)。然而描写他们四处漂流的那半页失去,所以具体情况不得而知。但既然他们是伪装成香客,他们很可能也去过不少著名圣地朝圣,这也与查理大帝率领御前骑士在前往拜占庭的途中先去耶路撒冷朝圣的情况相似。当故事在下一页重新开始时,他们来到一座宏伟的"宫殿大门"(l. 39)前,见到一位衣着豪华,连鞋都是黄金所造的仆人。在得到亚瑟王给的一只戒指后,那人告诉他们,这里的主人是康沃尔王,"无论在基督教世界还是在异教国度,/都无人比他更为富有"(ll. 55–56)。

这几位香客随后成为康沃尔王的客人。在宴会上,康沃尔王听说他们来自小不列颠,就同他们谈起亚瑟王。他吹嘘他曾在小不列颠给亚瑟王戴上绿头巾,格温娜维尔那美丽的女儿就是他的。看来这可能就是为什么格温娜维尔知道康沃尔王的圆桌和富裕,但不愿意说出他是谁和在什么地方的原因。接着他又叫人牵来一匹宝马,吹嘘说,这匹马比那个"戴绿头巾"的亚瑟王的任何马都快三倍。这里诗作又失去半页,从后面的情节看,康沃尔王又炫耀了他具有魔力的号角和宝剑等宝物。故事重新开始时,我们看到"十分伤心"(l. 120)的亚瑟王和他的骑士们被带到卧室,同时一个可怕的精灵也被悄悄藏在亚瑟王床边一只装蜡烛的大桶里偷听他们说话以便向康沃尔王汇报。

康沃尔王的吹嘘与炫耀不仅极大地冲击了亚瑟王的优越感,更使他大

[①] 诗人在故事里还称布勒德白得勒为"绿色骑士",那表明他熟知《绿色骑士》这个作品。

失颜面。当伤心而愤怒的亚瑟王躺在床上时,他对上帝发誓要除掉对手。一向稳重的高文说他的誓言太过急躁,因为作为基督徒,他要杀掉一位"涂了圣油的国王①"(l. 141)是不合适的。但他遭到亚瑟王斥责,说他是胆小鬼;于是高文也向上帝发誓:他要把康沃尔王美丽的女儿"带回小不列颠""抱在胸前尽兴"(ll. 154–56)。随即其他三位骑士肯定也相继发誓,但这部分散失,不过他们誓言的内容似乎可以从后面的情节推测出来:特里斯坦可能是夺取魔号,马拉米尔斯可能是夺取宝马,而布勒德白得勒则是夺取宝剑。

缺失部分之后,我们看到的是,他们中一位骑士宣布,他"宁愿淹死在海里/也绝不同那个魔鬼打斗"(ll. 158–59),而绿色骑士布勒德白得勒则发出对那魔鬼般的精灵宣战的誓言。这表明在失去的部分里,康沃尔王那藏在桶里的可怕精灵已被发现。至于是哪位骑士因惧怕而不敢出战,我们可以猜想。高文和特里斯坦在大量传奇作品中是十分勇敢而且武艺超群的杰出骑士,似乎不应该是他们,同样也不可能是亚瑟王本人,而更不可能是向那个精灵宣战的布勒德白得勒。因此,很有可能是那位仅出现在这部作品里的马拉米尔斯,而且他后面的表现也表明很可能是他。

这部诗作里特别具有英雄气概的是绿色骑士布勒德白得勒。他已经从曾经挑战亚瑟王朝的他者成为代表亚瑟王朝的圆桌骑士。他同怪物作战使用三种武器:科隆的剑、米兰的匕首和丹麦的斧,这些都是闻名于中世纪欧洲各地的优良武器。他用科隆的剑将大桶劈开,里面立即跳出一只口中喷火的七头怪物博罗·比尼(Burlow Beanie)。然而在打斗中,布勒德白得勒的三种武器先后在怪物身上断裂。赤手空拳的绿色骑士在危急中只得拿出他那件无往不胜的利器,一本他在"海边"得到的"小书",它由"我们的主亲手撰写,/用他的圣血封印"(ll. 188–93)。他最终借助法力无边的《圣经》降服了怪物,并使它接受自己驱使。在博罗·比尼帮助下,他们夺得康沃尔王的那匹宝马和其他宝物并获悉了它们的使用方法。当绿色骑士最后命令怪物取来宝剑后,他将剑交给亚瑟王说:"因为你的誓言,我把它给你,/去把康沃尔王的头砍下。"(ll. 296–97)于是,亚瑟王到康沃尔王房间,把正在睡觉的康沃尔王的头砍下插在剑尖上,正如他在《亚

---

① 在基督教国度,国王登基要由主教或大主教等高级神职人员为新国王涂圣油以表示君权神授。所以,"涂了圣油的国王"(anoynted king)表示正式登基并为上帝认可的国王。

第七章 短篇亚瑟王传奇作品

瑟王之誓言》里战胜野猪后将猪头砍下作为胜利的象征插在木桩上一样。只不过,他在这里远没有在《亚瑟王之誓言》里那种拼死搏斗的英雄形象。相反,诗人让亚瑟王把睡觉中的康沃尔王的头砍下作为"战利品"插在剑尖上,既使他显得不那么光彩,也多少是对他的一种讽刺。看来,诗人同《伊万与高文》《戈罗格拉斯与高文的骑士故事》《亚瑟王之瓦德陵湖历险记》等作品的作者一样,对亚瑟王无端抢占与征服其他国家感到不满,因此用这种方式表达了他的批评。

尽管由于诗作最后半页缺失,我们不知故事如何结尾,但亚瑟王和他的骑士们获得了他们想得到的一切:杀掉了胆敢挑战亚瑟朝的康沃尔王并夺取了他拥有并引以为傲或者说使他感到优越于亚瑟王的所有那些具有魔力的宝马、宝剑、魔号和精灵,以及他美丽的女儿,当然也夺取了他的王国;亚瑟王总算也报了被"戴绿头巾"之仇。亚瑟王朝彻底征服了康沃尔,不可一世的康沃尔王终因自己的吹嘘或虚荣而毁灭。与之相映衬而且很有意义的是,故事以亚瑟王本人吹嘘其圆桌开篇,他获得了胜利,终于使他的"圆桌"暂时举世无双。但诗人也以此暗示亚瑟王将同康沃尔王一样败亡的根源。同《亚瑟王之瓦德陵湖历险记》的作者,或者说该诗作里格温娜维尔母亲的鬼魂,甚至所有亚瑟王传奇文学作品的作者一样,这位诗人显然也知道亚瑟王朝的最终结局。

圆桌是亚瑟王朝的象征,是亚瑟王的实力、权威和优越感的体现,所以亚瑟王不能容忍世界上竟然还有比它更好的圆桌。英语诗人对亚瑟王的态度十分微妙。他一方面因亚瑟王那种被基督教谴责为七大重罪之首的虚荣而对他进行了惩罚:亚瑟王不仅看到比他更富有的康沃尔王,而且后者还给他戴上绿头巾,他因此而"十分伤心"。但另一方面,同其他中古英语亚瑟王文学作品的作者一样,这位英语诗人在思想和情感上显然也与亚瑟王朝认同。所以,诗人在诗作里竭力将康沃尔王妖魔化成邪恶的他者——康沃尔王通奸、吹嘘和炫耀财富,而且他的力量是建立在邪恶的魔力之上——以便使代表高雅文明的亚瑟王朝能理所当然地征服康沃尔。特别有意义的是,为了使亚瑟王朝的征服更加"合情合理",英语诗人在绿色骑士几乎被喷火的七头怪物打败的危急关头,让他用由救世主"亲手撰写"并浸有其圣血的《圣经》来取胜,这就象征性地表明,诗人把亚瑟王朝视为基督教文明的代表,而亚瑟王和圆桌骑士们对康沃尔的征服自然是在上帝的旗帜下替天行道。

英格兰诗人们如此描写亚瑟王朝对所谓落后野蛮甚至邪恶的他者的征服在《土耳其人与高文爵士》《高文与卡莱尔之粗人》《卡莱尔之粗人》等许多作品里都有表现。他们的描写反映出他们对亚瑟王朝的认同并有意无意地流露出英格兰民族的优越感，然而另一方面，他们对于征服他者，侵占别国，还是有所保留，并给予了批评乃至讽刺。特别是，如同在《伊万与高文》、《亚瑟王之瓦德陵湖历险记》和《戈罗格拉斯与高文的骑士故事》等作品里，亚瑟王使用武力侵略和征服的还有文明程度并不低于亚瑟王朝的国度。对于即使是他们引以为傲的亚瑟王朝无端侵略别国、抢占财富，特别是对它发动使生灵涂炭的残酷战争，英语诗人们都给予了批评，甚至进行谴责。或许特别有意义的是，不论英格兰诗人对亚瑟王朝的对外征服和辉煌业绩感到自豪还是给予批评，他们的作品都直接或间接揭示出英格兰民族源自盎格鲁—撒克逊人的那种对外扩张的文化基因，并预示了未来日不落帝国的海外扩张。至于他们将他者妖魔化或野蛮化然后以上帝或文明的名义进行征服，那更是同后世的英国殖民主义者如出一辙。不过，亚瑟王朝的大规模海外征战以及英语诗人对此既歌颂又谴责的态度都特别突出地表现在头韵体《亚瑟王之死》里。

第八章　头韵体《亚瑟王之死》

14和15世纪出现了第一次英语文学大繁荣，产生了不少优秀的作家和杰出的作品，奠定了英语文学未来发展的基础和传统，是英国文学史上一个十分重要的时期。也正是在这一时期，出现了绝大多数中古英语亚瑟王文学作品。中古英语亚瑟王文学不仅成为英语文学第一次大繁荣的重要组成部分，而且其影响至今仍然能感受到，特别是其中那些最优秀的作品。

在所有中古英语亚瑟王文学作品中，除《高文爵士与绿色骑士》外，文学成就最高、影响最为广泛而且为现代学者们研究最多的是3部都以《亚瑟王之死》命名的作品。特别有意义的是，这3部《亚瑟王之死》分属3个不同的体裁和3个不同的文学传统：头韵体、节律体和散文体。前两部作品产生于英格兰北部地区，作者佚名，而后者则是15世纪著名文学家马罗礼的杰作。它们一般被分别称为头韵体《亚瑟王之死》（the alliterative *Morte Arthure*）、节律体《亚瑟王之死》（the stanzaic *Morte Arthur*）和马罗礼的《亚瑟王之死》（Malory's *Le Morte Darthur*）。其中，头韵体《亚瑟王之死》塑造的亚瑟王"是所有亚瑟王文学中最复杂的亚瑟"[①]。他是一个叱咤风云的史诗英雄，一个果断睿智的军事统帅，一个被自己的辉煌征战和业绩改变了性格与命运的君主和一个因自己的骄傲与野心而败亡的悲剧人物。

一

头韵体《亚瑟王之死》大约出现在14世纪后期，大体上也就是诞生了《坎特伯雷故事》《特洛伊罗斯与克瑞茜达》《高文爵士与绿色骑士》

[①] Krishna, "Introduction", p. xiii.

《农夫皮尔斯》《情人的自白》等许多在任何时代都算得上第一流优秀作品的乔叟时代。它也是一部可以同这些作品相媲美的传世佳作，而且是后面将重点研究的马罗礼的亚瑟王文学的集大成之作《亚瑟王之死》的第二部分的源本。然而令人遗憾的是，创作这部杰作的英语诗人没能留下姓名。

头韵体《亚瑟王之死》流传下的唯一中世纪手抄稿大约产生于1440年，出自罗伯特·德·桑顿（Robert de Thornton）①之手。至于诗作创作于何时，从14世纪中期到15世纪初（最迟在1440年之前），学者们至今尚无定论，但越来越多的学者倾向于14世纪末，甚至就在1400年前后。②通过对其语言风格的研究，学者们一般认为，诗作出自英格兰北部地区，特别是可能出自东北部的约克地区或保存手抄稿的林肯大教堂附近区域。也有人认为，原稿有可能使用的是西北地区的方言，后被一位偏南方的誊抄人修改，最后又被桑顿加入约克郡方言的元素，因此其产生地或者说作者来自何处至今难以确定。③

在上面提到的3部《亚瑟王之死》中，这部头韵体作品最为独特。尽管一些学者仍然习惯性地把头韵体《亚瑟王之死》称为浪漫传奇，但这部杰作与通常的浪漫传奇，与前面分析过的中古英语亚瑟王文学作品不同，甚至与《高文爵士与绿色骑士》《伊万与高文》等许多来自英格兰北部并同属头韵体诗歌复兴运动的诗作都不同，因为它不是一部严格意义上的浪漫传奇，更不是一部法国传统的浪漫传奇。它不是以某位骑士（包括亚瑟王本人）的历险或者宫廷爱情为主题，也几乎没有浪漫传奇里通常突出表现的宫廷文化成分。著名圆桌骑士朗斯洛与亚瑟王的王后格温娜维尔之间的爱情被法国传统的亚瑟王浪漫传奇作家们津津乐道并被广泛看作宫廷爱情的典范，但在头韵体《亚瑟王之死》里毫无踪影。④相反，诗作浓墨重彩地描写亚瑟王朝的一系列大规模征战和血腥的战争场面，突出进行道德

---

① Newstead, "Romances: General", in Severs, ed., *A Manual of the Writings in Middle English*, p. 44.
② 请参看 Lesley Johnson, "The Alliterative *Morte Arthure*", in Barron, ed., *The Arthur of the English*, p. 96。
③ 请参看 Newstead, "Romances: General", Severs, ed., *A Manual of the Writings in Middle English*, p. 45。
④ 实际上，朗斯洛这位法国传统的亚瑟王浪漫传奇里最杰出的圆桌骑士和传奇英雄在头韵体《亚瑟王之死》里只是被顺便提到几次。

第八章 头韵体《亚瑟王之死》

和精神探索，深入揭示亚瑟王朝崩溃解体的根源，极大地丰富和深化了诗作的历史和文化意义。

本书前面曾谈到，亚瑟王传奇文学里有编年史和骑士浪漫传奇两大传统，它们分别由蒙莫斯的杰弗里和克雷蒂安所开创：前者以亚瑟王朝为中心，后者以圆桌骑士个人的历险为主要内容。从主题和情节上看，头韵体《亚瑟王之死》自然属于王朝主题的编年史传统，因为它不是像浪漫传奇那样致力于叙述某位或某几个骑士的历险和爱情纠葛，而是以亚瑟王为中心，以亚瑟王朝的兴衰为主题，以亚瑟王的大规模征战为主干情节。不仅如此，这位头韵体诗人还像编年史家那样注重时间顺序并使用具体日期，诗作中的地点也往往使用真实地名，这些都明显与通常被置于虚无缥缈的时空中的浪漫传奇不同。诗人在讲完亚瑟王朝的兴衰史后，在诗作的最后一行说："正如《布鲁特》所说（as the Bruytte tellys）。"（I. 4346）[①] 这里的 Bruytte 前面有定冠词 the，表明不是指布鲁特这个人，而是指关于布鲁特的著作，即那些关于不列颠"历史"的编年史性质的著作如杰弗里的《不列颠君王史》、瓦斯的《布鲁特传奇》、拉亚蒙的《布鲁特》以及其他一些类似作品。尽管诗人在这里是想表明亚瑟王同罗马皇族一样是特洛伊王室的后裔，但这也间接表明了这部诗作与编年史传统的深厚渊源。

不仅如此，这其实还为这部作品材料的主要来源提供了证据。学者们现在一般都认为，这部诗作的材料主要来自这些编年史著作。另外，关于亚历山大大帝征战四方的传奇系列很明显也为诗人提供了材料和灵感。当然，诗人在这部关于亚瑟王及其王朝之命运的作品中根据自己的创作意图创造性地运用了从这些著作中获得的材料，同时也增加了一些重要的内容和细节，比如亚瑟王那两个特别重要也特别有意义的梦境。不过他不仅仅增加了一些内容，更重要的是他运用丰富的想象力和颇为深刻的思想将所有这些他获得的和创作的材料整合在一起，赋予诗作新的性质和精神，因而创作出一部十分独特的优秀作品，即在中世纪英语亚瑟王文学中，甚至在所有中世纪英语文学中唯一一部同时具有比较突出的史诗性质和悲剧精神的杰作。[②]

[①] 引文译自 Larry D. Benson, ed., *King Arthur's Death: The Middle English Stanzaic Morte Arthur and Alliterative Morte Arthure*, Kalamazoo, MI: Medieval Institute Publications, 1994。后面对该诗作的引文均译自此版本，诗行行码随文注出，不再加注。

[②] 关于这一点，下面将具体论述。

亚瑟王是作品中无可争辩的主人公，也是主导着作品中一切重大行动的一位叱咤风云的史诗英雄。虽然作者有可能没有接触过《贝奥武甫》，①但诗作表现出从主题到语言风格都深受一直流传于英格兰民间以《贝奥武甫》为代表的古英诗英雄史诗传统影响。正如瓦莱莉·克里希纳（Valerie Krishna）所指出的：头韵体《亚瑟王之死》"更适合于划归史诗或悲剧"，因为它"首先而且最突出的是对英雄品质（heroic virtues）强有力而充满激情的颂扬，在精神实质上更接近《贝奥武甫》、《伊利亚特》或者说《罗兰之歌》，而非亚瑟王浪漫传奇"。② 这一观点可以说触及了头韵体《亚瑟王之死》的本质。

头韵体《亚瑟王之死》的史诗特色在作品中自始至终都表现出来。这部在学者们看来属于编年史传统的亚瑟王文学作品与编年史著作最大的不同是，它并非像杰弗里的《不列颠君王史》或者拉亚蒙的《布鲁特》等作品里关于亚瑟王的部分那样叙述亚瑟王或者亚瑟王朝的整个"历史"，而是像《伊利亚特》讲述特洛伊战争最后阶段和《贝奥武甫》描写贝奥武甫一生中两件英雄业绩那样，仅截取亚瑟王朝兴衰史中从辉煌顶点迅速败落覆亡这最为惊心动魄的一小段。正因为作品集中在决定亚瑟王朝命运的转折点上，诗人更能把亚瑟王大军转战广阔的欧洲大陆和海峡两岸的场面写得惊心动魄、波澜壮阔。另外，这位英语诗人选择从亚瑟王已经统一了不列颠、征服了欧洲广阔地域、亚瑟王朝已达鼎盛时期开始，就能巧妙地避免描写不列顿人和盎格鲁－撒克逊人之间的冲突。这样，他笔下的英雄就能以统一的不列颠或者说英格兰的君主出现在诗作里，而诗人通过描写亚瑟王不朽的英雄形象和辉煌业绩就能像他在作品里那样尽情地表达他的英格兰民族意识和民族自豪感。

在所有文学体裁中，往往以民族英雄为主要人物、以民族命运为主题的史诗最能表达民族意识也最致力于颂扬民族精神。③ 在头韵体《亚瑟王

---

① 现存的《贝奥武甫》手抄稿大约产生于 11 世纪前期。1066 年诺曼征服后，古英语不久就失去了官方和书面语言的地位，于是能阅读古英语的人越来越少。在中世纪文献中，没有迹象表明这部古英语史诗流行过；比如没有任何地方提到过这部作品。

② Valerie Krishna, "Introduction", in *The Alliterative Morte Arthure: A New Verse Translation*, Lanham, MD: University Press of America, 1983, p. xii.

③ 当然，史诗往往是以某个民族或部族或文明的命运为主题（比如《贝奥武甫》或《罗兰之歌》），其主要人物就是代表那个民族或部族或文明的英雄。

第八章 头韵体《亚瑟王之死》

之死》里，诗人的民族意识从人物塑造、情节安排、大战的描写到语言的使用等各层次上都自觉不自觉但都十分突出地表现出来。下面将结合对作品的具体分析对此做一些探讨，这里只举一个特别有意义的例子。诗人在整部诗作中，特别是在战场上，经常用"我们的"（oure）来与亚瑟王朝认同。比如，在高文等骑士被亚瑟王派去见罗马皇帝卢修斯后与罗马军队发生的激烈战斗中，在短短80行（ll. 1362-41）里，诗人就使用了10次"我们的"，如"我们的人""我们的骑士""我们的后卫""我们的勇士"等。后来在双方决战时，他更直接称亚瑟王为"我们的君王"（l. 2155）。这位英格兰诗人简直是情不自禁地同亚瑟王朝站在一起，把亚瑟王视为英格兰国王，把圆桌骑士看作英格兰英雄。这显然表现出他的民族身份认同，是他的民族意识的自然流露和民族立场的直接表现。毫无疑问，在中古英语文学中，头韵体《亚瑟王之死》是具有最突出的民族精神和民族意识的作品。

史诗不仅致力于宏大叙事，而且往往长于细致描写。英雄史诗一个核心内容和突出的特征就是对战斗场面或生死搏斗的生动叙述。不论是特洛伊城下的厮杀、贝奥武甫诛杀格伦代尔[①]和火龙的殊死搏斗还是罗兰全军覆没的悲壮冲杀都是史诗精神和主人公英雄气质的体现，而头韵体《亚瑟王之死》里亚瑟王只身诛杀魔怪、亚瑟王大军席卷欧洲的征战中一系列血腥厮杀，特别是亚瑟王、高文和圆桌骑士们奋战捐躯的几场战斗正是这些经典的史诗性场面在14世纪文学世界里无与伦比的再现。下面我们将看到，这位中古英语诗人在史诗性场面的细节描写方面实际上更为生动具体，超过那些经典史诗。特别值得称赞的是，诗人还绝妙运用头韵体诗歌独特的铿锵节奏来与战马奔跑的马蹄声和刀枪撞击声交相呼应，使那些厮杀场面获得夺人心魄的效果。[②]

前面提到，克里希纳认为头韵体《亚瑟王之死》应"划归史诗和悲剧"而且说它同《贝奥武甫》等史诗作品在"精神实质"上更接近，那的确触及了这部作品的实质。但长期以来，一些研究这部作品的学者只论及其史诗性质，威廉·马修（William Matthews）是第一个在专著《亚瑟王的悲剧》（*The Tragedy of Arthur*, 1960）里系统研究这部诗作的悲剧性质，认

---

① 即 Grendel，古英语史诗《贝奥武甫》里被贝奥武甫诛杀的魔怪的名字。
② 很遗憾的是，由于语言不同，这种绝妙的艺术效果很难在中文译文里表达出来。

为它是一部犹如乔叟所说的主人公从高位坠落那种类型的中世纪悲剧作品。① 史诗和悲剧的结合是这部诗作的本质性特点和成就。其实，许多史诗，包括克里希纳在这里提到的 3 部经典，特别是其中的《贝奥武甫》和《罗兰之歌》，都具有比较明显的悲剧色彩。

然而中世纪中后期既不是史诗也非悲剧的时代。以《罗兰之歌》为代表的法语武功歌（chanson de geste）在 12、13 世纪逐渐消亡后，中世纪欧洲就较少出现史诗，而在古典时代结束后近千年的历史里，欧洲不仅没有创作出真正的悲剧，而且连悲剧的含义都已逐渐湮没在历史的长河中。的确，在全知全能且赏罚分明的上帝掌控之下，自然不会有"悲剧"。在整个欧洲，英诗之父乔叟在 14 世纪后期才为悲剧下了第一个具有中世纪色彩的定义，并有意识地创作了《特洛伊罗斯与克瑞茜达》、《骑士的故事》以及《修士的故事》等具有一定悲剧性质的作品。② 约翰·芬莱森（John Finlayson）说头韵体《亚瑟王之死》是"一部孤独（isolated）作品"③，也是因为他看到这部诗作在当时十分独特的史诗和悲剧性质。作品的史诗性很可能主要源自这位古英语头韵体诗歌之传人所继承的古英语英雄史诗传统或许还受到法语武功歌以及罗马古典史诗影响。这位生活在乔叟时代

---

① 关于这部作品的悲剧性，现在许多批评家都有涉及。马修的专著 *The Tragedy of Arthur* (Berkeley: California University Press, 1960) 是这方面的开拓性著作，很有影响。他认为，这部诗作特别受到中世纪关于亚历山大大帝远征的传奇系列影响，而亚瑟王的悲剧或者说他的败亡在于他发动的是"帝国之战和非正义的征服"（imperial warfare and unrighteous conquest）。本章后面将谈到，头韵体《亚瑟王之死》里描写的亚瑟王发动的战争中的确有一些是不义之战，但马修的问题在于，他把亚瑟王的征战都看作不义之战。这不符合事实，而且如果真是如此，那亚瑟王应被视为战争罪犯，而非悲剧英雄，这实际上也颠覆了马修自己认定的这部作品的悲剧性质。其实，亚瑟王对罗马的战争是反侵略的正义之战，但在战胜罗马大军后，亚瑟王继续征战，其性质才发生了变化。

② 乔叟在《坎特伯雷故事》里利用修士之口为悲剧下了一个定义：

悲剧是某一种故事……
其主人公曾兴旺发达，
后从高位坠落，掉入苦难，
最终悲惨死去。(ll. 1973 – 77)

引文译自 Geoffrey Chaucer, "The Prologue of the Monk's Tale", in F. N. Robinson, ed., *The Works of Geoffrey Chaucer* (Boston: Houghton Mifflin Company, 1957)。译文参考了［英］杰弗里·乔叟:《坎特伯雷故事》（黄杲炘译，译林出版社 1999 年版，第 354 页）。关于乔叟在中世纪欧洲复活悲剧精神的贡献，可参看肖明翰《乔叟与欧洲中世纪后期悲剧精神的复苏》,《解放军外语学院学报》2007 年第 2 期。

③ John Finlayson, "Introduction", in Finlayson, ed., *Morte Arthure*, p. 11.

第八章　头韵体《亚瑟王之死》

的佚名诗人对悲剧的理解或感受也与英诗之父十分相似，他们都受到波伊提乌的影响，或者说他们的悲剧思想都根源于《哲学的慰藉》，而且也都用该书中幸运女神之轮来体现他们的悲剧思想。[①] 头韵体诗人用高昂的风格和史诗般的气势描写亚瑟王大军一系列征战的同时，让亚瑟王朝的命运在其最辉煌的顶点急转直下，最终亚瑟王以及多年来追随他在各地征战中所向无敌的圆桌骑士们绝大多数喋血沙场，而且诗人的描写极为惨烈悲壮。更重要的是，诗人不仅在表现亚瑟王和圆桌骑士们的悲剧命运，同时也致力于深入探索和揭示他们的悲剧之根源。

在基督教世界，深刻的道德探索是悲剧或者悲剧性作品一个十分突出的特征，也是头韵体《亚瑟王之死》特别重要的内容。这部诗作的一个重要成就或者说特别深刻之处，就是探索和表现不仅能击败罗马帝国而且似乎能征服整个世界的亚瑟王朝为什么会在其最辉煌的巅峰迅速败落。诗人是基督徒，他从基督教的角度探索亚瑟王朝的胜利和失败在中世纪社会文化语境中具有特殊意义。这是一部关于战争的诗作，而且毫无疑问是中世纪英语文学中无与伦比的战争文学作品。然而我们将看到，正是在对待战争的态度上，在表现战争的残酷方面，诗人进行了深刻的道德探索，也正是在道德层面上，他既歌颂了正义的战争和战争中的英雄主义，也谴责了非正义的战争和战争的残酷。他的道德探索表现出其基督教立场和那个时期正在兴起的人文主义思想，但也反映了日耳曼文化尚武传统的影响，而且具有针对当时之现实甚至预示未来的特殊意义。[②]

不过，诗人的探索并非只在亚瑟王朝败落之时才进行，而是在诗作一开篇就有暗示。在引言里，诗人首先表达了基督教思想。他说：

> 在这苦难的世界，只有通过
> 美德之路，当灵魂离开躯壳，
> 我们才能快速赶到天堂王国，
> 与天主同在，永享极乐。
> (ll. 5–8)

[①] 关于幸运女神之轮所体现的悲剧思想，后面分析亚瑟王的梦境时具体说明。
[②] 头韵体《亚瑟王之死》的现实意义和对未来的预见是指诗作反映了在诗人生活的时代正断断续续进行的百年战争和后来在15世纪前期英国在取得辉煌胜利之后很快战败，本章后面将说明。

但他随后又赞扬圆桌骑士们"用战争赢得无尽的声誉"（l. 22），这显然是受于日耳曼尚武传统的影响。任何熟悉古英语文学的读者都不会不注意到，声誉——特别是用战争赢得永恒的声誉——是日耳曼社会以及盎格鲁-撒克逊社会的核心价值观。基督教和日耳曼传统这两套相左的价值观在引言中并列，既反映了当时英格兰和欧洲社会的现实，同时也是那两套价值观在诗人思想中造成的矛盾在无意间的流露。在后面，这两方面的并列和矛盾将贯穿整部作品的叙事。受日耳曼传统的影响，诗人情不自禁地赞美和颂扬亚瑟王的英雄气概和征服不列颠、欧洲大陆的非凡业绩。但另一方面，尽管这是一部颂扬亚瑟王和他的圆桌骑士们的诗作，诗人一开始就将基督教和日耳曼两大传统、两套价值观念并置，把通向"天堂王国"的"美德之路"同"用战争赢得无尽的声誉"的道路并列，在14世纪基督教意识形态占主导地位的文化语境中，实际上已经暗含对亚瑟王的英雄业绩的批评和对他最终覆亡之根源的暗示。

　　这两种价值观的并列与冲突也反映出诗人乃至中世纪骑士精神和欧洲文化的一个深刻的内在矛盾。诗人的这一矛盾态度在诗作里或明或暗地有大量表现，他无数次称亚瑟王为"征服者"就是这种矛盾十分微妙的体现；或者说，征服者亚瑟王体现了这一深刻矛盾。在尚武的日耳曼传统中或者在根源于日耳曼传统的中世纪骑士文化里，征服（conquest）是君王的追求和英雄业绩的体现，而基督教则谴责血流成河的征战。[①] 实际上，这位诗人之所以能把他笔下的亚瑟王塑造成中世纪所有亚瑟王形象中最复杂、最杰出的文学艺术人物，一个重要原因就是他把自己的情感、自己的思想以及自己最深刻的矛盾全部投射到他精心塑造的亚瑟王身上，使他与亚瑟王产生了共鸣。也就是说，他对亚瑟王的描写也有意无意地表现出他对自己的认识与探索。所以，他对亚瑟王和亚瑟王朝命运的描写才那样动情和具有那样令人赞叹的深刻性。也正因为他与他笔下的亚瑟王产生了共鸣，在后面的叙事中，作为一位英格兰诗人，作者满怀激情地描述和情不自禁地赞颂亚瑟王的辉煌战绩，但作为基督徒，他也用基督教思想对亚瑟王朝从事的征服战争及其造成的无尽灾难进行了深刻的道德评判和严厉的谴责。

[①] 基督教智者在诗作后面部分将告诉亚瑟王，他因骄傲毁灭了无数的生命是他败亡的根本原因。

第八章　头韵体《亚瑟王之死》

正是史诗性的宏大叙事和民族精神的表达、悲剧性的震撼表现与深刻的道德探索之绝妙结合，使这部头韵体作品不仅是成就辉煌的中古英语头韵体复兴运动中而且也是中世纪英语文学中不可多得的佳作。近年来，它越来越受到批评家们交口称赞，比如，纽斯特德称它是"由瓦斯和蒙莫斯的杰弗里所开创的亚瑟王传统中最震撼最具独创性的创作之一"[①]。美国著名的现代小说家和中世纪文化文学学者约翰·加德纳（John Gardner）认为这部"杰作"是"中古英语中唯一的英雄传奇"，是英语中"一个主要的诗歌成就"[②]。

二

头韵体《亚瑟王之死》的英雄史诗性质一开始就表现了出来。它虽然源自编年史传统，但并不像《布鲁特》等编年史作品那样把亚瑟王一生或者说亚瑟王朝兴衰史中的主要事件一一叙述，而是在开篇简略告诉读者，亚瑟王用战争征服了"无数"城堡和王国，然后用25个诗行（ll. 26 – 51）列出一长串亚瑟王所向无敌的征服战。他征服了从爱尔兰、威尔士到德意志、奥地利，从丹麦、瑞典、挪威到诺曼底、普罗旺斯无数的王国和城邦，在"广阔地域"建立起大量属国，指派其"族人"为君主。也就是说，在诗作开始时亚瑟王朝已臻鼎盛。

史诗往往集中表现两大势力的生死较量，比如《伊利亚特》和《罗兰之歌》分别描写希腊与特洛伊、基督教与伊斯兰教两大文明的战争，而《贝奥武甫》则表现英雄与魔怪的生死搏斗。在头韵体《亚瑟王之死》里，亚瑟王朝的崛起不可避免地引发它同强大的罗马的冲突，这也成为这部诗作的主要内容。不过，它们之间的冲突首先并非发生在战场上，而是在亚瑟王举行的庆宴期间。正当亚瑟王巡视了他辽阔的帝国后，在召集圆桌骑士们和各属国君主在卡莱尔隆重举行长达10天的圣诞 – 新年宴会和各种庆祝活动之时，两大势力的冲突爆发了。

在"新年这天，刚好在正午时分，/那些勇敢的人正在用餐之时"，一

---

① Newstead, "Romances: General", in Severs, ed., *A Manual of the Writings in Middle English*, p. 46.

② John Gardner, *The alliterative* Morte Arthure, The Owl and the Nightingale, *and Five Other Middle English Poems in a Modernized Version* (Carbondale: Southern Illinois UP, 1976), pp. ix, 239. 根据上下文，加德纳这里所说的"英雄传奇"里的"英雄"是指英雄诗歌（英雄史诗）。

位罗马元老院议员率领 16 位骑士到来（ll. 78 – 81）。他们带来罗马皇帝卢修斯（Lucius Iberius）的谕令，命亚瑟王率领圆桌骑士们在收获节①那天"天亮之时"抵达罗马，若迟到"将被处死"。他必须当面向皇帝和元老院说明：他为什么到处攻城略地，抢占那些忠诚于皇帝陛下及其祖先的国度，为什么劫掠、俘虏和残杀他赐封的君王，为什么背叛罗马而不向皇帝纳贡称臣。② 如果亚瑟王胆敢违旨，罗马将派军队"烧毁不列颠"和擒拿亚瑟，尽管天下之大，亚瑟也将无处藏身。最后，使者对亚瑟王说："你父亲曾发誓效忠，这已记录在案/——不论谁都能查阅的罗马案卷；/别玩心计，你必须按规纳贡称臣，/那是恺撒和高贵的骑士们之战利品。"（ll. 92 – 115）

　　罗马使者的傲慢激怒了已经成为"征服者"（l. 132）的亚瑟王。他用"炭火般燃烧"（l. 117）的双眼怒视使者们，没说一字，他的威严就已经把刚才还不可一世的罗马使者们吓得魂飞魄散，匍匐在地。这是一个很戏剧性的场面，一个叱咤风云的史诗英雄的形象跃然纸上。头韵体诗人笔下的亚瑟王完全不是《高文爵士与绿色骑士》里那个颇带孩子气的年轻国王，也不像中世纪浪漫传奇里那些极易冲动的君主。尽管他十分愤怒，并轻蔑地称使者为"胆小鬼"（l. 133），但他并没有立即做决定，而是很冷静地对使者说，他要用 7 天时间来同他的属国君王、贵族、议员、神学家、教士，当然还有圆桌骑士们一道商议，听取"智者"们的意见，因为"在怒气中随意发泄"绝非"美好品质"。他甚至还谦虚又不失风度地要使者们在这 7 天里过得"愉快"，好好"观察我们在鄙处（low landes）如何生活，/除罗马之辉煌外，无他处可与此相比"（ll. 144 – 55）。他随即吩咐著名骑士凯给予他们最好的照料并邀请他们作为客人一同参加庆宴，甚至把元老院议员安排在他右边同桌就餐，给了他极大荣誉。通过这些细节描写，头韵体诗人将亚瑟王塑造成既是非凡英雄，更是雄才大度、气质高雅、冷静理性的成熟君王。这其实也暗示了亚瑟王获得那么多伟大胜利并将取得更加辉煌业绩的原因。然而我们将看到，也正是因为亚瑟王后来因

---

① 收获节（Lammas Day，8 月 1 日），是英国人庆祝收获（主要是小麦）的节日。收获节起源于盎格鲁－撒克逊时代，在《盎格鲁－撒克逊编年史》中常提及，古英语为 hlaf-mas（即 loaf-mass）。

② 诗作中罗马人认为，欧洲各地，包括不列颠，都曾被恺撒大帝征服，都是罗马的属地，故而亚瑟王必须向罗马纳贡称臣，而亚瑟王对各地的征讨自然也是对罗马的侵犯；所以罗马使臣强调，向罗马纳贡是恺撒赢得的战利品（l. 115）。

第八章 头韵体《亚瑟王之死》

骄傲而失去了这种冷静理智的美好品质,他犯下不可挽回的错误而导致自己的败亡和亚瑟王朝的覆没。

宴会结束罗马使团被安顿好后,亚瑟王立即开始同众人商议。他首先从历史和法理上证明自己的权利和质疑罗马要求的合法性。针对罗马要求亚瑟王朝纳贡的权利,亚瑟王宣称:"根据历史记载","我有权要求罗马向我纳贡",因为"我的先祖""贝林和布勒闵和鲍德温三世[①]""曾是皇帝","他们攻占首都,[②] 夷平城墙,/成百上千地吊死罗马首领","统治帝国达 160 年之久",而那位信奉基督的康斯坦丁大帝也是"我们的族人";[③]"所以我们也有证据向罗马皇帝质问,/他有什么权利在那里发号施令"(ll. 274 – 87)。

一方面,亚瑟王以此证明自己的"正义性"并挑战罗马的权利和权威;另一方面,他阵营中的"诸侯"也纷纷表示效忠和支持。比如,康沃尔、苏格兰、小不列颠、威尔士等国的君王都控诉罗马的各种暴行而且发誓将率军前来参战。他们的发言也表明亚瑟王出征的合法性和正义性。他们慷慨激昂,甚至连将前来参战之军队的人数都明确给出:苏格兰国王将派出"5 万训练有素、/年轻力壮的战士"(ll. 300 – 301);小不列颠伯爵答应在"一个月之内"率领"3 万全副武装"(ll. 316 – 17)的将士参战;而威尔士国王则承诺派出"两千名""西方世界最勇武的骑士"(ll. 335 – 36)。紧接着,伊万、朗斯洛等著名圆桌骑士也纷纷发言支持对罗马发动战争。过了主显节[④],已经同众人广泛商议并获得坚定支持的亚瑟王按先前的安排,在第 7 天对罗马使者宣布,他将在收获节那天向罗马进军,当然不是前去

[①] 头韵体诗人是根据杰弗里的拉丁文《不列颠君王史》里的"记载",让亚瑟王说自己的先祖贝林和布勒闵是罗马皇帝。在该书第 3 卷里,不列颠首领贝林(Belin,即拉丁文 Belinus)和布勒闵(Bremin,即拉丁文 Brennius)早在恺撒来到不列颠之前就已经攻占和劫掠了罗马。至于这里的所谓鲍德温三世,学者们认为,那只是诗人为了押头韵而虚构的;参看 Benson, ed., *King Arthur's Death*: *The Middle English Stanzaic Morte Arthur and Alliterative Morte Arthure* 里对该诗第 277 行的注释。

[②] Capitol,都城,这里指罗马。

[③] 康斯坦丁大帝(Constantine the Great, 306—337 年在位)是将基督教合法化的罗马皇帝。杰弗里在《不列颠君王史》第 5 卷里说,康斯坦丁是一位罗马元老院议员和一位不列颠公主的儿子,既是罗马皇帝也继承不列颠王位。因此亚瑟王把他看作"族人"(kinsman)。当然,康斯坦丁曾率罗马军团征战不列颠,但他从没当过不列颠国王,他母亲海伦(Helen)自然也不是不列颠人。请参看 Benson, ed., *King Arthur's Death*: *The Middle English Stanzaic Morte Arthur and Alliterative Morte Arthure* 里对该诗第 283 行的注释。

[④] 主显节(Epiphany,1 月 6 日),是纪念新生的婴儿耶稣向世人显现他是上帝之子的日子。

纳贡称臣。

亚瑟王随即命令罗马使团必须马上离开，在第 8 天到达海岸，而且严格规定了路线。这里特别有意思的是，亚瑟王为使团离开不列颠指定的路线以及使团抵达罗马的返程，诗作用的都是真实地名，而且标得十分具体清晰。这与浪漫传奇里那种大多远离真实地域，事件一般都发生在虚构世界里的情况大相径庭。即使在相对于法国浪漫传奇作品更注重真实地点的英语传奇里，如前面分析的作品表明，也主要是亚瑟王庭所在地之一卡莱尔及其周围地区，以及其他一些地点或者如康沃尔、小不列颠等比较大的区域比较真实，另外《高文爵士与绿色骑士》也很注重对高文寻找绿色骑士途中真实地貌的描写，但所有这些都很难同头韵体《亚瑟王之死》相比。实际上，对真实地名和地域的注重是史诗突出的特点。①

使团急速赶回罗马，为首的元老院议员向皇帝卢修斯汇报了他的经历。他一方面坚定地表明，他"即使放弃在罗马的贵族身份"也绝不会再承担这样的使命；同时他也情不自禁地高度赞扬亚瑟王朝的强盛富足和亚瑟王本人的威严、慷慨、英明和"无与伦比的能力"，说他在"全天下所有人中最高贵无比"（ll. 524 - 41）。这样，头韵体诗人通过敌人之口描绘出一位英雄和理想君主的形象。一位能赢得敌人尊重的人才是真正的英雄。议员告诫皇帝："陛下，亚瑟将永远是您的敌人，/并意图成为君临罗马帝国的霸主（overling）"（ll. 519 - 20），"他必将对我们开战"，所以"我请求陛下立即着手备战，刻不容缓"（ll. 546 - 50）。

卢修斯当即决定：在"复活节之前""我将亲率大军驻跸德意志，/并派军队勇敢地进入法兰西"，进而"捉拿那位君王和夺取他的领地"（ll. 554 - 57）。同时，他还做出一系列具体部署，表现出他也是一位有决断而且很有能力的皇帝。当然，头韵体诗人如此表现卢修斯其人也是为了反衬亚瑟王，因为如果亚瑟王的对手是一位庸才，那么他心目中的英格兰英雄也会大为失色。

卢修斯的决断和能力很快就表现出来。尽管他十分傲慢，但他深知亚瑟王并非一般对手，因此他没有浪费任何时间，立即着手建立广泛的联盟和组建强大的联军。然而正是对罗马的联盟和联军的描述明白无误地表现

---

① 正因为如此，特洛伊战争发生数千年之后，人们仍然能根据荷马史诗里的线索发掘出特洛伊城。

第八章 头韵体《亚瑟王之死》

出英语头韵体诗人的民族意识和民族立场。虽然罗马是天主教廷和教皇的所在地，诗人却把罗马的盟友大多说成异教徒。他们来自"印度和亚美尼亚""亚洲和非洲""阿拉伯和埃及""波斯和潘菲利亚[①]"等许多"东方"国度。于是，"他们集聚起数量庞大的军队"，"所有各地的苏丹和撒拉森人[②]"都"齐聚罗马"（ll. 570 - 609）。在头韵体英语诗人笔下，罗马的盟军竟然主要是"邪恶"的穆斯林。不仅如此，更为"邪恶"的是，卢修斯在行军途中，甚至还让"60位恶魔生出的巨人走在前面"，并用"巫婆和魔法师守卫中军大帐"（ll. 612 - 13）。这些描述显然是在"妖魔化"卢修斯并把罗马帝国视为邪恶势力。在随后与罗马的战争中，诗人还将不断提到罗马阵营里的"异教徒""苏丹""穆斯林"以提醒读者罗马乃邪恶一方。不仅罗马，后来叛乱的莫德雷德的阵营里也充斥着"异教徒"和"撒拉森人"。与之相对，亚瑟王及其将士都被描写成虔诚的基督徒，因此亚瑟王朝自然属于上帝的阵营，是正义一方。这同《贝奥武甫》的作者"妖魔化"格伦代尔，把他说成该隐的苗裔和来自地狱的魔鬼如出一辙。诗作中的亚瑟王不仅在讲话时经常提到上帝和耶稣，而且在安排各类事宜之前还要祷告（l. 638）。于是，亚瑟王朝与罗马帝国之间的战争被头韵体诗人纳入善与恶的冲突，亚瑟王向罗马进军也被描写得如同十字军东征一般。因此亚瑟王战胜罗马也就理所当然了。不过，对罗马的妖魔化并非头韵体诗人的独创，他显然受到蒙莫斯的杰弗里影响。[③] 那也表明，他与那位已经英格兰化的不列颠人后裔的民族立场是一致的。

亚瑟王朝作为善的代表的最好体现是亚瑟王诛杀热那亚的巨人那场具有象征意义的生死搏斗。诗人对巨人和那场生死搏斗的描写也是妖魔化罗马的突出表现。不过，在描写亚瑟王只身诛杀巨人之前，诗人安排了一个梦境。在中世纪，梦境往往具有预示未来和命运的意义。因此，中世纪诗人大都乐于并善于使用梦境来组织情节以及深化和揭示主题意义。头韵体诗人在这部作品里安排了两个特别重要的梦境。

这两个梦在头韵体《亚瑟王之死》里有特殊的重要意义。一个预示亚瑟王作为"征服者"将达到他伟业的辉煌巅峰，而另外一个则预示他命运

---

① 潘菲利亚（Pamphile，即 Pamphylia）是小亚细亚的古国。
② 苏丹为伊斯兰国家的国王，撒拉森（Sarazenes，即 Saracens）是中世纪欧洲人对穆斯林的称呼。
③ 见本书第2章第3节的相关部分。

的悲剧性转折。亚瑟王的第一个梦发生在他即将率大军渡海征讨罗马前夕。在梦中，亚瑟王看见一条在海上飞行的巨龙最终战胜一只巨熊的血腥搏斗。为梦境深感不安的亚瑟王召来两位"基督教世界""最聪明"的"智者"（ll. 807 - 809）为他释梦。他们告诉他：那飞行的龙代表亚瑟王自己，而那巨熊则代表"那些压迫你的臣民的暴君"，龙与熊的搏斗还预示着亚瑟王将"独自迎战"一位"巨人"，并"因上帝恩宠而必将获胜，／正如您在梦中亲眼目睹的那样"（ll. 817 - 28）。这个梦预示亚瑟王诛杀巨人的战斗，进而象征他与罗马"暴君"的战争，同时也旨在表明亚瑟王是解救被压迫人民的正义一方，将得到上帝恩宠而获胜。

亚瑟王大军刚跨过海峡在诺曼底的巴弗勒尔（Barflete，即 Barfleur）登陆扎营，就有一位圣殿骑士（Templar）[1] 前来告诉亚瑟王：离此地不远，有一个凶恶的巨人占据着圣米迦勒山，"正祸害您的子民[2]"。他首先说明，这位

> 热那亚的巨人（A grete giaunt of Gene[3]）由魔鬼所生；
> 他已吞噬了500多人，
> 以及同样多出身高贵的幼婴，
> 他如此祸害此地已有7个冬春。
> （ll. 843 - 46）

有些孩子他并没有立即杀死，而是带到他的石窟慢慢享用。随即，他讲述了当天发生的惨案：巨人将"法兰西之花"、小不列颠的公爵夫人抢走，带到他的石窟，她的惨叫声使人悲痛欲绝。他最后恳求亚瑟王："公正的

---

[1] 圣殿骑士团的全名是"基督和所罗门圣殿的贫苦骑士团"（Pauperes commilitones Christi Templique Solomonici，英文为 The Poor Fellow-Soldiers of Christ and of the Temple of Solomon，又称为 Order of Solomon's Temple 或 the Knights Templar，简称为 the Templars）。圣殿骑士团是中世纪天主教的一个军事修士会组织。圣殿骑士极有战斗力，在历次十字军东征中作战勇猛、战功卓著。圣殿骑士团拥有巨大财富，其实绝大多数圣殿骑士并非战斗人员，而是从事宗教活动和慈善事业，而且在欧洲经济和金融活动中极有影响。该骑士团于1119年在耶路撒冷的圣殿山创建，故而得名。创建者和主要成员为法国的贵族和十字军骑士，1139年被罗马教廷正式承认。该骑士团在1312年被解散。

[2] 在诗作中，包括诺曼底在内的西欧、北欧广阔地域已经被亚瑟王征服，故来人说这地区的人们为亚瑟王的子民。

[3] Gene，即 Genoa（热那亚）。

第八章　头韵体《亚瑟王之死》

国王可怜您的子民，／为他们遭受的灾祸报仇雪恨。"(ll. 866-67)

这里特别值得注意的是，头韵体诗人对热那亚的巨人的说明和对其恶行的描述都与《贝奥武甫》里对魔怪格伦德尔的说明和描述十分相似。在《贝奥武甫》里，诗人称格伦德尔为"恶魔"（第86、102行）、"来自地狱的顽敌"（第101行）、"同上帝抗争的巨人"（第110行）、"该隐的苗裔"（第114行）、"地狱之魔"（第162行）、"地狱的妖怪，人类的仇敌"（第1274行）、"上帝的对头"（第1682行）；[①] 当然也是吃人恶魔，在12年里，他吃掉了不少丹麦人。高特英雄贝奥武甫听说邻邦丹麦人民的灾难，不畏艰险跨海前来经生死搏斗除掉格伦德尔。同样，亚瑟王听到巨人7年来祸害当地人民的恶行，不禁义愤填膺，发誓"宁愿牺牲"（l. 875）也要为民除害。他立即出发，前往圣米迦勒山诛杀热那亚的巨人。亚瑟王与巨人的单打独斗被描写得惊心动魄也十分血腥。诗人充分发挥头韵体诗歌描写打斗场面的优势，将铿锵有力的头韵节奏与搏击厮杀结合在一起，取得了很好的艺术效果。同时值得指出的是，在这个插曲里，亚瑟王不是作为亚瑟王朝的君主和军队统帅，而是被作为一位孤身历险的传奇英雄来描写。也就是说，尽管这部作品在整体上属于编年史传统，但这部分明显属于传奇故事。因此，正如在所有骑士历险传奇故事里一样，这个插曲里突出的自然不是亚瑟王的君王品质或统帅才能，而是一个历险骑士的美德、勇猛和英雄形象。

头韵体《亚瑟王之死》和《贝奥武甫》的作者分别说热那亚的巨人和格伦德尔是魔鬼或者魔鬼的后裔，强调他们的罪恶行为主要是吃人，都是为了表明他们是恶的化身，而为人民除害的亚瑟王和贝奥武甫自然就是上帝阵营里的人，是善的代表，是与恶作生死斗争的英雄。这样，贝奥武甫诛杀格伦德尔和亚瑟王诛杀巨人的战斗都被象征性地升华为善与恶、上帝与魔鬼之间永恒斗争的表现和组成部分。所以，头韵体英语诗人特地让亚瑟王在进攻之前请求"全能的上帝"降罪于巨人（ll. 1059-60），以强调亚瑟王属于正义一方。在亚瑟王诛杀巨人之后，众人在欢呼他凯旋之时，称他为"上帝之下最强有力最高贵的君王，／被上帝慷慨地赐予圣恩"（ll. 1201-1202）。亚瑟王也把他为民除害诛杀邪恶巨人的丰功伟绩归功于上

[①] 对《贝奥武甫》的引文均出自冯象译《贝奥武甫》，生活·读书·新知三联书店1992年版。

帝，因此他"谦卑地对臣民说：/感谢上帝赐我这一恩典……，/这绝非凡人所能，唯有靠上帝之伟力，/或者说是圣母之奇迹"（ll. 1208 – 11）。他进而下令在巨人的石窟之上建造一所教堂来礼拜耶稣和纪念圣米迦勒。

然而，这位英语诗人并非像《贝奥武甫》的作者将贝奥武甫与格伦德尔的较量纳入上帝与魔鬼的永恒争斗之中以提升英雄的形象那样，而仅仅是致力于把亚瑟王和巨人的搏斗表现为善恶冲突。在《贝奥武甫》里，贝奥武甫的主要对手就是格伦德尔，而在这部中古英语诗作里，亚瑟王的主要敌人显然不是巨人，而是罗马皇帝，那位巨人主要具有象征意义。所以，英语诗人主要是以亚瑟王诛杀巨人来隐射即将爆发的亚瑟王朝与罗马帝国两大集团的战争。他真正的目的是进一步强调亚瑟王朝和罗马帝国之间的正与邪。所以，诗人特地说明那行凶吃人的巨人来自罗马附近的热那亚，其寓意也不言自明。另外一个十分有趣的细节是，巨人竟然也像罗马皇帝一样四处强要贡品，而他索要的贡品是各地君主的胡须，他把胡须用来装饰罩衣以显示其强权。那显然是在嘲讽罗马皇帝。

在明白无误地把亚瑟王置于上帝阵营之中和确立为善的代表之后，头韵体诗人立即转向亚瑟王朝和罗马帝国两大集团之间不可避免的冲突。亚瑟王第二天一早就开始进军，刚到中午就有信使前来报告，罗马皇帝已经进入法国。诗人对罗马军队的描述再一次表明其是邪恶之师：他们焚毁城镇屠杀贵族、平民和教士，简直无恶不作。所以，那些处在水深火热中的子民们急盼亚瑟王为了"对上天之主的爱"立即赶去拯救他们。当然，诗人也没忘记再一次强调罗马皇帝麾下"集聚着一大批异教徒骑士"（l. 1260）、"异教君王"（l. 1284）和"苏丹"（l. 1305）以强化两个阵营的正邪性质。

亚瑟王先礼后兵，立即派出包括高文在内的使团由波伊斯爵士率领前往罗马营中交涉，质问罗马皇帝，并"命令他""撤离我的国土"（ll. 1271 – 72）。但当他们来到罗马大营时，不是波伊斯而是高文出面严厉而尖刻地斥责罗马皇帝。他不仅要求罗马军队撤离，而且责骂卢修斯，说他是"异教徒"，"篡夺了"本属于亚瑟王父亲的皇位，所以他将受到"该隐那样的诅咒"（ll. 1307 – 12）。相对而言，卢修斯更具风度，他说："你们来自我的敌人亚瑟王，/如果处罚你们将有损我的名声，/尽管你们肩负使命却如此好斗。"（ll. 1327 – 29）他自然强硬地拒绝撤军。高文竟然轻蔑地骂他是"白痴"（l. 1343）。卢修斯的叔父忍无可忍，出面斥责高文，竟被高文拔

第八章 头韵体《亚瑟王之死》

剑杀死。① 于是双方爆发了一场激烈战斗，高文等人不仅杀死对方一些将领和骑士，而且俘获了一名元老院议员和一批罗马骑士以及来自波斯、雅法②等地的"异教徒"。这一冲突不仅表明双方之间的流血冲突不可避免，而且很快就拉开大规模战争的序幕。在随后爆发的战斗中，亚瑟王一方获得了不小的胜利，但也损失了14位骑士。这里特别值得注意的是亚瑟王最重要的助手高文的形象。前面各章的分析表明，在大多数英语亚瑟王作品里，高文是一位风度优雅、举止得体的高尚骑士，而在这里以及诗作其他部分，诗人对高文的描写与英格兰人熟悉和喜爱的高文有相当距离。诗人的描写自有其深意，但这要到诗作结尾部分才真正表现出来。我们在后面将谈到，他是以此揭示高文战死以及亚瑟王朝覆没的一个重要根源。

当亚瑟王听取第一场大规模战斗的战果和损失时，他并没有为胜利而高兴，而是"伤心掉泪"（l. 1920），并严厉责怪这次领军的康沃尔公爵的外甥卡多尔逞匹夫之勇造成如此大的伤亡。诗人一方面以此表明，亚瑟王不仅代表正义，而且是一位仁慈的君主。更重要的是，诗人还以此突出亚瑟王作为统帅的冷静和理智。诗人随即叙述亚瑟王针对罗马军队如何做出精心部署（ll. 1973 – 2005）以显示他是谨慎睿智的军事统帅。与"正典系列"里亚瑟王依靠魔法师梅林指挥战争不同，中古英语头韵体诗人笔下的亚瑟王运筹帷幄、亲自指挥。不过，诗人在这里突出亚瑟王的理智、谨慎与才干也是为了反衬他后来的变化。

头韵体诗人接下来对两军决战的描写可以说是中古英语战争文学中的经典。前面谈过，在总体上中古英语文学，特别是受法语宫廷文学深刻影响的、以乔叟为代表的南方伦敦派节律体诗歌，即后来正统或者说主流的英语诗歌，在14世纪理查德二世时代进一步弱化了对战争场面的直接描写。比如，在英诗之父乔叟的作品中，除《特洛伊罗斯与克瑞茜达》里有简略的战斗描写外，主要是在《骑士的故事》里有对宏大的比武场面以及两位情敌之间的决斗十分精彩的描写。乔叟的描写表明，他十分擅长对大规模战争场面和激烈战斗的描述，但他却很少在这方面着墨。这也成为后

---

① 在这场冲突中，高文显然表现得十分冲动和傲慢。这其实与诗作的中心思想，特别是其道德意义有关。关于这一点，后面将具体探讨。

② Jaffe，即 Jaffa，阿拉伯的一个港口城市。

来几个世纪里英语文学一个重要的特点。但中古英语头韵体诗作不同，大多来自英格兰北部的头韵体诗人们因更受英国本土古英语英雄诗歌传统影响，往往更热衷于描写战场与打斗。在前面各章里，我们已经看到，大体上在乔叟时代甚至随后时期产生于英格兰中部和北部，而且比较突出使用头韵体的作品如《戈罗格拉斯与高文的骑士故事》《亚瑟王之瓦德陵湖历险记》里，都有关于激烈的打斗或战争场面的生动描述。头韵体《亚瑟王之死》也是如此。

受古英语诗传统影响，头韵体《亚瑟王之死》的作者特别擅长描写战争。在对亚瑟王朝与罗马帝国的大规模决战的描写中，诗人充分发挥想象力和对古英语诗传统的运用，把这场大战描写得波澜壮阔，同时也精于生动表现具体打斗。在他笔下，伊万、朗斯洛、高文等骑士左冲右突，如入无人之境，而那位往往颇具喜剧色彩的凯更是勇猛顽强，最后受致命伤仍然坚持战斗。凯也是这部诗作里战死的第一位重要的圆桌骑士。但诗人心中最杰出的英雄显然是亚瑟王本人。亚瑟王不仅指挥全军，而且身先士卒。他挥舞那柄所向无敌的利剑卡利邦（Caliburn，即杰弗里年鉴里的Excalibur）在千军万马中取上将之头如探囊取物，使人不禁联想到威尔士编年史记载中他佩戴圣母像在敌阵中冲杀，一次就手刃960个敌人的英姿。他不仅砍死不少罗马将领，而且亲自将皇帝卢修斯斩于马下。

亚瑟王对卢修斯的遗体表达了应有的尊重，将他和叙利亚苏丹等异教国王、罗马元老院的60名资深议员及许多上层人士的遗体"涂上圣油"用"60层亚麻布"包裹装殓，棺材上覆盖着各自国家的国旗运回罗马和他们各自的祖国（ll. 2296 – 2305）。不过，亚瑟王仍然对罗马进行了羞辱：他下令剃掉两名护送的罗马元老院议员的胡须，并将卢修斯等人的遗体放进罗马曾命令亚瑟王进贡时带来装贡品的箱子里。他命令两位议员必须告诉罗马的执政者，他是把这些尸体作为"贡品"送回罗马，并警告说，如果罗马还要他纳贡，那么它得到的只能是"这样的财宝"（ll. 2342 – 51）。亚瑟王朝与罗马帝国这场大决战就这样以"英格兰人"大获全胜或者说英格兰诗人所希望的结果结束，亚瑟王也到达他人生的顶点，而头韵体《亚瑟王之死》在这里刚好过半。

值得指出的是，亚瑟王朝与罗马帝国的决战是在法国境内。不仅在头韵体《亚瑟王之死》里，而且在包括杰弗里《不列颠君王史》在内的编年史里，法兰西在这时早已属于亚瑟王帝国。也就是说，亚瑟王朝进行的是

第八章 头韵体《亚瑟王之死》

一场反侵略战争,是一场抗击罗马及其异教联军在法兰西野蛮的烧杀抢掠和保护人民的正义之战,而且这次战争还是首先由于罗马强迫亚瑟王进贡所引发。因此,一直被诗人竭力描写成正义一方的亚瑟王朝既得到人民支持也获得上帝保佑,其胜利自是理所当然。然而,亚瑟王及其王朝的命运自此也将发生变化,而这一变化根源于亚瑟王自身的变化。

三

在取得对罗马的决定性胜利后,亚瑟王并未终止征战班师回不列颠。相反,他挥师进入德意志,并规划新的征程,从法国的洛林(Lorraine)到意大利的伦巴底(Lumbardy)都在他征服计划中。很快,亚瑟王大军就围困了洛林首府梅茨(Metz)并经过激战征服了洛林。此后,亚瑟王"心情愉快地率军行进"(l. 3102),再没有遇到像样的抵抗。他顺利通过哥达山口(Goddard,即 Gotthard),翻越阿尔卑斯山,进入意大利,占领伦巴底的科莫,米兰立即遣使称臣。大军继续前行,沿途城镇一一陷落。亚瑟王越过维泰博,进抵罗马附近。这时,罗马派出一位红衣主教带着作为人质的160名贵族子弟前来觐见,请他7天后到罗马登基为皇帝。亚瑟王终于达到他人生的巅峰。他志得意满地告诉手下:"让我们修整和狂欢吧","我们将是整个世界的霸主。"(ll. 3207,3211)

辉煌的胜利使亚瑟王得意之情溢于言表,然而谦受益,满招损,不论何时何处,都是真理,亚瑟王自然也不会例外。骄傲——基督教教义中七大重罪之首——将是亚瑟王失败的根源。但在叙述亚瑟王踏上败亡之路前,诗人寓意深刻地安排了亚瑟在诗作中的第二个,也是最重要、最富含哲理的梦境。就在他骄傲地宣称全世界都将臣服于他之后,诗人说他"步履轻盈"、满怀"欢快心情"去卧室上床,轻松入睡。然而刚过半夜"他的心情就已经完全改变",并在凌晨做了"一个极为奇怪的梦",他因此"惊恐万分,好像立即就会死去"(ll. 3219 – 25)。诗人在这里对亚瑟王心情变化的简短而生动的描述象征性地概括了他起伏跌宕的一生。为表明自己所说非虚,诗人还特地声明这是"那些编年史的记载"(l. 3218)。

心绪不宁的亚瑟王立即把智者招来为他释梦。他告诉智者,他梦见一位"衣着华丽的女士"(l. 3251)正用她"白皙的双手转动着一个轮子"(l. 3260)。那巨大的转轮上安放着许多椅子,上面坐着自古以来的伟大君王。他们一个个被转轮送到顶端又迅速下降并重重地摔在地上,他们都不由自主地想起自己曾经的权势和辉煌与哀叹现在的悲惨结局。亚瑟王梦见的是中世纪十分著名的幸运女神之轮（Fortune's Wheel）。

幸运女神（Fortuna）出自希腊神话，罗马政治家波伊提乌在哲学名著《哲学的慰藉》里创造了幸运女神之轮。幸运女神无休止地转动着幸运之轮，每一个人都在轮上，他的命运由幸运之轮的转动决定。转轮带着他上升，他就顺时走运，当他随转轮下降时，他就背时倒霉乃至失败灭亡。波伊提乌以此来象征人世间命运无常，世事难料。《哲学的慰藉》在中世纪影响十分广泛，幸运女神也逐渐被基督教化而成为上帝意志的体现，神秘莫测的幸运女神之轮也成为人们无法理解的上帝天命（Providence）的象征。所以在中世纪人看来，幸运女神并非希腊神话里那个异教神祇，而是上帝意志的象征。正如头韵体《亚瑟王之死》里这位幸运女神所说，是"耶稣创造了我"（l. 3385）。随着幸运女神之轮的演化，为了更好地象征命运之无常，在上面就座的"伟人"也逐渐固定为所谓"九贤"（Nine Worthies）[①]，亚瑟王也是其中之一。

幸运女神之轮的意象广泛出现在中世纪各国文学作品中。乔叟在《特洛伊罗斯与克瑞茜达》和《坎特伯雷故事》等作品里运用波伊提乌的哲学思想和幸运女神之轮的意象，深刻地表达了他关于中世纪社会现实和中世纪命运观的思想，并在《修士的故事》里根据波伊提乌的命运观在中世纪为悲剧下了第一个定义。乔叟也因对命运的哲学思考而被时人尊为"哲学诗人"。他给悲剧下的定义和他那些带有一定悲剧色彩的作品在中世纪复活了悲剧精神。头韵体《亚瑟王之死》的悲剧性也根源于人之命运不可抗拒的思想，同样也深受波伊提乌哲学思想影响。

其实，头韵体《亚瑟王之死》里亚瑟王在他的事业达到巅峰之际突然戏剧性地迅速败亡，非常符合与作品大体同时代的诗人乔叟所表达的中世纪悲剧观念。没有任何证据表明主要生活在伦敦地区的乔叟和很可能生活在偏远的英格兰北部地区的这位头韵体诗人之间有联系，但他们都创作出

---

① 也可译为"九杰"。他们被中世纪欧洲人认为是历史上9个最杰出的伟人。他们中3个是异教徒：特洛伊王子赫克托、亚历山大大帝和恺撒大帝；3个是《圣经》中的犹太人：摩西的继承人约书亚（Joshua）、大卫王和领导犹太人反抗外敌的英雄犹大·马加比（Judas Maccabaeus）；3个是基督徒：亚瑟王，查理大帝和第一次十字军东征的主要统帅之一、法国洛林公爵戈德弗鲁瓦·德布荣（Godefroy de Bouilion, 1060?—1100）。在中世纪后期，除文献资料外，九贤的形象还常出现在挂毯、雕塑和壁画等艺术作品中。

第八章 头韵体《亚瑟王之死》

具有悲剧精神的作品，而且不约而同地使用波伊提乌的幸运女神之轮的意象来表现他们大体相同的悲剧观和体现人物命运的悲剧性质，看来并非偶然。那似乎意味着沉寂了上千年的欧洲文学中的悲剧精神已经开始复苏。虽然头韵体诗人并没有像乔叟那样使用悲剧这一术语，但他似乎也是在有意识地创作他所理解的悲剧性作品。所以，他没有采用亚瑟王并没有死去，而是由仙女们护送乘船去了不列顿人传说中的阿瓦隆岛，正在等待机会回来拯救不列颠这个广受人们欢迎的结局，而以直接描写亚瑟王在阿瓦隆死亡和在格拉斯顿堡举行的隆重葬礼来结束，这同《贝奥武甫》的结尾一样，增强了作品的悲剧氛围。

在亚瑟王文学中，杰弗里、瓦斯、拉亚蒙的编年史类型或克雷蒂安的传奇性质作品里，幸运女神和她的转轮都没有出现。第一个将这一重要意象及其所体现的观念引入亚瑟王文学的是"正典系列"里的《亚瑟之死》。此后，幸运女神的转轮出现在一些关于"亚瑟王之死"的作品里，发挥着预示亚瑟王朝覆亡和深化作品主题思想的重要作用。但无论是在对于女神及其转轮相关的极具抒情性和戏剧性场面的细致、形象、生动之描绘上，还是在对其赋予极为丰富的历史文化意蕴并将其有机地整合进作品的主题思想发展方面，没有一部作品能与头韵体《亚瑟王之死》相比。

在亚瑟王梦中，幸运女神欢迎他到来，并告诉他：所有那些他引以为骄傲的胜利与成就全是拜她所赐。他随即被命运女神请到轮上就座，并为他装饰打扮，使他在"整个世界至高无上"（l. 3357）。同他刚才见到的那些伟大君王一样，他被迅速带上顶点，登上权力和事业的顶峰，享受获得自己憧憬的成就和人间一切美好。但他同样也很快就随轮子转动迅速下降，被重重地摔在地上，在轮下被无情地"碾得粉身碎骨"（l. 3389）。于是，他在惊恐中醒来。

亚瑟王手下的智者为他释梦说：那表明"你时运已过，／她［幸运女神］将是你的仇敌"（ll. 3394-95）。也就是说，亚瑟王即将从他命运的巅峰跌落。如果说亚瑟王在前往圣米迦勒山诛杀热那亚的巨人之前做的巨龙战胜巨熊的梦预示着他正处于命运上升途中，他将打败其主要对手罗马而创造他生命的辉煌的话，那么在他正憧憬着在罗马登基，将置全世界于脚下之时出现的这个与他心情完全相反的梦境，象征着他已被幸运之神抛弃，他的败落已经临近，他的命运将急转直下，而他统治世界的美梦只是在他眼前一闪即逝，永远也不能实现。

不过，在中世纪文学作品中，如此释梦显然是老生常谈，但诗人随即让智者向亚瑟王进一步揭示出他为什么时运已过，为什么作为上帝意志之体现的幸运女神会成为他的"仇敌"："因为你的高傲，你让各国血流成河，/你毁灭了多少无辜的生命。"（ll. 3398－99）也就是说，他的失败是上帝对他的罪孽之惩罚。在诗人看来，这才是亚瑟王朝覆没的根本原因。那意味着，即将发生或者说这时实际上已经发生的莫德雷德的叛乱只不过是上帝用来惩罚他的工具而已。这样来解释被人们广为传诵的英雄亚瑟王覆没的原因，在随意发动战争屠杀生灵的中世纪显然具有特别深刻之处。不过，虽然亚瑟王在尘世间的败亡不可避免，但他的灵魂仍然可以获救。所以，智者要他在灾难降临之前忏悔自己的罪孽，请求上帝的宽恕（ll. 3452－55）。

智者在这里揭示出的亚瑟王失败之最重要的根源是他的骄傲，而他让各地血流成河是他骄傲的结果。前面谈及，在基督教看来，骄傲（pride）或虚荣（vanity）乃七大重罪之首，是天使和人类堕落的根源。[①] 其实，骄傲或虚荣如原罪一样存在于中世纪骑士精神中，因此也自然一直存在于亚瑟王身上。头韵体诗人在诗作开篇的引言中就指出：圆桌骑士们"用战争赢得无尽的声誉"（l. 22）。战争必然导致"血流成河"，所以他一开始就已经把声誉和杀戮联系在一起。只不过在诗作的前部分，如前面所说，亚瑟王进行的是抗击强权、保护人民的反侵略战争。

然而，在击溃罗马大军，杀死卢修斯后，亚瑟王发动的一系列新的征战使其性质发生了变化。诗人揭示了他发动战争的目的。亚瑟王征讨洛林是因为他"渴望对抗"其"声名卓著"的领主和获得他那"据说非常美好的领地"（ll. 2398－99）；虽然他随即指责其主人曾与罗马联盟，但那听起来显然只是一个借口。他入侵伦巴底更是因为它"十分漂亮"，所以想在那里"制定永恒的律法"（ll. 2406－2407）。当从阿尔卑斯山上瞭望伦巴底时，他情不自禁地说："我要成为这美好土地的主人。"（l. 3109）除贪婪外，不论他是想同那位声名卓著的领主对抗还是想制定永恒的律法，都反映出他试图超越对手或永世留名的虚荣。那表明，在打败罗马后他的骄傲和野心在迅速膨胀。他为个人名声不惜大动刀兵，因此在本质上与他刚打

---

① 基督教认为，以路西弗（Lucifer）为首的天使因不愿屈居耶稣之下而叛乱，人类的堕落则是出于想变得"与神一样"的虚荣（见《创世记》）。

第八章　头韵体《亚瑟王之死》

败的罗马皇帝并没有区别。所以，诗人在后面特意叙述亚瑟王在他发动的一系列征服战争中像卢修斯那样在各地大肆抢劫屠杀。

不仅如此，亚瑟王对待教皇的策略也是他人性中恶的显露。他在计划进军意大利的会议上告诉手下：他们只能打击"世俗势力"，却需要"保护教皇所有的领地"，因为"得罪上帝治下那位教父是愚蠢的"。不过，"得罪"教皇之所以"愚蠢"的真正原因却是："如果我们不与精神领袖作对，/我们的进军会更为顺利。"（ll. 2409 - 14）也就是说，他不与上帝在尘世中的代理人对抗，不是因为那是错误的，而是一种策略。对"世俗力量"的打击对民众的杀戮尽管为上帝所不容，但因为那不会延缓他的进军，自然可以无情地实施。

在亚瑟王大军围困梅茨期间，诗人还特地表现他的虚荣：他骑着高头大马，穿着华丽的国王袍服，也不拿盾牌，在敌军弓箭射程内大摇大摆地走过。他的手下费拉爵士告诫他，那样"十分愚蠢"，并劝他"赶快离开"，因为如果敌人"射中你或你的马，我们就完了"（ll. 2432 - 37）。这样十分理性的劝告竟然招来他的严厉斥责："如果你害怕，就赶快离开吧"，"你就是一个屁孩儿"，"你会因一只苍蝇飞到你身上/而逃跑。我什么都不怕"。他甚至骄傲地宣称："没有卑鄙的人能杀死/名正言顺之国王获得荣誉。"（ll. 2438 - 47）他这种毫无意义的冒险与他在和罗马大战前斥责卡多尔爵士逞匹夫之勇时的谨慎形成鲜明对比。他表现出来的已经不只是匹夫之勇，而是失去理性的傲慢与虚荣。

随着亚瑟王的骄傲和野心膨胀，越来越多的无辜人民死于非命。诗人突出地描写了亚瑟王在同罗马的大战结束后发动的一系列征战中造成的灾难。在对梅茨的围攻中，他大肆使用攻城器械和投石器，将城里的修道院、医院、教堂、礼拜堂、民居和旅店夷为平地，"人们的苦痛令人难以忍受"；于是，洛林的公爵夫人率领贵族夫人、小姐和侍女们给亚瑟王下跪，恳求他"与人民缔结和平，/否则这座城很快就会被毁灭"（ll. 3036 - 53）。当亚瑟王大军攻入科莫后，所有敢于抵抗的人都被杀死，还有4条街"被永远摧毁"（l. 3127）。在向罗马进军途中，他一路上给人民带来无穷灾难。他无情地摧毁城墙和房屋，肆意抢劫和烧杀，"无论他到何处都留下一片废墟"和"寡妇们的悲嚎"。很快，他蹂躏意大利的消息传遍了"从西班牙到普鲁士"的广大地区（ll. 3150 - 63）。诗人的叙述可以说是为智者的释梦做出的最好注解。然而，在留下一路废墟和尸体之后，亚瑟王进抵罗马附近，竟然立即举行盛大庆宴，与圆桌骑士们"喝醉酒狂欢"，唱歌跳舞，"世上再没有比他们更欢快的人了"（ll. 3172 - 75）。诗作如此描写显然暗含着对亚瑟王的严厉批评，诗人甚至没有表现罗马皇帝如此没有人性。

头韵体诗人对亚瑟王败亡之根源的探讨，特别是他对战争的评价和对战争之残酷的描写，具有一定现实意义。作者生活在英法百年战争时代，对战争的残酷，对连年战争给人们带来的深重灾难深有体会。其实，亚瑟王大军对意大利的蹂躏与英军在法国烧杀抢掠十分相似。在百年战争第一阶段，爱德华三世和黑王子在法国境内大肆屠杀并纵火焚毁城镇和乡村，试图以此摧毁法国的经济和抵抗意志。在 15 世纪前期亨利五世时期，也就是百年战争的后期，英军采用同样的残酷战略，再一次给法国人民造成极大灾难。

另外值得注意的是，与浪漫传奇中那种虚构世界不同，诗人在作品里使用大量真实地名。学者们指出，亚瑟王的战争进程甚至可以在地图上画出来，而且其中一些情节与战争的进展和爱德华三世在百年战争中在欧洲大陆进行的战役颇为相似。① 诗人对战争场面和战争灾难的描写也与浪漫传奇的传统手法大为不同。他是以当时的战争为蓝本来描写，明显具有现实主义色彩。因此，本森认为：头韵体《亚瑟王之死》"主要是一部关于战争的诗作，在对中世纪后期的战争的描写上，还没有一部作品比它更好"②。这些表明，诗人并非全凭想象在描绘传说中虚无缥缈的过去，而是也在深切地关注现实。值得注意的是，对现实日益增加的关注是这时期英语文学一个重要特点，同时也是 14 世纪英语文学繁荣的根源、动力和重要成就，它在乔叟作品、《农夫皮尔斯》、《高文爵士与绿色骑士》和头韵体《亚瑟王之死》中特别突出并逐渐发展成为英语文学的一个重要传统。

在智者为亚瑟王释梦后，梦境所预示的亚瑟王命运的悲剧性转折很快成为现实。从国内匆匆赶来的克拉多克爵士带来不列颠发生叛乱的消息。他告诉亚瑟王：他指定的摄政王莫德雷德篡夺了王位，夺取了各地城镇和城堡，大肆分封诸侯，并与丹麦人、撒克逊人、穆斯林、皮克特人、异教

---

① 请参看 Barron, *English Medieval Romance*, pp. 141 - 142。
② Larry D. Benson, "Introduction", in Benson, ed., *King Arthur's Death*, p. 1.

第八章 头韵体《亚瑟王之死》

徒和野蛮人、罪犯和雇佣军结成联盟。他们"抢劫修士,强奸修女",大肆"祸害你的人民"。莫德雷德甚至娶亚瑟王的王后格温娜维尔为妻,"据见到过的人说",他们"还生了一个孩子"(ll. 3523 – 52)。对于正处于胜利的喜悦和狂欢之中的亚瑟王,这不啻晴天霹雳。

其实,关于莫德雷德的叛乱,诗人在诗作开端已有暗示。莫德雷德是亚瑟王的外甥①,也是重要的圆桌骑士,深受亚瑟王信任,所以才被指定为摄政王。但有意思的是,亚瑟王似乎也意识到莫德雷德有可能会背叛他,所以特地警告说:如果他背叛,他将在最后审判之时向那"严厉的审判官"基督做出交代。(ll. 669 – 72) 然而莫德雷德并不愿留守国内,因为其他圆桌骑士都跟随亚瑟王到战争中去赢得崇高声誉,而他却被剥夺了这样的机会,因此请求亚瑟王另外指派摄政王,但亚瑟王拒绝了。崇高的声誉是中世纪骑士精神造就的骑士所追求的理想,而被剥夺赢得声誉的绝好机会是骑士很难接受的。亚瑟王本人和其他圆桌骑士东征西讨,到处发动战争的一个主要原因,就是要"用战争赢得无尽的声誉"(l. 22)。诗作并没有直接说明莫德雷德篡位的原因。从诗作开篇的暗示看,他或许是因为被剥夺了赢得声誉的机会而以篡位夺权来出人头地。因此可以说,对声誉的追求是骑士精神的"原罪"。它造就了圆桌骑士的英雄业绩,但也最终导致了他们的失败乃至毁灭。从根本上看,不论是亚瑟王在战胜罗马后继续进行战争,还是莫德雷德对亚瑟王的不满以及最后的叛乱,归根结底都与声誉或者说虚荣这一造成人类堕落的重罪有关。

亚瑟王得知国内发生惨变后,立即召集会议,决定留下一些将领驻守当地,他自己急速回师不列颠,镇压叛乱。亚瑟王亲率大军翻山越岭,横跨欧洲大陆,抵达海峡,于是爆发了双方第一次冲突。诗人把这场海战和抢滩战描写得声势浩大并异常惨烈。其中最精彩的描写是高文战死那一部分,即使在整个英国文学史上,如此优秀的段落也不多见。高文率领不多的将士强行登陆成功后,直接向莫德雷德的中军冲杀过去。他们面对压倒性优势的敌军,奋勇作战、前赴后继、视死如归。高文在激战中眼看自己的战友一个个倒下,不禁热泪盈眶。他悲愤地发表了一大段高昂的演说激励战友们,最后他说道:"为了亲爱的上帝,现在不用再怕刀剑了;/让我们像高贵的骑士那样完成这场战斗,/然后同无瑕的天使一道享尽永恒的

---

① 在另外一些作品如马罗礼的《亚瑟王之死》里,莫德雷德被说成亚瑟王的私生子。

欢愉。"（ll. 3799 – 3801）这表明，他已经意识到他们的最后时刻已经来临。随后，唯一幸存的高文发起最后的自杀性冲击。他像凶猛的狮子一样在敌群中杀开一条血路，直接冲到莫德雷德面前。这对兄弟①的生死决战最后以身负重伤、筋疲力尽的高文战死结束。这场战斗十分惨烈、极为悲壮。这一段里气壮山河的场面、浑厚的语言风格和高文高昂的演说使人不禁想起古英语史诗《马尔顿之战》②。

在英格兰人心中，特别是在英格兰诗人们的笔下，高文是亚瑟王最得力的助手和最杰出的圆桌骑士，也是中世纪骑士美德的代表，特别是忠诚和典雅气质的体现。他的英勇无畏、高超武艺和压倒一切的气概甚至赢得了敌人的钦佩。他战死后，依附于莫德雷德的弗里斯兰国王情不自禁地赞叹高文的英勇，而莫德雷德更是高度赞颂这位"举世无双"之"最伟大的骑士"，说他"气质最高雅"，"武艺最高强，战场上最幸运，／宫廷内最谦卑"，而"作为统领最具王者之气"。他对弗里斯兰国王说："如果你知道""他的智慧，他的骑士精神，他美好的行为，／他的举止，他的勇气，他的武功业绩，／你将会为他的逝去悲伤一生。"（ll. 3875 – 85）说到此处，"这个叛徒"已是"泪流满面，／他转过脸去泣不成声"（ll. 3886 – 87）。他甚至回想起"圆桌骑士们的光荣和美好时光，／他禁不住责骂和悔恨自己造成的灾难"（ll. 3893 – 94）。这里特别值得称道的是，诗人并没有把这个最终毁灭了他所赞美、怀念甚至憧憬的伟大王朝的"叛徒"写成十足的邪恶之徒，而是如此动人地表现他人性的一面。这不仅在中古英语亚瑟王文学中，而且在所有中世纪欧洲亚瑟王作品里都是独一无二的。在强调善恶二元对立的中世纪文化语境里，如此表现一位邪恶的叛乱者的人性特别难能可贵。

当然，高文的战死对亚瑟王的打击最大。当亚瑟王赶来看到战死的高文，他跪下把高文抱在怀里，因悲伤过度而"昏厥"（l. 3969）。他亲吻高文以致"他浓厚的胡须都沾满血迹"（l. 3971）。他还把地上高文的血捧起

---

① 高文和莫德雷德都是亚瑟王姐姐同国王洛斯（Loth）的儿子。即使如前注所说，在一些传奇故事里，莫德雷德是亚瑟王同姐姐乱伦生下的私生子，他们也是同母异父的兄弟。

② 《马尔顿之战》（*The Battle of Maldon*）大约产生于 11 世纪前期，是一首关于一场发生在 991 年的真实战斗的悲壮史诗。为了阻止维京人的入侵，盎格鲁－撒克逊人在这场敌众我寡的战斗中全部战死。对这首史诗有兴趣的读者可参看肖明翰《英语文学传统之形成——中世纪英语文学研究（上册）》（社会科学文献出版社 2009 年版）里古英语英雄史诗一章的相关部分。

第八章　头韵体《亚瑟王之死》

装进头盔。他也像莫德雷德那样声泪俱下地怀念和颂扬他这位"骑士之王",他历数高文的功绩和美德,甚至说:"我虽然头戴王冠,你才值得称王"(ll. 3961 – 62),而"他无辜牺牲,全是因为我的罪孽"(l. 3986)。伊万等骑士极力规劝也难以使他从悲痛中解脱出来。他亲自护送高文的遗体到温切斯特,隆重地安放在修道院里,并吩咐修道院长和修士们精心照看,等他把"那些给我们造成如此悲伤/与战乱之人铲除后再回来安葬"(ll. 4024 – 25)。不过,他再也没能回来。

任何读者都很难不感受到,如同眼见一个个战友倒下的高文和面对战死的高文的莫德雷德和亚瑟王那样,头韵体诗人对高文和这场战斗的描写显然动了真情。换句话说,这些人物之所以那样动人,归根结底是因为诗人自己动了真情,他是通过这些人物以及他对战场的描写把自己的感情表达出来的。乔叟时代英语文学的一个重要发展正是人的感情的真实流露;那其实也是英语文学之所以在那个时代取得那么高的成就的一个重要原因。但诗作中一些细节同时又使我们感到诗人对高文有所保留:他在尽情歌颂高文的忠诚与英勇之时,并没有忘记表现这位杰出骑士身上的缺陷。当我们放眼整部诗作深入思考其意义时,我们会发现诗人是在有意通过表现高文身上的缺陷来帮助揭示"亚瑟王之死"或者说亚瑟王朝覆没的根源。这也是这位诗人特别深刻、特别杰出之处。诗人在这里有意表现的高文的缺陷是过分冲动、逞匹夫之勇和缺乏一位军事将领在战场上必须有的智慧和冷静。这一缺陷导致了他自己和将士们的覆没。

诗人给出了一系列细节来突出高文的弱点。在这次决定性的战斗中,高文因海上的血战而失去理智,船未靠岸就"愤怒地跳进水里"(l. 3726)。在随后战斗中,他"血液沸腾"(l. 3757),"失去理智"以致"在愤怒的驱使下陷于狂暴"(ll. 3825 – 26);他"野蛮而不知所措,已失去理智,/如同野兽一样疯狂"(ll. 3836 – 37)。正因为如此,高文犯下一系列错误。首先,他没有等亚瑟王的后援到来,刚一登陆就立即带着为数不多的将士向莫德雷德的大军发动毫无希望的进攻,而且还是直接冲向莫德雷德所在的力量最强的中军。其次,他根本没有观察战场形势和地形就盲目进攻。如果他能占领旁边一座山岗等待亚瑟王援军到来,两面夹击,战争的结局会完全不同。因此,连诗人或者说叙述者都忍不住出面批评他并表达遗憾:"如果高文有幸占领那座青山,/毫无疑问,他将收获永久的称赞。"(ll. 3768 – 69)

值得注意的是，诗人对高文的鲁莽的描写并不限于这场战斗。前面已经谈到，他随波伊斯前往卢修斯军中，就因为他的鲁莽和傲慢而导致流血冲突。其实，在亚瑟王侵占洛林围攻梅茨期间，高文同样因鲁莽差点使亚瑟王的军队失败。首先，他在战事紧张、亚瑟王军队缺乏给养之时，一个人到山林里去转悠，就不太负责任。当他遇到普利阿姆斯爵士时，不由分说就对他攻击，结果两人都身负重伤；好在他们两人最终成为好朋友。最重要的是，如同他出使卢修斯军营时，置领队波伊斯不顾而出面指责罗马皇帝一样，他在洛林战场上也出面促使并指挥由佛罗伦特爵士率领的军队进攻洛林公爵远占优势的大军。这与后来导致他战死的海滩之战的情况不无相似之处。如果不是此前依附于洛林公爵的普利阿姆斯在关键时刻率军转而支持亚瑟王一方，他的鲁莽也可能造成灾难性结局。

在前面各章分析过的关于高文的传奇诗作里，我们看到高文实际上是最谨慎、气质最文雅的骑士。与之相反，头韵体诗人如此突出高文的傲慢和鲁莽自然有其特殊的目的。如果我们联想到前面谈及的亚瑟王在梅茨城下的傲慢与鲁莽，我们就不难看出诗人的用意。在一定程度上，头韵体《亚瑟王之死》里的高文被塑造成亚瑟王的"异己人物"（double）；也就是说，高文这位最杰出的骑士身上体现出亚瑟王自己的问题。最后，正是造成高文战死的鲁莽直接造成亚瑟王自己的败亡。亚瑟王因胜利而滋生的骄傲改变了他的性格。如果说亚瑟王因骄傲四处征战让生灵涂炭而被上帝抛弃是亚瑟王朝覆没的根本原因的话，那么他因骄傲而野心膨胀、失去理智变得冲动鲁莽则是他败亡的直接因素。如果在与卢修斯决战获胜之后，他就班师回朝而不是进军罗马，他也不会给莫德雷德的叛乱造成机会。即使莫德雷德篡位，他也可以就近从法国迅速回师而不是从意大利翻越阿尔卑斯山远途劳师返回，而且还用不着为驻守意大利而分兵。如果那样，结局自然会大为不同。

而在与莫德雷德决战之前，他也像高文那样因失去理智，直接拒绝了手下的正确建议。在安放好高文的遗体后，"睿智"的维歇尔爵士向他建议：先"驻扎在这城里"，不要急于行动，而应立即召集各地的骑士和军队前来勤王，因为"我们现在军队太少"，无法与莫德雷德的大军"作战"（ll. 4026 - 32）。然而他一口拒绝了维歇尔显然十分明智的建议。他竟然毫无理智地说："在太阳之下即使只有我一人，/只要我能见到［莫德雷德］或出手对他打击，/即便他在大军之中我也会将他诛杀。"（ll. 4035 - 37）

第八章 头韵体《亚瑟王之死》

他显然已经不再是那位在与卢修斯决战之前谨慎行事、精心部署的军事统帅。他如此愤怒，如此刚愎自用，以致"圆桌骑士中无人敢出面反对，/也无人能使君王平息"（ll. 4048 – 49）。他立即率领身边仅有的军队急速向康沃尔追赶过去。然而，莫德雷德从各国招来的 6 万大军早已按地形精心列阵等待他的到来，而亚瑟王手下"总共仅有 800 人"（l. 4070）。他显然犯下了与高文完全一样的错误。

但尽管如此，亚瑟王还是精心组织好圆桌骑士和军队，而他慷慨激昂的战前动员也回荡着高文最后演说中高昂的激情和大无畏的精神。他已知道结果："我的战争今天将结束。"（l. 4099）但他要求将士们不要管他，只需保卫他们的军旗。他最后发出命令："勇敢的不列顿人，冲啊——祝你们获上帝赐福。"（l. 4104）勇敢的不列顿人开始了没有归路的冲锋。我们再一次感受到《马尔顿之战》的悲壮。这一场生死决战被诗人描写得十分血腥残酷。眼见圆桌骑士一个个倒下，亚瑟王满心悲愤，他抬头仰望请求上苍：我宁愿代他们去死。不过，不列顿人这一次比当年那些盎格鲁-撒克逊人更为幸运，尽管许多曾经驰骋在亚瑟王传奇世界里的圆桌骑士，其中包括朗斯洛、伊万、埃里克等仗剑行天下的英雄，都先后战死，但在身负致命伤的亚瑟王拼死斩杀莫德雷德之后，敌方阵营也土崩瓦解了。

头韵体诗人并没有让身负致命伤的亚瑟王在仙境般的阿瓦隆疗伤并等待时机回来再创亚瑟王朝的辉煌，而是让他在阿瓦隆死去。他的遗体由众人护送到格拉斯顿堡"以适合民族英雄的仪式"① 安葬，诗作也以他的隆重葬礼结束。这与《贝奥武甫》的结尾完全一样。头韵体诗人删去了传说赋予亚瑟王结局的传奇色彩，而给予他一个史诗英雄的悲剧性结局。与《贝奥武甫》后面部分特别相似的是，头韵体《亚瑟王之死》从高文战死到亚瑟王的葬礼这部分也充满挽歌的悲凉。诗作的最后几行按杰弗里等人的编年史著作把亚瑟王说成特洛伊王室的后裔，这样亚瑟王朝的覆没同特洛伊的毁灭也联系在一起，进一步增强了诗作结尾沉重的挽歌气氛。

这个沉重的结尾进一步表明，尽管诗人对亚瑟王及其征服战争持批评态度并深刻揭示出他认为的亚瑟王朝由盛而衰最终败亡的根源，但作为一位具有民族意识、满怀民族感情的英格兰诗人，他不由自主地表现出对亚

---

① Newstead, "Romances: General", in Severs, ed., *A Manual of the Writings in Middle English*, p. 45.

瑟王朝的认同，因此在诗作里对亚瑟王的英雄形象表达了钦佩和敬仰，对亚瑟王朝的辉煌业绩感到情不自禁的自豪。因此，如同古英语诗人对于贝奥武甫时代结束一样，他也对其心目中不列颠或者说英格兰历史上一个伟大时代的逝去感到深深的惋惜。

第九章　节律体《亚瑟王之死》

除头韵体《亚瑟王之死》外，中古英语中还有一部诗体《亚瑟王之死》。它以节律体写出，故现代学者们将其命名为节律体《亚瑟王之死》(the stanzaic *Le Morte Arthur*)。如其标题所表明，它也是关于亚瑟王之死亡和亚瑟王朝的覆没。据学者们考证，这两部《亚瑟王之死》都产生于英格兰北部，且成诗时间也有可能都在14世纪末或后期。但两部作品的作者姓名都没能流传下来。很有意思的是，这两部《亚瑟王之死》大体上产生于同一时期和同一地区，都是叙述亚瑟王朝的最后阶段和关于"亚瑟王之死"或者说亚瑟王朝之覆没这一主题，而且篇幅也大体相当的诗作，却在体裁、风格、内容和主题思想上大为不同。

两部作品前的"头韵体"和"节律体"不仅显示出它们的诗歌体裁不同，而且还表明它们来自不同的诗歌传统和文化传统。如上一章所说，前者主要根源于在盎格鲁—撒克逊时代产生、发展和形成的古英语英雄诗歌传统和英格兰本土文化传统，而后者源自12世纪以后风靡欧洲大陆的法语浪漫传奇诗歌传统和宫廷文化传统。在很大程度上，来自不同的传统导致了它们之间许多重要的区别。不仅如此，与其来自不同传统的情况还密切相关的是，它们主要的材料来源也不同。前面谈到，具有史诗性质的头韵体《亚瑟王之死》主要取材于杰弗里、瓦斯或许还有拉亚蒙等人在英格兰或者说盎格鲁—诺曼王朝统治区域撰写的那些所谓"布鲁特"系列的编年史著作，且深受古英语英雄史诗影响，而拉亚蒙的《布鲁特》本身就是一部颇具史诗性质的作品[①]。与之不同，节律体《亚瑟王之死》则主要以法语散文"正典系列"的《亚瑟之死》(*Mort Artu*)为源本改写而成，诗作

[①] 关于拉亚蒙的《布鲁特》的史诗性质，请参看本书第三章。

的大多数内容与那些关于亚瑟王朝的编年史著作没有多少关系。

由于以上原因，这两部同名诗作除分别使用头韵体和节律体外，还有许多极为重要的差异，而意识到它们之间的差异有助于我们理解和分析这两部作品。比较分析总是文学研究中行之有效的方法。比较这两部作品，我们不难看到，尽管它们都描写"亚瑟王之死"或者说亚瑟王朝的覆没，但亚瑟王在两部诗作里的位置、形象和所起作用、所占分量不同。在头韵体作品里，亚瑟王是无可争辩的主要英雄人物，他占据叙事中心，统管一切，决定着情节发展甚至主题思想的深化。但在节律体诗作中，亚瑟王朝的覆没虽然是主题，却受法语骑士传奇传统影响，因而占据叙事中心决定情节和主题思想走向的并非亚瑟王本人，而是法语亚瑟王浪漫传奇文学里那位天下第一骑士朗斯洛；相反，在头韵体作品里他只是在战场上有几次同其他骑士一道被顺便提到。不仅如此，与头韵体诗作以亚瑟王的葬礼结束不同，节律体的结尾是亚瑟王朝覆没7年后，已经进入教堂和修道院的朗斯洛和格温娜维尔（在这部节律体诗里她的名字是Waynor）的去世和安葬。与此相关联的是，头韵体诗作的主题和情节内容都是亚瑟王统率大军进行的一系列大规模战争。与之相对，节律体诗作的中心和主要内容是朗斯洛和格温娜维尔之间的爱情以及由此而引发的一系列最终导致亚瑟王朝解体的事件。在头韵体同名作里，朗斯洛和格温娜维尔之间不仅没有爱情而且没有任何关系，他们甚至从来没有在一起；格温娜维尔是与莫德雷德而非朗斯洛一起背叛亚瑟王，而亚瑟王对她的背叛感到怒不可遏，而非像浪漫传奇里的人物那样伤心欲绝。头韵体诗作通过描写亚瑟王朝由盛而衰来揭示它覆没或者说"亚瑟王之死"的根源，而节律体虽然最终也描写了亚瑟王朝的崩溃，但那主要是由朗斯洛与格温娜维尔的爱情引发的一系列冲突造成，而非像前者根源于亚瑟王本人那种亚里士多德所说的"过失"。另外，头韵体诗人使用的是源自英格兰本土古英语诗传统那种雄浑高昂的史诗风格，而节律体诗人更多是使用典雅的法国宫廷诗歌风格，尽管他在语言和诗歌节律方面显然也受到本土诗歌传统影响。所以总的来看，深深植根于英格兰本土文化文学传统的头韵体《亚瑟王之死》，如前一章所表明，是以亚瑟王为主要人物、以战争为主题的具有悲剧性质的英雄史诗，相对而言节律体《亚瑟王之死》以朗斯洛为中心人物、以宫廷爱情为主题在内容和风格上更接近法兰西传统的骑士浪漫传奇。

然而尽管如此，节律体《亚瑟王之死》因为突出描写亚瑟王朝的崩

第九章　节律体《亚瑟王之死》

溃,而且亚瑟王在诗作中占据比较多的篇幅和发挥特别重要的作用,同时也因为朗斯洛与格温娜维尔之间的私情在很大程度上也被用来揭示亚瑟王朝覆没的根源,所以它在本质上或者说在主题思想上也是一部王朝主题的作品,也就是说它是一部关于亚瑟王朝覆没的诗作。因此特别有意义的是,这两部"碰巧"同名而且都是关于亚瑟王朝败亡的诗作实际上分别代表了亚瑟王文学中的编年史和浪漫传奇两个主要传统,而这两个传统最终将汇合在马罗礼那部几个世纪以来一直影响着后代亚瑟王文学的作家和读者的同名作《亚瑟王之死》里。

正因为它们源自不同传统,节律体《亚瑟王之死》没有像那部与编年史传统渊源深厚、具有史诗性质的头韵体同名作那样大量使用真实地名,也没有以中世纪后期真实的战争为蓝本来描写亚瑟王指挥的战役。相反,它里面的许多主要事件如同法语浪漫传奇作品那样,都发生在虚无缥缈的虚构世界里:亚瑟王的王宫所在地卡米洛、朗斯洛的养伤地阿斯科罗特(Ascolot)、诗中主要战场朗斯洛驻守的愉快之堡(Joyous Gard)及其领地本威克(Benwick)、亚瑟王受伤后由仙女们陪同前往的归宿地阿瓦隆岛等,全是现实中不存在的传说之地,这显然有助于营造一种浪漫传奇的氛围。至于节律体诗人对战争的描写,也远不及头韵体作品那样生动、真实和残酷。但尽管如此,作品在情节事件上也注重现实性,或者说注重在现实中发生的可能性。它几乎没有中世纪浪漫传奇通常喜欢描写的超自然的奇异事件或景象,甚至没有头韵体《亚瑟王之死》里亚瑟王同巨人战斗那样的场面。所以,在更深层面上,同头韵体诗人一样,这位节律体英语诗人在深受法语浪漫传奇传统影响的同时,也继承了英格兰本土文学中的编年史传统和接受了14世纪后半叶在英国文坛突出发展的现实主义倾向,而似乎是在有意识地逐步远离那种远离现实的奇异想象的传统。[1] 这其实也是服务于节律体诗人在作品中进行道德探索的创作意图,因为如同《高文爵士与绿色骑士》所表明的,远离社会现实和现实中的人的道德探索并没有多少实际意义。诗人把朗斯洛和格温娜维尔的爱情、把亚瑟王朝的覆没放到比较现实的环境中,从文化传统、道德伦理、人性善恶和人之常情的角度进行表现,探索它们之间以及各种事件之间的因果关系,在中世纪社

---

[1] 请参看 Helen Cooper, "Romance after 1400", in Wallace, ed., *The Cambridge History of Medieval English Literature*, p. 709。

会文化语境中特别有现实意义。

节律体《亚瑟王之死》大体完整，但其中一页散失，根据上下文可以推测，其内容是关于那位爱上朗斯洛的痴情而可怜的阿斯克洛脱的少女的安葬。另外，由于有7个诗节只有6行而非通常的8行，学者们认为，这些诗节各失去两行。总的来说，尽管它与那部优秀的头韵体同名作有许多不同之处，但那绝不意味着它是一部模仿法语源本的平庸之作。实际上，它也是中古英语亚瑟王文学中一部很优秀的作品。这部诗作现存3969行，虽然使用的是来自法语诗歌的节律体，但它那种每行4音步、每8行分节主要使用 abababab① 尾韵的诗节形式不论在法语还是英语诗歌中都很独特。这是一种游吟诗人常用的歌谣（ballad）体诗节，韵律轻快，十分适合这部作品里快节奏的叙事和口头吟诵。所以，维恩伯格说，现在学者们广泛认为这种诗体是"一位诗艺高超的诗人有意识"的"选择"②。诗人还使用了许多民间游吟诗人常用的程式化语言（formulaic language），使作品在吟诵时朗朗上口。不仅如此，诗作中还有大量押头韵的词和词组（出现在几乎所有诗节里），增强了诗作的艺术性，表明作者也深受以英格兰北部为中心的头韵体复兴运动的影响。

上面提到，这部诗作的内容主要来自法语散文《亚瑟之死》，但英语诗人根据自己的思想、创作意图和想象力进行了大幅度删减和改写，虽然也增加了一些情节，但作品篇幅大约只有原作的五分之一。同几乎所有法语浪漫传奇作品一样，散文《亚瑟之死》内容丰富但节外生枝，情节松散，而且有大量议论和心理表现。英语节律体作者同前面各章提到的那些改写法语亚瑟王传奇作品的英语诗人一样，也根据英格兰人的审美心理和英语叙事诗歌情节紧凑的传统，对原作中许多偏离主干情节的事件和议论大量删节，使作品中心突出、情节紧凑、故事脉络清晰、主题思想明确、叙事充满力度，成为中古英语浪漫传奇中的杰作之一。正是因为这是一部内容丰富的优秀诗作，它后来成为马罗礼的《亚瑟王之死》的后面两部分《朗斯洛爵士与王后格温娜维尔之书》（"The Book of Sir Launcelot and Queen Guinevere"）和《亚瑟王之死的悲惨故事》（"The Most Piteous Tale

---

① 也有少数例外，比如第一节使用 ababcbcb 的尾韵。
② Carole Weinberg, "The Stanzaic *Morte Arthur*", in Barron, ed., *The Arthur of the English*, p. 101.

第九章 节律体《亚瑟王之死》

of the Morte Arthur")的两个主要来源之一；另外一个主要来源是法语散文《亚瑟之死》，即节律体《亚瑟王之死》本身的源本。由于节律体《亚瑟王之死》对马罗礼那部影响深远的著作之重要贡献，维恩伯格说它"对后来各时代的人们阅读亚瑟王传说发挥了决定性然而大体上没有得到承认的作用"①。

相对于法语源本，这部英语诗作中心突出、情节紧凑的特点一开始就表现了出来。诗人在第一个诗节里直截了当地告诉读者或听众：

> 在高贵的王亚瑟时代，
> 人们四处冒险经常在外，
> 我将讲述他们最后的时期，
> 那充满欢乐与痛苦的日子。
> (ll. 5 – 8)②

诗人在这里开门见山，点明诗作的两个关键点。第一，诗作内容主要是关于"冒险"。历险是指骑士外出，在艰难险境中历经磨炼或参加骑士比武，实现自己的价值和收获爱情或名声。历险与爱情密切相关，是中世纪浪漫传奇作品的主要内容，也决定了作品的浪漫传奇性质。第二，诗作叙事的时间段设在亚瑟王朝"最后的时期"。

更重要的是，在第1个诗节点出诗作的主要内容和时间段后，第2节随即暗示作品主题。头韵体诗人在其诗作开篇说，亚瑟王已经征服了无数王国，正率领圆桌骑士们到各地巡视，暗示了作品的王朝政治和战争主题。与之相对，节律体诗人则通过强调圆桌骑士们对圣杯的追寻（ll. 9 – 10）暗示作品主要关注精神和道德主题。我们将看到，诗人正是在精神和道德层面上揭示亚瑟王朝覆没的根源。头韵体同名诗作，如前一章所分析，也揭示了亚瑟王朝覆没的道德和精神根源，但在那里亚瑟王道德上的"过失"和精神上的堕落主要是在与外部冲突中由战争的胜利引发。相反，在节律体诗作里，摧毁亚瑟王朝的不可克服的道德问题一直存在于内部，存在于亚

---

① Weinberg, "The Stanzaic Morte Arthur", in Barron, ed., The Arthur of the English, p. 111.
② 引文译自 Larry D. Benson, ed., King Arthur's Death: The Middle English Stanzaic Morte Arthur and Alliterative Morte Arthure, Kalamazoo, MI: Medieval Institute Publications, 1994。后面对该诗作的引文均译自此版本，诗行行码随文注出，不再加注。

瑟王朝所体现并赖以存在、发展和强盛的骑士体制之中。

节律体诗人在故事情节发展的开端就暗示亚瑟王朝内部矛盾这一中心思想。在前面分析过的各种亚瑟王传奇作品的开头，往往是一个外来者或者一个外面传来的信息引发故事的发展。头韵体《亚瑟王之死》的情节发展也是由罗马使者的到来所启动的。在所有这些作品里，与亚瑟王朝或者某位圆桌骑士发生冲突的人或势力主要来自外部。相反，在节律体《亚瑟王之死》里，亚瑟王朝面临的冲突一直隐伏在内部，所以我们在诗作开头部分看到两个意味深长的场面。

第一个场面是，亚瑟王同王后在床上谈论亚瑟王朝的声望在下降，由于无所事事，许多骑士到他处另寻出路。格温娜维尔建议举行骑士比武来集聚人心，重振声威，因为"勇猛之人绝非游手好闲之辈"（l. 28）。骑士比武是中世纪中后期上层社会的重要活动，前面提到，在英法百年战争前期，特别是在1346年取得克雷西大胜之后，爱德华三世举行过大量大规模骑士比武来激发骑士精神和爱国热情以支持战争。在浪漫传奇文学中，骑士们也渴望在比武中获胜以赢得声誉、地位和贵妇名媛的芳心。在亚瑟王和格温娜维尔的谈话中，王后唯一提到名字的是朗斯洛，那绝非偶然。

第二个场面是，当亚瑟王和骑士们全副武装从各地兴致勃勃地"策马前去参加比武"（l. 50）时：

> 朗斯洛与王后待在一起，
> 那时他正好生病不能去；
> 实际上他们两人相爱，
> 他以此为借口留在那里。
>
> （ll. 53 – 56）

在王后卧室，朗斯洛跪下向"他美丽的女士致敬"（l. 68）。这两个场面都发生在格温娜维尔的卧室，但却是两个不同的男人：一个是她的丈夫，另一个是她的情人，而她的情人却是她丈夫最为倚重而且应该对君主忠贞不二的"天下第一骑士"。

朗斯洛与格温娜维尔之间的爱情最先表现在克雷蒂安的《朗斯洛》里，在欧洲大陆上的亚瑟王文学中有多种版本，流传甚广。但中世纪英语文学家们，除这位节律体诗人和马罗礼外，对朗斯洛以及他与王后的爱情

第九章　节律体《亚瑟王之死》

都不太感兴趣，很少涉及。所以特别有意思的是，在现存作品中，这是朗斯洛与格温娜维尔的爱情第一次被充分表现在一部英语诗作里，而且表现得如此突出和充满戏剧性。诗人一开始就直接揭示亚瑟王—格温娜维尔—朗斯洛之间的三角关系并使之成为诗作描写的主要内容。他们的三角恋实际上体现骑士制一个不可解决的内在矛盾。本书前面谈到，中世纪骑士精神的核心价值观是忠诚：对君主的忠诚、对情人的忠诚以及骑士之间的忠诚。当然，被基督教化了的骑士首先还包括对上帝、对教会的忠诚。然而朗斯洛同王后的爱情严重违背甚至破坏了所有这些有关忠诚的价值体系，使他陷入重重矛盾之中。作为骑士，他必须忠于自己的君王，而根据宫廷爱情的规则，他又必须忠于自己的情人。被亚瑟王赞为"全天下最杰出之骑士"（l. 124）的朗斯洛爱上的是王后，他们之间的爱情就成为颠覆骑士制和亚瑟王朝的致命因素。后来事情暴露之后，尽管他极力避免冲突，但也不得不被迫同自己尊崇并且发誓效忠的君主和情同手足的高文开战。同时在基督教诗人看来，他们之间不道德的私情还挑战上帝的权威、背叛对上帝的忠诚：当朗斯洛陷入对格温娜维尔的爱情之时就已经违背了上帝的"十诫"中"不可奸淫"和"不可贪恋人的妻子"[①] 的诫令。这样，诗人通过聚焦于朗斯洛与王后的爱情，就在道德的层面上从骑士精神本身的矛盾、从圆桌骑士的内部冲突来探寻和表现亚瑟王朝解体的根源，演绎出与头韵体《亚瑟王之死》里十分不同的"亚瑟王之死"，或者说亚瑟王朝覆没的版本。

因此，节律体诗人在诗作开篇就点出这个三角恋并随后在诗作里以朗斯洛与王后的爱情为中心来组织叙事，那不仅因为爱情是浪漫传奇，特别是法语传统的浪漫传奇的核心主题，而且还有更为深刻的意义。通过描写与他们的爱情相关的一系列冲突，诗人竭力把朗斯洛塑造成一个集高尚、勇敢、忠诚、武艺高强、举止优雅、慷慨大方、宽容大度等所有美德于一身的中世纪最理想的骑士形象，但同时表现出，正是在这个最优秀的骑士身上，在他所体现的骑士理想里，暴露出骑士精神内在的无法克服的矛盾。这个致命的矛盾反过来导致中世纪骑士精神的最高体现——圆桌骑士团体——的解体和亚瑟王朝的覆没。所以，诗人是在利用朗斯洛与王后之间的爱情来对骑士制和亚瑟王朝的覆没进行深刻的道德探索。

[①] 《出埃及记》20：14；20：17。

在上面提到的两个场面之间，诗人还给出一个后来在情节发展上十分重要的线索。朗斯洛以为他们的地下爱情十分隐秘，其实关于他们的私情的"风言风语"已经在传播。如同在现实中或者文学作品里一样，总有一些小人在暗中窥伺，随时准备出手打击。这人就是高文的弟弟阿格拉文（Agravain）爵士，"为了将他们捉奸在床，/他日以继夜地在监视"（ll. 63 - 64）。所以，他也没有去参加比武，而是留在王宫监视。王后也怀疑到他的意图，所以告诫朗斯洛。这次阿格拉文没有得手，因为朗斯洛只是来向王后辞行。但诗人已经为后面情节的戏剧性发展埋下伏笔。所有这些都表明，诗人颇具匠心，诗作一开头就已经把主题、内容和情节的发展做了巧妙的表现和安排。

朗斯洛告别格温娜维尔后，随即整装出发，"日夜兼程"（l. 91）赶到温切斯特参加比武。他先在阿斯克洛特（Ascolot）伯爵（后来他被说成公爵）家中住下，但没有透露身份。然而，伯爵美丽的女儿对他一见钟情，不能自拔。朗斯洛虽说明他的心已另有所属，却仍然答应她的请求，愿意在比武时佩戴她的衣袖巾作为她的标志。根据骑士规则，那意味着他是作为她的骑士参加比武。朗斯洛心地善良，不想伤少女的心，但他的做法对他自己和王后都将造成伤害，而对这位纯洁少女的伤害更是毁灭性的。本来少女的爱情为他从他与王后的爱情这一困境中解脱出来提供了绝好机会，但他竟然错上加错：他先爱上不该爱的人，后又拒绝少女纯真的爱情。具有反讽意义的是，他对王后越忠诚就越会给亚瑟王朝和所有的人带来灾难。朗斯洛始终如一地忠诚于情人，的确值得赞赏，但情感需要理智约束，不受理智约束的感情和错误的忠诚都极具毁灭性。亚瑟王是他的君主也是他的好朋友，而他却完全失去理性，一直与王后保持爱情关系，既违背上帝教导也有悖于做人原则，最终导致了亚瑟王朝的崩溃和大量优秀骑士死亡。无论是对致力于道德探索的诗人，还是向往理想秩序和憧憬人与人之间美好关系的读者来说，都难以接受。

由于朗斯洛不想被人认出，他借了伯爵儿子的头盔铠甲穿戴，同伯爵另外一个儿子前去参加比武。在比武场上，朗斯洛一连击败四位圆桌骑士，但自己也身受重伤。他随即同伯爵的儿子骑马离开，到后者的婶娘家休息就医，后来又到伯爵家里疗伤恢复。这时期，圆桌骑士们四处寻找他，最后鲍尔斯（Bors）、莱昂内尔（Lionel）和埃克特（Ector）三人在伯

第九章 节律体《亚瑟王之死》

爵家中找到了他。在他们离开返回时，朗斯洛要他们代他问候王后。很有意思的是，诗人特地说：他们趁"亚瑟王那天率领／众人去森林之时""没有人在旁"，才将朗斯洛的问候转达王后并说："你不久就会见到他，／他要你不用挂念"，而"王后得知他还活着，／放下心来，开心地笑了"（ll. 516 – 29）。鲍尔斯等人是朗斯洛的忠实朋友，所以他和王后都不回避他们。诗人以此巧妙暗示，朗斯洛和王后之间的爱情，不仅阿格拉文这样心怀叵测的对手，而且朋友们也都知道。诗作后面还表明，王后身边的女士们也知情（ll. 656 – 57）。在亚瑟王廷这几乎是公开的秘密，只有亚瑟王本人还蒙在鼓里。

当亚瑟王得知朗斯洛的消息，立即派遣高文前往阿斯克洛特探寻。然而当高文到来时，朗斯洛刚好离开。在离开前，他把自己的盔甲留给伯爵那十分悲伤的女儿，并答应："我不久将来看你，／或捎信前来。"（ll. 566 – 67）他显然给那痴情的少女发出了错误信息。所以，当高文来到后，她告诉后者她是如何深情地爱着朗斯洛，并说："他也把我作为心上人，／我可以让你看他留下的盔甲。"（ll. 582 – 83）高文一看到少女保存的盔甲和盾牌，就知道那骑士是朗斯洛。他显然为此感到十分高兴，但诗人在这里并没有表明，高文仅仅是为他的朋友和这位可爱的少女感到高兴，还是也为朗斯洛会因此而终止他与王后之间那危险的爱情感到庆幸，因为他还没有说明或者暗示高文知道他们之间的特殊关系。

高文回到卡米洛，很兴奋地把朗斯洛与阿斯克洛特的少女相爱的消息告诉了亚瑟王和王后。亚瑟王为他的优秀骑士终于有了所爱而备感高兴，但格温娜维尔立即陷入悲痛之中。后来在伯爵女儿死后，高文向亚瑟王和王后承认，他是故意谎称朗斯洛爱上阿斯克洛特的少女（ll. 1105 – 1107, 1130 – 39）。尽管诗人没有明说，但高文向亚瑟王，特别是王后撒谎并渲染朗斯洛和伯爵女儿的爱情，显然是为了终止那必将在他所爱戴的国王、王后以及他的好朋友朗斯洛之间造成毁灭性冲突，而且在基督教徒看来是罪孽的爱情。然而，一个错误并不能用另一个错误来纠正。高文撒谎并不能、也没有解决问题，相反还加速了矛盾的发展和冲突的到来。

当朗斯洛回来时，妒火中烧的王后斥责他是负心人，为伯爵的女儿背叛了她。王后的愤怒让朗斯洛一头雾水，不知所措。他以为格温娜维尔要赶他走，所以离开了卡米洛。他的离去引起了骑士们的不满，他们全都

"责怪王后"和"他们之间的爱情"（ll. 798 – 99）。他们的不满激化了亚瑟王朝内部的冲突。正是在这样的紧张气氛中，一件诡异的谋杀案发生，进一步暴露了亚瑟王朝内部的矛盾和危机。

这一事件发生在由王后举行的有许多骑士参加的晚宴上。王后一边坐着高文，另一边坐着一位苏格兰骑士。一个扈从阴谋毒杀高文。他带来一个毒苹果，悄悄放在王后面前。他本以为王后会将苹果赐给高贵的高文，但她却把这个漂亮的苹果赐给外来客人。苏格兰骑士中毒死亡，众人都以为是王后将其毒死。他被隆重安葬，但墓碑上却写着"一位苏格兰骑士在此安息，/他被王后格温娜维尔毒死"（ll. 878 – 79）。

这一事件显然具有象征意义。在《创世记》里，体现邪恶的蛇或者说魔鬼通过女人（夏娃）之手，用那个"有毒"的苹果或者说禁果使人类失去乐园。在节律体《亚瑟王之死》里，这个毒苹果也将毒化人与人之间的关系和促进中世纪人理想中的亚瑟王朝解体覆没。那位神秘的无名扈从①是罪恶的象征，他体现的罪恶也是通过女人之手实现。很显然，如果高文这位受众人爱戴的高贵骑士在众目睽睽之下被王后毒杀，那立即就会引发动乱。虽然阴差阳错，死于非命的是一位外来的苏格兰骑士，动乱没有立即爆发，但罪恶已经启动，就不可能停下。

那位苏格兰骑士的弟弟马多尔（Mador）是一位勇猛的骑士。不久，他从哥哥的墓旁路过，得知哥哥被王后毒杀，就去找亚瑟王讨公道。诗人说："尽管亚瑟是国中之王，/他也不能违背正义"（ll. 920 – 21）。于是亚瑟王不得不根据规则决定：除非有骑士出面为格温娜维尔同那位骑士决斗，否则王后将被交由骑士法庭审判。然而即使有骑士为王后决斗，如果战败，王后也将被烧死。

其实在中世纪，违背正义的暴君有很多，诗人让亚瑟王不徇私情，能按律法或规则做出符合"正义"的决定，以表明他是一位公正的君主和他能建立强盛的亚瑟王朝的原因。后来，在朗斯洛和王后被"捉现行"后，他也是根据律法同众人商议后才决定将王后施以火刑。有学者将这里的亚瑟王同法语散文源本里那个因王后背叛而蒙羞，但又因为不得不处死她而伤心欲绝，后来又置国家民族利益于不顾而执意复仇的亚瑟王进行比较，

---

① 他后来被查出并处死（ll. 1648 – 67），但诗作既没有说明他是谁也没有解释他为什么要谋杀高文。后来马罗礼在他的同名作里给出说明，使故事情节更为合理。

第九章 节律体《亚瑟王之死》

认为英语诗人笔下的亚瑟王能从英格兰国家利益的大局出发,更是一位正面的君主形象。[①] 关于这一点,诗作文本在后面还提供了更多例证。的确,对亚瑟王这样一位"英格兰"[②] 君王的描写,英格兰诗人和法国诗人表现出不同态度。英语诗人通过对法语作品中的亚瑟王形象的改写塑造出一位更为正面的君主,间接表现出他的民族意识。

在等待决斗期间,一天亚瑟王同高文看到一条小船从河上漂来。他们在船上发现了阿斯克洛特伯爵女儿的遗体和一封她写给亚瑟王和圆桌骑士们的遗书。她告诉他们,她因无法获得朗斯洛的爱而悲伤死去。亚瑟王看信后对少女充满同情,同时也因不知道朗斯洛拒绝少女的缘由而责怪他。高文则分别向亚瑟王和格温娜维尔承认,他曾经告诉他们朗斯洛爱上这位少女,那完全是谎言。怒不可遏的王后斥责高文"不仁不义",竟然"如此邪恶地/在背后污蔑"朗斯洛,说他曾经的"忠诚"和"高雅","全都变成了邪恶;/你因为嫉妒而污蔑/你的骑士兄弟,对他们使坏",所以"我再也不想见到你"(ll. 1146 – 67)。这显然是高文始料不及的。然而高文的谎言既是事出有因也是出于善意,而真正"不仁不义"并违背"忠诚"这一核心道德准则的恰恰是王后自己和朗斯洛。诗人让王后如此谴责高文,显然是相当辛辣的讽刺。

阿斯克洛特之少女的插曲过后,王后仍需面对她的灾难。亚瑟王和她恳求骑士们出面为她决斗,但没有人愿意。他们说:"我们就坐在旁边,/她毒杀那骑士是我们亲眼所见,/所以不能把真相隐瞒。"(ll. 1134 – 36)王后甚至向他们一个个跪下哀求,并告诉他们,她是无辜的,但没人相信。最后,莱昂内尔和埃克特终于说出他们不愿意为她决斗的真正原因:格温娜维尔因"赶走"他们的骑士朋友朗斯洛遭众人嫉恨(ll. 1382 – 85,1396 – 1403)。后来,其他骑士也说:"她把湖畔骑士朗斯洛/从我们这里赶走。如若/她不是干出那样的坏事,/每一个人都会为她决斗。"(ll. 1453 – 56)她赶走朗斯洛是因为她醋意大发,也就是说,她同朗斯洛之间不道德的关系的后果

[①] 参看 Elspeth Kennedy, "The Stanzaic *Morte Arthur*: The Adaptation of a French Romance for an English Audience", in M. B. Shichtman, et al., eds., *Culture and the King: The Social Implications of the Arthurian Legend: Essays in Honor of Valerie M. Lagorio*, Albany: State University of New York Press, 1994, pp. 91 – 112。

[②] 在节律体《亚瑟王之死》里,亚瑟王朝所在地一般都说是英格兰,只有少数几次被称为不列颠。

开始显现。不过，他们把那一切全归罪于她也不公平。首先，她在毒死苏格兰骑士这件事上的确无辜。其次，她与朗斯洛之间的关系及其带来的后果不能全由她承担。再次，高文知道他谎称朗斯洛爱上那少女是王后赶走朗斯洛的真正缘由，所以高文没有理由拒绝为王后出战。

最后，鲍尔斯出于怜悯，答应为她出战。然而此时关于这场决定王后性命的决斗的消息已传遍各地，因此朗斯洛及时赶到，打败马多尔，在最后关头救下格温娜维尔。随即那个施毒的扈从也被查出，并承认了自己的罪行，总算还了王后清白。表面上看，这似乎是一个完美结局，但并不意味着罪恶就此终止，因为造成这一危机的真正根源还在，而且王后和朗斯洛之间的爱情还在进一步发展，那必然会再一次而且更严重地在亚瑟王朝内部引发冲突并最终导致分裂。

不仅如此，恶行往往是在美好的时刻发生，因为罪恶不能容忍美好，正如弥尔顿在《失乐园》里表现的那样。朗斯洛的归来刺激了罪恶的发展。阿格拉文上次未能实现当场捉住朗斯洛和王后的阴谋，一直在暗中等待机会。他对其兄弟高文、加赫利埃和莫德雷德说："对湖畔骑士朗斯洛的背叛，/我们到底还要隐瞒多长时间？"（ll. 1678 - 79）他主张把朗斯洛和王后的奸情"告诉亚瑟王"，因为"整个王庭都知道真相，/每天都在听说和看见那事发生"（ll. 1684 - 86）。高文从大局出发表示反对，他说："我们最好保持沉默，/否则会引发冲突和战争"，而且朗斯洛多次拯救国王和王朝，立下大功，"为了我和他之间的友情，/我也绝不会在背后/背叛朗斯洛"（ll. 1694 - 1702）。高文强调：朗斯洛是一位"国王的优秀儿子"，一位"勇敢的骑士"，在各地广获支持，许多人会"同他站在一起"，所以他不想引起"大规模流血冲突"（ll. 1704 - 1708）。然而阿格拉文不听劝阻，将朗斯洛和王后的奸情告诉亚瑟王。于是他们商定，第二天亚瑟王出去打猎，告诉格温娜维尔他晚上不回家，而阿格拉文将带上12位骑士前去捉奸。

第二天，当朗斯洛按王后暗中送来的信息要前去见她时，鲍尔斯告诫他，阿格拉文一直在暗中监视，可能有阴谋，劝他不要去。但朗斯洛不听忠告，执意前往。他被围在王后的卧室，他冲出来杀掉了阿格拉文和他带来的骑士，唯有狡诈的莫德雷德见势不好逃掉了。亚瑟王得知情况后，值得注意的是，他不是自己随意决定，而是像一个尊重规则的君主那样召集"所有骑士""开会商议""如何处置王后"（ll. 1921 - 23）。根据众人的决

第九章 节律体《亚瑟王之死》

定,他下旨将她烧死。高文和他的两个弟弟不忍看王后受刑,亚瑟王派人去叫他们,高文拒绝参加,但两个弟弟去了。正当火刑要开始时,朗斯洛率手下赶来,杀掉许多在场的骑士,抢走格温娜维尔。高文那两个没有带武器的弟弟也在混乱中被杀。这一事件不可挽回地造成了亚瑟王朝的分裂。

同时,这一事件还暴露出两个同朗斯洛和王后的私情一道促进亚瑟王朝解体的十分重要的因素,这两个因素尽管表现不同,但都与忠诚有关。第一个源自中世纪封建制度。罗马帝国崩溃后在欧洲逐渐建立起的中世纪封建等级社会里,封臣或者骑士主要忠诚的对象是自己的领主,而非领主之上的大领主或者国王。这种忠诚在这一事件里得到充分表现。当朗斯洛与王后的奸情暴露后,亚瑟王朝迅速分化。由于鲍尔斯是朗斯洛的好朋友,所以他手下的骑士们不问是非曲直,义无反顾地追随鲍尔斯站在朗斯洛一边,成为抢夺格温娜维尔的主要力量,并无情地诛杀在场的亚瑟王一方的骑士,尽管他们曾经是生死与共的战友,尽管他们甚至没有防备而且手无寸铁。另外,阿格拉文前去捉拿朗斯洛和王后时,也是带领他自己手下的骑士。尽管他们要捉拿的人包括王后,但他们只听命于自己的主人。亚瑟王朝的构成体现了欧洲封建制度。这部诗作表现出,亚瑟王朝下面还有多层次的附属国和封建贵族或领主,每一位上等骑士或圆桌骑士都有属于自己的骑士和扈从,形成了自己的势力集团。这表明,亚瑟王朝的基础并不稳固。不仅在文学世界,在现实中更是如此,比如强大的帝国卡洛琳王朝在查理大帝死后不久也分崩离析,其中一个主要原因就是因为帝国下面有许多不同的势力集团。其实,文学作品中的亚瑟王朝也不无卡洛琳王朝的影子,但节律体《亚瑟王之死》特别好地表现了这种社会现实。

另外一个颠覆亚瑟王朝的重要因素是家族忠诚和与之相关的仇杀(feud)。节律体《亚瑟王之死》等许多中世纪文学作品里表现出的家族忠诚主要源自日耳曼传统,比封建制更为古老。在古代日耳曼部族社会,自然也包括盎格鲁-撒克逊社会,家族忠诚是核心价值观念和社会原则。罗马帝国崩溃后出现的各种王国,建立起的是一种和罗马人的制度显然不同的"封建"制度。封建制度(feudalism)一词来自feud。Feud主要有两个意思:一个是以血缘关系为基础的复仇或仇杀,另一个是"领地"(同fief的意思一样)。在很大程度上正是这两个方面构成了包括盎格鲁-撒克逊社会在内的欧洲封建制社会的基础。

以血缘关系为基础的仇杀是日耳曼民族极为重要的传统和日耳曼（包括盎格鲁-撒克逊）社会相当普遍的现象，这在古英语史诗《贝奥武甫》里有大量而突出的表现。可以说，不明白这种仇杀，就不可能真正理解盎格鲁-撒克逊社会和《贝奥武甫》。日耳曼社会在本质上是部落社会，维系社会的一个十分重要的纽带是血缘关系。只要有一个部落或家族成员被其他部族或家族的人杀害，不论原因，其他成员都必须为他报仇，这与正义与否毫无关系。如果他们复仇成功，杀掉对方的成员，对方反过来又将报仇。这样的仇杀可能无穷无尽。不过作为这种复仇习俗的补充部分，日耳曼社会还根据各人不同的地位规定了身价，所以相关双方可以采取用钱财赔偿的方式解决。应该说，这种仇杀尽管十分血腥，但并非出于残忍，甚至不是为仇杀而仇杀，而是在部落社会的特定环境中一种对群体和个人的保护机制，是险恶环境中的一种生存手段。威廉姆斯指出，复仇在"早期盎格鲁-撒克逊社会"是一种"神圣义务，因为它是群体保护的最终保证"[1]。后来在由基督教主导的社会和文化体系里，这种野蛮而且血腥的观念和习俗理所当然地遭到教会谴责，但它仍然十分顽强地在中世纪延续。

在节律体《亚瑟王之死》里，家族忠诚和仇杀的价值观主要由高文体现。在英语亚瑟王文学中，总的来说高文满腔正义、为人忠勇豪爽、举止典雅大方，最具骑士美德。在这部作品里，在这个事件之前，他也最正义、最理性。他曾试图终止朗斯洛与王后的私情；他阻止弟弟阿格拉文向亚瑟王告密；他不想扩大事态尽量防止流血冲突；在阴谋和冲突日趋激烈之时，即使在阿格拉文因不听他劝告而被杀死后，他仍然试图避免卷入其中。然而当他另外两个弟弟在火刑场上在混乱中被杀死后，他再也不能置身事外，他必须复仇。朗斯洛成为了他不共戴天的敌人：

在我和湖畔骑士朗斯洛之间，
老实说，从此再无休战可言，
更不能和平相处，直到其中一个
将另外那人从世上彻底铲除。
(ll. 2010–13)

---

[1] David Williams, *Cain and Beowulf: A Study in Secular Allegory*, Toronto: University of Toronto Press, 1982, p. 6.

第九章 节律体《亚瑟王之死》

对此，同样生活在亚瑟王文学世界或者说同样的历史文化语境里的朗斯洛也十分清楚，而且说出几乎完全一样的话。在得知高文的两个弟弟被杀死后，他深感震惊，说："我们之间一直情深义重"，但"现在再不会有和平之时，/直到我们中一人将另一个杀死"（ll. 2024，2028-29）。下面我们将谈到，对家族忠诚超越了高文的理性，他把为家族复仇视为压倒一切的使命，哪怕是把亚瑟王朝毁灭也在所不惜。最终，这个对亚瑟王和亚瑟王朝最忠诚的优秀骑士那不顾一切的复仇成为亚瑟王朝解体的一个直接因素。

在头韵体《亚瑟王之死》里，战争是主要内容，但主要是对外战争，是亚瑟王朝和罗马帝国两大集团之间的大规模战争以及随后亚瑟王发动的一系列征服战。但在节律体诗作里，亚瑟王朝对外的史诗性战争完全不见踪影，取而代之的是由三角恋引发的亚瑟王朝内部的流血冲突。朗斯洛劫走格温娜维尔后，他知道他与亚瑟王之间的军事冲突难以避免，所以派使者到各地寻求支持。这里有一个很能体现法语传统的浪漫传奇之特点的细节。在头韵体《亚瑟王之死》里，亚瑟王和卢修斯都把依附于自己的各地国王和贵族招来组成联军。但在这部作品里，朗斯洛却是向"女王和女伯爵"（queenes and countesses，也可说是"王后和伯爵夫人"）和其他"血统高贵的女士们"求助，因为在她们需要帮助时他曾施以援手。她们立即为他派出援军，他的势力因而迅速强大起来（ll. 2032-45）。另外，他派往亚瑟王朝的使者竟然也是一位女士。在中世纪，这类情况显然只可能出现在浪漫传奇作品里。很有意思的是，他驻扎的城堡也命名为典型浪漫传奇式的"愉快之堡"（Joyous Gard）。这些情况如果出现在头韵体《亚瑟王之死》那种史诗性质的作品及其男性社会和战争的铁血环境里，无疑会显得不伦不类。

朗斯洛派使者去亚瑟王朝是想探寻，看是否有其他方式可以解决冲突以避免刀兵相见，然而他试图避免战争的建议遭到拒绝。亚瑟王集聚大军向愉快之堡进发并将其包围。尽管亚瑟王和高文不断对朗斯洛进行辱骂，但他一直不愿与自己先前效忠的君主和昔日的骑士朋友作战。最后，他不得不出城迎战时，也尽量不出手伤人；特别是在亚瑟王因坐骑被鲍尔斯打伤摔倒在地时，他连忙跳下马把亚瑟王扶到自己马上。

随着战争的继续，双方伤亡增加。于是教皇出面调停。他发出谕令，要朗斯洛交还格温娜维尔，双方休战以"保障英格兰的和平与休养生息"

(l. 2261)，否则就要终止英格兰的教权。为了英格兰，亚瑟王表现出一位君主的政治大度，愿意接受教皇谕令，相反，高文却宁愿违背教皇谕令执意不肯罢兵。诗人说：

> 国王很高兴把王后领回，
> 他不想英格兰就此被毁。
> 然而高文一心复仇雪恨，
> 坚决不肯就此罢兵，
> 只要他尚存一息，
> 他就不会签订协议。
> (ll. 2272 – 77)

教皇派出的主教使者往返于亚瑟王和朗斯洛之间，最终说服双方休战。然而当朗斯洛将王后送回时，高文仍然提出要为3个弟弟报仇与朗斯洛决斗。他说："我们之间不会休战，/除非一个被另一人杀死。"（ll. 2426 – 27）但朗斯洛仍然不愿与高文决斗，他说，由于他们"之间再也不会有和平"，他愿意离开，"永远不再到英格兰"（ll. 2429，2435）以避免冲突。对此，亚瑟王也深为感动，他保证让朗斯洛安全回去。但高文仍然坚持，他将追到朗斯洛的故乡与其决斗。从这里可以看出，对家族的忠诚已经把高文变成仇恨的化身，仇恨使这位最具美德的高贵骑士失去了理智。

其实，高文的两个弟弟并非朗斯洛所杀，而是死于混乱之中。对此，朗斯洛向高文做了说明，而且还说，死去的不仅有高文的弟弟，自那以后许多骑士都已失去生命，说到此他难过地掉泪（ll. 2414 – 17）。他认为，仇恨、复仇和残杀都应该结束了。从他的人品和同高文的友谊看，他也绝不会出手杀高文那两个没有带武器的弟弟。当听说他们被杀时，他也为之感到震惊和悲伤。对高文的挑衅，他一再忍让。然而高文陷于仇恨中已不能自拔并违背了基督教一些基本教义。耶稣教导说："饶恕"得罪你的"弟兄"，"不是到七次，乃是到七十个七次"。① 他甚至要信徒们"要爱仇敌、

---

① 《马太福音》，18：22。"七十个七次"即490次。耶稣实际上是说，饶恕应该无限无止境。

第九章 节律体《亚瑟王之死》

也要善待他们"[1]。另外，上帝不准人们相互间私自报仇，而应交由上帝处置，所以他告诫信徒："伸冤报应在我。"[2]《罗马书》也说："不要自己伸冤、宁可让步、听凭主怒。"（12∶19）在基督徒看来，高文心中充满仇恨，不听教皇的谕令和亚瑟王的劝阻，执意要自己实施本属于上帝的复仇权利，那既是他自己精神和道德上的堕落，也是导致亚瑟王朝覆没的重要因素。违背上帝教导，即使最优秀的人也会堕落犯罪。在中世纪，源自日耳曼文化的家族忠诚和复仇传统仍然十分盛行，诗人如此描写高文这个优秀的圆桌骑士和表现他因执意复仇而发生的变化，不仅是对他的批评，还明显具有针对现实的意义。

当然，直接摧毁亚瑟王朝的人是莫德雷德。特别有意义的是，与头韵体《亚瑟王之死》不同，这位节律体诗人不是让亚瑟王在离开英格兰时自己指定莫德雷德为摄政王，而是像他决定大事时通常做的那样，先召开"所有骑士"参加的"会议"，"吩咐他们在他们中确定"一位"对不列颠最有益"的人（ll. 2509 – 13）。这与诗人手边的法语源本大为不同。在法语《亚瑟之死》里，是莫德雷德自荐，说他愿意留下照看格温娜维尔，获得亚瑟王和骑士们同意，被指定为摄政王。英语诗人让他的亚瑟王同骑士们民主协商决定摄政王的做法与这位国王在诗作里的整体形象一致：他更像圆桌骑士团体的领头人，而非像在头韵体《亚瑟王之死》里那样是至高无上的专制君主。肯尼迪认为："这位英语作者把亚瑟王表现得总是在征求意见，他实际上是在按人们对一个国王的期待来表现他如何行事。"[3] 的确，在这部诗作里亚瑟王几乎总是遇事就召开会议，从不独断专行，很可能是体现了诗人或贵族阶层对一位理想国王的期待。

然而具有讽刺意味的是，骑士们竟然推出莫德雷德，说他是"最值得信任之人"，能使"王朝保持稳定与和平"（ll. 2518 – 20）。为此，如诗人所说，他们将"付出惨重代价"（l. 2523）。这也表明，莫德雷德深藏不露，十分狡诈，蒙蔽了所有的人。他其实是阿格拉文背后的人，但自己从不露面。在捉拿朗斯洛时，他发现有危险便立即逃走，他因此是唯一全身而退的人。诗人让众人选择他，以此表明知人之难。隐藏最深的人，往往

---

[1] 《路加福音》，6∶35。
[2] 《申命记》，32∶35。
[3] Kennedy, "The Stanzaic *Morte Arthur*", p. 99.

也是最危险的人。这样的例子在现实生活中、各国历史上和文学作品里都屡见不鲜。不过，诗人不顾源本乃至其他各种版本的说法，竟然独出心裁让众人在"民主"会议上选莫德雷德为摄政王，或许也是想表明，众人的意见也不一定都对，并以此对当时往往为利益集团和野心勃勃的阴险政客左右的英国议会表达不信任。值得注意的是，在那之前，英诗之父乔叟已经运用寓言的方式在其名作《百鸟议会》里对英国议会进行了讽刺。

不仅亚瑟王，朗斯洛也被描写成经常征询意见的君主。① 在亚瑟王大军到来之时，他在本威克也召开会议商议如何迎战。但在听完各种守城和出击的建议之后，他还是决定先议和。因为他感到"痛心"：战乱已经带来了深重灾难，"使这片国土赤地千里"，而且"让基督徒如此大量相互残杀/是巨大罪孽"（ll. 2597 – 2601）。与亚瑟王每次都听从他人意见相比，朗斯洛显得更有主见。有意思的是，朗斯洛派出的议和使者仍然是一位女士。像通常所做的一样，亚瑟王也立即召开会议。这位手持绿色橄榄枝的女士告诉亚瑟王，朗斯洛建议休战，12 个月后他将前往圣城（耶路撒冷），在那里度过余生。亚瑟王显然为之心动，认为只有"笨蛋"才会拒绝如此"公平的条件"（ll. 2672 – 73）。所有其他人都表示愿意要和平，唯有高文坚决反对，他说："我绝不会再回英格兰，/除非他被吊死在树上。"（ll. 2680 – 81）然而问题是，亚瑟王违背理智而受高文左右，仅仅因为他曾发誓助高文报仇，所以不能就此停战。作为一位身负重任的国王，他竟然置国家和民族命运于不顾。他既缺乏头韵体诗人笔下那位叱咤风云的亚瑟王特有的威严、决断、理智与远见，也没有朗斯洛的理性、主见和意志。他是一个好人，却不是一位好的、更不用说是英明的君主。

于是战争继续，达半年之久，带来大量伤亡，高文也打了不少胜仗。尽管他高声辱骂，说朗斯洛是叛徒，但后者一直避免与他交手。最后，朗斯洛忍无可忍，只得出战。诗作说，高文曾得异人传授，在战斗中从早上到中午，他的力量会不断增加，但中午之后力量就会衰减。所以，朗斯洛在中午之后将他砍倒在地，但没有继续出手。高文养好伤后，再次与朗斯洛交手，又被砍成重伤，但朗斯洛仍然没有杀他。那或许是因为朗斯洛的高尚形象使然，但也可能是诗人不能改变编年史的明确"记载"：高文是

---

① 在这部诗作里，朗斯洛不仅是一位骑士，而且是一位大君主（overlord）。在离开亚瑟王后，他已经将鲍尔斯、列昂莱尔、埃克特等人封为国王。

第九章　节律体《亚瑟王之死》

在回师征讨莫德雷德时，在多佛港登陆战中战死的。这场旷日持久的战争为留在英格兰的莫德雷德创造了篡权叛乱的机会。两个月后，高文伤愈再次向朗斯洛挑战时，莫德雷德叛乱的消息传来，亚瑟王只得撤军，回师英格兰。

在英语亚瑟王文学中，这位英语诗人对莫德雷德的处理有两点特别值得注意。第一点是莫德雷德的身份。在不同作品里，莫德雷德具有不同身份。在最早的编年史里，他与亚瑟王没有血缘关系，后来被说成是亚瑟王姐姐的儿子，再后来在一些作品里，他成了亚瑟王的私生子。同此前的英语亚瑟王作品以及大多数编年史里一样，他在节律体《亚瑟王之死》里被说明是亚瑟王姐姐的儿子，但诗人随即加上一句：他也是亚瑟王的"儿子，我从书上读到"（l. 2956）。那实际上等于说，邪恶的莫德雷德是亚瑟王同姐姐乱伦的结果①，因此他本身就是罪孽的化身。在道德层面上讲，由他来终结亚瑟王朝具有特别深刻的意义。第二点是比起头韵体《亚瑟王之死》，这部诗作对莫德雷德的叛乱经过的描写有更多细节，因此对其狡诈和邪恶的表现更为直接和深刻。比如，他要阴谋，唆使人送来他伪造的亚瑟王已战死的信件，使人们能拥戴他登基；他大量赏赐财富，收买人心；他试图强娶婶娘和王后格温娜维尔的情节不仅很戏剧性而且进一步揭示出他的邪恶。在这部分，格温娜维尔的形象比她在头韵体同名作里更为正面。她没有同莫德雷德同流合污，而是设法逃进伦敦塔全力对抗，使莫德雷德未能得逞。她在对付莫德雷德上显得颇为勇敢、机智和果断。

在多佛的登陆战中，还没有痊愈的高文战死。他战死的情景远不及他在头韵体作品里那样气壮山河。这不是一部关于战争的史诗性作品，所以诗人并不特别注重对战争的描写。在战斗中，他与朗斯洛作战时留下的旧伤上又被砍了一刀，就倒地身亡。他的战死虽然也使亚瑟王十分悲伤，但诗人对此只是略微提及，没有像头韵体诗人那样十分动情地描写。

另外，与头韵体《亚瑟王之死》里一样，节律体诗人也让亚瑟王做了两个梦。但那两个梦发生在同一个晚上，而且也都很简略。其中一个是关于幸运女神那著名的转轮，但女神本人并没有出现。在梦中，亚瑟王坐在转动的轮上，轮下乌黑的水中沉浮着许多凶猛的恶龙，当他被迫随转轮降

---

① 亚瑟王当时并不知道她是自己同父异母的姐姐，关于这一点，后面分析马罗礼的《亚瑟王之死》一章里将具体谈到。

下时，他被恶龙咬住，比在头韵体诗作里更为恐怖。但总的来说，诗人对这个梦的描写没有头韵体作品里那种深刻而厚重的历史文化意蕴，梦后也没有智者释梦。这个梦在法语源本里也有，诗人主要是将其借用来象征亚瑟王朝即将覆没，而没有像头韵体作品里那种远为生动丰富的描写，也不是主要用来深刻揭示亚瑟王败亡的根源。其实，与头韵体诗作里那个自己一手造就自己的悲剧命运的专制君主不同，这里的亚瑟王在其王朝覆没的过程中相对而言比较被动，在很大程度上，如像他在转轮上那样或者如诗作后面即将出现的那条蝰蛇所象征的，他是被许多他难以控制而且交织在一起的因素所毁灭。当然，他性格比较软弱、不是一个强势的专制君主也是重要原因，但那只能说明他的被动因素，而不是亚瑟王朝崩溃的真正根源。亚瑟王朝崩溃的主要原因是朗斯洛与王后的私情、高文失去理性的复仇执念和莫德雷德的无耻背叛。

亚瑟王那天晚上的第二个梦是他与死去的高文相会。同前一个梦一样，这个梦占的篇幅也不多。这个梦有两点值得注意。第一，高文同许多贵族和女士在一起，那是因为他在生前曾对他们出手相救，所以他被视为"他们最好的朋友"（l. 3212）。那是在表明，尽管高文因执意复仇而失去理智，但他本质上还是一位高贵的骑士，广受众人爱戴。更重要的是，因为莫德雷德聚集起更强大的军队，他托梦给亚瑟王是为了告诫他：第二天别与莫德雷德交战，而应与对方缔结一个月的停战协定，到那时朗斯洛将赶来支援，否则他将战死。这表明他仍然对自己的君主忠心耿耿，而且表现出他已与朗斯洛摒弃前嫌。他的死已经使他获得了精神上的升华。他生前一心只为复仇，但现在他已经抛弃了个人或家族恩怨，他所关注的是亚瑟王朝的前途和英格兰的利益。关于高文精神上的升华，马罗礼在他的《亚瑟王之死》里将进一步发展，只不过那是在他临死之前而非在死后。

第二天，亚瑟王派卢坎（Lucan）爵士前往莫德雷德军中商议休战。莫德雷德答应他和亚瑟王各带14名骑士在两军阵前谈判。然而谈判并没有促成休战，而是直接引发了大规模的混战。不过特别有意义的是，直接引发战争的不是双方，而是一条蝰蛇。正当双方开始谈判时，这条毒蛇突然出现咬了一位骑士，他拔出剑来，打算向蛇砍去，于是造成误会，引发了大规模战斗。诗人用一条蛇（而且是一条毒蛇）来引发混战，显然不是偶然。在基督教文化语境中，蛇是邪恶的象征。在《创世记》里引诱人类背叛上帝失去乐园的就是一条蛇。不过，不同的是，在《创世记》里蛇本身

第九章 节律体《亚瑟王之死》

就是邪恶，在基督教徒看来是撒旦的化身，而这部诗作里的这条蛇只是象征罪恶，真正的罪恶在人心中。其实，双方都充满猜疑，都对敌方不信任，因此亚瑟王和莫德雷德在谈判之前都对手下人交代，若发现有异动就立即进攻，这实际上已经暗示了谈判不会有好结果。所以，那个中毒的骑士挥剑斩蛇理所当然地被双方误认为是进攻的信号。

这场亚瑟王朝之终结战的结果是，莫德雷德一方全部被杀，而亚瑟王一方只剩下亚瑟王和身负重伤的卢坎和贝德维尔（Bedivere）两弟兄，卢坎因伤重也随后死去。亚瑟王自己在杀死莫德雷德时也身受致命伤。虽然这种双方全军覆没的结果比在头韵体同名作里更为惨重，但这里并没有那部史诗性作品里那种波澜壮阔的战争场面和震撼人心的悲壮。更重要的是，诗人为亚瑟王选择了浪漫传奇性的结局。这位亚瑟王不是像头韵体里那位史诗性的民族英雄那样在临死前还在安排英格兰的未来，而是像民间传说中那样，命令贝德维尔将他一生征战中使用的宝剑扔进海里。贝德维尔不想让这柄名剑就此消失，两次欺骗亚瑟王，但都被识破。最后，他只得将宝剑扔进海里，这时一只神秘的手从海中伸出将剑接住在空中挥舞，然后西方传奇文学中最著名的宝剑就此消失，当然同它一道消失的是人们无限怀念或者——更准确的说——无限憧憬的亚瑟王朝。不过，如同瓦斯的《布鲁特传奇》等传奇作品以及不列颠人的民间传说那样，节律体诗作里的亚瑟王被在海边突然出现的一只装饰华丽的船带走，船上自然是一群美丽的女士，其中一人还称亚瑟王为"兄弟"。看来，她应该是仙女摩根。临起航前，亚瑟王告诉他忠诚的骑士贝德维尔："我将去阿瓦隆岛，/在那里待上一阵，/直到我的伤治好。"（ll. 3515-17）然而，具有一定超现实之荒诞的是，贝德维尔不久在一位隐修士的教堂里发现了亚瑟王的陵墓。那或许是因为，在1191年格拉斯顿堡的修士们宣称发现亚瑟王墓后，几代英国国王不仅前往拜谒，而且还隆重迁葬，所以诗人很难不理睬确凿的"历史记载"，只得把民间传说与"历史记载"都包容在诗作中，让读者自己决定亚瑟王的结局。

这是亚瑟王朝的终结，是"亚瑟王之死"，但还不是节律体《亚瑟王之死》的结局。诗作后面还有400多行，这部分主要是关于格温娜维尔但特别是朗斯洛。他们断绝了相互间的爱情，分别退隐到教堂和修女院中，忏悔他们的罪孽。在那之后的"所有7年里，/朗斯洛是一个神甫，/唱圣歌、忏悔、不断祷告"（ll. 3826-28）。在他死去那天晚上，主教梦见"朗斯洛与/三万七千天使在一起；/他们带他一道上升，/为他打开天堂之门"（ll. 3876–79）。那表明，诗人认为他已经赎罪并获得上帝的天恩。鲍尔斯等人将他运回愉快之堡埋葬。随后他们赶到格温娜维尔的修道院时，她也刚去世。他们把她运到格拉斯顿堡同亚瑟王埋葬在一起。在这里，这部诗作才结束。诗作不仅以他们的死亡结尾，而且对朗斯洛的死亡和葬礼的描写都胜过亚瑟王的相关内容。

尽管如此，与法语传统的许多其他浪漫传奇性质的作品里亚瑟王主要是作为王朝的象征而被置于背景之中的影子性人物相比，这部诗作里的亚瑟王还是一位颇有人性和具备相当政治胸怀，而且很复杂并一直发挥着重要作用的实体人物。虽然这位戴绿头巾的国王有时显得比较软弱和脆弱，没有头韵体同名作里那位军事统帅那种叱咤风云的史诗英雄气概，比如，当他听说朗斯洛率手下在火刑场上劫走格温娜维尔并杀死了在场的许多骑士时，竟然"立即倒地昏了过去"（l. 1970），但这也往往是浪漫传奇人物的特点。其实，英语诗人还是对法语源本里的亚瑟王形象给予了相当大的修正。他被塑造成一位公正的君主，能按律法而非个人意愿处理国事；他从不独断专行，而是乐于征询众人意见；在一些关键时刻，他更能从国家大局出发而非根据个人情绪做出重要决定。尽管他那使英格兰人永远感到骄傲的王朝最终覆没，但在这位比较开明的君主身上，诗人还是寄托着英格兰人的希望，希望他能在英格兰生死存亡之际归来，只不过"不幸"的是在他写作之前，格拉斯顿堡的修士们和几位英格兰国王都已经向人们"证明"亚瑟王已死去，而且就埋在格拉斯顿堡修道院，所以他也不得不十分遗憾地埋葬这位君王。但他笔下的亚瑟王朝起伏跌宕的命运却没有因此而终结，因为他的诗作在很大程度上影响了马罗礼那部开启未来几个世纪的亚瑟王传奇文学新篇章的名作。

第十章 马罗礼之《亚瑟王之死》

托马斯·马罗礼（Sir Thomas Malory，1415？—1471）的《亚瑟王之死》（Le Morte d'Arthur）既是此前几个世纪欧洲亚瑟王文学的集大成之作，也是后来数百年至少在英语世界绵延不断而且在近现代日益兴盛的亚瑟王文学新发展的起点。在马罗礼之前，亚瑟王传奇文学是西欧各地民间游吟诗人、编年史家和文学家在数百年中的共同创作。这些多得难以计数的作品是各类作者在各自的社会语境和文化文学传统中根据他们的民族意识、审美心理、时代需求和所能得到的材料以及自身的想象力和趣味爱好创作出来的。因此，这是一个数量巨大、内容丰富但也十分庞杂而且还往往相互矛盾的集合体。前面各章的分析表明，流传下来的中古英语亚瑟王文学也大致如此。马罗礼对亚瑟王文学的重要贡献就是对这个庞杂的文学集合体进行了相当程度的整合。虽然他并没能完全消除其中所有的矛盾，也没能给予它极为丰富的叙事统一的情节，更没能把所有的内容囊括在内，但他成功地将各系列的亚瑟王传说的主要内容大体整合在一起，创作出英国文学史上第一部特别重要的大部头英语散文叙事作品，广泛而深刻地影响了后世亚瑟王文学以及英语散文叙事的发展。五个多世纪以来，马罗礼的《亚瑟王之死》一直广受欢迎，"在中世纪英语文学中，除乔叟作品外，还没有一部著作像它那样保持长盛不衰的魅力"[1]。

其实在中世纪，并非只有马罗礼在致力于整合几百年来在欧洲各地出现的内容庞杂的亚瑟王文学作品。前面谈及，早在13世纪前期法语文学家就已经用基督教思想对风靡欧洲各地而且数量迅速增加的亚瑟王传奇作品

---

[1] Archibald and Putter, "Introduction", in Archibald and Putter, eds., *The Cambridge Companion to Arthurian Legend*, p. xiii.

进行整合，形成了所谓"正典系列"和"后正典系列"以符合十字军东征运动中天主教会权力迅速提升和天主教主流意识形态试图掌控一切的时代需要，同时也对亚瑟王文学的发展做出了巨大贡献。马罗礼在中世纪后期为中世纪亚瑟王文学的发展所做的"总结"也是时代的需要。在马罗礼同时代，欧洲其他国家也有文学家在积极从事此类收集、整理、去芜存菁和再创作。比如，法国人米绍·共诺（Micheau Gonnot）对数量巨大的法语亚瑟王传奇作品进行筛选和删减，将其整合成大体统一的巨著，并将其命名为《湖畔骑士朗斯洛》（*Lancelot du Lac*，1470?）。从书名可以看出，如同"正典系列"的作者和几乎所有法国传奇作家一样，共诺最感兴趣的与其说是不列颠或者说英格兰国王亚瑟，还不如说是法国血统的圆桌骑士朗斯洛。同时，德国人乌尔里希·菲埃特勒尔（Ulrich Fuetrer）在 1481—1492 年将大量德语亚瑟王传奇作品整合成 4 万多诗行的大部头《历险记》（*Buch der Abentever*）。[①] 同法国人和德国人一样，还有威尔士和意大利人也在试图把多得难以计数的亚瑟王传说整合成"超级"传奇。[②] 但这些著作大多主要是将文学家本人所在国家或地区的亚瑟王文学作品，特别是关于一些著名的圆桌骑士的历险的传奇作品进行收集和整合，他们没有像马罗礼那样将亚瑟王文学里的王朝兴衰和骑士历险两大主题的各系列以及英国和法国两大亚瑟王文学中心出现的重要成果整合成一部亚瑟王文学的集大成之作。更重要的是，不论是在全面体现亚瑟王文学的内容，还是在其本身的文化文学价值或者对后世的影响等方面，这些早已湮没在历史中的作品都无法与马罗礼的《亚瑟王之死》相比；它们的意义更多地是反映了所在时代的需求和个人的意愿和眼界，而不像马罗礼的《亚瑟王之死》那样属于所有时代。

一

前面分析的两部诗体《亚瑟王之死》也取得了很高的文学成就，是现存十分优秀的中古英语文学作品，但在全部英语亚瑟王文学作品中内容最丰富、影响最广泛持久的还是马罗礼的散文同名作。其实，那两部诗体

[①] 请参看 Barry Windeatt, "The Fifteenth-Century Arthur", in Archibald and Putter, eds., *The Cambridge Companion to Arthurian Legend*, p. 84。

[②] 请参看 Richard Barber, "Malory's *Le Morte Darthur* and Court Culture", *Arthurian Literature*, XII, 1993, pp. 153–154。

第十章　马罗礼之《亚瑟王之死》

《亚瑟王之死》以及几乎所有其他英语亚瑟王文学作品很不幸都没有得到流传或者流传不广，而它们没能流传的原因之一就是在1485年英国历史上第一个而且也许是最著名的印刷商凯克斯顿（William Caxton，1422？—1491）正式出版了马罗礼这部杰作。这部中世纪欧洲亚瑟王文学的集大成之作以其无比丰富的内容、引人入胜的情节和易于阅读的叙事把所有此前的英语亚瑟王作品置于阴影之中。自那以来的几百年里，英语世界乃至其他许多国家和地区的人们主要就是从这部著作中得知亚瑟王及其圆桌骑士们在令人神往的传奇世界里那些引人入胜的故事的。不仅如此，在英语世界，从斯宾塞、丁尼生、马克·吐温到现当代许多英语文学家如怀特、斯坦贝克[①]等创作的数量众多的各种体裁的亚瑟王著作以及大量关于亚瑟王传说的影视作品，几乎全是从它那里获取的创作素材和灵感。

有幸的是，马罗礼在其作品中多处提及自己和留下姓名，使学者们能考证出这部杰作的作者及其生平，这一点不仅在三部中古英语《亚瑟王之死》里是唯一的，而且在中世纪文学中也不多见。根据书中散见各处的材料以及学者们多年的查证和研究，[②] 马罗礼很可能是沃里克郡（Warwickshire）纽博尔德·雷维尔镇（Newbold Revel）的贵族地主。他在1441年被册封为骑士，并当选为议员代表沃里克郡出席1445—1446年的国会。但在1450年后，他被指控犯下一系列罪行，其中包括盗窃、强奸、敲诈、抢劫教堂圣物乃至图谋杀害权贵白金汉公爵等，因此遭到监禁。他是否真的犯下这些罪行现已不得而知，但他遭受这些指控显然也有政治因素，因为他牵涉进当时约克家族和兰开斯特家族争夺英国王位的玫瑰战争[③]中。马

[①] 怀特（T. H. White，1906—1964）著名的亚瑟王系列《过去与未来之王》（*The Once and Future King*，1958）包括四部小说，其中第一部《石中之剑》（*The Sword in the Stone*）于1938年出版。其实，这个系列还有第五部《梅林书》（*The Book of Merlin*），但怀特在1958年出版这个系列时，没有将其包括在内。该小说在作者去世后于1988年单独出版。美国诺贝尔文学奖获得者斯坦贝克（John Steinbeck，1902—1968）对亚瑟王传奇极感兴趣。他曾根据在温彻斯特新发现的马罗礼的《亚瑟王之死》的手抄稿版本（本章下面将谈及该手抄稿）复述亚瑟王朝的传奇，并将其命名为《亚瑟王和他的高贵骑士之业绩》（*The Acts of King Arthur and His Noble Knights*），但他未能最终完成；该作品于1976年出版。

[②] 关于马罗礼的生平，主要参考了 P. J. C. Field，"Sir Thomas Malory's *Le Morte Darthur*"，in Barron, ed., *The Arthur of the English*, pp. 225–227。

[③] 玫瑰战争（the War of Roses，1455—1485）是英王室的兰开斯特支系同约克支系（这两个支系分别源自爱德华三世的两个王子兰开斯特公爵与约克公爵）之间长达30年的王位争夺战，造成了英国政局和社会的极大混乱。

罗礼生活在英国处于大规模战乱、剧烈的社会动荡和政坛波谲云诡的时期，而且他深涉其中。关于对他的指控，除一项欠债未还外，他全都否认。① 无论他是否犯下这些罪行，他的确在此后的生涯中多次进出监狱，其中还包括两次越狱，但他从未被正式判刑。

当约克家族在 60 年代初胜出，爱德华四世登基后，他被正式释放，但正如学者们指出，那并不表明对他的指控是无中生有。② 然而在 1468 年，他转而支持兰开斯特家族并参与推翻爱德华四世的活动，阴谋败露后他又遭约克一派监禁，可能被关在伦敦塔。1470 年 9 月，兰开斯特军队得势，攻占伦敦，亨利六世于 10 月再次登基，马罗礼很可能在那期间被释放。半年之后，他于 1471 年 3 月 14 日去世。他在《亚瑟王之死》的"结语"中说：这部著作"脱稿于国王爱德华四世在位第 9 年，由托马斯·马罗礼爵士，骑士，所著"③。爱德华四世于 1461 年 3 月 4 日登基，因此这个"结语"应该写于 1469 年 3 月 4 日到 1470 年 3 月 4 日之间，而那时期他仍在狱中。那个包含一些关于他自己和他的作品的重要信息的"结语"也是现在所知他留给这个世界最后的话语。

马罗礼在"结语"中说："我恳求所有从头至尾读完这部亚瑟王和他的骑士们之书的先生们和女士们，当我尚在人世之时为我祷告，求上帝尽早让我获释；而在我去世后，请为我的灵魂祷告。"④ 这表明，这部杰作最后成书于作者被监禁期间。其实，它相当多的部分很可能也写于狱中，因为作者在书中多次提到自己在狱中。比如，他在完成第一部分或者说第一个故事后，专门在其结尾附上一段话："这是由一位骑士囚徒（knyhgt prisoner）托马斯·马罗礼爵士（Sir Thomas Malleorre）写出，期盼上帝解救他。阿门！"⑤ 同样，在第三个故事结尾，他也恳求读者为他祷告："我恳

---

① 请参看 Loomis, *The Development of Arthurian Romance*, p. 169。

② 请参看 Field, "Sir Thomas Malory's *Le Morte Darthur*", in Barron, ed., *The Arthur of the English*, p. 226。

③ 现有的两个中译本《亚瑟王之死》都译自凯克斯顿版。在该版里，凯克斯顿在马罗礼的"结语"后面又加上一段他自己的话，并在后面题上 Caxton me fieri fecit, 很容易让人误以为那个"结语"为凯克斯顿所写。这里的引译文自马罗礼本人的"结语"，出自 Eugene Vinaver, ed., *The Works of Sir Thomas Malory*, 2nd ed., Vol. III, Oxford: Oxford University Press, 1967, p. 1260。本章下面将谈到，维纳弗的版本是根据 1934 年新发现的该著作 15 世纪的手抄稿编辑而成。

④ Vinaver, ed., *The Works of Sir Thomas Malory*, 2nd, Vol. III, p. 1260。

⑤ Vinaver, ed., *The Works of Sir Thomas Malory*, 2nd, Vol. I, p. 180。

第十章 马罗礼之《亚瑟王之死》

求你们,所有读这个故事的人,请为那位写出它的人祷告,求上帝让他很快、即刻获得释放。阿门!"[①] 不论对他的各种指控是否属实,马罗礼能在监狱中坚持写作[②]并最终完成这样一部大部头(维纳弗牛津版长达一千多页)杰作,为英国文学的发展做出那样重要的贡献,的确令人敬佩。如果他的确犯下那些罪行的话,对于他竟能在作品里那样热衷于表现和颂扬高尚理想和美好德行,同时又深刻揭示和谴责各种罪恶,人们很难不感叹人性之复杂。当然,那或许也是他以一种特殊的方式对人性和对自己进行探索、揭露和忏悔。

马罗礼的《亚瑟王之死》能成为英国文学史上一部里程碑式著作并对后世产生那样广泛而深远的影响,除它本身无以取代的价值外,还得益于英国文化史上那位著名人物威廉·凯克斯顿慧眼识珠。马罗礼去世十多年,这部著作有幸被凯克斯顿看中得以印刷出版,因而广泛流行,这即使在中世纪末期也很不寻常。在英国历史上,凯克斯顿对英国文化的发展所做出的贡献很少有人能与之相比。他第一个将印刷术引进英格兰并大约于1476年在西敏寺[③]创建了英国第一个印刷所。他生活在中世纪向文艺复兴转变的时代,是一位很成功的商人,一位新兴资产阶级的代表人物,同时还是一位学识渊博的学者、见解独到的文学评论人、很有眼光的版本学家和具有突出民族意识的爱国主义者。他出生在肯特郡,19岁离家,在欧洲大陆先做学徒后经商达30年。在那期间,他在比利时布鲁日(Brugge)学到印刷术。布鲁日是当时欧洲极为重要的工商业城市,纺织业十分发达,而且还同威尼斯一道是当时欧洲最重要的两大书籍出版中心。凯克斯顿在欧洲大陆的经历极大地拓宽了他作为书商和学者的眼界。经他之手出版的108种著作都由他精心挑选,是各方面、各时代以及各种语言的杰作,其中20多种还是由他亲自译成英文。这些著作大多为欧洲大陆和英国的文化文学经典,它们的印刷出版对英国文化和文学的繁荣,对文艺复兴在英格兰的发展起了很大作用。特别值得一提的是,除管理印刷所的各种事务

---

① Vinaver, ed., *The Works of Sir Thomas Malory*, 2nd, Vol. I, p. 363.
② 马罗礼能在狱中写作,有可能是因为犯人能借阅监狱附近一座附属于灰色修士地区修道院(the Greyfriars Monastery)的大型图书馆里的图书。该图书馆由伦敦市长惠廷顿(Sir Richard Whittington, 1354?—1423)创建。惠廷顿是一位富商和慈善家,据说他特许犯人使用图书馆。参看 Nellie Slayton Aurner, "Sir Thomas Malory—Historian?" *PMLA*, Vol. 48, No. 2, June 1933, p. 365。
③ 当时西敏寺在伦敦城外西面,在行政上还不是伦敦市的一部分。

外，凯克斯顿在15年里（他于1491年去世）亲自翻译出20多部著作，花费大量时间和精力精心编辑出一大批著作，[1] 并为它们写出富含历史信息且颇有独到见解的"前言后语"（这些文字是现代学者研究这些著作的重要参考资料）。凯克斯顿为发展英格兰文化，工作之勤勉、态度之认真，实在令人钦佩。

凯克斯顿是一位极具民族意识和爱国精神的学者和出版商，所以他特别重视出版英国作家的优秀作品。比如，他的印刷所建立后最早出版的书籍中就包括英诗之父乔叟的大多数主要作品，而那部在很大程度上可以视为英语文学传统的奠基之作《坎特伯雷故事》，他在短期内就出了两个版本（1484年根据新获得的手抄稿出第二版）。他对后世英语世界的文化和文学发展所做出的许多重要贡献中的另外一个就是编辑出版了马罗礼的《亚瑟王之死》。正是这部著作的出版发行使亚瑟王的传说能在后来所有时代广为流传，使亚瑟王朝和圆桌骑士们所体现的精神、美德、价值观和理想主义成为英格兰以及后来英语世界各民族的文化基因的重要组成部分。

凯克斯顿为《亚瑟王之死》所写的"前言"突出地表达了他的民族意识和民族立场。在"前言"中，他说明其编辑出版这部巨著的原因。首先，它是由一位英国人用"英文"撰写的关于"英格兰人自己的国王"的著作。他说"亚瑟王名闻天下"，"在所有基督徒国王中，他是最值得我们英国人缅怀的"。[2] 他强调指出："印行亚瑟王事迹"之所以比出版九贤[3]中"其他八位名人的事迹都重要，因为他就出生在英格兰，而且是我们英格兰自己的国王"。[4] 同12世纪以来那些在英格兰撰写关于亚瑟王的编年史著作和浪漫传奇作品的知识分子以及普通英格兰民众一样，凯克斯顿不仅仅是把亚瑟看作不列颠人的英雄，而且是看作"英格兰的国王"和英格兰民族的代表。

其次，这位"英格兰人自己的国王"还是九贤中"三位最高贵的基督徒中"的"第一位"和"魁首"，他和他的圆桌骑士们体现了"他们那个

---

[1] 中世纪手抄稿往往错讹不少，因此整理编辑不仅需要渊博的学识，而且极为耗时费力。
[2] 威廉·凯克斯顿："前言"，载［英］托马斯·马罗礼《亚瑟王之死》，陈才宇译，译林出版社2008年版，第 i 页。
[3] 关于九贤，请参看前面关于头韵体《亚瑟王之死》一章的相关脚注。
[4] 凯克斯顿："前言"，载［英］托马斯·马罗礼《亚瑟王之死》，陈才宇译，译林出版社2008年版，第 ii 页。

第十章 马罗礼之《亚瑟王之死》

时代""十分尊崇的"的美德。因此，他出版这部著作，是因为"书中记述的是骑士们的嘉言懿行和丰功伟绩，包括他们的勇武、坚毅、博爱、谦逊和仁慈，以及诸多令人称奇的冒险经历"，可以"让贤达之士们认识和理解骑士们的高风亮节和仁义道德"，从而"积德行善，远离罪恶"。[①] 特别值得注意的是，凯克斯顿在"前言"中竟然用了大约一半的篇幅从编年史记载、国外文献、历史遗存、纪念地标、教堂文物、古代建筑、考古发现以及所谓圆桌骑士们留下的圆桌、披风、宝剑乃至（所谓高文的）头盖骨等各种遗物不遗余力地全方位"证明"亚瑟王不仅确有其人，而且是"不列颠、法兰西、日耳曼及达西亚的君主"。[②] 凯克斯顿的"前言"充满对历史上"真实"的亚瑟王和圆桌骑士们的由衷赞美，颂扬他们是人之表率，英格兰人的骄傲。在赞颂中，他的民族自豪感溢于言表。很明显，凯克斯顿编辑出版这部巨著的一个重要原因就是，书里表达的英格兰国王和骑士们的美德和英格兰民族精神，深深地触及这位正致力于发展英格兰民族文化和弘扬英格兰民族精神的英国新时代之先驱心中强烈的民族意识，并与之发生共鸣。

所以，学识渊博而且具有深厚文学素养的凯克斯顿花费极大心血根据自己的理解和指导思想，亲自整理、修改（关于这一点下面将谈到）和出版马罗礼这部著作。这个版本在他去世后，其继任人又两次修订再版，但基本上保持了原样。令人遗憾的是，凯克斯顿用来进行整理和编辑的原手抄稿已经散失，而且他印刷的那一版也只有一部完整本流传下来。[③] 但几个世纪以来，马罗礼的《亚瑟王之死》的所有版本都是凯克斯顿版的再版或修订版，所以，当人们阅读《亚瑟王之死》甚至谈论亚瑟王传说时几乎都是指的这个版本。凯克斯顿版《亚瑟王之死》几乎成了英语世界亚瑟王文学的代名词。但在1934年，情况发生了重大变化，那一年人们在温切斯特学院（Winchester College）发现了马罗礼著作的一部15世纪的手抄稿。

这部手抄稿的发现是马罗礼的《亚瑟王之死》研究史上的一件大事，

[①] 凯克斯顿："前言"，载［英］托马斯·马罗礼《亚瑟王之死》，陈才宇译，译林出版社2008年版，第 i、iii、ii—iii、iii 页。

[②] 凯克斯顿："前言"，载［英］托马斯·马罗礼《亚瑟王之死》，陈才宇译，译林出版社2008年版，第 ii—iii 页。值得注意的是，凯克斯顿如此倾其所能"证明"亚瑟王确有其人，恰恰表明在中世纪就有人质疑历史上是否真有亚瑟王其人。

[③] 请参看 Loomis, *The Development of Arthurian Romance*, p. 166。

它改变了人们对这部名著的许多看法，而且引发了一系列激烈争论。很有意义的是，学者们发现，虽然凯克斯顿是以另外一部手抄稿为底本，他在修订时不仅知道而且还参考了温切斯特手抄稿，因为他在其中 60 多页上留下了笔迹。① 学者们把手抄稿同凯克斯顿版进行比较，发现他从作品结构、内容到风格都做了相当多甚至重大改变。他按自己的理解把作品分为 21 卷（books），又把各卷分为数量不等的章（chapters），最短的第 15 卷仅 6 章，而最长的第 10 卷达 88 章，全书一共 507 章。他甚至还为每章写了简介。其实，这也并非新发现，因为凯克斯顿自己在为作品写的"前言"里就已经说明："我将其分作二十一卷（books），而每卷又分章。"他进而在"前言"中简要说明各卷内容。② 但由于人们以前没有见过原稿，所以并不能真正理解凯克斯顿改动的程度和意义。当人们看到温切斯特手抄稿后才发现，他不仅在有些部分做了相当多的修改（比如，他大幅删节和改写了马罗礼原稿里的第二部分，即关于亚瑟王与罗马皇帝的战争的故事），更重要的是，他几乎改变了整部作品的结构。

与原稿或者说温切斯特手抄稿相比，凯克斯顿版所做的一系列重要修改的一个突出结果是使《亚瑟王之死》成为一部大体上比较统一的作品。与之不同，手抄稿其实并没有统一的标题，相反它由 8 个部分或者说是 8 个故事组成，而每一个部分或故事都有各自的标题。它们分别是《亚瑟王之故事》（"The Tale of King Arthur"）、《高贵的亚瑟王通过自己之业绩成为皇帝之故事》（"The Tale of the Noble King Arthur that Was Emperor Himself through Dignity of His Hands"）、《湖畔骑士朗斯洛爵士之高尚故事》（"The Noble Tale of Sir Lancelot du Lake"）、《被称为鲍曼的奥克尼的高雷斯爵士之故事》（"The Tale of Sir Gareth of Orkney that Was Called Bewmaynes"）、《莱奥纳斯的骑士特里斯坦③爵士之书》（"The Book of Sir Tristram de Lyones"）、《圣杯之故事，简述自法语，那是记述世上最忠贞最圣洁之人的故事》（"The Tale of the Sankgreal Briefly Drawn Out of French,

---

① 请参看 Field, "Sir Thomas Malory's *Le Morte Darthur*", in Barron, ed., *The Arthur of the English*, p. 228。

② 见 James W. Spisak, "Introduction", in James W. Spisak, ed., *Caxton's Malory: A New Edition of Sir Thomas Malory's* Le Morte Darthur, Berkeley: Universty of California Press, 1983, pp. 3 - 4。"前言"（Prologue）里的这一部分，陈译本没有译出，黄译本译出（见［英］托马斯·马洛礼《亚瑟王之死》，黄素封译，人民文学出版社 2005 年版）。

③ Tristram（特里斯特拉姆），英文通常为 Tristan，为了前后统一，本书中按此译为特里斯坦。

第十章 马罗礼之《亚瑟王之死》

Which Is a Tale Chronicled for One of the Truest and One of the Holiest that Is in the World")、《朗斯洛爵士与王后格温娜维尔之书》("The Book of Sir Lancelot and Queen Guinevere") 和《亚瑟王之死：最悲伤而无回报的故事》("The Most Piteous Tale of the Morte Arthur Saunz Guerdon")。[1] 不仅如此，每一个故事的结尾（除第7个故事外）都有简短的"结束语"[2]，而且还都有一个拉丁词"explicit"或英文"ending"，表明故事结束。

由于以上这些原因，第一个整理这部手抄稿的学者尤金·维纳弗（Eugene Vinaver）认为，这部著作"很明显从来没有被认为是一部统一的作品，而是包含8部独立的浪漫传奇"的集子。他进一步说："把这些作品放在一个共同的标题，一个从马罗礼的最后那个传奇那里借来的标题下出版，是凯克斯顿而非马罗礼的想法。而把那个标题用来描述那些关于亚瑟王及其骑士们的各式各样的故事是不合适的。"[3] 所以他整理出版的版本被命名为《托马斯·马罗礼爵士作品集》（Works of Sir Thomas Malory），于1947年由牛津大学出版社出版。凯克斯顿显然不这样看，他把这8个部分或故事看作一个大体统一的整体，一部统一的著作，并把原稿中第8个故事的标题《亚瑟王之死》作为全书的书名，同时去掉其他所有部分的标题，然后根据自己的理解分卷分章。经凯克斯顿的整合，几个世纪以来，人们一直以为马罗礼创作的是一部大体统一连贯的著作。

维纳弗的版本出版后，很快被学术界公认为标准版本。现在学者们大多是按这个版本研究马罗礼的著作，但这并不等于说，人们完全认可维纳弗在其"前言"中表达的观点。首先，学者们并没有接受维纳弗的书名，而是仍然保留《亚瑟王之死》这个标题，不仅是因为人们已经习惯了这个书名，而且还因为它的确有其深刻之处，很好地体现了作品的主题思想走向。[4] 其次，关于这究竟是一部统一的著作还是由8部独立的传奇组成的

---

[1] 这8个故事的标题见 Eugene Vinaver, "Introduction", in Eugene Vinaver, ed., *Works of Sir Thomas Malory*, Oxford: Oxford University Press, 1967.

[2] 那些"结束语"道出作者的姓名并提供了一些关于作者的信息，包括前面提及的作者处于监禁之中的情况，但这些"结束语"大都被凯克斯顿删去。

[3] Eugene Vinaver, "Introduction", in Vinaver, ed., *Works of Sir Thomas Malory*, p. xxxix. 在后来的版本的"前言"里，维纳弗仍然坚持这个观点。

[4] 其实，即使在20世纪，也有作家用多个独立成篇的故事建构成一部长篇小说。熟悉福克纳作品的读者会发现，在结构上，马罗礼的《亚瑟王之死》和福克纳的《下去，摩西》颇为相似，它们都是以一系列故事建构成的作品，而且也都是以最后一个故事的标题命名全书。

"集子"的问题,学者们进行了广泛甚至激烈的争论;尽管还没有统一结论,但凯克斯顿的观点,也就是把它看作一部统一著作的观点,并没有被否定。实际上,马罗礼本人在书后的"结语"里就将其称作"整部书"(或"整部作品",the hoole book,即 the whole book)或"这部书"(the book),而没用复数。他说:"关于亚瑟王和他那些高贵的圆桌骑士们的整部作品在这里结束(Here is the ende of the hoole book of King Arthur and of his noble knyghts of the Rounde Table),在全盛期他们多达 140 人①。《亚瑟王之死》也在这里结束(And here is the ende of *The Deth of Arthur*)。"这等于说,最后一个故事《亚瑟王之死》是"整部书"的结尾部分。他接着说:"这部书(the book)……脱稿于国王爱德华四世在位第 9 年。"② 其实也表明作者把它看作一个整体。值得指出的是,现在一些学者认为,马罗礼在"结语"说的"亚瑟王和他那些高贵的圆桌骑士们的整部作品"(The Hoole Book of King Arthur and of His Noble Knyghts of the Rounde Table)就是这部著作原来的书名。

另外值得注意的是,中世纪作品在结构上往往较为松散,如菲尔德指出:"一部 15 世纪的著作不一定具有一部 20 世纪的作品那种整体性(wholeness)。"③ 也就是说,我们不能用今天的标准来衡量中世纪作品。像《高文爵士和绿色骑士》和乔叟的《骑士的故事》或者《特洛伊罗斯与克瑞茜达》那样结构严谨的作品在中世纪并不多见。如本书前面各章对作品的分析表明,中古英语文学在情节结构方面强于法语作品,而下面将谈到,这部著作本来就深受不大重视情节发展紧凑清晰的法语浪漫传奇传统,特别是结构松散的"正典系列"的影响。

尽管如此,马罗礼的《亚瑟王之死》也具有它自身一定的整体性:在时间上,它以亚瑟王的出生开篇,以其死亡结束,基本上是按他的生平为时间顺序;在内容上,如马罗礼自己在"结语"中说,它是"关于亚瑟王和他那些高贵的圆桌骑士";在情节发展上,它表现出各个故事或部分之间的相互关联和前后照应(下面在作品分析中将对此具体说明);另外,

---

① 书中第一部分《亚瑟王之故事》里说,圆桌骑士总数为 150 人。马罗礼多半记不清自己多年前写下的数字。

② Vinaver, ed., *Works of Sir Thomas Malory*, p. 1260.

③ Field, "Sir Thomas Malory's *Le Morte Darthur*", in Barron, ed., *The Arthur of the English*, p. 231.

第十章 马罗礼之《亚瑟王之死》

作者在3个故事（第3、5、7个故事）结尾用一些句子或小段落作为过渡并引介下一个故事，试图将前后两个故事连在一起。特别是在思想意蕴上，它比较统一地表达中世纪后期的社会和政治理想以及由骑士精神所体现的各种美德，并突出地探讨亚瑟王朝的解体及其所代表的理想价值观念最终失败的根源，而且在表达这个主题思想上，书中各部分之间具有相当明显的内在联系。至于作品中8个可以独立成篇的故事[①]是否被整合成一个统一的整体，或者说那8个部分与作品整体之间的关系问题，卢米斯用了一个很有趣也很形象的比喻来表达他的观点："美利坚合众国是分裂的（separate）还是统一的（united）？答案是它们既是分裂的也是统一的。"他进一步说："如同《圣经》一样，这部《亚瑟王和他的高贵骑士之书》是源自不同民族（peoples）和不同时代的材料之组合体。"[②] 如前面提到，虽然当时欧洲其他地区有一些文学家也在试图把汗牛充栋的亚瑟王传奇作品整合成一部包括各种主要内容的著作，但唯有马罗礼获得成功。在整合和发展亚瑟王文学遗产方面，这部《亚瑟王之死》是欧洲文学中无与伦比的成就，它对几个世纪来欧洲叙事文学的影响超过了任何一部中世纪浪漫传奇。

尽管人们没有真正认可维纳弗给与马罗礼的著作的新标题，但现在学界一般认为，马罗礼的《亚瑟王之死》的权威版本是在维纳弗的第二版基础上经菲尔德（P. J. C. Field）修订，于1990年由牛津大学出版社推出的维纳弗编辑的第三版，共三大卷的《托马斯·马罗礼爵士作品集》。这个学术性很强的版本中有大量注释和说明。但一般读者使用较多的则是维纳弗编辑的1970年版一卷本"牛津标准作家版"（Oxford Standard Authors edition）。另外，凯克斯顿的版本也仍然在流行。国内现有的两个中译本（黄素封译本和陈才宇译本）均使用凯克斯顿版。为读者查阅方便，本书对马罗礼的《亚瑟王之死》的引文出自这个版本的陈才宇译本，但对作品的分析则大体按维纳弗版的整体结构进行，也就是说，按马罗礼原来的8个故事的划分来分析，并对两个版本一些比较大的差异适当说明。

凯克斯顿在其"前言"中说："托马斯·马罗礼爵士从法文书中撷取材料，改写成英文。"[③] 的确，马罗礼主要是从法语亚瑟王传奇文学获得用

[①] 其实，第7和第8两个故事更像是一个连贯统一的故事。关于这一点，下面将具体谈到。
[②] Loomis, *The Development of the Arthurian Romance*, p. 173.
[③] 凯克斯顿："前言"，载［英］托马斯·马罗礼《亚瑟王之死》，陈才宇译，译林出版社2008年版，第iii页。

于创作《亚瑟王之死》的材料,其中特别重要的来源有法语散文"正典系列"里的《梅林》、《朗斯洛》、《追寻圣杯》和《亚瑟之死》,"后正典系列"里的《梅林续篇》,以及散文《特里斯坦》等许多作品。凯克斯顿还说,在不列颠仅威尔士有"法文英文"的"关于亚瑟王的书",但"其中英文故事并不完整";"不过,最近倒有人将亚瑟王的故事编写成英文了"。①这位编写英文亚瑟王故事的人自然就是马罗礼。凯克斯顿的断言表明,许多英语亚瑟王文学作品在当时或许流传不广,加之他长期生活在欧陆,所以对此并不知情。

其实,英语文献也是马罗礼的材料和灵感的重要来源,比如其中特别突出的就有头韵体和节律体两部《亚瑟王之死》,而且英格兰本土源自编年史体系的"布鲁特"传统的作品除了为马罗礼输送材料更为他的《亚瑟王之死》的整体结构和情节走向提供了基本模式。另外他还使用其他一些英语文献,其中包括生活在英格兰北部稍早于他的同时代人约翰·哈丁(John Hardyng,1378—1465)的尾韵诗体不列颠和英格兰《编年史》(*Chronicle*,1457)里的相关材料。② 需要特别指出的是,这里所提及的这些法语和英语作品仅仅是马罗礼的主要源本。他还从大量其他法语和英语著作里借用了许多内容或材料,当然他自己也发挥想象力创作了不少内容和细节。③ 由于马罗礼使用大量来源不同的材料,他的《亚瑟王之死》表现出非同寻常的丰富性和包容性,但作品里也因此有许多从人物性格、体裁风格到情节内容甚至思想观点都不一致甚至相互矛盾的地方。

马罗礼根据自己的创作主旨,从不同来源选择材料,描写亚瑟王朝的兴衰史上最重要的事件和最能体现圆桌骑士们的理想和美德的历险。他对来源广泛、体系不同而且卷帙浩繁的亚瑟王文学所进行的整合中,特别重要的是,他把关于亚瑟王朝兴衰和突出圆桌骑士们个人的价值、追求和历险的系列故事进行整理和改写,并创造性地按一定顺序安排,从而将亚瑟王文学的编年史和骑士浪漫传奇这两个往往独立运行的传统整合在一起。

---

① 凯克斯顿:"前言",载〔英〕托马斯·马罗礼《亚瑟王之死》,陈才宇译,译林出版社2008年版,第 iii 页。

② 关于马罗礼的材料来源,请参看 Terence McCarthy, "Malory and His Sources", in Elizabeth Archibald and A. S. G. Edwards, eds., *A Companion to Malory*, Cambridge: D. S. Brewer, 1996, pp. 75 – 96。

③ 请参看 P. J. C. Field, "The Source of Malory's *Tale of Gareth*", in Toshiyuki Takamiya and Derek Brewer, edrs., *Aspects of Malory*, Cambridge: D. S. Brewer, 1981, pp. 57 – 58。

第十章 马罗礼之《亚瑟王之死》

尽管这部著作包括8个独立成篇的故事，但作者在故事选择、顺序安排和故事之间的内在关联、前后照应等方面做了整体上的精心思考，表现出他作为文学大家，针对无比纷繁复杂的情节内容设计作品结构和掌控主题发展的非凡能力和深刻思想。

作品以亚瑟王的出生和亚瑟王朝的兴盛开始，以亚瑟王朝的覆没结束，其开篇的两个故事和结尾的两个故事都以亚瑟王朝为中心。虽然第7个故事是以朗斯洛和格温娜维尔的爱情为主要线索，但其内容和主题思想都直接与亚瑟王朝的败亡密切相关，都指向甚至导致亚瑟王朝的覆没或者说"亚瑟王之死"。这样，马罗礼就以王朝主题的故事构成了作品的整体框架，而放在中间的4个故事则以骑士历险为主题。这4个传奇故事又分为两类：前3个（第3、4、5）是关于中世纪文学中十分流行的各类世俗性质的骑士历险和爱情，而第6个则是亚瑟王文学中很独特而且具有重要意义的对圣杯的追寻。这样，骑士历险主题的故事被放在王朝主题故事的"框架"之内，这两类故事像三明治一样并置在一起，相互交织和映衬。亚瑟王朝为骑士们在各地历险以实现自身价值提供了空间、价值标准和势力支撑，而那些仗剑行天下的骑士们以其勇敢高尚的英雄行为和丰功伟绩诠释圆桌骑士团体所体现的各种美德，并将亚瑟王朝的秩序和理想传播到四方，同时他们中的一些恶行也在解构和颠覆亚瑟王朝所代表的价值体系和社会秩序。在主题思想发展上很有意义的是，处于世俗历险传奇故事和亚瑟王朝覆亡的叙事之间的圣杯传奇（第6个故事）以中世纪的主流意识形态基督教思想体系为指引和标准，间接评判全书开始部分那些残酷的对内和对外的王朝征战和它前面那些旨在追求世俗名利的历险故事，同时也巧妙地暗示后面亚瑟王朝崩溃的最终根源。这样，通过它们之间的交互映衬和评判，这些既独立成篇又相互关联的故事在总体结构和主题思想上被整合成具有相当内在统一性的著作。

二

马罗礼的《亚瑟王之死》的第一个故事《亚瑟王之故事》[①] 主要取材于"后正典系列"里关于魔法师梅林的那部篇幅很长的《梅林续篇》[②]。

[①] 《亚瑟王之故事》包括凯克斯顿版的前4卷。
[②] 关于"后正典系列"及其《梅林续篇》，请参看本书第二章。

但在那部旨在把亚瑟王传奇基督教化的著作里，被神秘化和圣徒化，成为具有神秘力量和超常预见力的基督教先知的梅林是中心人物，作品也是以他超自然的神奇出生开始。在那个作品里，亚瑟王的业绩和亚瑟王朝的兴盛主要由梅林导演，因此归根结底是上帝意志和基督教思想的体现。但马罗礼做了大幅度修改，完全省去了原作中关于梅林的神秘出生和成长、不列颠人的内部冲突以及亚瑟王的先辈率领不列颠人抗击撒克逊人的战争，而直接把亚瑟王的出生作为开篇事件的中心，故事开篇的地点也从梅林神秘出生时那充满善恶斗争的具有象征意义的超自然场景转移到充满政治阴谋和人性冲突的宫廷现实之中。也就是说，马罗礼把被基督教化了的传奇在相当程度上世俗化，使亚瑟王成为中心人物，把故事内容集中到亚瑟王身上，而梅林则主要是协助他获得王权和成功。不仅如此，在马罗礼的书中，梅林在帮助亚瑟王获得王位和取得一系列胜利后，很快就因贪恋女色栽在他的女弟子湖上仙女手里，被禁锢在岩石中死去。马罗礼让他在亚瑟王朝兴起的初期而且还是在亚瑟王朝演出的大剧开场不久就迅速消失，显然是为了突出亚瑟王。

《亚瑟王之故事》开篇重点叙述亚瑟王的父亲尤瑟（Uther）因贪恋康沃尔公爵夫人的美色，在会使用魔法的梅林帮助下，变成公爵模样欺骗公爵夫人而有亚瑟，并杀掉公爵占其领地霸其妻子那个著名故事，进而讲述亚瑟在梅林导演下如何抽出插在石头中的宝剑而登基。作品随即讲述圆桌骑士们的积聚和亚瑟经过一系列辉煌的征服战争成为全不列颠之王。这是亚瑟王朝的开端也是这部巨著很妥帖的开篇，它立即把读者、特别是中世纪读者，带进一个熟悉的传奇世界，为随后圆桌骑士们的浪漫爱情和历险建构广阔的地域、历史和文化空间。其实，第一个故事虽然是以亚瑟王朝的兴起为主，但下面将谈到，它也包含不少以高文等骑士为中心的历险内容。所以，如同整部作品一样，从内容到风格它也是亚瑟王文学中王朝主题和骑士历险两大传统的结合。

马罗礼的书中亚瑟王的故事开始于一个内忧外患的时代。亚瑟王的父亲虽然名义上是"全英格兰的国王"，但"康沃尔有一位强大的公爵长期与他为敌"[①]。那实际上表明，"英格兰"或者说不列颠尚处于内部分裂之

[①] ［英］托马斯·马罗礼：《亚瑟王之死》，陈才宇译，译林出版社2008年版，第1页。下面本章对该书的引文如无特别说明均出该版本，引文页码随文注出，不再加注。

第十章 马罗礼之《亚瑟王之死》

中,更为严峻的是,撒克逊人的入侵一浪高过一浪。与拉亚蒙在其诗作开头一样,也如同前面分析过的许多作品的作者,马罗礼在这里不用"不列颠",而用"英格兰",有意无意间流露出他的民族意识。亚瑟王的父亲虽然征服了康沃尔,但他不久也死于战乱,此后"英格兰"进一步陷于混乱。马罗礼说:"国王死后,他的王国长期处于危机之中,因为每个有权有势的王公大臣都想扩展自己的势力,许多人还想篡夺王位。"(第6页)而撒克逊人的不断入侵更将"英格兰"置于生死存亡的境地。正是在面临国家灭亡、民族灭绝的危难之际,亚瑟在梅林的安排、协助和指导下获得王位,通过一系列战争统一内部、镇压叛乱、抵御外敌,很快在"英格兰"建立起稳定的秩序并使之迅速强盛。亚瑟王父亲死后"英格兰"面临的危机与马罗礼时代约克家族和兰开斯特家族为争夺王位进行的长达30年的战乱颇为相似。马罗礼特别描写和强调亚瑟王在混乱中迅速建立起秩序,不是没有原因的。稳定的社会秩序和强盛的国家不仅为骑士们的历险活动开辟空间,更是所有动荡时代里人们的渴求;很明显那也是处于形势瞬息万变的玫瑰战争旋涡中被敌对双方不断投入监狱因而大受其苦的作者本人的期待。

亚瑟王传说中一个使学者们一直很困惑的问题是,由于大量传说故事产生在不同的国度和文化语境中,因此相互间不可避免地出现了许多矛盾之处。其中一个就是,许多人物的身份不一致,关系模糊不清,而且随着亚瑟王文学的不断发展,他们的身份更加混乱。在单个故事里,这不成问题,但把一些故事放在一起或者在整体上研究亚瑟王文学时,问题就出现了。马罗礼的一个比较重要的贡献就是把一些重要人物的身份和他们之间的关系进行了梳理。

随着亚瑟王朝的发展,人物自然越来越多,其中一个突出的群体就是圆桌骑士中那些人数不断增加的亚瑟王的外甥们。在马罗礼的《亚瑟王之死》里,亚瑟王有四个同母异父的姐姐,其中大姐罗特国王的王后玛格丝生了五个儿子:高文、高海里斯、艾格雷文、高雷斯和莫德雷德。另外,四姐摩根则生下另一位著名的圆桌骑士艾文(即前面分析过的其他作品里的伊万)。在这些外甥中,高文是亚瑟王最忠诚也最得力的骑士和助手,也是亚瑟王文学中最重要的人物之一,而莫德雷德则将毁灭亚瑟王朝。不过,莫德雷德的身份在不同的传说中几经变化。前面第二章曾提到,在早期的威尔士编年史里,他与亚瑟王并无亲缘关系,后来他演化成亚瑟王的外甥。在"正典系列"的《亚瑟之死》里,基督徒作者或许根据原罪观出于突出亚瑟王的罪孽是亚瑟王朝崩溃的原因之考虑,将莫德雷德改为亚瑟王在不知情的情况下与姐姐玛格丝乱伦生下的私生子。

马罗礼沿用了法语源本里关于莫德雷德身份的说法,并反复以此突出表现亚瑟王的罪孽及其毁灭性结果。当亚瑟王朝刚兴起前景辉煌之时,马罗礼就预示莫德雷德将毁灭亚瑟王朝。他让能预知未来的魔法师梅林警告亚瑟王:"最近你做了一件事,触犯了上帝:你曾跟自己的胞姐同床,同她生了一个孩子。这事将使你和你的骑士遭受灭顶之灾。"(第32—33页)梅林是指不久前,罗特王的王后,也就是亚瑟王的姐姐前来觐见时,亚瑟王见她美丽而生欲念,但不知那是自己的同母异父姐姐,所以"渴望与她同床共眠,她同意了,为他生了莫德莱德①"(第30页)。后来,梅林再一次警告亚瑟王:莫德雷德"就是你跟你的姐姐所生的那位,你的王国将来就毁灭在他的手里"(第39页)。马罗礼在作品的第一个故事里就对此一再强调,显然是在呼应作品结尾。如此前后照应在中世纪叙事中并不多见,这也反映出这部著作的整体性。

莫德雷德是亚瑟王自己种下的祸根,所以亚瑟王朝的覆没实际上是根源于亚瑟王自身的罪孽。为进一步加强人性恶的基督教观点,马罗礼还为亚瑟王这个所谓的"基督教明君"添上了最丑恶的一笔。亚瑟王听梅林说,那个将毁灭他和他的王国的孩子出生在5月,竟然像《圣经》里希律王那样,想处死所有在5月出生的男孩。他下令把全国所有5月出生的男孩送到宫中,然后把他们放到"一条船里,任其漂向大海",最后船在途中触礁,"大多数孩子遭了灭顶之灾,只有莫德莱德被海水冲上了岸",被一位好心人收养(第42页)。这样,马罗礼在亚瑟王朝刚崛起之时就不仅预告了将毁灭亚瑟王朝的人物,而且还暗示了它覆没的根本原因,即人性中的罪恶。被誉为"九贤"之一、体现最高骑士美德的"基督教明君"亚瑟王尚且如此,可见人世间罪孽之深重和普遍。其实在这一部分,亚瑟王还同一位伯爵女儿有一个私生子波利(第28页),他也是一位圆桌骑士。马罗礼反复揭示亚瑟王身上的罪孽其实很好地同后面圣杯故事遥相呼应,因为那部分正是要突出表达基督教的原罪观,并以此来暗示亚瑟王朝最终覆没的根源。从这里也可以看出,马罗礼是一位胸怀整体观颇具匠心的文

---

① Mordred,本书为统一译名按现在通常译法译为莫德雷德,但引文中按陈译本不变。

第十章 马罗礼之《亚瑟王之死》

学家。另外，在这个意义上，凯克斯顿将作品命名为《亚瑟王之死》，很符合作品致力于揭示亚瑟王朝毁灭之根源或者说"亚瑟王之死"这一主题，的确有其深刻之处。

在亚瑟王家族中，欲置亚瑟王于死地的还有他那拥有魔法的姐姐仙女摩根。自杰弗里的《不列颠君王史》起，摩根（有时名字不同）就出现在各种亚瑟王编年史和浪漫传奇作品里。在一些著作里，她与亚瑟王关系良好，并在亚瑟王朝终结后在阿瓦隆岛治疗和照看亚瑟王。但在另外一些作品中，如我们在《高文爵士与绿色骑士》里看到的，摩根总是与亚瑟王和王后为敌。但在那些作品里，她的意图或者说与亚瑟王为敌的根源不是很明显。在马罗礼笔下，摩根本来最为亚瑟王所信任。亚瑟王说："在我所有的亲戚中，我最敬重她，我对她的信任，远在我的妻子和所有的亲友之上。"（第107页）他甚至将他那削铁如泥、战无不胜的宝剑艾克凯勒勃及其能使他在受伤之后不流血的剑鞘交给摩根保存。然而，她却仿造了假剑和假剑鞘交还亚瑟，而将真的剑和剑鞘给她的情人艾克隆，让他前来杀掉亚瑟。如果不是湖上仙女出手相救，亚瑟王就会死在自己的剑下。后来，摩根仍然设法偷走亚瑟的剑鞘将其扔在湖中，所以亚瑟王才会在与莫德雷德的最后决战中受伤死去。她还送给亚瑟王一件披风，想将他烧死。同样也被湖上仙女识破，亚瑟王才幸免于难。摩根之所以如此恨亚瑟王，一再想置他于死地，归根结底是"因为亚瑟王是她亲属中最受人尊敬、武艺最高强的人，她对他恨之入骨"（第107页）。摩根会使用魔法，在亚瑟王的四个姐姐中最有才干，自视最高，不能容忍弟弟超过她。所以，她与亚瑟王为敌是因为嫉妒。嫉妒在基督教七大重罪中位列第四，而且与重罪之首的骄傲密切相关。七大重罪都是原罪的体现。马罗礼反复表现摩根的背叛也是在凸显人性恶。他还突出强调，那些背叛亚瑟王或造成亚瑟王朝覆没的主要人物全都是他最亲近、最信任的人。除莫德雷德和摩根外，还有他的王后及其情人，也就是他最信任的骑士朗斯洛、执意揭露王后与朗斯洛的私情而造成圆桌骑士分裂的艾格雷文和不顾一切复仇而为莫德雷德篡位叛乱造成机会的高文等，后两者都是他的外甥。

《亚瑟王之死》的第一个故事里还有一个着力表现罪孽之普遍性，寓意深刻的事件。一位少女身上佩带着一柄宝剑，因无人能帮她拔出取下感到十分苦恼。她说，只有"从未犯过淫秽、奸诈和叛逆的罪行""品德超群"的骑士才能帮她拔出。她来见亚瑟王，"以为这座王宫里会有没有犯过任何罪过的高贵骑士"（第45页）帮她把剑取下。然而自亚瑟王以下，无人能将剑拔出，也就是说，所有这些声名远扬的高贵骑士其实全都犯下了罪孽。最后，一个衣着"褴褛不堪"的穷骑士巴林轻易将剑拔出。那表明，"一个人的价值、品德和操行是不能拿衣着来判断的"（第46页），这与乔叟笔下或者说巴思妇人所讲故事中那位老妇的见解颇为相似。然而极具讽刺意味且意义特别深刻的是，正是这唯一一位还没有犯下罪孽的骑士，一拔出那把绝世宝剑，立即就产生贪欲。尽管少女告诫他，这柄剑会使他毁灭，他也不愿意把剑交还。更有深意的是，在少女离开后，梅林到来，他告诉众人，那少女也是奸恶之人。

　　后来，巴林虽然用这柄剑做出许多惊天动地的事业，但在一定程度上他也因此而毁灭。他因成就而忘乎所以，在圣杯城堡竟然用"刺穿我主耶稣的胸口的龙吉努矛"，当着正躺在金床上那位将圣杯带到不列颠的圣亚利马太的约瑟之面，向"约瑟的近亲"高尚的帕拉姆王（当然巴林对这一切并不知情）发出"令人伤心的一击"，使之"一直未能康复"，要等到后来圣洁骑士加拉哈德"寻找圣杯时才能得到治疗"，而"从此以后，［巴林］成了最悲伤、最痛苦的人"（第64—65页）。不仅如此，他随后在各王国游历之时，"发现到处都有被谋杀的人。那些活着的则向他哭诉：'巴林啊，是你害了这些王国了。由于你向帕拉姆王发出那令人伤心的一击，三个王国毁在你手里了。你最后一定会因此而得到报应的'"（第65页）。不久他就在不知情的情况下同弟弟决斗，双双重伤致死。

　　与罪孽相关的还有梅林的另外一个与亚瑟王朝的最终命运有关的预言：朗斯洛与格温娜维尔的私情。他们之间的私情同莫德雷德的背叛将共同造成亚瑟王朝的毁灭。亚瑟王在征服了叛乱的王公贵族建立起稳定的亚瑟王朝后，他告诉梅林，他爱上了国王罗德格伦斯的女儿格温娜维尔①。梅林向他"预言朗斯洛会爱上她，她也会爱上朗斯洛"（第72页），劝他另寻所爱，但亚瑟王没有听从。这再一次表明马罗礼善于在叙事中注意前后照应，因为最终导致亚瑟王朝毁灭的正是王后与朗斯洛之间的私情。作为格温娜维尔的陪嫁，她父亲将一个能坐150名骑士的巨大圆桌送给亚瑟王。当骑士们在桌旁坐下时，座位上会出现他们的名字，唯有那个所谓"危险席"无人能坐，那是留给一位"举世无双"的骑士（第75页）。这

---

① 陈译本译为奎妮佛，除引文外，本书为译名统一按通常译法译为格温娜维尔。

第十章 马罗礼之《亚瑟王之死》

是在预示后来出现的圣杯骑士加拉哈德。

这里特别重要同时也特别能反映出马罗礼在作品中的整体观的是,他很快彻底改变了源本《梅林续篇》里故事的发展方向,或者说终止了该作内容。在《梅林续篇》里,梅林随即宣讲圣杯的秘密,从而引导骑士们踏上寻找圣杯的历程。但对于马罗礼来说,现在就让骑士们外出寻找圣杯,显然为时太早。不论是在情节和主题思想的发展上,他还有太多的故事需要在骑士们追寻圣杯之前讲述。所以,他继续让他的亚瑟王故事朝世俗方向发展。他在这方面的一个重要贡献是让亚瑟王为圆桌骑士们制定了规则或"训诫":

> 永远不蛮横无理,永远不滥杀无辜,永远不背信弃义;他还告诫他们为人不可残暴,要宽恕那些乞求宽恕的人,否则,他们在亚瑟王的宫廷就得不到荣誉和地位。对于贵妇、少女以及一切有身份的女人,都应该鼎力相助,否则处以死刑。还有,任何人不得无视法律,不得为世间财富与人争斗。对于亚瑟王的训诫,所有的圆桌骑士,无论年长的还是年轻的,都立誓遵守,而且在每年五旬节举行的宴会上,他们都要宣誓一次。(第 91 页)

当然,这个训诫是世俗性质的。它为后面骑士们到各地历险和行侠仗义立下规则,同时也预示《亚瑟王之死》后面的情节发展。在亚瑟王的婚宴之后,马罗礼随即讲述几个骑士简短的外出历险作为对这个训词正反两面的体现。在这里,多数骑士实践了这些规则,但高文却是突出的例外。在这些骑士中,高文的形象特别值得注意。在英语亚瑟王传奇故事里,高文一般是忠诚、高贵和文雅的化身。但在这部作品里,他却是好坏掺杂。比如在这次外出历险途中,他多次违背骑士规则,甚至以欺骗手段占有朋友的情人。高文在这部分的所作所为预示着他在后面那些骑士历险故事,特别是追寻圣杯的故事里,将出现相当负面的形象。这部书里高文的形象显然受法语浪漫传奇作品的影响,因为 13 世纪以后的法语作品对英格兰人特别赞颂的"最英格兰"的高文多有负面描写。关于高文的所作所为,马罗礼就直接说:"法文的书籍都这样记载过。"(第 134 页)法国作家越来越不喜欢高文,而英语作家却对法兰西血统的朗斯洛不感兴趣,很少描写。这两位最杰出的圆桌骑士在两地的不同遭遇传达出很重要的历史信息，那就是英法之间的冲突在中世纪中后期不断加剧。但值得注意的是，在塑造高文的形象上，马罗礼更接近法兰西传统而非英格兰传统。当然，《亚瑟王之故事》里描写的这些骑士历险活动和爱情纠葛还只是小打小闹。在让他们大规模外出、满天下闯荡之前，亚瑟王朝还面临着特别重大的事件需要处理——罗马帝国的威胁。

下一个故事《高贵的亚瑟王通过自己之业绩成为皇帝之故事》主要叙述亚瑟王与罗马皇帝卢修斯的战争，所以在英语论著里，这个故事也往往被称为《亚瑟王与卢修斯皇帝的故事》("The Tale of King Arthur and Emperor Lucius")。这个故事在凯克斯顿版里是第5卷。凯克斯顿大幅删减了马罗礼原作中这个故事的内容，使其篇幅仅为原作一半。① 在故事开篇，罗马使者的到来把亚瑟王朝带到与罗马帝国的冲突和战争之中，同时也把马罗礼的叙事从前一个故事后面部分的骑士传奇又转回到王朝主题。杰弗里、瓦斯和拉亚蒙等人的编年史体裁的著作里都着力描写了亚瑟王同罗马皇帝卢修斯之间的战争，但马罗礼这个故事是直接以头韵体《亚瑟王之死》为源本。有学者认为，马罗礼使用的是与流传下来的头韵体孤本手抄稿不同的另外一部现在已经散失的手抄稿。另外，他对那些编年史著作甚至其他一些有关这场战争的英、法语作品都很熟悉，也受它们影响。②

不论是在杰弗里等人的编年史著作里还是在头韵体《亚瑟王之死》中，亚瑟王同罗马的战争都发生在亚瑟王朝的后期。在战胜罗马后，亚瑟王朝达到鼎盛但随即因为莫德雷德的叛乱而崩溃。但马罗礼改变了亚瑟王朝的"历史"，他的最大改变同时也是对头韵体《亚瑟王之死》最明显的修改，是把同罗马的战争提前到亚瑟王朝的前期，并让亚瑟王战胜罗马登上皇位，但随即中断叙述，而把莫德雷德的叛乱放到他的作品的最后。很明显，那是因为他还有太多关于亚瑟王和圆桌骑士们的故事需要讲述，所以不能让亚瑟王朝这么快就在这里终结。另外，编年史体裁的著作为圆桌骑士们外出历险提供的时间框架是在亚瑟王统一不列颠并征服北欧、法兰西等广阔领域后到与罗马决战之前的那10多年里。马罗礼将亚瑟王战胜罗马的决战提前，这样就为骑士们外出历险排除了虎视眈眈的罗马的威胁，从而为他们提供了更为广

---

① 因此中译本也只有原作一半的内容。
② 参看 Mary E. Dichmann, "The Tale of King Arthur and the Emperor Lucius", in R. M. Lumiansky, ed., *Malory's Originality: A Critical Study of Le Morte Darthur*, Baltimore: Johns Hopkins University Press, 1964, pp. 69 – 70。

第十章　马罗礼之《亚瑟王之死》

阔的活动空间和更强大的势力支撑。马罗礼改变亚瑟王朝的"历史"还有特殊的意义。把与罗马的决战大幅提前，此后就可以集中叙述圆桌骑士们的历险，进而描写亚瑟王朝的分裂、解体和灭亡。这样，在排除了外部因素后，作品就能更突出地表明亚瑟王朝的毁灭完全是因为内部的罪恶和冲突。马罗礼改变亚瑟王朝的"历史"，不仅使内容如此丰富的叙事更具整体性，而且作品主题思想的发展步步深入，也更为统一连贯，这也表明马罗礼的《亚瑟王之死》不是故事集，而是一部精心设计的长篇作品。

另外，马罗礼还删去了头韵体诗作开篇亚瑟王率领圆桌骑士们巡视各地的内容，而是从他举行的宴会上罗马使者的到来开始讲述，使故事直接进入两大势力集团的冲突。此后，这个故事的主要内容大体上遵循头韵体《亚瑟王之死》的情节发展。罗马使者带来卢修斯的旨意，要亚瑟王向罗马进贡，相反亚瑟王却从"历史记载"中找出证据，说自己才是罗马的"主宰"，因为他的祖先曾占领并统治罗马。他因此对罗马使者宣布：他要"率领强大的军队进军罗马"，并"责令"罗马皇帝"和所有罗马人，即刻向我归顺，承认我是他们的皇帝和主宰，否则将予以严惩"（第137页）。两大集团之间的战争已经不可避免，于是双方各自集聚起强大的联军。同头韵体诗人一样，马罗礼也没有忘记指出罗马联军里的那些"魔鬼所生的巨人"和"异教徒"（第139页）以便在双方之间区分正与邪。

为进一步表现亚瑟王朝是正义一方，作者同样也描写了亚瑟王如何只身诛杀吃人的邪恶巨人；只不过为了更加突出亚瑟王正义英雄的形象，马罗礼在这里比头韵体诗人更具体地描写巨人的残忍：亚瑟王"爬上山顶，看见巨人正坐在篝火边啃咬一个人的肢体……。一旁还有三个女子手握铁叉，像烤小鸟似的在火堆上烤十二个刚出生不久的婴儿的尸体"（第143页）。毫无悬念，这位英格兰英雄挺身而出，为民除害，拼死搏斗杀死巨人。正如正义的亚瑟王诛杀邪恶的巨人一样，亚瑟王大军也理所当然地战胜罗马联军，亚瑟王还亲手杀死罗马皇帝卢修斯。与头韵体诗作不同的是，亚瑟王经过一系列征战，胜利进入罗马，受到元老院的拥戴，在隆重的典礼上由"罗马教皇亲自为他加冕"登基为皇帝（第157页）。最后，他班师凯旋回归英格兰，完成了他一生最伟大的征战。

在这个故事里，我们看到，除歌颂亚瑟王的英勇和亚瑟王朝不可战胜的强大外，作者一直不忘强调亚瑟王朝的正义性，所以他专门让亚瑟王班师回朝时"颁布号令：任何人不得抢劫他人的财务，沿途所需，一概照价付款。如有违抗，格杀勿论"（第157页）。当然，这样的仁义之师在中世纪显然从未有过。马罗礼除了以吹嘘亚瑟王朝来表现英格兰人的民族自豪感外，也是他对战争的残酷的间接谴责，毕竟不久前才结束的英法百年战争曾使大片法国领土变成焦土，而正在他眼前进行的无休止的内战也不断发生对平民的大肆抢劫和屠杀。所以，他如此歌颂亚瑟王，或许是希望亚瑟王的仁义之师能成为英格兰内战双方的榜样。

上面提到，马罗礼在这个故事中删去头韵体诗作里莫德雷德篡权叛乱的部分，与之相应，他也没有让亚瑟王在率军离开不列颠征讨罗马时指定莫德雷德为摄政王。实际上，莫德雷德根本就没有出现在这个故事里。这也表明，马罗礼对源本的改写是经过认真思考和精心设计的。亚瑟王在离开英格兰时，指定的是鲍德温爵士代他处理"一应国事"，同时说明，如果他在"出征期间驾崩"，则由他侄儿"康沃尔的卡德爵士的儿子康斯坦丁""继承为王"（第139—140页）。这与头韵体诗作完全不同，但却呼应了编年史里的"记载"，让康斯坦丁继承王位。

马罗礼的这个关于亚瑟王朝与罗马帝国之间的战争的故事在他的《亚瑟王之死》里起到承上启下的作用。它是前一个故事里亚瑟王朝兴起的继续和发展。这场战争使亚瑟在平定国内后把王朝的势力推进到欧洲大陆，为亚瑟王赢得"国际"声誉。他打败的罗马集团中不仅有大批欧洲国家，而且包括整个穆斯林世界，甚至还有远方的印度。战胜罗马后，亚瑟当上皇帝，他的"征服已经完成，普天下再没有人有能力"与"他作对"（第157页）。王朝战争已经完成，亚瑟王朝进入全盛期，它的故事应该由再没有大仗可打的骑士们以另外的方式宣泄其过剩精力来继续。同时，空前强盛的亚瑟王朝和辽阔的帝国为骑士们行侠天下提供了强大的势力支撑和广阔的地域空间。现在，马罗礼可以讲述他特别感兴趣的浪漫爱情和历险传奇。这就为下面叙述骑士传奇故事起到很好的连接作用。

三

亚瑟王在罗马登上皇位后即班师回英格兰，亚瑟王朝开始了一段和平时期。① 马罗礼书中接下来的4个骑士传奇故事都发生在这个期间。这4

---

① 在杰弗里的《不列颠君王史》里，这段和平期出现在与罗马的战争之前。亚瑟王文学中圆桌骑士们的浪漫传奇故事都是以这期间为时间背景。

第十章 马罗礼之《亚瑟王之死》

个故事被放在作品中部,而且占全书三分之二的篇幅,显然是马罗礼特别看重的部分。在这4个故事中,前3个描写骑士们世俗性质的历险,第4个则是由宗教信仰引导的精神之旅。本章这一部分将分析前3个世俗历险故事。它们分别是《湖畔骑士朗斯洛爵士之高尚故事》、《被称为鲍曼的奥克尼的高雷斯爵士之故事》和《莱奥纳斯的骑士特里斯坦爵士之书》。它们以骑士们各式各样的历险活动和爱情纠葛展示出丰富多彩的中世纪世俗浪漫传奇世界,体现出扶危救困的高尚美德、面对生死时超人的勇敢、人与人之间理想的关系和动人的情义,同时也揭示人性中的邪恶和残忍。如麦卡锡指出:这些故事实际上是对亚瑟王朝业绩之"评判",是它们赋予了亚瑟王朝之"兴衰的全部意义",同时也是它们将"《亚瑟王之死》整合在一起"。[①]

中世纪浪漫传奇极为重视历险(adventure),它是骑士生活的核心组成和骑士精神的体现。但从根本意义上讲,外出历险本身并非目的,而是培养骑士们的高贵品质必须的教育过程,也是中世纪理想的骑士实现自我的必经之路。也就是说,是历险使他们成为真正的骑士。关于历险的意义,奥尔巴赫说:中世纪宫廷文化认为,

> 高贵的品德个性并非简单的天性,也不是与生俱来,……它的要求更高,除了出身以外,还需要接受教育才能孕育出这种品德,需要时时自愿经受新的考验才能保持住这种品德。考验和保持的手段便是历险,历险是一种特殊的罕见的经历,它造就了宫廷文化。

他进一步指出:"通过历险经受考验才是骑士理想的生活的真正意义。……作为骑士的人就是要在历险中证明最真实的自我。"[②]骑士们正是在命悬一线的历险途中,在步步陷阱或者生死相许的情场上,在善与恶的冲突里,经受磨难考验而获得、保持并体现出高尚的情操与美德。

前面提到,在亚瑟王的婚宴上,亚瑟王为圆桌骑士们制定了规约,训示他们每年都得重新宣誓,严格遵守。在马罗礼看来,亚瑟王这个训

[①] Terence McCarthy, *Reading the Morte Darthur*, Cambridge: D. S. Brewer, 1988, p.21.
[②] [德]埃里希·奥尔巴赫:《摹仿论:西方文学中所描绘的现实》,吴麟绶等译,百花文艺出版社2002年版,第148、149页。

词是骑士精神的体现，是中世纪理想的骑士必须遵循的行为准则。在这3个故事里，那些高尚、优秀的骑士们正是在行侠仗义、扶危救困的冒险历程中或爱意绵绵的情场上尽力按这些准则立身做人。所以，在下面这几个关于朗斯洛、高雷斯、特里斯坦等骑士的历险故事里，正如在整部《亚瑟王之死》里一样，我们看到的不仅是奇异历程、生死搏斗和缠绵爱情，而更是凯克斯顿在"前言"里所说的"骑士的豪爽、谦逊、仁爱、友谊、坚毅、爱情、怯懦、凶残、仇恨、道行和罪孽"（第 iv 页）的具体表现。

这一部分的第一个故事，即书中的第 3 个故事，《湖畔骑士朗斯洛爵士之高尚故事》（下面简称《朗斯洛之故事》）① 是以法语传统的亚瑟王文学中位列第一的圆桌骑士朗斯洛为主人公。马罗礼在前面关于亚瑟王征服罗马的故事里已经为这个以朗斯洛为主人公的故事做了铺垫，其实也是马罗礼对那个故事的源本头韵体《亚瑟王之死》所做的一个比较重要的改动。在头韵体诗作里，如同在除节律体《亚瑟王之死》和前面分析过的那部由苏格兰诗人改写自法语源本的《湖畔骑士朗斯洛》之外的少数几种有朗斯洛这个人物的中古英语亚瑟王文学作品里一样，朗斯洛只有几次被顺便提到，但马罗礼在关于亚瑟王征战罗马这个故事里极大地提升了被头韵体诗人忽视的朗斯洛的分量。比如，故事一开始就说朗斯洛和特里斯坦来到亚瑟王宫，以此提高这两位重要骑士的位置和他们后来在作品中发挥的重大作用。在亚瑟王大军与卢修斯对阵时，亚瑟王派使团去见卢修斯，朗斯洛不仅位列其中而且还被指定为领队，他不辱使命打压了卢修斯的威风（在头韵体诗作里，朗斯洛根本不在使团里，领队是康沃尔公爵卡德尔，而出面斥责罗马皇帝的则是高文）。另外，马罗礼生动地描写了朗斯洛在几次战斗中英勇无敌的英姿。可以说，朗斯洛在那个故事里出尽风头，从而与他在后面的故事里成为主要人物的地位更为一致。但凯克斯顿把马罗礼的第 2 个故事里这些内容大都删去了。②

《朗斯洛之故事》主要取材于法语散文"正典系列"里的《朗斯洛》。当然，马罗礼只是从那部巨著中取了一些片段，并对它们进行改写。这个

---

① 在凯克斯顿版里，该故事为第 6 卷。
② 所以，中文读者在两个中译本里都看不到朗斯洛作为天下第一骑士在亚瑟王朝对罗马帝国的决战中无往不胜的英姿。

第十章 马罗礼之《亚瑟王之死》

故事在 8 个故事中篇幅最短。① 马罗礼或许认为，朗斯洛在书中几乎所有故事（除第一个外）都是主要或重要人物，所以没有必要在这个故事里放入过多内容。这个故事开篇讲，亚瑟王征服罗马后回到英格兰经常举行骑士比武大会。在这些比武中，朗斯洛"战无不胜""声望迅速上升""成了圆桌骑士第一人"。在赞美他武功高强后，作者立即转而暗示他与王后之间最终将毁灭亚瑟王朝的私情："王后奎妮佛对他的喜欢也因此超过所有其他骑士，而朗斯洛爵士对王后的爱则远胜过其他的名媛淑女。"（第 158 页）在如此介绍朗斯洛后，马罗礼就让他和堂弟朗尼尔外出踏上历险之旅。

在历险途中，朗斯洛被塑造成骑士典范，他正直、勇敢、真诚、一诺千金，对女士谦恭文雅、竭诚效力，并在紧急关头总能毫不畏惧地践行扶危救困、惩凶除霸的骑士使命。他经历无数险境、阴谋和生死搏斗，打败勇猛的对手和杀死许多奸恶之徒，救出大量受困的骑士和女士。于是，"朗斯洛爵士名扬四海，成了世上最伟大的骑士，男女老少无不对他尊崇备至"（第 189 页）。

朗斯洛自然是遵循亚瑟王定下的骑士规约之典范。因此，对骑士中那些违背骑士规则玷污骑士声誉的败类，他更是深恶痛绝，所以总是用利剑维护着骑士的荣誉。当他听说某地"经常出没一位残害良家妇女的骑士"时，他斥责说："什么！这骑士岂不成了土匪和强奸犯了吗？他这是在玷污骑士的荣誉，违背自己曾经许过的诺言。这样的人活在世上是有愧的。"（第 172 页）在这里，我们可以听到对亚瑟王定下的骑士规约的呼应。当然，朗斯洛不仅这样说，他任何时候都在身体力行骑士规则和美德，所以毫无悬念，同其他许多"玷污骑士的荣誉"的人一样，这个名叫"荒林的帕里斯爵士"的骑士败类很快就死在他的剑下。

当然，在中世纪骑士的历险途中必不可少的自然是美丽女士的爱慕。朗斯洛因其高风亮节、崇高声誉、英勇无敌和彬彬有礼赢得无数贵妇名媛的芳心，成为她们爱慕和追求的对象。他的爱慕者中甚至还包括摩根等 4 位美丽的"女巫王后"，她们要求他从她们中选择一位作为情人。他因为拒绝她们而被囚禁，而出手救他的也是一位爱慕他的少女。但朗斯洛与所有这些女人之间都不是爱情关系，因为他不爱她们。他心中唯有女神般的

---

① 不过在凯克斯顿版里，这部分比亚瑟王征讨罗马那个故事长，因为凯克斯顿将后者删节了大约一半的篇幅。

情人格温娜维尔王后。但马罗礼在这个故事里从没有直接描写他们的爱情，他只是以各种方式暗示，并以此为《亚瑟王之死》后面部分重点表现和探讨这一主题埋下伏笔。从这里也可以看出马罗礼对这部作品有很明确的整体观。同时，马罗礼使朗斯洛对所有美丽女士的求爱毫不动心，反而更衬托出他对格温娜维尔诚挚的爱情。

马罗礼在描写朗斯洛与贵妇和少女们的纠葛中一直突出两点。一是，她们似乎全都知道或者听说过他与格温娜维尔的爱情。比如，摩根对他说："我们更知道你只爱一个女子，那就是奎妮佛王后。"（第162页）朗斯洛救下的一位少女也告诉他：人们"纷纷传说你爱上了王后"（第173页）。这除了为后面直接表现他们的爱情埋下伏笔外，同时也表明他们的私情已在传播。这方面的深意将在最后部分表现出来，那就是为亚瑟王宫里艾格雷文、莫德雷德等阴险小人的阴谋活动和亚瑟王本人对王后私情的暧昧态度埋下伏笔。

二是，不论她们是情真意切还是使用各种手段，朗斯洛都因深爱王后而不为所动。一位少女说："你只爱她一人，别的名媛淑女都不能赢得你的欢心。此间的妇女，不论贵贱，都为此感到无限的悲伤。"（第173页）然而也正因为他这样优秀的骑士还用情那么专一，他更加成为她们竭力捕获的对象，但她们全都无计可施、毫无所获，有的因爱生恨，有的郁郁而终。作为一位无比优秀的骑士，朗斯洛身上最突出的或许还不是他那无敌于天下的武艺，而是他对爱情的忠贞。朗斯洛无疑是宫廷爱情的最高典范。他行侠仗义、扶危救困往往也是为其情人效力，所以当他打败对手、俘虏骑士时，一般都会命令他们前往亚瑟王宫向王后臣服。他的行为也表达了宫廷爱情文化中关于爱情使人高尚（ennobling）的观念。他越是爱王后，他就越要使自己高尚来配得上她，就越要用高尚的行为来为她效力。在骑士精神里，高尚自然包括勇敢，而一个怯懦的骑士绝不可能高尚。所以，在前面分析过的那部苏格兰诗人的作品中，朗斯洛在战场上一见到凭栏观战的格温娜维尔，立即勇气倍增。马罗礼还让特里斯坦说："一个骑士如果不多情，就不是真勇士。"（第492页）

在这个故事里，马罗礼没有对朗斯洛和王后之间的爱情进行任何描写，却成功地将他塑造成宫廷爱情文化中骑士的最高典范，这是特别值得称道之处。作为一位宫廷爱情文化中的骑士情人，朗斯洛的确无比高尚。但作者显然也清楚地知道，即使是朗斯洛这样优秀的骑士和高尚的情人，当他爱上不该爱的人后，也必然会陷入不可克服的矛盾之中，他的形象也

第十章 马罗礼之《亚瑟王之死》

必然会受损，而且正是因为他对错误的爱情的执着与忠贞，他和王后的爱情必将造成毁灭性后果。另外，即使在这个故事里，马罗礼也间接但巧妙地表达了他对朗斯洛的批评。当摩根说朗斯洛爱格温娜维尔时，他矢口否认，并说："我会向你们或你们的亲朋好友证明，她始终是一位忠实于自己丈夫的贵妇人。"（第162页）他只能这样说，因为宫廷爱情的一条规则就是不能损害情人的声誉。然而他是在撒谎，从而违背了做人和做基督徒的基本原则。更能说明他困境的是，当一位少女谈到他因爱王后而不爱其他任何夫人小姐时，马罗礼让他如此回答：

> 我只是不想做一个有妻室的人。一个人一旦有了妻子，就得陪伴在她的身边，从而将习武、比武、作战和历险诸事抛在一边了。至于与情人偷情苟且之事，我压根儿是反对的，因为我敬畏上帝。那些色胆包天、纵欲无度的骑士到了战场上，就得不到快乐和幸运了，一个武艺远不如他的骑士有可能把他打败。而反过来，如果他们洁身自好，他们就能打败武艺胜过他们的人。因此说，玩弄女性的人是不会有幸福的，他能得到的只有不幸。（第173—174页）

骑士一旦娶妻就会抛弃骑士责任，显然与事实不符，他的主人和朋友亚瑟王、高文、伊万、特里斯坦都是当时践行骑士责任的最优秀的骑士；他实际上是以此来掩盖对格温娜维尔的深情。他的确不是"色胆包天、纵欲无度"之人，更不会"玩弄女性"，他还试图以他在战场上战无不胜来证明自己不是这样的人；但他是在狡辩，因为那少女从未说他是那样的人。然而，他说他因"敬畏上帝"而没有并反对"与情人偷情苟且之事"，那就是自欺欺人了。马罗礼是用他自己的话语来巧妙地对他进行批评：他明知那样做是违背上帝教导，但他仍然深陷其中。所以后来在对圣杯的追寻中，即使在忏悔之后他也只能从远处瞅上一眼，而且圣杯还被丝巾严实地盖住。

马罗礼的下一个骑士传奇故事《被称为鲍曼的奥克尼的高雷斯爵士之故事》（下面简称《高雷斯爵士之故事》）[①] 与书中其他故事的一个重要不同之处是，学者们至今未能确定其材料之来源。有学者认为，马罗礼使用

---

① 在凯克斯顿版里，这个故事为第7卷。

的源本已经散失，另外一些学者则研究这个故事与类似传说之间的相似之处。由于高雷斯是以身份不明但长相很帅的青年人出现在亚瑟王宫，所以学者们特别注重中世纪那些关于所谓"无名美男"（the Fair Unknown）的故事，以期能找出其源本。但盖琳认为，虽然马罗礼从他之前的类似浪漫传奇作品中"获取了少数材料"，但这个故事"很可能是马罗礼的原创"。① 现在许多学者持这一观点。

这个故事的主人公是高文的弟弟高雷斯，但当他在五旬节②来到正举行宴庆的亚瑟王宫时，高文和所有在场的人都不知他的身份。这个身份不明的人"身材异常高大""两肩宽厚，面目清秀，双手又大又美"，是"一位罕见的美男子"。他对亚瑟王提出3项要求，第一项是在未来的一年里，亚瑟王为他提供吃住，而另外两项则要等到"来年的今天"再提。亚瑟王答应了他的要求，随即问他的姓名，但他没有说（第191页）。所以，他是以"无名的美男"的身份出现。这个故事与前面在高文系列传奇那一章里分析过的"无名美男"故事《利博·德斯考努》颇为相似。在那个故事里，主人公是高文的儿子，而这里的"无名美男"却是高文的弟弟，他们都是在五旬节这天来到亚瑟王宫，而且在两个故事中高文都不知情，最后都是由他们的母亲现身来揭示其身份。当然最重要的是，两个故事在本质上都主要是关于骑士成长的。它们的主题、内容和意义就是要表现两个"无名小卒"如何在亚瑟王朝所建构的空间里通过一系列历险或者说考验，成长为声誉卓著的优秀骑士。当然，在中世纪文学作品里，能成为杰出人物的无不出身高贵；他们的"无名"仅仅是因为某种原因暂时被埋没而已，而且正因为他们是从"无名"或"低微"的身份开始，在中世纪语境中他们的成就更令人赞叹，也更具有教育意义。所以，马罗礼让他的主人公隐姓埋名，拒绝说出自己王子和亚瑟王外甥③的高贵身份，从下层"小厨头"做起，全凭自己努力——如亚瑟王后来所说——"证明自己是一位世上少有的高贵骑士"（第231页）。

亚瑟王将高雷斯，或者说这个还无名的美男，交给国务大臣凯爵士，

---

① 参看 Wilferd l. Guerin, "'The Tale of Gareth': The Chivalric Flowering", in Lumiansky, ed., *Malory's Originality*, p. 106。

② 五旬节（Pentecost），即圣灵降临节，见第五章第七节《利博·德斯考努》关于圣灵降临节的脚注。

③ 前面谈及，高文兄弟是罗特国王和亚瑟王姐姐的儿子。

第十章 马罗礼之《亚瑟王之死》

责成他好好招待。然而,凯却认为"他出身低微""始终轻慢他",让他同佣人和杂役住在一起。凯还因他无名,而那双手大而美,给他起了"鲍曼"(意为"好手掌")的绰号(第192—193页)。高文和朗斯洛对凯的做法大为不满,经常帮助鲍曼。鲍曼对他们,特别对朗斯洛心存感激,因为他知道高文是他哥哥,而朗斯洛"完全是出于他仁慈、谦和的天性"(第193页)。所以后来在他"出道"之时,他指定要朗斯洛封他为骑士。马罗礼如此特意突出朗斯洛和高雷斯的情义除表现朗斯洛仁慈的"天性"外,还有另外的深意,那就是,多年后在本书结尾的故事里朗斯洛误杀高雷斯造成的严重后果。

在随后一年里,鲍曼对人"谦虚又随和",而且善于学习、勤于训练,表现得总比别人强。一年后,在五旬节这天的庆宴上,一位少女赶来,告诉亚瑟王,她的女主人被围困在城堡里无法脱身,请求亚瑟王施以援手。于是,鲍曼向亚瑟王说明他一年前提出的另外两个要求:一是将前去救援的使命或者说历险交给他;二是让朗斯洛随他去,以便在他想被封为骑士时由朗斯洛赐封,"因为除了他,我不愿别的任何人封我"(第194页)。亚瑟王答应了他的要求。

在历险途中,他打败的第一个骑士就是一直瞧他不起的凯爵士。随后他与朗斯洛比武,竟然打成平手。在确定朗斯洛认为他是"一位合格的骑士"后,他请求朗斯洛赐封他为骑士。所以,高雷斯是在朗斯洛的关怀和指导之下开始骑士生涯的,他也真诚地把朗斯洛作为导师来尊崇。但他不仅武艺高强(在中世纪浪漫传奇里,主人公骑士几乎总是无敌于天下),而且我们还将看到,在另外一些方面马罗礼甚至把他置于朗斯洛之上。

然而,那位少女却因为亚瑟王竟然派出一个她所说的"厨房的差役"(第194页)前去救援大为不满。尽管他一路上打败了一个比一个强的骑士,她还是不断要赶他走。她总是轻蔑地叫他"小厨头",说他是"厨房的混混""浑身散发着厨房的臭气",并当着其他骑士的面羞辱他,拒绝与他同桌吃饭。对于一位中世纪骑士,这样的羞辱显然难以接受。可以说,鲍曼在路途上和成长过程中经受的最严厉的挑战和考验不是来自那些一个比一个强的骑士,而是这位少女无穷无尽的奚落。如同他曾经谦恭地忍受凯的轻慢一样,他一路上也谦恭地忍耐着少女的羞辱,尽管他也不时表达不满,恳求她别老呵斥他。他的恳求表明他并非麻木,而是有很强的忍耐力。中世纪骑士往往把声誉看得高于一切,最不能容忍就是羞辱。但高雷斯平静地接受这一切，表现出超乎寻常的忍耐力和精神力量。

忍耐（patience）在基督教教义中极为重要，《新约》中对此有大量教导，耶稣则是忍耐的最高典范。相反，中世纪骑士最缺乏的就是忍耐精神。马罗礼在这个故事里如此突出表现骑士主人公的忍耐力，在中世纪骑士传奇文学中实不多见，他或许是在有意识地以此来批评骑士们的傲慢与冲动。高雷斯的忍耐也逐渐感动了少女，获得了她的好感。此后，她再也不叫他"小厨头"，而是尊称他为"爵士"。以少女对鲍曼的态度上的改变来表现他的成长，而且表现他的成长不仅在武艺上，更体现在他的内在品质，是马罗礼很值得称道的艺术手法。后来，这位名叫莉纳特的少女告诉她的姐姐："他身上具有许多优良的品质。他既谦逊又温和，是我见过的最有耐心的人。从来没有一位有身份的女子像我那样恶言恶语地中伤过一个男人，但他始终对我彬彬有礼。"（第223页）

通过一系列历险，鲍曼或者说高雷斯在武功和精神上都获得成长，他已经成为并表现出是一个成熟的骑士。正是在他已经有能力完成其承担的重要使命之时，他同莉纳特来到她姐姐莉奥纳斯被围困的城堡。高雷斯以其非凡的勇气和武功打败和收服了围攻城堡的绯红骑士，救出城堡主人莉奥纳斯，如同通常的浪漫传奇那样，他也获得美丽公主的芳心。接下来，马罗礼对这对情人的爱情之描写独特而有深意，是这个故事特别重要的部分，而且对整部作品也有特殊意义。

查尔斯·穆尔曼（Charles Moorman）认为，这个故事"叙述一个与矫揉造作和程式化的宫廷爱情非常不同的那种自然的而非训练出来的情感"①。这是很中肯的观点。在马罗礼的描写中，高雷斯与莉奥纳斯的爱情热烈而自然，没有浪漫传奇中的宫廷爱情那些程式化的做作。② 他们更像现代小说甚至现实中初恋的少男少女，他们深陷甜蜜的爱情而不能自已，他们两次试图品尝禁果，但都被很理智的莉特纳使用魔法阻止。值得注意的是，马罗礼在此前曾专门安排了一个场景来表明高雷斯绝非好色之徒。那是在他历险途中，高雷斯因救了帕森特爵士，帕森特为感激他，吩咐女儿裸体上他的床，但他并没有动心乱性，而是很得体但也很坚决地拒绝。他说："上帝不允许我玷污你的贞操，跟帕森特爵士带来耻辱。"（第210

---

① Charles Moorman, "Courtly Love in Malory", *English Literary History*, XXVII, 1960, p. 160.
② 关于宫廷爱情，请参看第一章里的相关部分。

第十章 马罗礼之《亚瑟王之死》

页）那表明他是一个很有操守也很有自制力的人。可是当他和莉奥纳斯真心相爱后，情况就不同了。莉纳特只得一再出手阻止，因为她认为，她"姐姐不应该如此心急，不等到婚期就以身许人。为保全他们的声誉，她想阻止他们的幽会。她于是运用魔法使他们在正式结婚之前不能称心如意地纵欲行欢"（第 226 页）。在第一次出手阻止他们后，她对高雷斯说："我这样做是为了你的荣誉和声望，同时也是为了我们大家。"（第 227 页）她第二次出手后也说："我所做的一切都是为了保全你以及我们大家的名誉。"（第 228 页）

其实，莉纳特很为他们相爱而高兴，她一再运用魔法驱使一位骑士在两人正要行欢之时突然出现挥剑攻击，不是阻止他们之间的爱情，而是阻止他们在婚前进行那个时代认为不道德的行为。也就是说，即使是最自然的欲求也应该受到社会和道德规范约束，使其不至于伤害自己和他人。所以，马罗礼不厌其烦地反复让莉纳特出手并让她反复强调那是为保全他们和大家的荣誉。如果连高雷斯和莉奥纳斯这样已经订婚的准夫妇的婚前行为都会有损他们的声誉并危及他们最亲近的人、他们的家庭和家族，因此不应该发生的话，那么以各种名义践行的婚外通奸行为就不仅不值得歌颂还必须给予反对和谴责。实际上，马罗礼以此表达了对婚姻的尊重和强调婚姻的神圣（这个故事最后以 3 场隆重婚礼来结束绝非偶然），同时也是对在中世纪中后期在宫廷文化和浪漫传奇文学中（如果不是在现实生活中的话）大行其道的宫廷爱情的质疑。很明显但也特别重要和深刻的是，这也暗含着对朗斯洛和王后之间私情的批评。如本书第一章指出，宫廷爱情不是以婚姻为目标，相反它在本质上是对婚姻和家庭价值的颠覆，而且极具破坏力，那正是马罗礼在《亚瑟王之死》里一直在暗示并最终在结尾的故事里突出表现的。所以特别有深意的是，作者特意将这部书中这个很可能是他自己原创的最温馨、最富有亲情、最歌颂自然而正常之爱情，并且最强调婚姻和家庭价值的故事，放在表现宫廷爱情模式之婚外恋的朗斯洛和特里斯坦的两个故事之间。对此，穆尔曼敏锐地指出：在这部作品的语境中，

> 很明显，高雷斯是对宫廷爱情的评判，所以他是被置放在与朗斯洛和特里斯坦的通奸性质的风流韵事进行对照的位置上。《高雷斯之故事》表现出，爱情真正的结局应该是婚姻，而非通奸，……高雷斯是一个

— 455 —

"贞洁的"而非典雅的情人。①

正是为进一步肯定婚姻和家庭价值，马罗礼让故事以高雷斯与莉奥纳斯的隆重婚礼为结束。同他们一道举行婚礼的还有高文的弟弟高海里斯和艾格雷文，分别与莉特纳和莉奥纳斯的侄女劳拉尔，他们因"亚瑟王的凑合"而结婚。在表现婚姻价值的同时，故事还特别强调家庭价值。在这个故事里，亚瑟王不仅是君主，还是特别宽厚、慈爱的长者，而高文和高雷斯的母亲的出现更增强了家庭气氛。新婚夫妇的甜蜜和孩子们与母亲、外甥们与舅舅、姐姐与弟弟以及众兄弟之间的亲情为这个充满厮杀与血腥的故事增添温暖，并为它带来一个其乐融融的结尾，同时还与《亚瑟王之死》最终那因婚外情造成的惨烈结局形成鲜明对比。

在许多方面，特别是在对待爱情上，同《高雷斯爵士之故事》形成鲜明对比的，除《朗斯洛之故事》外，还有接下来的《莱奥纳斯的骑士特里斯坦爵士之书》（下面简称《特里斯坦之书》）这个故事。在很大程度上这是一个比《朗斯洛之故事》更直接地表现婚外情的故事。尽管这个故事的主人公们同朗斯洛一样都是高贵高尚的骑士，但他们陷入的婚外情都造成严重后果。所以，如穆尔曼所说，《高雷斯之故事》也是对它的间接评判。

《特里斯坦之书》是全书中最长的故事，篇幅超过全书三分之一，比之前的4个故事之和或它后面3个故事之和还长。在凯克斯顿版里，这个故事从第8卷到第12卷，共5卷。其中第10卷在全书中最长，达88章，篇幅超过书中前2个故事的总和，或者说差不多是第2个和第3个故事篇幅之和的3倍。特里斯坦的传说是独立产生和发展的传奇系列，后来才被纳入亚瑟王文学中，其内容特别丰富。② 马罗礼的《特里斯坦之书》的材料主要来自前面第二章里谈及的13世纪那部广为流传的法语散文《特里斯坦》。那部著作面世之后在大陆上一直很受欢迎，在15世纪还出现了80多个手抄本。尽管马罗礼的《特里斯坦之书》本身就已经是一部长篇著作，但根据维纳弗的估计，它只有源本的六分之一左右。马罗礼在运用法语作品中的材料创作这个故事时将英格兰本土传统与法国文学传统结合在一起，发展了英语散文叙事。但库珀认为"通过英格兰化［法语］散文

---

① Charles Moorman, "Courtly Love in Malory", *English Literary History*, p. 171.
② 关于特里斯坦传奇系列的发展和基本内容，可参看前面第一章。

第十章 马罗礼之《亚瑟王之死》

《特里斯坦》,马罗礼用大陆上的时尚将本岛的民族语言文学现代化了",① 似乎说过头了,因为英语文学早在乔叟时代就已经"现代化了"。不过,她说马罗礼将法语源本"英格兰化"是对的,因为马罗礼根据英格兰人的审美心理和英语文学中自盎格鲁-撒克逊时代以来就特别注重道德探索的传统,对原作进行了许多很重要的改写。比如,库珀指出,他删节了源本中比较露骨的性描写,却突出情人间"爱情的炽热与忠诚"②,而这同他在前一个故事中对高雷斯和莉奥纳斯以及在整部作品中对朗斯洛与格温娜维尔的爱情的描写一样。

严格地说,故事的标题与其内容不太相符,因为这个故事中,除了以特里斯坦和伊瑟的爱情为中心的情节外,还包含着以拉姆莱克等其他人为主人公的故事,而且这些故事所占分量很大。另外,帕勒弥德斯也是重要人物,他在故事的许多部分出现。在这些人物中,拉姆莱克是武功盖世的骑士。在前面的《高雷斯爵士之故事》里,作者多次提到当世3位武功最高的骑士朗斯洛、特里斯坦和拉姆莱克;到了这个故事里,后两位才真正出现(在前一个故事里,马罗礼曾提到特里斯坦来到亚瑟王宫,但没有叙述关于他的故事,而且他的出现在凯克斯顿版里也被删去了)。所以从内容上看,故事中相当多的部分并非关于特里斯坦,所以特里斯坦很难说是整个故事的中心人物。与之不同,在此前的《朗斯洛之故事》与《高雷斯爵士之故事》里,两位标题人物毫无疑问都是主人公。由于《特里斯坦之书》里有多个重要人物,加之以这些人物为中心发展出许多故事,而与这些故事相关联的是多得难以计数的比武,因此其情节不如前面两个故事那样清晰。总的来说,这个在全书中长得不成比例的部分结构比较松散,既缺少一个突出的中心人物,也因此而缺乏一个主干情节把所有事件或者起码是大多数主要事件,整合成一个线索清晰、情节连贯的叙事整体。相反,它更像是一系列分别以几个圆桌骑士为主要人物的故事的集合体。因此,从叙事风格和情节结构上看,这个故事在整部著作中比其他任何部分都更明显受到法语浪漫传奇影响。

《特里斯坦之书》以特里斯坦出生开始。在整部《亚瑟王之死》里,

---

① Helen Cooper, "The Book of Sir Tristram de Lyones", in Archibald and Edwards, eds., *A Companion to Malory*, p. 182.

② Cooper, "The Book of Sir Tristram de Lyones", in Archibald and Edwards, eds., *A Companion to Malory*, p. 183.

除亚瑟王本人外，特里斯坦是唯一被介绍了出生、少年时代和成长历程的人物。他出生在莱奥纳斯（Lyones①），父亲是当地国王，母亲是康沃尔王马克的妹妹，在他出生不久后死去。母亲临终前为他取名"特里斯坦"，意思是"他是难产中生下的"（第254页）。在少年时代，他既经历了苦难，也受到良好教育，并成长为一个武功高强而且琴艺、狩猎、驯鹰都无与伦比的骑士。

尽管故事中有许多重要人物和与之相关的故事，特别是有大量令人眼花缭乱的比武场面和许多爱情纠葛，但在这些打斗场面之下和在爱情故事中，如同在书中所有的故事里那样，马罗礼一直在进行道德探索。但与其他几个故事相比，《特里斯坦之书》特别突出的是，他通过对各种人物和事件的描写，在歌颂骑士们的高尚、忠诚、勇敢、疾恶如仇、舍己救人等美德之同时，更致力于深刻揭示一些骑士身上、亚瑟王宫内部、骑士制度、宫廷文化乃至人性中存在的各种问题、弱点和邪恶。从主题思想的发展上看，对这些问题和邪恶的揭示为下面追寻圣杯或者说灵魂救赎的故事做准备；同时，那些问题也正是亚瑟王朝解体的根源。

由于邪恶根源于原罪，存在于所有人身上，所以如耶稣教导，宽恕是一种美德，因此也是解决问题的重要方式。特里斯坦部分非常重要的一个主题就是宽恕。特里斯坦在幼年时，继母曾设计想毒死他，阴谋败露后，继母将被火刑处死，但特里斯坦不仅宽恕了继母，而且恳求父亲宽恕她。从此之后，继母改恶从善，他们也"和好如初"（第255页）。特里斯坦对继母的宽恕自然与耶稣关于宽恕敌人甚至爱仇敌的教导一致。② 然而与之相对的是，这一部分后面高文兄弟被仇恨扭曲心灵，竟致造成弑母的人伦惨剧，并以卑鄙手段杀死拉姆莱克。高文兄弟不能像特里斯坦那样宽恕，以致他们的仇恨最终成为亚瑟王朝覆没的一个重要因素。马罗礼突出特里斯坦少年时代这一优秀品质，将其与特里斯坦故事的后面部分以及这部作品后面两个故事里高文兄弟的所作所为遥相呼应和反衬，的确颇有匠心。

特里斯坦不仅能宽恕，而且他长大后和朗斯洛一样，也是一位武功盖世而且高尚、忠诚、正直的杰出骑士。当与他齐名的拉姆莱克打败了30名

---

① 莱奥纳斯（Lyones），来自法语 Léonois，亚瑟王传说中的地名，据传在康沃尔附近。陈译本译为朗纳斯。19世纪英国桂冠诗人丁尼生在其关于亚瑟王的史诗性诗作《国王之歌》（*Idylls of the King*）中将此地作为亚瑟王与莫德雷德的最后战场，并说它将"沉没在大海之中"。

② 耶稣关于宽恕的教导，请参看第九章"节律体《亚瑟王之死》"里高文执意复仇的部分。

第十章　马罗礼之《亚瑟王之死》

骑士后，特里斯坦拒绝马克国王的吩咐和拉姆莱克自己的要求，拒绝同后者作战，因为他觉得打败一个已经疲惫的骑士是"耻辱"（第303页）。但这位高尚的骑士也同朗斯洛一样陷入那最终将毁灭他和许多人的不该产生的爱情之中。他的故事的中心是他与舅舅马克国王的妻子伊瑟（Isoude，通常译为伊索尔德）之间因误喝情药而产生的婚外情。也同朗斯洛一样，他爱上了不该爱的人：他爱上的是他本应效忠的国王的王后和本应该尊敬的舅妈。人们也许会用他误喝情药来为他辩护，其实情药只是爱情的象征，朗斯洛也可以说是喝下了"情药"。不过，他们之间不同的是，朗斯洛在爱情上比喝下"情药"的特里斯坦更为忠诚。在这个故事里，特里斯坦既没有朗斯洛那种理想化的宫廷爱情中骑士必须有的忠贞不二，也没有高雷斯对更真实、更自然的爱情的专一。

特别能说明特里斯坦的性格的是他同两个伊瑟之间的关系。马克的王后伊瑟得知特里斯坦受伤的消息，十分关心，但因自己被囚，无法施救，于是托人告诉他前往布列塔尼找公爵女儿玉手伊瑟救治。然而在布列塔尼，经公爵及其儿子热心撮合，特里斯坦同"既贤淑又漂亮"的玉手伊瑟"产生了热烈的爱情"，"与她在一起过得很开心，享尽了人间的荣华富贵，几乎把伊瑟给忘了"。最后

> 两人终于结了婚，还举行了隆重的婚礼。但是，当两人同居一室时，特里斯丹①爵士却突然想起了他的旧情人伊瑟。这一想竟使他懊丧之极，除了拥抱接吻之外，他对玉手伊瑟再也做不出其他的举动来。（第308页）

似乎为表明这并非自己编造，马罗礼专门指出，权威的"法文书籍"也说："玉手伊瑟自己也知道，她与特里斯丹除了拥抱接吻外，不会有其他的乐趣。"（第308页）马罗礼以这种方式间接地对他认为是"贤淑"（good）的玉手伊瑟表达同情。特里斯坦以其不负责任的行为伤害了两个爱他的女人，他自己也处于矛盾和痛苦之中。对于他造成的伤害，玉手伊瑟只能"自己知道"，但伊瑟王后为此写信给格温娜维尔，"抱怨特里斯丹爵士对她的不忠"。格温娜维尔的回信很有意思，她说："他一定是受了巫

---

① 即特里斯坦。除了引文外，本书按通常译法译为特里斯坦。

术的迷惑才娶了别的女子的"；她相信"他最后一定会痛恨那个女人，比以往更爱你"，所以你"应该转悲为喜才是"（第 309 页）。

对于特里斯坦这位他最尊重的朋友这种"不忠不义"，宫廷爱情的典范朗斯洛自然深恶痛绝，他谴责说："呸！他真是个不忠不义的骑士。真想不到像特里斯丹这样高贵的骑士竟然也会对他的第一个情人——康沃尔的伊瑟王后如此虚情假意。"他托人转告他：

> 世上所有的骑士中，我最敬重的就是他，最投契的也是他，因为我一直以为他具有高贵的品质。告诉他，我们之间的那份爱从此不复存在了，我要警告他，从今天起，我就是他不共戴天的死敌。（第 308 页）

特里斯坦听到朗斯洛的斥责后，既"很伤心"，也"为自己因不忠于情人而受到众骑士的非难感到羞愧"（第 309 页）。当然，这两位高贵的骑士并没有真的成为"不共戴天的死敌"。不论是朗斯洛、格温娜维尔还是特里斯坦自己都是按骑士必须忠于自己的情人这个宫廷爱情最重要的规则来评判特里斯坦，而那个没有任何过错的受害者玉手伊瑟，除从作者本人那里外，不仅没有得到同情，反而受到其他女人（比如格温娜维尔）的谴责。

这个故事里另外一个重要人物是拉姆莱克爵士。他同朗斯洛和特里斯坦是 3 位当世最杰出的骑士。他也是一位高贵、英勇的王子。然而，同他们一样，他也陷入致命的婚外恋情。他和高文兄弟们的寡居母亲罗特王的王后相爱。当他来到王后居住的城堡与王后幽会时，高文的弟弟高海里斯"全副武装来到他们床边。他伸手一把抓住他母亲的头，宝剑一挥，砍下了她的脑袋"（第 437 页）。高海里斯能残忍地杀害自己的亲生母亲，却出于骑士规则，因"赤身裸体"的拉姆莱克没有带武器，而没有杀他。这可能是马罗礼在这部作品里对骑士规则最辛辣的讽刺。连拉姆莱克也斥责说："高海里斯爵士，你也算个圆桌骑士！看你做出何等灭绝天良令人不齿的事！你为什么要杀死生你养你的母亲呢？要杀你应该杀我才对呀。"（第 438 页）

对于这桩弥天大罪，"朗斯洛爵士和许多骑士都愤愤不平"。然而如果我们仔细分析，还会发现他们的"愤愤不平"恰恰暴露出骑士们和骑士制的一些更深层次的问题。朗斯洛对亚瑟王说："王啊，您的姐姐如此蒙羞

第十章　马罗礼之《亚瑟王之死》

而死,这简直是一桩天大的罪恶。"(第438页)在朗斯洛看来,这是一桩"天大的罪恶"主要是因为国王的姐姐"蒙羞而死",而并非儿子如此冷酷地弑母,而且,他"十分"感到"遗憾"的是亚瑟王"会失去拉姆莱克这位优秀的骑士"(第438页)。这里的亚瑟王也不是节律体《亚瑟王之死》里那位会根据律法处死自己王后的公正君主,他对于高海里斯这个弑母和杀死他姐姐的人,在"一怒之下"竟然只是"将他赶出了宫廷"而没有给予更严厉的惩罚。而且在朗斯洛提醒之下,他最担心的还是失去拉姆莱克这样的"精英"骑士。

但特别令人难以理解和忍受的是,高文对于高海里斯杀死他们的生母只是"大为不满",而且他大为不满还更多的是因为弟弟"放走了拉姆莱克"(第438页)。他也没有惩罚这个弑母的弟弟,相反却同他和另外两个弟弟一道设计杀死了拉姆莱克。在高文兄弟看来,高海里斯杀死他们的母亲算不了什么,找拉姆莱克寻仇才是他们应该做的。按骑士规则的标准衡量,他们使用非常卑鄙的手段杀死了拉姆莱克。他们兄弟4人预先策划好,在拉姆莱克比武中获胜、亚瑟王给他颁奖之时,他们4人"突然从隐蔽处出来偷袭他。他们先杀了他的马,然后就将他团团围住,与他步战了三个多小时。莫德莱德爵士从他背后刺了一剑,使他受了致命伤,然后他们就一齐砍他,直到将他砍死"(第499页)。

对于这种违背骑士精神的卑鄙行为,特里斯坦谴责道:"真是可耻的阴谋啊。"(第499页)他们的兄弟高雷斯也深感不齿,他说:"我并没有参与到他们的阴谋中去,因此,我也就不讨他们喜欢。我觉得他们是屠杀优秀骑士的凶手,我不想与他们为伍。"(第499页)他甚至说:"尽管他们是我的兄弟,为了这件事我将永远不爱他们,永远不与他们为伍。"(第500页)然而问题是,这些骑士感到不满、义愤甚至加以谴责的不是高海里斯残忍杀害亲生母亲的人性泯灭,而是因为高文兄弟使用了不光明正大的手段"屠杀优秀骑士"。高雷斯没有因为高海里斯杀害母亲而与他绝交或是给予惩罚,相反却因为他们违背骑士规则而"永远不爱他们"。联想到在前一个故事里,正是这位母亲来到亚瑟王宫寻找高雷斯并表现出的对儿子无限的爱和关心,也联想到此前作者让拉姆莱克对高海里斯的谴责(那其实也是作者本人的谴责):"你做出何等灭绝天良令人不齿的事!你为什么要杀死生你养你的母亲呢?要杀你应该杀我才对呀",我们不难看出,马罗礼多么深刻地表现和严厉地批判了骑士制对人性的扭曲。

高文兄弟杀死拉姆莱克，除了他与他们母亲的恋情外，还因为他们认为拉姆莱克的父亲曾杀死他们的父亲罗特王。他们此前已经因此将拉姆莱克的父亲杀死。特别荒诞的是，他们可以杀死自己的母亲，却要去找杀死自己父亲的人寻仇。尽管他们已经杀掉了那所谓的凶手，而且尽管拉姆莱克已经对高海里斯说明，罗特王是巴林所杀，与他父亲无关，但他们仍然决意找拉姆莱克复仇。所以，连高雷斯也说："我知道，我的兄弟高文爵士、艾格雷文、高海里斯和莫德莱德报复心太重了。"（第499页）在节律体《亚瑟王之死》里，我们已经看到，高文的报复心在很大程度上导致亚瑟王朝解体，而那部诗作是马罗礼这部著作里最后两个故事的重要源本之一；在那两个故事里高文的报复心也是亚瑟王朝崩溃的重要原因。马罗礼在这里借高雷斯之口为后面亚瑟王朝的结局埋下伏笔，同时也是对中世纪欧洲相当普遍的家族仇杀的批判。

除高文兄弟的报复心，达南丹爵士还指出："更不幸的是，除了你高雷斯，高文爵士和他的兄弟对大多数圆桌骑士都怀恨在心呢。我知道，他们一心只想暗中害人。对于朗斯洛爵士，他们也一直想暗算他。这一点我的主人朗斯洛爵士心里也是清楚的，为防意外，他宗亲中的优秀骑士只好经常留在他身边。"（第500页）当然，达南丹的话并不准确，首先，想暗算朗斯洛的人只是艾格雷文和莫德雷德，并不包括高文；其次，他们兄弟俩针对的也主要是朗斯洛，书中没有证据表明他们想暗害"大多数圆桌骑士"。但他的话揭示了圆桌骑士之间的矛盾和嫉恨，同时也反映出他自己的偏见。这实际上表明，乌托邦式的亚瑟王朝和圆桌骑士团体表面上的和谐友爱掩盖下也有暗潮汹涌的争斗和冲突，而亚瑟王对高海里斯的"处罚"反映出，亚瑟王朝内部出现这种状况与作为君主的亚瑟王本人的偏袒和不公有关。特里斯坦就指出："杀害［拉姆莱克］的人如果不是亚瑟王的外甥，他们一定得偿命的。"他还说：正是"因为王宫里有这么多的是是非非，我才不愿进入我主亚瑟王的宫廷"（第499页）。

马罗礼也是在暗示，即使在罗马这样强大的外部势力面前也不可战胜的亚瑟王朝，却最终将因其内部的冲突而败亡。最重要的是，亚瑟王朝和圆桌骑士身上暴露出的问题根源于人性，因此是生活在尘世中的人自己无法解决的。其实，如上面所分析，对于特里斯坦、朗斯洛和高雷斯这些自认为能清楚地看到高文兄弟身上的罪孽的人，马罗礼已经揭示了他们自身的各种问题，并且已经或者不久即将揭示他们给自己、别人、家庭和王国

第十章 马罗礼之《亚瑟王之死》

造成的损害。也就是说，马罗礼表现出，所有的人，包括亚瑟王和圆桌骑士们，无一不具有犯错犯罪的倾向。

当然，具有犯罪倾向的不仅是骑士，贵妇也是如此。这个故事里一个很有意义的情节是，摩根一心要与亚瑟王和王后作对，加之朗斯洛曾经因王后而拒绝她，因此怀恨在心，一直伺机报复，所以她叫一位骑士给亚瑟王宫送去一只魔杯。贞洁的贵妇用它喝酒，自然无事，但如果她对丈夫不忠，"酒就会全部溢出"。摩根想以此来"揭奎妮佛王后的短，同时也是为了羞辱湖上的朗斯洛爵士"（第304页）。然而，那位骑士在路上碰到拉姆莱克；后者打败了他，命令他将魔杯送到康沃尔交给马克王。马克王宫中100多位贵妇中，仅4位能用它喝酒。也就是说，包括伊瑟王后在内的绝大多数贵妇全是有罪的不贞之人。由于人在尘世中普遍的为恶倾向，人的最终出路在于寻求救赎的精神之旅。这正是下一个故事要表现的主题。马罗礼在这个故事里如此大量地揭示亚瑟王朝、骑士们以及贵妇们身上各式各样的问题乃至罪孽就是为了把圆桌骑士引上寻找圣杯之路。

在《特里斯坦之书》里，作者还在情节上为骑士们追寻圣杯做了准备：3位成功找到圣杯的骑士：帕西维尔（即波西瓦尔，克雷蒂安笔下那位圣杯故事的始作俑者）、鲍尔斯和加拉哈德，都出现在大量暴露亚瑟王朝和圆桌骑士们身上问题和罪孽的这个故事里，而且他们都已经在圣杯城堡有过神秘的经历和体验。其中帕西维尔在亚瑟王宫的出现和最圣洁的加拉哈德的出生都很不寻常。帕西维尔是拉姆莱克的弟弟，他来到亚瑟王宫时还很年轻，所以亚瑟王"安排他坐在下等骑士中间"。这时，一个具有高贵血统但从未开口说话的哑巴女侍走到他面前，高声称他为"高贵的骑士，神佑的骑士"，并将他领到那个一直空着、无人敢坐的"危险席位"，说："好骑士，请你入座吧，这个席位是专门为你留着的，别人谁也不配坐。"然后，她在做过忏悔后，就死去了（第436—437页）。这是在暗示，帕西维尔非寻常之人。后来，他在与朗斯洛的弟弟艾克特在互不知情的情况下打杀，两人都身负重伤快要死去时，帕西维尔"虔诚地向全能的基督祈祷"，这时圣杯出现，治好了他们的伤。马罗礼以此预示了圣杯的神奇。

比帕西维尔更圣洁的是加拉哈德。他出生在圣杯出没的奇迹城堡，即圣杯城堡。他父亲是天下第一骑士朗斯洛，母亲是国王帕里斯的女儿爱莲娜。帕里斯预见女儿将与朗斯洛生下最圣洁的骑士，"有了他，所有的异邦将摆脱危险，那只圣杯也只有他才能取得"（第562页）。在女魔法师布莱森夫人安排下，朗斯洛以为自己是在与格温娜维尔幽会，于是就有了加拉哈德。特别有深意的是，这位最圣洁的圣杯骑士与亚瑟王颇为相似，竟然也诞生于罪孽之中，只不过男女双方的角色颠倒过来。关于其意义，下面将谈及。后来，朗斯洛由于受妒火中烧的格温娜维尔责骂而发疯，也是被神奇的圣杯治愈。在如此为追寻圣杯做了一系列铺垫后，马罗礼开始叙述圆桌骑士们寻找圣杯的传奇。

四

马罗礼的第六个故事《圣杯之故事，简述自法语，那是记述世上最忠贞最圣洁之人的故事》（下面简称《圣杯之故事》）表现的是骑士们对圣杯的追寻。前面第二章里讲过，英语"圣杯"（Grail）一词来自古法语graal，这个法语词又来自拉丁词gradalis。其原意是指一种大体上像盘子一样平坦的餐具，后来也指杯子，特别是高脚酒杯（chalice）。根据传说，圣杯是耶稣在最后的晚餐上饮酒的杯子，他被钉上十字架后，又被用来接他的圣血。耶稣的门徒亚利马太的约瑟埋葬了耶稣的遗体，后遭监禁，面临饿死的情况，耶稣显圣并赐以圣杯。约瑟从中得到无穷无尽的饮食，得以生存，后来他将圣杯带到不列颠。

在亚瑟王文学中，克雷蒂安的《波西瓦尔：圣杯故事》（*Perceval: Le Conte du Graal*，1190）是始作俑者，但那部未完成的浪漫传奇里并没有圆桌骑士们寻找圣杯的情节。由于该作没有完成，因此出现了一些续集。关于圣杯传说最完整影响也最大的作品是"正典系列"中的《追寻圣杯》（*Queste del Saint Graal*）和《圣杯史》（*L'Estoire du Graal*）。马罗礼的圣杯故事主要取材于《寻找圣杯》。同书中其他部分一样，他也对法语散文源本大幅删节和改写。这个故事在《亚瑟王之死》里是一个中等长度的故事；在凯克斯顿版里，它从第13到17卷，共5卷，但总篇幅尚不及第10卷。

在这个追寻神秘圣杯的故事里，一开篇就出现了一系列奇异事件。首先，在卡米洛举行的五旬节庆宴上，圆桌上每一个席位前都出现金字，标出就坐者姓名，而那个空着的"危险席"上也出现一行金字："我主耶稣基督受难后四百五十四年过去，这个席位才会有它的主人[①]。"（第607页）

[①] 看来马罗礼已经忘了，他在前一个故事里已经让帕西维尔坐在那个席位上。

第十章 马罗礼之《亚瑟王之死》

紧接着,"附近一条河上飘来了一块巨石,那上面竟插着一把剑",剑柄上刻的金字说:"除了有资格佩戴我的人,谁也别想取走我。能取走我的人将是世界上最伟大的骑士。"(第607—608页)不用说,这一切都是为加拉哈德莅临亚瑟王宫做准备。这位最圣洁的骑士由一位"身穿白衣的老者"带来。老者介绍说:他是"亚利马太的约瑟后裔"(第609页)。他把加拉哈德带到危险席前,揭开盖着的丝巾,上面现出一行金字:"此乃高贵的王子加拉哈德的座位"(第610页)。从此之后,朗斯洛不再是"世上最伟大的骑士",而是"世上有罪者中最杰出的一位骑士罢了"(第612页)。

最神秘的事件出现在五旬节庆祝活动结束后骑士们离开前的宴会上。宴会刚进行,忽然"雷声大作,大地好像就要裂开了似的"。在雷电交加中,

> 那只圣杯由一块白色的绸布覆盖着来到了大厅里,只是没有人看见它,没有人知道那持杯的人是谁。但大厅里已经弥漫着一股幽香,每位骑士获得了人世间未曾有过的美酒佳肴。那圣杯绕着大厅巡行一周后忽然消失了,谁也不知道它究竟去了何方。(第613页)

在《圣经》以及中世纪欧洲文学中,特别是在古英语和中古英语作品里,当上帝降旨、圣灵降临、耶稣归天以及最后审判和其他重大神秘事件发生之时,都会出现天地异象。马罗礼与这些宗教文本互文,竭力营造神秘气氛,显然是在表明圣杯出现是在昭示上帝旨意,同时也是在暗示亚瑟王朝的命运来到转折点上,而对于作品的叙事,这些神秘事件及其营造的神秘气氛也预示着,故事将从前面那些世俗故事中的王朝战争和骑士们的历险与爱情纠葛发生于其中的尘世,转而进入颇为神秘甚至梦幻般的宗教或精神领域,其场面、景象和事件也将失去明显的尘世特征而具有突出的象征意义。

在经历如此神秘的事件和享受凡间没有的美酒佳肴之后,高文感到遗憾的是,没有见到圣杯。他发誓:明天他就出发去寻找圣杯,而且"如不能更清楚地看一眼这圣杯,我就绝不会返回这个王宫了"(第614页)。随即,骑士们也纷纷发誓,要去寻找圣杯。对此,唯有亚瑟王"大为不快",因为他预感到亚瑟王朝的危机。他对高文说:

你发的这个誓言可把我害苦了。我们这个骑士团体是世界上任何一个王国都不曾有过的,你这样做,实际上使我失去了这个团体。大家一旦离开这里,我相信,我们就再也不能聚集在一起了。许多人将在寻找圣杯的途中死去。我爱诸位骑士犹如自己的生命,大家的离去将伤透我的心,因为我早已习惯于大家共聚一堂生活了。(第614页)

这段话语调悲凉,表达的既是亚瑟王也是作者自己的心情。作为一个君主,一个政治家和基督徒,亚瑟王自然知道尘世中的王国政治与通向另外一个世界的精神之旅必将分道扬镳。而对于马罗礼,它预示着几个世纪以来中世纪人所梦想、他自己所憧憬的以圆桌骑士团体所体现的在这个"世界上任何一个王国都不曾有过"而且也不可能有的乌托邦式王朝行将结束。尽管他在热情描写和歌颂这些理想化的骑士们之高尚德行和英雄业绩时,也一直在暗示它不可避免的结局并试图揭示其解体之根源,但他仍然不免为之感到遗憾和惆怅,特别是他生活在一个战火纷飞、生灵涂炭的时代。

马罗礼让圆桌骑士们随即踏上追寻圣杯的历险旅途,经受完全不同的考验。他们离开曾经熟悉而且在里面感到如鱼得水的那种好坏难分、善恶交织的纷繁复杂的尘世,进入他们深感陌生、往往不知所措的黑白分明、善恶对立的精神世界。他们碰到最多的不再是城堡,而是修道院。前面那些故事里随时会出现的、使他们心驰情动的贵妇名媛或挑战他们声誉的勇猛骑士大为减少,相反,在关键时刻总有神秘的隐修士、神甫或修女现身为他们指点迷津或解释梦境。在这些精神向导面前,他们显得困惑无知,再也没有了以前挥舞利剑救危扶困的英雄形象或者受万人景仰的优越感。

在这样的精神世界里,他们曾经引以为傲的无敌武功失去了意义。即使像朗斯洛这位曾经战无不胜的"天下第一骑士"在善恶冲突中站错队,也只能束手就擒。在寻找圣杯的途中,他看见黑白两队骑士正在奋勇激战,像往常救助弱者那样,他不分是非立即举起长矛帮助那些渐渐不支的黑衣骑士打击白衣骑士。尽管他使出浑身解数,显得神勇无敌,但这一次他竟然败落被俘,"蒙受耻辱"。马罗礼随即让一个修女向他解释这个事件的象征意义。他被告知:黑色表明"有罪而未忏悔",而"白色的服饰则象征童贞,只有纯洁的人才配穿",因此白衣骑士与黑衣骑士之间的激战

第十章 马罗礼之《业瑟王之死》

实际上是善与恶的冲突。她说：你"总是将那些有罪之人当作善人，当你看到他们就要被打败时，出于世俗的虚荣和骄傲，便情不自禁地投入他们的阵营"（第659—660页）。朗斯洛出于帮助弱者能获得的虚荣和优越感选择攻善助恶，那自然只能失败被俘。修女说：在尘世里，你是"最出色、最具冒险精神的骑士，但如今你被置身于寻求天堂的幸福的骑士之间，被打败就不足为奇了"（第659页）。在"寻求天堂的幸福"的旅途上，至关重要的不是力量、勇敢和武艺，而是分清善与恶。

朗斯洛不能分清善恶，那是因为他自身充满罪孽。修女警告他说："由于你的虚荣和骄傲，你已经多次违背造物主的意志了。"（第660页）她指的是他在作战中失败的根源，但在更深层次上，那也是他最终无缘一睹圣杯的真正原因。从本质上看，对圣杯的寻找寓意着人类寻求精神救赎，寻求向上帝回归。相比之下，骑士们那些世俗性质的业绩和历险不仅微不足道，而且往往有害无益。骑士们越是追求尘世中的业绩和根源于虚荣的声誉，越是沉浸于超越对上帝之爱的男欢女爱，就越会妨碍他们对精神救赎的寻求。所以修女说："我之所以要向你提出这样的忠告，就因为在世上所有的骑士中，我最怜悯你。我知道，你所犯的罪过已经超过人间任何一个有罪之人。"（第660页）后来在第7个故事里，在直接描写朗斯洛和王后的私情之前，叙述者更加直截了当地指明他不能见到圣杯的原因："在寻找圣杯的过程中，本来是没有人能超过朗斯洛爵士的成就的，怪就怪他自己表面上信奉上帝，内心却始终迷恋着王后。"（第726页）而他自己也向格温娜维尔承认："如果我当初不是私下里总想着返回宫廷与你重温旧情，那我一定会像我的儿子加拉哈德、帕西维尔和鲍尔斯爵士那样更多地见到伟大的神迹了。"（第727页）

由于朗斯洛毕竟是一位高尚的骑士，并且在圣人教诲下"决心痛改前非"（第668页），后来在圣杯城堡，他还是能有幸远远地瞅上一眼用红绸盖着的圣杯。不过，当他靠近时，一股炙热的火焰冲过来，击打在他脸上，他立即倒地昏死过去。他足足"昏死了24天。他意识到，这是对他这位罪人生活了24年的惩罚，以便让他悔过自新"（第712页）。

高文就没有这样幸运了。他充满罪孽而且无心悔过，同绝大多数骑士一样，他同圣杯无缘。与朗斯洛诚心寻找圣杯不同，高文虽然第一个发誓要寻找圣杯，他真正感兴趣的还是尘世里的历险与刺激，而非精神上的追求。他根本不明白追寻圣杯的意义，在他看来那只不过是又一次外出冒险历程罢了。所以在寻找圣杯途中，在这个精神世界里，"能使他感兴趣的事一件也不曾碰上"，于是他很快就失去兴趣。他说："我已经厌倦了这次寻找圣杯的行动，我再也不想在异国他乡转来转去了。"（第 661 页）当他总算遇到一位向他挑战的骑士时，他立即情不自禁地与其决斗，使其重伤致死。在那位骑士临死前，他们才发现双方都是圆桌骑士。在那之前，高文同高雷斯、艾文一道曾在寻找圣杯的途中杀死了七个骑士；也就是说，他在寻求灵魂救赎的旅途上竟然一直在违背上帝关于不可杀人的戒律。因此，这位著名的优秀骑士与圣杯无缘也就不足为奇了。

那表明，从世俗历险到寻求圣杯，衡量一个骑士是否优秀的标准自然也改变了。在寻找圣杯途中，不仅骑士们碰上的人物往往变成精神导师，场景和事件被赋予象征意义，而且游戏规则也被改变。在世俗性质的历险中，杀人不仅如砍瓜切菜，而且杀得越多就能获得越高的声誉。但在寻找圣杯途中，杀人毫无疑问是不可饶恕的罪行。所以，当高文询问隐修士南逊："为什么我们过去总能遇到许多意想不到的事，而且总能取得优胜，这一次为什么碰不上了呢？"南逊回答道：

> 你和许多骑士都在寻找圣杯，但又没有结果，这是因为圣杯是不向有罪之人显现的。你和许多其他的骑士无缘见到它是不足为奇的。你不是个真诚的骑士，你是个杀人凶手。其他的人不一定都杀过人，但他们一定犯过其他的罪过。……像你们这样不但找不到圣杯而且自受其辱的骑士足足有一百个呢。（第 668 页）

南逊的话表明，是高文等人身上的罪孽阻止他们接近和看见圣杯。但在圆桌骑士中，有三个人找到了圣杯，那就是朗斯洛的儿子加拉哈德、帕西维尔和鲍尔斯。他们不仅见到圣杯，享受圣杯赐予的美酒佳肴，而且耶稣还显现在他们面前。加拉哈德是他们中最圣洁的骑士，然而他却是朗斯洛的私生子，而且是在他受到魔法欺骗，以为是同格温娜维尔在一起的情形中产生的结果。从这可以看出，加拉哈德其实也是罪孽的产物。然而，他却是世上最圣洁的人，被称为圣洁骑士，或者圣杯骑士。中世纪浪漫传奇作家们给加拉哈德安排那样一个出身，或许是想表明，重要的不是出身，因为根据原罪的教义，所有人都生于罪孽；重要的是要像加拉哈德那样保持虔诚和纯洁。其实，那正是追寻圣杯的真正意义：寻找圣杯就是对

第十章 马罗礼之《亚瑟王之死》

圣洁的寻找,寻找圣杯的历程也就是使自我圣洁的历程,因而也只有圣洁的人才能找到圣杯。

然而具有讽刺意义的是,太圣洁的人不可能在这个充满罪孽的世界上生存。所以在找到圣杯并完成耶稣吩咐的使命后,加拉哈德得到耶稣恩准,很快离开了这个世界到天堂与救世主一起永享极乐。随着加拉哈德死去,圣杯也随之消失:一只手从天上降下,将它拿走,"从此以后,就再没有人敢说自己见过圣杯了"(第724页)。此后,帕西维尔进修道院做了修士,鲍尔斯在那里陪伴他。一年又两个月后,同加拉哈德一样保持童贞与圣洁的帕西维尔也"弃世仙逝"。鲍尔斯随后回到亚瑟王宫,他能回去或许是因为他尽管圣洁,却已经失去童贞,所以说还是属于这个世界。加拉哈德和帕西维尔的离世升天象征着灵魂救赎之旅或者说真正圣洁的精神追寻是单向的,是一条不归路。但尘世中的人们还得回到尘世中,还得生活在尘世中。而马罗礼描写的主要还是这些人。

五.

当朗斯洛回到亚瑟王宫时,他发现,因外出寻找圣杯,圆桌骑士"已经折损一半以上"(第715页)。朗斯洛、高文、鲍尔斯和剩下的那些圆桌骑士既有美德也犯下罪孽或过失,因此不像加拉哈德和帕西维尔那样属于天堂,而是属于这个善恶交织的世界,所以都先后回到卡米洛王宫,继续他们还未完成的传奇。在接下来的2个故事《朗斯洛爵士与王后格温娜维尔之书》和《亚瑟王之死》[①]里,马罗礼将讲完亚瑟王朝兴衰史的最后一段,他把这个强大帝国的内斗、分裂、解体和覆灭写得跌宕起伏惊心动魄,十分精彩。它们虽是两个故事,但叙事紧凑、一气呵成,其情节发展和主题思想的表达前后连贯,是一个有机整体,所以,它们更像是一部现代小说。另外,在这两个故事里,正处于业绩巅峰、似乎不可战胜的亚瑟王朝形势突然急转直下,迅速解体崩溃,包括亚瑟王在内的绝大多数本是生死与共的骑士朋友们在冲突中相互残杀,命运不可逆转,气氛十分悲壮,同文艺复兴时期许多悲剧的结尾也有一些相似之处。在整部著作里,这两部分也最为人称道,曾被抽出作为一部作品单独出版,因此这也成为马罗礼的《亚瑟王之死》里被许多现当代人或许真正读过的部分。

[①] 在凯克斯顿版里,这两个故事从第18到21卷,是全书的压轴4卷。

前面讲过，这两个故事的源本主要是法语"正典系列"里的《亚瑟之死》、英语节律体《亚瑟王之死》和其他一些作品。但马罗礼并非简单地从源本里摄取材料放在一起组合成一个故事。如同英诗之父乔叟对他从各种源本里采集的材料进行剪裁、改写和深化，将其创作成具有突出乔叟性的作品一样，马罗礼根据自己的创作意图以及整部作品的情节发展和主题思想走向，运用自己的想象力和在创作这部巨著过程中发展成熟的艺术手法把从源本里摄取的材料进行增删整合，并自己创作了一些部分，使之成为一个新的有机整体；① 其结果是，他的故事比源本"既更富有情感也更具有象征意义"。②

在创作中，马罗礼深受英格兰民族的审美心理和自盎格鲁－撒克逊时代以来在英语文学中形成的注重道德探索的传统之影响。在基督教统管一切的中世纪欧洲，文学作品一般极为注重道德，但道德探索与道德表现不同。道德表现更侧重于直接的善恶区分与惩恶扬善，而道德探索则更致力于将具有善恶的人物置于善恶交织的现实中，在各类人物的相互关系里，探索和揭示在他们内心和行为中表现出的善恶之间的交互作用和冲突。因此，同现实中真实的人一样，他们往往比较复杂，很难被简单划分为善或恶。但也正是因为他们更像现实生活中的人，探索他们表现出的善恶的复杂性也就更有意义。毫无疑问，结尾的这两个故事在全书中最接近现实也最具有现实主义色彩。如果说作品开篇那两个关于亚瑟王朝兴起和征服罗马的故事具有一定史诗色彩，随后的3个故事是典型的中世纪骑士浪漫传奇，而第6个故事更接近中世纪宗教寓意作品的话，那么结尾这两个关于亚瑟王朝如何在内部阴谋与冲突中解体灭亡的故事（特别是第7个故事）最具有现实主义特征。如菲尔德所说，第7个故事里的"世界"是"写实的，甚至是令人感到熟悉的"③。而上面本森所说的，马罗礼作品的结尾

---

① 菲尔德认为，第7个故事，即《朗斯洛爵士与王后格温娜维尔之书》，分为5个部分，其中第1和第2两部分主要源自节律体英诗《亚瑟王之死》和"正典系列"的《亚瑟之死》；第4部分取材于"正典系列"里的《朗斯洛》（或者它的源本克雷蒂安的《囚车上的朗斯洛》），而第3和第4部分则可能是马罗礼自己的原创。第8个故事《亚瑟王之死》则主要是以节律体《亚瑟王之死》和"正典系列"的《亚瑟之死》为基础改写而成。参看 Field, "Sir Thomas Malory's Le Morte Darthur", in Barron, ed., The Arthur of the English, pp. 239, 240。

② C. David Benson, "The Ending of the Morte Darthur", in Archibald and Edwards, eds., A Companion to Malory, p. 220.

③ Field, "Sir Thomas Malory's Le Morte Darthur", in Barron, ed., The Arthur of the English, p. 239.

第十章 马罗礼之《亚瑟王之死》

部分比其源本更富有情感,就是因为朗斯洛等人物更像现实中的真实人物,而它更富象征性,则是因为它因此而揭示出更为深刻和普遍的意义。

第7个故事一开始就显示出现实主义特色:与许多亚瑟王作品以及本书前面分析过的几乎所有的故事不同,它不是以一个传奇性的事件或场面开篇,而是在提到追寻圣杯后幸存的骑士——回到卡米洛王宫之后,随即转到宫廷中的日常活动,而在这些活动之下暗中进行的则是朗斯洛与王后的私情。也就是说,故事一开始就在描写"现实"生活中直奔主题,或者说他们的私情被描写成现实中经常发生的事情。从书中第1个故事开始,每一个故事都反复暗示或提及他们之间非同寻常的关系,但从未直接描写。经过前面的充分铺垫,到作品结尾部分或者说亚瑟王朝末期,朗斯洛与王后之间那对于亚瑟王朝具有毁灭性的私情以及因其引发的一系列导致亚瑟王朝解体的事件终于成为核心内容。

尽管如此,马罗礼描写他们的爱情,并不主要像在前面几个部分里描写爱情那样为了表现爱情或宫廷爱情本身,而更是把它用来进行道德探索,来揭示亚瑟王朝崩溃的根本原因。作者特别深刻之处在于,在这两个故事里,他把朗斯洛与王后的爱情放到一个像现实世界一样罪孽充斥的环境中。这样,亚瑟王朝的崩溃就成为各种矛盾和罪孽共同作用的必然结果,而不像在许多作品里那样,主要甚至仅仅是由莫德雷德那动机不明而且更像是具有偶然性的叛乱所造成。

在寻找圣杯途中,朗斯洛忏悔罪过,发誓改邪归正,而且一直坚持,所以尽管他罪孽深重,仍能从远处瞅上一眼盖着的圣杯,那是绝大多数圆桌骑士无法得到的殊荣。回到亚瑟王宫后,鲍尔斯给他转达儿子加拉哈德临终前的告诫:"这个世界是靠不住的",意思是希望他不要沉迷于这个世界的罪孽,而要眼望上苍。他回答说:"如今我已将自己的一切托付给上帝。"(第725页)然而,正如一个修士所说:"上帝知道他思想不稳定"(第668页),他"回到王宫后又开始频频造访奎妮佛王后,将自己在寻找圣杯时许下的诺言抛之脑后"。而且,"正因为他心中始终忘不了王后,两人之间的恋情竟比先前还热烈了。他们频频幽会,引起宫廷里许多人的非议"(第726—727页)。

正是在这里,马罗礼很巧妙地揭示了朗斯洛内心的矛盾冲突。一方面,他希望与王后幽会,但同时也知道那违背耶稣教导和自己的誓言,而且也很危险。所以他竭力周旋于名媛淑女之间,那既是"为了我主耶稣基督","同时也可以尽可能回避王后奎妮佛，以便摆脱人们对他们的种种非议"（第727页）。然而，那却引起王后误会，她责怪朗斯洛已经变心。尽管他竭力解释：寻找圣杯的经历"不应该轻易忘记"，而且"像艾格雷文和莫德莱德这样的人，还虎视眈眈想捉我们的奸呢"（第727页）。但王后不听解释，愤怒地把他赶走了。这个场面里两个情人的冲突很好地凸显了他们不同的性格。他们深爱对方，但朗斯洛更为理智、谦恭也更为谨慎，但也容易在情人面前屈服，而王后则更情绪化，会因嫉妒失去理智变得蛮不讲理。他们之间这些性格上的差异也将对他们自己和亚瑟王朝造成致命后果。比如前面讲到，在节律体《亚瑟王之死》里。正是因为朗斯洛轻易屈服而离去，在随后发生的一位骑士在王后举行的宴会上被毒死的事件中，如果不是鲍尔斯相助，朗斯洛及时赶回，王后很可能会被烧死。

马罗礼对这一事件进行了大幅改写，极大地提高了情节的内在逻辑和艺术性。在马罗礼的改写中，特别有意义的是对事件前因后果的交代和对人物的塑造。王后举行这个宴会是想表明，她对所有骑士"一视同仁"，并没有"特别喜欢过朗斯洛"。在苹果上施毒的骑士叫皮纳尔，他想毒死高文是因为他的表兄弟死于高文兄弟之手，而他知道高文每次用餐都喜欢吃苹果或梨。很明显皮纳尔的意图是复仇，而他采取的手段也经过精心策划。叙事情节的核心是内在逻辑。与节律体诗作里罪犯身份模糊、犯罪意图不明、事件发展缺乏明显逻辑不同，马罗礼将罪犯的姓名、动机以及事件的发展和前因后果都交代得十分清楚，表现出英语叙事文学的发展。

不仅如此，皮纳尔的表兄弟被杀和他的复仇行动，如同艾格雷文和莫德雷德一直想捉奸朗斯洛和王后的企图一样，都反映出表面上友善和谐的亚瑟王朝其实危机四伏，同时皮纳尔的复仇也呼应着后来高文更具毁灭性的复仇行为，尽管高文自己在这里差点死于仇杀。另外，亚瑟王对这个事件的处理比节律体诗作更清晰地突出他作为君主的公正，至于鲍尔斯为王后辩护的一段也表现出他的宽容与理解，并同他在前一个故事里作为圣杯骑士的形象一致。其实不仅在这个事件上，而且这个故事里的其他部分，比如朗斯洛与伯爵女儿爱莲娜（即节律体同名作里的阿斯克洛特伯爵的女儿）之间的纠葛上，都表现出类似的特点。所以，不论是情节发展的清晰度还是人物形象的一致、主题思想的统一都表明，这个故事可能比其他中世纪作品更接近现代小说。

在朗斯洛与爱莲娜的事件中，除了上面这些特点外，特别值得强调的

第十章 马罗礼之《亚瑟王之死》

是朗斯洛的形象比他在节律体同名诗作里更为正面，这也与他在马罗礼笔下的整体形象一致。在节律体诗作里，朗斯洛有意无意地给了那单纯的少女一些错误信息，致使她误以为他在回应她的爱情（见前面一章），但在这里，朗斯洛虽然非常同情她，但很坚决地说明自己不可能像她要求的那样成为其丈夫或情人。在少女死后，朗斯洛说：他愿意报答她的善意，但"我以为爱情是不可以勉强的，爱应该发自内心，而不是勉强凑合"（第763页）。具有讽刺意味的是，作者让亚瑟王回应朗斯洛说："这话说得好！许多骑士的爱都是自由的，并不受任何人的约束。一个人一旦受约束，他就失去了自我。"（第763页）他或许还没有意识到，正是他的王后和朗斯洛不受约束的爱情将毁灭他的王朝。其实，那少女也是因为不能或不愿约束自己单方面的情思才死去。如前面所说，马罗礼在作品中表明，人的欲望不能任其发展；当一个人爱上不该爱的人并会带来灾难性后果之时，就应该受理智约束。

在这个故事里有两场大比武。其中一次，朗斯洛是以伪装的身份出现，第二次他带着王后的金衣袖巾上场。他两次都向圆桌骑士们进攻，打败不少人。亚瑟王见他打败了不少圆桌骑士，大为愤怒，于是率领高文等一批骑士准备对他进攻。这时，高雷斯穿上伪装前来为朗斯洛助战。高雷斯由朗斯洛赐封为骑士，一直十分尊崇朗斯洛，而且总是在关键时刻站在他一边，然而他为朗斯洛误杀，成为高文执意向朗斯洛寻仇的一个主要原因。朗斯洛在比武场上与圆桌骑士们作战预示着他最终将与亚瑟王朝在战场上刀兵相见。这场真正的战争不久就会在最后一个故事中爆发。

在马罗礼的《亚瑟王之死》最后两个故事之间没有任何间隙。在第7个故事结尾，叙述者在简略叙述了一场欢乐的比武和婚礼后说："他们就这样在宫廷里欢欢喜喜地度过了很长一段时间。但高文的兄弟艾格雷文爵士时时刻刻对奎妮佛王后和朗斯洛爵士虎视眈眈，一心想捉奸，以此来羞辱他们。"（第796页）这实际上是在表明，在亚瑟王朝表面上的兴盛与祥和之下暗潮汹涌，危机日益临近。紧接着，在最后一个故事的开篇，在像包括乔叟诗作在内的许多中世纪文学作品那样描绘了"鲜花盛开，令人赏心悦目"的五月后，叙述者明说："在这美好的五月，圆桌骑士中却因嫉恨而发生了一场无法制止的大灾难，最终导致世界骑士之花的摧残与毁灭。"（第798页）这就点明了这个故事的主要内容和整部作品的最终指向：亚瑟王朝的覆没或者说"世界骑士之花的摧残与毁灭"。这场灾难的罪魁是"两位可恨的骑士"艾格雷文和莫德雷德，他们"一直仇视奎妮佛王后和朗斯洛爵士，并时时刻刻注视着朗斯洛爵士的行踪"（第798页）。

艾格雷文和莫德雷德是忘恩负义、卖友求荣的卑鄙小人，是圆桌骑士中的败类，他们被对朗斯洛的嫉妒和仇恨扭曲了心灵。他们散布谣言，搬弄是非，挑拨离间，一直在寻找机会毁掉朗斯洛和王后，并试图以此取悦国王。他们被塑造得很像现实中的人物，他们的形象和所作所为都为理想化了的传奇世界添上了现实主义色彩。其中莫德雷德更是背信弃义、毫无忠诚可言而且特别有心计的阴险小人，马罗礼对他的塑造为他的叛乱建构了可信的性格基础。所以当圆桌骑士分裂，亚瑟王和高文率军前去攻打朗斯洛而给他造成绝好机会之时，他为篡位夺权而叛乱就不难理解了。

在故事开始这天，高文兄弟5人都在亚瑟王寝宫。尽管高文对他们晓之以理、动之以情，一再阻止，要他们不要"搬弄是非"，他还历数朗斯洛的功劳，提醒他们：朗斯洛救过他们兄弟的命，进而说明此事会带来爆发战争的严重后果，并表示自己"绝不会与［朗斯洛］为敌"，而且他的另外两个兄弟高海里斯和高雷斯也坚决反对，但艾格雷文和莫德雷德仍然将王后和朗斯洛的私情向亚瑟王告密。对此，高文和另外两个兄弟都感到"十分伤心"，他们预感到"这个王国就要厄运降临了，圆桌骑士这个团体就要瓦解了"（第799—800页）。事件后来的发展证明了他们的预见。

其实，亚瑟王也不是没有觉察到朗斯洛和王后之间不寻常的关系。叙述者告诉我们："据法文书籍记载，国王是很不愿意听见有人对朗斯洛爵士和他的王后风言风语的，有人说国王早已知情，只是充耳不闻罢了。因为朗斯洛曾多次为国王和王后效命，国王内心里很喜欢他。"（第800页）亚瑟王是英明的君主，对王国政治和宫廷内斗心知肚明。同高文一样，他清楚知道此事的严重后果，而且作为国王他需要考虑王国的命运，也特别需要朗斯洛这些最优秀也最忠诚的骑士为他和王朝效力。所以，后来听说高雷斯等优秀骑士在火刑场上被朗斯洛杀死之后，他竟然"伤心得昏倒了"，他苏醒后说："失去了我的王后倒是其次，更使我难过的是失去了那么多优秀的骑士。王后可以再娶，但如此优秀的骑士团体不可能再有了。"（第813页）但当艾格雷文和莫德雷德向他告密后，他就再也不能假装不知，只得同意他们前去拿"证据"。随即引发的一系列事件像多米诺骨牌倒塌一样将亚瑟王朝推入不可逆转的毁灭之中。

第十章 马罗礼之《亚瑟王之死》

再者，朗斯洛也没有听从鲍尔斯的忠告，执意前往王后寝宫终致铸成大错。当艾格雷文前来捉奸，他从王后寝宫突围，杀掉了艾格雷文和12位骑士，其中包括高文的"两个儿子"（第810页），仅莫德雷德受伤逃走。于是，亚瑟王只得根据"当年的法律"和"莫德莱德提供的证据和证词"，"下令用火刑处死他的王后"（第809页）。朗斯洛在最后时刻赶到刑场，救下王后，但杀死了一大批在场的骑士，其中包括高海里斯和一直以来最尊崇他的高雷斯。如同在节律体同名作里一样，他们也没有带武器，而且也是被误杀。也如同在节律体诗作里一样，高文发誓一定要为两个兄弟报仇，直到他或朗斯洛被对方杀死。高文不顾后果的执意报仇成为摧毁亚瑟王朝的一个重要的直接因素。

在马罗礼笔下，高文是一个远比在节律体诗作里更为复杂的人物。按基督教标准和他在寻找圣杯的精神旅途上的所作所为，和绝大多数圆桌骑士一样，他充满罪孽。但作为一个世俗社会里的骑士，他勇敢、忠诚、明辨是非、知恩图报，在对待王后和朗斯洛的私情这个有关王国命运的大是大非的问题上，他坚决反对两个弟弟艾格雷文和莫德雷德。对于朗斯洛杀死那因不听他劝告而造成这一切灾难的艾格雷文以及他的两个儿子，他并不特别在意；他说："他们把我的话当耳边风"，所以"虽然我对兄弟和儿子的死深感遗憾，但他们的死是他们自己招惹的"（第810页）。马罗礼特地让那12个与艾格雷文一道被朗斯洛杀死的骑士中还包括两个高文的儿子，显然是为了使他的形象更为正面。

另外，高文还坚决拒绝了亚瑟王要他和高雷斯、高海里斯带王后去刑场的吩咐；他说："这是我绝对不愿意做的。如此残忍地处死一位高贵的王后，这样的现场我是不会去的。说句良心话，我是不愿看到她死去的。我绝不愿人们说我赞同您处死她。"（第811页）他坚持自己的信念，甚至不惜违背国王旨意，这也表现出他高尚的一面。在得知朗斯洛劫走王后并杀死许多骑士后，他还说：

> 我知道朗斯洛爵士一定会来救她的，他宁愿战死在刑场，也不会对王后见死不救。说句老实话，他如果不去救王后，让她为了他而被人活活烧死，那他就不是一个值得尊敬的人了。在这件事上，他表现得很勇敢。如果我也碰到这样的局面，我也会像他那样做的。（第813—814页）

马罗礼特意让高文能站在朗斯洛的位置来看待这一重大事件，为高文这个形象增添了颇为人性化的色彩。然而在得知他那两个没有带武器而且是他最喜欢的弟弟无辜被朗斯洛杀死后，他昏死过去。此后他决意复仇而不能自拔。的确，如高雷斯在高文兄弟杀死拉姆莱克时所指出的那样，报复心是高文性格中一个主要的阴暗点。但经马罗礼以上面这些方式处理，高文的形象比在作者的两个源本里更为人性化，而且使他的复仇愿望在特别强调个人和家族声誉的中世纪骑士文化中也更能被人理解，尽管不一定为人们所认同。其实，亚瑟王也知道高文这两个弟弟在他心中的分量。所以，他吩咐"先别将高海里斯和高雷斯的死告诉高文爵士。高文爵士一旦知道高雷斯死了，他会变得精神失常的"（第813页）。的确，高文因此而失去了理智。

这一重大变局之后，为了王国、家族和个人的利益和荣誉，亚瑟王和高文率军向朗斯洛开战；圆桌骑士这个基督教世界最优秀的骑士团体正式分裂。但朗斯洛守在城堡中，不愿意对亚瑟王开战，后来他不得不出战时，也"想尽办法克制自己，不去伤害亚瑟王一方的骑士的性命"（第820页），而且还坚决制止鲍尔斯伤害亚瑟王。其实，"按亚瑟王本意，他是愿意召回自己的王后，与朗斯洛爵士达成和解的，但高文爵士无论如何不同意他这样做"（第818页）。所以战争继续下去，直到教皇发出谕令，要求朗斯洛把王后送回，双方停战。

朗斯洛按教皇谕令送回王后时，面对高文的质问，他满怀真诚地回答：

高文爵士，你知道，我爱高雷斯爵士远胜过爱我自己的亲族，只要我活着一天，我就为他的死感到悲伤，这并不是因为我害怕你，而是因为别的许多原因：第一，是我敕封他为骑士的；第二，我知道他爱我胜过其他所有骑士；第三，他是一位极其高贵、真诚、谦逊、善良而有教养的骑士；第四，一听到他的死讯，我就知道，你我不会有和好的一天……。基督可以为我作证，我杀死高雷斯和高海里斯绝非出于我的本意。

不仅如此，朗斯洛还发誓，为了弥补其过失，他会穿上破衣，赤脚行走，沿途每10里建造一座修道院，修道院里的规矩由高文制定，他要修士和修女们每天为高雷斯和高海里斯祈祷，一切开销都由他来承担（第825—

第十章 马罗礼之《亚瑟王之死》

826 页）。

除了被复仇欲扭曲了心灵的高文外，没有人怀疑他的真诚。他动情的话和誓言使"在场所有的骑士和贵妇人……都感动得哭了起来。亚瑟王的脸上也滚下了两行热泪"（第 826 页）。在这里，马罗礼让这位天下第一骑士升华为中世纪叙事文学中少有的人性化骑士形象。然而，被复仇欲扭曲心灵的高文已经不能像先前那样站在朗斯洛立场上，更不能进入他内心去理解和感受，所以他认为朗斯洛"是伪善的"（第 826 页）。他决意要与朗斯洛决斗，只是碍于教皇谕令，他只得将其推迟。不过到了最后，高文也会转变，因为他本质上是一位高贵的骑士。

随即，亚瑟王和高文率大军进入朗斯洛的王国。但朗斯洛仍然不想同亚瑟王开战。马罗礼可以说是不遗余力地表现朗斯洛的高尚。他让朗斯洛一再说，他"真不愿意率骑士出城，让基督徒流血牺牲"（第 832 页）。对那些请战的骑士，朗斯洛说："我确实不愿意进行这场战争。诸位骑士，如果你们真的爱我，就请你们服从我的命令，尽量克制一下自己。对于那位敕封我为骑士的国王，我将一直退而避之，只有到了万不得已，我才会起来自卫。"（第 833 页）于是，如同节律体《亚瑟王之死》里一样，他派出一位少女使者前去讲和。对于他的诚意，连亚瑟王都"止不住热泪横流，所有的王公大臣也都乐意看到国王与朗斯洛爵士达成和解，唯有高文爵士例外"（第 832 页）。双方开战后，高文打败了许多朗斯洛手下的骑士，但朗斯洛一直不出城，直到高文的辱骂使他忍无可忍。在两次决斗中，他都在砍伤高文后住手。在高文痊愈后准备第三次再战朗斯洛时，国内传来莫德雷德叛乱的消息。亚瑟王只得撤军回国平叛。

虽然亚瑟王朝最后结局的主要事件取材于节律体英诗《亚瑟王之死》和法语"正典系列"的《亚瑟之死》，而且亚瑟王朝的最终结局不论在编年史著作里还是在民间传说中早已成定局并广为人知，但马罗礼在细节上还是做了许多改动，使其主要人物的形象都得到升华，也使他的作品的结尾比两个源本都远更为人性化。在这方面最突出的是高文。在多佛港的登陆战中，高文身受重伤，临死前，他幡然醒悟，认识到"这一切都因我自己刚愎自用所致"。他对亚瑟王说："如果朗斯洛爵士能像以前那样追随在您身边，这一场不幸的战争就不会发生了。这件事全怪我一个人。"（第 843 页）他拼尽最后力气，给朗斯洛写了一封充满感情的绝笔信。在信中，他称朗斯洛为"最伟大的骑士之花"，并恳求朗斯洛："当您返回这个王国时，去看看我的坟墓，并请为我的灵魂祈祷几句。"然后，他请求朗斯洛"火速前来营救那位敕封您为骑士的国王，即我的主人亚瑟"。他最后说："我谨用从胸口流出的血签名吁请：世上最最著名的骑士啊，请您务必光临我的坟墓，凭吊我的灵魂。"（第843—844页）真可谓，人之将死，其言也善。在临死前，高文总算从复仇欲望中解脱出来，认识到自己的错误和所造成的灾难。他恢复了理智，希望能与朗斯洛重归于好。人性的善最终还是战胜了仇恨。

在马罗礼作品结尾部分，亚瑟王也是一个被塑造得很好很丰满的形象。其实，在这部作品里，以中世纪文学的标准衡量，亚瑟王一直是一个相当人性化的人物，这在最后两个故事里尤其如此，但不幸的是，老年亚瑟王变得优柔软弱，但这恰恰进一步提升了他的人性化形象。亚瑟王往往处于旋涡中心，是作品中最充满矛盾的人。他深深地爱着三个与他关系密切的人：格温娜维尔、朗斯洛和高文。但这三个人之间的复杂关系使他十分为难，而且他虽然是君主，还得遵循当时的律法或规则。所以，他出于王朝大局的考虑一直对王后与朗斯洛的私情假装不知，最终让奸佞小人有机可乘。当朗斯洛和王后的私情暴露后，他虽然深爱王后，但也不得不把她送上火刑柱从而造成朗斯洛前来劫刑场杀死许多骑士的惨剧，终于导致圆桌骑士团体分裂。他最喜欢朗斯洛也特别需要其忠诚，但不得不向他开战。他明知不应该也不想对朗斯洛开战，但他还是因为曾答应帮高文复仇而发动错误的战争。作为一位君主，他竟然让一位骑士的错误左右军国大事。他显然不是动荡不安的中世纪社会所需要的像头韵体《亚瑟王之死》里的亚瑟王那样乾纲独断的专制君主。他知道不能用战争手段解决内部问题，但当亚瑟王朝的形势急转直下时，他没能断然出手，阻止事态发展。对于亚瑟王朝的覆没，亚瑟王自然也负有重大责任。这或许是他发出最后一道旨意的真正意义：他命令贝德佛尔（即贝德维尔）将随他一生经历无数征战、给他带来无比辉煌的宝剑扔到水里，那象征着不应该用战争来解决人世间的冲突。流血和杀戮只会激起更深的仇恨和带来更多的战争。

马罗礼对朗斯洛和格温娜维尔这对造成亚瑟王朝毁灭的情人的结局的描写也颇含深意。虽然他们进修道院并非马罗礼原创，但他做了许多改写和增添，升华了他们的形象。当得知莫德雷德已经篡夺王位并试图娶她这一罪恶意图后，格温娜维尔在对他虚与委蛇的同时，果断施计躲进伦敦塔，并迅速采取措施坚守其中，表现得比亚瑟王更有决断。战争结束后，她悄悄进入修

第十章 马罗礼之《亚瑟王之死》

女院,"跟世上任何一位自觉罪孽深重的女子一样,她开始苦修忏悔,再也不动儿女私情",特别是,"按她的身份",她本该"做修道院长",却"甘愿做一个普通修女";"人们都对她忽然变得如此贤淑赞叹不已"(第853页)。特别是当朗斯洛来修女院找她时,她"当着众女子的面说:'这场战争及世上那么多优秀骑士的死亡都因眼前这个人和我而起。正因为我们相亲相爱,才导致我的高贵的夫君死于非命。朗斯洛爵士啊,我告诉你,如今我已经下决心要赎清自己的罪孽。'"(第856页)她还劝朗斯洛回到他的王国娶妻生子。但受她影响,朗斯洛决心像她"一样去面对自己的命运"(第857页),他立即离去并进了修道院。但很有意思的是,像骑士们在追寻圣杯途中遇到的那位隐修士曾说朗斯洛"思想不稳定"(第668页)一样,格温娜维尔也担心他"不久又重回世俗"(第857页)。临去世时,她知道朗斯洛正在赶来,于是向上帝祷告:"万能的主,千万别让我活着见到朗斯洛爵士。"(第859页)当朗斯洛赶到时,她已经去世。

在整部作品中,朗斯洛是马罗礼最倾心塑造的人物。他把一个中世纪骑士几乎所有的美德都赋予这个他最心仪的"骑士之花"。除与格温娜维尔之间的私情外,他几乎无可挑剔。他对亚瑟王忠心耿耿,即使在双方刀兵相见之时,他仍然尽量避免与亚瑟王直接作战和伤害对方骑士。尽管高文无休止地向他挑战并羞辱他,但在无法避免决斗时,他也对高文手下留情。后来在读了高文的绝笔信后,他深感悲痛,说:"最最不幸的是,我竟然误伤了高文爵士,还杀了高贵的骑士高海里斯和忠实的朋友高雷斯爵士。"(第854页)然而,他是宫廷爱情文化中骑士的典范,当情人遇到危险之时,这一切都让位于他对情人的忠诚。可以说,在他心中,情人高于一切,甚至高于上帝。为情人,他忘记圣徒的警告,不顾儿子圣杯骑士的劝诫,甚至违背他自己对上帝的誓言,当然也背叛了他发誓效忠的君主和生死与共的骑士朋友。

在刑场上他大开杀戒,甚至对手无寸铁的骑士也痛下杀手。所以,他没能像他儿子那样成为圣杯骑士,但那恰恰表明他属于这个世界,他的形象更为真实,他的美德也更值得赞美。正如本森所说:朗斯洛"是这个世界而非另一个世界里最好的骑士"。[1] 特别值得称道的是,最后是他亲自将

---

[1] Benson, "The Ending of the *Morte Darthur*", in Archibald and Edwards, eds., *A Companion to Malory*, p. 220.

王后与亚瑟王安葬在一起。他还说："当我看见国王的尸体和她的尸体放在一起时，我就克制不住自己了。他们两人都是基督教世界中无与伦比的人物，由于我的过失、我的狂妄自大，他们才落到今天的地步。"（第860页）马罗礼在这里为他添上最高尚也最动人的一笔。

马罗礼对这些人物的描写并非简单地根据中世纪基督教教义表现他们的忏悔，而是大体上按现实中的人的形象对他们进行人性化塑造。他们的忏悔不是根据抽象教义，而是源自他们经历过这一切后的内心认识和真切感受。在这些人物中，特别是在高文、格温娜维尔和朗斯洛身上，我们都能感到他们建立在自省基础上的自我意识的增长。自我意识的增长是中世纪后期和文艺复兴时期欧洲人的形象发展的核心，是新时代人文主义最重要的体现。其实，那也意味着亚瑟王朝的传奇并没有真正终结，圆桌骑士们将以新的形象迈入新的时代，在新的历史语境中演绎新的传奇。这已经为马罗礼之后500多年的亚瑟王文学史所证明。

尽管如此，亚瑟王朝已经覆没，亚瑟王的时代已经结束，亚瑟王那柄随他征战四方的利剑也已经消失在水中，亚瑟王虽说被仙女们抬上船，虽说要到阿瓦隆养伤，但他最终还是被埋葬在修道院。马罗礼使其作品结尾充满浓厚的悲惋气氛。《牛津简明英国文学史》的作者指出："马罗礼回顾了骑士理想最初创立和最终光荣实现的过程，而他那个时代的英格兰却正目睹军事贵族阶级的权威在血泊中衰落。"因此他认为："用历史的眼光回顾，可以说15世纪最伟大的散文家马罗礼是在为贵族骑士精神消亡的时代谱写散文体挽歌。"[①]

的确，马罗礼浓墨重彩地描写他理想中的亚瑟王朝的兴衰和圆桌骑士们对骑士精神的践行，高度颂扬他们所体现的各种高尚美德，同时也对他所憧憬的理想时代的消失痛感惋惜。但这只是一个方面。另一方面，作为一个基督徒文学家，马罗礼也认为，圆桌骑士们的追求并不是人类在这个世界上的最高和最终目的，而他们在历险中赢得的他们所渴望而且令他们骄傲的声誉其实没有多大意义。这正是圣杯骑士加拉哈德在临死前托人捎给他父亲朗斯洛的遗言。对于亚瑟王朝的命运，对于圆桌骑士们的业绩与追求，作者心情矛盾。所以，他既把朗斯洛塑造成最优秀的骑士，热情地

[①] ［英］安德鲁·桑德斯：《牛津简明英国文学史》，谷启楠等译，人民文学出版社2000年版，第123、124页。

第十章　马罗礼之《亚瑟王之死》

讴歌他的美德，同时又说他犯下最大的罪孽。更重要的是，他既满怀憧憬地描写体现乌托邦式理想秩序的亚瑟王朝的辉煌，但也深知它不可能在这个世界上实现，所以即使在虚构的传奇世界里它的覆没也不可能、也不应该避免。《亚瑟王之死》里的这种理想与现实的矛盾实际上也深刻地反映出中世纪社会里精神和世俗的价值观念、宗教和人文主义的思想、基督教和日耳曼两大传统并存的现实和它们之间的矛盾冲突。

无论从哪方面看，马罗礼的《亚瑟王之死》都是中世纪后期一部杰出文学作品。作者继承英语和法语或者说英格兰和以法国为中心的欧洲大陆两大文学传统，在 14 世纪以乔叟等一大批英语文学家的辉煌成就为核心的英国文学繁荣之基础上，进一步发展其中的现实主义倾向、人物塑造的生动与复杂性、情节安排中的紧凑性和因果关系，注重道德探索和表现人文精神，使这部在后来几个世纪中产生广泛影响的巨著不仅是中世纪浪漫传奇的集大成之作，而且承上启下，标志着英语叙事文学即将进入文艺复兴的新阶段并开启亚瑟王文学新的发展。

结　语

亚瑟王文学诞生、发展、繁荣于中世纪，但亚瑟王文学并没有随中世纪落下帷幕而终止；特别是英语亚瑟王文学在未来所有时代都在演绎新的传奇，都在展示其无穷而且日益增强的生命力。学者们经过20余年的收集整理，在2004年出版了两大卷的《亚瑟王年鉴：1250—2000年的英语传统》(*The Arthurian Annals: The Tradition in English from 1250 – 2000*)。书中收集了2000年之前750年间出现的除学术研究之外所有与亚瑟王和圆桌骑士有关的各种英语文字、绘画和影视等作品资料，从中世纪编年史、诗歌、散文、民间歌谣到现当代小说、诗歌、儿童故事、戏剧、电影、音乐、绘画、动漫以及各时期的再版著作、故事改写、其他语言作品的英译本等，达11300余种，其中超过百分之八十产生于20世纪，而在20世纪最后20年中出现的各类作品竟达4500种以上，超过20世纪作品的一半或者说750年来总数的三分之一。另外，从篇幅上看，1900年之前所有作品在《年鉴》中所占不到200页，而20世纪部分却占去600多页。[1] 由此可以看出，各类亚瑟王作品在近现代大幅增加，而且这种势头在21世纪不仅毫无减弱的迹象，甚至其数量和种类还都呈上升之势。

在英国乃至世界文学史上，还没有哪一个题材的传奇或哪一个源流的作品能如此持久地刺激人们的想象力并在随后所有时代不断演绎出如此众多的新作。亚瑟王文学具有如此旺盛的生命力绝非偶然。把它与同时期出现和繁荣的其他几种题材的浪漫传奇[2]比较有助于我们认识亚瑟王文学那

---

[1] 见 Daniel P. Nastali and Phillip C. Boardman, eds., *The Arthurian Annals: The Tradition in English from 1250 to 2000*, Oxford: Oxford University Press, 2004。书中对每一个条目都给予了简单介绍。第二卷主要是索引。

[2] 关于中世纪几种主要题材的浪漫传奇，请参看第一章。

结 语

令人赞叹的生命力与魅力。首先，中世纪另外几种题材的浪漫传奇，大多或主要是由文人学士在书斋里根据编年史材料或者历史传说创作或者改写自古典作品。但亚瑟王传说在进入主流文学之前，除了在编年史中不断发展外，更重要的是作为日益丰富的口头吟唱系列故事已经长期在民间、贵族城堡和王宫广泛流传，早已风靡欧洲各地。那表明它比其他同类作品具有更广泛的民众基础和更深厚、更丰富的文化传统，因此也更深入到人心和人性之中。所以，当亚瑟王传说一进入主流文学，其作品数量和受欢迎程度都迅速超越其他题材的传奇文学，以致今天当人们谈论中世纪浪漫传奇时都会先想到亚瑟王和他那些圆桌骑士的英姿。几百年的发展和如此广泛的受众使它具有其他题材的浪漫传奇难以比拟的生命力。

其次，古典题材传奇的中心人物亚历山大或法兰西题材传奇的中心人物查理大帝一开始就是伟大的君主和征服者，而亚瑟王却是在民族危难之际挺身而出，领导民众抗击外族入侵的英雄，进而成长为统一内部和征服欧洲的军事统帅和君主。亚瑟王的奋斗和成长历程也因此更令人崇敬和赞叹。不仅如此，他在艰苦征战中缔造的亚瑟王朝和圆桌骑士团体一直在人们心目中体现着所有时代的人都赞美的忠诚、勇敢、正直、仁慈等美德和所有时代的人都憧憬的平等、秩序、和谐、友爱等社会理想和人与人之间的美好关系。正如丘吉尔所说，他们"为所有时代有尊严的人们树立了榜样"，在所有时代都激励着人们努力变得更好，而一部人类历史在本质上就是人类努力变得更好的历史。

亚瑟王能在各时代不断刺激人们的想象力的另一个重要原因是，与曾经也十分流行大受欢迎的浪漫传奇里的亚历山大和查理那种有明确记载因而形象大体固定的历史人物不同，亚瑟王严格地说是一个从历史迷雾中走出的，一开始并没有"实体"因而形象模糊的影子人物。他在数百年变化不定的历史语境中不断增色添彩成为光芒四射但可塑性极强的文学形象。亚瑟王的"成长"历程表明，他的一个特殊意义正是在于他没有确切原型因而不会束缚人们的想象力，在于他模糊不清因而其文学形象更能不断发展变化。他如同一个无确切意义的能指但同时又是一个含义丰富的文化符号，可以很容易在不同历史语境中按时代需要解读并塑造成任何形象。因此，各时期的民间游吟诗人、编年史家和文学家们可以更自由地发挥想象力更随意地塑造他，把所在时代的精神和需要以及自己的意愿与追求赋予他，使亚瑟王的传说在新的时代里不断演变发展，使亚瑟王的形象不断丰富多彩，以体现不断发展的时代精神和各种政治诉求、意识形态和审美需要。其实，我们在前面各章里已经看到，即使在中世纪，英语文学家们就塑造出一系列相当不同的亚瑟王和圆桌骑士。

在12世纪末拉亚蒙那部可以说是中古英语亚瑟王文学的开山之作《布鲁特》之后，特别是在13世纪中叶之后，中古英语亚瑟王传奇文学逐渐出现，而在14世纪后半叶到15世纪末这段时间，英语亚瑟王文学终于在亚瑟王的故乡繁荣。英格兰文学家们，特别是诗人们，或者以法语作品为源本翻译、改写或者自行创作，流传下包括头韵体、节律体、民间歌谣和散文体等各种体裁的大量作品，其中包括《高文爵士与绿色骑士》和3部《亚瑟王之死》这样十分优秀的传世佳作。特别有意义的是，在中古英语中，亚瑟王文学的王朝主题和骑士传奇主题两大传统取得了一定平衡。相对而言，大陆上以法语文学家为主体的亚瑟王浪漫传奇作家们更致力于创作以亚瑟王朝为历史空间、权力背景和价值平台，以圆桌骑士个人在比武场中的冲杀或情场上的经历或荒野里的冒险或险象环生的生死决斗为叙事内容的骑士传奇作品，而在英格兰，虽然骑士浪漫传奇在数量上仍占多数，但英语文学家们也表现出对直接源自编年史传统的王朝主题特别浓厚的兴趣，因而创作出一批以亚瑟王为中心人物和以亚瑟王朝兴衰为主题而且特别优秀的作品。这两大主题和两大传统在马罗礼的《亚瑟王之死》这部中世纪亚瑟王文学的集大成之作里得到很好的整合和平衡。

13世纪中期之后出现的中古英语亚瑟王文学以翻译、改写和借鉴法语亚瑟王传奇作品为开端，最后产生出《高文爵士与绿色骑士》、头韵体《亚瑟王之死》和马罗礼的《亚瑟王之死》等可以同世界上任何优秀文学作品媲美的杰作。如同乔叟时代许多杰出的英语文学家的创作一样，这时期亚瑟王文学发展反映出，面向欧洲大陆、广泛吸纳欧洲各地各民族的文化文学传统中的精华以丰富和发展英国的文化文学是英格兰民族一个最有生命力的核心传统。从公元1世纪罗马人入主不列颠以来的漫长的历史里，岛上民众与不断外来的各民族在长期的冲突与融合中不仅逐渐形成了英格兰民族，而且形成了既立足本土文化又面向外界，广泛吸收有益于自己的社会文化发展的各种优秀文化成分的开放传统。这种勇于面向外界积极学习、善于学习的开放的文化心态是英格兰民族最重要的传统，也是英格兰民族后来逐渐强盛并能引领世界发展的最重要的根源。

由于中古英语亚瑟王文学繁荣于英国在英法百年战争期间正经历深刻

结　语

变革、英格兰民族最终形成、英国人的民族意识和爱国热情高涨这一特殊时期，所有中古英语亚瑟王文学作品，即使是那些翻译和改写之作，都蕴含丰富的历史文化信息，并表现出比较突出的英格兰性和程度不同地表达了英格兰民族意识。在一定程度上，亚瑟王朝发展史就是一部不列颠或者说英格兰对内统一对外征服的历史，而中古英语亚瑟王文学史也反映了英格兰民族发展和形成的历史。很有意义的是，在中古英语亚瑟王文学中的王朝主题作品如头韵体《亚瑟王之死》和关于亚瑟王和高文的那些特别具有英格兰性的作品中，如前面相关章节的分析指出，已经显露出未来强盛的大不列颠王国内在的帝国主义和殖民主义的文化基因。因此，研究中古英语亚瑟王文学可以从一个特别有意义的角度来考察那时期的英国社会、英格兰民族的形成以及后来英格兰民族意识和民族文化的发展。

随着英国的强盛以及后来英语世界的开拓与发展，亚瑟王文学也一直在跟随时代前进并塑造出越来越多的亚瑟王或者说为亚瑟王增添了越来越丰富多彩的形象。诺贝尔文学奖获得者美国著名作家约翰·斯坦贝克对亚瑟王传奇极为着迷，他从现代视角以现代手法叙述了马罗礼的《亚瑟王之死》，因而对此体会深刻。他说："如此多的学者花费如此多时间，想方设法证明亚瑟王是否存在，以致他们忘掉那唯一的事实：他反复不断地存在着（he exists over and over again）。"[①] 也就是说，每个时代甚至每个作家都会或者都在塑造它或他的亚瑟王，赋予他新的品格和精神。这已为前面讨论过的中古英语亚瑟王文学作品所证明，而中世纪之后所有时代新出现的更多的亚瑟王作品自然也都塑造出它们自己的与时代合拍体现各自时代精神的亚瑟王。但值得指出的是，英国历史上特别重要的时期或者在英格兰民族意识特别高涨之时，比如伊丽莎白时代和维多利亚时代，亚瑟王文学往往也特别繁荣和取得特别重要的成就。

马罗礼在玫瑰战争期间创作出的《亚瑟王之死》是英语亚瑟王文学史上一部承前启后的重要著作，它不仅是中世纪欧洲亚瑟王文学的集大成之作，而且为亚瑟王文学在未来时代，特别是在英语世界的新发展打下了坚实基础。在马罗礼身后，亚瑟王文学的新发展很快就成为历史的需要并得到政治权力的鼓励。给英国社会和经济造成巨大破坏长达30年的玫瑰战争

---

① 转引自 Fanni Bogdanow, "The Evolution of the Theme of the Fall of Arthur's Kingdom", in Edward Donald Kennedy, ed., *King Arthur: A Casebook*, New York: Garland, 1996, p. 91.

后，百废待兴，急需亚瑟王朝所代表的那种和平与稳定。在战争废墟上建立起来的都铎王朝最终推动英国从中世纪走出并成为欧洲强国。但都铎王朝的创建者亨利七世（Henry Ⅶ，1485—1509年在位）却面临破败的经济、动荡的社会和危机四伏的政局。所以，他登基不久就开始利用亚瑟王神话收服人心、稳定局势。他把自己说成亚瑟王后裔，并重新阐释亚瑟王传说，试图要人们相信"不是亚瑟王自己，而是其后裔亨利七世在需要之时（玫瑰战争中）已经回到不列颠恢复秩序"①。为了加强说服力，他还将长子取名亚瑟。

　　随着都铎王朝的稳定和英国日益强盛，也随着文艺复兴运动在英国的发展和英格兰民族意识在这新的历史语境中进一步高涨，亚瑟王文学也进入一个新阶段。亚瑟王不仅出现在新的编年史、浪漫传奇和传说中，而且还登上了戏剧舞台这一英国文艺复兴时期特别重要的文学艺术领域。但亚瑟王在英国文艺复兴时期最辉煌的成就是成为斯宾塞（Edmund Spenser，1552—1599）那部结合浪漫传奇、象征寓意的著名史诗《仙后》（The Faerie Queene）的重要人物。在诗作的"前言"里，诗人说，他心目中理想的"绅士"是亚瑟王子②，他要"竭力将亚瑟塑造成勇敢的骑士"，因为他完美体现了12种美德。③ 关于史诗标题中的"仙后"④，诗人说，那是寓指"最杰出最辉煌之人我们的君主"伊利莎白女王，而她统治的"神仙国度"（Fairy Land）自然寓指英格兰。⑤ 不过在诗作中，它被描绘为亚瑟王时代的"英格兰"。其实，亚瑟王也象征英格兰，而且他在史诗中执着寻找和热烈追求他心爱的女王。斯宾塞以此将代表不列颠和英格兰辉煌历史的亚瑟王神话同现实中的英格兰结合，创作出一部文艺复兴时期最重要的英格兰民族史诗。如果如琼生所说，莎士比亚属于所有时代的话，那么没有任何其他一部作品比《仙后》更全面更深刻地表达了伊利莎白

---

① Alan Lupack, "The Arthurian Legend in the Sixteenth to the Eighteenth Centuries", in Helen Fulton, ed., *A Companion to Arthurian Literature*, Oxford: Blackwell, 2009, pp. 340 - 341.

② 《仙后》中的亚瑟还未登基。斯宾塞计划另外创作一部史诗来寓意性表现亚瑟成为国王后体现的另外12种美德，不过未能实现。

③ Neil Dodge, ed., *The Complete Poetical Works of Edmund Spenser*, Boston: Houghton Mifflin, 1908, p. 136.

④ 严格地说，标题里的 Queene 不应译为"王后"，而应译为"女王"，因为是指伊丽莎白一世。

⑤ Dodge, ed., *The Complete Poetical Works of Edmund Spenser*, p. 137.

结　　语

时代的精神。

在17世纪，关于亚瑟王的浪漫传奇继续出现，不过这时期比较突出的是散文浪漫传奇作品，比如托马斯·海伍德（Thomas Heywood，1574？—1641）的《梅林传》（The Life of Merlin，1641），马丁·帕克（Martin Parker，？—1656？）的《基督教最著名之贤王亚瑟的著名历史和他著名的圆桌骑士们》（The Famous History of That Most Renowned Christian Worthy Arthur King of the Britaines, and His Famous Knights of the Round Table，1660）和约翰·雪利（John Shirley，生卒年不详）的《不列颠之光荣》（Britain's Glory，1684）都是当时比较受欢迎的作品。但在17世纪，关于亚瑟王文学最值得一提的也许不是出现的作品，而是著名诗人弥尔顿没能写出他从青年时代就一直想并一直在准备创作的关于亚瑟王的史诗。清教革命的爆发中断了他的计划。这位为清教革命呐喊的诗人在革命中加深了对英国和人类的认识，从而放弃撰写一部英格兰民族史诗的打算，转而创作出那部使他永留史册的人类史诗《失乐园》。他虽然没能最终写出他心中的史诗，但那也表明了亚瑟王在他心中的分量。有意思的是，17世纪另外一位著名文学家、桂冠诗人德莱顿（John Dryden，1631—1700）也曾打算写一部关于亚瑟王的民族史诗，但也放弃了，不过他创作了剧本《亚瑟王：不列颠贤王》（King Arthur: The British Worthy，1691）。这是一部讽刺辉格党的剧作，剧中的亚瑟王代表德莱顿拥护的查理二世。虽然弥尔顿和德莱顿想创作史诗来歌颂英格兰民族的抱负未能实现，但桂冠诗人丁尼生100多年后推出了维多利亚时代的亚瑟王史诗。

德莱顿创作关于亚瑟王的剧本特别有意义，因为那表明，即使在理性时代，那些对中世纪文化文学往往敬而远之甚至不屑一顾的新古典主义作家们却仍然钟情于亚瑟王和他的传奇。在新古典主义时代的许多亚瑟王作品中，著名作家亨利·菲尔丁（Henry Fielding，1707—1754）以亚瑟王和汤姆为主角的剧作《悲剧中的悲剧》（The Tragedy of Tragedies: or, The Life and Death of Tom Thumb the Great，1731）是一部戏仿悲剧的讽刺剧。剧作颇显讽刺时代（the Age of Satire）的特色。不过很遗憾的是，哥特小说的开拓者贺拉斯·华尔普（Horace Walpole，1717—1797）关于亚瑟王的诗作没能流传下来。

在19世纪，浪漫主义时代和维多利亚时代的受众和文学家们对亚瑟王文学的兴趣远超此前的3个世纪，这时期出现了大量各种体裁和类型的亚瑟王文学作品，造就了中世纪之后亚瑟王文学的又一次大繁荣。许多浪漫主义作家为亚瑟王文学的复兴做出了贡献，当然其中居功至伟的是那位在近代复活中世纪浪漫传奇的著名作家司各特（Walter Scott，1771—1832）。但在整个19世纪，在创作亚瑟王文学作品上，无人能与桂冠诗人丁尼生（Alfred Tennyson，1809—1892）相比，他的代表作《国王之歌》（*Idylls of the King*，1859—1885）是马罗礼的《亚瑟王之死》之后亚瑟王文学史上又一部里程碑式诗作。其实，丁尼生在他几乎整个诗人生涯中都对亚瑟王传说十分感兴趣。早在30年代他就发表了《莎洛特的女士》（"The Lady of Shalott"）、《史诗：亚瑟王之死》（*Epic：Morte d'Arthur*）、《加拉哈德爵士》（"Sir Galahad"）、《朗斯洛爵士与格温娜维尔王后》（"Sir Lancelot and Queen Guinevere"）等亚瑟王诗作。在50年代他开始推出代表他最高文学成就的亚瑟王史诗或者说史诗系列（epic cycle）。同古典史诗一般分为12卷，这个系列也包括12部叙事诗。在这部史诗里，亚瑟王被塑造成维多利亚时代英格兰性的体现同时也是现代英国绅士的典范。所以，这部诗作被认为是"维多利亚主义的声音"（the voice of Victorianism）[1]。除丁尼生外，许多名重一时的维多利亚文学家如莫里斯（William Morris，1834—1896）、阿诺德（Matthew Arnold，1822—1888）、斯温伯恩（Algernon Swinburne，1837—1909）等都创作了一些很优秀、很有影响的亚瑟王文学作品。

在19世纪后期，英语亚瑟王文学的一个重要发展是在美国出现和繁荣。马克·吐温的名作《亚瑟王宫廷的康涅狄格州的美国佬》（*A Connecticut Yankee in King Arthur's Court*，1889）是这期间最著名的美国亚瑟王传奇小说。毫无疑问，马克·吐温在这部颇具荒诞色彩的小说里把亚瑟王朝现代化和美国化了。那位名叫汉克（Hank）的美国佬穿越时空来到6世纪亚瑟王的卡米洛王宫。他将现代工商文明引入亚瑟王朝，给他们带去机器、电报电话、股票交易、公立学校，当然还有大规模快速杀人的现代武器和美国南方的奴隶制。小说描写两种文明的冲突，有大量喜剧性的幽默和辛辣的讽刺，表现出现代文明甚至比"黑暗"世纪更黑暗、更具毁灭性。

前面列举的《亚瑟王年鉴》给出的数据已经表明亚瑟王文学在20世

---

[1] Rob Gossedge and Stephen Knight, "The Arthur of the Sixteenth to the Nineteenth Centuries", in Elizabeth Archibald and Ad Putter, eds., *The Cambridge Companion to the Arthurian Legend*, Cambridge: Cambridge University Press, 2009, p. 115.

结 语

纪引人注目的繁荣。莱西（Norris J. Lacy）说：如果维多利亚时代是"亚瑟王复兴"的话，那么20世纪就是"亚瑟王'爆炸'"[1]。不过，"爆炸"式增长的不仅是作品数量，而且还包括体裁和类型。除"传统"的历史、诗歌、小说、戏剧外，还出现了电影（已经超过100部）、电视连续剧、动漫、卡通、儿童图画故事、网络作品以及大量网站。同以前各时代一样，20和21世纪的亚瑟王作品也与时俱进，被用来针对现当代日益增加的社会问题、反映日益严重的精神危机，同时也表达现当代人的关切、理想与追求。皮尔索尔指出：亚瑟王文学"提供一个中介，通过它不同文化的人们能表达其最深切的希望和渴求并容纳和约束他们的恐惧与不安"[2]。

当然，亚瑟王文学绝不是一个中性的或者说内涵空白可以任人填塞的中介。在历史长河中，亚瑟王见证了不列颠人、英格兰人、法兰西人、德国人和许多其他国家和地区的人们的悲欢和兴衰，而经过一千多年的演化与发展，关于他的各种传说已被赋予太多的情感、意愿和梦想，承载着历代人们珍惜的美德、理想与价值。围绕着亚瑟王而出现的无以计数的历史传说、文献记载、文学著作、雕刻绘画以及现当代影视网络作品蕴藏着丰富的历史和文化信息和历代人们在对社会、环境、生活特别是对自身的认识与斗争中积累起来的更为宝贵的智慧。所以，亚瑟王是一位"过去与未来之王"，总是能与不同文化和不同时代的人们对话，鼓励他们在特别严酷的环境中坚持美德与理想，帮助他们发现和正视问题，并促使他们努力变得更好一点。

---

[1] Norris J. Lacy, "The Arthur of the Twentieth and Twenty-first Centuries", in Archibald and Putter, eds., *The Cambridge Companion to the Arthurian Legend*, p. 121.

[2] Pearsall, *Arthurian Romance*, p. vii.

参考文献

［德］奥尔巴赫，埃里希：《摹仿论：西方文学中所描绘的现实》，吴麟绶等译，百花文艺出版社2002年版。

［英］伯罗，J. A.：《中世纪作家和作品：中古英语文学及其背景（1100—1500）》（修订版），沈弘译，北京大学出版社2007年版。

陈才宇：《古英语与中古英语文学通论》，商务印书馆2007年版。

陈嘉：《英国文学史》，商务印书馆1982年版。

［意］但丁：《神曲·地狱篇》，田德望译，人民文学出版社2002年版。

冯象译：《贝奥武甫》，生活·读书·新知三联书店1992年版。

［法］福柯，米歇尔：《性经验史》，佘碧平译，上海人民出版社2000年版。

［英］马罗礼，托马斯：《亚瑟王之死》，陈才宇译，译林出版社2008年版。

［英］马洛礼，托马斯：《亚瑟王之死》，黄素封译，人民文学出版社2005年版。

［英］弥尔顿，约翰：《失乐园》，朱维之译，天津人民出版社1996年版。

［英］乔叟：《坎特伯雷故事》，黄杲炘译，上海译文出版社2013年版。

［英］桑德斯，安德鲁：《牛津简明英国文学史》，谷启楠等译，人民文学出版社2000年版。

［波］塔塔科维兹，沃拉德斯拉维：《中世纪美学》，褚朔维等译，中国社会科学出版社1991年版。

王佐良主编：《英国诗选》，上海译文出版社1995年版。

周伟驰：《记忆与光照——奥古斯丁神的哲学研究》，社会科学文献出版社2001年版。

Adolph, Anthony, *Brutus of Troy*: *And the Quest for the Ancestry of the British*, Barnsley, UK: Pen & Sword, 2015.

参考文献

Aers, David, ed., *Medieval Literature: Criticism, Ideology, and History*, New York: St. Martin's, 1986.

Aers, David, ed., *Cultures and History, 1350 – 1600: Essays on English Communities, Identities and Writing*, Detroit: Wayne State University Presss, 1992.

Aertsen, Henk, and Alasdair A. MacDonald, eds., *Companion to Middle English Romance*, Amsterdam: VU University Press, 1990.

Akehurst, F. R. P., and Judith M. Davis, eds., *A Handbook of the Troubadours*, Berkeley: University of California Press, 1995.

Allen, Don Cameron, *Image and Meaning*, rev. ed., Baltimore: Johns Hopkins Universsity Press, 1968.

Anderson, Benedict, *Imagined Communities: Reflections on the Origin and Spread of Nationalism*, Rev. ed., London: Verso, 2006.

Archibald, Elizabeth, and A. S. G. Edwards, eds., *A Companion to Malory*, Cambridge: D. S. Brewer, 1996.

Archibald, Elizabeth, and Ad Putter, eds., *The Cambridge Companion to the Arthurian Legend*, Cambridge: Cambridge University Press, 2009.

Aronstein, Susan, *An Introduction to British Arthurian Narrative*, Gainesville: University Press of Florida, 2012.

Ashe, Laura, *Fiction and History in England, 1066 – 1200*, Cambridge: Cambridge University Press, 2007.

Auerbach, Erich, *Mimesis: The Representation of Reality in Western Literature*, trans. Willard Trask, Princeton: Princeton University Press, 1953.

Aurner, Nellie Slayton, "Sir Thomas Malory—Historian?" *PMLA*, Vol. 48, No. 2, 1933.

Bakhtin, M. M., *Dialogical Imagination: Four Essays*, ed. and trans. Michael Holquist, Austin: University of Texas Press, 1983.

Barber, Alaine, ed., *Arthurian Bibliography Ⅳ: 1993 – 1998 Author Listing and Subject Index*, Cambridge: D. S. Brewer, 2003.

Barber, Richard, *King Arthur in Legend and History*, Ipswich: Boydell, 1973.

Barber, Richard, "Malory's *Le Morte Darthur* and Court Culture", *Arthurian Literature*, Vol. 12, 1993.

Barker, Juliet R. V. , *The Tournament in England*, 1100 – 1400, Woodbridge: Boydell, 1986.

Barron, W. R. J. , *English Medieval Romance*, London: Longman, 1987.

Barron, W. R. J. , ed. , *The Arthur of the English: The Arthurian Legend in Medieval English Life and Literature*, Cardiff: University of Wales Press, 2001.

Baswell, Christopher, and William Sharpe, eds. , *The Passing of Arthur: New Essays in Arthurian Tradition*, New York: Garland, 1988.

Beaune, Colette, *The Birth of an Ideology: Myths and Symbols of Nation in Late-Medieval France*, Berkeley: University of California Press, 1991.

Beer, Gillian, *The Romance*, London: Methuen, 1970.

Bengston, J. , "Saint George and the Formation of English Nationalism", *Journal of Medieval and Early Modern Studies*, Vol. 27, No. 2, 1997.

Benson, Larry D. , ed. , *King Arthur's Death: The Middle English Stanzaic Morte Arthur and Alliterative Morte Arthure*, Kalamazoo, MI: Medieval Institute, 1994.

Benson, Larry D. , "Courtly Love and Chivalry in the Later Middle Ages", http://icg. fas. harvard. edu/ ~ chaucer/special/lifemann/love/ben-love. htm, Jan. , 14, 2003.

Bhabha, Homi K. , ed. , *Nation and Narration*, London: Routledge, 1991.

Billings, Anna Hunt, *A Guide to the Middle English Metrical Romances: Dealing with English and Germanic Legends, and with the Cycles of Charlemagne and of Arthur*, rep. of 1901 ed. , New York: Russell & Russell, 1967.

Birley, Anthony, *Life in Roman Britain*, London: Batsford, 1981.

Blair, Peter Hunter, *An Introduction to Anglo-Saxon England*, Cambridge: Cambridge University Press, 1962.

Bloch, Howard R. , *Etymologies and Genealogies: A Literary Anthropology of the French Middle Ages*, Chicago: University of Chicago Press, 1983.

Braswell, Mary Flowers, ed. , *Sir Perceval of Galles* and *Ywain and Gawain*, Kalamazoo, MI: Medieval Institute Publications, 1995.

Brewer, Derek, *English Gothic Literature*, London: McMillan, 1983.

Brewer, Derek, and Jonathan Gibson, eds. , *A Companion to the Gawain-Poet*, Cambridge: D. S. Brewer, 1997.

参考文献

Bruce, Christopher W., ed., *The Arthurian Name Dictionary*, New York: Garland, 1999.

Bruce, J. D., *The Evolution of Arthurian Romance from the Beginnings Down to the Year 1300*, 2nd ed., Vol. I, Gloucester, MA: Peter Smith, 1928.

Burke, Edmund, *Works of the Right Honourable Edmund Burke*, Vol. III, London: np, 1846.

Burrow, J. A., *Ricardian Poetry: Chaucer, Gower, Langland and the "Gawain" Poet*, New Haven: Yale University Press, 1971.

Busby, Keith, *Gauvain in Old French Literature*, Amsterdam: Rodopi, 1980.

Butterfield, Ardis, *The Familiar Enemy: Chaucer, Languge, and Nation in the Hundred Years War*, Oxford: Oxford University Press, 2009.

Caesar, Gaius Julius, *The Conquest of Gaul*, trans. S. A. Hardford, Harmondsworth: Penguin, 1982.

Chambers, E. K., *Arthur of Britain*, London: Barnes & Noble, 1927.

Chandler, Alice, *A Dream of Order: The Medieval Ideal in Nineteenth-Century English Literature*, Lincoln: Uversity of Nebraska Press, 1970.

Chenu, Marie-Dominique, *Nature, Man and Society in the Twelfth Century: Essays on New Theological Perspectives in the Latin West*, ed. and trans. Jerome Taylor and Lester Little, Chicago: University of Chicago Press, 1968.

Churchill, Winston S., *A History of the English-Speaking Peoples*, Vol. I, New York: Dodd, Mead & Company, 1961.

Clark, Kenneth, *Civilization*, New York: E. J. Brill, 1964.

Coghlan, Ronan, *The Encyclopedia of Arthurian Legends*, Rockport, MA: Element, 1999.

Cooney, Helen, ed., *Nation, Court, and Culture: New Essays on Fifteenth-Century English Poetry*, Portland: Four Courts, 2001.

Cottle, Basil, *The Triumph of English: 1350 – 1400*, London: Blandford, 1969.

Crane, Susan, *Insular Romance: Politics, Faith, and Culture in Anglo-Norman and Middle English Literature*, Berkeley: University of California Press, 1986.

Dahood, Roger, ed., *The Future of the Middle Ages and the Renaissance*,

Turnhout: Brepols, 1998.

Davenport, W. A., *The Art of the Gawain Poet*, London: Athlone, 1978.

Dean, Christopher, *Arthur of England: English Attitudes to King Arthur and the Knights of the Round Table in the Middle Ages and the Renaissance*, Toronto: University of Toronto Press, 1987.

Dean, Christopher, *A Study of Merlin in English Literature from the Middle Ages to the Present Day*, New York: Mellen, 1992.

Elsweiler, Christine, *Lazamon's Brut Between Old English Heroic Poetry and Middle English Romance: A Study of The Lexical Fields "Hero", "Warrior" And "Knight"*, Frankfurt: Peter Lang AG, 2011.

Fein, Susanna, and David Raybin, eds., *Chaucer: Contemporary Approaches*, University Park, PA: Pennsylvania State University Press, 2009.

Fenster, Thelma S., *Arthurian Women*, New York: Routledge, 2000.

Ferrante, Joan, "*Cortes' Amor* in Medieval Texts", *Speculum*, Vol. 55, No. 4, 1980.

Field, P. J. C., *Malory: Texts and Sources*, Cambridge: D. S. Brewer, 1998.

Finke, Laurie, and Martin Shichtman, *King Arthur and the Myth of History*, Tallahassee: University Press of Florida, 2004.

Fisher, John H., "Chancery and the Emergence of the Standard Written English in the Fifteenth Century", *Speculum*, Vol. 52, No. 4, 1977.

Fisher, John H., "A Language Policy for Lancastrian England", *PMLA*, Vol. 107, No. 5, 1992.

Fisher, John H., *The Emergence of Standard English*, Lexington, KY: University Press of Kentucky, 1996.

Fletcher, Robert Huntington, *The Arthurian Material Especially Those of Great Britain and France*, Boston: Ginn & Company, 1906.

Frederico, Sylvia, *New Troy: Fantasies of Empire in the Late Middle Ages*, Minneapolis: University of Minnesota Press, 2003.

Friedman, Albert B., and Norman T. Harrington, eds., *Ywain and Gawain*, London: Oxford University Press, 1964.

Fry, Northrop, *The Secular Scripture: A Study of the Structure of Romance*, Cambridge: Harvard University Press, 1976.

Fry, Northrop, *The Anatomy of Criticism: Four Essays*, Shanghai: Shanghai Foreign Language Education, 2009.

Fulton, Helen, *A Companion to Arthurian Literature*, Oxford: Blackwell, 2009.

Gautier, Leon, *Chivalry*, ed. Jacques Levron, trans. D. C. Dunning, London: Phoenix, 1965.

Geoffrey of Monmouth, *History of the Kings of Britain*, trans. Sebastian Evans, rev. Charles W. Dunn, New York: Dutton, 1958.

Gerald of Wales, "Two Accounts of the Exhumation of Arthur's Body", http://www.britannia.com/history/docs/debarri.html, Aug., 27, 2017.

Gerritsen, Willem P., and Anthony G. van Melle, eds., *A Dictionary of Medieval Heroes*, tran. Tanis Guest, Woodbridge: Boydell, 1998.

Girouard, Mark, *The Return to Camelot: Chivalry and the English Gentleman*, New Haven: Yale University Press, 1981.

Göller, Karl Heinz, ed., *The Alliterative Morte Arthure: A Reassessment of the Poem*, Cambridge: D. S. Brewer, 1994.

Good, Jonathan, *The Cult of St George in Medieval England*, Woodbridge, Boydell, 2009.

Goodman, Jennifer, *The Legend of Arthur in British and American Literature*, Boston: Twayne, 1988.

Goodrich, Peter H., ed., *The Romance of Merlin: An Anthology*, New York: Garland, 1990.

Goodrich, Peter H., and Raymond H. Thompson, *Merlin: A Casebook*, New York: Routledge, 2003.

Gradon, Pamela, *Form and Style in Early English Literature*, London: Methuen, 1971.

Green, Thomas, *Concepts of Arthur: The Making of a Legend*, Stroud, UK: Tempus, 2007.

Green, Thomas, *Arthuriana: Early Arthurian Tradition and the Origins of the Legend*, Louth, UK: Lindes, 2009.

Greenblatt, Stephen, and Giles Gunn, eds., *Redrawing the Boundaries: The Transformation of English and American Literary Studies*, New York: Modern Language Association of America, 1992.

Greenlaw, Edwin A. , "The Vows of Baldwin: A Study in Medieval Fiction", *PMLA*, Vol. 21, No. 3, 1906.

Hahn, Thomas, ed. , *Sir Gawain: Eleven Romances and Tales*, Kalamazoo, MI: Medieval Institute Publications, 1995.

Haines, Victor Y. , *The Fortunate Fall of Sir Gawain: The Typology of Sir Gawain and the Green Knight*, Washington: University Press of America, 1982.

Hanna, Ralph, ed. , *The Awntyrs off Arthure at the Terne Wathelyne*, Manchester: Manchester University Press, 1974.

Hanning, Robert W. , *The Individual in Twelfth-Century Romance*, New Haven: Yale University Press, 1977.

Harding, Carol E. , *Merlin and Legendary Romance*, New York: Garland, 1988.

Harriss, G. L. , *Shaping the Nation: England, 1360 – 1461*, Oxford: Clarendon, 2005.

Harty, Kevin J. , ed. , *Cinema Arthuriana: Essays on Arthurian Film*, New York: Garland, 1991.

Harty, Kevin J. , ed. , *King Arthur on Film: New Essays on Arthurian Cinema*, Jefferson, NC: McFarland, 1999.

Harvey, Margaret, *Solutions to the Schism: A Study of Some English Attitudes, 1378 to 1409*, St Ottilien: EOS Verlag, 1983.

Haskins, Charles Homer, *The Renaissance of the Twelfth Century*, Cambridge: Harvard University Press, 1928.

Heng, Geraldine, *Empire of Magic: Medieval Romance and the Politics of Cultural Fantasy*, New York: Columbia University Press, 2003.

Higham, N. J. , *King Arthur: Myth-making and History*, London: Routledge, 2002.

Howard, Donald R. , *Chaucer, His Life, His Works, His World*, New York: E. P. Dutton, 1987.

Howard, Donald, and Christian Zacher, eds. , *Critical Studies of Sir Gawain and the Green Knight*, Notre Dame: University of Notre Dame Press, 1968.

Ingledew, Francis, "The Book of Troy and the Genealogical Construction of History: The Case of Geoffrey of Monmouth's *Historia Regum Britanniae*", *Speculum*, Vol. 69, No. 3, 1994.

Ingledew, Francis, *Sir Gawain and the Green Knight and the Order of the Garter*, Notre Dame, IN: University of Notre Dame Press, 2006.

James, Edward, *Britain in the First Millennium*, London: Arnold, 2001.

Jenkins, Elizabeth, *The Mystery of King Arthur*, New York: Coward, McCann & Geoghegan, 1975.

Kaeuper, Richard, *Chivalry and Violence in Medieval Europe*, Oxford: Oxford University Press, 1999.

Kato, Tomomi, *A Concordance to the Works of Sir Thomas Malory*, Tokyo: University of Tokyo Press, 1974.

Keen, Maurice, *Chivalry*, New Haven: Yale University Press, 1984.

Kennedy, Edward Donald, ed., *King Arthur: A Casebook*, New York: Garland, 1996.

Kidd, Colin, *British Identities before Nationalism: Ethnicity and Nationhood in the Atlantic World*, 1600—1800, Cambridge: Cambridge University Press, 1999.

Kim, Hyonjin, *The Knight without the Sword*, Arthurian Studies XLV, Cambridge: D. S. Brewer, 2000.

Kittredge, George L., *A Study of Sir Gawain and the Green Knight*, Gloucester, MA: Peter Smith, 1960.

Knight, Stephen, *Merlin: Knowledge and Power through the Ages*, Ithaca: Cornell University Press, 2009.

Krueger, Roberta, ed., *The Cambridge Companion to Medieval Romance*, Cambridge: Cambridge University Press, 2000.

Kumar, Krishan, *The Making of English National Identity*, Cambridge: Cambridge University Press, 2003.

Lacy, Norris, ed., *Medieval Arthurian Literature: A Guide to Recent Research*, New York: Garland, 1996.

Lacy, Norris, ed., *A History of Arthurian Scholarship*, Cambridge: D. S. Brewer, 2006.

Lacy, Norris, et al., eds., *The New Arthurian Encyclopedia*, New York: Garland, 1996.

Lacy, Norris, and Geoffrey Ashe, *The Arthurian Handbook*, New York: Garland, 1997.

Lambdin, Laura Cooner, and Robert Thomas Lambdin, eds. , *A Companion to Old and Middle English Literature*, London: Greenwood, 2002.

Lambert, Mark, *Malory: Style and Vision in Le Morte Darthur*, New Haven: Yale University Press, 1975.

Larrington, Carolyne, *King Arthur's Enchantresses: Morgan and Her Sisters in Arthurian Tradition*, London: I. B. Tauris, 2006.

Laskaya, Anne, and Eve Salisbury, eds. , *The Middle English Breton Lays*, Kalamazoo, MI: Medieval Institute Publications, 1995.

Lavezzo, Kathy, ed. , *Imagining a Medieval English Nation*, Minneapolis: University of Minnesota Press, 2004.

Lavezzo, Kathy, ed. , *Angels on the Edge of the World: Geography, Literature, and English Community*, 1000—1534, Ithaca: Cornell University Press, 2006.

Lawrence-Mathers, Anne, *The True History of Merlin the Magician*, New Haven: Yale University Press, 2012.

Lawton, David, ed. , *Middle English Alliterative Poetry and Its Literary Background: Seven Essays*, Cambridge: D. S Brewer, 1982.

Legge, M. Dominica, *Anglo-Norman Literature and Its Background*, Oxford: Clarendon, 1963.

Levy, Bernard S. , and Paul E. Szarmach, eds. , *The Alliterative Tradition in the Fourteenth Century*, Kent, OH: Kent State University Press, 1981.

Lewis, C. S. , *The Allegory of Love: A Study in Medieval Tradition*, Oxford: Oxford University Press, 1936.

Lindsay, Sarah, "Chivalric Failure in *The Jeaste of Sir Gawain*", *Arthuriarna*, Vol. 21, No. 4, Winter 2011.

Liu, Yin, "Middle English Romance as Prototype Genre", *The Chaucer Review*, Vol. 40, No. 4, 2006.

Loomis, Louise Ropes, trans. and ed. , *The Council of Constance: The Unification of the Church*, New York: Columbia University Press, 1961.

Loomis, Roger Sherman, *Arthurian Tradition and Chretien de Troyes*, New York: Columbia University Press, 1949.

Loomis, Roger Sherman, *The Development of Arthurian Romance*, New York:

Harper and Row, 1963.

Loomis, Roger Sherman, ed., *Arthurian Literature in the Middle Ages: A Collaborative History*, Oxford: Clarendon, 1959.

Lumiansky, R. M., ed., *Malory's Originality: A Critical Study of Le Morte Darthur*, Baltimore: Johns Hopkins Press, 1961.

Lupack, Alan, ed., *New Directions in Arthurian Studies*, Cambridge: D. S. Brewer, 2002.

Lupack, Alan, ed., *The Oxford Guide to Arthurian Literature and Legend*, Oxford: Oxford University Press, 2005.

Lupack, Alan, ed., and Barbara Tepa Lupack, eds., *Arthurian Literature by Women*, New York: Garland, 1999.

Lupack, Alan, ed., *King Arthur in America*, Cambridge: D. S. Brewer, 1999.

Macauley, G. C., ed., *The English Works of John Gower*, Vol. 2, London: Oxford University Press, 1900—1901.

Macellinus, Ammianus, *The Later Roman Empire (AD 354—378)*, trans. W. Hamilton, Harmondsworth: Penguin, 1986.

Mahoney, Dhira B., ed., *The Grail: A Casebook*, New York: Garland, 2000.

Malory, Sir Thomas, *The Works of Sir Thomas Malory*, ed. Eugene Vinaver, 2nd ed., Oxford: Oxford University Press, 1967.

Mancoff, Debra, *The Arthurian Revival in Victorian Art*, New York: Garland, 1990.

Margherita, Gayle, *The Romance of Origins: Language and Sexual Difference in Middle English Literature*, Philadelphia: University of Pennsylvania Press, 1994.

Mathis, Andrew, *The King Arthur Myth in Modern American Literature*, London: McFarland, 2002.

Matthew, William, *The Tragedy of Arthur*, Berkeley: University of California Press, 1960.

Matthews, John, *The Arthurian Tradition*, London: Aeon, 2011.

McCash, June Hall, *The Cultural Patronage of Medieval Women*, Athens: University of Georgia Press, 1996.

McCarthy, Terence, *Reading the Morte Darthur*, Cambridge: D. S. Brewer,

1988.

Mehl, Dieter, *The Middle English Romances of the Thirteenth and Fourteenth Centuries*, New York: Barnes & Noble, 1969.

Minnis, A. J., *Medieval Theory of Authorship*, London: Scolar, 1984.

Minnis, A. J., and A. B. Scott, eds., *Medieval Literary Theory and Criticism c. 1100-c. 1375: The Commentary Tradition*, Oxford: Clarendon, 1987.

Minnis, A. J., et al., eds., *Essays on Ricardian Literature in Honour of J. A. Burrow*, Oxford: Clarendon, 1997.

Moorman, Charles and Ruth, *An Arthurian Dictionary*, with a Preface by Geoffrey Ashe, Oxford, MS: University Press of Mississippi, 1978.

Morris, Colin, *The Discovery of the Individual*, 1050—1200, Toronto: University of Toronto Press, 1987.

Menocal, Maria Rosa, *The Arabic Role in Medieval Literary History—A Forgotten Heritage*, Philadelphia: University of Pennsylvenia Press, 1987.

Newman, Francis X., ed., *The Meaning of Courtly Love*, Albany: State University of New York Press, 1968.

O'Donoghue, Bernard, ed., *The Courtly Tradition*, Manchester: Manchester Universsity Press, 1982.

Palmer, Caroline, ed., *The Arthurian Bibliography*: 1978—1992, Author Listing and Subject Index, Vol. Ⅲ, Cambridge: D. S. Brewer, 1998.

Parins, Marylyn Jackson, ed., *Malory: The Critical Heritage*, London: Routledge, 1988.

Paton, Lucy Allen, ed., *Arthurian Chronicles: Represented by Wace and Layamon*, trans. Eugene Mason, London: J. M. Dent & Sons, 1912.

Patterson, Lee, *Negotiating the Past: The Historical Understanding of Medieval Literature*, Madison: University of Wisconsin Press, 1987.

Pearsall, Derek, *Arthurian Romance: A Short Introduction*, Oxford: Blackwell, 2003.

Perkins, Nicholas, ed., *Medieval Romance and Material Culture*, Cambridge: D. S. Brewer, 2015.

Pickford, Cedric E., and Rex Last, eds., *The Arthurian Bibliography: Author Listing*, Vol. Ⅰ, Cambridge: D. S. Brewer, 1981.

Pickford, Cedric E., and Rex Last, eds., *The Arthurian Bibliography: Subject Index*, Vol. II, Cambridge: D. S. Brewer, 1983.

Pollard, A. L., *Late Medieval England: 1399 – 1509*, Harlow, UK: Pearson Education, 2000.

Powicke, Maurice, *The Thirteenth Century, 1216 – 1307*, 2nd ed., Oxford: Clarendon, 1962.

Richardson, Malcolm, "Henry V, the English Chancery, and Chancery English", *Speculum*, Vol. 55, No. 4, 1980.

Risden, E. L., ed., *Sir Gawain and the Classical Tradition: Essays on the Ancient Antecedents*, Jefferson, NC: McFarland, 2006.

Roberts, Jane, "Layamon's Plain Words", in Jacek Fisiak, ed., *Middle English Miscellany: From Vocabulary to Linguistic Variation*, Poznań: Motivex, 1996.

Rudorff, Raymond, *Knights and the Age of Chivalry*, New York: Viking, 1974.

Ruddick, Andrea, *English Identity and Political Culture in the Fourteenth Century*, Cambridge: Cambridge University Press, 2013.

Schmolke-Hasselmann, Beate, *The Evolution of Arthurian Romance*, trans. Margarete Middleton and Roger Middleton, Cambridge: Cambridge University Press, 1999.

Seton-Watson, Hugh, *Nations and States: An Inquiry into the Origins of Nations and the Politics of Nationalism*, Boulder, CO: Westview, 1977.

Severs, J. Burke, ed., *A Manual of the Writings in Middle English: 1050 – 1500*, New Haven: Connecticut Academy of Arts and Sciences, 1967.

Shichtman, M. B., and J. P. Carley, eds., *Culture and the King: The Social Implications of the Arthurian Legend*, Albany: State Unoversity of New York Press, 1994.

Shoaf, R. A., *The Poem as Green Girdle: Commercium in Sir Gawain and the Green Knight*, Gainesville: University of Florida Press, 1984.

Shuffelton, George, ed., *Lybeaus Desconus*, TEAMS Middle English Texts, University of Rochester, http://d.lib.rochester.edu/teams/text/shuffelton-codex-ashmole-61-lybeaus-desconus, July 10, 2017.

Smith, Anthony D., *Ethnic Origins of Nations*, New York: Blackwell, 1986.

Spearing, A. C., *The Gawain Poet: A Critical Study*, Cambridge: Cambridge University Press, 1970.

Spearing, A. C., *Readings in Medieval Poetry*, Cambridge: Cambridge University Press, 1987.

Southern, R. W., *Medieval Humanism and Other Studies*, Oxford: Blackwell, 1984.

Spisak, James W., ed., *Caxton's Malory: A New Edition of Sir Thomas Malory's Le Morte Darthur*, Berkeley: Unoversity of California Press, 1983.

Stephany, William Alexander, "A Study of Four Middle English Romances", PhD dissertation, University of Delaware, 1969.

Steward, Gorge R., "English Geography in Malory's *Morte Darthur*", *Modern Language Review*, Vol. 30, No. 2, 1935.

Takamiya, Toshiyuki, and Derek Brewer, eds., *Aspects of Malory*, Arthurian Studies I, Cambridge: D. S. Brewer, 1981.

Taylor, A. B., *An Introduction to Medieval Romance*, New York: Barnes and Noble, 1969.

Thierry, Augustin, *History of the Conquest of England by the Normans*, Vol. I, London: J. M. Dent, 1907.

Thomas, Hugh M., *The English and the Normans: Ethnic Hostility, Assimilation, and Identity 1066–1220*, Oxford: Oxford University Press, 2003.

Thompson, Raymond H., *The Return from Avalon: A Study of the Arthurian Legend in Modern Fiction*, Westport, CT: Greenwood, 1985.

Thompson, Raymond H., and Keith Busby, eds., *Gawain: A Casebook*, New York: Routledge, 2006.

Todorov, Tzvetan, "The Origin of Genres", trans. Richard M. Berrong, *New Literary History*, Vol. 8, No. 1, 1976.

Treharne, Elaine, and Greg Walker, eds., *The Oxford Handbook of Medieval Literature in English*, Oxford: Oxford University Press, 2010.

Tuck, Anthony, *Crown and Nobility: England 1272–1461*, 2nd ed., Oxford: Blackwell, 1999.

Turville-Peter, Thorlac, *England the Nation: Language, Literature and National Identity 1290–1340*, Oxford: Clarendon, 1996.

Vantuono, William, ed. and trans., *Sir Gawain and the Green Knight: A Dual-Language Version*, New York: Garland, 1991.

Wacher, John, *Roman Britain*, Gloucester: Sutton, 1998.

Waite, Arthur Edward, *The Holy Grail: The Galahad Quest in the Arthurian Literature*, New Hyde Park, NY: University Books, 1961.

Wallace, David, ed., *The Cambridge History of Medieval English Literature*, Cambridge: Cambridge University Press, 1999.

Wheatley, Henry B., ed., *The Prose Merlin*, rep., Vol. 1, Kalamazoo: University of Western Michigan Press, 1998.

Weiss, Judith, ed., *Wace's* Roman de Brut: *A History of the British*, rev. ed., Exeter, UK: University of Exeter Press, 2002.

Wenger, Luke, "The New Middle Ages", *Medieval Perspectives*, Vol. 15, 2000.

Weston, Jessie L., *Legend of Sir Gawain: Studies upon Its Original Scope and Significance*, London, D. Nutt, 1897.

Williams, David, *Cain and Beowulf: A Study in Secular Allegory*, Toronto: University of Toronto Press, 1982.

Williams, D. J., "Alliterative Poetry in the Fourteenth and Fifteenth Centuries", in W. F. Bolton, ed., *Sphere History of Literature in the English Language: The Middle Ages*, London: Sphere Books, 1970.

Wilson, R. M., *Early Middle English Literature*, 3d ed., London: Methuen, 1968.

亚瑟王文学大事年表[①]

公元前 55、前 54 恺撒在征服高卢（今法国）期间，为阻止同为凯尔特人的不列顿人支援高卢人，率罗马军团两度跨越海峡，进入不列颠南部。

公元 43 罗马皇帝克劳迪一世（Cloudius，AD 41—54 在位）入侵不列颠，建立罗马行省，开启罗马—不列颠（Roman-Britain）时代。

313 米兰法令（Edict of Milan）颁布，将基督教在罗马帝国合法化。皇帝康斯坦丁（Constantine the Great，306—337 年在位）在其中发挥决定性作用，他因此被称为罗马帝国"第一位基督徒皇帝"。

4—6 世纪 英雄时代，日耳曼民族大迁徙，476 年西罗马帝国灭亡。

389？—461 爱尔兰著名基督教圣徒帕特里克（St Patrick）生卒年。

380 信奉基督教的皇帝狄奥多西一世（Theodosius，379—395 年在位）将基督教定为罗马帝国国教，并于 391 年下旨关闭所有异教神庙。

406—407 罗马军队分批撤离不列颠以抵抗南迁的日耳曼人和保卫帝国中心地区。

449？ 盎格鲁-撒克逊、朱特等日耳曼部族大约于该年开始入侵不列颠。

480？—524 后期罗马的哲学家波伊提乌（Anicius Manlius Boethius）生卒年；其名著《哲学的慰藉》对欧洲中世纪文化和文学，包括亚瑟王文学都产生了重大影响。

6—7 世纪 古英语和古英语文学开始出现。

[①] 本年表中一些作品的产生年代参考了 Elizabeth Archibald and Ad Putter, eds., *The Cambridge Companion to the Arthurian Legend* (Cambridge: Cambridge Ubiversity Press, 2009) 里的大事年表、*Encyclopeadia Britannica* (2003) 以及许多其他学者的研究成果。

516?—570? 吉尔达（Gildas）生卒年；其拉丁文著作《不列颠之毁灭》(*De Exidio Britanniae*, 548?) 记录了6世纪盎格鲁—撒克逊人进攻不列颠王国时期的一些历史事件和当时的社会状况。

516? 玛顿山之战（battle of Mount Madon），不列颠人大败撒克逊人，吉尔达在书中描写了该战役，亚瑟王传说起源于此；10世纪的《威尔士编年史》(*Annales Cambriae*) 也记载了该战役。

537? 传说中的剑兰之战（Battle of Camlann），即亚瑟王与莫德雷德之间的最后一仗，亚瑟王朝随之解体。该战役最先出现在《威尔士编年史》中。

563 爱尔兰著名传教士圣哥伦巴（St Golumba, 521—597），像耶稣一样率12门徒，来到埃奥纳（Iona）建立修道院，该地随即成为苏格兰以及英格兰北部基督教的摇篮和传教中心；7世纪来自该地区的传教士成为使英格兰北部皈依基督教的主要力量。

570—633 伊斯兰教创始人穆罕默德生卒年；在欧洲中世纪浪漫传奇文学（包括亚瑟王传奇作品）里，穆斯林被污蔑为邪恶势力。

590—604 著名教皇格里高利一世（Gregory the Great）在位，他对罗马教会进行了以主教教区制为中心的重大改革，使之成为罗马天主教的基本制度。

597 教皇格里高利一世派奥古斯丁（St Augustine of Canterbury, ?—604）前往英格兰传教，其传教活动开始于肯特，这一年一般被看作英格兰教会开始之年；奥古斯丁成为英国历史上第一任坎特伯雷大主教。奥古斯丁传教团及其继任者与来自北方埃奥纳地区的传教士共同将英格兰纳入基督教世界。

673—735 比德（Bede）生卒年；比德大约于679年开始撰写《英格兰人教会史》(*The Ecclesiastical History of the English People*)。该书大约完成于731年，是英国历史上第一部重要史书。

8—10世纪? 古英语史诗《贝奥武甫》(*Beowulf*)。

742—814 卡洛林王朝查理大帝（Charlemagne, 即 Charles the Great, 800—814在位）生卒年，他于800年由教皇加冕为神圣罗马帝国皇帝。查理是中世纪法兰西题材的浪漫传奇之中心人物。

787 维京人（主要是丹麦人）开始入侵不列颠。

796?—830? 嫩纽斯（Nennius, 生卒年不详）编纂编年史《不列顿人史》(*Historia Brittonum*); 书中记载了亚瑟王的战斗。

849—899 盎格鲁-撒克逊时代杰出的国王阿尔弗雷德 (Alfred the Great, 871—899 年在位) 生卒年; 他组织编纂的《盎格鲁-撒克逊编年史》(*Anglo-Saxon Chronicle*) 一直持续到 12 世纪中期, 是盎格鲁-撒克逊时代最重要的文化工程。该编年史是研究英国早期历史必须的著作, 也为英格兰浪漫传奇提供了素材。

9 世纪？ 古威尔士诗歌《哥多森颂》(*Y Gododdin*); 一部颂扬在公元 600 年前后抗击入侵的撒克逊人 (实为盎格鲁人) 时战死的哥多森 (一个不列颠人的王国) 英雄们的挽歌集, 书中提及亚瑟。

950？ 《威尔士编年史》(*Annales Cambriae*), 该编年史提及亚瑟和莫德雷德战死的剑兰之战。

991 玛尔顿之战, 古英语史诗《玛尔顿之战》(*The Battle of Maldon*) 描写该战役。头韵体《亚瑟王之死》里高文和亚瑟王战死的两个悲壮场面与高昂的语言风格与该史诗的描写颇有相似之处。

10—11 世纪 现存 2 个最早的亚瑟王民间故事创作时间。其中《库尔胡奇与奥尔温》(*Culhwch and Olwen*) 是最早称亚瑟为国王的故事。这些故事现收集在威尔士民间故事集《马比诺吉昂》(*Mabinogion*) 里。

1000—1100 史诗性质的法语武功歌出现, 包括著名史诗《罗曼之歌》(*Chanson de Roland*); 法语武功歌是中世纪欧洲最重要的叙事体裁浪漫传奇的主要源头之一。

1066 诺曼征服; 盎格鲁-【不】撒克逊时代结束, 盎格鲁-诺曼王朝开始。

1096—1199 第一次十字军东征。

1105？ 意大利北部的摩德纳大教堂 (Modena Cathedral) 拱门上出现关于亚瑟王传奇故事的浮雕。

11 世纪末—12 世纪初 法国新诗运动 (Troubadour poetry) 开始, 阿奎坦 (Aquitaine) 公爵威廉九世 (1071—1127) 为其早期代表人物; 该运动可被视为欧洲现代文学的开端。威廉公爵的女儿艾琳诺 (Eleanor) 和外孙女玛丽 (Marie) 是新诗运动和亚瑟王浪漫传奇最著名的庇护者。

1135？—1138？ 蒙莫斯的杰弗里 (Geoffrey of Monmouth) 的拉丁文编年史《不列颠君王史》(*Historia Regum Britanniae*); 书中的亚瑟王部分可被视为亚瑟王文学的开山之作。

1140? 西班牙史诗《熙德之歌》(*El Cantar del Mio Cid*)。

1146—1148 第二次十字军东征。

1150? 杰弗里的拉丁文《梅林传》(*Vita Merlini*)。

1150—1160? 《底比斯传奇》(*Roman de Thebes*)、《埃涅阿斯传奇》(*Roman d'Eneas*)、不列颠的托马斯(Thomas of Britain)的"宫廷版"《特里斯坦》(*Tristan*)和贝洛尔(Beroul)的"通俗版"《特里斯坦》(*Tristan*)等最早的浪漫传奇作品出现。其中特里斯坦传奇系列后被纳入亚瑟王传奇文学。

1154—1189 英王亨利二世在位;在亨利二世与王后艾琳诺的倡导和支持下,宫廷文化与浪漫传奇在英国出现并获得迅速发展。

1155 瓦斯(Wace)按杰弗里的《不列颠君王史》创作盎格鲁-诺曼语编年史诗作的《不鲁特传奇》(*Rouman de Brut*),该作品为亚瑟王浪漫传奇的重要源头。

12世纪中期 牛津大学逐渐形成。

1160—1165? 贝诺瓦(Benoit)的《特洛伊传奇》(*Roman de Troie*)。

1160—1174? 瓦斯遵亨利二世吩咐,创作《卢之传奇》(*Roman de Rou*),歌颂诺曼人历史上的英雄业绩,高潮为对英格兰的征服。后因亨利另叫他人撰写,该诗作最终未能完成,现存约17000行。

1170s—1180s? 盎格鲁-诺曼语女诗人法兰西的玛丽(Marie de France)在英格兰生活和创作,她的诗体短篇浪漫传奇籁诗(Lais)被认为是短篇小说的源头之一,其中《兰弗尔之歌》(*Lai of Lanval*)是优秀的亚瑟王传奇故事。

1170—1191? 克雷蒂安(Chretien de Troyes,生卒年不详)创作的5部亚瑟王传奇作品,为亚瑟王浪漫传奇文学之开端。

1185? 安德里阿斯(Andreas Capellanus)的《高尚爱情之艺术》(*De Art Honeste Amandi*),书中列出31条"爱情规则";该书为中世纪宫廷爱情的理论指南。

1187—1192 第三次十字军东征。

1191 格拉斯顿堡修道院(Glastonbury Abbey)的修士们宣称,在该修道院一个墓室里发现亚瑟王和王后遗骸,据说墓室的铅制十字架墓碑上刻着:"在阿瓦隆岛上,这里安息着亚瑟王和他的第二位妻子格温娜维尔。"1278年4月19日,在爱德华一世和王后的主持下,两具遗骸被迁葬至该修道院新修的豪华陵墓。该陵墓与修道院在 1539 年（亨利八世时期）毁于宗教改革运动。

1200？ 日耳曼史诗《尼伯龙根之歌》(*Nibelungenlied*)。

1200—1210？ 拉亚蒙（Layamon）的英语头韵体编年史诗作品《布鲁特》(*Brut*)；该书中有关亚瑟王的部分可视为英国历史上第一部英语亚瑟王文学作品。

1198—1204 第四次十字军东征。

1204 英国失去诺曼底。

1209 现存最早关于剑桥大学的记载。

1210—1230？ 法语散文亚瑟王"正典系列"（the Vulgate Cycle）；该系列共 5 部，是亚瑟王传奇文学发展史上的里程碑，对后来亚瑟王文学，包括中古英语亚瑟王文学的发展有重大影响。

1225？ 《霍恩王》(*King Horn*)，现存最早的英语浪漫传奇，是根据大约产生于 1170 年的盎格鲁-诺曼语同名作创作。

1225—1230？ 洛里斯（Guillaume de Lorris）创作法语浪漫传奇《玫瑰传奇》(*Roman de la Rose*) 前 4058 行；约 40 年后，莫恩（Jean de Meun）将其续完，莫恩部分长达 17722 行，该诗作影响了随后两个世纪的欧洲文学，包括英诗之父乔叟的作品和亚瑟王浪漫传奇。

1226？—1274 中世纪经院哲学传统中最有影响的神学家和哲学家圣托马斯·阿奎纳斯（Thomas Aquinas）生卒年。

1227—1229 第五次十字军东征。

1235—1240 法语散文亚瑟王"后正典系列"（the Post-Vulgate Cycle），该系列是对"正典系列"的改写，具有更明显的宗教色彩，并深刻影响了后来的亚瑟王文学，包括中古英语亚瑟王作品。

1248—1254 第六次十字军东征。

1250？ 法语散文体《特里斯坦》；该书将特里斯坦传奇融入亚瑟王传奇文学。该书在中世纪极有影响，也是马罗礼的《亚瑟王之死》中篇幅最长的《特里斯坦之书》的源本。

1250—1300？ 英语《亚瑟与梅林》(*Arthour and Merlin*) 翻译和改写自"正典系列"里的《梅林传》，是拉亚蒙的《布鲁特》之后现存最早的英语亚瑟王文学作品。

1260？ 荷兰语《高文传奇》(*Roman van Walewein*)。

1265 意大利著名诗人但丁出生。

1270 第七次十字军东征。

1273—1307 英王爱德华一世在位。1278 年他与王后在格拉斯城堡主持迁葬，据说是亚瑟王和格温娜维尔遗骸的仪式。

13 世纪后期 英语《特里斯坦爵士》（*Sir Tristrem*）。

1290 爱德华一世在温切斯特举行"圆桌骑士"比武大会。

1300—1340 英语《加勒的波西瓦尔爵士》（*Sir Perceyvell of Galles*）。

1304 意大利著名诗人彼得拉克（Francesco Petrarch）出生。

1309—1377 天主教会历史上的所谓"巴比伦之囚"，罗马教廷驻法国阿维庸，受法国控制。

1307—1321 但丁创作《神曲》。

1313 意大利著名文学家薄迦丘（Giovanni Boccaccio）出生。

1321 但丁去世。

1327 爱德华三世登基为英国国王，开始了他长达 50 年的统治。

1330? 中古英语浪漫传奇《沃里克的盖伊》（*Guy of Warwick*）。

1330 约翰·高尔（John Gower）出生，在 15、16 世纪的英国文坛，高尔大体与乔叟齐名。

1337 为争夺法国王位，爱德华三世发动对法战争，英法百年战争开始。

1340? 法语散文《佩塞福雷传奇》（*Perceforst*）；这是一部将亚瑟王传奇同亚历山大传奇联系在一起的巨著。

1341 彼得拉克受封为罗马帝国之后欧洲第一位桂冠诗人。

1342? 杰弗里·乔叟出生。

1346 英国在克里西（Crecy）之战大胜法国；爱德华三世随即不断举行大规模骑士比武大会。

1348 爱德华三世根据亚瑟王传说中的圆桌骑士制正式创立嘉德骑士制（the Order of Garter）。

1348—1351 薄迦丘创作《十日谈》。

1350s 古英诗传统的头韵诗歌体在英格兰北部和西北部流行，英国诗坛开始了中古英语头韵体诗歌复兴运动。

14 世纪中期 英语《亚利马太的约瑟》（*Joseph of Arimathie*）。

1370? 乔叟第一部重要作品《公爵夫人书》（*Book of Duchess*），被

视为英语文学史上第一部真正意义上的宫廷诗歌。

14 世纪中后期　英语《利博·德斯考努》（*Lybeaus Desconus*）。

1387　乔叟开始创作《坎特伯雷故事》，其中包括亚瑟王故事《巴思妇人的故事》。

14 世纪后期　头韵体《亚瑟王之死》（the alliterative *Morte Arthure*）。

14 世纪后期　托马斯·切斯特（Thomas Chestre，生卒年不详）的《郎弗尔爵士》（*Sir Launfal*）。

1390s?　英语《高文爵士与绿色骑士》（*Sir Gawain and the Green Knight*）。

1390s　乔叟创作《巴思妇人的引子》和《巴思妇人的故事》。

14 世纪末　英语《亚瑟王之瓦德陵湖历险记》（*The Awntyrs off Arthure at the Terne Wathelyne*）。

1400　乔叟去世，《坎特伯雷故事》未能最终完成。

1400?　英语节律体《亚瑟王之死》（the stanzaic *Morte Arthur*）。

1400?　英语《高文爵士与卡莱尔之粗人》（*Sir Gawain and the Carle of Carlisle*）。

1400 前后　英语《亚瑟王、高文爵士、凯爵士和布勒顿的鲍德温爵士之誓言》（*The Avowynge of King Arthur, Sir Gawain, Sir Kaye, and Sir Bawdewyn of Bretan*）。

1405?　托马斯·马罗礼（Sir Thomas Malory）出生。

1413　亨利五世（1413—1422 年在位）登基。

1415　亨利五世发动英法百年战争中新一轮进攻，在随后几年中英军取得一系列重大胜利。

15 世纪前期　英语《伊万与高文》（*Ywain and Gawain*）。

1450 前后　英语《高文爵士与瑞格蕾尔女士的婚礼》（*The Wedding of Sir Gawain and Dame Ragnelle*）。

1453　君士坦丁堡被奥斯曼帝国攻陷，东罗马帝国灭亡；英法百年战争结束，英国失败并失去除加莱外大陆上的所有领土。

15 世纪中期　洛夫里奇（Henry Lovelich，生卒年不详）的《梅林》（*Merlin*）和《圣杯史》（*History of the Holy Grail*），均译自法语"正典系列"。

1455　英格兰王室中兰开斯特家族和约克家族之间长达 30 年的玫瑰战争（the War of Roses, 1455—1485）开始。

1457—1464? 哈丁（John Hardyng，1378—1465）的 2 卷本编年史，其中有关于亚瑟王传说的内容，对马罗礼的《亚瑟王之死》有一定影响。

1460? 佚名英语散文《梅林》（the Prose *Merlin*）。

15 世纪中后期 英语《高文爵士武功记》（*The Jeaste of Syr Gawayne*）。

1469—1470 马罗礼完成《亚瑟王之死》（*Le Morte Darthur*）。

1476 凯克斯顿（William Caxton，1422?—1492?）在西敏寺创建英国第一个印刷所，印刷了许多英语经典作品。

15 世纪后期 英语《高文爵士之婚姻》（*The Marriage of Sir Gawain*）；英语《戈罗格拉斯与高文的骑士故事》（*The Knightly Tale of Gologras and Gawain*）；苏格兰诗人的英语《湖上骑士朗斯洛》（*Lancelot of the Laik*）。

1481—1492? 德国人乌尔里希·菲埃特勒尔（Ulrich Fuetrer，1450—1498?）将大量德语亚瑟王传奇作品整合成 4 万多诗行的大部头《历险记》（*Buch der Abentever*）。

1485 凯克斯顿印刷出版马罗礼的《亚瑟王之死》。

15 世纪末 英语《亚瑟王与康沃尔王》（*King Arthur and King Cornwall*）。

1500? 英语《绿色骑士》（*The Grene Knight*）。

1500? 英语《土耳其人与高文》（*The Turke and Gowin*）。

16 世纪前期 英语《卡莱尔之粗人》（*The Carle of Carlisle*）。

索　引

（按汉语拼音为序）

阿格拉文（艾格雷文）　410，411，414－416，419，439，441，450，456；462，472－475

阿拉伯　16，18，30，32，39，41，46，58，59

阿兰努斯（Alanus de Insulis）①　96，97

阿隆斯坦（Susan Aronstein）　124，125，165，175，176，229，280，289，361，368

阿伦丹　227，229，230－234

阿诺德（Matthew Arnold）　488

阿舍（Laura Ashe）　30，31，77，78

阿斯克洛特的少女（爱莲娜）　214，410，411，413，472，473

阿瓦隆　2，79，83，91，97，106，115，116，130，152，178－181，222，336，341，393，401，405，423，441，480

爱德华三世　2，48，49，71，129，132，185，201，308，309，339－343，345，346，348，396，408

爱德华一世　2，79，130－132，181，186，201，277，341

埃克特　410，413

艾琳诺（Eleanor）　20，30，33，55，62，63，66，71，119－123，135，137，157，168，172，221

埃涅阿斯　4，27，29，105，315－317，344

《埃涅阿斯传奇》（Roman d'Eneas）　24，29，31，36，77，137，139

安德里阿斯（Andreas Capellanus）　54，55，58，60，137

《高尚爱情之艺术》（De Art Honeste Amandi）　54，55，58，60

安茹王国　10，29，32，34，62，63，66，122，123，139，168，173，348

盎格鲁－诺曼语　5，11，17，24，26，33，34，36，62，64－67，71，74－78，101，118，119，156，163，166，192，193，210，219，276，305，348

盎格鲁－诺曼语浪漫传奇　42，62－66，68－72，75－78，98，113，124，132，173，187，210，224

盎格鲁－诺曼语文学　32，33，64－66，

---

① 除国内比较熟悉的思想家、文学家、历史人物和学者以及作品人物和译著外，本索引提供外语人名、书名。

索 引

73—77，133

《盎格鲁-萨克逊编年史》（Anglo-Saxon Chronicle） 102，103，118，157，171

盎格鲁-萨克逊传统 159，162，164，165，175，177，181，182，229

奥尔巴赫（Erich Auerbach） 44，447

奥古斯丁 27，100

奥勒良（Ambrosius Aurelianus） 82，87

奥维德 5，17，29—31，57，58，100，137，138，188，230，238

《爱之艺术》 57，58

《变形记》 137

巴林 442，462

巴隆（W. R. J. Barron） 29，52，65，107

巴思妇人 241，243—251，442

巴斯骑士制 271，272

鲍德温 360，361，363—367

鲍德温主教 260—263，265

鲍尔斯 410，411，414，415，417，424，463，467—469，471，472，475，476

贝奥武甫 175，377，387，402

《贝奥武甫》 157，166，168，171，175，184，229，240，267，306，323，376—378，381，385，387，388，393，401，416

贝德维尔（Bedivere） 93，423，478

悲剧 6，67，147，150，213—215，218，347，373，375—379，381，392，393，396，401，404，422，469，487

贝洛尔（Beroul） 67，212—214

《特里斯坦传奇》（Le Roman de Tristan） 67，213

贝诺瓦（Benoît de Sainte-Maure） 25，26，30，119，317

《诺曼底公国年鉴》（Chronique des ducs de Normandie） 25，26

《特洛伊传奇》（Le Roman de Troie, 1155—60?） 26，30，317

比德（Bede） 85，87，91，92，98，100，101，103，105，158

《英国人教会史》（Historia ecclesiastica gentis Anglorum） 85，91，100，103，158

彼特拉克 53，167

编年史传统 91，134，135，137，139—141，144，149，152，153，156，172，182，183，211，254，348，351，375，376，381，387，405，436，484

薄伽丘 7，30，167，169，188，241，317，322

《菲洛斯特拉托》 7，169，188，317

《十日谈》 241

《苔塞伊达》 169，188，322

波德尔（Jean Bodel） 41，42

柏拉图 17，18，331

波西瓦尔（帕西维尔） 196，197，200，205—211，277，301，304，463，467—469

波伊斯 388，400

波伊提乌 35，249，356，367，379，392，393

《哲学的慰籍》 35，236，356，367，379，392

布朗德勒斯 295，297—300

不列颠传统 63，92，107，110，115—118，141，143，148，149，158，172，174，181，317，319

不列颠题材 5，41，63，71，75，133，

— 513 —

138

不列颠传统　83，98，104，107，109，110，127，158，159，174，181，182

布隆（Bron）　199

布鲁斯（James Douglas Bruce）　113，115，139

布鲁图　24，101，105，106，182，315，316，321，343，344

查理大帝（Charlemagne）　15，24，39，41，42，115，139，364，368，415，483

《查理大帝游记》（Le Pèlerinage de Charlemagne）　368

"丑妇变美女"母题　245，248，276，277，302

仇杀（feud）　171，415，516，462，472

粗人　259－266

大陆传统　66，69，77，173，178，192，193，195，210，253，347，403，481

但丁　147，167，317

《神曲》　147

《丹麦人哈弗洛克》（Havelok the Dane）　77

德莱顿　30，242，267，487

　《亚瑟王：不列颠贤王》（King Arthur: The British Worthy, 1691）　487

《底比斯传奇》（Roman de Thebes）　24，29，139

《底比斯战记》（Thebaid）　24，29，139

丁尼生　11，190，200，427，458，487，488

　《国王之歌》（Idylls of the King）　200，488

　《史诗：亚瑟王之死》（Epic: Morte d'Arthur）　488

恩格斯　55，59，60

法国传统　62，63，124，152，227，347，374，403－405，409，443，444，481

菲尔德（Rosalind Field）　69，71，75，76，470

菲尔丁（Henry Fielding）　487

《悲剧中的悲剧》（The Tragedy of Tragedies）　487

福尔顿（Helen Fulton）　114，115

福柯　22，23

弗莱　36，39，140，224

弗莱契（R. H. Fletcher）　80，88，118，126，179

盖马尔（Geffrei Gaimar）　70，101，118

《英格兰人之历史》（L'Estoire des Engleis, 1130s?）　70，101，118

高海里斯　439，456，460－462，474－476，479

高雷斯（鲍曼）　57，302，439，448，452－457，459，461，462，468，473－476，479

高文　49，61，79，95，114，116，143，178，188，209，211，227，228，231－233，235，240，244，253，255－266，268－272，274－276，278－288，290－305，312－316，318－339，344－353，356－358，360，362，363，366－368，370，377，384，388－390，397－401，409－422，438，439，441，443，444，448，451－453，456，458，460－462，465，468，469，472－480，485

《高文爵士与卡莱尔之粗人》（Sir Gawain and the Carle of Carlisle）　257－260，263，264

《高文爵士与瑞格蕾尔女士的婚礼》（The

514

索 引

Wedding of Sir Gawain and Dame Ragnelle） 230，257，277 – 284，359，360

《高文爵士武功记》（The Jeaste of Syr Gawayne） 258，295 – 300

《高文爵士之婚姻》（The Marriage of Sir Gawain） 257，258，267，268，273，277 – 279，281，368

《高文》诗人 269，271，307，308，310 – 339，342 – 346

《高文爵士与绿色骑士》（Sir Gawain and the Green Knight） 7，8，12，143，167，173，187，202，226，228，256，258，259，266，268，270，272，273，275，285，294，305 – 347，349 – 351，353，357 – 359，369，373，374，382，384，396，405，441，484

高文系列传奇 143，244，253，256 – 305，347，351，359，367，452

戈登（E. V. Gordon） 12，306

《哥多森颂》（Y Gododdin） 92，102

格拉斯顿堡 2，79，123，130 – 132，152，181，200，201，203 – 205，255，341，393，401，424

格拉梅尔 279 – 282，284

《格莱兰》（Graelent） 223，224

格里高利 350，354

格林洛（Edwin A. Greenlaw） 361

戈罗格拉斯 287，290 – 294

《戈罗格拉斯与高文的骑士故事》（The Knightly Tale of Gologras and Gawain） 230，257，285 – 295，362，368，371，372，390

戈特弗里德（Gottfried von Strassburg） 67，212，213，217 – 219

《特里斯坦与伊索尔特》（Tristan und Isolde） 67，212，217，219

哥特艺术 14，18，19，32

格温娜维尔（奎妮佛） 2，56，57，61，62，70，79，95，112，123，115，131，141，142，146，147，152 – 154，191，218，220，221，238，253 – 255，282，292，300，328，332，351，353 – 356，358，362，363，368，369，374，397，404，405，408 – 415，417，419，421，423，424，437，442，449 – 451，457，459，460，463，464，470 – 475，478，479

宫廷爱情 5，12，19，23，29 – 31，41，43 – 45，52 – 63，69，77，111，113，137，138，141，142，146，148，150，152 – 154，172，173，193，194，205，211，214，217 – 219，227，230，236，239，253，254，272，294，314，328，329，332，343，374，404，409，450，451，454，455，459，460，471，479

宫廷文化 19，23，29，31，52，54，55，60，63，74，77，97，103，110，111，113，116，119 – 125，127，133，138 – 142，153，159，164，165，168，172，173，176 – 178，181，182，193，211，212，220，221，225，227，240，254，262，305，308，310，328，329，340，343，374，403，447，455，458

古典文化 17，18，20，21，36，60，165

古英诗传统 6，157，162，163，165，167，168，171，173，175，177，182，191，194，203，217，226，291，376，390，403，404

— 515 —

古英语文学 20，21，28，65，157，159，164，166，168，169，182，184，229，380

圭多（Guido delle Colonne） 30，317

《特洛伊覆灭史》（Historia Destructionis Troiae） 316，317

鬼魂（格温娜维尔的母亲） 350，353-358，371

哈斯金斯（Charles Homer Haskins） 13，14，30

    《12世纪文艺复兴》（The Renaissance of the Twelfth Century） 13，30

《哈维洛克之歌》（Lai d'Haveloc） 68，70，77，224

《汉普顿之贝维》（Boeve de Haumtone） 68

荷马 100，117，316，317

    《伊利亚特》 316，317，376，381

黑王子 48，49，185，308，309，322，341，342，396

亨利二世 10，20，25-27，30，32-34，46，50，55，62，63，66，71，73，112，113，119-123，125，129，131，132，157，168，172，177

亨利七世 486

亨利四世 271，309

亨利五世 25，49，50，132，185，201，396

后正典系列（the Post-Vulgate Cycle） 6，8，37，61，146，150，153-155，190，200，256，426，436，437

    《梅林传》（Estoire de Merlin） 154，436

    《圣杯史》 154

    《亚瑟之死》（Mort Artu） 154，200

《追寻圣杯》 154

《湖上骑士朗斯洛》（Lancelot of the Laik） 143，234-241，253，448

湖上仙女 146，238，438，441

《霍恩传奇》（Roman de Horn） 42，68，78

《霍恩王》（King Horn） 65，192，219

霍华德（Donald R. Howard） 14，248

怀特（Terence Hanbury White） 190，427

基督教 3-6，16，18，19，21，27，28，37，41，47，48，50，51，58，59，79，83，84，89，94，99，100，105，107，110-112，114，117，122，129，139，142，144-146，148-153，169，190，194-200，202-204，206，209，221，225，247，254，262，271，273，275，276，314，323，325，326，331，332，335-337，344，348，350，352，354，355，358，369，371，379，380，381，392，394，409，411，416，418，422，423，425，437，438，440，441，454，470，475，476，481

吉尔伯特 297-299

吉尔达斯（Gildas） 86，87，89，90，100，101，103，105，255

    《不列颠之毁灭》（De Excidio Britanniae） 86，100，103，255

嘉德骑士制 46，129，132，186，270-272，275，339-343，345

加拉哈德 57，151，203，205，443，463-465，467-469，471，480

《加勒的波西瓦尔爵士》（Sir Perceyvell of Galles） 200，205-211，228，234，302，303，305

加勒龙 357，358

索 引

家族主题 133, 209, 210, 217, 219, 276, 305

剑兰之战 90, 91

"交换战利品"母题 272, 313, 314, 328

杰弗里（Geoffrey of Monmouth） 1, 4, 5, 8, 17, 24, 26, 28, 32, 36, 49, 85 – 88, 91, 93, 94, 96, 97, 99 – 122, 124 – 126, 130, 133, 134 – 137, 139 – 141, 143, 144, 148, 149, 152, 156 – 162, 165 – 169, 171, 172, 174, 179, 181, 182, 189, 190, 191, 199, 254 – 256, 315, 318, 321, 325, 348, 349, 356, 375, 376, 381, 385, 390, 391, 393, 401, 403, 441, 444

　《不列颠君王史》（Historia regum Britanniae） 1, 4, 5, 8, 17, 24, 26, 28, 32, 36, 85 – 87, 91, 93, 94, 99 – 118, 120, 121, 124, 126, 130, 133, 134, 136, 137, 152, 156 – 160, 165, 168, 169, 171, 174, 179, 181, 189, 255, 315, 321, 324, 325, 348, 356, 375, 376, 390, 391, 441

　《梅林的预言》（Prophetia Merlini） 96, 107

　《梅林之书》（Libellus Merlini） 107

　《梅林传》（Vita Merlini） 107, 116

杰拉德（Gerald of Wales） 2, 123, 131, 132

节律体《亚瑟王之死》（the stanzaic LeMorte Arthur） 8, 61, 124, 133 – 135, 142, 152, 187, 221, 226, 235, 253, 347, 373, 403 – 424, 426, 427, 436, 448, 461, 462, 470, 472, 477, 484

精神救赎 146, 150, 151, 153, 196, 200, 467

卡莱尔（Carlisle） 113, 114, 279, 350, 352, 359, 362, 363, 381, 384

《卡莱尔之粗人》（The Carle of Carlisle） 257 – 260, 262 – 265, 267, 268, 278, 372

卡米洛 234, 312, 318, 319, 324, 327, 331, 334, 405, 411, 464, 469, 471, 489

凯 93, 227, 255, 260 – 263, 265, 266, 274, 287, 288, 360, 362, 363, 367, 382, 390, 452, 453

凯克斯顿（William Caxton） 79, 117, 427, 429 – 436, 441, 444, 448, 456, 457, 464

恺撒 81 – 84, 382

《高卢战记》（The Conquest of Gaul） 81 – 83

"砍头"母题 264, 269, 270, 272, 273, 313, 314, 319, 320, 327, 332, 333, 335, 337

康斯坦丁（Constantine the Great） 83

康沃尔公爵 1, 109, 126, 150, 336, 438

康沃尔王 369 – 371

考验 22, 140, 233, 234, 258, 260, 261, 270, 274, 275, 281, 283, 292, 302, 305, 312 – 316, 320, 323 – 327, 330, 331, 333, 335, 336, 338, 339, 345, 361, 447, 452, 453, 466

克拉夫特（Carolyn Craft） 38, 40

克拉克（Kenneth Clark） 14, 56

克兰（Susan Crane） 66, 69, 76

克雷蒂安（Chrestien de Troyes） 1, 5, 8, 20, 24, 33, 52, 55, 57, 66, 71, 96, 128, 133 – 144, 146, 196 – 200,

517

205－211，215，221，225，226，227，230，231，234，253－256，286，292，295，302，320，375，393，408，463，464

《埃里克与艾尼德》（Erecet Enide） 56，138，139，141

《波西瓦尔》（Perceval） 136，138，141－144，196－198，200，205，206，208，225，228，234，286，295，302，320

《克里杰斯》（Cliges） 56，137，138，141，215

《朗斯洛》（Lancelot） 57，136，138，140－144，205，234，253，255，256，320，408

《伊万》（Yvain） 96，141，216

克里希纳（Valerie Krishna） 376－378

克鲁格尔（RobertaKrueger） 35，142

《莱奥诺斯的特里斯坦》（Tristan de Léonois） 67

《库尔胡奇与奥尔温》（Culhwch and Olwen） 93，102

库珀（Helen Cooper） 456，457

拉姆莱克 457，458，460－463，476

拉亚蒙（Layamon） 5，6，8，17，34，91，119，127，133，134，156－183，184，187，191－192，193，202，203，211，212，223，291，305，307，309，348，349，356，375，376，403，439，444，484

《布鲁特》（Brut） 5，6，8，17，32，34，91，119，129，133，134，156－183，184，187，191－192，193，202，211，212，291，305，307，309，347，348，349，

356，375，376，381，393，403，444，484

莱昂内尔 410，413

莱德盖特（John Lydgate） 25，285

《黑骑士之怨》（The Complaint of the Black Knight） 285

《特洛伊书》（Troy Book） 25

莱格（M. Dominica Legge） 64，65

莱西（Norris J. Lacy） 489

《兰德瓦尔爵士》（Sir Landevale） 221－225

郎弗尔（兰弗尔） 70，220－225

郎弗尔传奇 220－225

籁诗 39，66，70，71，220，221，223

浪漫传奇 1，3，4，5，6，8，9，10－13，17，18，19，20，23，24，26，28－31，33－45，51，53－55，57，60－73，75－78，81，85，86，88，90，92，93，95，97，98，99，101，105，106，110，113，114，116，117，118，120，121，124－128，132－134，135，136，137－144，145，146，149，150－154，156，159，163，165，172，173，175，177，178，180，181，183，184，187，191，192，193，194，196，201，202，204，205，206，207，208，210，211，212，213，214，215，216，218，220，221，222，223，224，226，227，228，229，231，232，234，235，236，237，242－244，258，272－273，274，275，276，277，278，285，287，291，292，293，294，295，298，299，300，302，303，304，305，311，312，314，315，317，319，320，321，322，323，325，327，330，331，337，339，347，356，

360，374，375，376，382，383，384，396，404，405，406，407，408，409，417，423，424，430，433，434，435，436，441，443，446，447，452，543，454，455，457，464，468，470，481，482，483，484，486，487，488

朗斯洛 39，49，56，57，61，141，142－143，146－147，148，152，153，154，214，218，221，228，234－235，238－239，241，253－254，255－256，285，290，292，300，319，327，328，332，348，374，383，390，401，404，405，406，408－411，412，413，414，415，416－418，420－421，422，423－424，437，441，442，443，448－451，455，456，457，458，459，460－461，462，463，464，465，466－467，468，469，470－473，474，475，476－478，479－480

莉奥纳斯 57，454－455，456，457

利博（金加兰） 301－305

理查德二世 240，271，309，322，389

理查德一世（狮心王） 25，34，49，112，123

莉纳特 453－454，455

历史观世俗化 4，27－28，99，100，103

理想主义 11，18，43－45，234，366，367，430

刘易斯（C. S. Lewis） 35，56，57，190，215，236，253

卢（Rou） 25，120

卢米斯（Roger Sherman Loomis） 96，112，162，174－175，220，276，435

卢妮特 229，230，231，233，234

卢修斯（Lucius Hiberius） 114，377，382，384－385，388，390，394，395，400，401，417，444，445，448

罗宾逊（Edward Arlington Robinson） 190

罗伯特（Robert de Boron） 144，148，190，198－199，200，213

《亚利马太的约瑟》（Joseph d'Arimathe） 144，148，198－199，200，213

《梅林》（Merlin） 144，148，190，213

罗伯逊（D. W. Robertson） 53

洛夫里奇（Henry Lovelich） 191，194－195，200，204－205

《梅林》（*Merlin*） 191，194－195，199，200，204

《圣杯史》（*History of the Holy Grail*） 194，200，204－205

罗杰斯（Gillian Rogers） 362

《罗兰之歌》（*Chanson de Roland*） 31，42，120，139，376，378，381

罗马 5，17，27，39，41，51，59，81－82，99，165，193，315，381－382，383，384－385，388，391，393，417，444，462

罗马－不列颠 81－84，85

绿色骑士（布勒德白得勒，波提拉克） 260，268－270，271，272，312，314，318－319，320，321，322，324，326，327，330，331，332－336，337，338，368－369，370，371，384

马多尔 412，414

《绿色骑士》（*The Grene Knight*） 258，264，266，267，268－272，273，275，349，362

玛顿山 87，88，90

《马尔顿之战》（*The Battle of Maldon*）

519

398，401

玛格丝 439，440

马拉米尔斯（Marramiles） 368，369，370

玛丽（Marie de Champagne） 20，33，52，62，71，135，136，137，138，139－140

玛丽（Marie de France） 66，70，78，220－221，222，223，224，225

 《兰弗尔之歌》（Lai of Lanval） 70，220－221，222，223，225

马罗礼 7，8，56，61，62，67，70，71，78，79－80，112，114，127，135，141，142－143，151，152，153，155，183，187，188，190，191，196，200，205，209，210，213，215，221，235，253，256，302，304，305，336，373，349，374，405，406－407，408，422，424，425－426，427－429，430，431－432，433，434－481，484，485，488

 《亚瑟王之死》 7，8，57，62，67，79－80，112，124，133，134，135，141，142－143，151，152，153，155，167，172，177，183，187，188，191，195，200，205，206，209，210，213，215，221，226，235，253，256，302，304，305，336，347，349，373，374，405，406－407，421，422，425－427，428－429，430，431－481，484，488

 《高雷斯之故事》 210，228，234，451－456，457

 《朗斯洛与格温娜维尔之书》 406－407，433，470－473

《朗斯洛之故事》 432，448－451，456，457

《特里斯坦之书》 432，456，457－464

《圣杯之故事》 432，464－469

《亚瑟王与卢修斯的故事》 432，444－446

《亚瑟王之故事》 432，437，438－444

《亚瑟王之死》 406，433，470，473－481

马修（William Matthews） 377，378

《猫头鹰与夜鹰》（The Owl and the Nightingale） 33，34，62，163，184

梅尔（Dieter Mehl） 216－217，218

《玫瑰传奇》（Roman de las Rose） 35，38，167，236

玫瑰战争 272，427，439，446，485－486

梅林（Merlin） 1，83，106，107－110，116，126－127，130，148，149－150，170，171，172，174，179，181，188，189－196，288，294，336，389，437－438，439，440，442－443

弥尔顿 237，326，335，338，414，487

《失乐园》 335，338，414，487

民间文学 6，8，36，65，70，75，76，80，93－99，102－104，109，115，116，127，129，130，135，140，143，174，189，198，207，208，211，212，226，237，241，245，254，256，257，259，262，263，267，272，273，276－278，295，302，303，313，319，324，347，368，483

民族精神 75，94，110，167，186，201，

索 引

273，308，310，343，348，376，377，381，431

民族身份　74，95，102，115，164，166，377

莫德雷德　90 - 91，115，133，140，152，170，178，356，385，394，396 - 397，398，399，400，401，404，414，419 - 420，421，422 - 423，439 - 440，441，442，444，446，450，462，471，472，474，475，477，478

摩德纳大教堂　95，255，325

摩根　83，116，179，269，332，336，439，441，449，450，451，463

穆斯林　49，59，192，273，274，276，385，397，446

奈特（Stephen Knight）　162，192

嫩纽斯（Nennius）　88 - 90，91，92，94，100，103，156

《不列颠史》（Historia Brittonum）　88 - 90，100，103 - 104

纽斯特德（Helaine Newstead）　11，95，177，188，195，264，381

《农夫皮尔斯》　22，187，236，307，324，374，396

诺曼征服　6，20，31，32，34，63，64，72，73，74，76，77，84，91，98，101，103，119，162 - 164，166，173，181，184，185，186，279，348，352

女权　243 - 245，300

帕顿（Lucy Allen Paton）　106 - 107，112，118，134

帕勒弥德斯　457

帕里斯（Gaston Paris, 1839—1903）　53，253

帕特森（Lee Patterson）　100 - 101

皮尔索尔（Derek Pearsall）　37，121，142，182，489

珀西对开稿本　259，266，268，273，278，367

普罗旺斯　5，34，54，59，62，103，113，138，140，142，381

普罗旺斯新诗　5，10，17，20，21，30，31，32，52，54 - 55，58 - 59，60，62，119，137，138，142

七大重罪　262，337，355，371，391，394，441

骑士比武　111 - 113，172，185 - 186，204，232，291，309，340 - 341，352，407，408，449

骑士历险主题　5，41，124，133 - 134，135，140 - 141，144，149，152，153，156，183，349，374，375，387，404，426，437，438，444，484

骑士精神　12，19，23，28，29，37，43，45 - 52，53，60，61，62，69，77，103，111，112，113，126，142，146，148，151，152，153，154，172，173，176，177，185 - 187，193，231，240，254，256，262，279，287，291，292，314，325，332，340 - 343，345，359，366，367，380，394，397，398，409，435，447，448，450，461，480

骑士文化　19，34，50，51，54，62，96，185 - 186，257，259，340，342，380，476

乔丹斯（Jordanes）　87，91，114

《哥特人之来源与业绩》（De origins actibusqueGetarum）　87

乔叟　6，7，11，20，23，29，30，34，38，42，49，51，57，64，65，75，

— 521 —

77，78，100，117，121，123，157，
167，169，173，174，185，187，188，
193，204，206，214-215，223，226，
227，235，236，237，238，240，241-
243，245，246，248，249，259，264，
267，277，278，279，281，285，291，
302，303，307，308，310，311，312，
313，314，317，320，322，328，330，
350，374，378，389，390，392，393，
396，399，420，425，430，442，457，
470，473，481，484

《百鸟议会》 237，420

《公爵夫人书》 7，169，173，188，
235，236，285

《坎特伯雷故事》 22，51，64，100，
107，167，187，204，206，226，
227，236，237，241-243，246，
259，264，302，303，307，312，
320，324，373，392，430

《巴思妇人的故事》 241，243-252，
276，277，278，279，281，284，
303

《骑士的故事》 30，169，188，204，
214，215，322，378，389，434

《托帕斯爵士》 206，302-303

《修士的故事》 214，378，392

《声誉之宫》 100，117，238

《特洛伊罗斯与克瑞茜达》 7，30，
57，167，169，188，215，237，
307，312，314，317，328，373，
378，389，392，434

《贞女传奇》 214，235，236，240

彻努（Marie-Dominique Chenu） 27

切斯特（Thomas Chestre） 223，301

《郎弗尔爵士》（Sir Launfal） 220，
221，222，223-225，301

《利博·德斯考努》（Lybeaus Desconus） 223，258，301-305，452

丘吉尔（Winston S. Churchill） 3，4，483

日耳曼传统 21，48，159，168-169，174-
175，177，181-182，193，229，240，
323，325-326，367，379，380，415-
416，419，481

人文主义 4，16-17，20-23，28，58，
60，100，136，140，147，153，244，
379，480，481

瑞格蕾尔 280-284

撒拉森人（Saracens，即穆斯林） 192，
195，273，385

散文《梅林》 191，195

散文《特里斯坦》 213，214，436，456

莎士比亚 30，39，104，237，486

《李尔王》 104

《辛白林》 104

圣杯 37，38，45，61，132，143-144，
148-149，150，151，153，154，190，
191，196，197-200，202，203，204，
205，206，209，213，407，437，440，
442，443，451，458，463，464-469，
471，472

圣杯传奇 89，129，143-144，148-
151，190-191，196-205，206，213，
437，458，464

圣杯骑士 57，83，127，151，203，443，
464，468，472，479，480

《圣经》 4，35，39，61，104，107，144，
148，169，172，174，199，236，244，
269，314，324，337，366，370，371，
409，418-419，422，435，440，454，
465

索 引

圣母玛利亚　21，58，89，90，111，264，297，325，334，362，388

圣徒传　38，39，64，89，91，93，94，119，201，202，243

12 世纪文艺复兴　4，5，13-21，32，39，42，43，58，103，110，136，140，153，154

市井故事　38，57，242，243，262，263

史诗　6，23，26，27，28，29，30，31，32，36，38，39，41，42，55，62，67，95，105，106，110，120，136，138，157，168，171，172，175，177，182，193，194，203，227，229，277，291，306，317，347，373，375，376-379，381，384，403，404，405，416，417，423，424，459，470，486，487，488

史诗英雄　29，55，177，373，376，382，398，401，424

《十字架之梦》(*The Dream of the Rood*)　166，184，236

十字军东征　14，15-16，19，32，41，50-51，52，59，96，111，114，136，148，195，286，385，426

抒情诗　30-32，54，58，60，62，328

斯宾塞 (Edmund Spenser)　39，190，302，427，486-487

　　《仙后》(*The Faerie Queene*)　39，302，486-487

司各特 (Sir Walter Scott)　11，67，68，215，219，488

斯皮纳格罗斯　288-292，294

斯坦贝克　12，427，485

斯图尔特 (Mary Stewart)　190

斯温伯恩 (Algernon Swinburne)　488

俗语文学　20，21

索森 (R. W. Southern)　21-22

泰勒 (A. B. Taylor)　36，37，39

特里斯坦　41，63，67，70，138，154，211-219，270，368，370，448，450，451，455，456，457-460，461，462

特里斯坦传奇　41，66-68，71，138，154，211-214，215-218，302，456

《特里斯特勒姆爵士》(《特里斯坦爵士》) (*Sir Tristrem*)　67-68，211，215-219

特洛伊　4，24，25，27，28，30，41，42，51，68，73，105-106，136，182，269，270，315，316，317，344，375，377，381，384，401

《特洛伊传奇》(*Roman de Troie*)　24，139

《特洛伊覆灭史》(*History of the Fall of Troy*)　316，317

《特洛伊战争记》(*Journal of the Trojan War*)　316，317

天命　27，28，100，149，190，357，366，392

头韵体　6，71，157，159，162，163，165，167，168，169，187，193，194，226，227，285，291，307，310-311，347，349，350，351，357，373，377，381，390，403，404，405，406，421，422，423，424，436，444，445，446，448

头韵体复兴　157，159，167，173，187，202，310，311，374，381，406

头韵体《亚瑟王之死》　7，8，114，124，133，134，152，167，172，177，183，187，202，204，226，230，266，287，291，294，343，347，350，356，358，372，373-402，403-405，408，409，

523

417，419，421，426－427，444，448，478，484，485

土耳其人　273－275，276

《土耳其人与高文爵士》（The Turke and Sir Gowin）228，257，264，267，268，272－276，278，284，313，352，368，372

吐温　12，109，190，427，488

　　《亚瑟王宫廷的康涅狄格州的美国佬》109，488

托尔金（J. R. R. Tolkien）　12，306－307

托马斯（Thomas de Kent）　30，33，212，213，214，215，216，217，218，219

　　《亚历山大传奇》（Roman d'Alexandre）30，66

　　《特里斯坦》（Tristan）33，66，67，212，214，219

《瓦尔德夫传奇》（Le Roman de Waldef）68

瓦斯（Robert Wace）5，6，8，17，24，25，26，36，73，91，97，116，117，118－134，135，136，137，139，141，143，144，148，149，152，156，157，158，159，160，161，162，165，166，167，168，169，170，171，172，173，174，175，176，177，178，181，182，191，193，254，255，256，270，348，349，356，375，381，393，403，423，444

　　《布鲁特传奇》（Le Roman de Brut）5，6，8，17，24，26，36，66，73，91，116，117－122，124－134，135，137，139，152，156，158，159，160，162，163，168，

169，171，172，173，174，181，255，270，348，375，423

　　《卢之传奇》（Roman de Rou）25，26，73，118，119－120，124，157

王朝主题　5，87，124，133，134，140，141，144，149，156，172，183，191，287，347－349，375，405，426，437，438，444，484，485

维恩伯格（Carole Weinberg）406，407

《威尔士年鉴》（Annales Cambriae）90，100

威尔逊（R. M. Wilson）42，69，70，146

维吉尔　4，5，17，27，28，29，30，31，100，105，117，316，317

　　《埃涅阿斯记》　4，27，28，29，31，42，105，106，137

威廉（William of Malmesbury）3，91－92，94，98，104，255

　　《英王实录》（Gesta Regum Anglorum）91，94，98

威廉公爵九世　20，33，54

维纳弗（Eugene Vinaver）429，433，435，456

温切斯特　113，114，129，399，410，432

文艺复兴　4，13，17－18，21，39，58，67，100，117，165，190，214，267，295，313，429，469，480，481，486

沃蒂根　86，89－90，106，107，170－171，191，192，193

沃蒂默　89－90

《沃琳之子福尔克》（Fouke le Fitz Waryn）68，70

《沃维克之盖伊》（Gui de Warewic）68

索 引

武功歌　31，32，39，42，120，137，138，378

"无名美男"母题　301－304，305，452

希腊　14，16－18，25，27，30，39，41，42，51，59，66，83，165，218，237，316，317，381，392

《小不列颠之亚瑟》（Arthur of Little Britain）　188

幸运之轮　350，356，357，379，392，393，421

《亚利马太的约瑟》（Joseph of Arimathie）　200，201－204，205，213

亚历山大　30，42，66，99，110，135，289，375，378，483

亚里士多德　16，17，18，38，404

亚瑟王①　279－282，283，288－294，356－358，360，361－362，363－364，368－372，373，376，382－384，385－388，389，390－397，398－399，400－401，412，413，414－415，417－418，419－420，421－424，430，438－441，442，456，460－461，462，465－466，473，474，475，476，478

亚瑟王出世　83，109，110，174－175，190，191，192－193

亚瑟王登基　110，111－113，149，190，191，438

亚瑟王结局　91，97，99，115－116，129－132，178－181，401，423

亚瑟王陵　2，79，98，123，130－132，181，201，341

《亚瑟王年鉴》（The Arthurian Annals）　482，488－489

《亚瑟王与康沃尔王》（King Arthur and King Cornwall）　95，258，267，270，278，349，359，367－372

《亚瑟王之传奇》（The Legend of King Arthur）　188

《亚瑟王之瓦德陵历险记》（The Awntyrs off Arthure at the Terne Wathelyne）　230，258，260，266，279，282，285，349－358，359，360，368，371，372，390

《亚瑟与梅林》（Arthour and Merlin）　188，191－195

《亚瑟王之誓言》（The Avowynge of Arthur）　258，349，358－367，371

《野人梅林》（Merlin le Sauvage）　71

耶稣　16，21，58，89，90，101，110，127，129，144，149，151，174，190，199，202，206，209，265，275，286，335，361，385，388，392，418，442，454，458，464，465，468－471

意识形态　6，17，19，44，47，69，72，75，104，105，113－115，117，118，124，127，145，146，151，153，158，165，166，168，169，172，181，196，200，201，206

伊斯兰　16，32，46，59，195，275，381

伊索尔特（伊瑟）　67，138，211－218，459

伊万　116，209，227－234，290，313，327，383，390，401，439，451

《伊万与高文》（Ywain and Gawain）　226－234，256，313，368，371，374

英法百年战争　7，46，48，49，71，75，76，90，132，165－167，173，182，

---

① 因数量巨大，本索引只收入涉及分析作品中亚瑟王形象的比较重要的内容。

— 525 —

184-187，201，235，308，310，319，320，332，340，342，343，345，346，348，357，396，408，446，484

英格杜（Francis Ingledew） 27，28，341，342

英格尔伍德 279，280，352，353，359，360

英格兰传统 65，77，123，124，159，162，165，168，169，173，175，187-189，192-195，202，204，205，207，210-212，216，219，226，254，256，257，305，308，310，311，353，390，403，404，444，481

英格兰化 8，69，74，75，78，162，166，173，175，177，182，189，192，205，211，219，225，237，241，254，257，276，294，304，343，385，456，457

英格兰民族形成 7，74-76，81，90，165，166，182，185，187，273，310，339，348，485

英格兰民族意识 7-9，71，72，75，76，78，90，112，117，141，156，159，165-167，172，182，186-188，192，201，203-205，219，267，310，311，320，324，340，342，343，348，376，377，402，413，430，439，485，486

英格兰性 7-9，62，68，156，159，165，188，225，257，320，324，485，488

英格兰题材 41，42，68，71-73，75，77，78，303

英格兰英雄 68，69，72，76，177，235，256，377，384，401，445

诱惑 220，224，228，269，324，326-333，337，338

尤瑟（Uther） 1，106，109，150，170，174，192-194，438

玉手伊瑟 459，460

渔王 197，199

圆桌 44，127-129，131，132，148，149，175-177，179，180，186，190，199，270，319，341，368，371，442

约瑟（Joseph of Arimathea） 132，144，148，149，190，199-206，442，464，465

征服者威廉 72，73，98，103，113，120，123，166

正典系列（the Vulgate Cycle） 6，8，37，61，83，145，146，149-154，190-192，194，195，199，200，202，204，206，207，209，210，213，221，225，235，253，256，389，393，403，426，434，436，440，448，464，470，477

　《朗斯洛》（Lancelot） 145-148，150，151，154，200，235，253，436，448

　《梅林传》（Estoire de Merlin） 145，148，149，191，194，195，199，200，436

　《圣杯史》（Estoire del Saint Graal） 145，148，194，200，202，204，464

　《亚瑟之死》（Mort Artu） 145，149，151，154，200，253，393，403，406，407，419，436，440，470，477

　《追寻圣杯》（Queste del Saint Graal） 145，150，151，200，436，464

最后晚餐 127，144，149，190，199，206

后　记

　　正如亚瑟王是在几个世纪里从一个虚无缥缈的影子逐渐成长为广受人们尊崇形象日益清晰的英雄一样，我对亚瑟王传奇文学的兴趣也是一个缓慢发展的过程。我最早得知亚瑟王是在那个特殊的年代。那时所有的图书馆都已关闭。为了找书读，我通过关系联系上市图书馆馆长。某一天上午，我带着"关系"写的"条子"和地址，在市人民公园一座十分普通的平房（不知那本就是市图书馆还是人们将图书搬运到那里保护）里第一次见到那位矮胖慈祥高度近视的老先生。他独自一人，正在昏暗的灯光（很可能是 15 瓦的灯泡）下整理书籍和填写卡片。或许是因为对一个在那样的时代居然还想方设法托关系开后门找书读的初中生有所好感，老先生很和蔼地接待我。他简单询问了我一些情况，问我想看什么书，然后打开室内其他同样很昏暗的电灯，让我自己去找。这时我才看清，室内密密地摆满书架。那间藏书室不大（也许还有其他藏书室?），大约一间教室的规模，但我至今仍清楚记得第一次看到那么多书所感到的震撼。我后来在国内外一些大学图书馆，甚至在大英图书馆和美国国会图书馆里也再没有受到那样强烈的冲击。

　　自那以后直到我下乡前，大约一年多里，我每星期二上午去老先生那里借回几本书。我借的有苏俄和欧美的一些文学作品，也有一些哲学、社会科学和其他方面的书籍。其中有一本，不记得书名了，大约是美国文学简史或美国作家介绍之类的著作。书中谈及，在马克·吐温的一部小说里，一个现代美国人穿越时空，神奇地出现在大西洋对岸 6 世纪的亚瑟王朝。在那之前，我已看过吐温的《汤姆·索耶历险记》，很是喜欢，但没有读过那部小说（《亚瑟王朝廷上的康涅狄格州美国人》）。该书作者的观点，我早已忘记，但他的介绍给我留下两点印象：马克·吐温令人惊叹的想象力以及那个似乎很著名的亚瑟王（作者对亚瑟王做了简单说明）和他的圆桌骑士们特别侠义、勇敢、高尚、正直。

此后多年，我再也没有接触过亚瑟王。在我进入英语文学领域后，开始对亚瑟王的传说有了一些间接和零星了解。2000年，像那个康州的"扬基人"一样，我从现代欧美从美国南方的约克纳帕塔法穿越时空来到中世纪欧洲和不列颠，因此与亚瑟王碰面的机会越来越多。在做"中世纪英语文学研究"那个国家社科课题时，我读了一些亚瑟王文学作品，包括《高文爵士与绿色骑士》和3部《亚瑟王之死》，于是越来越深切地感到：亚瑟王传奇文学不仅有令人着迷的情节，而且提供了研究中世纪英国和欧洲特别丰富的历史、社会和文化信息，还很能加深我们对现代西方世界的了解；中古英语亚瑟王文学的出现与繁荣因与英格兰民族的形成关联密切，使我们可以从一个特殊的角度考察英格兰民族的发展和窥见大英帝国的殖民主义基因；另一方面，亚瑟王和圆桌骑士们体现的价值、践行的理想和弘扬的精神不仅在中世纪欧洲具有特殊意义，而且还表现出人类在任何情况下总想变得好一点的努力。

于是我觉得可以而且应该在中古英语亚瑟王传奇世界里下点功夫，就申请了这个国家社科课题。承蒙各位评审专家的支持，本研究有幸得以立项，现又获湖南师范大学外国语学院重点学科经费资助而使成果顺利付梓。在拙著即将面世之时，我向关心和支持本课题的各位专家、那些长期以来在亚瑟王文学研究领域辛勤耕耘成就斐然的国内外学者、慷慨资助的湖南师范大学外国语学院和那位老先生表示由衷的谢意。